SPARTACUS

BEN KANE

SPARTACUS

– A REBELIÃO –

Tradução
Carolina Caires Coelho

A
AGIR

Título original: *Spartacus: The Rebellion*

Publicado originalmente como *Spartacus: The Rebellion*, pela editora Preface

EDITORA NOVA FRONTEIRA PARTICIPAÇÕES S.A.
Rua Nova Jerusalém, 345 - Bonsucesso - 21042-235
Rio de Janeiro - RJ - Brasil
Tel.: (21) 3882-8200 - Fax: (21)3882-8212/8313

CIP-Brasil. Catalogação na Publicação
Sindicato Nacional dos Editores de Livros, RJ

K24s
v. 2

Kane, Ben, 1970-
Spartacus: a rebelião / Ben Kane; tradução Carolina Caires Coelho. — 1. ed. — Rio de Janeiro: Agir, 2015.
il.

Tradução de: Spartacus: rebellion
Sequência de: Spartacus: o gladiador
ISBN 978-85-220-1503-0

1. Romance irlandês. I. Coelho, Carolina Caires. II. Título.

CDD: 828.99153
CDU: 821.111(415)-3

Para Colm e Shane, os amigos mais antigos
e os dois melhores produtos da "nossa cidade"!

República Italiana no século I a.C.
ALPES
GÁLIA CISALPINA
Rio Pó
Modena
ITÁLIA
Pisa
Apeninos
ETRÚRIA
PICENO
ILÍRIA
Mar Adriático
CÓRSEGA
Roma
LÁCIO
SÂMNIO
Via Appia
Cápua
CAMPÂNIA
Venosa
Via Appia
Brindisi
Pompeia
LUCÂNIA
Tarento
Metaponto
SARDENHA
Thurii
Via Annia
Mar Tirreno
Messina
Rhegium
Mar Jônico
SICÍLIA
MAR MEDITERRÂNEO
ÁFRICA
0 50 100 150 200 milhas
0 100 200 300 km

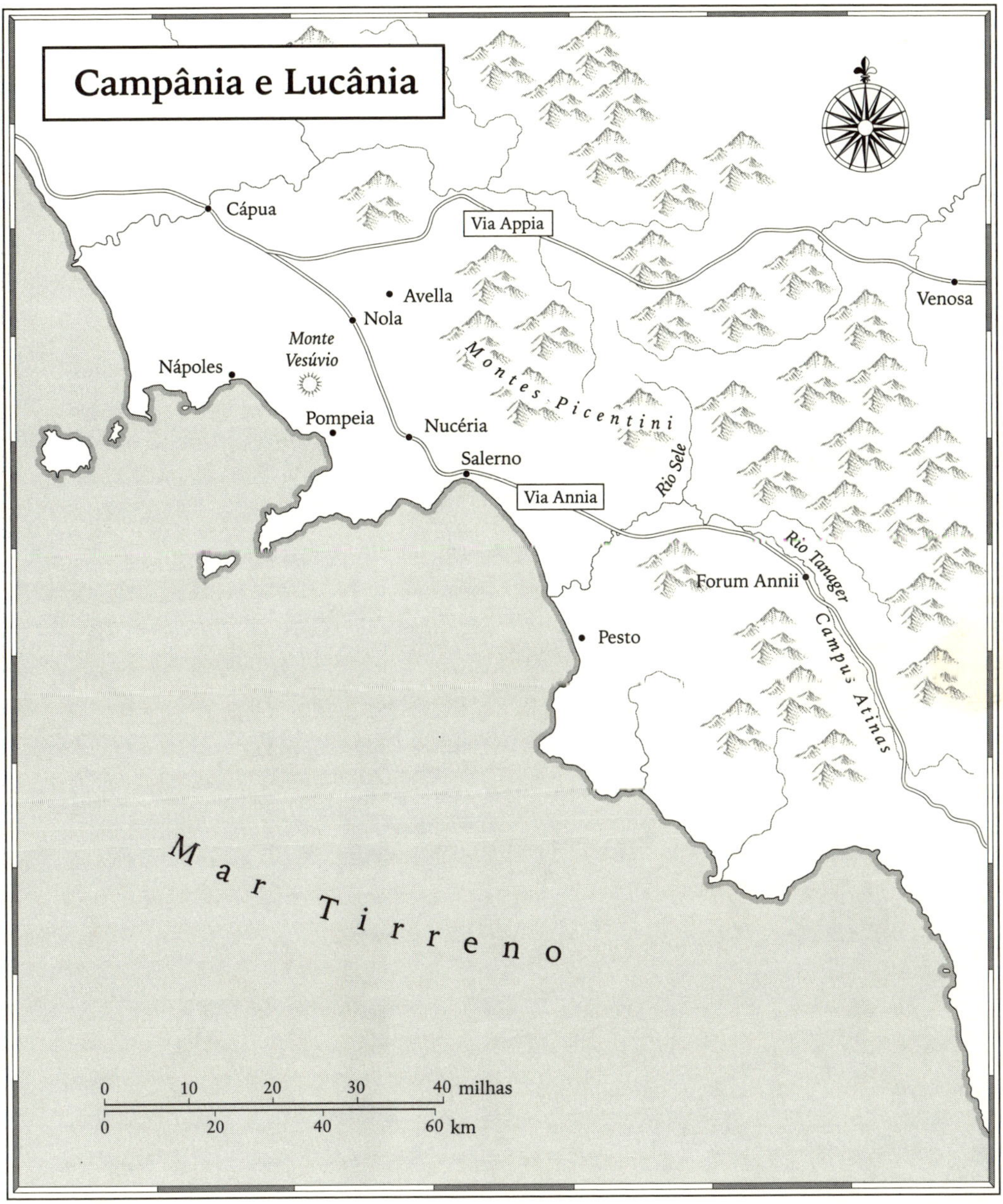

Campânia e Lucânia
Cápua
Via Appia
Avella
Nola
Venosa
Monte Vesúvio
Nápoles
Montes Picentini
Pompeia
Nucéria
Salerno
Rio Sele
Via Annia
Rio Tanager
Forum Annii
Campus Atinas
Pesto
Mar Tirreno
0 10 20 30 40 milhas
0 20 40 60 km

PRÓLOGO

Monte Garganus, costa leste da Itália, primavera de 72 a.C.

A batida furiosa do sangue em seus ouvidos abafava a cacofonia dos ruídos do campo de batalha: os gritos dos feridos e mutilados, os berros de seus seguidores mais corajosos e os gemidos dos mais medrosos. Apesar do clamor horrível e de sua raiva voraz — contra os romanos, contra os deuses, contra o que tinha acontecido até então naquela manhã —, a atenção do grande homem estava toda nas linhas inimigas, a uma centena de passos de distância. Toda fibra de seu ser queria atacar mais uma vez o declive rochoso e transformar o máximo possível de legionários em pedaços sangrentos. "Calma. Se temos alguma chance de conseguir, os homens precisam de tempo para recuperar as forças. Eles precisam recuperar as energias."

O estrondo da *bucinae* cortou o ar, e ele franziu a testa. As trombetas mandavam que as duas legiões do cônsul Gellius se reagrupassem. Ele respirou fundo, se concentrando no som metálico das espadas dos soldados inimigos batendo nos escudos enquanto provocavam homens dele, tentando fazer com que iniciassem outro ataque ineficaz à colina. A resposta patética dos poucos guerreiros que ainda tinham voz suficiente para gritar era furiosa.

Suas gargantas não estavam debilitadas à toa. Ele também tinha muita sede. A luta havia começado duas horas depois do nascer do sol e só parou quando cada um dos três ataques anteriores foi repelido. Não havia chance de encontrar a bolsa de água que ele tinha deixado no chão. Ele não ficaria ressentido com o homem que a achasse. Por causa disso, estava na mesma situação que a maioria de seus seguidores. Uma rápida olhada na posição do sol no céu azul revelou que era quase meio-dia. "Três horas de combate sem água. Ainda bem que não é verão, ou metade do exército já teria perecido." Outro sorriso amargo marcou seu rosto largo. Uma boa parte de seu exército jazia morta ou ferida no chão avermelhado de sangue diante dele. "Para que eles precisam de água?"

A área entre os dois lados — uma ladeira livre da cobertura de azinheiras, terebintina e arbustos da colina — estava repleta de cadáveres. Os milhares de corpos mutilados forneceriam semanas de alimento para os abutres que já pairavam no céu. A maioria dos caídos estava perto das linhas romanas. Em alguns pontos o desnível era tão grande que seus homens tinham sido forçados, nos ataques seguintes, a subir sobre corpos, o que os transformava em alvos fáceis para os dardos romanos. Aqueles que não tinham sido cortados ao meio pelos lançamentos de pilos que chegavam a escurecer o céu haviam sido bloqueados pelos gládios dos legionários. As espadas de dois gumes mortais tinham impedido a tomada das paredes impugnáveis de escudos, cortando os homens em pedaços, arrancando pernas e braços, afundando em seus peitos desprotegidos. Ele até tinha visto alguns de seus seguidores sendo decapitados.

Apesar das perdas terríveis, eles tinham conseguido chegar a alguns lugares durante o primeiro ataque frenético. Sua lembrança desse pequeno sucesso logo se amargou. Todas as brechas abertas — menos a dele — tinham sido rapidamente reparadas. Como seus homens não tinham armaduras, escudos e a disciplina dos legionários, além da vantagem da altura, os escravos se tornaram alvos fáceis. Vendo seus homens serem abatidos como ovelhas em um matadouro, ele ordenou que recuassem. Tinha desistido de seu próprio ataque brutal que quase havia esmagado a primeira linha romana.

"Por todo o bem que fizemos. Uma abertura nas fileiras inimigas não ganha uma batalha. O que ganha é manter a posição. Permanecer disciplinado." Essa era uma dura lição para um gaulês. Apesar de ter nascido escravo, tinha crescido ouvindo as histórias dos ataques aterrorizantes de seus antepassados, homens que tinham derrotado as legiões romanas em várias ocasiões, cuja coragem derrotara tantos inimigos antes. Essa tática fracassou por completo hoje.

Ele viu um cavaleiro com um capacete polido e capa escarlate movendo-se de um lado para o outro por trás das linhas romanas. Lançou uma maldição. "Gellius pode ser velho para um cônsul, porém, escolheu bem o terreno. Foi idiotice minha deixá-lo acelerar a marcha e ficar na posição mais alta. Besteira apostar no número maior das minhas forças, quase o dobro, em comparação com a deles." As primeiras sensações de desespero se instalaram em sua mente, mas ele as afastou com outras blasfêmias. Se juntasse seus melhores homens, talvez pudessem romper as linhas inimigas. Se matassem o cônsul, sem dúvida os romanos fugiriam. O desfecho da batalha ainda poderia ser mudado.

— Vamos, homens! Ainda estamos em maior número do que eles! — gritou. — Um último esforço! Vamos fazer um ataque final. Se matarmos aquele bastardo do Gellius, ganharemos o dia. Quem está comigo?

Só umas poucas vozes responderam.

Ele arrancou seu capacete de bronze da cabeça e o jogou no chão.

— Pedaço de merda romana. — Avançando uns trinta passos em direção à massa desorganizada de homens, ainda cerca de dez ou doze mil, ele se virou para que todos pudessem ver seu rosto. Estava agora ao alcance dos dardos. Pensou que sua cota de malha provavelmente evitaria as flechas, mas não se importava de fato com isso. A dor seria bem-vinda, incentivaria a raiva. — Ei! Estou falando com vocês!

Centenas de rostos desesperados e sujos de sangue o encaravam. Em seus olhos, ele via a derrota. Não sentiu medo. Mesmo se eles fracassassem agora, os romanos não poderiam impedir o fim almejado por ele. Morrer em batalha era tudo que sempre quis. É verdade que seria melhor morrer sabendo que seus homens tinham vencido Gellius, mas ele ainda era um homem livre e morreria dessa forma, levando muitos romanos com ele.

Clash, clash, clash fez sua espada batendo no metal do escudo. Os homens que estavam longe dele se aproximaram.

— Agora ouçam! — gritou ele. — Nós atacamos três vezes e fracassamos. Milhares de nossos camaradas estão caídos ali, mortos ou moribundos. A bravura, o sangue e as vidas deles exigem vingança. VINGANÇA!

Clash, clash, clash no escudo.

— VINGANÇA!

Houve um zumbido no ar atrás dele. Apesar da coragem, ele sentiu um arrepio. "Alguém lançou um pilo." Ele não se moveu.

— VINGANÇA!

Thump. Ele olhou para sua direita, pegando o dardo que tinha caído na terra a menos de cinco passos dele. Jogou a cabeça para trás e uivou como um lobo.

— Isso é o melhor que eles podem fazer? Os malditos bastardos romanos não conseguiriam acertar uma pilha de trigo em um galpão de grãos!

Seus homens — pelo menos os que estavam mais próximos — pareceram mais animados.

"Ótimo. Eles ainda não desistiram."

— Vou subir ali e cortar esses desgraçados em pedacinhos. Vou arrancar a cabeça de Gellius do maldito pescoço esquelético e depois rir quando seu exército fugir de medo. — A cicatriz em seu nariz e o sangue romano que o cobria dos pés à cabeça reduziam seu olhar encorajador ao olhar predador de um monstro, mas a paixão em sua voz era inconfundível. — Quem está comigo? Quem está com Crixus?

— Eu estou! — gritou um gaulês com tranças longas.

— E eu! — gritou um homem com o pescoço grosso como o de um touro e a túnica rasgada.

Mais vozes foram se juntando. "CRIX-US! CRIX-US!", gritavam eles, e, sorrindo, ele bateu sua longa espada em seu *scutum* como resposta. O clima de medo que pairava sobre os escravos desapareceu. No entanto, sua bravura recém-redescoberta não duraria muito. Crixus sabia disso. Se quisessem ter sucesso, deveriam agir imediatamente. Virando-se para encarar os romanos, gritou:

— Vamos, homens! Vamos mostrar a eles o que significa ter coragem!

Sem olhar para trás, ele subiu a colina como um homem possuído. Gritando como touros enlouquecidos, centenas de escravos o seguiram.

Contudo, muitos não se mexeram. Ficaram parados, olhando em silêncio seus camaradas atacarem as linhas romanas. Preparados para correr até o esconderijo denso formado pelos arbustos e árvores no declive abaixo.

Crixus sentia a presença de seus homens pelas costas. Sabia que nem todo mundo tinha se unido, mas sentiu uma onda de calor preenchendo-o mesmo assim. "Pelo menos, vamos morrer bem. Haverá lugar no paraíso dos guerreiros para todos nós." Teve um último pensamento antes que a loucura da batalha o dominasse e a razão o abandonasse: "Talvez Spartacus estivesse certo. Talvez eu deveria ter ficado."

CAPÍTULO I

Um mês depois...
Nos Apeninos, a nordeste de Pisa

Spartacus olhou para a formação plana das legiões de Gellius e depois voltou a observar as suas. Apesar de estar a uns cem passos do centro das primeiras fileiras, ele podia sentir a confiança de seus homens. Ela surgia da postura e da forma como suas linhas avançavam e recuavam. Suas armas batiam em seus escudos, desafiando os romanos. Eles estavam loucos, até desesperados, para iniciar o combate. "É uma mudança incrível." Até pouco tempo atrás, seus seguidores — a vasta maioria deles ex-escravos — nunca tinham estado em uma batalha em grande escala. Sim, eles tinham derrotado as forças de três pretores, mas esses confrontos tinham sido vencidos por meio de subterfúgios. Eles nunca tinham encarado um grande exército romano em terreno aberto, muito menos uma das duas legiões comandadas por um cônsul. Dois meses antes, tudo isso mudara quando eles fizeram uma emboscada ao cônsul Lentulus em um desfiladeiro ao sul da posição atual.

Graças a tal sucessão de vitórias, a maioria de seus homens agora estava tão bem-equipada quanto os legionários. Ele estava cheio de orgulho. "Veja até onde eles chegaram." Ele se lembrou do dia, um ano e meio atrás, quando foi traído em sua própria vila na Trácia e vendido como escravo, quando seu destino parecia ser a morte em uma arena de gladiadores italianos. "Até onde eu cheguei. Um guerreiro trácio que lutou por Roma, mas que agora lidera um exército de ex-escravos contra ela." Era irônico...

Aproximando-se de seus soldados, Spartacus viu um homem de ombros largos cujo rosto agradável fora estragado por uma cicatriz púrpura no lado esquerdo. "Um dos primeiros escravos que se juntou a nós depois que escapamos do ludo."

— Eu o vejo, Aventianus! Que esperança têm os romanos hoje, o que você acha?

Aventianus sorriu.

— Menos chance que a de nevar no Hades, senhor.

— É o que quero ouvir.

Spartacus havia muito tinha desistido de mandar seus homens pararem de chamá-lo de senhor. Não adiantava. Ele olhou os rostos dos que estavam mais próximos dele.

— Aventianus está certo, homens? Ou Gellius vai nos perseguir enquanto fugimos de volta para casa com os rabos entre as pernas?

— Não temos casas! — gritou Pulcher, o principal armeiro de Spartacus e um de seus oficiais seniores. Seu comentário foi respondido com uma explosão de gargalhadas. Ele esperou até que o barulho cessasse. — Mas temos algo muito melhor do que tetos sobre nossas cabeças. Algo que ninguém pode roubar. Nossa liberdade!

— Liber-dade! Liber-dade! Liber-dade! — gritaram os homens, batendo os pés no chão e as armas contra os escudos.

Isso criou um ritmo ensurdecedor e estimulante. O clamor se espalhou pelas hordas de Spartacus. A maioria dos soldados estava muito longe para saber o motivo do tumulto, porém isso não importava. Logo o som tornou qualquer discurso impossível.

— Liber-dade! Liber-dade! Liber-dade!

Saboreando os gritos de quase cinquenta mil homens e o fato de que ele era o líder, Spartacus os encorajava levantando os braços. O tumulto aumentaria ainda mais o moral deles e criaria desconforto em muitas barrigas romanas. Ele não duvidava de que uma comichão de medo correria pelas costas enrugadas de Gellius. O cônsul tinha 62 anos, e todos sabiam que tinha pouca experiência em batalha.

— Vamos esmagar esses desgraçados até ficarem em pedacinhos! — berrou Pulcher quando os gritos diminuíram. — Da mesma maneira que fizemos com Lentulus e seu bando!

Bem nesse momento, os homens que segurando o par de águias de prata levantaram suas estacas. Mais gritos irromperam.

Spartacus ergueu as mãos, e caiu o silêncio.

— Há mais dois desses para derrotar hoje! — Ele apontou sua sica, uma espada trácia encurvada, para as forças de Gellius, onde a luz brilhante do sol refletia nas armas de metal da sua legião. — Quem quer me ajudar a derrotá-los? Quem quer a glória de dizer que tomou uma águia romana em batalha e, ao fazer isso, envergonhou toda uma legião?

— Eu! — gritou Aventianus e uma multidão de vozes.

— Têm certeza?

— TEMOOOOS! — gritaram eles em resposta.

— É melhor que tenham mesmo. Olhe para o tamanho deles.

Spartacus girou sua espada primeiro para a esquerda, depois para a direita. Dos dois lados de seu exército, era possível ver centenas de homens em cavalos montanheses.

— É melhor que tenham certeza — repetiu ele. — Se não formos cuidadosos, a cavalaria poderá chegar lá antes de nós.

Parte de Spartacus queria estar com eles. Ele tinha sido cavaleiro desde os 16 anos; também tinha ajudado a treinar os cavaleiros, mas sabia que sua presença no centro das hostes era vital. Se os soldados a pé falhassem, seria uma derrota total. Apesar de a tarefa de seus cavaleiros ser enorme, estes eram o quádruplo dos cavaleiros romanos. Mesmo se por alguma infelicidade eles não conseguissem aniquilar a cavalaria inimiga, sua infantaria ainda podia ganhar a batalha.

— Vocês vão deixar que isso aconteça?

— Nunca! — rosnou Pulcher, as veias saltando do pescoço.

— Não se eu puder evitar! — gritou Aventianus, movendo seu pilo para a frente e para trás.

— Eu também!

Carbo, que era romano, ainda estava surpreso pela paixão que sentia quando o trácio falava. Há cerca de um ano atrás, ele tinha entrado na escola de gladiadores em Cápua em uma tentativa louca de pagar as dívidas enormes de sua família. Em seu desespero, ele tentou primeiro se unir ao exército, mas foi rejeitado por ser muito jovem. Para seu espanto, foi aceito pelo *lanista* — um cidadão que contratava homens para lutar como gladiadores —, como um *auctoratus* depois que sua coragem fora testada ao lutar contra Spartacus em uma disputa com armas de madeira.

A vida no ludo havia sido incrivelmente dura, e não só por causa do treinamento. Um homem sozinho, especialmente um novato, tinha poucas chances de sobreviver. Se Spartacus não o houvesse protegido, a carreira de Carbo no ludo teria sido curta. Quando tiveram a chance de escapar pouco depois, ele seguiu seu protetor. Depois, quando precisou tomar a inimaginável decisão entre deixar o grupo de escravos e gladiadores, ou ficar para lutar contra seus próprios compatriotas, optou por ficar. Ele não tinha opção.

Nos meses seguintes, as ações de Spartacus haviam garantido a lealdade de Carbo — e até o amor. O trácio cuidava dele. Gostava dele. Isso era mais do que seu próprio povo tinha se disposto a fazer. A consciência desse fato amargo havia tornado a ideia de lutar contra seu próprio povo mais aceitável, porém, lá no fundo Carbo ainda sentia um pouco de culpa. Ele olhava para as linhas de Gellius pressionando a mandíbula. Falou para si mesmo que aquele era apenas outro exército que devia ser varrido do mapa. Atrás deles estavam os Alpes. O plano de Spartacus era liderá-los pelas montanhas, longe da influência da República. Ali, todo inimigo que encontrassem seria estrangeiro. E, era preciso admitir, mais fáceis de matar.

Antes disso, eles tinham que derrotar Gellius. Pensou em Crassus, o homem que arruinou sua família e destruiu sua vida. O ódio tomou conta de Carbo, um sentimento que crescia por saber que nunca poderia se vingar do homem mais rico de Roma. Em vez disso, Carbo tentou imaginar que todos os homens na sua frente estavam relacionados com o político desonesto. Isso ajudava.

Seu olhar se virou para a figura compacta de Spartacus, vestido com uma cota de malhas polidas, porta-espadas dourado e um magnífico capacete frígio. Para surpresa de Carbo, os olhos cinza penetrantes do trácio o observavam. Spartacus fez um breve aceno, como se dissesse "Estou feliz por você estar aqui".

Carbo levantou os ombros. "Vou fazer o que for preciso hoje."

Spartacus avaliava o humor de seus homens. O que ele viu o agradou. Organizados em centúrias e tropas, treinados e armados como o inimigo, eles estavam prontos. Ele estava pronto. Aqui havia uma nova chance de derramar o sangue romano. Para vingar ainda mais Maron, seu irmão morto ao lutar contra as legiões — as legiões que tinham destruído sua terra natal, a Trácia. "Eu ainda posso vê-la de novo. Gellius e seus homens são o único obstáculo no caminho." Ele deu um meio-sorriso. Kotys, o rei malévolo da tribo de Spartacus, os Medo, e o responsável por sua escravidão, tomaria um choque quando ele voltasse. "Mal posso esperar para vê-lo." Spartacus colocou nos lábios o apito de latão que estava pendurado por um fio ao redor do pescoço. Quando assoprou, indicando o avanço, os trombetistas avisaram todo o exército.

Seu plano era simples. Ele tinha organizado seus soldados em duas linhas profundas separadas por uns trinta passos. Castus — o gladiador gaulês que o ajudara em sua fuga; um homem baixo, determinado e com um temperamento tão ardente quanto seu cabelo vermelho — era o líder da ala esquerda. Gannicus, outro gaulês do ludo, comandava a direita; ele era tão obstinado quanto o primeiro, porém, era mais equilibrado, e Spartacus tinha mais coisas em comum com ele. Ao seu sinal, todos eles avançariam em um grande bloco e, depois de jogar seus dardos, enfrentariam os romanos corpo a corpo. Se as coisas saíssem bem, o número superior e o moral alto dos rebeldes logo permitiriam que dominassem as legiões de Gellius. Enquanto isso, a cavalaria derrotaria os cavalos inimigos e poderia atacar os legionários pela retaguarda. A derrota dos romanos seria total; suas perdas, muito maiores do que em qualquer um dos encontros anteriores.

No final do dia, Roma teria aprendido outra lição. "Grande Cavaleiro, garanta que seja assim. Cuide de todos nós nas próximas horas", rezou Spartacus. "Dionísio, empreste-nos a força de suas mênades." Enquanto o deus-herói trácio era seu principal guia na vida, ele também tinha aprendido a reverenciar a deidade associada ao vinho, à embriaguez e à obsessão religiosa, que era adorado por sua esposa, Ariadne. Seu incrível sonho, no qual uma cobra venenosa se enrolava ao redor de seu pescoço, o marcara como um seguidor de Dionísio. "Que sempre seja assim."

Ele encheu os pulmões e se preparou para apitar.

Tan-tara-tara-tara fez a *bucinae* romana.

Spartacus segurou o fôlego, esperando que as legiões avançassem.

As trombetas do inimigo tocaram de novo, porém, nada aconteceu.

"Que diabos Gellius está fazendo?"

Para seu espanto, um cavaleiro surgiu de uma abertura no centro da linha romana. Nenhum legionário se moveu enquanto ele cavalgava direto ao encontro de Spartacus.

Os homens de Spartacus estavam com tanta vontade de iniciar o combate que poucos notaram.

— Vamos destruí-los! — berrou Pulcher, sendo seguido por gritos de aprovação.

— Fiquem onde estão! — ordenou Spartacus. — Gellius tem algo a dizer. Um mensageiro se aproxima.

— E daí? — gritou alguém das fileiras. — É hora de matar!

— Vocês terão essa oportunidade. Mas quero saber do que se trata.

Spartacus direcionou um olhar gélido a seus homens.

— O primeiro tonto que mover um músculo ou soltar um dardo vai ter que se ver comigo. Está claro?

— Sim — veio a resposta em voz baixa.

— Não ouvi!

— SIM!

Spartacus observou a aproximação do cavaleiro. "Não estou gostando disso." Felizmente, ele não tinha muito tempo para pensar. Menos de quatrocentos metros separavam os dois exércitos. Quando o romano chegou perto, diminuiu a velocidade do cavalo, de uma linda cor castanha. Ele parecia estar desarmado. Spartacus notou sua couraça de bronze polido, o capacete escarlate e a postura confiante. Era um oficial sênior, provavelmente um tribuno, um dos seis homens experientes que auxiliavam o cônsul no comando de cada legião.

— Essa distância já é suficiente — disse Spartacus quando o enviado estava a vinte passos dele.

Levantando a mão direita em um gesto pacífico, o romano avançou vários passos.

— Não confie no bastardo! — gritou Aventianus.

O romano sorriu.

Spartacus levantou sua sica de forma ameaçadora.

— Chegue mais perto e eu o enviarei a Hades.

Não houve nenhuma resposta, mas o romano enfim puxou as rédeas com força.

— Sou Sextus Baculus, tribuno da Terceira Legião. E você é?

Seu tom não poderia ser mais condescendente.

— Você sabe quem eu sou. Se não souber, é um saco mais cheio de merda do que parece.

Os homens de Spartacus riram com deleite.

O rosto de Baculus ficou vermelho e ele engoliu uma resposta brava.

— Fui mandado por Lucius Gellius, cônsul de Roma. Eu...

— Nós vimos seu colega Lentulus faz algumas semanas — interrompeu Spartacus. — Você ficou sabendo desse pequeno encontro?

Mais risadas divertidas irromperam. As orelhas do cavalo de Baculus se viraram para trás e depois para todos os lados. O tribuno recobrou o controle ao lançar uma praga baixinho.

— Você e essa ralé pagarão caro por esse dia — soltou ele.

— Jura?

— Não estou aqui para conversar com escravos...

— Escravos? — Spartacus virou a cabeça para os lados. — Não estou vendo nenhum escravo aqui. Só homens livres.

O grito que irrompeu nesse momento foi três vezes mais alto do que os anteriores.

— Ouça-me, trácio selvagem — disse Baculus. Ele levantou a mão esquerda, que esteve o tempo todo abaixada. Levando o braço para trás, jogou uma bolsa de couro para Spartacus. — Um presente de Lucius Gellius e Quintus Arrius, seu promagistrado — gritou, enquanto a bolsa voava pelos ares.

Spartacus não gostou do barulho que a bolsa fez ao cair a seus pés, ou o fraco fedor que alcançou seu nariz. Não fez nenhum movimento para pegá-la. Tinha uma ideia do que ela continha. Vários de seus patrulheiros haviam desaparecido nas semanas anteriores; ele presumiu que tinham sido capturados pelos romanos. "Qual é este, eu me pergunto? Pobre coitado. Não deve ter tido uma morte fácil."

— Vamos lá, dê uma olhada. — Baculus sorriu. — Nós guardamos com sal especialmente para você.

"Então não é um patrulheiro. Agora sei quem é."

— Você não tem nada mais a dizer?

— Posso esperar.

— Seu idiota arrogante.

A sacola não estava amarrada, então Spartacus a suspendeu. Não ficou surpreso de que a primeira coisa a cair ter sido uma cabeça decapitada, mas não esperava a mão do homem que se seguiu. Agarrou o cabelo loiro manchado de sangue e sentiu um aperto no estômago.

Ele rolou a cabeça que estava parcialmente putrefata, com grãos de sal grudados no globo ocular, os lábios cinzentos e o corte avermelhado no pescoço. Os traços antes belos estavam irreconhecíveis, porém, era Crixus. Não havia dúvidas. A enorme cicatriz no nariz do homem era prova suficiente. O próprio Spartacus havia feito aquela ferida. A luta entre eles tinha sido inevitável desde o primeiro encontro, quando sentiram aversão um pelo outro. Mas, mesmo assim, ele sentiu pena por ver Crixus morto.

Depois de Spartacus ter derrotado Crixus na tal luta, o gaulês e seus seguidores se uniram a seu grupo. Tiveram um papel importante na fuga do ludo. Um guerreiro perigoso e agressivo, Crixus tinha sido um problema para Spartacus, questionando sua liderança e sempre tentando ganhar o apoio de Castus e Gannicus. Crixus havia se separado do exército principal depois de uma batalha em Thurii na qual tinham vencido o pretor Publius Varinius. Cerca de vinte ou trinta mil homens tinham partido com ele. Spartacus ouvira rumores de seu progresso através do centro da Itália, mas eles não tiveram mais contato. Até agora. O medonho troféu não era um bom presságio para o destino dos homens que seguiam Crixus, mas Spartacus manteve o rosto impassível.

— Ele não merecia ser tratado assim.

— Não? — indagou Baculus. — Crixus. — Ele sorriu com as reações chocadas dos homens de Spartacus. — Sim, é ele. Crixus não era nada mais do que um escravo assassino que mutilava soldados romanos sem nenhum motivo. Ele merecia tudo que foi feito com ele e muito mais.

Spartacus se lembrava de como Crixus tinha mandado que as mãos de mais de vinte legionários em Thurii fossem amputadas. Ele não concordou com o que aconteceu, mas não havia se surpreendido com o ato do gaulês. "Os romanos não perdoariam — nem esqueceriam — isso."

— Você fez isso com o cadáver dele! Crixus nunca teria sido aprisionado vivo — gritou ele. Sua vontade era matar Baculus no ato, para evitar que ele entregasse a mensagem, mas o homem era um enviado, e corajoso também. Era preciso ser valente para vir até seu exército sozinho e desarmado.

— Crixus foi para o Hades sabendo que mais de dois terços da ralé que o seguiu em seu levante tinham morrido com ele — anunciou

Baculus e ergueu a voz. — Vocês estão me ouvindo, seus bastardos? Crixus está morto! MORTO! Assim como a maioria de seus quinze mil seguidores! Um em cada dez dos prisioneiros que fizemos teve a mão direita cortada. Tenham certeza de que tais destinos esperam por todos vocês aqui hoje!

Depois de ouvir o nome "Crixus", Carbo ficou surdo ao resto das ameaças de Baculus. Seu mundo simplesmente se fechou ao redor dele. "Crixus está morto? Agradeço a Júpiter. Agradeço a Dionísio!" Essa tinha sido uma de suas orações mais fervorosas; uma que ele achou que nunca seria respondida. Durante o saque a uma cidade chamada Forum Annii, alguns meses antes, Crixus e dois de seus comparsas estupraram Chloris, a mulher de Carbo. Spartacus o ajudou a salvá-la, mas ela morreu em virtude das feridas, algumas horas depois. Inflamado pela dor, Carbo tinha partido para matar Crixus, mas Spartacus pediu que ele jurasse não fazer isso. Na época, o gaulês ainda era o líder vital de parte do exército escravo. Foi um pedido que Carbo acatou, relutante.

No entanto, quando Crixus anunciou que partiria, liberando-o assim de sua promessa, Carbo não fez nada — porque o gaulês o teria trucidado. Dizer a si mesmo que Chloris teria preferido que ele vivesse havia funcionado até agora, mas ao olhar a cabeça apodrecida de Crixus, Carbo sabia que simplesmente tivera medo de morrer. No entanto, a imensa satisfação que agora sentia superava quaisquer preocupações sobre se morreria na batalha seguinte. "O bastardo morreu sabendo que tinha fracassado — isso é o que importa."

Spartacus podia sentir, sem olhar, o nível de desânimo que a cabeça de Crixus e as notícias de Baculus tinham causado entre seus homens. Ele levantou a sica e avançou em direção ao tribuno.

— Foda-se. Diga a Gellius que vou matá-lo! E você também.

— Estaremos prontos. Assim como nossas legiões — respondeu decidido Baculus. Ele levou a mão à boca. — Meus homens estão loucos para lutar! Eles matarão milhares de vocês, *escravos*!

Spartacus disparou e deu um golpe muito forte com a lateral de sua espada no corcel de Baculus, que avançou tão repentinamente que o tribuno quase caiu da sela. Xingando, este agarrou as rédeas e conseguiu controlá-lo. Spartacus o ameaçou com a sica. Com os olhos cravados nele, Baculus virou sua montaria para as próprias fileiras.

— Agradeça por eu honrar sua posição! — gritou Spartacus.

Com as costas eretas, Baculus cavalgou em silêncio e não olhou para trás.

Spartacus cuspiu no chão. "Espero que não sejam tão corajosos quanto ele." Tirando Baculus da mente, ele se virou para seus homens. O medo estava estampado em muitos rostos. A maioria parecia menos confiante. Um silêncio desconfortável tinha substituído o grito estridente e o bater de armas. Eram essas mudanças de humor que poderiam levar à derrota em uma batalha, Spartacus já tinha visto isso antes. "Preciso agir e rápido." Inclinando-se, pegou a cabeça mutilada de Crixus e a mostrou aos soldados.

— Todo mundo sabe que Crixus e eu não nos dávamos bem.

— Isso para dizer o mínimo! — gritou Pulcher.

Todos riram.

"Ótimo."

— Apesar de não sermos amigos, eu respeitava a sua coragem e liderança. Respeitava os homens que escolheram partir com ele. Ver isto — ele levantou bem alto a cabeça de Crixus — e saber o que aconteceu com nossos camaradas me deixa bravo. Muito bravo!

Um urro retumbante e inarticulado foi a resposta a suas palavras.

— Vocês querem vingança por Crixus? Vingança para nossos irmãos de armas?

— SIM! — berraram eles em resposta.

— VIN-GAN-ÇA! — Spartacus virou a sica e a apontou para as legiões. — VIN-GAN-ÇA!

— VIN-GAN-ÇA!

Deixou que eles expressassem sua fúria pelo tempo de vinte batidas do coração. Então, feliz de que a coragem deles continuasse, apitou com toda a força. O som não chegou muito longe, mas os trombetistas bem-treinados o observavam. Uma série de notas de seus instrumentos colocou um fim ab-rupto aos gritos.

Spartacus enfiou a cabeça de Crixus de volta à sacola. Se ele deixasse os restos onde estavam, nunca mais os encontraria. O gaulês — ou pelo menos o que restava dele — merecia um enterro decente. Amarrou a pesada sacola no cinto e pediu ao Grande Cavaleiro que ela não o atrapalhasse na batalha que viria. Com isso, retomou seu lugar na primeira fileira. Sorrindo, Aventianus entregou seu escudo e lança. Carbo, junto com Navio, o veterano romano recrutado por este para a causa, assentiu mostrando estar pronto. Taxacis, um dos dois citas que, sem que fosse necessário pedir, tinham se tornado seus guarda-costas, mostrou os dentes em um rosnado silencioso.

— Avancem! — gritou Spartacus. — Mantenham-se em linha com seus camaradas! Mantenham os espaços entre as fileiras!

Eles avançaram de forma uníssona, milhares de pés pisoteando a grama baixa. Nas alas, a cavalaria de Spartacus bradava e gritava, forçando seus cavalos a trotar.

— Os cavaleiros de Gellius vão se mijar ao verem quantos somos! — berrou Spartacus.

Seus homens mais próximos concordaram, mas, no mesmo instante, a *bucinae* romana foi tocada. Os legionários estavam avançando.

— Preparem-se, homens. Dardos a postos. Vamos atirar a trinta passos, não mais.

Spartacus sentiu o apertão habitual no estômago. Ele sempre sentia a mesma mistura de emoções antes de cada batalha travada. Um traço traidor do medo de não sobreviver. A emoção inspiradora de marchar lado a lado com seus camaradas. O orgulho de que estes eram homens que morreriam por ele sem vacilar — assim como ele faria. Spartacus honrava o odor de suor e couro oleosos, as orações mudas e os pedidos aos deuses, o som de dardos batendo nos escudos. Agradeceu ao Grande Cavaleiro por outra oportunidade de poder atacar as forças de Roma, que tinham de súbito enviado seus exércitos à Trácia, onde derrotaram a maioria das tribos, destruído inumeráveis vilas e matado seu povo aos milhares.

Antes de ser traído e vendido como escravo, o plano de Spartacus fora unir o disperso grupo de trácios e expulsar as legiões de suas terras para sempre. No ludo, tais ideias tinham sido nada mais do que fantasias, mas a vida mudou no dia em que ele e 72 outros escravos conquistaram o caminho para a liberdade. O coração de Spartacus batia forte, apreensivo. Ele tinha provado que quase tudo era possível. Depois que os soldados de Gellius fossem derrotados, a estrada para os Alpes estaria liberada.

Ele olhou a linha de legionários se aproximando, agora podendo distinguir os rostos de cada homem.

— Cinquenta passos. Não se antecipem! Esperem a minha ordem.

Vários dardos foram arremessados das fileiras romanas. Seguiram-se mais alguns. Os gritos enraivecidos dos centuriões mandando que seus soldados parassem de atirar eram ouvidos enquanto as lanças golpeavam a terra entre os dois exércitos. Spartacus riu. Apenas um punhado de seus homens respondeu lançando seus próprios dardos.

— Veem isso? Os cães romanos estão nervosos!

Gritos alegres subiram de suas tropas.

Tramp, tramp, tramp.

O suor escorreu pela testa de Carbo, chegando aos olhos. Ele piscou, focando o olhar em um legionário logo à sua frente. O soldado era jovem — mais ou menos da idade dele, na verdade — e seu rosto liso estampava uma expressão de medo. Carbo endureceu o coração. "Ele escolheu seu lado. Eu escolhi o meu. Os deuses decidirão qual de nós sobreviverá." Carbo firmou o braço direito, garantindo o equilíbrio de seu dardo. Mirou no legionário.

— Quarenta passos! — berrou Spartacus. — Aguentem firmes! — Ele escolheu seu alvo, o centurião mais próximo na primeira fileira romana. Se por alguma sorte o oficial caísse, a resistência naquela seção da fila vacilaria ou até desmoronaria. Ele franziu a testa. Por que os legionários ainda não tinham lançado suas lanças? "Gellius deve ter ordenado que seus soldados só agissem no último instante. Uma tática arriscada."

Trinta e cinco passos. Cada vez mais animado, Spartacus contou os últimos cinco passos e depois gritou:

— Três fileiras da frente, atirem!

Jogando o braço direito para trás, ele arremessou o dardo em direção ao céu azul. Centenas de lanças se juntaram, formando um denso e rápido enxame que enegreceu brevemente o ar entre os exércitos antes de descer em uma chuva letal de metal pontiagudo. Os oficiais romanos gritaram para seus homens, ordenando que levantassem os escudos. Spartacus sorriu com satisfação enquanto assistia. Lentos. Eles eram muito lentos. Os dardos de seus homens caíram, fazendo com que muitos escudo se tornassem inúteis e também enfiando-se fundo na carne de legionários que não tinham obedecido as ordens rápido o bastante. Era raro que ataques de dardos fossem tão eficientes. "Aproveite a oportunidade."

— Atirem a segunda lança! — ordenou ele. No instante que tais dardos tinham sido jogados, ele berrou: — Três primeiras fileiras, fiquem de joelhos! — Olhou para os lados, e ficou contente ao ver que os oficiais mais próximos copiavam seu comando. Os trombetistas logo repetiram a ordem por todas as filas. — Fileiras quatro, cinco e seis, preparem os dardos! Ao meu comando. ATAQUEM!

Uma terceira chuva de lanças saiu formando um arco lento. Pela direita e pela esquerda, outros incontáveis projéteis se juntaram. Spartacus não conseguiu ver nenhum dardo romano sendo atirado em resposta. Os legionários estavam bastante desordenados. Com sorte, sua cavalaria estava causando o caos nos flancos. Com a esperança queimando dentro de si, ele ordenou uma quarta salva.

— De pé! Saquem as espadas! Aproximem-se!

Tranquilos, seus homens nas primeiras fileiras se moveram para ficar ombro a ombro. Eles batiam seus escudos uns contra os outros enquanto os soldados nas filas subsequentes corriam para ficar bem atrás, usando as *scuta* para fortalecer a fila.

No instante em que ficaram prontos, Spartacus gritou:

— ATAQUEM!

Com um grito forte, eles começaram a correr na direção dos romanos. Um dardo ocasional veio voando até eles, mas não houve uma resposta organizada. Spartacus tinha visto sua lança acertar o centurião no peito, jogando-o para trás e acertando o escudo do homem atrás dele. Não tinha ideia de onde seu segundo dardo fora parar, mas não importava. O essencial era acertar os romanos o mais forte possível. Logo cobriram os últimos passos. Para Spartacus era fundamental não perder tempo. Ele estava entre seus camaradas e os soldados romanos. Tentava não perder o passo, queria matar ou anular seus oponentes o mais rápido que pudesse. Às vezes, a bolsa com a cabeça e a mão de Crixus balançava e ameaçava desequilibrá-lo, mas Spartacus aprendeu a antecipar seus movimentos. O peso alimentava sua raiva, seu ódio por Roma. "Crixus e seus homens devem ser vingados."

Ele prosseguiu no combate. Atacar com o escudo e ver o inimigo jogar a cabeça para trás por reflexo. Enfiar sua espada na garganta dele. Levantar o escudo para evitar o jorro de sangue quente que sai ao puxar a sica. Verificar à esquerda e à direita para ter certeza de que seus companheiros estão todos bem. Procurar um novo alvo. Golpeá-lo na barriga. Ver como ele se contorce em agonia. Firmar-se com o escudo. Rasgar com a espada. Pisar a massa do que tinha sido um homem. Berrar como um maníaco. Defender-se do ataque frenético de um legionário com o escudo. Passar sua lâmina por cima do escudo do outro, acertando direto na boca dele. Ouvir o grito abafado e curto de agonia. Sentir o ferro raspar os ossos dos pescoços romanos. Ver a luz em seus olhos se apagar como um lampião assoprado. Avançar. Matar outro soldado. Pisar seu cadáver. Procurar outro inimigo para matar. E outro.

E continuar assim, sem parar.

De repente, não havia mais legionários diante dele.

Spartacus fez uma carranca. Seu desejo de sangue não estava nem perto de ser saciado. Percebeu que alguém gritava em seu ouvido. Confuso, ele se virou e reconheceu o nariz achatado de Taxacis.

— Hã?

— Romanos... fugindo.

A visão avermelhada de Spartacus foi recuperada.

— Estão fugindo?

Taxacis riu.

— Estão. Olhe!

Dessa vez, o que Spartacus viu fez sentido. Todo o centro da linha de Gellius tinha se virado e fugia do campo de batalha. Centenas de legionários estavam caídos ao redor deles, mortos, agonizando ou gritando por causa de suas feridas. Havia muitas armas e escudos espalhados. O cônsul tinha desaparecido. No entanto, aqui e ali, pequenos grupos de romanos continuavam lutando. Em geral estavam defendendo um estandarte, mas tais esforços heroicos faziam pouca diferença para as hordas dos soldados de Spartacus que os cercavam. De ambos os lados, as legiões seguiam firmes, mas não por muito mais tempo, ele previu. Seus cavaleiros já podiam ser vistos por trás das posições romanas, o que significava que a cavalaria inimiga já tinha sido derrotada. Os flancos de Gellius não aguentariam uma carga vinda por trás. Nenhuma tropa no mundo conseguiria fazer isso.

— Nós vencemos — falou ele lentamente. — De novo.

— Graças a você!

Taxacis deu um tapa em suas costas. Spartacus percebeu a admiração em seus olhos.

— Você não é apenas... um bom general. Também é um excelente... guerreiro. Os romanos acharam que... tinha chegado um demônio. — Com um sorriso bem largo, ele levantou o punho no ar. — SPAR-TA-CUS!

Todo homem por perto seguiu o refrão.

— SPAR-TA-CUS! SPAR-TA-CUS! SPAR-TA-CUS!

A euforia de Spartacus diminuiu um pouco quando ele se lembrou dos que tinham morrido para que tal momento acontecesse. Seuthes e Getas, irmãos de armas trácios. Oenomaus, o alemão carismático que foi o primeiro a apoiar o plano de Spartacus de escapar do ludo. Centenas de homens cujos nomes ele sequer sabia. "Eu sempre vou honrá-los." Olhou para a bolsa suspensa em sua cintura. "Inclusive você."

— Não devemos esquecer Crixus, e todos os seus seguidores que morreram.

— Crixus era um... cretino — resmungou Taxacis —, mas ele era... um cretino corajoso.

— Sim, ele era — concordou Spartacus. Ele olhou para o grupo mais próximo de legionários, que tinham largado as armas e tentavam se render. Poucos estavam conseguindo. Ele não costumava se importar com isso, mas teve uma inspiração. — Deixem que vivam! — gritou ele. — Juntem os homens que desejam se render e tragam-nos para nosso campo.

Taxacis o encarou, confuso.

— Vocês entenderão mais tarde.

Spartacus não falou mais nada. Ainda não tinha o plano todo traçado em sua mente.

Desde que Spartacus liderou seu exército para fora do vasto acampamento aquela manhã, Ariadne se manteve ocupada. Primeiro, ela sacrificou um galo a Dionísio, prometendo ao deus a oferta posterior de um bom touro se o marido voltasse ileso — e vitorioso — da batalha. Ela não tinha feito nenhuma tentativa de entrar no estado de transe que às vezes lhe permitia comungar com Dionísio. Anos como sacerdotisa a ensinaram que nunca deveria esperar uma visão quando se tratava de algo muito importante. O deus que ela seguia era ainda mais volúvel do que as outras deidades. A melhor estratégia quando ela lhe fazia pedidos era ocupar sua mente com outras questões.

Não havia nenhuma chance de assistir à batalha. Não era surpreendente que Spartacus tivesse proibido isso, e a presença constante de Atheas, o outro cita, significava que qualquer tentativa de desobedecê-lo seria perda de tempo ou inútil. Contudo, ela não conseguia ficar esperando, preocupada e se lamentando, como algumas das outras mulheres faziam. "Eu posso estar grávida, mas isso não significa que não possa ser útil." Manter-se ocupada a ajudava a ignorar o ocasional som distante de trombetas carregado pelo ar.

Ela só tinha quatro meses de gravidez. Até agora, Ariadne havia conseguido esconder sua barriga redonda e os seios maiores com vestidos mais largos e se banhando longe da vista das outras. No entanto, devido aos recentes olhares que estava recebendo, ela sabia que não demoraria muito para a notícia de que estava esperando um filho de Spartacus se espalhar. Isso se seu cabelo negro lustroso e a pele oleosa já não tivessem entregado sua gravidez. Havia outros sinais também. Ela tinha notado no espelho de bronze que seu rosto em formato de coração tinha ficado mais suave e mais atrativo. "Desfrute isso enquanto durar", pensou ela.

Sentiu uma alegria intensa enquanto imaginava um bebê forte, com seu marido sorrindo para os dois. Tal sensação foi instantaneamente substituída por um terror conhecido. E se sua interpretação do sonho de Spartacus estivesse equivocada? E ele estivesse destinado a morrer em batalha contra os romanos? Seria hoje? "Pare de pensar assim. Ele vai vencer. Vamos cruzar os Alpes enquanto ainda for verão. Sair de uma vez da Itália." Sentiu-se mais feliz com esse pensamento. Poucas tribos ousariam impedir a passagem de seu exército — mesmo que este estivesse exausto —, e eles conseguiriam avançar para a Trácia. "Mal posso esperar para ver a cara de Kotys", pensou, vingativa. "Ele vai pagar pelo que fez conosco. Assim como Polles, o campeão do rei."

— Pare de sonhar acordada — falou para si mesma. — Não provoque o destino.

Atheas, que arrumava uma pilha de ataduras, levantou a cabeça.

— O quê?

— Nada. — "De acordo com a vontade dos deuses, minhas esperanças se realizarão." Ariadne contou os rolos de linho empilhados a seus pés. Eles serviriam para envolver as feridas terríveis que logo seriam vistas.

— Quinhentos. Não é suficiente.

Seu olhar se voltou para o grupo de mulheres que rasgavam lençóis, túnicas e vestidos de vários tamanhos. Para seu alívio, a quantidade de roupas aos pés delas ainda era razoável.

— Mais rápido. Podemos precisar de todos eles.

Ela não ficou surpresa quando as mulheres baixaram as cabeças e a conversa murchou, transformando-se em um ocasional sussurro. Como esposa de Spartacus, ela era respeitada, mas o fato de ser sacerdotisa de Dionísio aproximara ainda mais seu status ao dele. Os escravos tinham uma estima especial pelo deus. "Sou parte da razão pela qual Spartacus tem tantos seguidores", refletiu ela, com orgulho. "Que isso persista por muito tempo."

Tirando de sua mente tudo que não fosse relacionado ao preparo para receber os feridos, Ariadne embarcou em uma patrulha pela área do hospital, posicionada na extremidade do acampamento mais próxima do campo de batalha. Ela verificou que os cirurgiões e os carregadores estavam prontos, que havia muito suprimento de vinho para os feridos e ordenou que outras cinquenta camas fossem montadas. Todo o processo não demorou tanto quando ela teria desejado. Quando terminou, suas preocupações voltaram. Ela olhou para o sol, que estava no ponto mais alto do céu.

— Eles partiram há quatro horas.

— Isso não é... muito tempo — pronunciou Atheas, tentando sem sucesso parecer seguro.

Ariadne suspirou.

— Parece uma eternidade.

— A batalha poderia... durar... dia todo.

Ela vasculhou a mente pensando em algo para fazer, uma tarefa que evitaria que agonizasse imaginando os piores resultados possíveis para Spartacus e seus homens.

Tan-tara-tara. Ariadne pulou. O som da trombeta estava perto. Não mais do que uns quinhentos metros de distância. O medo correu por suas veias.

— São os...

— Romanos? — completou Atheas.

— Isso.

— Não... tenho certeza. — Ele inclinou a cabeça e apurou os ouvidos.

Tan-tara-tara. Tan-tara-tara. As trombetas estavam um pouco mais perto agora, permitindo que Ariadne percebesse as explosões irregulares e as notas meio desafinadas. Seu coração acelerou com alegria, e ela quase não ouviu Atheas falar que "os trombeteiros romanos... tocam melhor". "Então eles ganharam! Que ele esteja vivo, Dionísio.

Por favor." Ariadne não correu para encontrar os soldados que voltavam como fizera depois da batalha contra Lentulus. Em vez disso, caminhou o mais calmamente que pôde até o começo da trilha que Spartacus e seus homens usaram aquela manhã. Atheas a seguiu de perto. A dupla era seguida por quase todo mundo — uma multidão composta de mulheres. Orações proferidas em voz alta pelo retorno seguro de seus homens enchiam o ar.

A única concessão de Ariadne a sua agitação interna era apertar o punho, sem que ninguém visse. O rosto tatuado de Atheas, como sempre, estava impassível.

Quando a multidão alegre de soldados fez a curva e ela viu Spartacus entre eles, sem nenhum ferimento, os joelhos de Ariadne cederam de alívio. Sentiu gratidão pela mão de Atheas, que agarrou seu braço até que ela recuperasse as forças.

— Eles conseguiram de novo.

— Ele é... um grande líder.

Ariadne deixou as mulheres correrem até seus homens, esperando que Spartacus viesse ao seu encontro. Taxacis, que estava com ele, gritou satisfeito para Atheas em sua voz gutural. Carbo acenou para Ariadne, que estava tão feliz que quase se esqueceu de responder.

Sem que fosse preciso pedir, os homens de Spartacus se afastaram, permitindo que os dois tivessem certa privacidade. Eles cantavam o nome dele ao passar, e Ariadne percebia a grande admiração que sentiam por seu líder. Spartacus carregava seu capacete debaixo do braço e, como seus soldados, estava sujo dos pés à cabeça. Isso lhe dava uma aura de invencibilidade, segundo ela. De alguma forma, entre a loucura e a destruição da batalha, ele não só tinha matado seus inimigos, como também liderara seus homens à vitória e sobrevivera. Por trás do vermelho cobrindo seu rosto, seus olhos cinzentos ainda brilhavam. Entretanto, havia uma fúria reluzente neles que impedia que Ariadne se jogasse em seus braços como gostaria.

— Vocês venceram.

— Vencemos, graças ao Grande Cavaleiro. Foram pegos desprevenidos por nossos ataques de dardos e não conseguiram se recuperar da nossa investida inicial. O centro deles caiu. Nossa cavalaria arrasou com seus cavalos e depois atacou os flancos deles por trás. Foi uma vitória total.

— Você não parece tão feliz. Gellius escapou?

— Claro. Correu como um rato escapando de um navio afundando. Mas não me preocupo com ele. — Spartacus bateu na sacola pendurada na cintura. — É isto, e o que significa.

Ariadne sentiu o cheiro de carne apodrecida, e seu estômago embrulhou.

— O que é isso?

— O que restou de Crixus — respondeu. — A cabeça e a mão direita.

Ariadne foi tomada pelo horror.

— Como?...

— Antes do início da batalha, um tribuno bastardo e convencido veio até mim e jogou a bolsa na minha frente. Gellius queria que nossos homens entrassem em pânico e conseguiu. No entanto, eu os convenci. Alimentei o ódio deles. Ofereci vingança por aqueles que tinham caído.

— Foram muitos?

— Mais da metade do exército de Crixus. — Os olhos de Spartacus perderam o foco. — Tantas vidas perdidas em vão.

Ela se sentiu grata por Spartacus estar vivo.

— Eles partiram por vontade própria.

Foi como se ele não a tivesse ouvido.

— Quero fazer um funeral em memória deles esta noite. Haverá uma enorme fogueira, e antes disso devemos ver nosso próprio *munus*. — Ele percebeu o olhar confuso dela. — Mas os homens que vão participar não serão escravos ou gladiadores. Em vez disso, serão homens livres. Cidadãos romanos. Acho que Crixus teria gostado que fosse assim. Meus soldados sem dúvida gostarão. Uma oferta dessa magnitude agradará o Grande Cavaleiro e Dionísio. Deve garantir que nosso caminho para o norte permanecerá aberto.

— Eles lutarão até a morte?

Ele soltou uma risada nervosa.

— Vão! Achei que quatrocentos seria um bom número. Eles podem lutar em pares. Os duzentos que sobreviverem às primeiras lutas se enfrentarão, então os cem restantes combaterão, e assim por diante, até que sobre um único homem. Este pode levar a notícia para Roma.

Ariadne ficou um pouco chocada. Nunca tinha visto Spartacus tão brutal.

— Você tem certeza?

— Nunca tive tanta certeza. Isso mostrará a esses malditos em Roma que nós, *escravos*, podemos fazer o que quisermos. Que somos, em todos os sentidos, iguais a eles.

— Eles não pensarão isso. Apenas nos verão como selvagens.

— Que pensem o que quiserem — respondeu ele ab-ruptamente. O ódio quente da batalha tinha sido substituído por uma fúria fria e impiedosa. Era um sentimento que o dominava às vezes. Como quando Maron, seu irmão, morreu em meio a berros de agonia, com o corpo tomado pelo veneno de uma ferida no estômago. Como quando Getas, um de seus amigos mais antigos, colocou-se diante de uma lâmina destinada a ele, Spartacus. E, mais recentemente, como ocorrera pouco antes da batalha contra o cônsul Lentulus. Ele respirou fundo, saboreando a raiva gelada. Nesse exato momento, Spartacus teria matado todo romano existente. "Essa é a única forma de ensiná-los a me respeitar", pensou. "Temendo-me. O *munus* será um começo."

— A humilhação vai deixar os romanos enfurecidos. Eles juntarão suas legiões e virão atrás de você mais uma vez.

— Já teremos partido há muito tempo — afirmou ele.

"Graças a todos os deuses." Ariadne tinha se preocupado que esse sucesso recente o fizesse mudar de ideia sobre partir da Itália. "Com sorte, meu filho nascerá na Gália ou até na Ilíria." Ela se agarrava a essa esperança.

CAPÍTULO II

Quando a noite caiu, as ordens de Spartacus já tinham sido cumpridas. Usando pedaços de madeiras, carroças romanas apreendidas e equipamento abandonado, uma fogueira enorme fora acesa à beira do acampamento do exército. As chamas se erguiam altas no céu noturno, irradiando um forte calor que criava uma barreira, afastando o ar frio da montanha. Rebanhos de carneiro e gado do campo abandonados por Gellius tinham sido mortos e despedaçados. Lanças serviam de espetos improvisados para assar pedaços sangrentos de carne na fogueira. Os pescoços das garrafas tinham sido quebrados para facilitar o acesso ao vinho nelas contido. Por todos os lados, os homens bebiam, riam, brindavam. Alguns dançavam embriagados ao som das batidas de tambores e apitos e liras. Os sons dos diferentes instrumentos se misturavam em uma cacofonia confusa, mas ninguém se importava. Era hora de comemorar. Eles tinham sobrevivido a mais uma batalha, derrotado o segundo cônsul romano, que fugiu com o exército. Os soldados de Spartacus se sentiam como os heróis conquistadores da lenda, e o líder deles era o maior de todos. Gritos espontâneos entoando seu nome não cessavam. Sempre que ele surgia, os homens lhe ofereciam bebida, davam tapinhas em suas costas e juravam lealdade eterna.

Carbo também ouvira os boatos. Não acreditou muito neles. Nervoso, ele estava com Navio, um homem atarracado de maçãs do rosto altas e olhos de cores diferentes. "É estranho", pensou Carbo, ao observar os milhares de ex-escravos. "Eles são meus companheiros, mas estou com outro romano." De umas seis raças distintas, os homens tinham tamanhos e formas diversas. Gladiadores de rostos sérios, pastores claros e trabalhadores de pele bronzeada. Gauleses de cabelo comprido, alemães fortes e trácios tatuados. Suas armas ainda estavam ensanguentadas da batalha travada contra o exército de Gellius. Vestidos com cotas de malha romanas e placas de metal para proteção do peito, com túnicas simples ou até de peito nu, eles formavam uma visão temerosa e ameaçadora.

— Ele vai mesmo fazer isso?

— Pode ter certeza.

— É bárbaro.

Navio lhe lançou um olhar torto.

— Brutal ou não, é a justiça, na opinião de Spartacus e de seus homens.

— Ele tem que sacrificar tantos homens?

— É uma prática comum dezenas de gladiadores lutarem em uma missão e depois comemorarem a morte de uma pessoa. Você sabe disso. Hoje Spartacus está homenageando a memória de milhares de companheiros. Não surpreende ele ter escolhido tantos legionários.

— Você não se importa? — questionou Carbo, meneando a cabeça na direção dos quatrocentos prisioneiros ali perto. Os homens de Spartacus os cercavam em três lados, empunhando espadas. O quarto lado permanecia aberto em direção à fogueira. Ali, uma pilha de espadas havia sido disposta. — Eles são nosso povo.

— Contra o qual você lutou hoje. Que você matou.

— Foi diferente. Foi uma batalha. Isso...

— Eu odeio tudo que a República representa, lembra? — Navio o interrompeu. — Meu pai e meu irmão mais novo morreram lutando contra homens como esses. Por mim, eles podem ir para Hades.

Carbo se calou diante da fúria do outro. Navio e sua família tinham seguido Quintus Sertorius, um incentivador de Marius. Depois da morte deste, o Senado proscreveu Sertorius. Traído, Navio lutou por Sertorius contra a República por muitos anos, mas, por fim, sua sorte na Ibéria acabou. Contudo, Carbo acreditava que uma coisa era derrubar o próprio rei em uma batalha, numa situação de matar ou morrer. Outra totalmente diferente era fazer com que os prisioneiros lutassem uns contra os outros até a morte. A ideia o revoltava. Ele resolveu falar com Spartacus.

Não tardou para que o líder aparecesse, acompanhado por Ariadne, Castus e Gannicus. Atrás dele, vinham soldados carregando quatro águias prateadas e um grande número de estandartes. Havia até vários conjuntos de *fasces*, peças cerimoniais carregadas por guarda-costas do magistrado e os símbolos da justiça romana. Um forte grito foi ouvido quando o trácio parou ao lado do monte de armas. Apesar de sua raiva, Carbo ficou maravilhado ao ver seu líder com os troféus de batalha.

Não era de se estranhar que os olhos aterrorizados dos prisioneiros tenham se concentrado em Spartacus. Eles sabiam quem ele era, ainda que não o reconhecessem. O trácio era famoso e tido como um monstro pela República, um homem imoral, que desafiava todas as normas da sociedade. E ali estava ele, uma figura de cabelo raspado com armadura romana, braços musculosos e a lâmina da espada cobertos pelo sangue dos adversários. Comum, sob muitos aspectos. Mas, ainda assim, tudo nele, desde o rosto inexpressivo aos punhos cerrados, inspirava medo e ameaça de morte.

— SPAR-TA-CUS! SPAR-TA-CUS! SPAR-TA-CUS! — gritavam os escravos.

O trácio ergueu os braços agradecendo o clamor de seus homens.

Castus lançou um olhar amargo a Gannicus, que foi retribuído. Ninguém notou.

Ignorando o pedido de Navio para que esperasse, Carbo se aproximou de seu líder.

— Podemos conversar?

— Agora? — A voz de Spartacus era séria. Fria.

— Sim.

— Seja breve.

— É verdade que todos esses homens, menos um, morrerão lutando uns contra os outros?

Spartacus o encarou.

— Sim.

— Então é verdade! — disse Gannicus.

— Algum problema? — resmungou Castus, tocando a lâmina da espada com o dedo.

Carbo permaneceu onde estava.

— Eles merecem coisa melhor.

— Merecem? Por quê? — De repente, Spartacus estava bem diante dele. — É assim que gladiadores de todos os cantos da Itália morrem todos os dias, para a diversão de seus *cidadãos*. Muitos, senão a maioria desses lutadores, não cometeram crime nenhum. — Spartacus percebeu que os gauleses concordavam. — O que estamos prestes a ver é só uma inversão de papéis.

Era difícil negar a lógica, mas ainda assim Carbo se sentia contrariado.

— Eu...

— Chega! — vociferou Spartacus, e Carbo abaixou a cabeça. Se dissesse mais alguma coisa, colocaria em risco sua amizade com o trácio, sem falar que poderia ser atacado por um dos gauleses. Observou, ressentido, seu líder levantar as mãos e o silêncio recair sobre eles. — Não chamei vocês aqui para parabenizá-los por suas ações na batalha contra Gellius hoje. Todos vocês sabem como admiro sua coragem e lealdade.

Spartacus permitiu que seus seguidores comemorassem e então continuou:

— Estamos aqui por um motivo diferente. Um motivo triste. Soubemos da morte de Crixus e de dois terços de seus homens. Eles pereceram em uma batalha amarga contra Gellius no monte Garganus, há cerca de um mês.

Os ex-escravos que observavam emitiram um suspiro alto.

"Eles escolheram o próprio destino", refletiu Carbo. "Foram com Crixus, o desgraçado."

— Assim como honramos nossos mortos, devemos honrar Crixus e seus guerreiros derrotados. Peçam aos deuses para que não se esqueçam deles, para que permitam a todos eles adentrar no Elísio. Existe maneira melhor de fazer isso que não celebrando nossa vitória? — Quando ouviu um uivo animalesco de seus seguidores, Spartacus apontou a pilha de gládio. — Cada prisioneiro deve pegar uma espada. Formem duplas e deem a volta no fogo até receberem a ordem para parar. Quando eu mandar, vocês lutarão em pares até a morte. Os sobreviventes enfrentarão uns aos outros, e assim por diante, até restar apenas um homem.

Os gritos ensurdecedores dados em resposta às ordens de Spartacus abafaram a reação de choque dos romanos. Dezenas de homens se movimentaram entre eles, cortando as cordas que os amarravam. Nenhum dos prisioneiros deu um passo sequer. Spartacus meneou a cabeça e os guardas começaram a cutucar os legionários com as espadas. Alguns sangraram, o que causou zombarias e vaias sobre os cativos. Aquilo era melhor do que os ex-escravos podiam sequer sonhar.

Ainda assim, nenhum romano se mexeu para pegar um gládio.

Carbo sentiu um orgulho perverso diante do que via. "Eles não perderam totalmente a coragem."

— Armem-se! — gritou Spartacus. — Contarei até três.

Um oficial com um capacete romano de um centurião passou à frente da multidão de prisioneiros. O cabelo grisalho, a aparência abatida e as várias condecorações costuradas a seu peito revelavam a extensão de sua carreira — e de sua coragem.

— E se nos recusarmos?

— Serão crucificados, um a um. — Spartacus falou alto para que todos escutassem. — Bem aqui, para os outros poderem ver.

— Os cidadãos não podem ser... — O rosto do centurião corou, e sua voz falhou ao perceber que a alternativa tinha sido muito bem-escolhida por Spartacus. Os romanos tinham a opção de uma morte desonrosa, porém redentora na espada, ou o destino mais degradante possível para um cidadão. O centurião refletiu por um instante, e então deu um passo à frente para pegar um gládio. Endireitando-se, olhou para Spartacus. Cerca de dez passos e seis homens os separavam.

O trácio sorriu, e os nós de seus dedos empalideceram com a pressão no cabo da sica.

— Se quiser, há uma terceira opção. Eu acabaria com a sua vida depressa, mas não posso garantir que meus homens fariam o mesmo.

— Se me der meia chance, corto as bolas dele e faço com que ele as coma — rosnou Castus. — E isso só para começar.

Outros homens gritaram o que gostariam de fazer com o centurião e com todos os seus companheiros. Carbo tentou endurecer o coração diante dos destinos sugeridos aos prisioneiros, mas não conseguiu. Aqueles soldados eram seus inimigos, mas não mereciam ser forçados a matar uns aos outros, muito menos ser torturados até a morte. Contudo, ele não podia dizer nada. A paciência de Spartacus já estava esgotada.

Spartacus ainda encarava o centurião.

— E então?

O oficial abaixou a cabeça e deu um passo para o lado.

— Próximo — chamou o trácio.

Intimidados ainda mais pelo retraimento do centurião, os legionários, com tristeza, deram um passo à frente e foram pegar uma espada.

Spartacus fez um pedido a Dionísio e ao Grande Cavaleiro: "Permitam que o sangue destes romanos seja uma oferta adequada a vocês dois, ó, Grandes Senhores. Permitam que Crixus e seus homens façam uma passagem rápida ao paraíso do guerreiro." Era o que o gaulês merecia. Apesar de seus erros, Crixus fora um forte guerreiro.

Ariadne não gostava de pensar no que estava prestes a acontecer, mas era impossível negar a magnitude dessa oferta aos deuses. Poucas divindades permaneceriam insensíveis diante de tal presente. E, se esse fato ajudasse Spartacus e ela a saírem da Itália para sempre, ela estava preparada a aceitá-lo.

Em pouco tempo, duzentas duplas de legionários estavam ao redor da fogueira, um homem de frente para o outro. Alguns, como o centurião, permaneciam de pé, orgulhosos, com os ombros para trás, porém, a maioria rezava a seus deuses. Alguns até choravam.

Assustados com a inversão de papéis, os soldados de Spartacus mais uma vez fizeram silêncio.

Spartacus fez um breve discurso fúnebre sobre Crixus. Eles se lembrariam dele por sua liderança, sua maneira clara de falar e por sua valentia. Seus homens também seriam lembrados pelos esforços corajosos. As palavras foram recebidas com muitos gritos. Em seguida, ele se dirigiu aos romanos.

— Vocês aprenderam hoje, no campo de batalha, que todo homem aqui é seu semelhante, ou até melhor! Agora, aprenderão isso de outra maneira. Todos vocês já viram gladiadores lutando e morrendo para homenagear os mortos. Vocês provavelmente nunca pensaram que esses homens foram forçados a agir de tal forma. Esta noite, vocês têm essa chance, porque nós, *escravos*, observaremos vocês fazerem a mesma coisa. — Spartacus observou os rostos aterrorizados perto dele, demorando o olhar no centurião. — É uma morte honrada a se escolher e muito mais digna do que a crucificação. Por isso, meus cumprimentos. Que seja uma boa morte! — Ele ergueu a sica e a manteve no alto por um instante, e logo a abaixou. — Comecem!

Enquanto os prisioneiros se preparavam para atacar uns aos outros, um grito foi ouvido da multidão que observava. Foi o mesmo grito sedento por sangue que Spartacus ouvira ao lutar na arena. Ele desejou que todo homem no Senado estivesse prestes a lutar um contra o outro diante dele, e não os quatrocentos legionários.

Carbo não quis assistir à matança, entretanto, por estar ao lado de Spartacus, era o que tinha de fazer. Se fechasse os olhos, corria o risco de ser acusado de sensibilidade, no mínimo — e, na pior das hipóteses, de covardia. Apesar de seu receio, em pouco tempo ele ficou envolvido com a situação. O bater de metal com metal, os gemidos de esforço e os gritos inevitáveis de dor eram fascinantes. Muitos dos legionários escolheram morrer depressa, deixando os oponentes acertarem seus corpos com a espada ou deceparem suas cabeças. Carbo não se surpreendeu. Por que se dariam ao trabalho de tentar vencer uma luta se a vitória traria um novo combate, e outros mais em seguida? O que o espantou foi o nível de ferocidade com que alguns dos prisioneiros atacavam seus companheiros. O desejo de viver era grande o bastante para que eles assassinassem um dos seus sem hesitar. Cobertos de sangue, permaneciam de pé com a respiração ofegante e aguardavam o término das outras lutas.

Carbo notou que o centurião que havia se dirigido a Spartacus era um dos duzentos "vencedores". Talvez devido ao rosto gentil, o oficial mais velho lembrava a Carbo seu pai, Jovian. Isso tocou seu coração. Ele não via a família havia mais de um ano, desde que fugira de casa. Uma casa que havia sido tomada por Crassus, o homem a quem o pai devia uma fortuna. Assim que ele fugira, Jovian e a mãe de Carbo foram para Roma e lá eles se lançaram à misericórdia de um parente abastado. Por orgulho, Carbo não acompanhou os pais. Sabia que eles podiam estar mortos. "Assim como o centurião estará, em breve."

Quando as primeiras lutas terminaram, Spartacus ordenou que seus homens arrastassem os corpos dali.

— Quem ainda estiver respirando, terá a garganta cortada. Amontoem os cadáveres ali. Enquanto isso, o resto de vocês, cachorros, pode continuar! — Suas palavras foram recebidas com um grito coletivo forte. Carbo ficou enojado. Sentiu-se aliviado ao ver que Spartacus o ignorava.

Um pouco depois, mais cem corpos estavam espalhados sobre poças de sangue. Cem romanos sobraram, e o centurião estava entre eles. Em pouco tempo, o número foi reduzido a cinquenta e depois, a 25.

— Você luta bem — gritou Spartacus para o centurião. — Fique de fora enquanto os outros 24 lutam.

O oficial obedeceu, inexpressivo.

Os 12 homens que sobreviveram à luta anterior estavam exaustos. E ainda assim lutaram entre si.

Os seis legionários que sobreviveram à rodada brutal seguinte estavam ainda mais cansados que mal conseguiam segurar os gládios. Porém, não havia tempo para descanso.

— Continuem lutando! — gritou Spartacus.

Quem hesitava era ameaçado e empurrado pelos guardas.

Quando restaram apenas três legionários, Spartacus ordenou que o centurião voltasse a participar dos combates. Por ter enfrentado três homens a menos do que seu oponente, não surpreendeu que o oficial experiente o tenha despachado com facilidade, além de vencer a luta final. Ele parou com a cabeça baixa diante do corpo de sua última vítima e moveu os lábios em uma oração silenciosa.

Os gritos que acompanhavam os combates sangrentos foram diminuindo. Um silêncio estranho tomou os milhares de homens reunidos ali. Carbo sentiu um arrepio. Olhou para a escuridão, quase esperando ver Charon, o balseiro, ou até o próprio Hades, o deus do submundo, chegando para levar a grande pilha de legionários mortos.

— Como você se chama? — perguntou Spartacus.

O centurião olhou para a frente com os olhos tomados pelo horror.

— Gnaeus Servilius Caepio.

— Você é veterano.

— Servi durante trinta anos. Minhas primeiras campanhas foram com Marius, contra os teutões e os cimbros. Acho que você não os conhece.

— Na verdade, conheço. Você parece surpreso, mas lutei por Roma por muitos anos. Devo conhecer todas as campanhas desde as Forcas Caudinas.

Caepio ergueu as sobrancelhas.

— Diziam que você servia nas legiões. Pensei ser mero boato.

— É verdade.

— Roma é sua inimiga. Por que você fez isso?

— Para aprender como vocês fazem, para poder derrotá-los. Parece, até agora, que fui um bom aluno.

Seus homens gritaram em aprovação. Ariadne foi tomada pelo orgulho.

Caepio arregalou os olhos e murmurou algo.

— O que disse? — perguntou Spartacus.

— Disse que vocês ainda não enfrentaram as legiões veteranas da Ásia Menor ou da Ibéria. Eles os derrotariam.

— É mesmo?

O tom de Spartacus foi suave. Mortal. A ira gélida tomou conta dele de novo, em parte porque as palavras do centurião tinham certa verdade. Muitos dos soldados a quem eles tinham enfrentado haviam sido recém-recrutados.

— É isso mesmo.

Caepio cuspiu no chão. As tropas de Spartacus se movimentaram, e ele fez um gesto obsceno em sua direção. A reação, um brado de ira, rompeu o silêncio. Dezenas de homens pegaram suas armas e caminharam ao encontro dele.

— Esperem! — vociferou Spartacus, que olhou para Caepio. — Meus soldados matarão você.

— Isso não me surpreende! A escória não honra suas promessas. — Caepio largou a espada e ergueu as mãos. — Deixe-os fazer o que querem. Não importa. Sou um desgraçado pelo que fiz aqui hoje.

— Pode ser que seja. Mas antes que morra, tenho uma tarefa para você. Uma mensagem que você deve levar a seus senhores no Senado.

— Quer que eu leve a notícia desse *munus* infame.

— Isso mesmo.

— Farei isso.

— Imaginei que faria — disse Castus com ironia.

— Não devido a suas ameaças. Não temo a morte — disse Caepio, e o orgulho voltou a sua voz. — Aceito a tarefa porque é meu dever contar a Roma o quanto vocês, selvagens, afundaram. Devo contar sobre a barbaridade que você forçou meus companheiros e eu infligirmos uns aos outros.

Suas palavras foram recebidas com um rugido.

— Não somos selvagens! — gritou Gannicus. — O que aconteceu aqui não é diferente do modo como os romanos tratam os escravos.

— Escravos — repetiu Caepio. — Não homens livres.

— Roma vive de modo dúbio — disse Spartacus, seco. — Durante a guerra contra Hannibal, quando a necessidade era grande, Roma libertou escravos em número suficiente para criar duas novas legiões. Foram libertados para que lutassem pela República. Esses homens provaram que eram como qualquer cidadão.

— Não posso negar isso, mas também sei como meus líderes reagirão quando souberem desse *munus*. Não tem a ver com as atitudes certas ou erradas de quem é escravo ou não, de quem luta e de quem não o faz. Tem a ver com humilhar Roma, e foi isso o que você fez ao derrotar os dois cônsules, pegar suas águias de prata e, enfim, ostentá-las. Não estou certo? — Caepio olhou nos olhos de Spartacus.

— Está — admitiu o trácio, e seus homens gritaram em aprovação.

— Isso não será esquecido, posso prometer.

Spartacus ergueu a mão, contendo Castus, que parecia prestes a atacar Caepio.

— Ótimo. Porque era essa a minha intenção! Diga a eles que Spartacus, o trácio, e seus homens podem lutar tão bem quanto qualquer um de seus legionários, e ao derrotarmos os exércitos consulares, provamos isso duas vezes. — Agora, Spartacus flagrou o olhar amargo que Castus lançara a Gannicus. — Diga ao Senado que não sou o único general aqui. Esses homens, Gannicus e Castus — disse ele, apontando os dois — desempenharam papéis essenciais nas derrotas de Lentulus e Gellius. É melhor Roma cuidar de sua segurança! O próximo exército enviado por ela contra nós sofrerá uma derrota ainda maior. Mais águias se perderão.

Spartacus ficou satisfeito ao ver sorrisos largos no rosto dos gauleses. O que dissera sobre eles era mentira — nenhum dos dois era tão tático quanto ele —, mas milhares de homens se miravam neles como líderes. Ele precisava garantir seu apoio.

— Transmitirei ao Senado tudo o que você disse. Posso ir?

— Pode. Deem a ele alimento suficiente para que chegue a Roma! E deve ir sem armas — ordenou Spartacus.

— E os corpos de meus companheiros?

— Espera que eu diga que eles ficarão a céu aberto para as aves carniceiras, certo?

— Sim.

— Eles morreram como homens corajosos, por isso serão enterrados com honrarias. Dou minha palavra. Mas não posso dizer o mesmo sobre os soldados mortos no campo. Muitos deles eram covardes.

Caepio ficou sério, porém não discutiu.

— Rezo aos deuses para que esta não seja a última vez que nos encontramos.

— Não serei misericordioso da próxima vez.

— Nem eu.

— Então, estamos entendidos.

Spartacus observou Caepio se afastar. "Outro homem valente", pensou. E que também dissera a verdade. Roma não permitiria que tamanha humilhação ficasse impune. No entanto, fazia sentido atravessar os Alpes e ir além do alcance das legiões. Uma dúvida lhe ocorreu. "E se o Senado enviar exércitos atrás de nós? Eles sabem onde fica a Trácia." Afastou a ideia inquietante. "Isso nunca vai acontecer." No fundo, Spartacus sabia que a possibilidade existia. Roma não perdoaria ou, como Caepio dissera, não esqueceria tantas derrotas.

Mal sabia ele que Ariadne tinha pensamentos parecidos. "Quando Hannibal Barca foi forçado a deixar Cartago, foi perseguido pelo resto da vida pelos agentes romanos." Ela cerrou os punhos. "Pare. Dionísio, permita que escapemos da Itália, eu imploro. Cuide de nós sempre e nos mantenha seguros."

Carbo também observava o centurião. Então, quase sem perceber o que fazia, começou a segui-lo. Ao ouvir a movimentação, o centurião se virou.

— Calma. Não vou apunhalá-lo pelas costas.

Caepio pareceu ainda mais desconfiado.

— O que você quer?

De repente, Carbo se sentiu envergonhado. De perto, Caepio não se parecia em nada com seu pai.

— Eu... eu só queria dizer que você é um homem corajoso.

— Você é romano? — Caepio demonstrou toda a sua indignação na voz.

— Sim.

— O quê, em nome do sagrado Júpiter, você está fazendo com esse grupo? Não tem orgulho?

— Claro que tenho.

Carbo ficou furioso ao sentir o rosto corar.

— Você me enoja.

O centurião começou a se afastar.

— Ei! Eu não teria feito vocês lutarem uns contra os outros desse jeito.

Caepio se virou de novo. O desdém em seu rosto era claro.

— É mesmo? Mas, ainda assim, decidiu se aliar a uma corja de escravos estupradores. Escória que destruiu cidades e aldeias por toda a Itália, que massacrou milhares de cidadãos inocentes e legionários corajosos. Para mim, você é um *latro* do pior tipo. — Ele vociferou e cuspiu aos pés de Carbo. — Isso é por ser um traidor de seus semelhantes.

Carbo sentiu a raiva tomar conta dele.

— Suma daqui, antes que eu acabe com você!

Caepio não se deu ao trabalho de responder. Afastou-se, murmurando insultos.

"É assim que é. Não há como voltar agora. Nunca mais. Por que pensei que seria possível?" Fora ingenuidade sua se aproximar de Caepio, mas ele queria expressar seu respeito a ele. Não se preparara para o nível do escárnio do centurião. No entanto, uma sensação estranha — seria satisfação? — o tomou. "Sou um traidor, afinal. Os escravos se tornaram minha família. E Spartacus é meu líder." Apesar de saber que nunca mais veria os pais, a emoção foi estranhamente reconfortante.

Gannicus tomou um longo gole da pequena garrafa. Uniu os lábios com satisfação.

— É um bom vinho envelhecido, ou não sei avaliar.

Castus ergueu uma das pernas e peidou, fazendo barulho.

— Você não sabe avaliar! Acha que é um vinho de qualidade porque o pegou na barraca de Gellius. — Ele se abaixou, rindo, para desviar do vaso de argila, que caiu alguns passos além de onde ele estava, perto da fogueira. Ele se inclinou para a frente e a pegou antes de seu conteúdo vazar. — Sabe que tenho razão. Dez denários dizem que você cresceu a base de urina com sabor de vinagre, aguada. Como eu, como qualquer escravo que já existiu. O melhor que podíamos esperar a cada ano eram os restos da bebida do senhor na Vinalia Rustica. Como podemos saber o que é bom e o que não é?

Gannicus abriu um sorriso amargo de concordância; o rosto redondo menos jovial do que o normal.

— Na maior parte do tempo, não consigo diferenciar um faleriano de urina de burro, mas uma coisa é certa: toda gota tirada dos romanos tem gosto de néctar! — Castus bebeu da garrafa e a jogou para trás. — Para ser sincero, isso tem um ótimo sabor.

A expressão irritada de Gannicus se atenuou.

— Eu lhe disse.

— Olhe para nós! Nós, que éramos escravos, gladiadores, os mais baixos dos baixos, vivendo como reis! — Castus fez um gesto envolvendo a grande tenda romana que ele insistira que seus homens levassem do acampamento de Gellius, e os estandartes brilhantes fincados na terra à frente dele. — Se aquele maldito Gellius não fosse tão esquelético, eu também estaria usando a armadura dele!

Gannicus riu.

— É algo importante pegar a placa peitoral de um cônsul romano, não é? Ainda que não sirva!

— Queria tê-la pegado de um cadáver — rosnou Castus. — Da próxima vez, o cão não terá a mesma sorte.

— Se ele tiver coragem de voltar.

Eles se sentaram e saborearam as lembranças de sua vitória — fruto, em grande parte, de sua coragem.

— Foi um bom espetáculo o que Spartacus fez mais cedo — disse Castus com uma voz relutante.

— Verdade. Os homens adoraram.

— Ele sabe lidar muito bem com eles. — Castus não tentou esconder a inveja. Gannicus sabia como o outro se sentia em relação ao trácio. Assim como alguns guerreiros, todos gauleses, que estavam por perto. — Foi-se o tempo em que ser corajoso na batalha e capaz de beber mais do que qualquer um era suficiente, não?

— Isso e conseguir uma mulher com quem trepar a noite toda — concordou Gannicus. — É por isso que você e eu estamos onde estamos. E nos demos bem! Milhares de homens são leais a nós.

— Mas não tantos quanto os devotados a Spartacus — respondeu Castus. — Você o viu lutar hoje? Ele é destemido e habilidoso. O safado é um bom general também. Enganar Lentulus para que ele guiasse seu exército até o fracasso foi um golpe de mestre. Não surpreende que eles o amem. — Seu rosto corado se retorceu com a amargura do homem consciente de sua inferioridade.

— O que não gosto é do modo como ele espera que queiramos o mesmo. Ele costumava pedir nossa opinião. Agora simplesmente faz o que quer — observou Gannicus, reclamando.

— Isso deve funcionar com puxa-sacos como Egbeo e Pulcher, mas não conosco. Os gauleses têm orgulho!

O ressentimento os manteve em silêncio por um tempo. A lenha no fogo estalava ao ser tomada pelas chamas. O barulho da comemoração dos soldados tomou a noite escura estrelada, onde a inveja deles desapareceu no silêncio profundo.

— Não sei se você está certo — disse Gannicus, levando a mão ao bigode.

— Em relação a quê?

— Em relação a quanto os homens gostam de Spartacus. Eles o adoram enquanto ele os guia por vitória após vitória e quando ele permite que saqueiem propriedades e latifúndios sem ressalvas. Mas, quando tiverem que atravessar uma longa cadeia de montanhas para sair da Itália, acho que a maioria deles vai mudar de ideia de repente.

— Eles sabem que é para onde estamos indo. Spartacus lhes disse em Thurii.

— Existe uma grande diferença entre "saber" algo e entender, Castus. Os homens só tiveram que pensar em marchar desde então, além de estuprar e saquear todos os lugares por onde passaram. Lutar contra os exércitos consulares, e derrotá-los, fez com que não refletissem muitas coisas. Arrisco dizer que, até pouco tempo, a cada dez homens, nenhum pensou em sair da Itália a sério. As queixas que têm acontecido são muito reais.

Os olhos marejados de Castus foram tomados pela esperança. Ele se inclinou para a frente de modo conspiratório.

— Já falamos sobre isso. A maioria vai mesmo se recusar a fazer o que ele pede?

— É exatamente isso o que acho.

— Espero que você esteja certo, por Taranis! Gostaria muito de ver isso.

— Eu também, porque o dia em que ele anunciar que o exército deve marchar para os Alpes é quando agiremos. Enquanto isso, esperamos, observamos e ouvimos.

Rapidamente, o humor de Castus mudou.

— Estamos de mãos atadas em relação a isso desde que saímos do maldito ludo! Tenho tudo bem-preparado para partir sozinho. Muitos homens me seguirão!

— Faça o que quiser — disse Gannicus, sem dar importância. — Você é seu mestre. Mas, antes de agir, pense no prêmio que está sendo oferecido. Imagine liderar quarenta, até cinquenta mil homens em batalha. Seríamos como os líderes gauleses do passado. Como Brennus, que saqueou Roma. Dizem que o chão tremia quando seus homens lutavam. Imagine isso! Os romanos se cagariam de medo. — Ele se recostou e deixou Castus refletir sobre aquilo.

— Certo, certo. Vamos esperar um pouco mais. Usar esse tempo para convencer mais homens, está bem?

— Exatamente. — Gannicus manteve a expressão neutra, mas por dentro estava feliz. Se convencesse Castus a se unir a ele, teria muito mais chances de fazer a maioria do exército deixar Spartacus. E, quando isso acontecesse, ele seria o líder dos dois. Castus não era tolo, mas sua impulsividade sempre lhe causava problemas. Também fazia com que ele fosse relativamente fácil de manipular, o que era bom para Gannicus. Ele tirou o lacre de outra garrafa. — Enquanto isso, vamos nos embebedar!

— Boa ideia.

— Vamos beber para que Spartacus perca o controle do exército.

— Melhor ainda: que ele acabe do lado errado da lâmina romana!

— Isso — concordou Gannicus. — Ele fez o trabalho muito bem no começo, mas o poder subiu à cabeça dele.

Eles se entreolharam com intensidade, percebendo que pensavam a mesma coisa.

Um momento se passou. Castus olhou ao redor, para ver se ninguém os ouvia.

— Você acha que é possível? Aqueles citas parecem dois cães malucos. Sem falar no homem em si. É letal com uma arma. Ou com as mãos. Você se lembra de como ele quase matou Crixus, que era forte como um touro?

— Ele não é tão perigoso quando está dormindo. Ou quando está cagando — murmurou Gannicus. — Onde existe vontade, existe possibilidade, certo? Só temos que esperar a oportunidade certa. — Ele lançou a Castus um olhar sério. — Você está do meu lado?

— Pode apostar que sim!

— Não fale sobre isso com ninguém. Precisa ficar só entre nós.

— Você acha que sou idiota? Meus lábios estão cerrados. Pelo menos, sobre esse assunto. — Ele pegou a garrafa. — Você vai me deixar morrer de sede?

Sorrindo satisfeito, Gannicus entregou o vinho a ele. "Spartacus", pensou ele, "sua estrela começou a se apagar. Já era tempo."

Marcion cresceu em uma propriedade em Bruttium. Era de origem grega, de estatura mediana, tinha a pele amarelada do pai e cabelo preto. Como os pais dele eram escravos, foi natural que o senhor de Marcion o treinasse como escriba quando este teve idade suficiente. Demonstrava natural proficiência para o trabalho e também se divertia com ele. Infelizmente, sua vida toda foi transformada um ano antes, quando seu senhor morreu, deixando como único herdeiro um jovem dissoluto sem qualquer noção de cultura.

Uma das primeiras atitudes do jovem foi forçar muitos dos escravos domésticos a trabalhar nos campos da propriedade, onde eles "seriam mais produtivos". Marcion sabia da vida difícil e da disciplina brutal infligidas aos cativos do campo, porém nunca as vivera pessoalmente. Depois de algumas semanas, ele já estava cansado. O exército de Spartacus havia se estabelecido perto de Thurii havia alguns meses. Boatos a respeito de como tinha sido fácil entrar para o bando dele eram constantes entre os escravos descontentes. Na noite escura de outono, Marcion fugiu para os montes. Só levou três dias para chegar ao exército rebelde. Um oficial com cara séria observou sua pele morena de agricultor e os calos nas mãos, e o deixou passar.

Marcion havia completado o treinamento inicial muito tempo antes. Lutou nas batalhas contra Lentulus e Gellius, o que fez dele um veterano. No entanto, aos olhos dos gladiadores originais que tinham fugido do ludo com Spartacus ou dos homens que tinham lutado nas batalhas iniciais contra homens como Publius Varinius em Thurii, Marcion e seus companheiros não passavam de recrutas molengas. Ele já estava cansado dos insultos, feitos sempre que o centurião os treinava. Os mais antigos só gostavam de permanecer por perto para fazer comentários sarcásticos. Marcion tinha dificuldade para marchar, mas pelo menos estava cercado por seus homens, pelo grupo recrutado mais recentemente. Os resmungos de Zeuxis recomeçaram na fileira da frente, fazendo com que Marcion se lembrasse de que as coisas não eram só flores. O homem careca era mais velho do que ele e havia chegado uma semana antes dele. Zeuxis tinha a voz mais alta no *contubernium*, o que o fazia achar que tinha o direito de mandar em todos. Na maior parte do tempo, os outros soldados na barraca de oito ocupantes deixavam que ele fizesse isso. Marcion não tinha pendor para dar ordens.

— Não fazemos nada além de marchar, porra!

— Cale-se — pediu Gaius, um homem de ombros largos que vivia para lutar e agora marchava ao lado de Marcion. — Procure não pensar nisso. Chegaremos mais cedo desse modo.

Zeuxis o ignorou.

— Thurii fica a quantas centenas de quilômetros daqui?

— Soube que são quase cinco — disse Arphocras, o integrante com o qual Marcion tinha mais afinidade.

— É só isso? Parece que estamos a meio caminho de Hades.

Arphocras piscou para Marcion.

— Não se preocupe, Zeuxis, não estamos muito longe dos Alpes.

— Os Alpes! Vai ser muito difícil atravessá-los?

— Será verão quando chegarmos lá. A viagem não vai ser muito diferente do que já passamos nos Apeninos — respondeu Marcion, repetindo o que ouvira o centurião dizer.

— Como se você soubesse, grego — vociferou Zeuxis. — Você é como o resto de nós. Nunca saiu de Bruttium até Spartacus nos levar de lá.

Os outros riram, e Marcion corou de raiva.

— Isso foi explicado por Spartacus, não por mim!

— Você tem falado com ele?

Mais risos. Marcion se calou. Tentaria se vingar de Zeuxis mais tarde.

— Spartacus... o incrível. Hã! Se tivermos sorte, pode ser que ele passe pela nossa posição uma vez por dia ou a cada dois, e só — reclamou Zeuxis. — No resto do tempo, ficaremos presos na coluna, sem ter ideia do que está acontecendo. Vamos seguir os homens à nossa frente como malditas formigas. Não é à toa que demoramos três horas para sair do acampamento toda manhã, o que significa que somos sempre os últimos soldados a chegar ao campo novo todo dia. — Incentivado pelos acenos de cabeça e murmúrios dos outros, ele prosseguiu: — Conseguir comida demora, ainda mais pegar vinho. Quanto ao equipamento sobressalente...

Marcion desistiu de se manter calado. Tudo que Zeuxis dissera era verdade, porém era parte da vida quando se atuava em um exército tão grande. Eles não tinham como mudar isso, assim como não podiam forçar o sol a nascer no oeste e a se pôr no leste.

— Esqueça isso, está bem?

— Vou falar, se quiser. Os homens estão interessados no que tenho a dizer — retrucou Zeuxis olhando para trás.

— Não, não estão. Só não conseguem vencer esse maldito monólogo.

Risos foram ouvidos, e Zeuxis fez cara feia. Ele se virou, quase acertando Gaius com a madeira com que levava seus equipamentos.

— Seu maldito engraçadinho!

Gaius o puxou com força para trás.

— Por que não faz o que Marcion pediu, hein? Dá um tempo. Aproveite a paisagem. Observe o céu azul. Cante uma canção conosco, até. Qualquer coisa, mas pare de falar!

Marcion sorriu quando todo mundo à vista concordou em voz alta.

Franzindo o cenho, Zeuxis obedeceu.

— Obrigado — disse Marcion a Gaius.

— Tudo bem. Ele não vai ficar calado por muito tempo.

— Ninguém fica — disse Marcion, olhando ao redor. — É melhor aproveitarmos o momento.

Gaius respirou fundo e começou a cantar.

Ao reconhecer a canção, Marcion e os outros se juntaram a ele, animados.

Os quilômetros passavam mais depressa quando se pensava em vinho, mulheres e música.

Dez dias depois...
Roma

Marcus Licinius Crassus estava cansado e faminto. Ao ver sua casa a distância, suspirou aliviado. Em pouco tempo ele estaria em casa. Passara o dia inteiro no Senado, ouvindo e participando do debate interminável a respeito da construção de novas cloacas no monte Aventino. "Os tolos dão prioridade a tantas bobagens sem falar sobre o que importa de fato", pensou ele, sorrindo da própria reflexão. Era incrível. Apesar da derrota recente dos dois cônsules pelo renegado Spartacus, as necessidades de saneamento dos pobres eram vistas como uma questão de urgência.

No entanto, Crassus não tinha a menor dúvida sobre qual assunto era prioridade. Spartacus. O homem e sua classe de escravos haviam se tornado uma pedra no sapato da República. Lentulus, o primeiro cônsul a ser derrotado, havia se apresentado aos senadores algumas semanas antes. Sua tentativa de explicar as atitudes tomadas não foram muito boas, mas, depois de uma reprimenda severa, ele permaneceu no comando do que restou de seu exército. Gellius, seu colega, aparecera na capital alguns dias antes. Assim como Lentulus, ele era um homem decidido e não tinha o apoio de uma grande parte do Senado. Assim como o colega, Gellius sofrera baixas consideráveis nas mãos de Spartacus, além de ter perdido as duas águias de suas legiões. Contudo, não foi isso o que fez com que os senadores o responsabilizassem. Havia sido a presença de Caepio, a única vítima sobrevivente da humilhação e da matança envolvendo quatrocentos prisioneiros romanos.

Crassus contraiu os lábios ao se lembrar do que Caepio dissera. Poucos homens na República podiam exigir mais respeito do que ele, um centurião com trinta anos de serviço leal nas costas. Todos na Curia prestaram atenção enquanto ele falava. As manifestações no prédio quando ele terminou tinham sido maiores do que qualquer uma já vista por Crassus. Ele não se afetou menos por isso. Pensar nos escravos num *munus*, forçando os legionários romanos — cidadãos — a lutar até a morte era absurdo. Imperdoável. *Tinha* que haver vingança, e depressa. A fúria e a frustração de Crassus aumentaram ainda mais, pois naquele momento, a vingança parecia improvável. Corriam boatos de que Spartacus levava seus homens para o norte, para os Alpes. Apenas Gaius Cassius Longinus, o procônsul da Gália Cisalpina, que comandava duas legiões, estava em seu caminho, e era difícil imaginar que ele pudesse ser bem-sucedido quando seus superiores tinham fracassado. Se Longinus fosse derrotado, Roma descobriria se Spartacus de fato estava pensando o impensável: ele deixaria a Itália?

Mesmo que Lentulus ou Gellius *tivessem* a chance de lutar contra Spartacus de novo, Crassus acreditava que nenhum cônsul seria capaz de acabar com o exército escravo. Os dois, principalmente Gellius, pareciam acovardados pela reação furiosa dos senadores. "Foram apenas trezentos políticos irados — não cinquenta mil escravos armados." Apesar de os dois terem entrado para as forças, para Crassus, eles não tinham a iniciativa — e a coragem — de acabar com a insurreição de modo rápido e definitivo. Ele havia convencido alguns de seus senadores parceiros a concordar com seu ponto de vista, de que a mudança era necessária. Mas fazer com que eles concordassem com qualquer outra coisa além era outra história. As tradições do alto-comando que existiam havia mais de meio milênio eram muito firmes. Durante os 12 meses de atuação, os dois cônsules foram os dois magistrados mais velhos da República e seus governantes. Era compreensível que a posição deles fosse venerada. Ninguém nunca os havia destronado nem os forçado a permitir que outra pessoa guiasse seus exércitos durante seu período de atuação. Sem se deixar abater, Crassus já havia expressado tudo isso duas vezes. Em ambas, suas sugestões tinham sido descartadas.

"Tolos. Eles se arrependerão dessa decisão. Longinus vai fracassar. Se forem mandados atrás dele, Lentulus e Gellius falharão." Crassus sabia disso muito bem. De todos os políticos de Roma, ele, sozinho, havia encontrado Spartacus e percebido seu mérito. Conhecera o gladiador trácio por acaso, em uma visita a Cápua um ano antes. Crassus havia pagado por um combate mortal no ludo dali. Apesar de ter sido ferido logo no começo, Spartacus havia superado seu habilidoso oponente. Intrigado pelo trácio, Crassus conversou com ele depois. Na época, ele considerou a atitude confiante do escravo pura arrogância. Desde então, depois de várias derrotas romanas, percebeu seu erro. O homem não era só um lutador valente e talentoso. Tinha carisma, habilidade e liderança. "Desde Hannibal ninguém ameaçava a República dessa forma", pensou Crassus. "E os dois tolos que devem ajudar são Lentulus e Gellius, cujo plano é encontrar Spartacus e confrontá-lo em batalha de novo. Por que sou o único a ver que eles não vencerão?"

"Preciso fazer alguma coisa."

E ele sabia exatamente o que faria. Poderia levar meses, mas ele conquistaria o Senado. Muitos políticos lhe deviam favores, dinheiro ou as duas coisas. Ele só precisava de mais alguns aliados influentes. Com a ajuda deles, Crassus poderia obter a maioria no Senado. Os cônsules seriam forçados a abrir mão do comando de suas legiões para outra pessoa. "A mim", pensou ele com alegria. "Eu, Crassus, liderarei as legiões atrás de Spartacus, onde quer que ele esteja. Salvarei a República. Os plebeus me amarão!"

Seu grupo parou e seus escravos se abaixaram. Crassus esperou enquanto um deles batia à porta da frente, exigindo que seu mestre entrasse. Não apareceu o grandalhão que ele esperava ver, mas

Saenius, seu secretário efeminado. Aliviado, Crassus ergueu as sobrancelhas.

— Você voltou. Não pensei que o veria tão cedo.

— Meus negócios no sul demoraram menos do que pensei. — Saenius foi para a rua, fazendo uma deferência para que o mestre entrasse.

— Bom saber. — Crassus tomou o cuidado de pisar primeiro com o pé direito. Sua barriga roncou quando o cheiro do alho frito chegou até suas narinas, vindo da cozinha. No entanto, ele poderia comer mais tarde. Semanas antes, ele havia mandado Saenius em uma missão. — Conte-me o que descobriu.

Saenius olhou para cima e para baixo no corredor. Dois escravos se aproximavam.

Crassus não queria que ninguém ouvisse.

— Mais tarde.

Saenius relaxou.

— Não sou a única surpresa para você hoje. Você tem uma visita.

— Quem?

— O *Pontifex Maximus*.

Crassus se espantou.

— Gaius Julius Caesar?

— O próprio.

— O que, em nome de todos os deuses, a "Rainha da Bitínia" quer comigo?

— Ele não disse. — Saenius riu. Todo mundo em Roma conhecia os boatos. Desde a estada de César, alguns anos antes, na corte de Nicomedes, o velho rei da Bitínia, ele vinha sendo perturbado pelo boato de que se tornara íntimo de seu anfitrião. — Ele não está usando roupas roxas e finas. Tampouco está deitado em um sofá dourado enquanto espera sua chegada.

Pensar naquilo fez Crassus sorrir.

— César pode ter feito isso com Nicomedes, mas acho que sabe que não deve tentar comigo.

César era o sacerdote de mais alto nível em Roma. Apesar de seu posto ter muita importância, ser membro do ministério religioso era também um degrau para os jovens nobres com uma carreira promissora na política. César já era um dos astros em ascensão em tal cenário. "Não será apenas uma visita social, com certeza."

Eles entraram no átrio, na grande sala espaçosa que levava à entrada. Cenas lindamente pintadas decoravam as paredes de gesso: a exposição dos bebês Rômulo e Remo às margens do rio Tibre, a consagração de Reia Silvia como Virgem e fundadora da antiga cidade de Alba Longa. As máscaras de morte dos ancestrais de Crassus adornavam a parede dos fundos, nas quais também ficava o larário, uma alcova reservada como templo aos deuses domésticos. Crassus abaixou a cabeça em respeito enquanto passava.

— Onde ele está, então?

— Você não quer trocar de roupa ou comer algo antes?

— Vamos, Saenius. — Crassus riu. — É melhor vê-lo de uma vez. — Ele tirou um pouco de poeira imaginária da parte da frente da toga ainda imaculada. — César pode ser um janota, mas minha aparição será o suficiente.

— Claro. Ele está esperando na sala de recepção perto do pátio.

Era seu escritório mais imponente, decorado uma semana antes. Impressionava. Feliz com a sagacidade de Saenius, Crassus seguiu o assistente pelo tablino, a câmara ampla que levava ao jardim com colunas. Sob o pórtico, eles margearam as fileiras de vinhas e limoeiros, e as estátuas gregas dispostas com esmero. Saenius bateu na porta aberta da primeira sala a qual chegaram.

— Marcus Licinius Crassus.

Crassus entrou, sorrindo, para receber o homem magro e sem barba sentado ali.

— *Pontifex*! Eu me sinto honrado por sua presença.

Ele fez uma breve reverência, o suficiente para mostrar respeito, porén não o bastante para indicar qualquer inferioridade real.

— Crassus — disse César, de pé, retribuindo a reverência. Como sempre, seu roupão vermelho-escuro bem-cortado quase não estava amassado. — É ótimo vê-lo.

Crassus disfarçou a alegria que sentiu ao ver a deferência demonstrada. Conexões familiares podiam ter rendido a César a posição como pontífice, mas ele não precisava se levantar por Crassus. Aquilo mostrava que ele reconhecia a sua importância. Não foi tão surpreendente. "Afinal, sou mais rico, mais poderoso e mais bem-relacionado." O que Crassus não gostou de admitir foi que tinha pouco da disposição de César.

Poucos homens — além de Pompeu — conseguiam o amor das pessoas como César conseguira. Poucos conquistavam uma *corona civica*, o maior prêmio de Roma pela coragem, aos 19 anos. Poucos escolhiam se tornar um defensor das cortes e processar Dolabella, um ex-cônsul, aos 23. Poucos ganhavam notoriedade como amante das esposas de muitos homens. No entanto, a história preferida da plebe a respeito de César — Crassus já a ouvira ser contada, certa vez, numa esquina e outras centenas de vezes — era a de sua captura e prisão por piratas na ilha de Pharmacussa, na costa da Ásia Menor. Crassus detestava a história. César rira da exigência feita pelos piratas de receber vinte talentos[1] de prata, dizendo que deveriam pedir cinquenta em vez de vinte. Além disso, dissera repetidas vezes que, quando fosse libertado, crucificaria todos eles. Algumas semanas depois, quando a quantidade maior tinha sido paga, César fora solto. Apesar de ser um civil, ele convencera os provincianos que haviam pagado seu resgate a lhe dar o comando de diversas embarcações. Cumprindo sua palavra, ele prendeu os piratas e, logo depois, crucificou cada um deles. Essa demonstração de *coragem* romana, ou masculinidade, dera a César bastante respeito por parte do público romano. Crassus desejava tal reconhecimento. Ele sorriu a seu convidado. "Idiota."

— Quer vinho?

— Obrigado, é uma boa pedida.

— Minha garganta também está seca.

Crassus olhou para Saenius, mas o latim já estava saindo pela porta.

— Um dia longo no Senado?

— Sim. Horas de conversa inútil.

César arqueou as sobrancelhas.

— Estão planejando novas cloacas para o monte Aventino — explicou Crassus.

— Compreendo. Parece ser uma sugestão razoável.

— Parece mesmo, mas nunca é tão fácil no Senado, certo? Porém, você não veio aqui para falar de higiene.

— Não.

César se calou enquanto Saenius entrava com uma jarra de vinho.

— Pode falar à vontade. Meu assistente trabalha para mim há mais de vinte anos. Confio nele como se fosse meu filho.

---

[1] **Talento: unidade de medida equivalente a 34kg. [N.T.]**

— Muito bem — concordou César, com óbvia relutância. — Tenho certeza de que sabe que o custo de vida na capital, para se manter as aparências num escritório, é muito alto.

"Eu sabia", pensou Crassus. "Ele está aqui para pedir um empréstimo. Não é o que todos fazem?"

— Sim, é. O entretenimento público de qualquer tipo pode ser bem caro.

— Vários amigos mencionaram que você consegue ser bastante flexível ao proteger mais... fundos.

— Já emprestei dinheiro em algumas ocasiões. — Crassus fez uma pausa, saboreando seu poder. — É por isso que está aqui?

César hesitou por um instante.

— Para ser direto, sim.

— Compreendo. — Crassus deixou um pouco de vinho na boca, deliciando-se com o sabor e com a expressão estranha de César. — De quanto precisa?

— Três milhões de denários.

Saenius ficou surpreso, porém conteve-se e logo disfarçou tossindo. "O rapaz tem coragem", pensou Crassus. "Foi direto ao ponto."

— É uma soma grande.

César endireitou os ombros e os ergueu de modo eloquente.

— Quero realizar um *munus* nos próximos meses. Só isso me custaria quinhentos mil, no mínimo. E, então, há os custos de gerenciar uma casa...

— Você não precisa justificar seus gastos para mim. Como, exatamente, você me pagaria?

— Com o espólio que conseguirei na campanha.

— Campanha? — perguntou Crassus, franzindo o cenho. — Onde? Em Pontus?

— Talvez. Ou em outro lugar — respondeu César com a confiança de sempre.

Crassus refletiu por um momento. Roma estava sempre em guerra. César sem dúvida encontraria um conflito no qual lutar, se quisesse, mas não havia garantia de que ele voltaria com tamanha riqueza. "Não é por isso que empresto dinheiro aos homens, certo? É para tê-los em meu poder. Para que, quando precisar de um favor, ter a certeza de que o receberei." Ele sorriu. César já era popular com muitos senadores. Tê-lo como devedor seria vantajoso.

— Tudo bem.

A postura de César de desfez, mostrando o jovem que ele, de fato, era.

— Você me emprestará essa quantia?

— Claro — disse Crassus de modo expansivo. — Como já deve saber, minha taxa de juros é razoável. Cinco denários a cada centena, cobrados anualmente. Saenius pode pedir ao meu escriba para que cuide da papelada. O pergaminho garantindo o dinheiro será entregue em sua casa amanhã cedo.

— Obrigado. — César sorriu. — Oferecerei um boi a Júpiter como gratidão, posteriormente.

— Há uma pequena condição.

— Compreendo.

— Concordará com ela?

— Tenho que concordar?

— Se quiser o dinheiro, sim.

O sorriso de César diminuiu um pouco.

— Desde que não me peça para matar minha mãe, acredito que serei capaz de ajudar.

Crassus escondeu sua alegria. "Ele mordeu a isca!"

— Você provavelmente já sabe que, nos últimos dias, perdi a paciência com seus cônsules, Lentulus e Gellius.

— Sim — respondeu César, apreensivo.

— Eu disse "perdi a paciência"? Isso é pouco. Para ser sincero, Lentulus é um idiota. Ele entrou em uma emboscada que um cego teria visto. Levar seu exército por uma área estreita sem checar a altura primeiro?!

César coçou o nariz longo e aquilino, refletindo se deveria mencionar o fato de um sinal de "tudo limpo" aparentemente ter sido dado. Pensando bem, era claro que os homens de Lentulus seriam mortos, permitindo que um dos homens de Spartacus desse o sinal que enganou o cônsul, dando-lhe uma sensação falsa de segurança. Ele decidiu não dizer nada.

— Uma decisão complicada.

— E Gellius? Ele não passa de um velho que achou que vencer uma batalha contra uma multidão desorganizada de escravos liderada por um selvagem garantiria a ele uma vitória sobre Spartacus.

— Palavras fortes.

— Talvez sejam, mas são verdadeiras.

Crassus ergueu o queixo de modo ameaçador.

— Até agora, eu não disse isso em público, mas concordo com você — admitiu César.

Incentivado, Crassus prosseguiu.

— Os pretores que partiram antes dos cônsules não se salvam. Glaber, Varinius e Cossinius são magistrados de alto escalão. O núncio apostólico Furius foi outro idiota!

— Você poderia ter feito melhor.

Crassus parou, olhando para César com desconfiança.

— Você acha?

— Como o homem cuja vitória em uma batalha desesperada na Porta Collina salvou Sulla, sem dúvida, você teria resolvido tudo.

— Com a ajuda dos deuses, talvez — disse Crassus com modéstia.

Ele não admitiria que tais pensamentos não saíam de sua cabeça. No entanto, na realidade, as coisas não eram tão simples. O erro cometido por Glaber, de não ter mantido sentinelas em número suficiente, poderia ter acontecido com qualquer um. Quem, em sã consciência, poderia ter imaginado que cerca de setenta gladiadores fariam um ataque noturno a três mil homens? Se o relato de Furius a respeito do ocorrido fosse verdade, ele também tinha sido emboscado. Assim como Cossinius, pego nu enquanto tomava banho em uma piscina. Varinius tinha feito análises muito ruins, e a última delas culminou em sua derrota total para Spartacus, na cidade de Thurii. Crassus se lembrou de que, no retorno de Varinius para Roma, o pretor desgraçado lhe pedira ajuda. Naturalmente, ele recusara. "Varinius destruiu a si mesmo", pensou Crassus com raiva. Aliar-se a tamanho fracasso teria sido o equivalente a um suicídio político. Ele fora decente com Varinius — não se oferecera para emprestar o dinheiro à família do pretor a taxas mais baixas do que o normal depois da morte dele?

— Mas não fui escolhido pelo Senado — respondeu Crassus.

— Você não se candidatou.

— Por que eu pediria para liderar soldados contra uma confusão de gladiadores em fuga? — Crassus não conseguiu esconder a frustração. — Além disso, Glaber não passaria o trabalho a mais ninguém.

— Isso é verdade — observou César com calma. — Mas agora isso se tornou algo muito pior. Estamos falando de uma rebelião em grande escala.

— Sim, estamos! E os dois cônsules fracassaram. Fizeram a República fracassar. Consegue imaginar o que estão dizendo sobre Roma em Pontus? Na Ibéria? Devemos ser a chacota do Mediterrâneo. Um exército de escravos atravessa a Itália, acabando com todas as tropas enviadas? É um total escândalo! Agora, dependemos do procônsul da Gália Cisalpina para ter sucesso onde ninguém mais conseguiu. Mas, com duas legiões, não invejo Gaius Cassius Longinus. É uma tarefa impossível.

— Bastante.

— Assim, pretendo conseguir o apoio da maioria dos senadores da Curia. Quando fizer isso, forçarei os cônsules a desistir ou, mais provavelmente, a entregar o comando de suas legiões a mim.

Apesar da magnitude do que ouvia, César ergueu as sobrancelhas só um pouco.

— Pompeu Magnus não vai gostar disso. — Um leve sorriso tomou seus lábios. — Mas isso é bom. Ele adora o poder.

— O bravateiro está ocupado com a Ibéria, de todo modo. Ele pode ter derrotado Perperna, mas há muitas tribos que ainda querem lutar contra Roma.

— Como sempre. Se você tiver sucesso, o que fará depois?

— Criarei mais legiões, além das quatro consulares, antes de levar a guerra a Spartacus. De modo agressivo. Se ele ainda estiver na Itália, melhor ainda. Se já tiver partido, vou persegui-lo por terra ou mar. Não descansarei enquanto não arrastar seu grupo na lama e enquanto a mancha na honra da República não for retirada em definitivo. — Crassus olhou para César. — Você se unirá a mim? — César não respondeu de imediato, o que enfureceu Crassus. — Se não se unir, não há motivos para eu emprestar o dinheiro — reiterou ele de modo direto.

— Seria uma honra ajudar.

— Excelente. Saenius, peça ao escriba para fazer o acordo comum de crédito. De três milhões de denários. — Crassus serviu mais vinho para os dois. — A uma amizade duradoura.

César repetiu o brinde, e os dois beberam.

— Tenho outro pedido a fazer — disse César logo depois.

"O que mais ele pode querer?"

— É mesmo?

— Quando estiver no controle das legiões, eu gostaria muito de ser um de seus tribunos.

O ego de Crassus inflou.

— Seria uma boa oportunidade para você adquirir experiência militar.

— Você aceita?

— Qualquer homem que tenha conquistado a *corona civica* é bem-vindo a meu grupo.

Crassus ergueu a taça num brinde.

Fez-se um silêncio mais amigável. No pátio, misturavam-se o som da voz de Saenius ditando os termos do empréstimo e o do escriba anotando.

Crassus pensou no fim do dia com certa satisfação. Mal havia criado o plano para obter o controle das legiões da Itália quando César apareceu. Ao angariar o apoio dele, também havia recrutado um membro valioso para sua equipe. E nem ouvira as notícias de Saenius ainda.

CAPÍTULO III

Duas semanas depois...
Gália Cisalpina, perto da cidade de Módena

O sol havia acabado de nascer, e Spartacus estava perto do perímetro de seu acampamento. Além dos sentinelas no lado leste, ele era o único homem à vista. Era um bom momento para ficar só, e ele aproveitava horas como aquela para reorganizar as ideias. Respirou fundo, sentindo o ar frio. O verão estava próximo, e a cada dia fazia mais calor. Ao meio-dia, a marcha se tornaria um arrastar desconfortável de pés. Não surpreendia o fato de o progresso do exército desde a derrota de Gellius estar mais lento do que o normal. Confiantes com os sucessos incríveis, seus homens tinham passado grande parte do tempo embriagados ou saqueando propriedades da região à procura de alimentos, mulheres e, claro, mais vinho. Ele não havia tentado impedi-los. Depois do que tinham conquistado, eles mereciam comemorar. Um líder que impedia seus homens de fazerem coisas assim se tornava pouco popular, e ele não podia correr esse risco, não com os Alpes cada vez mais próximos. Spartacus sabia que tinha agido bem ao colocar o exército em movimento cerca de uma semana antes. Eles haviam seguido em velocidade de lesma, de quase dez quilômetros por dia, desde então, o que era imensamente frustrante.

Entretanto, na melhor das condições, era difícil organizar cinquenta mil soldados e as bagagens que os acompanhavam. Havia muito ele desistira de tentar controlar as milhares de pessoas que se uniam ao comboio — mulheres, crianças, feridos, putas, comerciantes — e o tornavam absurdamente grande. A maldita coluna se estendia por mais de dez quilômetros. Ao viajar partindo do sul, ele mantivera os seguidores nas montanhas, onde era fácil evitar confrontos. Um dia antes, eles haviam deixado a proteção dos Apeninos e marchado até a planície do rio do poderoso Padus. Estavam agora permanentemente a céu aberto e vulneráveis a ataques. Eles podiam ter derrotado os dois cônsules, mas Spartacus aprendera ao longo dos anos a não baixar a guarda. Esquadrões de sua cavalaria viajavam em intervalos regulares pelos flancos da coluna. Outras unidades também tinham se espalhado pelo campo, localizando tropas inimigas. Até aquele momento, parecia que a guarnição de Módena estava firme atrás dos muros da cidade.

Spartacus subiu em uma rocha próxima e espiou ao norte. As nuvens não permitiram que ele visse os Alpes naquela manhã, mas lembrava com clareza de tê-los visto no horizonte distante ao descer dos Apeninos. A menos de 120 quilômetros, a influência da República Romana foi interrompida de modo ab-rupto. Ver aquilo deixara Ariadne mais feliz do que nunca; o efeito tinha sido parecido em Atheas, Taxacis e nos trácios sobreviventes. No entanto, a reação de todas as outras pessoas tinha sido mais contida. Gannicus sorrira, dizendo estar ansioso para trepar com uma gaulesa livre, mas Castus não disse quase nada. Preocupado com os primeiros sinais verdadeiros de ressentimento, Spartacus continuou caminhando pelo acampamento do exército todas as noites, com o rosto escondido por uma capa. Muitas das conversas que escutara não eram o que ele desejava ouvir. Sim, alguns falavam sobre deixar a Itália para sempre, mas também havia muita reclamação e resmungos.

"Por que ele quer ir embora? Temos tudo de que precisamos aqui. Cidades sem defesas. Comida. Vinho. Mulheres. Dinheiro. É tudo nosso!"

"Derrotamos cada maldita força que veio contra nós. O que temos a temer se ficarmos?"

"Os dois cônsules tiveram que fugir para se salvarem depois de acabarmos com suas legiões. Os romanos aprenderam a lição. Eles não se aproximarão de nós de novo sem cuidado."

Contendo-se, Spartacus não desafiara os dissidentes. Não podia conversar com cada grupo do exército. "Eles não entendem os romanos. São escravos sem educação. O que sabem sobre história?" Pirro, que havia derrotado Roma mais de uma vez, e Aníbal, que quase massacrou todo o exército deles em um dia, e as tribos gaulesas que ameaçaram a Itália algumas vezes não significavam nada para a maioria. Contudo, ainda assim, um lado dele não conseguia parar de exaltar a grande confiança. "Por que eles desejariam partir? O que poderíamos fazer se fôssemos uma força de cem mil? Duzentos mil? Nesse caso, os romanos nos temeriam de verdade."

Seus pensamentos se voltaram para a Trácia, e como queria livrá-la das legiões para sempre. "Os homens me ouvirão quando chegar o momento", disse a si mesmo. "Eles me amam e confiam em mim. Nem todos seguirão para o norte, mas a maioria, sim." Ele olhou para o céu. "Permita que seja assim, Grande Cavaleiro. Permita que a reverência deles por você e por Ariadne, sua serva fiel, continue existindo, ó Dionísio."

Porém, no fundo, Spartacus desconfiava de que os romanos não o deixariam em paz se ele deixasse a Itália. Eles desejariam vingança pelas humilhações impostas por ele. E se eles o seguissem... como seria?

Ao ouvir alguém se aproximar, ele virou a cabeça.

— Carbo. Navio. Achei mesmo que fossem vocês.

"Meus romanos fiéis." Ele observara o rosto deles de perto no *munus* por Crixus. Navio gostara de ver os legionários lutarem até a morte, o que, na opinião de Spartacus, provava sua lealdade. Carbo protestou sobre a luta e até foi falar com Caepio quando esta terminou. Spartacus vira o desdém do centurião a cinquenta passos, viu quando ele cuspiu aos pés de Carbo. Sentiu pena do jovem romano, mas também comemorou, já que a rejeição de Caepio ligaria Carbo a ele para sempre. Havia apenas três homens em quem Spartacus confiava para proteger Ariadne e seu filho ainda não nascido no caso de sua morte: Atheas, Taxacis e Carbo. Era um alívio saber que sua aliança permanecia forte.

— Está olhando para o norte? — Carbo se perguntava o porquê daquela reunião convocada pelo líder deles tão cedo.

— Para onde mais eu olharia? Os Alpes estão próximos. Chegaremos a eles entre uma semana a dez dias.

Ele estava feliz por nenhum homem parecer contrariado.

— Antes disso, temos que passar por Módena, certo?

— Sim, fica a um pouco mais de 15 quilômetros — observou Navio.

— Conte-me mais — ordenou Spartacus.

— É uma colônia romana na Via Aemilia, que vai de Ariminum na costa leste até Placentia, a quase cem quilômetros. Módena também é a base principal para o governador da província e para suas duas legiões.

— Procônsul Caio Cássio Longinus — disse Carbo. — Ele é de uma antiga e ilustre família. — Como *Crassus, o saco de merda.*

— Longinus foi cônsul ano passado, quando Glaber e os outros tolos foram enviados para nos destruir — explicou Spartacus. — Agora, ele já deve saber o que aconteceu com Lentulus e Gellius.

— Nesse momento, eu diria que ele está escondido nos muros de Módena, se cagando — disse Navio com uma risada. — Desejando ter mais do que duas legiões.

— Cuidado com a serpente encurralada — alertou Spartacus. — Subestimar um exército romano é pedir a própria destruição.

— Verdade — murmurou Navio. — Mas vamos cortá-los em pedacinhos mesmo assim.

— Os homens ainda não viram nenhum sinal de Longinus, nem de suas tropas. Isso provavelmente significa que ele tem mantido todos eles no acampamento. Contudo, a rota mais fácil para os Alpes nos obriga a passar por Módena. Quem sabe o que o procônsul pode ter planejado para nós? — Spartacus olhou para eles. — Quero ver o que vocês conseguem descobrir.

— O quê? Ir a Módena? — perguntou Carbo, surpreso.

— Sim, vocês são os únicos homens que podem sobreviver a isso. São romanos. Têm educação. Ninguém vai enfrentá-los.

"Poderíamos dormir em camas", avaliou Carbo. Havia meses ele não fazia isso.

— Certo.

— Pode contar comigo — disse Navio.

— Quero que voltem em um dia. Se têm amor à vida, não se esqueçam de manter a boca fechada — alertou Spartacus. — Deixarei o exército descansar até vocês voltarem. Depois, seguiremos para o norte.

— Um dia — disse Carbo, pensando se teria tempo de redigir uma carta de despedida a seus pais. A ideia já lhe ocorrera antes, mas a situação impossibilitou sua concretização. Ele não tinha tinta, pena nem pergaminho, tampouco um modo de enviar a mensagem. Agora, com os Alpes tão próximos, a partida da Itália de repente lhe pareceu real. Permanente. No fórum de uma cidade como Módena, ele encontraria escribas que, por algumas moedas, escreveriam um bilhete para ele.

— É bastante tempo — disse Navio.

— Encontrem roupas bem puídas e sujas. Não usem seus cintos, claro, e não levem nenhuma arma, só a adaga — orientou Spartacus. — Levem apenas uma quantia pequena.

— Se alguém perguntar o que fazemos, o que devemos dizer?

— Que são agricultores. Isso explicará o bronzeado, os calos nas mãos. Vocês moram a quarenta quilômetros ao sul daqui, na base dos Apeninos. Assim como aconteceu com muitas outras pessoas, suas terras foram invadidas pelos homens de Spartacus e suas famílias foram mortas. Vocês chegaram a Módena para encontrar trabalho e proteção contra os rebeldes.

Parecia uma história plausível. Carbo e Navio se entreolharam e assentiram.

— Podem ir! Quanto antes partirem, mais cedo voltarão.

Para evitar serem atropelados por um mensageiro oficial que não dava sinal de que diminuiria o ritmo do cavalo, Carbo saiu da parte pavimentada da estrada. Olhou de soslaio para o cavaleiro quando este passou, em direção a Placentia. "Não é difícil adivinhar qual é a mensagem dele. Algo como 'Envie todos os soldados disponíveis que tiver. Spartacus está nos portais'." Essa era uma ideia agradável.

Ele e Navio haviam atravessado a região interiorana deserta para chegarem à movimentada Via Aemilia a alguns quilômetros a oeste de Módena, de modo que, quando chegassem, não parecesse que tivessem vindo do sul. Não era de se espantar o fato de a maior parte do tráfego pesado estar se afastando da ameaça do exército rebelde. Havia um grande número de viajantes seguindo em direção ao leste, e eles não chamariam atenção. Carbo, suspirando, pegou sua água.

— Pelos deuses, como está quente!

Tomou um gole e jogou o frasco de couro para Navio.

Seu amigo fez uma careta.

— Ainda bem que não estamos usando nossas cotas de malha e carregando espadas e escudos, não é?

— Pelo nome de Hades! Cale-se.

Carbo ficou aliviado com o barulho ensurdecedor feito pelo ranger das carroças que passavam.

— Ninguém pode me ouvir.

— Talvez agora, não. Mas, em Módena, as coisas serão diferentes, principalmente se formos a uma taverna.

— *Se*? — Navio riu. — Quando formos!

Carbo arregalou os olhos para Navio, porém com pouca seriedade. Eles haviam passado metade da viagem falando sobre encontrar uma hospedaria onde pudessem beber vinho decente, pedir boa comida, e não os alimentos queimados com os quais haviam se acostumado. "Talvez até houvesse alguma puta razoavelmente decente", pensou Carbo. A última vez em que fizera sexo tinha sido com sua amada Chloris, que morreu. Houvera várias oportunidades, mas, ao contrário da maioria dos homens de Spartacus, ele não estava preparado para estuprar mulheres indefesas — apesar de já estar desesperado.

— Certo, certo. Mas faremos isso da minha maneira. Discreta e com cuidado. Não falaremos sobre nada além da terra e de nossas famílias mortas, e de Spartacus e seus homens serem uns desgraçados.

— Justo — concordou Navio. — Mas é só o que você vai me mandar fazer. Não vai escolher a puta que vou comer.

Ele jogou o frasco de água na cabeça de Carbo, dando risada, e formou um círculo com o dedo indicador e o polegar da mão direita. Com um olhar malicioso, ele enfiou e tirou o dedo indicador da outra mão na abertura.

— É isso o que quero. Com a mulher mais bonita que conseguir encontrar.

Carbo riu. Por um instante, a vida pareceu normal de novo.

Sua preocupação voltou depressa. Havia uma fila comprida esperando para entrar pelo portão principal de Módena, protegida por um grupo grande de legionários.

— Veja quantos filhos da puta. Vinte, no mínimo — disse ele enquanto os dois seguiam atrás de uma carroça puxada por um boi com pranchas recém-serradas. — Eles sabem que dominamos Thurii.

— Parece que sim.

Carbo se lembrava de todos os momentos da batalha em Thurii, no sudeste da Itália. Para lançar um ataque surpresa a Varinius, Spartacus fizera seus homens cercarem a cidade maldefendida como subterfúgio. No dia seguinte, deixando parte de seu exército do lado de fora, aparentemente sitiando Thurii, ele havia levado Varinius e seus soldados a uma armadilha mortal. Desde aquele dia, o respeito de Carbo por seu líder se tornara incontestável. A derrota dos romanos tinha sido total, e a humilhação, imensa.

Claramente, Longinus não permitiria que isso acontecesse a Módena nem a ele.

— Teremos que entrar confiantes.

Carbo ficou aliviado ao ver parte do nervosismo que sentia refletida no rosto de Navio.

— Se perguntarem, falaremos que nossas famílias foram assassinadas. Somos cidadãos romanos leais, pagamos nossos impostos e pedimos pouco em troca. Onde estavam os legionários para nos proteger quando Spartacus e seus selvagens atacaram nossas terras? E assim por diante.

— Certo.

No entanto, a tensão de Carbo aumentou quando eles se aproximaram dos muros, muito bem-protegidos por homens. Havia balistas em intervalos regulares ao longo das muralhas também. Ele os indicou com meneios de cabeça.

— Está vendo?

— Sim. Eles estão preparados para um cerco. Talvez Longinus esteja com medo de sair e lutar — disse Navio, brincando.

— Talvez. Mas ele fará isso, de qualquer modo.

— Terá que fazer — concordou Navio com seriedade. — Ou pelo resto de sua vida ele será conhecido como o general que deixou Spartacus escapar. Ele nunca comandaria nada mais do que um grupo de homens para lavar latrinas.

Era agradável pensar em um general romano supervisionando a lavagem de dejetos, porém, Carbo forçou a si mesmo a se concentrar no que viria em seguida. O homem magricela com o carrinho na frente deles estava discutindo furiosamente com os legionários que protegiam o portão.

— Vocês não entrarão com essa maldita carroça — reiterou o *optio* responsável, um indivíduo intrometido e de nariz achatado. — No futuro próximo, nenhuma troca de mercadorias poderá ser feita se não for ordem direta do procônsul.

Ele leu a lista que segurava com a mão direita.

— Não consigo ver nada aqui a respeito de pranchas.

— Elas foram encomendadas por ninguém menos que Purpurius!

— Purpurius? — bocejou o *optio*.

— É um mercador importante que mora perto do fórum.

— Nunca ouvi falar dele.

— Saiba que Purpurius é amigo do procônsul.

— Tenho certeza de que é — disse o *optio* num tom de dúvida. — Mas os produtos dele não estão na minha lista.

— Levei dois dias para chegar aqui — disse o homem.

— Não é problema meu. — Foi a resposta entediada. — Afaste sua carroça e vá embora. Está bloqueando a entrada.

— Eu...

O *optio* ergueu seu bastão de ponta de metal.

— Você é surdo?

Lançando olhares de raiva aos soldados e reclamando a respeito do que Purpurius faria quando soubesse o que tinha acontecido, o carregador desafortunado começou o trabalhoso procedimento de virar o boi. Carbo, Navio e as pessoas atrás deles saíram do caminho enquanto o homem se afastava dos muros e, ainda resmungando, voltava pelo caminho pelo qual viera.

— Andem! — ouviu-se uma voz.

O *optio* fazia um gesto para que eles se aproximassem.

— Nomes — pediu ele.

Eles já tinham decidido que usar seus nomes reais não causaria problemas e significaria que eles não teriam que ficar se lembrando do nome inventado.

— Paullus Carbo.

— Marcus Navio.

— Ocupação?

— Somos agricultores, senhor — respondeu Carbo.

O *optio* olhou para eles de cima a baixo.

— Não têm carroça nem sacos de legumes. O que vieram fazer aqui?

— Fomos expulsos de nossa terra — respondeu Carbo, com amargura.

— Ah. Por Spartacus e seus homens?

— Sim, senhor

Navio fez uma careta.

— Os desgraçados mataram nossas famílias. Levaram todas as nossas galinhas. Acabaram com o trigo novo nos campos.

— E nos deixaram sem nada — completou Carbo.

O *optio* fez uma careta em solidariedade.

— Vocês não foram os únicos. O mesmo aconteceu com milhares de outras pessoas. Por que vieram a Módena?

— Para procurar trabalho, senhor — respondeu Navio.

— Trabalho? Boa sorte. Este lugar está lotado de refugiados.

— Faremos qualquer coisa, senhor — implorou Carbo. — Por favor.

O *optio* coçou o nariz cheio de marcas.

— Haverá trabalho em breve, acredito. Quando Spartacus chegar, precisaremos de homens que carreguem rochas até as catapultas dos muros. Vocês acham que podem fazer isso o dia todo sem reclamar?

— Claro, senhor.

— Vocês parecem estar em boa forma. Não carregam armas além dessas adagas?

— Não, senhor.

Ele acenou aos dois ab-ruptamente.

— Podem ir, então. Entrem.

Murmurando agradecimentos, os amigos passaram sob o arco de pedra.

— Paullus? Você não tinha me dito — disse Navio, rindo.

Carbo sentiu o rosto esquentar.

— Não gosto desse nome, por isso nunca o uso.

— Paullus, meu filho! O jantar está servido. — O tom de Navio foi estridente, imitando a voz de uma mulher.

— Vá se ferrar! — disse Carbo, batendo no braço do companheiro.

A brincadeira de Navio fez Carbo se lembrar de seu antigo tutor, e, mesmo sem querer, ele riu, achando graça.

Navio levou um dedo aos lábios.

— Nós estamos tristes por nossas famílias... Paullus!

Eles se distraíram tanto tentando não rir que não viram os homens do *optio* atrás deles.

Depois de andarem um pouco na cidade, eles foram atraídos pelo delicioso cheiro de comida frita. Seguindo seu faro, eles encontraram um restaurante com as portas abertas em uma das primeiras ruas paralelas ao caminho principal. Ao verem que o local estava lotado de soldados de folga, eles decidiram comer ali. Ouvir conversas em lugares como aquele podia ser útil. Encontraram uma mesa vaga na parede dos fundos e se sentaram. Uma mulher meio suja e fedendo a perfume barato chegou e anotou os pedidos. Com três asses, eles conseguiram comprar duas tigelas bem-servidas de ensopado, com pão fresco e uma jarra de vinho misturado com água. Em meio a mastigadas, eles conversavam em voz baixa, enquanto ouviam as conversas ao redor.

Por fim, Navio empurrou o prato vazio e arrotou.

— Deuses, como eu precisava de uma refeição assim.

— Estava boa — concordou Carbo distraidamente.

— Longinus não se importa se somos um lutando contra cinco! — gritou um soldado irado na mesa ao lado. — O filho de uma puta precisa...

— Cala a boca, Felix — alertou o companheiro dele. — Não ligue para Longinus. Se um oficial ouvir você falando assim, você acabará em apuros.

— Não estou nem aí. — Felix bebeu seu vinho. — Estamos prestes a ser assassinados, de qualquer modo. Posso muito bem dar um último ataque antes do fim. Os colchões daqui não têm tantos percevejos quanto o meu.

O amigo riu.

— Pode ser, mas vinte açoitadas por insubordinação machucarão muito mais do que algumas picadas. E não farão com que você seja dispensado da luta. Todo homem que consegue erguer um escudo e uma lança tem que lutar, é obrigação. Os cirurgiões receberam a ordem de tirar todos os casos do hospital, menos os mais graves.

— Eu sei. Também soube do anúncio — resmungou Felix. — É que...

— Fecha a latrina — ordenou o amigo, servindo mais vinho. — Beba mais, pois pode ser uma de suas últimas chances.

Os dois legionários começaram a falar sobre o local aonde iriam em seguida.

— Você soube disso? — sussurrou Carbo. — Parece que Longinus *vai* lutar.

— Nenhum deles disse exatamente isso.

Navio tinha razão. O que eles tinham ouvido não era o bastante. Disfarçando a frustração, Carbo tomou mais um gole e olhou para as mesas mais próximas. À sua esquerda, quatro soldados estavam devorando um pernil assado. Mais à frente, um casal que parecia ser de comerciantes falava sobre negócios. À sua direita, havia uma dupla que eles tinham ouvido resmungar e uma mesa de três legionários bebendo vinho e conversando sobre um jogo de peças. Atrás de Navio, um jovem oficial e um trompetista se divertiam ao ver quanto um vira-lata magro saltava para pegar os restos de comida. A conversa dos que estavam mais afastados era inaudível.

Carbo disse a si mesmo para ser paciente.

No entanto, até terminarem de beber o vinho, não ouviram mais nada interessante.

— Hora de irmos — disse ele.

A tarde estava passando. Não demoraria muito para que escurecesse.

O sorriso que Navio deu em resposta foi enorme. Ele se inclinou na direção de Felix.

— Ei, amigo! Onde dois homens sedentos conseguiriam encontrar um local decente para beber? De preferência onde haja putas sem sífilis.

— Tentem a hospedaria duas ruas acima, à direita. Chamam de Bigorna de Vulcano. Não tem como errar. É lotado de soldados, o dia todo.

— É um bom lugar para se esbaldar — acrescentou o amigo do outro com uma piscadela.

— As mulheres de lá são de primeira. Mas são caras. — Felix os observou com os olhos vermelhos. — Duvido que tenham dinheiro para pagar uma mulher para os dois.

— Tem razão, amigo — disse Navio, levantando-se. — Mas nada nos impede de admirar a carne em exposição enquanto bebemos, não é?

— Verdade. É o que a maioria de nós faz aqui, a menos que seja dia de pagamento. Talvez nos encontremos mais tarde.

— Seria uma honra pagar uma bebida para vocês — disse Carbo, pensando exatamente o contrário. Ele assentiu um adeus simpático. Assim que se afastaram, ele disse a Navio: — Vamos procurar outro lugar.

Navio contraiu os lábios de modo arrependido.

— Seria um pouco perigoso, não?

— Ele disse que fica cheio de soldados! Outra hospedaria seria bem mais segura.

— Mas se pensarmos nas mulheres...

O tom de Navio era de desejo.

— Aquelas pelas quais não podemos pagar?

— Não podemos?

— Não — respondeu Carbo.

Com um olhar malicioso, Navio colocou a faixa de couro da sua bolsa ao redor do pescoço.

— Encontrei dois áureos em uma das casas que saqueamos há algum tempo. Até agora, não tivemos com o que gastá-los.

— Spartacus disse para não trazermos muito dinheiro — protestou Carbo.

— Eu sei, eu sei. Mas um homem tem suas necessidades, certo?

— O que você acha que um áureo comprará?

— O que *não* comprará? Você vai dar a trepada de sua vida ou não me chamo Marcus Navio!

Pensamentos cheios de luxúria tomaram a mente de Carbo. Então, ele se recompôs.

— Não na Bigorna de Vulcano — disse ele com firmeza. — Em outro lugar.

— Deve haver mais de um bom bordel na cidade — observou Navio dando de ombros. — Vamos procurar outra hospedaria para ver o que descobrimos. — Provavelmente haverá mais soldados de folga reclamando de Longinus.

Eles começaram a andar entre as pessoas.

Nenhum deles percebeu a pessoa que se embrenhou na sombra do outro lado do restaurante para segui-los.

Apesar do efeito inebriante do vinho, Carbo viu os rostos marcados e a aparência sofrida dos habitantes da cidade. Grupos de legionários andavam de um lado para o outro, guiados pelos gritos e cajados de seus oficiais. Ninguém parecia feliz, muito menos os comerciantes, que ficavam nas portas de seus estabelecimentos vazios, olhando para quem passava com cara feia. Havia mendigos por todos os lados, agachados na lama no canto da rua ou passando entre as pessoas, com as mãos sujas estendidas. "Spartacus é o responsável por isso", pensou Carbo, chocado, porém orgulhoso. "Todos nós somos."

A tentativa deles de ouvir as conversas acabou sendo mais difícil do que esperavam. Passando pelos caminhos, eles encontraram diversas hospedarias de tipos distintos. Havia soldados em todas elas, mas nos espaços apertados era difícil conseguir uma mesa próxima o bastante para ouvir as conversas. Os amigos tinham que ser discretos e, mais de uma vez, tiveram que se contentar em ficar de pé dentro do bar ou sentados do lado oposto ao dos homens cujas discussões e reclamações eles queriam ouvir. Em certa hora, quando conseguiram se sentar ao lado de um grupo de legionários, só o que ouviram foi que ninguém queria servir sob o domínio de Longinus, que dois dos homens tinham sífilis e que o próximo dia de pagamento seria em três meses. Quando Carbo olhou para o grupo por muito tempo, disseram a ele para cuidar da própria vida se não quisesse catar os próprios dentes no fundo da garganta. Navio e Carbo se afastaram logo em seguida.

Apesar de terem bebido só vinho misturado com água, tinham visitado muitos estabelecimentos, seus sentidos ficaram afetados pela bebida e a sensação de frustração e de raiva cresceu. A quinta taverna foi a pior de todas — um local feio localizado em um dos becos da cidade. Tinha uma mobília ruim, algumas putas velhas e o pior vinho que Carbo já experimentou. Ele cuspiu o primeiro gole e ficou sentado, observando o conteúdo de sua xícara como um profeta faria. Contudo, não encontrou inspiração. Quando um bêbado derrubou vinho nele, o jovem romano se controlou para não bater no infeliz. Satisfeito por ter conseguido se conter, ele teve que impedir Navio de bater em alguns legionários que desafiavam os outros clientes numa briga.

— Deixe para lá. Não procure problema.

Navio desviou o olhar dos soldados, que estavam sem camisa e caminhando em círculos, flexionando os bíceps e ameaçando acertar todo mundo.

— Eu poderia acabar com os dois — disse ele de modo truculento. — Ao mesmo tempo.

— Com certeza. — Carbo o acalmou. — Mas agora não é o momento. Lembre-se por que estamos aqui.

Navio olhou para ele com amargura.

— Mas não estamos tendo muita sorte, não é? A maldita Fortuna deve estar de mau humor.

— Nossa sorte mudará. Vamos encontrar outro lugar para beber. E lá ouviremos algo útil — disse Carbo com todo o entusiasmo que conseguiu demonstrar. — E acalme-se. Lembre-se onde estamos.

Navio resmungou, mas seguiu Carbo porta afora sem contra-argumentar.

Ao ver um templo dedicado a Fortuna, a deusa da sorte, Carbo direcionou seu amigo. Ele percebeu o olhar incrédulo de Navio.

— Pode ser que ela precise ser acalmada. Espere aqui. Não arranje problema.

Carbo comprou uma pequena oferta de uma vela votiva de um mago velho, entrou e pediu perdão à deusa pelas palavras de Navio, além de ajuda com a sua missão. Ele se sentiu melhor depois de fazer a oferta e depois se uniu ao amigo na busca por outra hospedaria com o entusiasmo renovado.

Eles não ouviram nada de interessante no local seguinte, nem no restaurante cheio onde comeram um prato de carne de porco frita. O ânimo de Carbo diminuiu como o de Navio. Eles permaneceram sentados, desanimados, observando mais tropas passarem.

— Poderíamos segui-los — sugeriu Carbo.

O olhar desanimado de Navio lhe disse o que ele já sabia.

— Ideia idiota.

Nada foi dito por um tempo.

— Não quero voltar sem nenhuma informação — disse Carbo, finalmente.

— Nem eu, mas o que mais podemos fazer?

Carbo pensou nos soldados com quem eles tinham conversado mais cedo. Seu estômago revirou quando considerou procurar a companhia de dois homens que, se descobrissem sua identidade, os matariam sem hesitar. Contudo, se eles estivessem embriagados de verdade, não descobririam nada — e podiam até revelar algo. A chance era pequena, mas Carbo não conseguiu pensar em mais nada.

— Podemos ir à Bigorna de Vulcano.

— Pensei que tivéssemos decidido que era perigosa demais.

— Consegue pensar em algo melhor?

Navio puxou o ar entre os dentes.

— Além de procurar um oficial e perguntar quais são os planos de Longinus, não — admitiu ele.

— Bem, então vamos. — Agora que havia pensado em uma solução possível, Carbo queria seguir em frente com ela. — Qualquer coisa é melhor do que passar em todas as espeluncas de Módena. Vamos acabar doentes se continuarmos.

— Verdade. — A expressão de Navio ganhou um toque de malícia. — Você se lembra das putas sobre as quais eles nos contaram? Elas são as melhores da cidade.

— Esqueça isso. Vamos ver se nossa sorte virou e conseguimos ouvir alguma coisa.

— E depois disso, uma boa trepada!

A ideia era interessante. O desejo não satisfeito de Carbo o atormentava noite e dia. Dizendo a si mesmo que comprar uma puta seria uma recompensa por descobrir o que Spartacus queria saber, ele saiu procurando a Bigorna do Vulcano.

Não foi difícil encontrar. Um prédio isolado de alvenaria e três andares com um quintal amplo cercado por estábulos, era uma construção maior do que a maioria. A frente do andar térreo era coberta por estuque, que tinha sido pintada de modo criativo com colunas gregas cobertas por vinhas. Na porta da frente, protegida por dois grandalhões, havia uma placa com um desenho do deus do fogo abaixado sobre sua bigorna, com o martelo na mão.

Eles chegaram à entrada. O barulho que emanava das frestas da janela — riso, cantos, e o som de vozes femininas — era ensurdecedor.

— Parece promissor, não? — disse Navio, rindo.

Apesar de Carbo imaginar muitas coisas, sentiu um arrepio. Eles estavam prestes a entrar na cova dos leões. Rangeu os dentes. A vergonha de dizer a Spartacus que ele havia fracassado seria pior do que arriscar seu pescoço. E, se eles fossem cuidadosos, as coisas sairiam como planejado.

O maior dos leões de chácara, um enorme homem sem um dos olhos, bloqueou a entrada.

— Posso ajudá-los?

Seu tom de voz não dava a impressão de que ele queria ser solícito.

— Gostaríamos de beber — disse Carbo com educação.

O homem fungou.

— É mesmo?

— Sim. E talvez conversar com algumas de suas moças mais jovens — acrescentou Navio.

O gigante riu.

— Vocês dois não têm dinheiro para pagar por uma de nossas garotas. Por que não dão o fora antes que eu e meu amigo quebremos seus pescoços?

— E as pernas — resmungou o amigo.

Carbo ficou em alerta. E começou a se afastar.

— Aonde você vai? — perguntou Navio.

— A uma hospedaria onde sejam menos exigentes em relação a seus clientes.

— Não precisa disso.

Navio enfiou a mão na bolsa. Carbo não teve tempo para reagir. O ouro brilhou nos dedos de seu amigo quando ele se aproximou do leão de chácara.

— Isto basta para você?

O rosto do gigante se abriu em um sorriso banguela.

— Perdoe meus maus modos, senhor. Vocês dois são muito bem-vindos à Bigorna do Vulcano. Como todos sabem, temos os melhores vinhos e as melhores mulheres de Módena.

Ele deu um passo para o lado e, com um floreio de seu braço gordo, pediu para que entrassem.

— Vamos.

De modo relutante, Carbo acompanhou o amigo.

— Agora, sim — disse Navio quando eles entraram.

O interior muito bem-decorado era iluminado por seis candelabros de bronze suspensos no teto. As mesas e os bancos eram feitos de madeira maciça, e a serragem no chão de concreto e azulejo era clara. Os clientes eram, na maioria, soldados, e entre eles havia vários oficiais.

O sorriso de Navio desapareceu e Carbo franziu o cenho.

— O que foi?

— Você sabe como os áureos são raros! Aqueles homens falarão sobre nós a noite toda.

— Relaxa — disse Navio num tom de confidência. — O que lhes importa como conseguimos nosso dinheiro? Vou fazer questão de dar uma gorjeta a eles na saída, pedir para que esqueçam que nos viram. Não queremos que nossas esposas descubram que estivemos aqui. Você sabe como é.

Ele piscou.

Carbo não se deu por satisfeito, mas, então, viu um quarteto de mulheres de pé em um plinto atrás do bar, e a razão e o compromisso com a missão desapareceram de sua mente. Elas eram mais lindas do que ele poderia sonhar. Sentiu o pênis endurecer ao perceber que por baixo dos roupões transparentes elas estavam nuas.

— Achei que você mudaria de ideia. — Navio bateu no peito dele, trazendo-o de volta à realidade. Ele lhe entregou uma moeda de ouro. — Pegue. Gaste-o com sabedoria. Vejo você mais tarde para bebermos alguma coisa. Podemos comparar os resultados.

Carbo pegou o áureo com firmeza.

— Aonde você vai?

— O que você acha? — respondeu Navio, assentindo na direção das prostitutas. — Temos a noite toda para descobrir o que precisamos.

Com o coração aos pulos, Carbo observou o amigo caminhar em direção ao bar, chamar a atenção de uma bela morena e fazer um gesto para ela. Quando ela se aproximou, as cabeças dos dois se aproximaram por um momento. "Tempo suficiente para que a beleza visse o áureo", pensou Carbo. Quando olhou de novo, Navio estava subindo a escada, abraçado com a mulher. E não olhou para trás.

Um homem carregando duas jarras de vinho trombou com Carbo, fazendo com que ele desviasse o olhar das prostitutas. Por algum motivo ele pensou em seus pais. A carta! Se havia um momento bom para escrevê-la era agora. Ele voltaria em um piscar de olhos. Navio nem sequer saberia que tinha saído. Quando terminasse, poderia beber alguma coisa e ouvir as conversas ao seu redor. Com tantos soldados na hospedaria, seria impossível não obter informações úteis. Então, ele poderia decidir qual das mulheres escolheria. Animado com a ideia de completar a missão de Spartacus e também a sua, Carbo se encaminhou para a saída. Na noite que começava a cair, os dois homens na entrada da hospedaria conversavam com um soldado grande.

Ao perceberem a presença de Carbo, eles se viraram com sorrisos gentis.

— Já vai, senhor?

— Tenho algo rápido a fazer. Antes de beber demais e me esquecer, sabe? Onde fica o fórum?

— Por ali. — O gigante apontou em direção ao norte. — Todas as ruas que seguem naquela direção levam a ele.

— É muito longe?

— Não chega a quinhentos metros.

Assentindo para agradecer, Carbo se afastou.

O legionário esperou ele abrir certa distância para depois segui-lo.

O leão de chácara estava certo. Carbo encontrou o fórum com facilidade. Apesar de nunca ter estado na cidade, o espaço amplo e retangular era familiar. Como a maioria dos fóruns romanos, era o coração de Módena. Havia muitas barracas no espaço, vendendo de tudo, desde ferramentas, roupas, cerâmicas e panelas para fazer pão, além de carne e vegetais até amuletos para o amor. Era cercado por um número grande de templos — a Júpiter, a Minerva, a Juno e a Dióscuros, aos gêmeos Castor e Pollux —, além de construções do governo, como a corte e o escritório de contas. Havia também basílicas, mercados cobertos onde advogados, escribas, cirurgiões e farmacêuticos atendiam.

Carbo seguiu diretamente para elas. Entretano, seu ânimo diminuiu quando entrou. O que ele estava prestes a fazer era ainda mais arriscado do que entrar na Bigorna do Vulcano. Se o escriba percebesse que Carbo era um dos homens de Spartacus, ele seria preso na hora. Caminhou entre as barracas, ignorando ofertas a preço baixo para que lessem sua sorte, examinassem seus dentes ou escrevessem seu testamento naquele instante, para o caso de os deuses repentinamente o derrubarem. Ele viu uma pessoa sentada sob uma placa na qual se lia: ESCREVEMOS CARTAS. BOA LETRA. PREÇOS RAZOÁVEIS. Olhando para Carbo, o escriba assentiu para ele de modo simpático. Contente por não ter sido atacado verbalmente, como as outras pessoas fizeram com ele, Carbo retribuiu o cumprimento.

— Preciso escrever uma carta — disse ele, sentindo sua determinação diminuir.

— Esse é o meu trabalho.

— Não será longa. Apenas algumas linhas.

— Quatro asses.

— Tudo bem. Você também pode enviá-la?

— Vai custar mais. Para onde vai?

— Roma.

Ele franziu o cenho.

— A estrada para o sul não é segura no momento, como sabe.

— Por causa de Spartacus e seus homens?

Ele assentiu com raiva.

— Dizem que ele está avançando em direção a esta cidade. O procônsul sem dúvida agirá nos próximos dias. Suas duas legiões estão prontas para a batalha. Com a bênção de Júpiter, o maior e melhor, logo nos livraremos do assassino trácio e da escória que o acompanha.

— Vamos torcer para que isso aconteça — respondeu Carbo. — Mas pode enviá-la mesmo assim?

— Devo conseguir encontrar alguém. Vai custar mais, saiba disso.

— Quanto?

— Podemos dizer um denário.

Carbo fez uma careta, mas teria pagado muito mais se precisasse. Procurou na bolsa e entregou uma moeda de prata.

Depois de selecionar um pedaço pequeno de pergaminho, o escriba o colocou sobre a mesa manchada e prendeu os cantos com pedaços de aço. Enfiando a pena em um pote de tinta, ele olhou para Carbo, esperando.

— "Honrados pai e mãe, escrevo na esperança de que esta carta os encontre saudáveis e seguros."

O escriba contraiu os lábios ao terminar a frase.

— Sim?

— "Só posso pedir perdão pela falta de notícias desde que saí de casa. Fui embora porque queria..." — Carbo fez uma pausa, pensando no que dizer — "...ajudar com os problemas financeiros da família a meu modo, e não como o pai desejava. Sei que isso me torna um filho indigno, mas não consegui tolerar a ideia de me tornar um advogado."

— Não julgo você — disse o escriba, franzindo o cenho e olhando para a barraca à frente da sua, onde havia um homem alto de cabelo ensebado e uma atitude imperiosa. — Mentirosos e bandidos, muitos deles. — Ainda mais ciente da necessidade de escolher as palavras com cuidado, Carbo sorriu. — Continue.

— "Espero ainda poder ajudar no que diz respeito às *obrigações* do pai no futuro. No momento, entretanto, isso terá que esperar. Estou prestes a embarcar em uma jornada longa e perigosa, da qual posso não voltar."

"Posso? Não voltarei." Mas ele não podia dizer isso, ou o escriba ficaria muito curioso. Sua carta sem dúvida já era bem estranha só com aquilo que já tinha sido ditado.

— "Antes de terminar, quero dizer que rezo por vocês dois todos os dias. Que os deuses cuidem e protejam vocês. Com amor, de seu filho, Carbo."

O escriba assinou a carta com um floreio.

— Está pensando em tentar a sorte fora daqui?

— Sim.

"Você nem imagina."

— Com um mercador?

— Isso mesmo.

— Gália ou algum lugar ainda mais distante?

— Preciso encontrar um homem em Placentia que está seguindo para a Gália e depois para a Britânia — mentiu Carbo.

— Você é um homem mais corajoso do que eu — elogiou o escriba, dando de ombros. — Dizem que os mares ao redor de Britânia são tomados por monstros terríveis. Seus nativos vivem sob a influência maligna dos druidas. Os guerreiros deles lutam nus, comem a carne de seus inimigos e fazem copos com seus crânios. — Ele percebeu o horror de Carbo. — Claro que não quis dizer que você correrá perigo. Sem dúvida, estará em casa daqui a um ano, como um homem rico.

— Sem dúvida.

O pesar tomou conta de Carbo. Apesar da mentira sobre suas intenções, sua partida iminente não era o fim. Se ao menos ele pudesse aparecer na porta de seu tio e se despedir dos pais pessoalmente, em vez de enviar uma carta em código. "Dê-se por satisfeito. É o melhor que pode fazer."

— A quem a carta deve ser enviada? — perguntou o escriba, dobrando o pergaminho em um quadrado.

Carbo abriu e fechou a boca. Quis dizer: "Jovian Carbo, na casa do advogado Alfenus Varus, que vive no monte Esquilino, em Roma", mas a língua ficou presa no céu da boca. "O que estou fazendo? Isso é loucura."

— E então? — Carbo não disse nada. — A carta não serve para nada sem um nome e um endereço.

— Esqueça. Mudei de ideia.

— Mudou de ideia?

— Sim — respondeu Carbo. — Minhas orações terão que bastar.

— É sempre difícil lidar com a família.

O tom de voz do escriba era solidário.

— Sim — concordou Carbo, resmungando. — Quero meu denário.

— Dê-me quatro asses e é seu. Preciso receber pelo tempo que gastei — disse o escriba, franzindo a testa.

Carbo procurou as moedas pequenas na bolsa e as entregou. O escriba devolveu o denário. Carbo assentiu em agradecimento e partiu. Tinha que se concentrar em sua missão e descobrir o que pudesse sobre os planos de Longinus. Depois disso, poderia se afogar nos pesares. De manhã, eles voltariam ao acampamento, onde Spartacus estaria esperando. Ele passou pela barraca de um boticário, percebendo vagamente um legionário que olhava os frascos e as loções expostos, sem notar que se tratava do mesmo homem que estava conversando com os brutamontes à porta da hospedaria. Ele também não viu o homem que se aproximou do escriba.

Quando chegou à Bigorna do Vulcano, já estava quase escuro. Ele foi levado para dentro com mais sorrisos melosos. Carbo analisou o salão, mas não viu sinal de Navio. Olhou para as mulheres atrás do bar. Uma mulher tentadora de cabelo escuro estava no lugar antes ocupado pela morena. Era ainda mais linda do que as outras, e Carbo sabia que a escolheria. No entanto, antes disso, tinha trabalho a fazer. Pediu um jarro de bebida, encontrou lugar no longo banco que se estendia por uma parede, que dava uma boa vista da porta e também da escada que levava ao andar de cima.

Olhares casuais lhe revelaram que os homens ao seu redor eram soldados. Carbo se sentiu tenso, porém, bebeu o vinho, disposto a conquistar a confiança necessária, e ouviu todas as palavras que conseguiu. À sua esquerda, três oficiais jovens reclamavam sobre seu centurião.

— Ele só se importa com a organização — resmungou um deles, um tesserário de aparência jovem.

— Eu sei — concordou o *signífero*, que era cerca de uma década mais velho. — Essa merda tem hora e lugar, mas, quando estamos prestes a ter a luta de nossa vida, queremos nos concentrar em outras coisas.

— Entendo vocês, rapazes. — O *optio* era um homem alto com orelhas de abano. — Mas Bassus tem mais experiência do que vocês e eu podemos imaginar. Manter os homens concentrados em tarefas chatas, como conservar o kit brilhando, ajuda a não pensar em coisas mais preocupantes.

— Como em Spartacus e no maldito exército dele, você quer dizer — disse o tesserário.

— Exatamente.

— Espero, por Hades, que Longinus saiba o que está fazendo — murmurou o signífero. — Do contrário, estamos todos perdidos.

Carbo prestou mais atenção.

— Cale a boca — resmungou o *optio*. — Você sabe que não devemos falar sobre isso. — Ele olhou para os dois lados, e Carbo encheu o copo de novo.

"Fortuna, por favor, permita que eu ouça alguma coisa", rezou Carbo.

Para sua decepção, os oficiais começaram a falar sobre as prostitutas em oferta. Carbo prestou atenção no grupo de legionários à sua direita, mas eles discutiam de quem era a vez de pedir a rodada seguinte. Parecia ser a vez de um soldado magro com cabelo castanho desgrenhado, apesar de ele negar, respondendo aos protestos e insultos de seus companheiros com um leve e divertido sorriso. O barulho causado pelos homens era tamanho que Carbo não conseguia ouvir o que as pessoas ao seu lado diziam. Ele queria encontrar outro ponto onde pudesse ouvir mais, porém sabia que seria estranho. Escolhera aquele lugar, agora precisaria ficar ali.

Chamou um atendente e pediu mais vinho e um prato de pão e queijo. A comida forraria seu estômago, para que a bebida não causasse grande estrago.

— Ora, ora, se não é nosso amigo do restaurante!

Carbo sentiu o coração parar quando olhou para a frente. Conseguiu sorrir.

— Você encontrou o local?

— Parece que sim — disse Felix, arrotando e sentando-se ao lado de Carbo.

— Onde está seu amigo? — perguntou Carbo.

— Gaius? Está pegando as bebidas. Sobrou para mim achar um assento. Pelos deuses, esse lugar está lotado! — Ele se inclinou na direção de Carbo, que sentiu seu hálito de vinho. — Seu amigo está passeando com as prostitutas?

— Sim.

Carbo olhou para a escada, que estava vazia. "Depressa, Navio!"

— Onde ele conseguiu o dinheiro?

Carbo pensou rápido.

— Reunimos o que tínhamos e fizemos apostas. Navio ganhou. Não foi uma quantia enorme, mas ele conseguiu convencer uma das mulheres. O cara tem lábia — mentiu ele, xingando baixinho por ter acabado com suas chances de transar, pelo menos enquanto Felix estivesse por perto. Agora, tinha que agir como se tivesse pouco dinheiro.

— Safado sortudo. Adoraria fazer o mesmo, mas dinheiro suficiente só aparece no dia do pagamento. Não que eu vá estar aqui da próxima vez que receber! — Ele fez uma careta para Carbo. — Uma luta importante vai acontecer.

— Eu sei. Tome um pouco do meu vinho enquanto espera.

Ele virou o resto de um copo usado que estava largado na mesa e o encheu até a boca.

— Tudo bem. — Felix tomou um gole demorado e estalou os lábios em sinal de satisfação. — Nada mal. Melhor do que o vinagre que estavam servindo no restaurante, não é?

— Não é difícil algo superar aquilo.

— É verdade. Meu nome é Felix. Qual é o seu?

— Carbo.

Eles assentiram um para o outro de modo simpático. "Isso é esquisito", pensou Carbo. "Pode ser que eu tenha que matar esse homem nos próximos dias. Ou ele a mim."

— Você parece bom para a luta. Por que não está nas legiões?

Ele deu de ombros.

— Vim de uma fazenda. Trabalhar a terra é o que sei fazer.

— Agricultura? Pode continuar. Chato demais para mim! Há coisas muito mais emocionantes no exército. — O rosto de Felix ficou mais sério. — Até surgirem os homens de Spartacus, claro.

— Longinus vai acabar com ele, não é?

— O procônsul não faz mágica! Ele só tem duas legiões. O trácio tem cinquenta mil homens. Temos muito pouco para o parâmetro de qualquer um.

Carbo fez uma careta forçada.

— É isso, então? Loginus será derrotado, como foram os cônsules?

Parecia que Felix não conseguia se conter.

— Apesar do que eu disse mais cedo, Longinus é um cara inteligente. Ele tem um plano. Que vai pegar aquele trácio filho da puta desprevenido.

— É? — perguntou Carbo, casualmente. Seu coração começou a bater forte.

Felix tocou a lateral do nariz.

— É só o básico.

— Claro. — Escondendo a fúria que sentia, Carbo se serviu de mais vinho.

— Você é um bom homem, Carbo, assim como eu. À sua saúde e à minha. À morte de Spartacus e à de todos os desgraçados que o seguem.

— Brindo a isso — murmurou Carbo.

Um vozerio na porta chamou a atenção deles. Um grupo de legionários com vestimenta de batalha completa havia entrado. Direcionados por um *optio*, eles estavam se separando em duplas e atravessando o salão, analisando os homens de todas as mesas.

Carbo sentiu o estômago revirar. "O que, em nome de Hades, eles querem?"

— É a maldita guarda — resmungou Felix.

— Por que eles estão aqui?

— Pelo motivo de sempre. Procurando soldados que estão fora sem permissão. — Ele viu o olhar confuso de Carbo e pegou uma pequena peça de madeira da bolsa. — Todos temos que ter isso para sair dos acampamentos. Quem é pego sem passa dez dias preso.

— Ah...

Contudo, o nervosismo de Carbo voltou assim que ele viu um legionário alto falando com o segurança na porta. Era o mesmo que estava do lado de fora quando ele foi ao fórum. Não devia ser coincidência. Carbo olhou para a escada. Ainda nem sinal de Navio. "Maldição!"

Um homem se aproximou deles.

— Gaius! Pensei que você havia se perdido. — Felix apontou Carbo. — Este é o cara que conhecemos mais cedo. O nome dele é Carbo.

Gaius rosnou desconfiado ao se sentar ao lado de Felix.

— Ei, vamos. Ele está dividindo o vinho dele comigo.

— Hum. Onde está o amigo dele?

— Trepando com uma das prostitutas.

Pelo canto do olho, Carbo viu dois legionários se aproximarem. O que fez seu coração quase saltar do peito, no entanto, foi ver o soldado alto passando entre as mesas lotadas, observando o rosto de cada homem. Em instantes, ele estaria diante deles. "Ele está me procurando." Carbo estava prestes a se levantar quando um copo cheio de vinho foi colocado diante dele.

— Derrame isso na sua goela.

— Obrigado. — Carbo bebeu de uma vez.

— Pelas bolas de Júpiter, você está com sede! Tem certeza de que não quer fazer parte das legiões? Você se encaixaria muito bem.

Sorrindo, Felix encheu mais um copo.

Mais uma vez, Carbo tentou sair, porém seu prato de pão e queijo chegou. Manteve o atendente ali o máximo que pôde, demorando para encontrar as moedas certas e perguntando onde ficava o banheiro. Foi inútil, porque, assim que o atendente se foi, o legionário alto chegou.

— Está procurando no lugar errado, amigo — disse Felix, balançando sua permissão com truculência. — Todos temos um deste. Por que não volta para a sede da guarda e nos deixa em paz?

— Cale a sua boca, soldado.

Os olhos atentos não desviaram da rota pelos rostos nos bancos.

Carbo levou o copo de vinho à boca, torcendo para não ser reconhecido.

— Você. Olhe para mim.

"Merda."

— Estou falando com você, rato de esgoto!

— Sai fora, idiota — disse Felix. — Ele é cidadão.

— Quero falar com ele.

— Por que não procura alguém do seu tamanho? — perguntou Felix, levantando-se.

— Não meta seu maldito nariz nisso.

— Ele é meu amigo, cretino. Deixe-o em paz.

Carbo percebeu que Felix se adiantou e empurrou o homem alto. O que *ele* deveria fazer?

— Seu maldito idiota! Estou de olho nele o dia todo. Ele e o amigo estão cheios de moedas de ouro. O que dois merdas estão fazendo com tanto dinheiro? Este ainda pediu para um escriba escrever uma carta a seus pais, dizendo que ele está partindo em uma longa jornada.

— É? — perguntou Felix de modo estúpido, olhando para Carbo, que morria de medo.

"O idiota deve ter visto Navio pegar um áureo e então passou a me seguir." Ele não teve tempo para pensar em mais nada.

— São malditos espiões. Espiões de Spartacus.

Carbo se levantou. Jogou o vinho de seu copo na cara do legionário alto e em seguida virou a mesa entre eles. O soldado caiu, derrubando copos de outra mesa consigo. Olhando para o confuso Felix como se pedisse desculpa, Carbo correu em direção à escada. Não havia a menor chance de sair pela porta da frente, e ele não podia abandonar Navio.

— Peguem-no! É um espião!

Dois legionários apareceram na frente dele. Carbo saltou na mesa mais próxima, espalhando copos de vinho para todos os lados. Enquanto os homens ao redor das mesas gritavam de surpresa e raiva, ele pulou numa mais à frente e então voltou ao chão. Mais quatro passos, e ele estaria na escada. Alguém puxou a parte de trás de sua túnica. Carbo pegou a adaga, virou e acertou o soldado que o havia segurado. O sangue espirrou e seu atacante se afastou, gritando.

Carbo subiu a escada de dois em dois degraus. Olhou depressa para o salão abaixo, e seu coração bateu ainda mais depressa. Liderados pelo legionário alto, mais de dez soldados corriam atrás dele. Ele conseguiria entrar em um quarto à procura de Navio. Nada mais que isso.

Subiu os últimos degraus como um raio. À frente dele, o corredor tinha passagem para os dois lados. "Para qual lado? Esquerda." Ele entrou ali, um corredor pouco iluminado por uma única lamparina a óleo. Cenas eróticas tinham sido pintadas nas paredes, mas Carbo não prestou atenção. Havia portas para os dois lados, pelo menos quatro delas. "Deuses, qual devo escolher?" Ouviu passos atrás dele. Fechou os olhos com força. "Fortuna, me ajude!" A primeira porta que Carbo viu quando abriu os olhos foi a segunda à esquerda. Ele se jogou contra ela com o ombro e a abriu, arrebentando-a.

Pelo menos uma vez, os deuses da sorte tinham atendido suas preces.

— O que... — gritou Navio, com as nádegas nuas entre as pernas da morena.

— Levante-se! Vamos! Eles nos descobriram!

— Eu...

O protesto de Navio foi interrompido quando este ouviu os homens subindo a escada. Saiu de cima da prostituta, que agora gritava, e pegou sua adaga.

Carbo olhou ao redor no quarto pequeno e se aproximou da abertura da janela.

— Venha!

Ele abriu as cortinas e, colocando a cabeça para fora, viu um telhado, parte do primeiro andar, pouco abaixo dali. Enfiou a adaga ensanguentada de novo na bainha. Passou uma perna pela abertura e se segurou na veneziana para passar a outra. Na mesma hora, pulou no telhado. Olhou para cima e ficou aliviado ao ver Navio de pernas nuas logo atrás dele. Com um baque, o amigo pousou ao seu lado, nu, porém segurando suas roupas. Carbo conteve a vontade de rir.

— Por qual caminho?

Gritos irados eram ouvidos vindos do quarto.

Carbo tentou pensar numa solução. Havia mais luz à esquerda, o que significava uma chance maior de ser a parte da frente da hospedaria. Não seria o melhor caminho.

— Por aqui!

Tomando o máximo de cuidado possível em uma superfície desigual no breu, ele correu pelo telhado. Ouviu um palavrão abafado atrás de si quando Navio bateu o dedo numa telha.

— Onde eles estão? — gritou alguém. — Peguem uma tocha!

Carbo tropeçou e quase caiu do telhado. A pouca luz foi suficiente para que ele visse um quintal, um carrinho e um tanque de água. "É o quintal da hospedaria." Respirou fundo, pulou e caiu nas pedras. Meio sem fôlego, ele olhou para cima e não viu ninguém. "Graças aos deuses." Navio pousou ao lado dele.

— O quê, por Hades, devemos fazer?

— Despistar esses desgraçados que estão bem atrás de nós! — sussurrou Carbo. — Caso contrário, estamos fritos.

Ao ver um espaço entre dois estábulos, ele se dirigiu para lá. Não fazia ideia aonde daria.

No fim, deram de cara com um monte de esterco, que estava protegido contra a parede.

Eles ouviram baques no quintal e perceberam que os legionários tinham chegado.

Não havia o que fazer. Segurando ao máximo a respiração, Carbo começou a escalar o monte de esterco. Em pouco tempo, ele estava afundado até os tornozelos e depois até os joelhos na massa fétida. Levado pelo desespero e pela respiração ofegante de Navio atrás dele,

ele se esforçou até conseguir alcançar o topo do muro. Erguendo o corpo, deu uma rápida olhada para o que estava do outro lado antes de pular. Felizmente, não era longe do chão na viela estreita.

— Onde você está?

— Aqui, do outro lado — respondeu Carbo. — Se quiser viver, suba!

A cabeça de Navio apareceu, seguida por seu torso e uma perna.

— Estou coberto de merda.

— Esse é o menor de nossos problemas.

Navio se abaixou, e eles se agacharam por um momento, ouvindo com atenção. Gritos confusos vindos do quintal da hospedaria revelavam que a rota de fuga ainda não tinha sido descoberta — o que não duraria muito. Assim que alguém trouxesse luz, os legionários veriam as pegadas deles no monte de esterco. Eles tinham que agir e depressa. A viela onde estavam era formada pelos muros de duas construções grandes. "Quarteirões de casas simples ou grandes", pensou Carbo.

— Que merda faremos agora? — perguntou Navio. — Eles espalharão os homens por todas as ruas ao redor da hospedaria. O primeiro que me vir vai saber quem sou.

Carbo percebeu o desespero na voz do amigo e tentou não se afetar. Desceu até a faixa de luz na saída da viela. Olhando para a direita e para a esquerda, soltou um suspiro. Dois grupos de legionários já estavam vindo dos dois lados. Alguns homens seguravam tochas, iluminando o caminho para seus companheiros espiarem todos os cantos.

Navio o encarou.

— Más notícias?

Carbo explicou o que tinha visto.

— O que fizemos para merecer isso?

— Pensamos com a cabeça de baixo e não com a de cima — respondeu Carbo.

— Você tem razão. Peço desculpa — murmurou Navio.

— Não é só sua culpa. Concordei com você.

— Ei! Por aqui! Acho que eles subiram por aqui — gritou alguém do outro lado do muro.

— Vamos matar o primeiro soldado — disse Carbo. — Vamos pegar sua espada e com sorte pegamos a do que vier depois. Pelo menos, morreremos como homens.

Navio assentiu.

Eles voltaram a subir a viela.

"Que jeito idiota de morrer", pensou Carbo.

Então, para sua surpresa, uma porta na parede à sua esquerda se abriu. Um garoto com uma túnica lisa grande demais para o seu tamanho apareceu segurando um balde cheio de panos de cozinha.

A esperança encheu o peito de Carbo. Quando o escravo os viu e abriu a boca para gritar, Carbo a cobriu com a mão.

— Não dê um pio. Somos homens de Spartacus. Há legionários nos perseguindo. Pode nos ajudar?

— Me ajudem a subir, maldição! — gritou alguém do outro lado do muro. — Depressa!

O garoto olhou para o muro e para Carbo de novo.

— Morreremos se você não nos ajudar — sussurrou Carbo.

O garoto afastou a mão dele.

— Entrem.

Ele se embrenhou na escuridão de novo.

Carbo não raciocinou, apenas seguiu. Percebeu que Navio vinha atrás dele. O garoto passou e abriu a porta silenciosamente. Fez-se um *clique* quando ele escorregou a trava, e eles entraram e ficaram ali, no escuro, com a respiração ofegante. Escutando.

Baque.

— Já olhei.

— Consegue ver alguma coisa? — perguntou outra pessoa.

— Não há sinal dos malditos, não.

Um *shhhiiii* metálico foi ouvido quando uma espada foi puxada de sua bainha.

— Estou quase até a cintura de merda!

— Não me importo! Venha aqui!

Palavrões abafados e mais um *baque*.

O roçar da malha. Os passos de dois homens movendo-se com grande cuidado.

— Eles já estão longe.

— Você não tem como saber — disse o soldado que passou pelo muro primeiro. — Há uma porta aqui, vejam.

Carbo segurou a adaga com mais força.

— Está trancada por dentro — disse o segundo legionário de modo ácido. — Com certeza, eles seguiram para a rua. Um dos patrulhas vai pegá-los em breve.

— Esperamos que sim.

— Com o que você está preocupado? Eles não devem ter descoberto nada.

— De todo modo, não queremos que Spartacus saiba das nossas catapultas escondidas.

Carbo ouviu com o máximo de atenção.

O companheiro do soldado riu.

— Ele não vai saber. Os escravos seguirão pela estrada norte, nojentos como sempre, seguindo nossa isca. Levarão o maior susto quando forem atacados pelas balistas.

— Ah! E, ainda que alguns deles escapem para os Alpes, não serão bem-recebidos se seguirem para a Trácia — observou o primeiro homem, rindo. — Disseram que Marcus Lucullus acabou com as tropas trácias recentemente, tropas que lutavam com Mitrídates. De qualquer modo, agora ele está destruindo metade daquela área maldita.

As vozes dos legionários desapareceram conforme eles foram percorrendo a viela.

— Você ouviu isso? — sussurrou Carbo.

— Sim, incrível.

Eles ainda não estavam livres do perigo, porém Carbo não conseguia acreditar na sorte que tiveram.

Navio riu baixinho.

— Do que você está rindo?

— Alguns minutos atrás, eu estava trepando com a prostituta mais bonita que já vi. Agora, estou nu, coberto de merda e dentro de um depósito escuro, morrendo de frio. Mas não importa, por causa do que acabamos de escutar.

Carbo teve que morder a língua para não rir.

Apesar das notícias ruins sobre a Trácia, era bom estar vivo.

CAPÍTULO IV

A sorte dos amigos persistiu. Depois que ficou claro que os legionários tinham partido para sempre, os dois permitiram que Arnax, o garoto de pele pálida que os havia salvado, acendesse uma lamparina a óleo. A chama tremeluzente havia revelado uma sala lúgubre cheia de arbustos, panos de limpeza, baldes e uma pia cheia de peças de cerâmica. Foi o esconderijo perfeito. Poucas pessoas — até mesmo escravos — escolhiam entrar em uma área de serviço, a menos que fossem obrigadas. Enquanto Carbo interrogava Arnax, Navio conseguiu se livrar da maior parte do esterco e enfim pegou sua faca.

Em pouco tempo, eles entenderam que Arnax pertencia a um homem velho que vivia sozinho com alguns escravos. Desde que mantivesse o chão, a cozinha e o quintal limpos, o escravo podia fazer o que quisesse. Essa descoberta permitiu que os dois descansassem um pouco. Eles se animaram assim que o garoto voltou com uma túnica e um par de sandálias para Navio, além de alimento e água do poço da casa.

Eles tinham se preparado para sair por volta da meia-noite. Não foi necessário se esforçarem muito para convencerem Arnax a se unir a eles.

— Os soldados não nos encontrarão e, quando clarear, eles vão refazer o caminho — alertou Carbo. — Vai ser fácil ver onde escalamos o muro. Dois pares de pegadas marcadas com fezes levarão a essa porta. Quando eles chegarem para falar com seu senhor, só haverá uma pessoa a culpar. Você.

Com isso, o rosto magro de Arnax empalideceu.

— Venha conosco — convidou Carbo. — Você será livre como qualquer outra pessoa no exército. Um rapaz esperto como você será de grande valia.

— Só tenho 11 anos.

— Não importa. Os cozinheiros, os ferreiros e os varredores que cuidam dos cavalos e da cavalaria sempre precisam de ajuda. — Carbo viu a decepção que surgiu nos olhos escuros de Arnax. — Ou você pode manter nossos equipamentos em ordem e cozinhar.

— Posso fazer isso!

E assim ele foi convencido.

Pegando um pedaço da corda da área de serviço, o trio partiu pela cidade, agradecendo pela cobertura total das nuvens, que reduzia a luz na rua, deixando-a quase totalmente na escuridão. Os amigos, então, se sentiram ainda mais gratos pela presença de Arnax. Ele tinha um senso de direção apurado e os guiara até o muro ao sul, evitando várias patrulhas. Depois de terem visto os sentinelas andando pelo terreno e de calcularem a frequência com que passavam, foi bem simples subir, prender a corda em um pilar nas muralhas e descer até o foço na base da parede.

Dali, teve início uma longa, porém satisfatória caminhada até o acampamento, que eles alcançaram logo antes de amanhecer. Os olhos de Arnax se arregalaram ao ver o número de homens e barracas, e Carbo deu um tapinha em seu braço.

— Entende por que há uma sensação de pânico tomando Módena?

Os dois levaram Arnax para sua barraca e deram instruções para que ele preparasse o desjejum. Partiram à procura de Spartacus logo depois. Cansados de serem punidos, os dois relutaram em confessar tudo que havia acontecido. Se tivessem que explicar o cheiro fétido que ainda emanava de Navio, eles diriam que ele se embriagara a ponto de cair num monte de esterco enquanto passavam pelas ruas escuras. Carbo tivera de puxá-lo.

Encontraram Spartacus sentado em sua barraca, conversando com Castus e Gannicus. Atheas e Taxacis estavam por perto como sempre, como dois cães de guarda.

Castus fez uma careta quando eles se aproximaram.

— Nossa! Alguém está fedendo à merda de cavalo.

Gannicus sorriu diante do embaraço de Navio. Até Spartacus sorriu.

— O quê, em nome do Grande Cavaleiro, aconteceu com vocês?

— Onde estiveram? — quis saber Castus.

"Eles não sabem sobre nossa missão", pensou Carbo. "Spartacus quer mostrar a eles que é muito esperto."

— Módena — respondeu Navio.

Castus fez cara de desconfiado e lançou um olhar a Gannicus, que também não se mostrou muito contente.

— O quê, por Hades, nossos dois *romanos* estavam fazendo lá, Spartacus?

— Caindo em montes de esterco. O que mais?

O rosto de Castus ficou vermelho.

— Não tente ser engraçadinho comigo.

— Por que não fomos informados? — vociferou Gannicus.

— Tenho que contar tudo a vocês? — retrucou Spartacus.

— Você costumava nos contar o que planejava...

— Vocês estão aqui agora — disse Spartacus de modo sucinto. — Eles estavam obtendo informações. Podem ouvir o que eles têm a dizer em primeira mão. Não basta?

Castus parecia querer retrucar, mas Gannicus, que se mostrava irado como Carbo nunca vira, pousou a mão em seu braço. Arregalando os olhos, Castus se calou.

— A missão de vocês não saiu como o planejado, certo? Não me lembro de ter mandado vocês se jogarem em merda de cavalo.

— Tivemos alguns problemas, senhor — respondeu Navio, sem jeito. — Spartacus arqueou as sobrancelhas. — Nós, bem... — hesitou Navio. — Bebemos um pouco. Acabei caindo num monte de esterco. Carbo me tirou de lá.

Os gauleses riram.

"Até que isso não é uma mentira..." Carbo se sentiu aliviado, mas não por muito tempo. "Ainda."

— Não há nada de errado nisso, desde que vocês tenham feito o que mandei. — A voz de Spartacus já não estava mais descontraída. — Descobriram alguma coisa?

— Descobrimos — respondeu Carbo, disposto a seguir em frente. — Longinus planeja um ataque surpresa conforme sairmos da cidade. Parece que há uma região de campo escondido acessível pela estrada ao norte. É onde as balistas estarão. — Ele não sabia bem por quê, mas Carbo preferiu não revelar o que os legionários haviam dito sobre a recente vitória romana sobre os trácios. Ficou contente por Navio também não ter contado.

— Malditos romanos! Desgraçados — resmungou Castus.

Gannicus concordou em voz alta.

— Você sabe onde fica o ponto? — perguntou Spartacus.

— Não.

— Ou quantas catapultas há?

Carbo negou com a cabeça e se desculpou.

Spartacus passou um dedo pelos lábios, pensando.

— É uma estratégia inteligente. Longinus pode ter vinte balistas, ou mais, se ele planeja isso há um tempo. Uma boa oficina pode produzir uma máquina em poucos dias. Naturalmente, os homens da artilharia já terão pensado nisso. — Ele se virou para os gauleses. — Imaginem a carnificina que, por exemplo, 24 catapultas causariam. Eles poderiam lançar seis salvas antes que os soldados pudessem reagir.

— E aí as legiões atacariam — observou Gannicus.

— Sim. Vocês descobriram mais alguma coisa, Carbo?

— Não — respondeu ele sem jeito.

— Não importa. Esse será o plano de Longinus, com certeza. Mas agora podemos levá-lo ao fracasso.

O olhar de Spartacus ficou distante.

No entanto, Castus não estava satisfeito.

— Por que não descobriram mais?

"Não foi você quem arriscou a vida para descobrir", pensou Carbo, furioso. Contudo, disse:

— Porque os soldados que falaram sobre isso se afastaram.

— Então, por que vocês não os seguiram? — devolveu ele na mesma hora.

— Não conseguimos — respondeu Navio com um olhar irritado.

— Vocês estavam tão bêbados assim? Por isso você caiu em um monte de merda? — perguntou Castus.

— Isso importa? — questionou Spartacus. — Eles nunca conseguiriam ouvir mais do que fragmentos de conversas, de qualquer modo. Se dessem sinais de sua intenção, não estariam aqui agora. O fato de terem voltado em segurança com notícias a respeito do plano de Longinus basta.

— Se você diz — devolveu Castus. — Mas eu não acho. Tem mais coisa escondida aí. O que acha, Gannicus?

— Pois é. Os dois estão tão assustados quanto o amante pego pelo marido da mulher.

— Não confia neles?

— Não — respondeu Castus. — São romanos.

Spartacus ficou mais sério.

— Isso já aconteceu antes. Esses dois homens provaram sua lealdade muitas vezes!

— Dizem que sangue é mais denso do que água. Sempre concordei com isso — argumentou Castus.

"Por isso eu não confiaria em você de jeito nenhum, seu gaulês de merda", pensou Spartacus.

— Acredito que devemos arrancar isso deles — disse Castus com ódio.

Em vez de defender seus homens, o trácio encarou Gannicus.

— Você concorda?

— Eles estão escondendo alguma coisa. Isso está claro como água. Como os *líderes* — Gannicus enfatizou a última palavra — desse exército, temos o direito de saber tudo, e fazer o que for necessário para isso.

"Agora não é o momento para uma briga. Temos uma batalha pela frente." Spartacus se aproximou dos amigos.

— Que merda aconteceu?

Eles não disseram nada.

— Por todos os deuses! A menos que queiram que Castus, Gannicus e os homens deles ensinem uma lição da qual vocês nunca se esquecerão, falem!

Chocado, Carbo olhou para Navio, que deu de ombros.

— Havia soldados em todos os cantos da cidade, mas nenhum deles disse muita coisa. Ficou óbvio que eles tinham recebido a ordem de não falarem nada. Tivemos pouca sorte no restaurante, então fomos a diversas tavernas. Não ouvimos nada, então decidimos ir a uma hospedaria cuja clientela é formada sobretudo por soldados — Carbo sentiu o rosto arder —, onde supostamente havia boas putas.

Spartacus ergueu as sobrancelhas, porém disfarçou o riso. Atheas e Taxacis riram do embaraço de Carbo, mas os dois gauleses não ficaram nada contentes.

— Vocês foram enviados a Módena em uma missão de inteligência, só que estavam mais interessados em esvaziar os sacos. Inacreditável — vociferou Castus.

— E então? — quis saber Spartacus.

— Navio subiu com uma prostituta.

— Como você pagou pelo serviço?

A pergunta foi feita em voz baixa, mas a ameaça de Spartacus ficou clara.

— Eu tinha alguns áureos — respondeu Navio, sem jeito.

— Apesar de eu ter mandado vocês levarem pouco dinheiro.

— Sim.

Spartacus contraiu os lábios.

— Você é corajoso. Continue — ordenou ele a Carbo.

Era hora de admitir *sua* tolice. Carbo sentiu um enjoo.

— Fui ao fórum.

— Para quê?

— Para encontrar um escriba.

— Um escriba?

Spartacus arregalou os olhos.

— Sim. Eu ditei uma carta para meus pais em Roma.

Os gauleses riram sem acreditar.

— Você é imbecil?! — gritou Spartacus.

— Se alguém tivesse desconfiado de algo, só teria que ler o bilhete para saber quem você é — vociferou Castus. — Essa sua maldita cabeça romana precisa ser cortada!

— Não enviei a carta — explicou Carbo rapidamente. Retraindo-se diante da expressão feroz de Spartacus, continuou: — Mas alguém deve ter me visto porque, logo depois de eu retornar à hospedaria, um grupo de soldados vasculhou o lugar. Fui reconhecido, mas consegui fugir. Fortuna me guiou até a porta certa.

— Você merecia que eles tivessem pegado você — murmurou Castus.

"Mas aí você não saberia sobre as catapultas escondidas", pensou Carbo com fúria. Ele teve o bom senso de guardar o comentário para si.

— Pulamos pela janela e fomos parar no quintal da hospedaria. Corri para um espaço entre os prédios, mas ele levava a um monte de esterco do estábulo. Não havia escolha além de escalar o monte e espiar pelo muro. Navio estava nu. — Ele ignorou as risadas dos gauleses. — E afundou no esterco enquanto tentava escalá-lo.

— Você estava se esbaldando, quando ele chegou — disse Castus com um sorriso irônico.

— É, eu estava bem ocupado, sim — retrucou Navio, com cara brava e muito desconfortável.

Castus e Gannicus riram. Os citas gargalharam. Até mesmo Spartacus riu.

— Mas você conseguiu escapar.

O tom de Gannicus parecia um pouco mais simpático, o que animou Carbo. Um pouco de humilhação era melhor do que mais acusações de traição.

— Sim. Pulamos o muro e chegamos numa viela. Olhei para a saída, porém a rua estava cheia de soldados. Pensei que seria o fim, mas os deuses interviram de novo. A porta de uma casa se abriu e um escravo saiu. Eu me identifiquei e pedi ajuda. Ele nos deixou entrar e trancou a porta. — Carbo sorriu ao se lembrar. — Logo depois, alguns legionários apareceram na viela e passaram por onde estávamos.

— Foi quando ouvimos sobre a emboscada de Longinus — acrescentou Navio.

— Tínhamos cumprido nossa tarefa. Esperamos até ficar tarde e, então, guiados pelo garoto, escalamos os muros. Foi fácil voltar para cá — explicou Carbo.

— Vocês são dois idiotas — repreendeu Spartacus.

Os gauleses repetiram as palavras dele.

Sabendo que estavam fora de perigo, os amigos baixaram a cabeça.

— Mas... se não tivessem feito o que fizeram, não teriam ouvido esse comentário importante. Não é Castus? Gannicus?

— Os deuses agem de modos estranhos — admitiu Gannicus.

— Satisfeito, Castus?

— Não. Sempre tentando encobrir o rabo de seus homens, não é? Por que faz isso? É incrível que os imbecis tenham conseguido voltar vivos.

— Mas voltaram, e com informações úteis — salientou Spartacus.

— Acho que sim — disse Castus, meio contrariado.

— Da próxima vez que planejar uma missão secreta — avisou Gannicus —, quero saber com antecedência, certo? Ou estamos todos liderando este maldito exército, ou não.

— De acordo — mentiu Spartacus. Ele não tinha nenhuma intenção de contar aos gauleses todos os seus planos, contudo precisava do apoio deles na batalha que se aproximava. — Da próxima vez, com certeza contarei a vocês.

Castus soltou um resmungo e, com ele, deixou clara toda a sua suspeita. Gannicus parecia um pouco mais satisfeito, mas isso seria o máximo que eles conseguiriam.

Spartacus olhou para Carbo e Navio.

— Da próxima vez que eu lhes der uma ordem, quero que a obedeçam ao pé da letra. Nada de levar moedas de ouro, só trocados. Nada de escrever cartas aos seus pais. — Ele lançou a Carbo um olhar especialmente repreensivo. — Nunca vi uma estupidez tão grande na vida. O único motivo pelo qual não mando os citas castigarem vocês é devido ao histórico de vocês. Se fizerem mais uma besteira, vocês dois acabarão como petiscos de urubus. ENTENDERAM?

— Sim — murmuraram em uníssono.

— Lembrem-se bem disso.

Eles se levantaram, cientes dos olhos predadores dos citas sobre eles e do olhar irado dos gauleses.

Spartacus desviou o olhar deles.

— Uma parte da cavalaria deve ser mandada para inspecionar o caminho além de Módena — anunciou. — Se virem algo suspeito, eles marcarão a posição, mas ignorem. Deixem os romanos acharem que não sabemos o segredinho deles. Podemos mandar mais homens quando escurecer.

— Quando o local for encontrado, destruímos as catapultas!

O rosto de Castus era puro ódio.

— Sem dúvida é o que faremos — rosnou Gannicus. — E Castus e eu tomaremos a dianteira.

Spartacus percebeu quão grande era o ódio deles e se perguntou se deveria ter lhes contado a respeito da missão de Carbo e Navio. Teria feito diferença?

— Era isso que eu estava prestes a sugerir.

— Ótimo, porque faremos isso de qualquer maneira — rebateu Gannicus, fazendo uma careta quando Castus rosnou em concordância. — Precisamos só de mil homens com baldes de óleo e algumas tochas para transformar a artilharia de Longinus em montes de cinza.

— Ótimo. — Spartacus sorriu de modo incentivador. "Vou adoçá-los por enquanto." — Quando as balistas estiverem fora do caminho, teremos que lidar com apenas duas legiões. O caminho dos dois lados da estrada é plano. Não importará onde nós os enfrentarmos.

— Mal posso esperar — vociferou Castus. — Vamos matar os malditos.

— Com a ajuda do Grande Cavaleiro, é exatamente o que faremos — disse Spartacus com satisfação. Ele não disse nada sobre os Alpes. Um assunto tão controverso irritaria Castus e Gannicus de novo. Ele deixou para depois. — Podemos falar sobre os detalhes quando a cavalaria voltar.

— Ótimo — disse Castus. Ele olhou para Carbo. — Qual era o nome do rapaz que salvou vocês?

— Arnax. — "Para que você quer saber?"

Castus resmungou. E então, conversando animadamente com Gannicus sobre como eles destruiriam as forças de Longinus, partiu.

Distraído, Spartacus começou a atiçar o fogo com um graveto. Foi um sinal claro de que não estava mais lhes dando atenção.

— Preciso tomar banho — disse Navio em voz baixa. — E o desjejum está esperando. Você vem?

— Ainda não — respondeu Carbo. Ele disse o nome "Lucullus" sem emitir som, e Navio assentiu, mostrando que compreendia.

— Até mais.

Carbo encontrou Spartacus o encarando com expressão confusa quando voltou.

— Havia mais alguma coisa?

— Havia, sim.

Spartacus fez uma cara feia.

Como pôde desobedecer a minha ordem? Atheas! Taxacis!

— Não é nada disso — disse Carbo, com o coração acelerado.

Spartacus deixou os citas se aproximarem de Carbo e ergueu a mão.

— Então, o que é?

Carbo secou o suor que cobria sua testa. "Deuses, por que não fizemos o que ele mandou?"

— Os romanos suspeitam que deixaremos a Itália.

— Isso não surpreende, dado o caminho que tomamos até aqui — observou Spartacus com seriedade. — Por que está dizendo isso?

Carbo conferiu se os gauleses estavam longe. Os citas tinham a confiança de Spartacus, por isso a presença deles não importava.

— Eles disseram que Marcus Lucullus havia derrotado tropas trácias que vinham lutando por Mitrídates. Agora, ele está seguindo com sua campanha Trácia adentro.

Spartacus cuspiu.

— Você ouviu exatamente isso?

— Sim.

— O que mais eles disseram?

— Nada mais. Sinto muito.

Spartacus o observou por muito tempo.

— Obrigado. Você fez bem em não revelar isso aos gauleses. Por que fez isso?

— Não sei bem — respondeu Carbo, pensativo. Ele se lembrou da animosidade dos gauleses. — Talvez porque desconfiasse de que eles usariam isso como uma desculpa para não deixar a Itália.

— Você é astuto. Às vezes, eu me pergunto se eles já estão planejando isso, mas notícias como essa fariam com que se decidissem de vez.

— Você partirá mesmo assim?

— Claro. Com todos os homens que me seguirem — respondeu Spartacus com uma confiança que não tinha certeza se era genuína. — Faz sentido partir. Três derrotas de grande escala não significam nada para os romanos. Eles têm um poço sem fundo de homens para preencher suas legiões. Pelo menos, na Trácia, eu estaria em meu próprio território, entre meu povo. Não vai demorar muito para reunirmos todos eles e iniciarmos outra revolta. — "Que assim seja, Grande Cavaleiro."

Carbo assentiu, sentindo-se tranquilizado. Apesar da reprimenda que acabara de receber, suas lembranças de como Spartacus o salvara no ludo e de como intervira para salvar Chloris não saíam de sua mente. Ele seguiria o trácio para qualquer lugar. Para o inferno. Para a Trácia. Não importava.

— Vá fazer suas coisas. Coma alguma coisa e descanse. Você merece.

Carbo sorriu ao perceber a mudança no tom de voz de seu líder.

— Se eu não participar do ataque às balistas, posso sair para caçar hoje à tarde?

— Pode. Mais uma coisa.

— Sim?

— Não diga nada a ninguém sobre Lucullus. Mande Navio ficar de boca fechada também — alertou Spartacus. — Se falarem algo, vocês morrem, entendeu?

— Sim — disse Carbo, e seu coração voltou a acelerar.

Ele se afastou, sem perceber que havia aumentado as preocupações de Spartacus.

Mandando Atheas chamar seus comandantes da cavalaria, Spartacus permaneceu sentado em silêncio por um tempo. Ariadne não estava na barraca deles. Por isso, ele se sentiu contente. Queria refletir sobre a notícia chocante antes de conversar com ela. Não havia como saber se a história sobre a vitória de Lucullus era verdade, porém ele tinha que considerar que sim. Por que um legionário inventaria algo assim? Os trácios já tinham sido derrotados por Roma. "É só um contratempo; nós, trácios, já derrotamos os malditos muitas vezes, e de forma humilhante", pensou ele, lembrando com satisfação da vitória incrível de sua tribo sobre Appius Claudius Pulcher, o procônsul da Macedônia, cinco anos antes. Contudo, no fundo, Spartacus sabia que a tarefa que assumiria quando chegassem à Trácia havia acabado de se tornar muito mais difícil. Seria possível? "Não pense assim!"

— Você está com os pensamentos em outro mundo. Não costumo chegar tão perto sem que você perceba.

A voz de Ariadne o trouxe de volta à realidade. Ele sorriu, escondendo as notícias sobre Lucullus. — Foi uma boa ideia mandar Carbo e Navio a Módena.

Ariadne ficou tensa.

— Eles voltaram?

— Sim. Longinus armou uma cilada na estrada ao norte. Suas balistas estão escondidas, mas organizadas de modo que poderiam lançar saraivadas no exército quando este passar. Uma emboscada perfeita.

— Malditos romanos — praguejou Ariadne com raiva. — O que vocês farão?

— Marcar a localização exata da artilharia. Depois, os gauleses a destruirão esta noite. — Ele percebeu a expressão de surpresa de Ariadne. — Eles ficaram chocados por eu enviar espiões a Módena sem lhes contar. Dar essa missão a eles foi um modo de colocá-los do nosso lado, mas eles farão um bom trabalho. Gannicus, especialmente, é um cão feroz. Vamos marchar pela manhã, para pegar Longinus antes que ele possa reagir.

— Ele tem apenas duas legiões. — Ariadne queria ouvir o número baixo de novo. — Temos mais de cinquenta mil homens.

— Isso mesmo, meu amor. Venceremos, não tema.

— Eu sei. — Inconscientemente, ela levou a mão à barriga. — Nosso filho vai nascer fora da Itália.

Ele a abraçou para afastar a incerteza que surgira de novo em sua mente.

— Mal posso esperar para pegá-lo no colo.

Ela o olhou com carinho e percebeu algo em sua expressão.

— O que está escondendo de mim? — Ele não respondeu. — Spartacus? O que foi?

Ele olhou para ela.

— Não vou contar agora. Preciso pensar.

Ela sentiu o estômago revirar de medo.

— Tem outro exército romano por perto?

— Não é isso. — Ela o observou à procura de uma pista. — Deixe para lá, Ariadne. Você descobrirá no momento certo.

Ela não gostava do fato de ele esconder algo dela, mas não insistiu. Não era o momento de cultivar a discórdia. Havia balistas a destruir e, depois disso, mais um exército romano para derrotar. Ela olhou para o norte, em direção aos Alpes. "Quando estivermos aos pés dele, tudo ficará mais claro. Seguiremos ao leste." Ela não queria pensar em nenhuma outra possibilidade. Essa esperança a havia incentivado nos meses desde a saída do ludo. Ainda assim, a reticência de Spartacus plantara uma semente de dúvida em sua mente.

Ariadne decidiu buscar o auxílio de Dionísio. Não era da natureza de nenhuma divindade atender pedidos diretamente, porém, às vezes, isso acontecia. Ela se animou ao se lembrar da época em que ficaram presos no topo do Vesúvio, cercados por três mil legionários. No momento de maior necessidade, Dionísio havia mostrado a Spartacus as vinhas selvagens que podiam ser usadas para fazer cordas. Talvez ele ajudasse de novo. Apesar de a situação deles não ser tão desesperadora como aquela, Ariadne precisava da tranquilidade que a indicação divina daria. Uma calma bem-vinda tomou conta dela.

Durou alguns instantes. E então, Ariadne logo pensou no *munus* promovido por Spartacus. Tinha sido sangrento demais? Como se isso não fosse preocupação suficiente, ela pensou no momento em Thurii quando mentira a respeito do desejo do deus. Ela havia contado a todo o exército que Dionísio havia enviado a ela um sonho no qual eles viajariam para o leste sob sua proteção, para terras que não tinham sido conquistadas por Roma. Ariadne não havia admitido sua mentira a ninguém, nem mesmo ao marido. "Fiz isso por bons motivos", desculpou-se ela. Para impedir que Crixus tentasse matar Spartacus. Para convencer as tropas dissidentes e impedir que elas se dividissem em muitos grupos. Seu demônio interno respondeu de uma vez: "Não importa por que você fez. Para satisfazer a seu próprio propósito, você fingiu conversar com uma voz divina. Isso mostra um profundo desrespeito pelo deus."

A culpa dela aumentou imensuravelmente.

— Devo rezar — disse ela com a voz séria.

— Boa ideia.

Contrariado, Spartacus a observou se afastar.

No início da tarde, a cavalaria enviada por ele atrás das catapultas retornou. Eles tinham localizado o ponto mais provável para as balistas serem escondidas. A cerca de nove quilômetros do acampamento havia uma abertura atrás de uma rampa leve protegida pelos dois lados por uma série de árvores. Seus cavaleiros tinham visto pessoas se movimentando no bosque, porém, conforme a ordem recebida, eles não tinham investigado além. Para manter o máximo de segredo, Spartacus mandou que não contassem nada aos companheiros.

Gannicus e Castus haviam escolhido mil de seus melhores homens para a missão. Além de barris de azeitonas e tochas, eles tinham munido suas tropas com todas as armas que conseguiram encontrar. Os dois gauleses, Spartacus e o oficial da cavalaria que havia liderado a patrulha discutiram enquanto o sol se punha. Ainda faltava muito tempo para os soldados escolhidos partirem em sua missão. Para impedir que eles fossem vistos pelas patrulhas romanas, a força só sairia quando escurecesse.

Spartacus ficou animado. As perspectivas pareciam boas. No calor do momento, ele decidiu se unir a Carbo. Caçar era algo que sempre gostara de fazer, mas houvera pouco tempo, um tempo precioso, para que pudesse fazer isso nos últimos meses. Ele ignorou a quantidade de tarefas que precisavam ser cumpridas, e que era um pouco ríspido sair do acampamento sem os guardas. Seria bom para ele, decidiu, esquecer Longinus, Castus e Gannicus, e os malditos Alpes por algumas horas. "Nada vai acontecer. O Cavaleiro vai cuidar de mim, como sempre faz."

— Ajeite-se! — vociferou Julius, próximo ao rosto de Marcion. — Só porque quase acabamos as tarefas do dia, só porque derrotamos os romanos nas duas vezes em que vocês lutaram contra eles, não quer dizer que podem relaxar. Treinamento é treinamento, e vai continuar assim até eu mandar!

A boca de Marcion se retorceu enquanto ele se concentrava. Ergueu o escudo e avançou em direção a Gaius, seu colega de barraca. Ele queria que Julius desaparecesse e fosse irritar um dos outros soldados de sua unidade, mas havia poucas chances de isso acontecer. O centurião deles os deixava quando estava satisfeito.

Ele olhou para os dois lados. Além de sua centúria, o resto da tropa também estava ocupado. Mais além, muitas centenas de homens eram forçados por seus oficiais a correr, a lutar, como ele, com armas cobertas, e a atacar outros grupos em formação. Gritos e ordens misturados com o *claque-claque* de espadas batendo em escudos e o *tump* mais profundo de escudos em contato uns com os outros. A distância, ele conseguiu ver a cavalaria avançando em massa, movimentando-se em arcos harmoniosos e mortais. "É o mesmo de sempre", pensou ele, desanimado. "Se não estamos marchando ou lutando, estamos treinando."

— Mexa-se! — gritou Julius.

Marcion espiou por cima do escudo ao avançar. Gaius estava a cerca de dez passos. Marcion só conseguia ver os olhos e os pés de seus amigos. O escudo que Gaius levava protegia quase todo o seu corpo, deixando poucas partes vulneráveis, assim como o de Marcion protegia o dele. Este ainda sabia o que fazer. Avançou, esperando pegar Gaius desprevenido. Usou toda a sua força, batendo o escudo no de Gaius. Apesar de este ter se preparado, o impacto o empurrou para trás, e ele não conseguiu desviar da lâmina de Marcion, que escorregou pela beirada do escudo de ferro.

— Vá se foder! — xingou ele.

— Você está morto — disse Marcion com um sorriso.

— Você não vai me pegar desse jeito de novo — jurou Gaius.

— Que bom — foi a resposta de Julius, sarcástica. — Se fosse para valer, você estaria engasgando agora, um último suspiro. Treinem mais uma vez.

As palavras mal tinham escapado dos lábios do centurião quando Gaius se lançou no espaço que os separava. Dessa vez, foi Marcion quem recuou, caindo de bunda com o escudo em cima dele. Sem fôlego devido à queda, ele não pôde fazer nada para impedir que Gaius largasse o escudo e fingisse atingir seu pescoço.

Gaius riu.

— Assim você vai aprender a não fazer mais isso, seu cachorro.

Ele se afastou, permitindo que Marcion se levantasse.

— Bem melhor, Gaius — declarou Julius. Ele lançou um olhar ríspido a Marcion. — Não tão bom quanto você pensa, certo? — Magoado, Marcion teve o bom senso de não responder. — Certo, isso basta por hoje. — falou mais alto Julius. — DISPENSADOS! Mesmo horário amanhã, seus montes de merda!

Com um suspiro de alívio, Marcion tirou a cobertura de couro do gládio e o enfiou na bainha de novo. Ele conferiu para ver se o centurião estava longe.

— Julius é muito irritante, mas ele tem razão. Temos que nos manter preparados, certo?

Gaius resmungou e cuspiu.

— Sim, isso mesmo. Um homem precisa da Fortuna ao seu lado sempre que vai para uma batalha. Até mesmo o melhor soldado pode acabar olhando para as próprias entranhas, ou pior. Você se lembra de Hirtius?

— Claro.

Marcion fez uma careta. Hirtius tinha sido um de seus colegas de barraca. Um homem atarracado, incrivelmente forte. Contudo isso não o impediu de levar um pilo perdido no olho durante a batalha contra as legiões de Gellius. Seus gritos ensurdecedores duraram até Zeuxis ter tido a piedade de cortar sua garganta.

— Quem vai cozinhar hoje? — disse uma voz grave e conhecida.

— Sua vez, Zeuxis! — gritou Gaius, indignado.

— É? — Zeuxis secou a camada de suor da testa e olhou para Gaius, que se virou, resmungando.

— Você sabe muito bem de quem é a vez!

— Não olha para mim! — disse Marcion quando Zeuxis virou a cabeça. — Prefiro comer sua comida sem gosto do que ter que cozinhar.

— Eu também — declarou Arphocras, o colega de Zeuxis. — Você é muito idiota! A cada oito dias é a mesma coisa.

Zeuxis deu de ombros.

— Não tenho culpa se minha memória não é mais a mesma.

— Que bom que lembramos por você, não é? — devolveu Marcion.

Apesar da provocação de Gaius, o humor de Marcion estava melhorando. Aquela era a melhor parte do dia para ele. O treinamento havia terminado. As horas mais quentes tinham passado, mas o pôr do sol ainda demoraria. Depois que tirasse a terra de seus equipamentos, talvez sobrasse tempo para encher um balde com água do rio e se lavar. A maioria dos seus colegas de barraca não se importava com isso, porém o amor pelos pequenos luxos com os quais crescera não desaparecia. Depois de um treino pesado, o que ele mais gostava era de se limpar. No entanto, era melhor partir sozinho. Se Zeuxis percebesse, não permitiria. O desejo de se banhar sempre não significava que ele gostava de outros homens, pensou com raiva, mas, sim, que tinha cultura. Zeuxis era o primitivo, não ele. Ele sorriu.

Sua maneira horrorosa de cozinhar era prova disso.

Carbo se mantivera ocupado o dia todo. Depois de comer uma tigela cheia de mingau de cevada e mel preparado por Arnax, ele dormiu por horas. Então, como teria feito normalmente, procurou a tropa da qual era o segundo em comando. Seu oficial mais velho era Egbeo, um trácio enorme que era um dos seguidores mais dedicados de Spartacus e em quem Carbo aprendera a confiar como consequência. Encontrou Egbeo treinando os homens.

— Vocês podem achar que os cães romanos estão com medo de nós agora, mas não é verdade! Não se pode subestimá-los — disse o trácio, como costumava fazer. — Vocês ainda precisam treinar uns com os outros. Têm que ter a certeza de que quando a ordem for dada, todos os homens ao seu redor farão exatamente o que você dizer. Que eles avançarão. Que se unirão. Que lançarão seus dardos. Que atacarão o inimigo. Que ajudarão a formar uma barreira. Até que recuarão!

Carbo sorriu com as risadas causadas pelo comentário dele e, incentivado pelo discurso de Egbeo, sentiu-se determinado. No entanto, quando o treino acabou e ele passou um tempo conversando com seus homens, percebeu quão grave era a situação. Lembrou-se de sua ideia de sair para caçar e, quando Navio voltou do treinamento de sua tropa, sugeriu que eles fossem juntos.

— Vamos. Será melhor do que ter que ver os homens de Gannicus se vangloriando antes de saírem.

— Verdade — concordou Navio, fazendo uma careta. Apesar de terem que manter sigilo sobre o que fariam, as tropas de Gannicus não estavam cumprindo as ordens muito bem. — O que você quer caçar?

— Aceito o que conseguirmos encontrar. Um porco selvagem. Um veado. Uma ave para um ensopado.

— Posso ir junto?

O rosto bem-disposto de Arnax fez Carbo sorrir: ele estava se afeiçoando ao garoto.

— Tudo bem. Provavelmente não encontraremos patrulhas romanas.

Arnax pareceu desanimado.

— Como pode ter certeza?

Carbo riu, de forma familiar.

— Porque eles estão assustados demais para se aproximarem de meu exército.

Arnax arregalou os olhos.

— Ah — disse ele baixinho.

— Spartacus! — Carbo observou as armas de caça de seu líder. — Você veio se unir a nós?

— Há meses não saio para caçar.

— Se você tem certeza — disse Carbo, pensando no que poderia acontecer se eles encontrassen uma patrulha romana.

— Tenho. — "Ariadne está preocupada à toa."

O tom de Spartacus não deixou espaço para discussão. Navio sorriu.

— Mais um arco aumenta nossa chance de ter sucesso.

Spartacus assentiu para Arnax, que pareceu ainda mais assustado.

— Então, esse é o garoto que o ajudou em Módena?

— Ele mesmo — respondeu Carbo.

— Você fez certo em ajudar meus homens, garoto. Como é seu nome?

— Ar-Arnax, senhor.

— Um nome forte. — Arnax não disse nada. — Eu não mordo.

Arnax olhou para Carbo, que abriu um sorriso encorajador.

— Obrigado, senhor — disse ele.

Spartacus inclinou a cabeça.

— O que foi? Você ouviu coisas terríveis a meu respeito?

— Si-si-sim, senhor.

— O que disseram? — Ele não respondeu. — Conte-me — mandou Spartacus.

Mais uma vez, Arnax olhou para Carbo, que disse:

— Conte a ele.

— Pelo que contam, o senhor come bebês.

Spartacus entortou os lábios.

— É mesmo?

— Si-sim.

— Quem disse isso?

— Meu senhor. As pessoas no fórum — murmurou Arnax.

— Ele não é mais seu senhor. Você é livre agora. — A expressão de medo de Arnax diminuiu um pouco. — Posso dizer também que sou um homem comum, como Carbo e Navio. Não como criancinhas, nem solto fogo pelo nariz. Como falei antes, agradeço por ter salvo esses dois. Você é bem-vindo aqui. — Arnax não disse nada, e o trácio franziu o cenho: — Ainda não está satisfeito?

Para o choque de Carbo, Arnax disse:

— Você matou todos aqueles legionários. Aqueles que tiveram que lutar uns contra os outros até a morte.

— Arnax! — sussurrou Carbo.

Spartacus ergueu as sobrancelhas.

— Espirituoso ele, não?

A coragem momentânea de Arnax o deixou, e ele abaixou a cabeça.

— Você sabe por que o *munus* foi feito?

— Para honrar a morte de alguém rico ou famoso — respondeu Arnax.

— Isso mesmo — disse Spartacus. — Hoje em dia, claro, eles são realizados sempre que um nobre todo-poderoso quer impressionar as massas. Os homens lutam e às vezes morrem nesses *munus*, certo? Escravos que não têm escolha. — Arnax assentiu. — Meu *munus* foi feito para marcar a morte de milhares de meus ex-companheiros numa batalha. Para mim, isso é muito mais válido do que a *diversão* oferecida às populações das cidades da Itália a cada um ou dois meses. Tive todo o direito de fazer o que fiz. — Ele olhou para Arnax com intensidade. — Entendeu?

No silêncio que se seguiu, Carbo se surpreendeu ao concordar com Spartacus. O *munus* o havia irritado muito na época, mas havia meses ele vinha treinando e lutando ao lado de ex-escravos. Eram seus companheiros, nos quais ele confiava. Se era aceitável forçar homens como eles a lutar como gladiadores, não era absurdo fazer o mesmo com prisioneiros romanos. Ele observou Arnax, satisfeito, espantado e um pouco preocupado pelo modo como o garoto enfrentou Spartacus. "Concorde com ele."

— Sim — respondeu o garoto por fim.

— Esse é um guerreiro de verdade, Carbo. Acho que entendo agora por que um garoto tão jovem salvou sua vida, colocando a própria em risco. Ele será um bom soldado um dia, desde que aprenda a controlar a língua.

— Ele aprenderá — assegurou Carbo.

— Você já caçou? — perguntou Spartacus.

— Não.

— Esta pode ser sua primeira vez. Pegamos arcos e flechas para veados e aves, e isto para o caso de encontrarmos um porco selvagem. — Ele lhe entregou sua pesada arma de caça. — Você pode levar esta.

Arnax sorriu.

— Aonde vamos?

— Carbo? — perguntou Spartacus.

— Há muitas trilhas na mata em direção ao norte do acampamento. Pensei que ali seria um bom ponto de partida.

— Se quisermos matar alguma coisa, é melhor seguirmos adiante, não? — Navio bateu na sua malha de rede. — Ajude-me a tirar isso — disse ele a Arnax.

Com o auxílio de Spartacus, Carbo também tirou a sua cota de malha. Ainda que fizesse sentido deixar a pesada proteção no acampamento, ele se sentia nu sem ela. Contudo, falar sobre a carne que eles assariam na fogueira aquela noite logo o livrou de suas preocupações.

Os quatro seguiram por entre as barracas até a beira do amplo acampamento. Apesar de Spartacus manter a cabeça baixa, seus homens o incentivaram a cada passo. Depois de mais de um quilômetro, as cenas e os sons do enorme exército foram deixados para trás, e, por fim eles se viram sozinhos, distantes da confusão do acampamento. Era um bom dia de primavera, e o calor foi muito bem-vindo depois de longos meses de inverno. Carbo se sentiu satisfeito por estar usando apenas uma túnica.

Ele liderou o pequeno grupo depressa pelo campo que descia em direção ao norte. Este era coberto por grama baixa e montes de sálvia e junípero aromáticos. Carbo observou o local em busca de um veado ou um javali, porém só viu trilhas de pequenos animais, como a lebre assustada que surgiu dentre um arbusto verde-escuro e o capim alto. Havia muitas aves ali. Vários pássaros pretos com marcas vermelhas ao redor dos olhos e caudas impressionantes apareciam na vegetação conforme eles avançavam. Pareciam bons para se comer, mas ao olhar rapidamente para Navio e Spartacus, Carbo percebeu que estes queriam aves maiores.

Ele ignorou os corvos que piavam para eles de um carvalho. A distância, Carbo escutou os pios de um pica-pau, uma ave consagrada a Marte, o deus da guerra. Ele logo fez uma oração. "Dê-nos uma boa caçada, ó Grande." Eles continuaram andando, entrando no abrigo da mata. A poeira flutuava lentamente sob a luz do sol que penetrava pelos galhos de pés de louro, de morango, e pinheiros. Era pacífico. Carbo pensou no bosque que ficava perto dali, com centenas de soldados romanos e suas balistas, e sentiu a pele formigar. Passou a ver um legionário atrás de toda árvore e se arrependeu de ter tirado a malha. O chamado de Navio o assustou.

— Psssiu!

Carbo olhou. Dez passos a sua esquerda, Spartacus apontava o chão. Ele se aproximou. Aos pés deles, havia marcas grandes de pata com duas fendas características.

— Veado vermelho. Grande.

— É um macho — disse Navio com animação.

— É o que parece — concordou Spartacus.

Carbo logo olhou para as árvores à frente deles. Claro que não viu nada. As marcas estavam frescas, mas o veado estava a certa distância.

Depois de seguirem as pegadas por um tempo, sua desconfiança se confirmou.

— Está vendo isso? — Carbo mostrou a Arnax. — Sabemos se tratar de um veado macho porque as marcas das patas traseiras estão mais para dentro do que as da frente. Isso acontece porque o peito dele é bem mais amplo do que as patas traseiras.

— Onde ele está?

Os olhos de Arnax estavam cheios de interesse e alegria.

Spartacus se abaixou e levou os dedos à marca mais próxima.

— Não está muito próximo. Mas a terra ainda está um pouco úmida. Ele passou por aqui hoje. Provavelmente pela manhã.

Arnax ergueu a lança da mão direita.

— Vamos encontrá-lo?

Carbo sorriu com o entusiasmo do garoto.

— Como saber? Talvez tenhamos que seguir as marcas para ver. Agora é a hora de rezar à Diana pedindo ajuda. — Com uma alça de couro, ele passou a lança pelas costas. Então, escorregou uma flecha com a ponta fina e a ajeitou no arco.

— Isso não vai derrubar um veado — brincou Navio.

— Podemos encontrar outra lebre ou um dos pássaros pretos — retrucou Carbo, na defensiva.

— É sempre bom estar pronto — disse Spartacus, escolhendo uma flecha para seu arco. — Para o que ou quem encontraremos.

Carbo se sentiu satisfeito. Enquanto o exército escravo saía do sul, ele havia passado muito tempo com Atheas. O cita nunca se locomovia desarmado.

Algum tempo depois, no entanto, sua inquietação foi substituída pela frustração. Ele não tinha visto legionários fantasmas e não havia caça que valesse a pena abater. De modo irritante, as pegadas do veado saíam de uma descida rochosa que levava ao barranco do riacho caudaloso. Os três se espalharam por ali, procurando sinais de onde o animal podia ter saído e seguido em direção à água, mas não tiveram sorte.

— A maldita criatura deve ter criado asas e voado — reclamou Navio, franzindo o cenho.

Arnax olhou depressa para o céu e então abaixou a cabeça, envergonhado.

Carbo escondeu o sorriso. Ele se esquecera de como as crianças podiam ser inocentes.

— Não vamos desistir.

— Quero continuar — concordou Spartacus, que aproveitava a sensação de estar com os companheiros, em busca de nada mais que um veado.

Não havia homens pedindo equipamento, não havia novos recrutas precisando de instrução, não havia cavalos a serem cuidados nem oficiais pedindo orientação. Havia muito tempo ele não se sentia relaxado.

— Veja!

A animação na voz de Arnax chamou a atenção de todos. O olhar de Spartacus acompanhou o do garoto, que apontava para baixo, pela abertura nas árvores no chão mais adiante.

— Aquilo não é um veado — disse o trácio.

Ele observou os três homens que corriam em direção à mata.

— Eles estão sendo perseguidos — disse Carbo. Atrás dos fugitivos havia uma nuvem de poeira. Ele sentiu um aperto no estômago. — Cavaleiros. — Eles estavam longe demais para estimar o número, mas a nuvem de poeira era grande e se aproximava depressa dos homens que fugiam.

— Desertores romanos? — sugeriu Navio.

— Estão mais para escravos fugidios — disse Spartacus.

Carbo e Navio se entreolharam, pensando no que podiam fazer. O mais seguro seria voltar ao acampamento. Com certeza, o líder deles pensaria o mesmo.

— Aqueles homens podem estar vindo para se unir a nós — alertou Navio.

"Todo mundo no acampamento — Ariadne, os citas, Pulcher e Egbeo — preferiria se esconder entre as árvores. Até mesmo Castus e Gannicus dariam o alerta para que se afastassem dessa situação. Contudo, quem são eles para me dizer o que fazer? Decido os riscos que assumo — por mais insanos que sejam." Spartacus sorriu.

— Faz um tempo que não me arrisco. Vou descer por ali. Vocês me acompanham?

CAPÍTULO V

— Claro.

Carbo tentou entender por que seu líder estava sendo tão imprudente, porém não disse nada. Devolveu a flecha de ponta estreita para o saco de couro e pegou uma mais afiada.

— Tudo bem — disse Navio com um sorriso torto e fez o mesmo.

— O-o que vocês farão?

A voz de Arnax estava trêmula.

— Vamos até a beira do bosque ver o que está acontecendo. — Spartacus apontou para o chão. — Você vai ficar aqui, onde é seguro.

— Mas...

— Mas nada. Você é jovem demais para lutar. Os romanos, se é que os cavaleiros são romanos, acabariam com você num piscar de olhos.

— Você deve fazer o que Spartacus manda — ordenou Carbo, tentando acalmar os nervos do menino. — Pode se esconder facilmente aqui e observar tudo. Se o pior ocorrer, volte ao acampamento. Acha que consegue?

— Sim.

— Ótimo. Quando chegar lá, encontre Pulcher ou Egbeo e conte a eles o que aconteceu — ordenou Spartacus.

— Pulcher. Egbeo. Sim.

— Se eu morrer, eles devem liderar o exército. — "Ou quantos homens decidirem segui-los à exceção de Castus e Gannicus", pensou ele com cinismo. — E Atheas e Taxacis devem cuidar de Ariadne. Vamos.

Pegando sua lança com Arnax, Spartacus partiu, seguido por Navio.

Carbo parou por tempo suficiente para dar um tapinha no braço do rapaz. "Que roubada arranjei para Arnax?", pensou. Olhou para a nuvem de poeira, que havia aumentado. Agora, ele conseguia ver as formas nítidas dos cavaleiros, pelo menos 15 deles. Em que diabos estava se metendo? Seus batimentos cardíacos aceleraram quando iniciou a descida da ladeira.

Chegando ao fim primeiro, Spartacus se moveu ao longo das árvores, procurando o melhor ponto para observar a situação. Tomou o cuidado de se manter longe o suficiente para não ser percebido. Logo viu os fugitivos. Concluiu que com certeza eram escravos. Os três eram magros, estavam descalços e vestiam túnicas puídas. Os homens quase tinham chegado ao abrigo na mata, porém pareciam mais aterrorizados do que nunca. Isso porque os cavaleiros da frente — três romanos da cavalaria, usando malhas e capacetes de bronze, portando espadas compridas e afiadas — os tinham quase ao seu alcance. Atrás, muitos outros se aproximavam.

— Depressa — sussurrou ele a Navio e a Carbo.

Ao buscar o abrigo de um carvalho no fim do emaranhado das árvores, ele soltou a lança e fincou uma fileira de dardos na terra à sua frente. Ajeitando uma flecha no arco, Spartacus mirou o primeiro cavaleiro, um homem barbado e de cabelo comprido. Olhou para os dois lados. A alguns passos dali, Carbo e Navio também estavam prontos.

— Qual é a distância? — murmurou ele.

— De oitenta a cem passos, mais ou menos — respondeu Carbo.

Navio resmungou concordando.

Spartacus se afastou para se preparar.

— No três. Um. Dois. Três!

As flechas voaram. Duas acertaram o primeiro cavaleiro e o derrubaram do cavalo, e Spartacus comemorou em silêncio. Deveria ter dito qual era seu alvo. A última flecha, a de Carbo, acertou o pescoço do homem atrás do líder, que morreu antes mesmo de chegar ao chão. Os companheiros dos cavaleiros uivaram de ódio, mas não diminuíram a velocidade. Avançando, um deles atacou com toda a força o último dos três fugitivos. Um grito perturbador cortou o ar. Um jato de sangue espirrou das costas do escravo, e este caiu como uma marionete cujas cordas foram cortadas.

— Vamos! Vamos! — gritou Spartacus. Ele mirou e soltou mais uma flecha. — Atirem o mais depressa que puderem — rosnou ele. — Precisamos fazer os desgraçados acharem que somos muitos.

Psss! Psss! Psss! Os três lançaram as flechas o mais rápido que conseguiram.

Mais dois perseguidores caíram. Um corcel atingido no peito gritou de agonia, perturbando seu cavaleiro. O homem logo atrás não conseguiu reagir depressa e, com um baque forte, as montarias caíram. A alegria de Carbo diante da cena diminuiu quando um cavaleiro, aos gritos, atacou o segundo fugitivo, desferindo um golpe forte no lado direito de seu corpo. O escravo caiu e berrou, mas, de forma inacreditável, se levantou e voltou a correr. Carbo sentiu certa satisfação ao ver que sua flecha seguinte acertou o cavaleiro romano na virilha, abaixo da barra de sua malha. *Psss! Psss!* Mais duas flechas foram lançadas, derrubando mais dois perseguidores.

O escravo ferido observou as árvores. Ele já tinha visto as flechas e gritou algo ao companheiro. Eles logo mudaram de rumo, em direção a onde Spartacus e os outros estavam. Carbo olhou para o rosto do fugitivo, retorcido pelo esforço.

— Paccius? — sussurrou ele.

Não acreditou. Não podia ser o homem que fora o melhor escravo de sua família, que o ensinara a lutar! Então, o escravo quase caiu, e um dos romanos mais próximos gritou de alegria. Quando Carbo se deu conta, estava correndo para fora da cobertura das árvores. À vista de todos.

— O que está fazendo, seu tolo? — gritou Spartacus.

— Volte! — rosnou Navio. — Você vai morrer.

O gosto do medo era ácido na boca de Carbo, mas ele continuou correndo. Ajeitou uma flecha no arco.

— Estou indo, Paccius. Aguente!

Um cavaleiro se aproximou do fugitivo ferido, e Carbo praguejou. Não havia como ele atirar enquanto corria. *Zip!* Algo passou por ele, acertando o romano no peito. A ponta da flecha perfurou a malha, fazendo com que este perdesse o equilíbrio e tombasse para trás. Outra flecha passou, acertando um cavalo e o desequilibrando. Seu cavaleiro fez o que pôde para não ser derrubado, mas ainda assim estava fora de combate. Carbo sentiu uma onda de gratidão por Spartacus e Navio.

O primeiro escravo agora estava a apenas vinte passos de distância. Estava de boca aberta pelo esforço impossível de tentar correr mais do que os cavalos.

— Precisamos ajudar seu amigo — gritou Carbo, fazendo gestos sem parar. — Volte para ajudá-lo.

O escravo o olhou como se ele tivesse enlouquecido, mas obedeceu.

A situação piorou. Os romanos tinham se separado. Três vinham na direção dele pela esquerda, e quatro pela direita. Os outros miravam o escravo ferido e seu companheiro. Carbo se sentiu nauseado. O que havia feito? Não havia como disparar flechas em número suficiente para matar ou sequer ferir todos os oponentes. Ainda que derrubasse alguns, o resto acabaria com ele com facilidade. "Estou morto." Ele recobrou a consciência de uma vez. "Pelo menos, você tentou salvar Paccius."

Foi quando o escravo ferido olhou diretamente para ele. Carbo percebeu que, apesar de o fugitivo ser parecido com Paccius, ele tinha se enganado. "Vou morrer à toa." Carbo respirou com dificuldade. Preparou-se para morrer. Os cavaleiros da esquerda estavam mais perto. Ele pegou uma flecha, posicionou-a no arco e a soltou com um movimento suave. Na mesma hora, o cavalo perdeu seu cavaleiro. Seu próximo golpe não acertou, e o terceiro passou raspando pelo capacete do soldado. Ainda assim, o romano titubeou um pouco. O escravo ferido, auxiliado por seu companheiro, mancou passando por Carbo em direção às árvores. Este lançou um olhar à direita e se assustou. Quatro cavaleiros vinham ao seu encontro. "Talvez os escravos cheguem à cobertura antes de eu morrer." Era uma esperança boba, porém era tudo o que Carbo tinha quando mirou o cavalo da frente.

Psss! Psss!

Duas flechas passaram por ele. O cavaleiro da frente foi atingido na perna e gritou como louco. A outra não acertou o alvo. De qualquer modo, Carbo se animou. Lançou mais uma flecha, acertando o romano mais próximo, dessa vez no braço.

— Seu imbecil! — Spartacus surgiu à direita dele, abaixado. — Se quer viver, corra! Em vinte passos, pare, vire e atire uma flecha. Então, corra e faça tudo de novo.

Assustado e com esperança de sobreviver, Carbo obedeceu. Dez passos depois, ele viu Navio. O rosto do romano estava contorcido ao forçar a concentração. Ele mantinha flechas na mesma mão com que segurava o arco e as lançava com grande velocidade.

— Corra! — gritou ele. — Corra!

Os minutos seguintes passaram depressa. Carbo corria e atirava, atirava e corria. Não tinha tempo para ver se suas flechas tinham acertado os alvos. Só sabia que ainda havia inimigos atacando e que ele estava mais próximo da cobertura, enquanto Spartacus e Navio estavam mais expostos. Quando chegou perto das árvores, um local relativamente seguro, ele olhou ao redor. E não acreditou.

— Spartacus, cuidado!

Depois de cinquenta passos, Spartacus percebeu que havia cometido um grave erro ao tentar salvar Carbo. Tinha sido uma escolha inconsciente, motivada em parte por sua preocupação com o jovem romano e em parte pela raiva que o fizera ele próprio atacar os cavaleiros. Por um lado, ele queria provar que era mais corajoso do que Carbo, mas agora, com inimigos por todos os lados, percebeu que o Grande Cavaleiro o havia abandonado. Bons cavaleiros trabalhavam juntos, e ele não tinha tempo para atirar duas flechas. Quando acertasse um, o outro o cortaria pela metade. Navio estava ocupado com o próprio oponente, e a mira de Carbo deixava um pouco a desejar.

"Não era assim que eu queria morrer", pensou o trácio.

Contudo, ele não se entregaria sem lutar. Decidiu qual romano acertar. O mais próximo. Ignorando o barulho das patas dos animais e os gritos de guerra dos romanos, Spartacus mirou o cavaleiro, que estava a menos de 15 passos. Dessa distância ele não erraria. Nem observou a flecha voar. Assim que ela deixou o arco, ele o soltou e se jogou no chão. A lâmina que o teria decapitado passou por cima. Ele ouviu um palavrão e rolou para a direita, longe do ponto onde acreditava que o cavalo do inimigo estaria. Pegou a sica, segurou-a com força e se sentiu um pouco melhor.

— Morra, seu filho da puta!

Levantou o braço e bloqueou o golpe da longa espada do romano, que vinha de cima. Faíscas voaram quando as duas peças de ferro se chocaram. Ele se afastou de novo, desesperado para se levantar. O cavaleiro recuou seu cavalo e, inclinando-se, atingiu a barriga de Spartacus com a ponta da arma. Com um movimento para o lado, o trácio impediu que ela o derrubasse. A ponta da arma rasgou a lateral de sua túnica e cortou a pele. Ele sentiu dor e gemeu. "Grande Cavaleiro, ajude-me!" Os companheiros de seu oponente logo se aproximariam dele.

— Hades está a sua espera! — gritou o romano.

Com a força vinda do desespero, Spartacus ficou de joelhos. Impediu outro ataque com um golpe forte que pegou o cavaleiro de surpresa. Antes que este pudesse descer a lâmina de novo, Spartacus se moveu e segurou o pé do inimigo com a mão esquerda. Com força, levantou a perna do romano e o desequilibrou. Com os braços balançando, o homem caiu do outro lado do cavalo.

Spartacus não teve tempo de saborear a pequena vitória. Três outros cavaleiros quase o alcançaram. Não fazia sentido correr. As árvores ainda estavam muito longe.

— Calma — disse ele para a montaria, segurando a crina do cavalo com a mão e equilibrando o punho direito e a sica sobre ele.

Subiu no animal a tempo de ver o cavaleiro mais próximo receber uma flecha na barriga. Assim, restaram dois romanos a cerca de quarenta passos dele. Spartacus ficou tenso quando eles avançaram, mas, para sua alegria, outra flecha quase acertou um de seus cavalos. Praguejando, eles controlaram os cavalos.

Spartacus não esperou para ver o que aconteceu em seguida. Chutou o romano que havia tirado do cavalo e voltou a derrubá-lo na terra. Então, segurou a cabeça do corcel e, batendo os pés nas laterais de seu corpo, o direcionou para as árvores. Navio lhe sorriu quando o líder alcançou a cobertura.

— Agarre a crina — ordenou Spartacus.

Navio nunca havia corrido com um cavalo ao lado antes, mas sabia dos escaramuçadores ibéricos que lutaram por Aníbal. Eles costumavam entrar em batalha dessa maneira. Aproximando-se, ele segurou os pelos grossos enquanto o animal avançava, ganhando velocidade.

Quando chegaram ao abrigo das árvores ilesos, Carbo lançou uma flecha. Gritou de prazer quando ela acertou as ancas de outro cavalo. O romano caiu quando o animal deu um coice de dor.

— Depressa! Protejam-se!

Olhando para trás, eles correram em direção às árvores. O cavalo se afastou sem rumo.

— Parem. Preparem mais flechas. — Ofegantes, eles olharam para os romanos, e cerca de cinco deles continuavam ilesos. Os cavaleiros não tentaram apear nem entrar na mata. — Se eles vierem aqui, perderão toda sua vantagem. Os filhos da puta já estão cansados! — disse Spartacus com muita alegria. Ele ainda estava vivo! Sobrevivera a uma situação muito desfavorável.

Carbo e Navio uivaram como lobos. Havia algo que Spartacus não poderia fazer? Cumprindo a ordem, eles lançaram mais flechas até os cavaleiros se afastarem ainda mais.

— Fique de olho neles — disse Spartacus a Navio. — Melhor checar os homens por quem quase morremos, não é? — vociferou ele a Carbo.

Eles trotaram até os dois fugitivos, que estavam um pouco além sob a liteira. O escravo ferido estava deitado de costas, gemendo.

Carbo fez uma careta ao se aproximar. A espada do romano o havia atingido acima do osso do quadril, abrindo o abdome como uma fruta madura. O sangue jorrava sem parar do corte vermelho do ferimento enorme. Boa parte das entranhas estava exposta. Tudo estava coberto por uma camada de terra porque o homem havia rolado no chão. Carbo fez uma careta de nojo.

— Sinto cheiro de merda.

— Eu também. — Foi a resposta séria de Spartacus.

"Então não tem jeito", pensou Carbo. Ainda que vivesse até ser levado ao acampamento, ainda que os curandeiros fechassem o corte horroroso, o homem morreria. Ninguém sobrevivia quando as entranhas eram cortadas. Ninguém.

Eles se aproximaram do outro fugitivo, que tentava confortar o companheiro.

— Você conseguiu, Kineas. Muito bem.

Kineas gemeu.

— Água.

— Aqui.

Spartacus pegou o cantil de seu cinto de couro e o entregou.

O amigo de Kineas o ajudou a beber. Em vez de engolir a água, ele a inalou, o que fez com que começasse a tossir e um novo jorro de sangue saísse da ferida.

— O que eles estão fazendo? — perguntou Spartacus.

— Ainda estão montados nos cavalos, esperando — gritou Navio.

Os pelos do pescoço de Spartacus se eriçaram.

— Volte e veja o que está acontecendo. Não quero mais correr riscos à toa hoje — disse ele a Carbo. Ele se ajoelhou. — Como você se chama?

— Publipor — respondeu o escravo, que tinha cerca de trinta anos. Seu rosto magro era marcado pela fome, pelo sofrimento e pelo pesar.

— Não podemos fazer nada pelo seu amigo. Ele está morrendo — sussurrou Spartacus.

— Eu sei — disse Publipor com amargura.

Carbo se aproximou de Navio, que vigiava o grupo de cavaleiros. Eles tinham recuado cerca de cem passos, longe do alcance das flechas.

— Não estou gostando disso — revelou Navio. — Por que eles não apearam e vieram até aqui atrás de nós ou simplesmente foram embora? Será que tem outras tropas na região?

Carbo estreitou os olhos para enxergar através da nuvem de poeira que ainda pairava no ar atrás dos romanos. Não conseguiu ver nada. Mas Navio tinha razão. Algo estranho estava acontecendo.

— Spartacus?

— O que foi?

— Parece que eles estão esperando reforços.

Spartacus notou a preocupação no tom de voz de Carbo.

— Hora de irmos.

Os olhos de Kineas se abriram. Por um momento, eles vaguearam, sem foco, e então se fixaram em Publipor. Ele franziu a testa.

— Por que...?

— Calma — murmurou Publipor. — Não tente falar.

Kineas enfim percebeu a presença de Spartacus. Franziu a testa ainda mais e apontou um dedo a Publipor.

— Ele...

Uma nova onda de tosse tomou conta dele. Mais sangue jorrou da ferida e o pouco de cor que restava em suas faces magras desapareceu. Ele se deitou na terra e fechou os olhos.

Publipor suspirou alto.

— É difícil quando um companheiro morre — disse Spartacus baixinho. "Já presenciei isso muitas vezes."

Os lábios de Publipor se entortaram em uma emoção incapaz de ser entendida.

— Temos que deixá-lo.

Os olhos de Kineas se abriram, e ele tentou se sentar.

— Eu não deveria...

O esforço foi demais para ele, que voltou a se deitar no chão coberto de sangue. Respirou com dificuldade mais uma vez e soltou o ar com um ronco. Publipor se inclinou sobre ele e ouviu seu último suspiro. Com delicadeza, fechou os olhos arregalados de Kineas.

Spartacus permitiu que ele sofresse o luto por um instante.

— Temos que ir.

Publipor ficou de pé e o encarou de modo estranho.

— Não gosto de pedir dinheiro a ninguém, mas estou sem nenhum. Kineas precisa de uma moeda para que o levem.

Spartacus procurou na bolsa que levava pendurada no pescoço e pegou um denário.

— Aqui está.

Publipor aceitou a moeda murmurando um agradecimento. Ele se inclinou, abriu a boca de Kineas e a colocou sobre a língua.

— Descanse em paz — disse ele com pesar.

Carbo e Navio se aproximaram.

— Há outra nuvem de poeira se aproximando — revelou Carbo.

— É mesmo? — perguntou Spartacus.

Carbo não viu o soco que acertou a lateral de sua cabeça. Estrelas tomaram sua visão, e ele caiu no chão. Um chute na barriga fez com que ele tivesse ânsia de vômito. Confuso e nauseado, ele encarou Spartacus.

— O quê, em nome de todos os deuses, você fez? Queria morrer?

Navio o encarou com os olhos arregalados, aumentado a pressão.

Carbo cuspiu.

— Não.

— O que foi, então? — A voz de Spartacus saiu forte.

— Eu, eu achei que um dos fugitivos fosse um dos escravos de minha família. Um homem que me é caro. Não pude ficar olhando de braços cruzados enquanto ele era abatido como um porco.

— E você estava certo? Era mesmo ele?

— Não — respondeu Carbo com desânimo.

— Ainda que estivesse certo, atacar daquele jeito foi a decisão errada. Você obedece às minhas ordens! Se eu não mandar, você não pode sair correndo como um maluco tentando se matar.

E ele deu mais um chute forte.

Carbo se encolheu, tentando se proteger. Nenhum outro golpe foi desferido.

— Olhe para mim!

Ele levantou a cabeça e encontrou o olhar firme de Spartacus.

— Se você fizer uma coisa tão idiota assim de novo — o trácio se inclinou, encostando um dedo no peito de Carbo para dar ênfase —, acerto você pelas costas. Só arrisco a vida por alguém uma vez. Você entendeu?

Carbo nunca tinha visto seu líder tão furioso.

— Sim.

— MAIS ALTO!

— SIM!

Sem dizer mais nada, Spartacus subiu o monte.

Carbo se levantou com dificuldade. Navio não o ajudou, e ele sabia que se não conseguisse acompanhá-los, seria deixado para trás. "Não mereço nada além disso", pensou ele com tristeza. Sua burrice quase matara todos eles. Tinha sorte por Spartacus não tê-lo matado.

O ritmo de Spartacus era forte, mas ninguém reclamou. Só diminuiu o passo para esperar Arnax, porém correu por alguns quilômetros. Mesmo assim, a pausa foi suficiente para apurar se eram seguidos. "Já testei a paciência do Cavaleiro comigo o bastante para um dia." Ele só parou ao ver as barracas do exército.

Publipor ficou boquiaberto ao vê-las.

— Vocês devem ser alguns dos homens de Spartacus.

Carbo conseguiu sorrir ao ouvir aquilo.

— Você não está errado.

— Como assim?

— Você está olhando para ele.

Carbo apontou seu líder.

— Vo-você é Spartacus?

— Sou.

— Que os deuses sejam louvados! — Publipor segurou as mãos do trácio como um súdito faz com um rei. — Devo minha vida a você e aos seus homens. Obrigado.

— Você deve agradecer a Carbo.

Spartacus abriu um sorriso amarelo.

Publipor olhou para Carbo.

— Como posso recompensá-lo?

— Entre para nosso exército. Jure lealdade a Spartacus — respondeu Carbo sem jeito.

Ele sabia que esse gesto não faria com que sua situação com o trácio melhorasse, porém queria mostrar que ainda era leal.

— Claro. É tudo que desejo.

— Vocês estavam tentando chegar ao meu exército? — perguntou Spartacus.

— Sim. Estávamos à procura dele havia quatro dias.

— Fizeram um bom trabalho afastando os cavaleiros por tanto tempo.

Publipor deu de ombros.

— Não, eles só apareceram hoje, cerca de cinco quilômetros atrás de nós. Nós nos escondemos da melhor maneira que conseguimos, porém eles viram nossas pegadas. Quando nos encontraram, a mata foi o nosso melhor esconderijo. Não tínhamos chance, mas então os deuses intervieram para trazer você com seus homens. — Ele estava admirado. — Nunca vi nada igual como o ataque selvagem desferido por vocês para salvar a mim e a Kineas.

— Os deuses, sem dúvida, ajudaram — concordou Spartacus. "Atuar em combate como fiz hoje não só me mataria, como faria com que muitos homens fossem mortos, talvez até perdêssemos a batalha. Serei eternamente grato, Grande Cavaleiro. Não cometerei o mesmo erro de novo." — Você quer se tornar um soldado?

— Sim. — Ele assentiu com a cabeça. — Eu me sentiria honrado em servi-lo.

— Ótimo. Você vem de longe?

— Percebo um sotaque do sul no seu jeito de falar — acrescentou Carbo.

— É mesmo? — admirou-se Publipor, surpreso. — Sou de Apúlia.

— Você viajou tanto quanto nós, ou até mais — observou Spartacus. — Seu senhor o trouxe aqui?

— Não. Eu estava com Publius, meu mestre, trabalhando, quando soube da presença do exército de Crixus na região. Fugi e me uni a eles, para ser livre. Foi onde encontrei Kineas e o outro fugitivo. Tudo correu bem por um tempo, até Gellius aparecer.

— Pelo Cavaleiro! Você esteve no monte Garganus?

— Sim.

— Nenhum outro sobrevivente nos alcançou até aqui. Fico feliz por tê-lo conosco. — Spartacus levou a mão ao ombro de Publipor, que abriu um sorriso. — O dia dessa batalha deve ter sido pesado.

Os olhos de Publipor se enevoaram de novo.

— Foi terrível.

— Mas você sobreviveu. Você fugiu?

— Não — respondeu Publipor com a voz impertubável. — Não fugi. Pelo menos não até Crixus ter sido morto, quando ficou claro que tudo estava perdido.

— Quero ouvir a história toda — disse Spartacus. — Mas não aqui.

Ele estava interessado em entender como, apesar de ter um exército maior, Crixus perdera a batalha. Será que Gellius o tinha manipulado? Só porque as forças de Spartacus tiraram proveito dele não significava que o cônsul não tivesse dirigido suas forças com habilidade. Os generais romanos eram famosos por seus recursos. "Devo tomar cuidado com Longinus. O menor erro pode nos levar à derrota amanhã. Mesmo tão perto de chegarmos à liberdade, podemos fracassar."

A emoção de ter salvado Publipor, de ter sobrevivido quando parecia improvável, desapareceu.

Spartacus começou a pensar de novo sobre os Alpes. Vinha tentando evitar a questão, apesar de ela permanecer em sua mente como um pesadelo repetitivo. Sair para caçar tinha sido um modo de esquecer os problemas, ainda que por pouco tempo. "Não tente negar", refletiu. "Pensando bem, não é certo que o exército me seguirá na saída da Itália. E, se eles não forem comigo, não sei se quero partir. A resposta me ocorrerá. O Cavaleiro mostrará o caminho."

Pela primeira vez, sua oração pareceu vazia.

Alguns dias depois...
Roma

Crassus contraiu os lábios em desaprovação quando os litores de Longinus chegaram às enormes portas de bronze da Curia.

— O sujeito tem coragem de permitir que eles o precedam aqui — admitiu ele.

Um senador próximo dali ouviu a conversa.

— Como procônsul, Longinus tem direito a ter 11 guarda-costas.

— Sei muito bem quantos litores um procônsul pode ter — rebateu Crassus. — O que quero dizer é que ele está demonstrando muita ousadia ao aparecer aqui assim. Se os rumores forem verdadeiros, Longinus não apenas foi derrotado por Spartacus, foi destruído! Suas legiões foram quase aniquiladas, perderam ainda mais águias, e o homem teve a sorte de continuar vivo. Seria mais apropriado se ele entrasse aqui sem pompa nem cerimônia, mas sim com modéstia, pedindo perdão por seu fracasso.

O senador pensou em responder, mas a fúria de Crassus fez com que ele pensasse melhor. Ele deu as costas.

— É estranho que ele entre assim — comentou César, que estava próximo dali.

Crassus sorriu. Até então estava satisfeito com a decisão de emprestar os três milhões de denários a César. O novo aliado havia trazido grupos de senadores mais jovens para o seu lado e era proativo ao recrutar outros mais. Crassus voltou a prestar atenção aos litores. Seu rosto estava roxo.

— O desgraçado arrogante nem sequer mandou que eles tirassem os machados dos *fasces*!

Suas palavras causaram uma onda de choque pelos seiscentos senadores. Dentro dos limites sagrados de Roma, só os litores de um ditador podiam levar *fasces*, o que significava o direito de executar os que agiam de modo errado. Desrespeitar tal regra era um sacrilégio dos mais sérios.

— Um momento ruim para atrair tanto azar — disse César em voz alta.

Gnaeus Cornelius Lentulus Clodianus e Lucius Gellius, os dois cônsules, se esforçaram para ouvir os sussurros escandalizados, mas as cadeiras de pau-rosa no fundo da sala retangular foram posicionadas longe demais de seus colegas do Senado.

O litor-líder de Longinus raspou os *fasces* no chão de mármore.

Um silêncio desaprovador tomou conta do ambiente.

— Anuncio o procônsul da Gália Cisalpina, Gaius Cassius Longinus.

— Guardem sua posição, pois não permanecerão nela por muito tempo — disse Crassus, sem se esforçar para se manter calado.

Seus incentivadores, que agora eram mais de 150, deram risadinhas.

— Silêncio! — ordenou o litor, mas este já não tinha a autoridade de sempre.

A satisfação de Crassus aumentou. Ele ainda não tinha senadores em número suficiente para obter a maioria, mas a derrota de Longinus colocaria lenha na fogueira e, por todos os deuses, ele tiraria o máximo proveito da situação. Desde que as notícias sobre a mais recente vitória de Spartacus tinham chegado a Roma um dia e meio antes, Crassus passara cada segundo refletido sobre o que diria.

Mais alguns comentários foram feitos a respeito de Longinus. Crassus ficou contente ao perceber que eles vinham do outro lado, onde tradicionalmente ficava a facção de Pompei. Ouviu as frases "Uma desgraça" e "Mais uma mancha à honra da República", e exultou. "Terei o controle das legiões, sei que terei", pensou ele. "Tome cuidado", disse seu lado cauteloso. "Deixe Longinus dar a cara a tapa."

Lentulus, que era um homem comum com ralo cabelo castanho, conversou com seu litor-chefe, que deu uma ordem. De uma vez, seus companheiros pegaram seus *fasces* do chão.

Houve comoção. Quando os cônsules — até mesmo aqueles que tinham sido derrotados — exigiram silêncio, o obtiveram.

— Deixem o procônsul se aproximar — gritou o litor de Lentulus.

A formação dos guarda-costas se desfez, e Longinus deu um passo à frente. Ele era um homem de estatura média, com uma aparência séria. Por ser um general que estivera em campanha, ele vestia uma túnica vermelha. Um cinturão da mesma cor envolvia a parte inferior de sua proteção feita de bronze reluzente. Camadas de tecido de linho cobriam sua genitália, e ele usava um capacete grande com crista. Até mesmo as botas iam até o meio da panturrilha estavam polidas. Ele estava muito bem-arrumado, e, sob circunstâncias comuns, sua aparência teria rendido comentários de aprovação dos senadores. "Mas não hoje", observou Crassus com animação. Em um sinal claro de que os colegas estavam insatisfeitos com sua conduta, Longinus percorreu a extensão da Curia em silêncio absoluto. Parou diante da cobertura baixa sob a qual os dois cônsules estavam sentados e os cumprimentou.

— Procônsul — saudou Lentulus.

Gellius inclinou a cabeça.

— Você voltou.

— Sim, cônsules — respondeu Longinus de modo seco. — Vim fazer meu relatório a respeito dos últimos acontecimentos no norte.

Crassus conteve sua reação explosiva. Ele não deve agir de modo precipitado.

Alguém fez isso por ele.

— Últimos acontecimentos? — gritou um senador a sua direita. — É assim que você chama a humilhação causada por um grupo de escravos?

Os homens reagiram concordando aos resmungos, e Longinus fechou a cara.

— Ordem! Exijo ordem! — gritou Lentulus.

Sua face estava vermelha. Crassus aproveitou a ira do cônsul. Lentulus tivera exatamente a mesma experiência nas mãos de Spartacus algum tempo antes. Assim como o insulto foi feito a Longinus, ele poderia ter sido direcionado a ele, Gellius. Não havia nada que Lentulus pudesse fazer para negar isso.

Um silêncio ressentido se fez mais uma vez.

— Por que os *fasces* de seus litores ainda estão decorados com machados, Longinus?! — gritou César. — Está tentando enfurecer ainda mais os deuses?

Longinus se surpreendeu com a intervenção do *Pontifex Maximus*.

— Eu...

Lentulus arregalou os olhos ao ver os litores de pé na entrada. Trocou um olhar de ira com Gellius.

— Qual é o sentido disso, procônsul?

— Foi um erro, nada mais. Viajamos a noite toda para chegar aqui. É claro que eu não pretendia irritar os deuses! — Ele se dirigiu aos litores: — Retirem os machados de uma vez! Sacrifícios de expiação devem ser feitos nos templos amplos. Cuidem para que sejam! — Seus guarda-costas saíram correndo da construção, e Longinus se voltou para os cônsules de novo. — Cumprirei minha própria penitência aos deuses assim que puder — disse ele de modo modesto. — Não acontecerá de novo.

— Certamente não — disse Crassus.

Outros comentários — irados e preocupados — tomaram o ambiente.

— Fale do seu relatório — ordenou Gellius.

— Como todo senador aqui sabe, tenho o comando de duas legiões. O escravo Spartacus lidera mais de cinquenta mil homens. Sabendo que esses homens tinham acabado de vencer — Longinus pigarreou enquanto ignorava os cônsules — outras forças romanas, decidi que minha melhor opção seria planejar um ataque-surpresa contra o exército dele durante sua marcha em direção aos Alpes. Por isso, escolhi uma posição adequada perto da estrada próxima a Módena. Mais de trinta balistas foram construídas e transportadas para lá em segredo. Meu plano era que as catapultas desferissem um ataque intenso aos escravos, de modo inesperado, causando caos, antes que minhas legiões vindas do norte avançassem em direção a eles.

— Algo me diz que as coisas não aconteceram exatamente desse modo — disse Crassus em voz baixa.

Ao lado dele, os lábios de César tremeram.

— Um bom plano — admitiu Gellius. — O que deu errado?

— De alguma forma, Spartacus soube do plano. Uma força intensa de escravos atacou os soldados que guardavam as balistas à noite. Eles pegaram meus homens desprevenidos. Os malditos estavam armados com machados e traziam barris de óleo. As catapultas que não foram incendiadas ficaram destruídas, reduzidas a pedacinhos. — Longinus suspirou. — O exército de Spartacus marchou em direção ao norte na manhã seguinte. Eu não podia deixar o maldito passar por Módena sem lutar, por isso levei meus homens para fora e os confrontei.

Alguns senadores resmungaram, solidário.

— Não foi por falta de coragem — disse um.

Crassus ficou feliz ao ver que os rostos que via ainda mostravam desaprovação.

— Continue — ordenou Lentulus.

— Minhas legiões agiram na clássica formação *tríplex acies*. Havia árvores à esquerda, que impediam o uso da cavalaria, por isso dispensei todos os cavalos à minha direita. O inimigo nos encontrou da mesma maneira. Spartacus aprendera a lutar como os romanos. Suas tropas são, na maior parte do tempo, bem-armadas e bem-disciplinadas.

Gritos de susto foram ouvidos.

"Eu disse a vocês, meses atrás, que não deveríamos subestimar Spartacus", pensou Crassus. "Mas vocês não ouviram." Em seu íntimo, ele se surpreendeu com a grandeza do sucesso do trácio, porém não admitiria isso a ninguém.

Longinus esperou até que todos voltassem a se calar.

— Os cavaleiros dele também foram bem-treinados. Estavam em maior número do que meus seiscentos gauleses. O quinto, pelo menos. Conforme o exército dele avançou, minha cavalaria recuou, permitindo que os cavaleiros inimigos aparecessem por trás de minhas legiões. Depois disso, a luta se intensificou. Apesar disso, meus soldados se mantiveram firmes por muito tempo. Mas no fim os ataques intensos na dianteira e pela retaguarda foram demais. — Longinus fez uma pausa para se recompor. — Meus homens se afastaram e fugiram.

— E suas águias? — quis saber Gellius.

Longinus ficou sério.

— Foram perdidas.

— As duas?

— Sim. Fiquei até o fim, tentando recuperar uma. Eu teria morrido no campo se não fosse um de meus centuriões, que, com seus homens, me removeram à força. Eu queria ter sido assassinado, mas também é minha obrigação reportar meus fracassos ao Senado. Fiz isso. Agora aguardo a sentença de meus colegas, seja qual for.

Longinus abaixou a cabeça.

Apesar de tudo, Crassus ficou impressionado com a performance do procônsul. "Ele é corajoso, tanto na batalha quanto aqui na arena conflituosa do Senado." Crassus logo recobrou a frieza. "Ele é só mais um general que fracassou. A derrota dele me renderá mais apoio. Talvez hoje eu consiga agir, enfim." Ele olhou ao redor e ficou irritado ao ver que as palavras de Longinus pareciam ter conquistado a simpatia de um bom número de senadores.

Os cônsules conversaram entre eles até que Lentulus ergueu a mão, pedindo silêncio.

— Agradecemos por você cumprir a obrigação de contar o que aconteceu. Apesar de a notícia de sua derrota e a perda de suas águias serem ruins, elas não surpreendem. — Ele olhou para Gellius. — Meu colega e eu fracassamos contra Spartacus.

— Sim, com certeza, fracassaram — gritou Crassus. — Assim como todos os tolos enviados por vocês antes disso. Vocês envergonham a República! — O coração dele acelerou na breve pausa que veio em seguida. Teria ido longe demais?

— Vergonha! Vocês dois são uma vergonha! — gritou César.

— Vergonha! — gritou outro senador.

O grito ganhou vida, aumentando de abrangência e volume até ecoar nas paredes da Curia.

— Vergonha! Vergonha! Vergonha!

A ira de Crassus não tinha limites. As notícias sobre as perdas anteriores de seus exércitos não haviam causado tanto descontentamento como as de agora. Com certeza as atuais lhe renderiam mais incentivadores.

O barulho demorou um pouco para diminuir. Quando abrandou, Longinus ainda estava em sua posição diante dos cônsules, com as costas eretas, cabeça abaixada, aceitando seu destino.

Talvez por ter derrotado Crixus, obtendo assim certa honra, Gellius foi o primeiro a falar.

— Longinus precisa pagar por seu fracasso. Qual castigo vocês aplicariam, senadores de Roma?

Fez-se um silêncio profundo.

Crassus ficou surpreso ao ver que estava indeciso. Outros que tinham fracassado, entre eles o miserável Varinius, tinham recebido a ordem de cometerem suicídio, apesar de, naturalmente, os dois cônsules terem escapado de tais sentenças. Contudo, nenhum deles tinha a estirpe de Longinus. Este pertencia a uma família ilustre, havia servido à República como senhor do estado, pretor e, no ano anterior, como cônsul. Por que ele sofreria o castigo máximo — a morte —, se homens inferiores a ele escaparam? O exílio seria uma alternativa melhor? Crassus observou Longinus. "Ele é um homem capaz. Não faria sentido ser morto pela própria espada."

— Depois que ele se desculpar com os deuses, tirem a autoridade dele e o mandem pagar uma multa grande ao tesouro.

Uma pausa breve.

— Acho que seria um castigo adequado — concordou César em voz alta.

— Também acho — disse um dos incentivadores de Crassus.

Vários sons de concordância surgiram de seu grupo. Ninguém disse mais nada.

Crassus aproveitou o momento.

— Não é preciso que Longinus morra. Não quando outros que fracassaram fugiram de tal destino.

— Verdade!

O tom de César era ácido.

Crassus sorriu calmamente diante dos olhares dos cônsules. "Estamos apenas começando, idiotas."

— Longinus deve ser afastado — gritou um senador do grupo de Pompei.

— Afastado! Afastado! Afastado! — gritaram os senadores em uníssono.

Irritado, Gellius balançou a mão.

— Tudo bem. Parece, Longinus, que seus companheiros desejam que você abra mão de seu posto de cônsul. E que pague uma multa.

Ele baixou ainda mais a cabeça.

— SIM!

— Você deve pagar uma multa ao tesouro de... — Ele conferiu com Lentulus —...quinhentos mil denários.

— Não se esqueça da penitência dele diante dos deuses — lembrou alguém.

Longinus levantou a cabeça.

— Será a primeira coisa que farei quando sair da Curia. Agradeço aos meus colegas senadores pela clemência. Continuarei servindo a República de todas as maneiras que puder.

Tirando o cinto vermelho, que representava seu status de general, ele o deixou cair aos pés dos cônsules. Saudou-os e, então, sem olhar para os lados, saiu da sala de modo orgulhoso.

Um suspiro audível foi ouvido entre os políticos ali reunidos.

— Então, passemos ao assunto importante do dia — sussurrou Crassus a César.

— Sobre o que fazer em relação a Spartacus?

— Exatamente. Os cônsules também devem pagar pelo fracasso de Longinus. As decisões ruins tomadas por ele são responsabilidade dos dois, já que são líderes da República.

— Você acha que este é o momento de agirmos?

"Agirmos", pensou Crassus com certa satisfação. "César está, definitivamente, comigo." Ele olhou ao redor, tentando avaliar o clima.

— Não sei ao certo. Vamos cercá-los por um tempo para ver o que acontece.

Fasces caíram no chão, interrompendo a conversa deles.

— As notícias de Longinus podem ter sido catastróficas, mas só reforçam nossa decisão. Roma não fica parada diante de uma derrota. — disse Lentulus com a voz confiante.

— O escravo Spartacus e seus seguidores devem ser vencidos e trazidos de uma vez por todas — acrescentou Gellius.

— Vencidos! — gritou alguém. — Roma deve ser vitoriosa!

— Vitoriosa! Vitoriosa! — gritaram os senadores.

Os cônsules se entreolharam satisfeitos. A onda de ira contra eles parecia estar se apaziguando.

— E quem exatamente liderará as legiões da República à vitória? — A pergunta de Crassus cortou o clamor como faca quente na manteiga. Fez-se silêncio. Ele olhou com desdém para os cônsules. — Vocês são os cônsules eleitos, os magistrados mais antigos na terra. Respeito sua posição, porém não pretendo mais apoiá-los nesta guerra. — Ele olhou ao redor, percebendo o choque dos senadores. — Sim, esta agora *é* uma guerra. Devemos apoiar dois homens que já foram derrotados por Spartacus? Que perderam nada menos do que quatro águias de prata juntos? Que fizeram Roma virar piada no Mediterrâneo? Digo que fazer isso seria arriscar a própria República.

— O que está sugerindo, Crassus? — gritou Lentulus. — Pretende tomar o poder para si, como Sulla fez?

De repente, Crassus sentiu o peso de centenas de pares de olhos sobre ele. Praguejou por dentro. Teria interpretado mal o humor dos senadores?

— Eu...

Lentulus não lhe deu tempo para terminar a frase.

— Você não se saiu bem com as proscrições de Sulla?

Todos riram. Crassus ficou olhando, havia perdido a iniciativa.

— Você já não é rico e ambicioso o suficiente? Não nos esqueçamos de como você ficou como um urubu sobre aqueles que foram pegos pelo "Caçador". Suas riquezas são imensas, mas também estão manchadas de sangue — acusou Lentulus em voz alta.

— Todas as compras que fiz foram totalmente legais — declarou Crassus. Porém, era tarde demais. Ao seu redor, ele via a revolta no rosto dos companheiros. Até mesmo César tinha dado um passo para trás. — Eu disse que foram todas legais!

— Talvez tenham sido — observou Gellius —, mas você não nos viu em fila para comprar aquelas propriedades!

Tomado pela fúria, mas agora sem poder, Crassus mordeu o lábio.

Em uma atitude sábia, os cônsules se mantiveram calados, observando. Eles permitiram que a ira dos senadores contra Crassus dominasse o ambiente. E então Gellius, que tinha a melhor retórica, levantou-se da cadeira, deu dois passos à frente, até a beira da plataforma, e esperou.

O burburinho acabou.

— Lentulus e eu erramos, mas ainda somos cônsules eleitos de Roma. Não é verdade?

Todos resmungaram.

— E até pouco tempo atrás vínhamos realizando nossas tarefas de modo satisfatório para a maioria, certo?

— Sim — respondeu alguém.

Ninguém disse mais nada.

— Apesar de todos os nossos erros, temos qualidades romanas. É, de fato, um escândalo que Spartacus tenha derrotado tantos de nosso exército. *Não* vai acontecer de novo! Lentulus e eu unimos nossas legiões. Os reforços necessários por causa de nossos *problemas* foram recrutados. Os homens ainda guiados por Longinus devem ser trazidos para o sul para se unirem aos nossos, uma força combinada de mais de quatro legiões. Auxiliares estão sendo reunidos na Gália Cisalpina agora mesmo. Foram levadas notícias à Gália e à Ibéria de que precisamos de cavaleiros. Em questão de seis a oito semanas, teremos um exército de mais de trinta mil homens.

Crassus ainda não estava convencido.

— E se Spartacus tentar nos enfrentar antes disso?

— Vamos encontrá-lo onde escolhermos e o varreremos da face da terra. Juro por Júpiter, Minerva e Marte — declarou Gellius sob gritos de aprovação.

— E se, como alguns suspeitam, ele sair da Itália?

— Lentulus continuará aqui, para unir mais legiões e proteger a República. Posso surpreender o grupo de escravos por terra ou mar com nossos exércitos. Ele não chegará muito longe. Quando eu os encontrar, vou destruí-los completamente. Se, por acaso, Spartacus chegar à Trácia, posso me unir às forças de Lucullus ali. Com nossas forças somadas, podemos acabar com ele. De qualquer modo, teremos a vitória!

— Vitória! — gritaram os senadores. — Vitória!

Naquele momento, Crassus soube que sua chance tinha sido perdida. Contudo, não arquitetaria mais nenhuma armadilha por enquanto.

— Muito bem. Vocês derrotarão Spartacus juntos?

— Sim — declararam os cônsules.

— Que Júpiter seja sua testemunha — disse César, olhando diretamente para Gellius.

O sangue deste ferveu.

— Que ele me mate se falharmos!

Lentulus não pareceu gostar do fervor do colega, mas não podia fraquejar.

— Faço uma promessa a Jupiter Optimus Maximus de que seremos bem-sucedidos!

— Excelente! — disse Crassus com falso entusiasmo. — A República voltará a ser triunfante!

Os senadores estavam felizes. Comemoraram e assoviaram como uma multidão animada assistindo a um concurso de gladiadores.

Crassus se aproximou de César.

— Obrigado por ter falado — disse ele disfarçadamente. — Gellius caiu em sua cilada sem perceber.

César inclinou a cabeça, reconhecendo.

— Mas Lentulus sabe que foi manipulado. Parece que ele está engasgado.

— Não me importo! — sussurrou Crassus. — Se, por algum milagre, os tolos forem bem-sucedidos, o problema de Spartacus estará resolvido. Se fracassarem, não terão em que se apoiar. Nenhum general pode ser derrotado duas vezes e permanecer no poder, ainda mais depois de fazer um juramento diante de seiscentos homens.

— Foi uma atitude inteligente. Vocês contornaram bem a situação.

Crassus fez uma objeção educadamente, mas, por dentro, estava exultante. O que havia acontecido era, no mínimo, melhor do que se ele tivesse atingido seus objetivos naquele dia. As legiões na Itália estavam reduzidas, derrotadas e desmoralizadas. Controlá-las e tentar derrotar Spartacus seria correr o risco de causar um desastre.

Dessa maneira, todas as eventualidades estavam cobertas e agora ele teria tempo para planejar a melhor saída. "Uma coisa era certa", pensou Crassus. A República precisava de mais soldados do que os que tinha em seu território. Pompei tinha um bom número de legiões na Ibéria. Assim como Lucullus, em Pontus. Se um deles fosse chamado para defender a República, não entregariam mais o comando de suas tropas a ninguém. Desejariam toda a glória. "A glória que deveria ser minha." Crassus decidiu ir conversar com Caepio, o único sobrevivente do *munus* de Spartacus. Ele seria um bom ponto de engajamento para as legiões que Crassus formaria. Os homens se uniriam para servir sob o comando dele.

Crassus pensou na época em que lutara por Sulla. Muitos dos soldados que tinham lutado para o Caçador na guerra civil ainda estariam vivos, cuidando dos pequenos lotes de terra que lhes foram dados. Sulla soubera muito bem que nada fazia um veterano de vinte anos de serviço mais feliz do que receber exatamente o que lhe havia sido prometido no dia do alistamento. Crassus pensou em Pompei e fez uma careta. "Aquele safado é bom em honrar a saída de seus soldados, assim como Sulla." Para dizer a verdade, ele não tinha se saído tão bem com seus legionários no passado, mas felizmente não havia muitos. Os de Sulla, por outro lado, eram milhares. "Eles se lembrarão de mim, o homem que venceu a batalha de Porta Collina, o homem que era o capitão leal de Sulla." Um dito popular lhe ocorreu, e ele sorriu.

— Todo mundo que tem coração de soldado continua sendo um soldado, ainda que seu corpo envelheça — disse Crassus. — Eles também não recusarão os belos pagamentos que ofereço.

Era hora de encarregar Saenius de outra tarefa. Seu domo já havia feito muito para tentar recrutar espiões dentro do exército escravo, mas os progressos do dia significavam que havia muito mais a ser feito. Reunir novas legiões demandava tempo e, apesar de ele ainda não ter a jurisdição para isso, Crassus estava certo de que podia implementar os primeiros passos do processo demorado. Com um bom número de veteranos, ele teria um núcleo ao redor do qual formar um exército quando chegasse a hora.

Crassus tinha certeza de que os cônsules logo enfrentariam Spartacus em batalha. Nada do que ele tinha visto hoje lhe fazia pensar outra coisa senão que Lentulus e Gellius perderiam. Quando falhassem, ele aproveitaria a chance.

"Vamos nos encontrar de novo", pensou Crassus. "Dessa vez, você aprenderá a lição que eu deveria ter lhe ensinado quando nos conhecemos. Nós, romanos, não temos semelhantes, e você não passa de um selvagem. Talvez um selvagem talentoso e inteligente, mas *ainda assim* selvagem. Quando seu exército enfim virar poeira e você estiver dando seu suspiro final, vai entender isso."

"Estou ansioso à espera desse dia. Levarei o crédito por salvar a República, e as massas me amarão — por salvar a vida e a subsistência deles. Aquele arrivista, Pompei, pode esquecer, pois *deixará de ser* o homem mais popular de Roma. Em tavernas e lojas, em todas as esquinas, os cidadãos não falarão de mais ninguém além de Crassus. Com minha fama, ostentarei a mesma importância de homens como Sulla e Marius — para sempre."

CAPÍTULO VI

Perto da base dos Alpes, Gália Cisalpina

Ariadne acordou com dor de cabeça. Ao se espreguiçar, também sentiu um torcicolo. Suspirou. A noite de sono ruim não se devia apenas aos movimentos do bebê. Seu descanso foi perturbado por um pesadelo horroroso e que parecia não terminar, no qual ela não conseguia encontrar Spartacus em uma estrada decorada com um homem crucificado a cada quarenta passos. Foi um enorme alívio vê-lo respirando pesado ao seu lado. Ela observou os traços dele em um esforço para se esquecer das imagens terríveis do sonho. Deu certo. Passou a ponta do dedo sobre uma cicatriz clara que começava no nariz afilado dele e chegava à face esquerda. Tocou sua mandíbula quadrada e viril e o cabelo castanho, cortado bem rente à cabeça à moda militar romana. Ariadne admirava seu torso musculoso e definido quando ele de repente se mexeu, murmurando algo. O prazer foi interrompido de imediato.

A julgar pelo modo como havia se mexido a noite toda, ele também não dormira bem. Ela tentou imaginar o que causara tal inquietação. "Vou perguntar quando ele acordar." Ela tinha desistido havia muito de tentar descansar. Apesar do cansaço, estava determinada a se animar. Aquele era o dia pelo qual esperara desde a fuga memorável do ludo em Cápua. Na época, era uma esperança impossível. Porém, apesar de todas as impossibilidades, os soldados de seu marido derrotaram todos os exércitos romanos enviados para lutar contra eles. Agora, Módena estava a cerca de trinta quilômetros para trás, e as legiões que a guarneceram se espalharam pelos quatro cantos. Não havia nenhuma tropa inimiga pronta para a batalha na região. No dia anterior, o exército rebelde havia cruzado a ponte sobre o rio Padus. O caminho deles ainda estava aberto.

Ariadne tinha que fartar os olhos na visão incrível mais uma vez. Soltou a porta de pano da barraca e olhou para fora. Por fim, um sorriso surgiu em seu rosto. Ela não podia acreditar. Acima dela, do oeste ao leste, em um muro enorme de pedra, estavam os Alpes. "Só o que temos que fazer é cruzar esses picos e estaremos livres. Para sempre", pensou ela. Então, sentiu um nó de preocupação na garganta. Um velho ditado lhe ocorreu: "É grande o espaço entre o copo e a boca." "Não serei feliz até alcançarmos o outro lado das montanhas."

— Está conferindo se eles ainda estão lá? — perguntou Spartacus atrás dela.

Ela espiou dentro da barraca.

— Você acordou.

— Sim. Eles desapareceram?

Ela deu um soco leve no braço dele.

— Você está me caçoando.

— Só um pouco. Também quero vê-los. — Ele afastou os cobertores e engatinhou até a entrada. Ficou calado por um momento. Então, disse: — Graças ao Cavaleiro. Não sonhei com eles. Realmente estamos fora do alcance dos legionários na Itália.

"Na Itália", pensou ele, sério. "E na Trácia? Uma terra selvagem que a maioria dos meus soldados só conhece pelas histórias. Eles desejarão ir para lá... para enfrentar mais legiões? Ou se recusarão?" Se isso acontecesse, Spartacus sabia que não queria ser um general sem exército.

— Você vai adiante com seu plano de conversar com os homens?

— Claro. Este é um passo enorme que vamos dar. Preciso verificar se todos estão de acordo.

A mesma preocupação irritante que os dois vinham sentindo havia algum tempo, mas sobre a qual não falavam, surgiu. Ela não fora a única a ouvir as demonstrações de descontentamento perto das fogueiras.

— Você acha que alguns deles não concordam? — Ele não respondeu. — Quem? Castus ou Gannicus? — Spartacus suspirou. — O que foi?

Apesar da vontade de evitar conflitos com Ariadne, ele sempre soubera que teria que contar a ela. E teria que ser antes de ele abordar seus soldados. Ele devia isso a ela.

— Muitos homens não estão felizes com a ideia. Vem surgindo reclamações a respeito há algum tempo, mas piorou nas últimas noites. Talvez você não tenha notado, mas sempre ouço os comentários quando ando pelo acampamento.

— Mas...

— Não é surpresa alguma, Ariadne. A maioria deles nasceu aqui, em cativeiro. Eles nunca foram livres, como nós. Não sabem como é viver na própria terra, sem nenhum senhor. Até onde sabem, a Itália é uma terra farta para saques. É fértil, com muitas fazendas e latifúndios onde poderão obter o que querem. Por que a deixariam? Muitos dos que não nasceram na escravidão pensam o mesmo.

— Eles deveriam deixar a Itália para se livrarem dos malditos romanos! — disse ela, sentindo o rosto enrubescer de raiva.

— Mas a maioria acha que pode vencer qualquer exército. Por que não venceriam? — Os lábios dele se entortaram em uma careta. — Veja o que eles têm feito. Eu já disse a eles, muitas vezes, que os romanos nunca desistem, mas palavras representam pouco já que eles só conhecem a vitória.

— Deve haver um modo de convencê-los.

— No fim das contas, não posso obrigar o exército a me seguir. Há outros líderes que relutarão em atravessar os Alpes, homens que querem permanecer nesta terra que muito tem lhes dado.

— Você se refere a Castus e Gannicus. — Dessa vez, ela disse os nomes com raiva.

— Sim. Eles permaneceram comigo quando Crixus partiu, mas você sabe como eles são imprevisíveis, principalmente aquele merda do Castus. Ele nunca gostou de se submeter a mim. Vai tomar uma atitude, e aposto que Gannicus irá com ele. Uma boa parte do exército os seguirá. "E os idiotas nem sequer sabem sobre Lucullus. Se soubessem e contassem aos homens, a maioria partiria."

— Se isso acontecer, o que você fará?

Eles se entreolharam em silêncio.

— Os trácios viriam comigo. E Carbo, Navio, os citas, claro. Diria que talvez de dez a quinze mil dos homens obedeceriam às minhas ordens. Quanto ao resto, não tenho certeza...

— Então, deixe-os! — gritou Ariadne. — Eles podem escolher o próprio destino! Ser morto em um mês, ou em um ano, por outro exército romano. — Ela percebeu a dor nos olhos dele. — Sei que eles são seus soldados, mas você não deve se deter por causa deles.

— Eu sei — disse ele com seriedade. — Mas tem mais coisa nisso.

Ela o encarou sem entender.

— É o que você tem escondido de mim?

Ele não respondeu.

— Quando Carbo e Navio estavam em Módena, ouviram notícias de Marcus Lucullus, o general romano que tem lutado na Ásia Menor. Ele derrotou os trácios comandados por Mitrídates e foi para a Trácia. Amplas áreas foram inutilizadas.

— Os romanos fizeram campanha contra as tribos trácias com interrupções, porém por mais de trinta anos. Até agora, eles nunca se deram o trabalho de realizar uma invasão de grande escala. Por que as coisas teriam mudado?

— Não sei, mas a campanha dele continua.

"Dionísio, não! Como isso pôde acontecer?" Ariadne sentiu vontade de gritar aos céus, contudo manteve a raiva e o medo sob controle.

— Sem dúvida, é mais um motivo para partir. Você poderia liderar a batalha lá.

— Isso pode interessar a mim e a você, talvez, mas não à maioria. Castus e Gannicus não se importam com a Trácia. Nem o resto deles.

— Os gauleses sabem?

Ela não conseguia parar de encará-lo.

— Não, graças ao Cavaleiro. Tampouco planejo contar a eles. Carbo e Navio sabem que não devem dizer nada a ninguém.

"Isso é um consolo", pensou ela com amargura.

— Por que você não me contou isso antes?

— Não queria preocupá-la. Além disso, não havia motivo, até Longinus ser derrotado.

— Compreendo.

Apesar de estar irritada, Ariadne também se sentia contente por não ter sabido até então. Aproveitara suas fantasias, que acabavam de ser substituídas por uma onda de decepção amarga. Ela olhou para a luz forte do sol que entrava na barraca e, do lado de fora, a beleza dos Alpes. Estes pareciam muito mais distantes do que estavam minutos atrás.

— Ainda que cruzemos as montanhas, os romanos nos encontrarão na Trácia.

Ele franziu o cenho, concordando.

— Não demoraria muito até que notícias de nossa chegada fossem parar nos ouvidos de Lucullus. Ele desejaria nos encontrar; isso se o Senado não mandar um exército atrás de nós também.

— Você se esqueceu das outras tribos? Você planejou uni-las com um propósito. Liderar a batalha contra Roma. Eles se uniriam ao ver quantos homens seguem você.

— Pensei nisso por muito tempo. Você sabe como nosso povo é briguento. Não gostam de chamar nenhum homem de líder. A probabilidade de eles nos atacarem é a mesma de se unirem a nós. Seria uma tarefa bem-complicada unir mais de duas ou três tribos. Apenas um homem comandou todos os trácios, e não fez isso por muito tempo. — Ele soltou um suspiro longo e irritado. — Meu pai estava enganado. A Trácia não é uma terra que pode ser unida.

— Você poderia fazer isso — sugeriu ela.

— Talvez sim, talvez não. Mas é provável que eu tivesse que lutar para controlar pelo menos algumas das tribos, entregando a vantagem a Lucullus. Isso se alguém não me matasse primeiro. Aqui, por outro lado, já tenho um exército com mais de cinquenta mil soldados. Homens que não precisam ser convencidos a me seguir. Na Itália, também há uma fonte inesgotável de recrutas à nossa causa. Se eu ficar, até mesmo os causadores de problemas, como Castus, continuarão a seguir minhas ordens. Pelo menos por enquanto.

— Não acredito que você está dizendo isso!

Nesse instante, Spartacus discretamente tinha expressado a verdade que lhe ocorrera durante a longa escuridão da noite anterior. Os rumores de descontentamento em suas forças eram muito reais. Não se sabia ao certo se os homens cumpririam suas ameaças, porém ele tinha uma sensação ruim a respeito. "Não deixarei a maioria dos meus soldados para trás. Não para acabar onde comecei... na Trácia, com todos os homens contra mim e os romanos saqueando a terra como bem quiserem."

— Você não quer abrir mão do comando de seu exército, isso sim.

Ela olhou para ele, que retribuiu o olhar.

— Não, não quero.

— Eu sabia! — gritou ela. — Você é orgulhoso demais.

— Se os homens partirem, irei. Se a maioria não for, então ficarei — respondeu ele, erguendo o queixo.

— E se eu decidir atravessar os Alpes sem você?

— Eu ficaria triste ao vê-la partir. Enviaria homens para protegê-la.

— Escolheria suas tropas e me deixaria? — Lágrimas, de tristeza, de raiva, encheram os olhos dela. — Sua esposa, que está gerando seu filho?

— Antes e acima de qualquer coisa, sou um soldado, Ariadne — resmungou ele. — Não um marido. Você sabe disso desde que nos conhecemos.

A alegria de Ariadne ao ver os Alpes desapareceu. Sentiu como se Dionísio e todas as outras divindades no panteão tivessem retirado a boa-vontade. De certo modo, ela perseverou.

— Você está falando como se fosse certo que os homens se recusarão a segui-lo nas montanhas. Pode estar enganado.

— Talvez.

Ariadne desanimou.

— Então, marchamos tudo isso para nada?

— Não foi para nada. Quando saímos de Turí, eu pretendia cruzar os Alpes. E ainda vou...

— Se o exército segui-lo — interrompeu ela, furiosa.

— Sim.

Seus olhos marejaram de novo.

Spartacus estendeu a mão para consolá-la, mas ela se retraiu como se o toque dele fosse venenoso. Ele recolheu a mão.

— Sou um líder. Um general. Cheguei à minha posição por mérito. Não desistirei de tudo nem entregarei meu poder a um rato de merda como Castus ou a um safado como Gannicus. — "Mesmo que isso magoe você", pensou ele.

— Você disse anteriormente que as legiões de Roma eram como a Hidra. Para cada cabeça destruída, duas outras aparecem no lugar. Se você ficar aqui na Itália, eles reunirão ainda mais legiões contra você.

— Talvez. Mas Hércules derrotou Hidra. Talvez eu também possa fazê-lo — respondeu ele, com a voz tomada do orgulho do qual ela o acusara.

— Mas na Trácia você teria uma chance melhor...

— Na Trácia? — Spartacus riu, irritado. — Pelo que fiz, os romanos nunca me deixarão em paz. Enviarão suas legiões atrás de mim ainda que eu vá para o fim do mundo.

No fundo, Ariadne sabia que ele tinha razão. Se seu marido abandonasse os soldados secretamente e se encontrasse com ela em algum lugar distante, mesmo assim eles teriam uma vida perturbada por Roma. E era mais fácil o sol dançar no céu do que ele fazer isso. "A guerra é o destino dele. Sempre foi." Ela não poderia mudar isso, assim como não poderia mudar a natureza dele. Percebeu com tristeza que tampouco queria isso. Ela o adorava como ele era. Corajoso. Forte. Carismático. Inteligente. Relaxado às vezes. E, acima de tudo, orgulhoso.

"Mas o que isso significava para ele?", perguntou-se. "E para mim?"

Ele começou a se vestir.

— Eu disse a Egbeo e a Pulcher que queria os homens organizados depois que comessem. Você vai me ouvir falar?

— Sim — pegou-se ela dizendo.

— Vai ficar ou partir?

— Depende do que você disser.

Os dois se olharam.

— Sua resposta é ambígua. Vai me seguir?

— Ainda não decidi — respondeu ela, erguendo o queixo.

"Não sou o único orgulhoso", pensou Spartacus.

— Compreendo.

Nenhum dos dois voltou a falar enquanto ele se preparava.

Ariadne se lembrou do sonho assustador. Seria aquele o destino que os deuses guardavam para ele?

Spartacus faria o melhor que pudesse para convencer os homens. Assim, ele e Ariadne com certeza ficariam juntos. Contudo, sua intuição indicava outra coisa em relação a seus soldados. Isso não diminuiu sua determinação. As tropas precisavam de um líder. Ele era esse líder — independentemente do caminho que eles escolhessem.

Spartacus havia ordenado a construção de uma plataforma elevada à beira do acampamento na noite anterior. Dez homens de todas as centúrias no exército deveriam se reunir na frente dele, onde facilmente poderiam ouvir o que dissesse. Os oficiais seniores de cada grupo também ficariam ali. O resto do comboio deveria se manter como se estivesse em marcha, atrás e dos dois lados dos soldados escolhidos. O plano de Spartacus era falar lenta e pausadamente, permitindo que os corredores do grupo central passassem exatamente o que ele dizia para os demais. Se conseguisse conquistar os homens reunidos, tinha chance de fazer o mesmo com todo o grupo. Entretanto, era só uma chance. Os rostos que ele viu a caminho do estrado não pareciam satisfeitos.

Ele endireitou os ombros. Aquele era o discurso mais importante que já fizera. Era bom que os estandartes de batalha tomados dos romanos estivessem expostos. A evidência de seu sucesso — seis águias de prata, as hastes de madeira exibindo a insígnia de mais de trinta comboios e duas dúzias de *fasces*, estava organizada atrás da plataforma. "São conquistas incríveis", pensou ele com orgulho. Até mesmo um general como Aníbal teria ficado impressionado. Não haveria como não impressionar seus homens. Mas seria suficiente? Ele subiu os degraus, passou pelos trompetistas, que estavam prontos para chamar a atenção de todos. Seu humor piorou.

— Castus e Gannicus já estão aqui — murmurou ele a Ariadne, que estava um passo trás. — Veja.

Os gauleses estavam se movendo entre os soldados na frente do palco, conversando animadamente e dando tapinhas nos ombros dos homens. "Bastardos traiçoeiros."

— Eles estão tentando diminuir minha importância.

A chance que ele tinha de convencer os homens estava desaparecendo diante de seus olhos. Disse a si mesmo que era apenas sua imaginação, mas o rugido que o recebeu quando ele apareceu estava mais contido do que o normal.

— SPAR-TA-CUS!

Ele ergueu o braço em agradecimento.

— Vejo vocês, meus bravos soldados!

Os homens reunidos gostaram disso. Assim como as tropas que conseguiram ouvir. Não houve necessidade de repetir adiante o que fora dito. Os gritos prosseguiram com enorme entusiasmo.

— SPAR-TA-CUS! SPAR-TA-CUS! SPAR-TA-CUS!

Armas batiam em escudos, aumentando o barulho. O som ergueu-se no céu azul-claro.

Spartacus percebeu a irritação dos gauleses e se sentiu satisfeito. "Eles me amam mais do que a vocês dois, idiotas arrogantes." Ele sinalizou a plataforma. Enquanto os gauleses se viraram, o trácio caminhava de um lado para o outro, indicando os estandartes. Então, rosnou uma ordem aos trompetistas, que sopraram uma série curta, porém estridente de notas. Um silêncio logo se fez. Os homens estavam dispostos a ouvir a mensagem dele, independentemente de qual fosse.

— Estão vendo isto?! — gritou Spartacus. — Temos seis águias de prata! São seis legiões que derrotamos! Isso sem considerar todas as tropas romanas que derrubamos! Vocês são soldados corajosos, que enfrentaram legionários e saíram vitoriosos! — Ele deixou os homens mais próximos gritarem até ficarem roucos antes de continuar. — Três pretores. Um legado. Um procônsul. Dois cônsules. São os generais que vocês enfrentaram e venceram. É uma conquista incrível. Sintam orgulho de si mesmos... muito orgulho!

Ele viu a surpresa no rosto de Castus e de Gannicus. "Eles estão tentando entender por que estou inflando o ego deles." Soldados do grupo central se afastaram, levando as notícias do que ele dissera. A mensagem foi recebida com enorme alegria pelo resto do exército.

Demorou muito para que os gritos diminuíssem, mas Spartacus esperou pacientemente, ignorando a presença de Castus e Gannicus próximos dali. Por fim, voltou a falar.

— Apesar de todos os nossos sucessos, não vencemos a guerra. Infelizmente, a República consegue aguentar mais do que batemos e ainda continuar de pé. Aníbal aniquilou quatro legiões em Trébia. Três legiões no Trasimeno. Oito legiões em Canas. Mas, apesar disso, no fim, ele foi derrotado. Por quê? Porque Roma nunca desiste. Seu povo é mais teimoso do que vocês imaginam. Eles *não* aceitam a derrota. O número de homens disponível é inesgotável. Ainda agora, novas legiões estão sendo recrutadas para substituir as que massacramos. Esperem seis meses ou um ano, e eles terão um exército mais forte do que aquele contra o qual lutamos, pronto para nos confrontar.

Spartacus viu olhares insatisfeitos sendo trocados, murmúrios passando de homem a homem. "Eles não gostam de ouvir isso."

Ariadne também não gostou das palavras dele. "Ó, deuses do céu, por favor, permitam que eles concordem. Permita que eles deixem essa terra amaldiçoada para sempre."

— Vocês sabem por que os chamei aqui hoje. Muitos meses atrás, eu disse a vocês que os levaria para fora da Itália. Longe de Roma e de suas malditas legiões. — Ele apontou para os Alpes. — Quando atravessarmos as montanhas, o que não é difícil nessa época do ano, seremos totalmente livres. Não só a liberdade para fazermos o que fazemos aqui, mas livres no sentido real da palavra!

Spartacus lançou um olhar para os dois gauleses. Castus torcia a boca com o rosto sério, e Gannicus parecia muito irritado. Naquele momento, Spartacus sentiu que eles sabiam sobre Lucullus. Não entendia exatamente como, mas eles já sabiam. E então percebeu o que os dois deviam estar dizendo aos homens quando ele chegou.

Ao observar os soldados mais próximos, percebeu que suas palavras de incentivo tiveram apenas um efeito parcial. Muitos homens ainda estavam insatisfeitos; faziam cara feia, franziam o cenho ou ouviam um companheiro cochichar em seu ouvido. Até mesmo a ameaça de mais legiões não se comparava à ideia de sair da Itália e de entrar em terras desconhecidas. Terras onde outras legiões esperavam por eles. Era isso. Ele precisava contar a suas tropas a respeito da ameaça romana à Trácia ou a tática ardilosa de Castus e Gannicus daria certo. Os soldados o considerariam um mentiroso e talvez não o seguissem a lugar nenhum. Spartacus sentiu uma amargura por ser forçado a revelar seu segredo, porém os deuses estavam cuidando dos próprios assuntos — como costumavam fazer. Ele só tinha que aceitar o que acontecera e fazer o melhor possível. Precisava retomar a iniciativa.

Ergueu a mão.

— Pelo menos, é o que eu desejaria. Recebi notícias da região de Módena que me deixaram muito preocupado. Isso fez com que eu reconsiderasse meus planos. Permaneceremos na Itália!

Um grito alto foi dado pelos homens mais próximos, e Ariadne sibilou irritada e surpresa.

Spartacus a ignorou e animou-se com o desânimo que tomou conta do rosto dos dois gauleses.

— O que o fez mudar de ideia? — gritou um soldado com um elmo de crina de cavalo.

— Parece que Lucullus, o general romano, atacou a Trácia. Sua campanha está em ação neste momento.

— Atacou a Trácia?! Por quê, em nome dos deuses, sairíamos daqui, então?! — gritou o soldado, direcionando a pergunta a todos ao seu redor. Eles riram alto.

Spartacus não respondeu. Observou as notícias sendo espalhadas por seu exército como o vento soprando um campo de trigo. Avançaram mais depressa do que qualquer uma de suas palavras sobre glória, vitória ou liberdade. O rosto de Castus agora estava roxo. Gannicus parecia não saber o que dizer. A reação deles provava que sua mudança de discurso tinha sido correta. Sentiu satisfação por ter tirado a pose deles. É claro que eles ainda poderiam se afastar, mas a vantagem estava com ele. Observou o exército e ouviu um grito cada vez mais alto de aprovação.

— Para onde você nos levaria, Spartacus? — gritou o soldado de elmo de crina.

Os homens ao redor dele se calaram.

Pelo canto do olho, Spartacus viu Castus dando um passo à frente, mas ele se virou e fez um gesto para os trompetistas.

Tan-tara-tara-tara. O barulho cobriu todo o som na plataforma. Castus ficou roxo de raiva, mas não podia fazer nada enquanto os instrumentos estivessem tocando. Assim que se silenciaram, Spartacus disse:

— Vocês querem saber para onde irei agora, meus soldados?

— SIM!

Para sua alegria, Pulcher começou a gritar:

— SPAR-TA-CUS!

A resposta foi dada de uma vez.

— SPAR-TA-CUS! SPAR-TA-CUS!

Castus tentou falar de novo, mas ninguém prestava atenção nele. O grito já se espalhava pelas tropas reunidas. Spartacus sorriu. “Como eu poderia deixá-los?” Ele fez um sinal aos músicos mais uma vez. O clamor dos homens diminuiu diante do som dos trompetes. Castus abriu a boca enquanto o som diminuía, porém Spartacus não aceitou.

— Eu os levaria ao sul de novo. Ao nosso velho solo pisado perto de Thurii, onde a terra é rica e fértil.

— E onde há muito o que saquear! — gritou o soldado.

— E mulheres para foder! — gritou outro.

— Isso! — Spartacus não gostava do modo como seus homens se comportavam às vezes, mas não tentava controlar todos os atos de indisciplina. As tropas encaravam mortes e estupros como parte de seu pagamento e, de certo modo, ele também. Se tentasse impedi-los de modo muito incisivo se voltariam contra ele. — No sul, continuaremos recrutando homens. Para treinarmos. Para nos armarmos. Para nos prepararmos para as legiões que virão atrás de nós.

— E vamos acabar com eles, como fizemos com as anteriores.

— Sim — concordou Spartacus, confiante. Por dentro, sua certeza não era tão forte. No entanto, escolhera seu caminho. Só podia seguir por ele agora, da melhor maneira que pudesse, com o máximo de homens que o acompanhasse. Uma parte dele já começava a se exultar ao pensar em derrotar mais exércitos romanos. — Podem marchar comigo para Thurii e para a vitória?

— SIM! — O soldado de elmo com crina de cavalo deu um soco no ar.

— SUL! SUL! — gritaram os homens mais próximos.

Dessa vez, os corredores não foram necessários. Todo mundo que ouviu o grito o repetiu, e a palavra se espalhou como fogo pelo comboio.

— SUL! SUL! — vociferavam os soldados, batendo os pés e as armas nos escudos.

Apesar de sua preocupação com o futuro, Spartacus se sentiu orgulhoso com aquele som.

— Seu trácio maldito. Você sempre tenta nos pegar, não é? — resmungou Castus ao subir na plataforma.

Ele se virou ao ouvir a voz de Castus.

— Tento? Acho que peguei.

Os lábios de Castus se entortaram numa careta quando ele deu um passo à frente.

— Você...

— Não na frente de meu exército — disse Gannicus. — Não agora.

Ofegante, Castus se calou.

— Quem lhes contou sobre Lucullus? — Spartacus exigiu saber com frieza.

— Não importa! — gritou Castus. — Você deveria ter dito aos homens que estava indo para a Trácia.

— Mudei de ideia.

"Tive que mudar", pensou Spartacus.

Castus rangeu os dentes, porém manteve a mão longe da espada.

— Acredito que faremos companhia uns dos outros por mais um tempo, não é, Gannicus?

— Desfazer o exército agora só facilitaria as coisas para os romanos. Quando eles souberem que vamos em direção ao sul, pode ser que os cônsules unam forças. Eu não gostaria de enfrentar aquele exército com menos do que nosso poder total.

"Sempre sagaz", pensou Spartacus.

— E depois disso?

— Encontraremos um momento adequado — respondeu Gannicus num tom dissimulado. Ergueu o dedo. — Mas se fizer outra gracinha como essa sobre Lucullus, partirei com todos os homens que quiserem me seguir.

— E eu também! — acrescentou Castus.

— Vocês podem fazer o que quiserem — rosnou Spartacus. "Vocês dão mais trabalho do que vantagem." — Mas, até lá, lutaremos como um único exército?

Os gauleses se entreolharam e então assentiram.

— Sim — respondeu Gannicus. — Mas decidiremos toda estratégia juntos.

— Tudo bem. — "Vocês dois sabem que sou o melhor estrategista." A mente de Spartacus foi tomada mais uma vez pela pergunta que o incomodava.

— Quem contou?

— É irritante não saber, certo? — perguntou Castus, rindo. Ele olhou para Gannicus. — Devemos dizer a ele?

— Não vejo motivo para não contarmos. Ele vai logo descobrir.

— Arnax — revelou Castus.

— Arnax? — "Claro." — Ele também estava em Módena.

— Isso mesmo. Ele ouviu cada palavra que seus cães romanos escutaram. Não demorou muito a me contar. Um pouco de amizade, algumas refeições quentes. Uma ou duas moedas. Cantou como um passarinho. Um bom jovem.

— Compreendo — disse Spartacus num tom casual. Por dentro, fervia de ódio. Que erro idiota! Quando dissera a Carbo para não contar a ninguém, não pensou no garoto. Controlou a fúria com esforço.

— Se fosse você, tomaria mais cuidado a partir de agora — disse Castus.

Gannicus riu.

— Está me ameaçando?

— Eu? Ameaçar você? — O tom de Castus era de ironia.

— Saia daqui — mandou Spartacus. — Se não quiser lutar agora.

Castus riu e cuspiu.

— Vamos, Gannicus. Algo aqui não cheira bem. — Com as pernas rígidas, como cães machos se afastando de um rival, os gauleses desceram da plataforma.

Spartacus observou os dois se afastarem. Depois de Crixus deixar suas intenções bem claras, ele ficou aliviado ao vê-lo partir. Mas esperava que os outros dois e ele pudessem estabelecer algum tipo de relação de trabalho. Manter o exército unido por pelo menos mais alguns meses. Assim, Spartacus teria tempo suficiente para encontrar novos recrutas para substituir os homens que partiriam.

Percebeu que, depois de ter conseguido segurança, decidira voltar para a cova dos leões. Permanecer na Itália era uma provocação do pior tipo, maior até do que o *munus* que havia promovido. Os romanos nunca os deixariam em paz. Até onde Spartacus sabia, o Senado não havia apelado à paz em sua terra desde que perdera a guerra para os samitas havia mais de dois séculos atrás. Não fariam isso com um escravo.

Olhou para Ariadne, ainda pensando em qual seria a resposta dela.

— Eu não tive escolha. Vi que Castus e Gannicus sabiam sobre Lucullus. Maldito Arnax! É tudo culpa dele. Vai se arrepender em breve.

— O que você vai fazer com ele?

— Vou crucificar o maldito. É o que ele merece.

Ela o encarou com horror.

— Você não pode fazer isso.

— Não fosse por ele, o exército poderia ter feito o que pedi! Era o que você queria, certo?

— Talvez, mas não quer dizer que eu mataria uma criança por isso. Ainda mais uma criança que não sabia de nada. Ninguém disse a ele para não contar nada.

— Não importa — retrucou ele. — Homens ou garotos, ou estão comigo, ou contra mim.

Ariadne pensou no bebê em seu ventre e na juventude de Arnax. "Eles têm um pouco mais do que uma década de diferença", pensou ela. E revoltou-se.

— Se fizer isso, corre o risco de despertar a ira dos deuses contra você e seu exército. Posso ver isso.

Ele a encarou por um momento. Ela não desviou o olhar, desafiando-o a rebater.

— Muito bem. Só vou dar uma boa surra nele.

Ariadne suspirou aliviada. Ele ainda não havia se tornado totalmente irracional.

— Se eu não tivesse mudado de rumo naquele momento, eles teriam me acusado de mentir — disse ele num tom conciliador.

— Eu sei.

— Este é meu exército, não deles. Não o entregarei a eles de jeito nenhum.

— Sei disso também.

Spartacus achou que a voz dela parecia menos irada do que antes, porém não teve certeza.

— A guerra está apenas começando. Será mais amarga e mais sangrenta do que qualquer outra coisa que tenha acontecido até aqui. — Ele queria pedir para que ela ficasse, mas seu orgulho não permitiria. — O que você vai fazer?

"Se eu ficar, nosso filho nascerá na Itália. O que acontecerá conosco, grande Dionísio?" O silêncio que se seguiu foi perturbador, mas Ariadne se manteve firme. Decidira aceitar Spartacus como ele era. Faria o melhor que pudesse da situação, ainda que não fosse o que ela queria.

— Você é meu marido. — Ela se colocou ao lado dele. — Não me separaria de você. Enfrentaremos o futuro juntos, como sempre fizemos.

— Fico contente.

Puxando-a para si, Spartacus observou o exército. O orgulho tomou conta dele de novo. O contingente de soldados de Roma podia ser enorme. A determinação destes podia ser infinita. As tarefas diante dele podiam ser comparadas àquelas enfrentadas por Hércules. Contudo, ele tinha mais de cinquenta mil soldados corajosos que o seguiriam até a entrada de Hades. Os gauleses partiriam, mas perdas em suas tropas poderiam ser substituídas. Mais escravos se uniam a eles todos os dias.

"Dê-me tempo, Grande Cavaleiro, e eu poderei formar um exército de cem mil homens ou mais. Isso fará os senadores tremerem na base. Principalmente se um dia chegarmos aos portões de Roma."

CAPÍTULO VII

Piceno, perto da costa nordeste da Itália, verão de 72 a.C.

Marcion remexia os pés, torcendo para que ninguém notasse sua ansiedade.

Logo depois, Gaius o cutucou.

— Está nervoso?

— Você não está? — retrucou Marcion.

— Não. Não é hoje que vou morrer.

— Como pode saber? — perguntou Marcion. — Nosso maldito comboio está perto do centro de nossa linha, onde irão ocorrer os maiores problemas.

— Gaius é burro demais para saber se Hades virá buscá-lo — disse Arphocas com um sorriso irônico.

Gaius fez uma careta enquanto os outros piscavam e sorriam. No entanto, Marcion percebeu que nenhum deles admitiria que, à exceção de Gaius, estavam todos nervosos. Seu olhar foi atraído de novo para os grupos de legionários na ladeira acima.

— Não acredito que vamos atacar lá!

Todos acompanharam o olhar dele. A posição do inimigo — no topo de um penhasco — era, no mínimo, assustadora. Um pico rochoso impedia qualquer chance de ataque à esquerda, e o flanco romano direito estava protegido por uma fileira grande de catapultas.

— Nossa cavalaria é inútil aqui. É um ataque frontal feito por nós... ou nada — disse Arphocas, sério.

— Ótimo! — exclamou Gaius. — Quanto antes conseguirmos pegar os malditos romanos, melhor.

Ele olhou ao redor em busca de apoio, mas só recebeu olhares tortos.

— Spartacus enlouqueceu — resmungou Zeuxis. — As vitórias dele lhe subiram à cabeça. Eu disse que isso aconteceria.

— Vamos morrer. — Arphocas parecia resignado. — Ainda que os romanos percam no final, não chegamos a saber.

Zeuxis esfregou o amuleto fálico de duas pontas que pendia de uma soga em seu pescoço e fez uma oração. Alguns o imitaram.

"Eles estão muito assustados." De algum modo, Marcion recuperou a coragem.

— Spartacus sabe o que está fazendo.

— Será? — Zeuxis parecia ainda mais incrédulo do que o normal.

— Ele nunca cometeu um erro, não é?

— Isso não quer dizer nada. Ninguém é perfeito — resmungou Gaius. — E qual é o plano dele? Qualquer idiota sabe que ir até lá é suicídio. Ainda assim, é o que faremos.

— Só há duas legiões lá. Temos seis vezes mais homens do que o inimigo.

— Mas não podemos atacar ao mesmo tempo: a dianteira deles é muito estreita. Além disso, as chances não são tão boas como você diz. As legiões do outro cônsul não estarão distantes — argumentou Zeuxis. — Eles virão atrás de nós na primeira oportunidade.

Gaius arregalou os olhos, e Marcion interviu.

— Spartacus não é bobo. Você se lembra como ele montou a armadilha para Lentulus? Como destruiu as catapultas escondidas de Longinus na noite anterior à nossa marcha?

Zeuxis contraiu os lábios.

— Não sei. Esse ataque parece uma maneira muito boa de matar muitos homens do nosso lado.

Trompetes soaram a distância à direita, e eles viraram a cabeça para ver o que estava acontecendo.

— É Spartacus! — Marcion apontou para o cavaleiro que havia aparecido dentre grupos a duzentos passos dali. Este ia de um lado para o outro, abordando as tropas mais próximas.

— SPAR-TA-CUS!

O grito de sempre começou.

Marcion ficou feliz. Os soldados mais próximos também pareceram satisfeitos, e as notícias se espalharam pelo comboio.

— Bem típico — reclamou Zeuxis. — Não conseguimos ouvir nem uma palavra.

Marcion arregalou os olhos, mas o homem mais velho o ignorou.

— Como podemos nos sentir motivados por isso? Podemos simplesmente rezar para os deuses. Ou conversar entre nós. Seria mais útil do que ficarmos aqui fingindo saber o que está acontecendo.

A raiva de Marcion saiu do controle.

— Pare de reclamar, está bem? Pare ou suma!

Zeuxis lhe lançou um olhar assustado.

— Gostando ou não, vamos travar essa maldita batalha em breve. Talvez alguns de nós acabaremos mortos, mas, pelo menos, somos homens livres. Estamos aqui por vontade própria! Não sei você, mas eu preferiria estar aqui a ficar no maldito latifúndio onde cresci, onde era tratado como um animal.

— Isso mesmo! — gritou Gaius. — Não tem como voltar atrás.

— Muito bem-dito. — Arphocras cutucou Marcion com o cotovelo. — Somos os soldados de Spartacus, independentemente do que acontecer.

Os outros soldados trocaram sorrisos tímidos enquanto Zeuxis permanecia ressentido.

Marcion voltou sua atenção a Spartacus de novo. O trácio empunhou a espada, e Marcion perdeu o fôlego. A sica foi movimentada diversas vezes na direção das linhas romanas, e os soldados próximos do líder rosnaram, comemorando.

— É isso. Vamos atacar.

Para sua surpresa, o comando não foi dado. Em vez disso, Spartacus andou à frente do exército, em direção a eles. Parou a menos de vinte passos de onde eles estavam. Os soldados ficaram enlouquecidos, gritando e batendo as armas nos escudos. Marcion e seus companheiros também participaram — até Zeuxis.

Spartacus levantou os braços para acalmar todo mundo.

— Vocês sabem que só há duas legiões à nossa frente. Que as duas outras estão mais além, esperando a chance de nos atacar. Provavelmente, vocês estão preocupados, talvez até um pouco assustados. Imagino que Lentulus esteja gostando do medo de vocês. O merda de toga e com forma de homem também depende que seu colega Gellius chegue e tome a retaguarda de nosso exército. — Ele sorriu ao ouvir os murmúrios de insatisfação.

Zeuxis olhou para Marcion, que prendeu a respiração. Aquilo não era tudo o que Spartacus tinha vindo dizer — ou será que era?

Spartacus os observou, deixou que mantivessem a incerteza por muitos segundos até voltar a falar.

— Nossos recrutas nos deixaram orgulhosos. Ontem, eles me trouxeram as notícias da posição de Gellius. Mais de vinte mil de nossos companheiros devem marchar sob o comando de Castus e Gannicus e confrontá-los. Fiquem tranquilos, vocês estão protegidos! Temos muito tempo para derrubar o grupo sem estrutura de Lentulus.

O humor dos homens mudou, como um vendaval de primavera varrendo os últimos vestígios do inverno. Eles riram e comemoraram, agradecendo aos deuses.

— Vocês me ajudarão a fazer isso? — gritou Spartacus.

A resposta que se seguiu de fato proclamava o entusiasmo dos soldados.

Inevitavelmente, o grito começou de novo.

— SPAR-TA-CUS!

O trácio andou de um lado para o outro, agradecendo pelos gritos.

Marcio cutucou Zeuxis de um modo que não foi de todo amigável.

— Está feliz agora?

— Vou segui-lo até lá.

Marcion sorriu. Vindo de Zeuxis, aquele era o melhor apoio que se podia esperar.

Algumas semanas depois...
Apeninos, centro-sul da Itália

Carbo se levantou e ajustou a grande rocha que servia de apoio para as costas. Sentou-se de novo e suspirou de satisfação ao cobrir os ombros com o cobertor e aproximar os pés da fogueira. Os dias ainda eram quentes, porém, à noite, devido à altitude, as temperaturas caíam depressa. Felizmente, permanecer diante de uma fogueira era suficiente para manter os ossos aquecidos.

— Vou gostar de ver Thurii — disse Navio.

— Não está longe agora, graças a Júpiter — retrucou Publipor.

— Mal posso esperar por um solo plano. Estou cansado de descer um monte e subir outro — disse Arnax.

Todos riram. Os hematomas da surra dada por Spartacus desapareceram depois de alguns dias, mas Arnax levou semanas para superar a vergonha por ter falado com Castus. Ele só voltou a falar com os outros havia pouco tempo.

— É praticamente seu território, Publipor, não é? Brindisi não é longe de onde passaremos o inverno — disse Carbo com uma piscadela.

Depois de sua chegada, o apuliano acrescentara uma centúria em seu grupo. Desde que eles tinham deixado os Alpes para trás, ele havia se tornado uma companhia constante, um amigo.

— Você não está enganado.

Publipor ficou sério.

Carbo imaginou ser preocupação.

— Você tem alguma mulher aqui que deixou para trás? Família?

A seriedade se tornou pesar.

— Tinha. Uma esposa. Três filhos.

Fez-se silêncio. Navio se manteve ocupado, colocando mais lenha na fogueira. Arnax, que afiava a espada de Carbo, encontrou um ponto de ferrugem no qual se concentrar. Carbo olhou para uma série de faíscas que subiam para o brilhante céu da noite. Não era de se espantar ele não ter sabido da tragédia de Publipor antes. Poucos homens do exército de ex-escravos se importavam em contar aos companheiros sobre seu passado — inclusive o próprio Carbo.

— O que aconteceu com eles?

Publipor pigarreou.

— Morreram no ano passado. Cólera.

— Sinto muito — disse Carbo.

— É um fardo pesado para alguém carregar — disse Navio, sentido. — A guerra é uma coisa, mas doenças...

— É, bem... O que se pode fazer? Os deuses dão e tiram. Eu deveria agradecer por ainda estar aqui. Por ainda respirar.

Publipor não parecia nada grato, refletiu Carbo. Era difícil pensar que nunca mais veria seus pais de novo, mas, pelo menos, estes estavam vivos. Não era uma loucura total pensar que eles poderiam se encontrar um dia. Não estavam tão distantes. Roma ficava a trezentos quilômetros a nordeste. O exército chegara até mais perto da cidade uma ou duas semanas antes. Carbo pensou em desertar por um período curto, até em perguntar a Spartacus se poderia visitar os pais, porém considerou a ideia muito tola. Seria a segunda vez que faria papel de bobo com o trácio, e não queria isso.

— Temos sorte por ainda estarmos vivos, e isso não mudará nos próximos meses — disse Navio, sério. — Só porque derrotamos os cônsules em Piceno não quer dizer que outro exército não virá à nossa procura. Ele será bem maior do que aqueles que vimos até agora. Como meu pai costumava dizer, aproveite ao máximo o dia que nasce...

— Pois pode ser último — completou Arnax com um tom sério.

Navio riu.

— Você tem me ouvido com atenção, hein?

Mesmo à pouca luz, o rubor de Arnax era perceptível.

Navio esticou o braço e despenteou o cabelo do garoto.

— Você cuida bem do gládio de Carbo. Dê uma olhada no meu quando terminar, está bem?

— Claro. — Feliz, o rapaz olhou para Publipor. — Posso limpar o seu também?

— Quando precisar ser limpo, eu mesmo o limparei — respondeu o apuliano. — Entendeu?

— Desculpe. — Arnax baixou a cabeça.

— Estou cansado — resmungou Publipor. — Acho que vou me deitar. Boa noite.

Carbo e Navio também o cumprimentaram. Arnax o observou em silêncio.

— Não se preocupe com isso, rapaz. Ele não estava sendo mau com você. Está preocupado com a família dele — disse Carbo.

— Leva pelo menos um ano para que a dor passe um pouco — disse Navio, suspirando.

— Que dor é essa? — perguntou alguém.

Eles se viraram, surpresos.

— Spartacus! — exclamou Carbo com um sorriso.

Navio também sorriu.

— Seja bem-vindo.

O trácio meneou a cabeça e lançou um olhar sério a Arnax, que parecia querer que o chão se abrisse e o engolisse.

Spartacus se sentou perto do fogo.

— Sobre qual dor você estava falando, Navio?

— A dor de perder entes queridos.

— Compreendo. — "Que o Cavaleiro cuide de você, pai. Maron, meu irmão. Getas e Seuthes, meus companheiros." — Todos nós perdemos pessoas. É um dos desafios da vida. Um homem precisa lidar com isso da melhor maneira possível.

— Sábias palavras — elogiou Navio.

Eles permaneceram em silêncio por um breve momento. Carbo e Navio se perguntavam por que o líder havia se aproximado sem avisar.

— Chegaremos a Thurii no próximo mês — anunciou Spartacus. — Será bom parar de marchar, não?

Eles concordaram.

Spartacus riu.

— Vocês querem saber por que estou aqui?

— Você não veio apenas para jogar conversa fora — disse Carbo com um tom de voz seco.

Spartacus o encarou com firmeza.

— Não.

Publipor saiu da barraca, com um graveto na boca. Ele havia começado a limpar os dentes quando percebeu a presença de alguém. Cuspiu depressa.

— Spartacus! Que honra vê-lo aqui.

— Publipor. Você está bem?

— Sim, senhor. Obrigado, senhor. — Publipor ergueu o graveto para se desculpar. — Eu estava indo me deitar. Mas vou voltar.

— Não precisa fazer isso por mim. Descanse um pouco. Amanhã teremos outro dia longo. — O tom de voz de Spartacus era simpático, porém firme.

Publipor pareceu aliviado.

— Tudo bem, então. Boa noite, senhor.

— Durma bem. — Spartacus se virou para Carbo e Navio. — Um bom homem — disse baixinho.

— Sim, ele é — concordou Carbo. — É um ótimo caçador. Graças a ele, trazemos um veado ou um porco selvagem na maioria das vezes que saímos para caçar.

— Ele tem um talento nato com o arco. Como se sai com a espada?

— Muito bem — respondeu Navio. — Mais uns meses e ele será tão bom quanto os outros homens.

— Ótimo. Teremos tempo para treinar em Thurii. É pouco provável que os romanos nos ataquem no inverno. Mas eles farão algo. — Spartacus ficou sério. — Vocês sabem disso, não sabem? Não teremos como ficar em paz.

— Sim — responderam os dois. Arnax arregalou os olhos.

— Agora, não temos ideia do que os cães estão planejando. Eles, por outro lado, recebem informações sobre nossos passos de cada cidadão que nos vê em suas terras.

— Não podemos fazer muito em relação a isso — observou Navio. — E é difícil saber o que os romanos estão fazendo. Os desertores que se uniram a nós não podem arriscar voltar a suas unidades. Seriam crucificados.

— Eu sei. Mas ouvi algo interessante. Ontem, um dos patrulheiros parou um comerciante vindo de Roma. Ele trazia algumas notícias.

Os outros se inclinaram para a frente, muito interessados.

— Crassus ganhou o controle da campanha contra nós.

Carbo sentiu o sangue sumir de seu rosto.

— O mesmo homem que...

— Sim, o mesmo desgraçado que acabou com sua família. Aquele para o qual lutei em Cápua. É estranho ver como as coisas mudam, não?

— Sim — sussurrou Carbo, cerrando os punhos.

— Ao que parece, Crassus vai falar com o Senado em breve. Acho que seria bom ouvir o que ele tem a dizer. Talvez até enfiar uma lâmina nas costelas dele, se der. Isso conteria os desgraçados por um tempo. — A ideia parecera ousada, até extrema, porém, ao expressá-la em voz alta, Spartacus se animou. Ele partiria, e ninguém o impediria.

Navio ergueu as sobrancelhas.

— Você confiaria em mim e em Carbo de novo?

— Em você e em Carbo não.

Carbo se inclinou, surpreso.

— O quê? Como assim...?

— Você e eu, sim. Vamos a Roma. Diretamente para o ninho da víbora. Veremos o que podemos descobrir.

— Está falando sério?

Carbo pensou nos pais na mesma hora. Sentindo-se culpado, afastou a ideia.

— Nunca falei mais sério. — Ele ainda ouvia a voz de Ariadne pedindo para que não fosse; viu a incredulidade nos rostos de Pulcher e Egbeo.

— Só você e eu?

— Sim. Você pode ser o filho de um grande fazendeiro. Serei seu escravo.

— Pode dar certo — murmurou Carbo, divertindo-se.

— E o exército? — perguntou Navio. — Não pode deixar Castus e Gannicus sem supervisão. Aqueles merdas estragarão tudo!

— Não estragarão, não. Eles querem um bom lugar para passar o inverno, assim como eu. Quando chegarem a Thurii, só desejarão beber vinho e foder. — Spartacus sabia que isso era mentira. Os gauleses redobrariam os esforços para recrutar homens em sua ausência. Contudo, ele estava decidido. Recuperaria a liderança quando voltasse. — Já falei com Pulcher e Egbeo sobre como proceder se forças romanas aparecerem. Eles podem intervir se os gauleses decidirem fazer algo maluco.

Navio parecia desconfiado, mas não discutiu.

— E Ariadne? Ela não está prestes a dar à luz? — Como todos os outros soldados, Carbo tinha muita estima pela esposa de seu líder. Apesar de sua gravidez avançada, ela ainda se locomovia como todo mundo. "Faz bem para o bebê", dizia ela todos os dias com um sorriso feliz. No entanto, Carbo viu seu rosto sério naquela mesma tarde. Spartacus precisava levar isso em consideração. — Você não quer estar aqui para o nascimento de seu filho?

Spartacus o encarou com a expressão séria.

— Ariadne me disse que só entrará em trabalho de parto daqui a três semanas. Acredito nela. As mulheres sabem dessas coisas.

— Compreendo — murmurou Carbo.

— Partiremos amanhã e chegaremos a Roma faltando um pouco mais de uma semana e meia para o parto. Se comprarmos cavalos, será ainda mais rápido. Dois ou três dias devem ser suficientes. Os cavalos também agilizarão o retorno. — Ele olhou para Navio. — Você terá tempo suficiente em Thurii para erguer uma tenda para Ariadne antes de chegarmos.

— Será a primeira coisa que farei.

— Se tem certeza... — disse Carbo, ainda em dúvida. Ele nunca havia percorrido uma distância tão grande a cavalo.

— Tenho. — Spartacus não disse nada sobre a discussão que tivera com Ariadne sobre isso.

Ela havia discordado da ideia, segundo ela, não porque ele poderia perder o parto, mas por causa dos perigos que ele enfrentaria. "E se você for reconhecido em Roma?", ela não parava de perguntar. Spartacus rira.

— Quem vai me reconhecer? A probabilidade de encontrar alguém que conhece meu rosto é menor do que a de um floco de neve sobreviver ao sol do meio-dia. — Ele segurara a mão dela. — Preciso descobrir o que os malditos romanos estão planejando. Só terei uma chance de matar Crassus.

— E se você for pego?

Ele rira.

— Isso não vai acontecer. Vou levar Carbo comigo. Ele é um nativo. Vou agir como se fosse escravo dele. Estaremos em uma viagem curta de negócios a Roma, só dois homens em uma multidão de milhares. O que poderia dar errado?

Ariadne enfim se acalmara ao perceber que ele não seria convencido, mas certa tensão permanecera entre os dois. "Ela pode ser resolvida quando eu voltar", resolvera Spartacus.

— Então, você vai?

Por ser a primeira vez que Spartacus fazia um pedido desse tipo, de homem para homem e não de líder para seguidor, Carbo se emocionou. Também ficou feliz, porque em Roma poderia haver uma oportunidade de encontrar seus pais.

— Claro.

— Ótimo. — Spartacus se levantou.

— Não quer um pouco de vinho quente? — Carbo fez um gesto, e Arnax saiu apressado para pegar a ânfora na barraca.

— Não. Quero estar com a cabeça limpa de manhã. Teremos que andar mais de trinta quilômetros por dia.

— Compreendo. Arnax, não precisa.

— Esquente um pouco, de qualquer forma — pediu Navio. — Vou tomar um copo ainda que Carbo não tome. Farei um brinde a seu sucesso e, mais importante ainda, a seu retorno em segurança.

— Obrigado. — Spartacus lhes lançou um olhar de alerta. — Não é preciso dizer que ninguém deve falar sobre isso. A ninguém.

Carbo e Navio assentiram.

— Eu não falo, eu não falo, eu... — disse Arnax, assustado.

— Tudo bem. Sei que não vai falar. — Meneando a cabeça, Spartacus desapareceu na escuridão.

Navio virou a cabeça.

— Pelos deuses, aposto que você não esperava isso.

— Ainda não acredito.

— Nem eu. Seus pais não foram para Roma?

Carbo havia contado a Navio a história depois da confusão com a carta.

— Sim.

— Está tentado a encontrá-los?

— Não sei. Pode ser que não consiga.

— Quando terá uma chance melhor do que essa?

— Esquece — murmurou Carbo.

Navio ergueu as mãos, com as palmas para fora.

— Tudo bem.

Carbo olhou para as chamas, pensativo. Para dizer a verdade, ele estava com receio de encontrar os pais de novo. O que lhes diria sobre onde estivera no último ano? Teria que mentir sobre absolutamente tudo. Apesar disso, o coração doía ao pensar neles.

Carbo despertou antes do amanhecer. Movendo-se com cuidado para não acordar Navio e Arnax, ele afastou os cobertores. Enrolou-os, colocando-os na bolsa, que estava pronta a seu lado. Fora para a cama todo vestido, então só precisava calçar as sandálias, pegar a adaga e sair. Apesar de já esperar ver Spartacus, ele se sobressaltou ao distinguir o homem parado na semiescuridão.

— Está aqui há muito tempo? — sussurrou.

— Um pouco.

— Perdeu o sono?

— Mais ou menos. — "Eu estava cansado da reprovação emanada por Ariadne." Spartacus se arrependia de não ter dito adeus, mas a frieza entre eles tinha aumentado durante a noite.

Era estranho ver seu líder sem a espada, o elmo e a malha, refletiu Carbo. Spartacus vestia uma túnica simples de lã e sandálias. Carregava um pedaço de pau largo. Uma adaga estava embainhada na faixa de couro em seu ombro. Ele parecia um escravo agricultor comum.

— Estou pronto — disse Carbo.

— Dê sua bolsa para mim.

— O quê?

— Se você é o mestre e eu sou o escravo, então tenho que carregar suas coisas. Desde agora. Só os deuses sabem quem encontraremos na estrada. Não há por que levantar suspeitas, certo?

— Mas...

— Dê para mim.

Sentindo-se estranho, Carbo obedeceu.

— Você não está levando armas?

— Só esta.

Ele deu um tapinha na adaga.

— Tudo bem. Vamos. É um longo caminho até Roma.

Carbo lançou um olhar para sua barraca. Sentiu um nó na garganta ao pensar que poderia nunca mais ver Navio e Arnax. "Voltarei quando eles menos esperarem", disse a si mesmo. Endireitando os ombros, partiu com Spartacus um passo atrás.

— Que os deuses estejam com você! — disse alguém baixinho.

Virando-se, Carbo viu a cabeça de Navio espiando pela barraca. Ele sorriu.

— Obrigado.

Assentindo em despedida, os dois passaram entre as fileiras de barracas. Foi preciso bastante tempo para que chegassem ao limite do enorme acampamento, situado em uma área ampla entre dois picos de mata. Próximos de seu perímetro, eles passaram por vários sentinelas, que sorriam e acenavam para eles.

— Eles acham que vamos fazer apenas um reconhecimento da região — murmurou Spartacus. — Fiz Pulcher espalhar essa notícia ontem à noite.

— O que eles dirão quando não voltarmos?

— Se alguém perguntar, Pulcher deve dizer que pode ser que tenhamos ido em direção ao sul à frente do exército, para conferir o terreno. Não importa muito se os homens não acreditarem na história. Todo mundo agora só pensa em chegar a Thurii. Voltaremos antes que haja qualquer problema sério.

Spartacus imaginou Castus, que ficou muito satisfeito quando soubera da missão. Gannicus parecera contente também, mas a chance de ter uma missão decente e de matar Crassus tinha que ter prioridade. "Eles não derrotarão tantos homens assim", disse ele a si mesmo.

Deixando o acampamento para trás, eles subiram uma ladeira íngreme coberta por faias e desceram pelo outro lado. O céu a leste clareava depressa agora, porém, não tinha mais importância. Só os sentinelas e Navio os tinham visto partir.

Pelo menos, era o que imaginaram.

Nove dias depois, os dois estavam quase em Roma. O mais irritante foi a dificuldade em encontrar montarias adequadas, uma tarefa muito demorada. Assim, eles caminharam, cobrindo mais de trinta quilômetros por dia, consideravelmente mais rápido do que o passo lento do exército rebelde. Tinha sido difícil prosseguir, mas Carbo não reclamou. Spartacus levava as duas bolsas enquanto que ele caminhava carregando apenas o compartimento de água.

Desceram as montanhas assim que puderam e tomaram o caminho mais rápido para a capital: a Via Appia, que ia de Brindisi a Roma. Feita de blocos de basalto preto, era a artéria principal da República, na qual transitavam carroças cheias de produtos para permuta, soldados, viajantes e civis de todos os tipos. Carbo e Spartacus tinham sido engolidos pela horda que fluía em direção à capital — só mais um senhor e seu escravo cuidando de seus afazeres.

Conforme o combinado, os dois só falavam na estrada quando não havia mais ninguém à vista. Nas estalagens onde tinham dormido a cada noite, Carbo ficava em um quarto pequeno, enquanto o trácio dormia em estábulos ou mesmo do lado de fora. Era comum que escravos agricultores fossem maltratados, e Spartacus não queria causar estranhamento. Tudo precisava transcorrer sem problemas, pois o tempo era muito importante. Se ele ficasse longe por muito tempo, os gauleses poderiam causar algum mal real. E ele poderia perder o nascimento de seu filho.

— Devemos estar próximos agora — disse Carbo, apontando para uma tumba especialmente grande de blocos. — Elas estão ficando maiores. — Os mausoléus se estendiam pelos dois lados da estrada por quilômetros, memoriais dos ricos e poderosos.

— Tem razão. Há menos *latrones* e prostitutas baratas à vista também.

Era verdade, pensou Carbo. As pessoas que se esquivavam entre ciprestes e criptas com suas estátuas dos mortos tinham desaparecido quase que por completo.

— Parece que a guarda da cidade não tolera a presença deles.

— Pronto — disse Spartacus. — Lá em cima. Veja.

Acima das cabeças das pessoas à frente e emoldurado pelas árvores dos dois lados, Carbo viu um muro alto de pedra.

— É enorme!

Spartacus grunhiu, irritado. As defesas de Roma eram, no mínimo, intimidadoras. Da altura de cinco homens, um sobre os ombros do outro, o muro tinha tufas calcárias amarelas grandes. Via-se os soldados indo de um lado para o outro em uma muralha que se estendia acima. Havia uma torre fortalecida nos dois lados dos portões de ferro que levavam à capital. As duas tinham catapultas. Spartacus tinha uma vaga noção de como dominar Roma, mas esta desapareceu por completo naquele momento. "Eu precisaria de engenheiros que pudessem construir balistas enormes. Mesmo assim, demoraria meses para abrir brechas suficientes nas defesas para invadir o lugar com sucesso. Meses durante os quais outras legiões seriam formadas em outro lugar da Itália." Ele afastou o mau humor.

— Há quanto tempo isso está aí?

— Tem mais de trezentos anos — respondeu Carbo, orgulhoso. — Foi erguida depois do saque à cidade, realizado pelos gauleses.

— Impressiona, mas é uma pena que tenha sido erguida. As coisas com Aníbal poderiam ter sido diferentes. E para mim também. — O orgulho de Carbo desapareceu. — Qual é o comprimento?

— Quase sete quilômetros. Envolve todos os sete montes. Há um fosso profundo de defesa também, que veremos conforme nos aproximarmos.

— Mal posso esperar — disse Spartacus de modo seco.

Envergonhado pelo entusiasmo anterior, Carbo se calou.

— Onde seu tio mora?

— No monte Esquilino.

Tinha sido inevitável para Carbo contar a Spartacus toda a história de sua família. O trácio já sabia do papel de Crassus em seus problemas.

— Você quer vê-los? — perguntara Spartacus.

— Sim.

Carbo observara o fogo ao responder, ainda lembrando da confusão de quando havia ditado a carta em Módena.

— Acho que você deveria ir — dissera Spartacus, e ele se surpreendeu.

— Acha que é uma boa ideia fazer contato com meus pais?

— Se houver uma oportunidade, sim. Você pode ser morto a qualquer momento.

Carbo se arrepiou.

— Não acho que o Esquilino seja longe de Capena, o portal para onde estamos indo. Não vai ser difícil descobrir.

— Não agora — alertou Spartacus. — Vamos encontrar um lugar para ficar primeiro. Confira a região. Veja o que está havendo.

Carbo corou.

— Perdão.

— Você terá sua chance.

Contentando-se com aquilo, Carbo continuou andando, determinado a apreciar a cidade sobre a qual ele ouvira falar, mas que nunca tinha conhecido. Na infância, ouvia as histórias da capital e do Fórum Romano, o espaço onde cidadãos se encontravam para se socializar, fazer negócios e pedidos a senadores, encoberto pelo monte Capitolino com seu complexo enorme de templos e a estátua imensa de Júpiter. Não haveria tempo, mas ele também queria ver o Circus Maximus, um estádio natural formado pelas ladeiras íngremes dos montes Aventino e Palatino.

O encanto logo se tornou surpresa. Depois de passarem pelo muro serviano, apenas a estrada de basalto mantinha a grandiosidade. Ainda era ampla o bastante para que duas carroças passassem juntas. Porém, do outro lado, as ruas que subiam os montes eram estreitas e não pavimentadas, eram iguais às de Cápua. As construções eram mais altas do que Carbo ou Spartacus já tinham visto — três, quatro e cinco andares de altura, sendo que a maioria era malconstruída. O ar tinha cheiro de lixo apodrecido, de fezes e de urina, um cheiro que vinha das oficinas que se acumulavam ao redor da Porta Capena. E pessoas. Havia mais pessoas do que os dois poderiam imaginar reunidas em um lugar. Elas empurravam e passavam, tão concentradas em seus afazeres que nem olhavam para os outros transeuntes.

A confusão aumentava com as fileiras de carroças que lotavam a estrada. Cheias de legumes, carne, vasos de argila empilhados e vários outros produtos, eram puxadas por pares ou grupos maiores de bois. Os condutores xingavam uns aos outros, e os pedestres culpavam a todos, menos eles mesmos pela multidão que retardava o trânsito, num passo de lesma. Carbo foi até a rua, esperando conseguir avançar mais, porém, as oficinas, os restaurantes e as tavernas de fachadas abertas ocupavam a área diante das premissas com barracas, mesas e produtos à venda. Qualquer espaço disponível era ocupado por mendigos desdentados — uma combinação de leprosos, amputados e crianças desgrenhadas — ou malabaristas, encantadores de serpente e outros artistas.

— Isso não é nada bom — disse Carbo, frustrado. — Vamos levar o dia todo para chegar a algum lugar se formos pela Via Appia. Mas não conheço as ruas secundárias.

— Isso é fácil de resolver. — Spartacus estalou os dedos para uma menina com o nariz escorrendo, que vestia uma túnica simples. — Quer ganhar um asse?

A maltrapilha apareceu ao lado de Spartacus num piscar de olhos.

— Sim, senhor.

— Não precisa me chamar de "senhor". Sou um escravo.

— Tudo bem — disse a garota, dando de ombros sem se importar. — Novo na cidade?

— Sim. Meu mestre está procurando hospedagem para algumas noites. Na região central, se possível. Nada muito caro, mas não um buraco. Algum lugar onde as camas sejam limpas e a comida não seja um veneno. E onde o vinho seja razoável.

— Precisa de prostitutas?

— Se puder garantir que elas não têm sífilis — respondeu Carbo.

Ao ouvir isso, a menina sorriu e mostrou os dentes apodrecidos.

— Conheço o lugar certo. Campos Elísios. Fica entre o Esquilino e o Quirinal.

— É longe? — perguntou Spartacus.

— Não por onde vou levá-los. Sigam-me!

A maltrapilha entrou em uma viela.

Carbo olhou para Spartacus, inseguro.

— O que está esperando?

— Confia nela?

— Ela viu minha maca e percebeu que nós dois temos adagas. Ela deve saber que é bobagem nos trair. Meu dinheiro diz que ela nos levará diretamente para uma estalagem decente.

Carbo não tinha certeza, mas não estava no comando — apesar de parecer estar.

— Tudo bem.

Ele correu atrás da garota. Spartacus foi junto.

Não muito depois, eles tinham chegado a Campos Elísios, um local comum perto de Vicus Patricius. Carbo olhou ao redor e viu que a garota fez o que eles pediram. A taverna era pequena, mas limpa e bem-localizada, e o proprietário, um ex-soldado afável, parecia honesto. Depois de pagar à menina, Carbo ocupou um quarto no primeiro andar. Spartacus encontrou o atendente do lugar e conseguiu um espaço nos estábulos. Depois de uma conversa breve e casual, ele descobriu que a cidade estava sendo tomada pelas notícias sobre a intenção de Crassus de liderar os exércitos da República.

— Os cônsules não poderiam mais discutir com ele, certo? — comentou o atendente com seriedade. — Somados, os tolos tinham sido derrubados três vezes por Spartacus. Já basta, não é?

— É verdade — disse Spartacus, disfarçando um sorriso. — Então, Crassus vai acabar com os escravos, não vai?

— Assim ele promete. Está criando seis legiões novas. Usando o próprio dinheiro também. Isso é o que chamo de dedicação à República.

Spartacus esperava ouvir más notícias, mas não tão cedo. Por dentro, começou a xingar. Crassus era mais organizado e tinha mais espírito de líder do que deixava transparecer. Quando seis novas legiões fossem acrescentadas aos sobreviventes dos exércitos dos cônsules, ele teria quase dez legiões. "Grande Cavaleiro, precisarei de sua ajuda mais do que nunca."

— Isso é impressionante. Então, é verdade que ele é o homem mais rico de Roma?

— Pois é! Conquistou a maior parte da fortuna durante as proscrições de Sulla. Comprou as propriedades daqueles que foram executados — explicou o atendente. — Ele ganha dinheiro quando ocorrem incêndios. Oferece aos donos de qualquer construção em chamas uma quantia pequena. Quase todos aceitam. É isso ou não ganham nada. Crassus tem sua própria brigada de incêndio. Quando ele fecha o acordo, apaga o fogo. Em seguida, ele tem o terreno no qual erguer uma nova construção.

— Ele parece desagradável.

— Mas dizem que ele é muito educado. Contribui regularmente com doações de grãos aos escravos. Crassus é muito esperto e poderoso. — O atendente piscou. — Diga a seu senhor que ele poderá vê-lo falar com os cidadãos esta tarde, se quiser.

— É mesmo? — perguntou Spartacus de modo casual. — Onde será?

O atendente ergueu as sobrancelhas.

— Esqueci que você não é da cidade. No Fórum.

— Obrigado. Direi a ele.

Com um pedaço de feno na boca, Spartacus saiu para encontrar Carbo.

Carbo dormia na cama mais confortável, quando acordou com uma batida na porta.

— Senhor?

Ele se sentou assustado.

— Sim?

Spartacus já estava no cômodo de teto baixo.

— Eles estão servindo comida lá embaixo, senhor. Porco assado ou peixe grelhado. Quer um pouco? — Ele fechou a porta. — Você não imagina o que vai acontecer esta tarde.

— O quê?

— O maldito do Crassus vai falar para as pessoas no Fórum.

De repente, Carbo ficou alerta.

— Quem disse isso?

— O atendente da estalagem. Crassus está formando seis legiões, além do que sobrou das forças de Longinus e dos cônsules. No total, ele liderará cerca de dez legiões.

Carbo se sentiu enjoado.

— São muitos legionários.

Spartacus fez uma careta.

— Eu disse que seria mais difícil.

— Vamos tentar matá-lo? — perguntou Carbo.

— Foi para isso que viemos aqui, não foi?

A adrenalina percorria as veias de Carbo.

— Sim.

— Pelos deuses, parece que você quer matá-lo mais do que eu! — brincou Spartacus com uma risada.

— Ele destruiu minha família, arrastou o nome de meu pai na lama, tirou o teto sobre nossas cabeças. E para quê? Três meses de atraso em seu financiamento! — Carbo pegou a adaga. — Eu sentiria muito prazer em cortar aquele pescoço.

— Contenha-se.

O olhar firme de Spartacus o irritou.

— Desculpe.

— Não precisa se desculpar. Você tem bom motivo para odiá-lo. Mas, uma situação assim exige cabeça fria. Como saber quais proteções ele terá? Acalme-se sabendo que depois que ele morrer, ninguém vai pensar nele. Se sairmos correndo como dois tolos, o único que vai rir depois será Crassus. Vai rir de nossos corpos ensanguentados. Você não quer isso, quer?

— Não — murmurou Carbo.

— Poderemos avaliar bem a situação quando virmos o que está acontecendo e quem estiver por perto. Não antes. — Spartacus já vira muitos homens mortos em batalha porque tinham agido de modo precipitado. Agora não era o momento para afobação. — Talvez não tenhamos chance de matar Crassus. Se isso acontecer, vamos apenas nos afastar. Está claro?

Carbo engoliu o ressentimento. Se não fosse pelo trácio, havia muito ele já teria virado comida para os vermes do cemitério do ludo.

— Sim.

— Então, guarde essa maldita adaga e me mande segui-lo para comermos.

Demorou um pouco para Carbo entender o que Spartacus queria dizer. Tirando a adaga da bainha, ele sorriu.

— Quero andar pela cidade grande — disse ele em voz alta. — Podemos encontrar algum lugar para comer no caminho. — Ele abriu a porta. Apesar de não haver motivos para suspeitas, ele ficou feliz por ver o corredor vazio. Carbo rezou com mais intensidade do que nunca. "Poderoso Júpiter, Ó Grande e o Melhor, nos dê a oportunidade para que matemos Crassus. Guie minha lâmina... e a de Spartacus."

Na pressa, ele se esqueceu de que pedidos às divindades tinham que ser feitos com muita exatidão.

CAPÍTULO VIII

Respirando fundo, Ariadne se agachou e deixou a contração tomar conta de seu corpo.

— Isso mesmo — murmurou a parteira. — Agora, faça força.

Ariadne não conseguia pensar em nada, só obedecia. Com a mandíbula contraída e com gotas de suor se formando na testa, ela gemeu algo incompreensível. A dor era intensa, mas ela não se deixava dominar. "Eu a manterei sob controle." Por fim, os músculos abdominais relaxaram e ela caiu de joelhos.

— Ótimo. Consigo ver a cabeça. Não vai demorar agora.

"Meu filho logo nascerá", pensou Ariadne, satisfeita. Não se surpreendeu muito quando as dores começaram na ausência de Spartacus. Ela lhe dissera que o bebê não nasceria antes de seu retorno para facilitar a ida dele, porém, no fundo, sabia que o nascimento poderia acontecer bem mais cedo. No caso, o trabalho de parto começara na noite anterior. Ficou contente por naquela hora o exército estar acampado, em um local bom, perto do riacho na montanha.

Ela se agachou de novo. Uma de suas amigas permanecia diante dela de modo que Ariadne pudesse segurar suas mãos e se apoiar. Veio mais uma contração. O tempo entre as contrações era bem menor.

— Faça força — mandou a parteira. — Você tem que empurrar.

Ariadne gemeu.

— Ela... bem? — A voz de Atheas, de fora da barraca, estava tomada de preocupação.

— Sim, sim. Vá procurar o que fazer em outro lugar — ordenou a parteira.

Quando a dor diminuiu, Ariadne se lembrou de que, ao acordar Atheas, o guerreiro tatuado se mostrou preocupado de verdade. Apesar do desconforto, Ariadne sorriu. Um dos guerreiros mais ferozes que ela conhecia reduzido a uma sombra murmurante e estranha de si mesmo. "Assim são os homens." Com calma, ela pedira a ele que chamasse a parteira, uma senhora que havia se unido ao grupo meses antes. Em seguida, Atheas levou a notícia a Castus e a Gannicus. Ariadne ainda se lembrava da surpresa do cita quando lhe contou que os gauleses tinham dito que o exército permaneceria parado até que o bebê nascesse sem argumentar ou discutir.

"É claro que eles disseram isso", pensou ela. Se tivessem insistido para que o exército marchasse, ela estaria em risco. Um dia ou dois perdidos não faria grande diferença para o progresso deles e, apesar de ambos serem valentes, ela duvidava que qualquer um deles quisesse enfrentar a ira de Spartacus caso algo desse errado.

Seus músculos se contraíram de novo, e Ariadne sabia que era a hora. Começou a fazer força como nunca antes. A parteira, que estava atrás dela, deu-lhe um tapinha de incentivo.

— Vamos, não pare. Está quase lá.

Ariadne sentiu um líquido escorrer entre suas pernas e ouviu a parteira emitir uma leve exclamação de satisfação. Na mesma hora, a forte pressão na parte inferior de seu abdome diminuiu. Ela perdeu as forças, e, se não fosse a mulher segurando os braços dela, Ariadne teria caído. A ansiedade tomava conta dela.

— Você é mãe de um menino — disse a parteira com delicadeza. — Ele é saudável, graças aos deuses.

— Um menino. Eu sabia que era um menino. Mostre-o para mim.

— Erga a perna. — Ariadne obedeceu, e a parteira se movimentou por baixo dela, tomando o cuidado de não puxar o cordão.

Um monte pequeno de membros, vermelho e coberto de muco foi entregue a ela. Ariadne teve a sensação de que seu coração explodiria diante de tanta beleza.

— Oi, meu filho — sussurrou ela, envolvendo o bebê nos braços. — Seja bem-vindo, muito bem-vindo.

— Ajude-a a chegar ao colchão — disse a parteira.

Ariadne sentiu que mãos em suas costas a apoiaram com delicadeza enquanto ela dava poucos passos em direção à cama. Ela se deitou, segurando o bebê contra si. Um cobertor de lã especialmente preparado para a ocasião — o cobertor de seu filho — lhe foi entregue disposto sobre o peito dela. Ariadne acariciou a cabecinha do bebê, que era coberta por cabelo preto.

— Você é um menino bonito, assim como seu pai. Todas as meninas vão correr atrás de você.

— Como vai chamá-lo? — perguntou a parteira.

— Maron. Em homenagem ao irmão de Spartacus, que foi morto lutando contra os romanos.

A parteira assentiu, aprovando.

— É um nome forte.

Ariadne ouviu a amiga protestar e, então, alguém entrou na barraca. Ela levantou a cabeça e viu Atheas agachado à sua frente, uma expressão de respeito no rosto normalmente sério.

— Ele... menino?

Ariadne sorriu.

— Sim.

— Saudável?

Ela confirmou com a cabeça.

— O nome dele é Maron.

— É... bom. — Os dentes de Atheas brilharam no escuro. — Graças aos deuses. O Grande Cavaleiro, principalmente. Eu... vejo... que será.

— Obrigada — agradeceu Ariadne. Sua gratidão a Dionísio poderia esperar até mais tarde.

Sorrindo como um tolo, Atheas se afastou.

Ariadne fechou os olhos. Estava mais cansada do que nunca.

A parteira se aproximou.

— Beba isto. É um tônico. Há uma erva que vai ajudá-la no pós-parto e outras para que durma e recupere as energias. O bebê será alimentado enquanto você descansar.

Com a ajuda da parteira, Ariadne levou Maron ao peito. Ele o agarrou com vontade, e ela sorriu.

— Ele gosta da comida.

— Que bom — disse a parteira, olhando para ele com satisfação. — Vai crescer forte.

"Vai ficar ainda melhor quando Spartacus voltar", pensou Ariadne, tentando ignorar a preocupação que vinha sentindo desde a partida dele. Não recebera nenhuma mensagem do deus sobre seu marido. Pelo menos, não teve o terrível pesadelo no qual não conseguia encontrar o corpo dele entre as centenas de homens crucificados.

"Vou vê-lo de novo. Devo vê-lo, porque ele tem que conhecer o filho."

Ela olhou para Maron e abriu um sorriso.

— Seu pai ficará muito orgulhoso quando o ver.

O bebê sugou com mais força ainda, como que em resposta.

Depois de alguns minutos, o sono veio.

Quando saíram da estalagem, Carbo ficou surpreso ao ver a maltrapilha encostada na parede de uma construção à frente. Irritado, ele fingiu não notá-la, porém isso não a impediu de se aproximar.

— Está indo a algum lugar?

— Por que quer saber? — rebateu Carbo.

— Pensei que pudesse querer um guia.

— Não preciso. Cai fora.

Carbo desceu a Vicus Patricius, fingindo saber aonde estava indo.

A maltrapilha deu um salto para o lado, assoviando.

Carbo percebeu Spartacus sorrindo atrás dele.

— Pensei ter dito para que você saísse daqui!

— Sou uma cidadã livre — respondeu a garota. — Não pode me impedir de seguir por aqui também.

— Não posso? — O tom de Carbo era bravo.

— Não — foi a resposta corajosa.

Carbo apressou o passo, deixando a garota para trás. Sua velocidade fazia pouca diferença. Algumas centenas de passos depois, a Vicus Patricius se unia à esquerda à Via Labicana, e a pressão da multidão aumentou. Carbo parou de repente. A junção estava tomada por carroças, lixos e pessoas a pé.

— Andem, pessoal!

Um grupo de soldados liderado por um *optio* caminhava pela multidão e marchava na direção de Campos Elísios. Atrás deles havia um monte de escravos liderados por um homem de rosto sério que empunhava um açoite. De rostos magros, vestidos com trapos, acorrentados uns aos outros pelo pescoço, os escravos estavam sendo levados ao mercado. Também havia um cortejo fúnebre, e o corpo estava envolvido em lençóis de linho, levado em um colchão por seus parentes homens. Seguindo a antiga tradição, escravos carregavam tochas acesas. Na frente, um grupo de músicos tocava uma marcha triste sem parar, como se isso abrisse caminho entre a multidão. Carbo olhou ao redor, impotente e frustrado.

— Tem certeza de que não quer um guia? — disse a voz familiar.

Carbo se virou, como se quisesse olhar para a maltrapilha, mas também para questionar Spartacus. Ao ver o meneio de cabeça quase imperceptível do trácio, ele perguntou:

— Qual é o seu nome?

— Tertulla. Meu apelido é Tulla.

— Você tem quantas primaveras?

— Sete ou oito, eu acho.

— Você acha?

— Não sei ao certo. Vivo sozinha desde que me lembro.

— Não tem família?

Tulla lhe lançou um olhar desafiador.

— Não preciso de piedade, senhor. Eu vivo bem sozinha, está bem?

— Com certeza vive. — Apesar da coragem da menina, Carbo sentiu compaixão por ela. Era pequena, estava suja e subnutrida. — Onde mora?

Mais uma vez, o olhar desafiador.

— Clemens, o padeiro, me deixa dormir perto de seu forno, e eu, em troca, fico de olho na padaria. Olha, você quer ajuda ou não?

— Você não tem para onde ir? — perguntou Spartacus.

— Tenho, por acaso.

— Compreendo — disse Carbo. — Pode continuar.

De repente, ela mudou de atitude.

— Posso esperar.

Carbo coçou o queixo, deixando a menina esperando por um minuto.

— Onde fica o Fórum?

— A uns oitocentos metros. Talvez menos.

Era o que Carbo pensara.

— Um asse para nos levar até lá.

— Três.

— Como?

— Veja a multidão! — Tulla apontou. — Vai piorar a partir daqui. Todo mundo quer ouvir Crassus falar. É isso o que pretende fazer?

— Crassus? Não, só quero conhecer o lugar — mentiu Carbo descaradamente.

Tulla limpou uma das narinas e jogou os resíduos fora.

— Você escolheu um dia ruim para passear.

— Dou dois asses a você, e nada mais.

Tulla estendeu a mão suja.

— Quero pagamento adiantado.

Carbo procurou na bolsa e jogou uma moeda para cima, que foi pega depressa.

— É só um asse!

— Vai receber o outro quando chegarmos lá.

Tulla não pestanejou.

— Vai custar o mesmo para voltar a Campos Elísios. E é melhor voltar antes de escurecer, pode acreditar.

— Veja — disse Carbo num impulso. — Pode ser nossa guia durante toda a nossa visita. Vou pagar um denário pelos próximos três dias.

— Por dois dias.

— Tudo bem. — Na verdade, esse era o valor que Carbo pretendia pagar.

— Metade agora — exigiu Tulla.

— Só pode estar brincando! Você sumiria assim que chegássemos ao Fórum. — Carbo entregou um segundo asse. — Vou lhe dar outro hoje à noite.

— Tudo bem. Mas pode me comprar uma salsicha no caminho.

Pensando no próprio estômago que roncava, Carbo sorriu.

— Conhece um bom lugar para isso?

Tulla já tinha dado dez passos por um caminho.

— A melhor de Roma! Vamos!

Carbo encarou Spartacus.

— Muito bem. Ela será útil. Ainda mais se tivermos que fugir.

— Era o que eu estava pensando.

— Cuidado com o que a deixa ouvir — avisou Spartacus. — Ela nos entregaria em um piscar de olhos.

Carbo assentiu, sério.

— Vamos comer um pouco. Minha barriga acha que minha garganta foi cortada.

— A minha também. — Carbo correu atrás de Tulla, que tinha quase desaparecido.

A garota estava perto da barraca de comida. As salsichas com alho e ervas compradas por Carbo eram as melhores que ele já havia experimentado. Enfiadas num pão recém-assado comprado no padeiro ao lado, elas eram indescritivelmente deliciosas.

Depois da barraca de comida, Tulla os levou por um labirinto de caminhos estreitos. Eles passaram por vasos quebrados, móveis estragados e despejos de cenáculos próximos. O ar era fétido e, mais de uma vez, Carbo pisou no lodo.

— Estamos pisando em merda — disse ele de modo acusador à Tulla.

— Está em todo lugar. Cuidado por onde pisa — foi a resposta despreocupada. — É sempre assim por esses caminhos. Posso levá-los para a rua principal, se quiserem.

Carbo virou a cabeça.

— Não — murmurou Spartacus.

— Continue — disse Carbo com um suspiro.

— Estamos quase chegando — disse Tulla para consolá-lo. E, como esperava, logo ouviu a comoção de uma multidão enorme. Os batimentos cardíacos de Carbo se aceleraram enquanto Tulla os levava, triunfante, pelo espaço aberto. — Chegamos.

Carbo olhou para o monte íngreme de cume plano que se estendia acima do Fórum, além da multidão. Perto do topo, havia uma estátua imensa e pintada de Júpiter, barbado e imperioso. Ela havia sido posicionada para reger a cidade e era linda, assim como o templo de teto de ouro atrás dela. Carbo foi tomado pela reverência. Seus lábios se movimentavam em uma oração silenciosa.

— Impressionante, não? — disse Tulla. — Já vi camponeses de joelhos ao verem essa estátua.

A ira tomou conta de Spartacus com todo o espetáculo no Fórum, a estátua, os templos, o centro da República. Ele queria destruir tudo aquilo, mas era grande demais. Ele controlou a sensação cada vez maior de frustração e raiva. "Só posso torcer por alguma confusão."

— Onde Crassus falará? — perguntou Carbo. — Nos degraus da Curia?

Tulla negou com a cabeça.

— Provavelmente da plataforma da Rostra.

Carbo percebeu que Spartacus estava confuso.

— É um pilar decorado com as proas de navios da Cartagena, não é? — perguntou ele.

— Algo assim — foi a resposta incerta.

— Foi construído depois da primeira guerra com a Cartagena — explicou Carbo com confiança, lembrando das aulas de história que teve com seu tutor quando era criança.

"Uma guerra travada, na maior parte, no mar. E que os romanos venceram apesar de não terem um exército marítimo", pensou Spartacus, contrariado.

— É onde as Virgens Vestais vivem. — Tulla apontou para um templo circular, cujo teto era visível à esquerda. — Há muitos outros templos ao redor do Fórum. Há um para Castor e Pollux, um para...

— Sim, sim — interrompeu Carbo, percebendo a inquietação de Spartacus. — Vamos em frente, sim? Se tivermos que passar por essa multidão, levaremos o dia todo.

— Você não ouviu o que eu disse? É assim que será em todas as partes do Fórum. Metade de Roma quer ouvir Crassus contar como vai acabar com Spartacus. As lojas nos mercados provavelmente ficarão fechadas durante o discurso.

— Ah. — Carbo fingiu estar desapontado. — Ainda assim, acredito que podemos ouvir Crassus falar enquanto estivermos aqui.

Tulla o encarou.

— Você vai ter dificuldade para ouvir o que ele diz daqui.

— Pode nos levar mais perto?

— Claro! Vamos dar a volta pelas ruas de trás. — Ela seguiu com confiança pelo caminho de onde tinham vindo. — Vou levá-los à Rostra.

— Ótimo — disse Carbo, contente com o conhecimento de Tulla.

Dessa vez, a garota os levou por uma série de caminhos que cruzavam estradas que levavam ao Fórum. Era só caminhar depressa por alguns passos, passando por ruas cheias e caminhos estreitos. Por fim, eles chegaram à parte de trás de uma construção comprida e alta. De dentro dela, Carbo ouvia o barulho de muitas vozes competindo umas contra as outras.

— Isto é um mercado?

— Sim. E uma corte também. A Basílica Emília. É repleta de advogados, escribas e comerciantes. Até profetas, se quiser uma leitura.

— Não preciso disso — retrucou Carbo, entortando os lábios. — São todos mentirosos e charlatães.

— É o que Clemens diz. Ele não me deixa me aproximar deles. Até usou a vassoura para afastar o último que tentou chegar perto. O adivinho o amaldiçoou, mas Clemens só riu. Diz que os deuses cuidam de um homem digno.

— Um homem sábio, esse padeiro — observou Spartacus.

Tulla parecia contente. Ela os levou por mais vinte passos onde o caminho se abria para uma área maior.

— Esta é a lateral da Curia — disse ela, indicando a construção do outro lado.

Carbo olhou para o outro lado, para a parede de tijolos aparentes e a fileira de janelas de vidro visíveis sob o teto de telhas. A estrutura não era grande, mas ainda assim ele se surpreendeu e sentiu muito orgulho. Carbo se aproximou e tocou a parede de alvenaria. Era como se tocasse a história. Era onde o Senado havia se reunido por meio milênio.

Spartacus manteve o rosto inexpressivo, mas até mesmo ele ficou impressionado. "Então, é aqui que são tomadas as decisões."

Gritos foram ouvidos à esquerda, chamando a atenção deles.

— RO-MA! RO-MA! RO-MA!

— Bem na hora — disse Tulla, sorrindo. — Aquele é Crassus.

O coração de Carbo acelerou. Olhou para Spartacus, cuja expressão se tornara mais séria.

— Leve-nos o mais perto que puder — pediu o romano à Tulla.

A rua estava cheia. Todo mundo seguia na mesma direção que eles, porém Tulla conseguia encontrar os espaços menores. Carbo tinha que se esforçar para acompanhá-la. Inevitavelmente, as pessoas por quem ele passava se irritavam e, mais de uma vez, ele ouviu palavrões direcionados a ele. As desculpas educadas de Carbo acalmavam muitos cidadãos. Aqueles que não se convenciam se deparavam com a cara séria de Spartacus. Ninguém quis discutir com o escravo forte de olhos penetrantes.

Depois de usarem muito os ombros e os cotovelos para abrir espaço, eles chegaram à parte dianteira da multidão, que estava posicionada ao redor da frente da Curia. Uma fileira de litores com *fasces* cruzados impedia as pessoas de se aproximarem da construção. Atrás dos guarda-costas, nos degraus da Curia, havia fileiras e mais fileiras de senadores, com as togas brancas brilhantes e expressões fortes, o que os destacava da grande maioria.

"Ainda assim, eles estão tão ansiosos quanto os outros para ouvir o homem da vez falar", pensou Spartacus. "Não é de espantar. Até aqui, eles se comportaram como um monte de galinhas quando uma raposa entra no galinheiro. Precisam de um líder adequado, alguém que possa desempenhar o papel de general e também de político. Crassus é o homem que eles estão procurando?"

— Eu disse que traria você aqui. Está contente? — sussurrou Tulla com um sorriso travesso.

— Sim, muito bem. — Carbo olhou para as grandes portas de bronze da Curia. "Elas são enormes." Em seguida, olhou para a esquerda, para um pilar de pedra decorado com âncoras e proas de bronze de navios, que terminava em uma plataforma simples de madeira e ficava acima da multidão numa altura equivalente a de dois homens. Era ocupada por alguns soldados com malha carregando estandartes e um oficial velho com malha, coberto de *phalera*. Havia doze legionários diante da plataforma, empunhando os escudos em frente ao corpo. Carbo franziu o cenho. Era bem incomum que os soldados se armassem por completo dentro dos limites de Roma. Em geral, apenas litores podiam portar armas dentro das muralhas da cidade. "Crassus deve estar exibindo sua força", concluiu. Não pensou em dizer isso a Spartacus, que podia não conhecer a regra. Ao lado das tropas, os trompetistas esperavam com os instrumentos prontos.

— Crassus ainda não chegou.

— Não — respondeu Spartacus em voz baixa. — Mas veja quem está aqui.

— Quem?

— Caepio. Você se lembra dele?

O nome não era estranho para Carbo, e ele olhou de novo para o trio de soldados no pódio.

— Pelos deuses, você tem razão! — Era o centurião que sobrevivera ao *munus* sangrento promovido por Spartacus, responsável pela morte de vários companheiros dele. — O que ele está fazendo aqui?

— Imagino que Crassus o use a fim de conseguir apoio para suas novas legiões. Maldito esperto. — "Talvez eu devesse tê-lo matado também. Enviado minha mensagem ao Senado de modo diferente."

Spartacus riu. "Não, ele é um soldado corajoso que merecia sobreviver." — Vai dar certo. Os homens adoram ouvir a história de alguém que sobreviveu apesar das impossibilidades.

"Crassus não é apenas um maldito que pega dinheiro dos outros. É astuto também", pensou Carbo com inquietação. Olhou para a estátua no monte. "Júpiter, dê-me a chance de matá-lo hoje. Por favor."

A multidão voltou a gritar.

— RO-MA! RO-MA! RO-MA!

O grito foi repetido pelas massas. O barulho era ensurdecedor e impressionante. Carbou concluiu que faltava apenas a batida metálica das espadas nos escudos para que parecesse um exército prestes a guerrear. A sensação era estranha. Ele se sentia em casa, mas, ainda assim, era um forasteiro. Ao pensar nisso, percebeu que, se alguém por perto descobrisse quem ele ou Spartacus eram, ajudaria a acabar com os dois. Percebeu também que se não gritasse, alguém podia notar. Olhou para o trácio e o viu gritar: "RO-MA! RO-MA!"

O respeito de Carbo por seu líder aumentou, e ele também gritou.

Tulla não parava de pular, gritando a plenos pulmões.

Um homem bonito, de ombros largos e de meia-idade subiu os degraus da plataforma e ficou à vista da multidão. O barulho desta aumentou ainda mais, e os três soldados pediram atenção. O recém-chegado agradeceu a eles com um cumprimento, e virou-se para o Fórum. Ergueu a mão e acenou, como para cumprimentar a multidão, que ficou em polvorosa.

Carbo olhou para Crassus com o rosto contorcido pela raiva. Ele não o via desde o dia em que o político visitara o ludo em Cápua. Naquela época, Carbo era um guerreiro iniciante. Agora, era um veterano de muitas batalhas. "Deixe-me chegar perto de você, seu arrombado fedorento. Com seu último suspiro, você vai me ouvir sussurrar o nome de meu pai."

O grito cresceu.

— RO-MA! VIC-TOR! RO-MA! VIC-TOR!

Crassus repetiu o grito, o que aumentou a animação da multidão.

"Ele sabe como lidar com eles", admitiu Spartacus. "Sem dúvida, o merda é um bom orador também." Ele observou a dezena de soldados à vista e rezou para que Crassus partisse com apenas alguns deles. "Grande Cavaleiro, dê-me a chance de matá-lo. Peço que guie minha lâmina."

Crassus ergueu os braços. No mesmo instante, os trompetistas tocaram e fez-se silêncio.

— Cidadãos de Roma, eu os cumprimento! — gritou Crassus. A resposta foi uma confusão de assovios e gritos. — Vocês vieram aqui hoje por um motivo.

— Não é para pedir dinheiro, com certeza! — ouviu-se a voz no meio da multidão.

O comentário foi recebido com risos.

Crassus sorriu.

— Porém, minhas riquezas não são mais o que eram, meu bom povo. Estou usando meu dinheiro para formar seis novas legiões. A cada semana que passa, centenas de milhares de denários são gastos com homens, provisões e equipamentos. Não me arrependo de nada, porque é pelo bem da República!

— CRAS-SUS! — gritou um homem perto de Carbo. Quem estava perto dele logo passou a repetir o grito, e a multidão fez o mesmo.

— São os homens de Crassus — sussurrou Spartacus no ouvido de Carbo. — Plantados na multidão.

"Rato de esgoto." Carbo deixou os dedos acariciarem o cabo de osso de sua adaga. Na multidão, ninguém viu.

Mais uma vez, Crassus ergueu os braços. Os gritos diminuíram.

— Para ser sincero, eu me sinto honrado em oferecer toda a ajuda que posso à Roma. Daria as roupas do corpo, se fosse preciso. Devemos fazer o que podemos! Não é verdade?

— SIM!

— Devemos agir agora, porque a Itália sofre uma ameaça dentro de seu território, como não acontecia há mais de cem anos! Não é o malvado Pyrrhus dessa vez, nem Aníbal. — Crassus deixou a multidão gritar por alguns segundos. — Não, parece bem pior. Muito mais malvado. Estamos sendo ameaçados pela forma de vida mais inferior que existe: um *escravo*. Uma criatura que atende pelo nome de *Spartacus*.

O grito da multidão que veio em seguida não teve forma. Não houve palavras. Era pura ira, puro ódio, pura revolta.

"Seu filho da puta. Cortaria seu fígado fora e o daria aos urubus." Spartacus sempre quis fazer isso e os insultos aumentaram ainda mais sua fúria. Contudo, só o que pôde fazer foi ficar ali, ouvindo. Jogou os ombros para trás, como se não fosse um escravo. "Estou bem aqui", pensou ele com orgulho, "e você nem sabe".

Carbo ignorou o fervor da multidão. "Imbecis. Spartacus é um grande homem. Com certeza, ele trata seus seguidores melhor do que Crassus trata seus devedores."

— Desde que escapou do ludo em Cápua, Spartacus tem reunido um exército. É uma força formada pela escória da humanidade. Nela, há escravos com ódio de seus senhores e pastores que odiavam seus rebanhos. Todos os desgraçados que querem estuprar e roubar entraram para o grupo de Spartacus. Esse *gladiador*. Esse *trácio*. Juntos, eles atacaram inúmeras terras e propriedades da Itália. Incendiaram vilarejos e até saquearam cidades. Tudo é feito sem qualquer cuidado com a vida humana. Milhares de cidadãos foram massacrados! Inúmeras mulheres foram violentadas!

Mais uma vez, Crassus calou-se, deixando a multidão expressar sua indignação. Quando os gritos diminuíram, ele fez cara de triste.

— Infelizmente, não é só isso. Até agora, os homens que foram enviados para lidar com Spartacus fracassaram. Não eram jovens inexperientes. Eram pretores e núncios, homens que tinham se mostrado capazes de cumprir a tarefa. Caius Claudius Glaber. Publius Varinius. Lucius Cossinius. Lucius Furius. Ainda assim, todos sofreram nas mãos dos escravos. Depois desses contratempos, passamos a confiar em nossos cônsules. Sempre foi assim em Roma. Quando a República pede, o cônsul responde. Eles levam nossas legiões à vitória. — Crassus percebeu o grande suspiro que tomou a multidão, e continuou: — Mas não era para ser. Apesar de Lucius Gellius a princípio ter tido sucesso contra uma pequena força de escravos, seu colega Gnaeus Cornelius Lentulus Clodianus sofreu uma derrota humilhante em seguida. Seus soldados fugiram do combate, deixando os estandartes e até as águias para trás. Os corpos dos mortos daquela batalha mal tinham esfriado quando as tropas de Gellius também foram derrotadas, assim como as de Lentulus. Outros milhares de legionários foram assassinados; mais estandartes e águias foram perdidos. Para aumentar a indignação, quatrocentos de nossos soldados foram forçados a lutar até a morte como parte de um *munus* para honrar os companheiros de Spartacus mortos. Sem dúvida, vocês ouviram essa história. Ao meu lado, está o único homem que sobreviveu. Este centurião valente, Caepio. — Ele fez um gesto ao oficial, que abaixou a cabeça quando a multidão comemorou. — Quando eu soube das péssimas notícias, pensei comigo mesmo que a vergonha de Roma não teria como ser maior.

"Ah, poderia, sim", pensou Spartacus, com satisfação enquanto a multidão expressava sua fúria. Carbo observou os rostos irados ao seu redor. Ficou surpreso com tanto ódio. Ele percebeu a ironia: por um capricho do destino, ele poderia estar se sentindo da mesma maneira. Em vez disso, ele era um dos homens de Spartacus — independentemente do que acontecesse.

— Eu me enganei. Há algumas semanas, Gellius e Lentulus enfrentaram os escravos em Piceno. Lá, nem mesmo as forças combinadas dos dois bastaram para vencer Spartacus. Dezenas de outros estandartes, entre eles outras duas águias, foram conquistados pelo inimigo. Muitas esposas se tornaram viúvas. Muitas de nossas crianças ficaram sem pai. — Crassus abaixou a cabeça por um momento antes de observar a multidão. — Esse nível de desgraça, esse nível de humilhação não pode continuar. Pode?

— NÃÃÃÃOOO!

— Que bom que concordamos. — Ele lançou um olhar rápido e triunfante aos senadores, sabendo que Gellius e Lentulus estavam entre eles. — Eu não poderia deixar a República à mercê nesse momento de necessidade, então me dispus a me responsabilizar pela guerra. Na sabedoria deles, meus colegas políticos julgaram adequado me dar o poder do império proconsular.

— Você é a pessoa certa para o trabalho, Crassus! — gritou um homem de rosto vermelho perto de Carbo.

Gritos prolongados indicavam a felicidade da multidão com tal anúncio.

Crassus assentiu rapidamente.

— Vocês também querem que eu acabe com esse grupo de escravos? — Ele esperou alguns instantes. — Querem?

— SIM!

— Sou apenas um instrumento de sua vontade — disse Crassus com um sorriso modesto. — Quando minhas novas forças estiverem prontas, terei dez legiões para destruir Spartacus. Dizem que ele e sua escória passaram por Roma a caminho do sul. Os ratos costumam voltar para o mesmo buraco, por isso é possível que os escravos sigam para a área perto de Thurii, onde já passaram o inverno antes. Para onde forem, irei atrás deles. Quando se aproximarem, aniquilarei todos eles. Juro isso a Júpiter, o Maior e Melhor, que é minha testemunha. — Ele olhou para a enorme estátua como se confirmasse a promessa.

— MATE TODOS ELES! — gritou o homem de rosto vermelho.

— MATE! MATE! MATE! — entoou a multidão.

Spartacus respirou fundo e soltou o ar devagar. "Será uma luta até a morte, então."

Tulla vociferou com o resto, porém, dessa vez, Carbo não conseguiu acompanhar. Olhou ao redor e foi confortado pelo olhar firme de Spartacus. "Ele terá um plano. Sempre tem."

Com um gesto, Crassus fez os trompetes serem tocados de novo. Demorou um pouco, mas por fim uma calmaria tomou conta do Fórum.

— Cidadãos de Roma, gostaria que vocês ouvissem um homem mais experiente do que eu ou vocês. Um soldado que serviu a República por mais de trinta anos, que lutou em mais campanhas do que pode se lembrar. Seu corpo é coberto por cicatrizes de batalha, todas na parte da frente. As *phaleras* que cobrem seu peito são prova de sua coragem. Dou a vocês a coragem e a virtude romanas: Quintus Servilius Caepio!

Com um gesto expansivo, Crassus chamou o centurião para se colocar mais à frente.

Mais gritos irromperam, e os rostos daqueles que observavam estavam tomados por respeito.

Caepio não olhou para a frente ao avançar. "Não é do tipo que conquista a multidão", deu-se conta Spartacus, lembrando da breve conversa entre eles no *munus*. Era um soldado, dizia o que pensava. Ele era exatamente do que Crassus precisava no momento. Este havia planejado tudo com cuidado, do começo ao fim.

— Agradeço Marcus Licinius Crassus — disse Caepio. — Povo de Roma, eu os saúdo!

Eles gritaram animados.

— Estou aqui hoje não muito longe de meus sessenta anos. Ainda porto minha armadura, sobretudo porque é mais fácil dormir com ela do que retirá-la. — Ele sorriu enquanto todos gritavam e assoviavam por causa da piada. — Para dizer a verdade, preferiria lutar numa guerra fora da Itália. Mas isso agora não é possível. Nosso povo precisa de ajuda! Nenhum homem decente deveria conseguir dormir à noite sabendo que tantos de nossos cidadãos estão sendo mortos ou forçados a abandonar suas propriedades incendiadas. Isso não pode continuar! Não podemos permitir que continue!

— RO-MA! RO-MA! — berrou a multidão.

— Os exércitos não aparecem num passe de mágica. Crassus precisa de voluntários, de vários. Para cada legião formada, quase cinco mil soldados fortes são necessários. Os cidadãos estão se reunindo pela República por toda a Itália, mas precisamos de milhares de outros. Há algum homem entre 17 e 35 anos aqui hoje?

Muitas vozes responderam.

— Ótimo — disse Caepio. — Imagino que não haja poucos veteranos de Sulla aqui também. Homens que prestaram serviço leal e que foram recompensados com dinheiro e um lote de terra ao serem dispensados. Estou certo?

— Está!

— Saudamos você, Quintus Servilius Caepio!

Gritos ressoaram por todo o Fórum.

— Que bom que vocês vieram aqui hoje, porque podem ajudar a República nesse momento de necessidade. Seus corpos podem estar velhos, mas os corações ainda são de soldados, não são? — Caepio sorriu diante dos gritos que seguiram seu comentário. — Imagino que muitos de vocês desejam sentir o peso de um gládio de novo. Que abririam mão de cuidar de suas terras por uma temporada ou duas para se dedicarem à proteção de um muro de defesa com seus camaradas mais uma vez. Que derramariam o próprio sangue para ver Spartacus e seu exército de ratos indo para Hades! Estou certo?

A multidão à esquerda de Carbo se movimentou e então se separou para que um grupo de veteranos pudesse seguir em direção ao pequeno espaço diante da plataforma.

— Estamos com você, Caepio — gritou o líder. — Todos nós!

Surgiu um coro de gritos — dois homens aqui, um ali, três mais adiante —, prometendo apoio.

— Muito bem, rapazes. Sulla teria orgulho de vocês — disse Caepio. Ele observou a multidão. — Como sabem, este não é o lugar para se unir ao exército. Quero que todos os voluntários se dirijam ao Campo de Marte. Vocês sabem onde fica! Os oficiais de recrutamento já estão lá, esperando que vocês se apresentem. Como um gesto de gratidão pela sua coragem, Crassus autorizou um adiantamento de dez denários a todo homem que se inscrever hoje.

Em resposta ao anúncio, houve muitos gritos e uma movimentação imediata em direção às ruas que levavam ao norte da cidade.

Aparentemente satisfeito, Caepio deu um passo para trás.

— Muito bem, centurião — disse Crassus. — Nosso trabalho, pelo menos em Roma, está feito.

"Mas o meu, não." Spartacus observou Crassus com atenção. "O que ele vai fazer? Falar com alguns dos senadores? Esperar até o Fórum esvaziar?" Se seu alvo não se movimentasse logo, Spartacus e Carbo teriam que se afastar. A multidão ao redor deles já estava diminuindo. Em pouco tempo, os dois se destacariam.

— Aonde você quer ir agora? Ao Campo de Marte? É para onde eu iria se tivesse idade suficiente — disse Tulla, mexendo os braços como se marchasse —, e se fosse menino — completou.

— Lá, não — respondeu Carbo, que também observava Crassus. Sua mentira estava pronta. — Eu poderia me alistar, mas sou filho único. Preciso ajudar a tocar a fazenda.

— Isso não é desculpa — retrucou Tulla num tom de acusação.

Irritado, Carbo deu um tapinha na orelha dela.

— Cuidado com a boca! Minha vez no exército virá. Mas não agora.

Magoada, Tulla se afastou.

Carbo logo se abaixou como se fosse apertar as tiras de sua sandália.

— O que acha? — sussurrou. — Vamos nos mover?

Spartacus analisou a situação. Crassus conversava com Caepio. Não iria a nenhum lugar em breve.

— Vamos em direção à Basílica Emília. Ficamos na porta e vemos o que ele vai fazer.

— Estou com sede — disse Carbo, endireitando-se. Ele olhou para Tulla. — Tem algum lugar que venda vinho entre os postos dos advogados e escribas na basílica?

— Alguns — foi a resposta sentida. O rosto da garota mudou quando Carbo lançou três asses para cima.

— Vá comprar um copo de algo decente. Falerniano ou campaniano. Estaremos esperando perto da porta mais próxima à Curia.

— Sim, senhor! — Tulla se virou com as moedas muito bem-guardadas na mão suja.

— É melhor que você volte — ameaçou Carbo. — Quero o troco!

— Não se preocupe. Quero meus denários!

Com isso, Tulla sumiu entre a multidão.

CAPÍTULO IX

Carbo caminhou em direção à porta mais próxima da basílica, acompanhado por Spartacus. Apoiando a mão na parede, o romano olhou ao redor como faria um homem que não pretende nada. Crassus ainda conversava com Caepio, apesar de ter descido alguns degraus.

— Quero alguns copos de vinho, não só um — disse Carbo em voz alta. — A diversão acabou. Depois disso, voltaremos a Campos Elísios.

— Sim, senhor — respondeu Spartacus.

— Quer ver o futuro, meu bom senhor?

Carbo se virou. Um homem de idade indeterminada e vestido com um roupão sujo estava diante dele. A touca de couro desgastada na cabeça e seu modo servil disseram o que ele já sabia.

— Você é um adivinho.

— Isso mesmo, senhor. Coloque um denário na palma de minha mão e eu verei o que os deuses guardam para o senhor.

"Dez legiões estão vindo atrás de mim."

— Caia fora — ordenou Carbo de modo sucinto.

O adivinho começou a protestar, mas Spartacus deu um passo à frente.

— Você é surdo? Despeje suas mentiras em outro lugar ou vou enchê-lo de hematomas que você provavelmente não previu que teria.

Murmurando palavrões, o homem se afastou.

Carbo não acreditava em videntes, porém achou intrigante o homem aparecer depois do que ele acabara de ouvir, que o adivinho o tivesse escolhido dentre tantos outros. Ele fez um sinal contra o azar.

Spartacus tinha outras coisas em mente.

— Ele está vindo. Com apenas seis homens o protegendo — sussurrou, animado. — Caepio é um deles.

Carbo olhou. Com dois legionários na frente e quatro atrás, Crassus vinha na direção da multidão. Para sua surpresa, um dos soldados da frente era, de fato, o centurião veterano.

— Eles estão seguindo para a mesma rua de onde viemos. O que devemos fazer?

Spartacus sabia que seria muito difícil, mas estava decidido.

— Vamos segui-los.

“Não sei se vamos sobreviver, mas vale o risco”, pensou ele.

Carbo sentia o coração pular no peito. Ele esperava por aquilo, mas dois contra seis? Os legionários vestiam armadura completa enquanto os dois só levavam adagas. “Não posso recuar.” Ele assentiu para Spartacus, tenso.

— Como quer fazer?

— Vamos passar à frente dele. Entrar no caminho por onde Tulla nos trouxe. Atacar quando eles passarem. Cada um pega um soldado, os mais próximos de nós, e os derrubamos depressa. Então, você pega o primeiro legionário que conseguir. Vou matar Crassus. Você vai ter que segurar o resto que vier atrás de nós. Acha que pode fazer isso?

— Sim — respondeu Carbo com toda a confiança que conseguiu reunir. “Sou um homem morto. E o que mais importa se conseguimos?”

— Assim que eu matar Crassus, voltamos pelo caminho de onde viemos e nos embrenhamos nas ruas de trás. — Encarou Carbo. — Está claro?

Este passou a língua pelos lábios secos.

— Sim.

Spartacus percebeu a leve demora na resposta. Riu.

— Você quer matá-lo, não quer?

— Quero.

— Acha que pode matar um homem desarmado? Só teria que golpeá-lo, como faz com um porco. Sem pensar, sem hesitar.

Uma dúvida repentina tomou conta de Carbo. Seria capaz de assassinar Crassus a sangue-frio? Sempre pensou que sim, porém, agora que tinha a chance, não tinha mais tanta certeza. Ele desviou os olhos do trácio.

— Eu o mato — disse Spartacus.

Carbo pensou em seus pais tendo que sair da casa que fora de sua família por gerações. Sentiu a ira de sempre em seu estômago.

— Eu consigo — protestou.

— Não — respondeu Spartacus com a voz séria. — Essa é a única oportunidade que teremos. Não pode haver hesitação.

Furioso consigo mesmo, Carbo obedeceu.

— Vamos, caso contrário, eles passarão à nossa frente. Vamos torcer para que Tulla só volte depois que desaparecermos. A última coisa de que precisamos é que ela venha atrás de nós.

— Certo. Já cansei de esperar a pestinha — disse Carbo em voz alta, assumindo seu papel de senhor mais uma vez. — Vamos voltar para a estalagem. — Ele partiu, a menos de vinte passos à frente de Crassus e seus guarda-costas. Foi difícil não olhar para trás enquanto caminhava. O som das malhas dos legionários era audível. "Terei que me aproximar para acertar o soldado na garganta." Sua ansiedade aumentou, e os dedos procuraram o cabo da adaga. "Júpiter, permita que minha mira seja certeira."

Depois de terem assassinado dois dos legionários e, enquanto Spartacus estivesse matando Crassus, os companheiros deste se voltariam contra ele. Carbo não tinha tempo para pensar no que poderia acontecer depois disso. "Crassus vai morrer", disse a si mesmo. Chegou à viela e entrou depressa nela.

Spartacus o seguiu. Já estava com a adaga em punho.

— Pronto?

Pegando a própria adaga, Carbo assentiu.

Spartacus espiou pela esquina da construção com muito cuidado. Então, deu um passo para trás e encarou Carbo.

— Eles estão a 15 passos. Você pega o legionário da frente por esse lado. Eu pego o seguinte. Aja assim que o alvo estiver ao nosso lado. Não espere que ele ou Crassus passem, caso contrário podem perceber o que está acontecendo.

— Sim.

Spartacus ficou com a parte mais difícil do plano, mas Carbo não discutiu. Moveu-se na frente do trácio o máximo que conseguiu sem ser visto e se encostou na parede fria.

— Eles estão a dez passos agora — sussurrou Spartacus. — Nove. Oito. Sete. Seis.

Carbo ergueu a adaga com a ponta para baixo, como tinha sido treinado para fazer. Assim, a segurava com mais força e era impossível que a arma lhe fosse tirada. Estreitou os olhos, observando o espaço diante de si: o mesmo que levava à rua. Sentia o sangue pulsando nos ouvidos, ouvia o pisar de *caligas* e o roçar da cota de malha. Ao fundo, sons da basílica e a voz de Spartacus.

— Cinco. Quatro. Três.

Carbo ficou tenso.

— Dois. Um. Agora.

A primeira coisa que Carbo viu foi a ponta de um escudo. Depois, um soldado vestido de cota de malha, com a cabeça coberta por um elmo com crina cor de bronze. Carbo avançou. Com a mão esquerda sobre a borda superior do escudo, ele o empurrou para baixo. O legionário distraído foi puxado para baixo e para o lado, expondo o pescoço. Erguendo a adaga, Carbo a enfiou no espaço ao lado do osso da clavícula. Percebeu que Spartacus partia para a frente à sua esquerda, viu os rostos confusos dos outros soldados virando em sua direção e a expressão de choque de Crassus. Um grito de agonia de sua vítima o trouxe de volta à realidade. Puxou a adaga, espirrando sangue pelo ar. Carbo esfaqueou o homem de novo para garantir e deixou que ele caísse.

— Devem ser eles! — gritou o segundo homem da frente, Caepio. — Protejam Crassus!

Naquela hora, Carbo não se atentou àquelas palavras, pois se concentrava em Caepio, que avançava para ele com uma faca em punho.

Felizmente, Caepio tropeçou. Seu escudo, que deveria ter batido no peito de Carbo, acertou a lateral do corpo de Crassus, que caiu para o lado.

— Mate-o, seu tolo! — gritou o político, afastando-se em direção ao muro da Curia.

Segurando o gládio, Caepio avançou.

Pelo canto do olho, Carbo viu dois corpos no chão e Spartacus partindo na direção de Crassus. "Os dois últimos legionários...", berrou sua mente. "Onde estão eles, por Hades?" Não podia olhar ao redor, pois Caepio avançava depressa. Um: o escudo do centurião foi lançado em direção ao rosto de Carbo. Dois: em seguida, um ataque forte de sua espada. Ele desviou do primeiro e se afastou do segundo.

— Reconheço você! Você é o traidor com quem falei depois do *munus*. — Rosnando satisfeito, Caepio deu um passo à frente. — Está pronto para engasgar com o próprio sangue, seu verme?

Carbo não respondeu. Sem escudo, sua única defesa era se afastar. Isso fez com que se distanciasse ainda mais de Spartacus e do quinto e do sexto soldados, que não partiram para cima dele. Em vez disso, colocaram-se entre Crassus e o trácio, estes protegendo o romano com os escudos. Carbo praguejou. Com apenas uma adaga, Spartacus não conseguiria. Mas não havia nada que Carbo pudesse fazer para ajudar. Sempre que ele tentava ir em direção do Fórum, Caepio bloqueava o caminho. Ele olhou para trás. A uma distância segura, uma multidão de cidadãos chocados os observava. Ele disse outro palavrão. O mesmo acontecia mais à frente de onde Spartacus estava. O alarme fora dado. A qualquer momento, mais soldados viriam.

Spartacus também sabia disso. Ele tentou mais uma vez alcançar Crassus, atacando a lateral dos legionários que o protegiam. Conseguiu acertar o homem mais à esquerda na parte exposta do braço com o qual ele segurava o escudo. Ao fazer isso, Crassus praguejou e se encolheu contra a parede. "Se eu tivesse mais tempo", pensou Spartacus, "seria diferente". Ninguém aguentava o peso de um escudo por muito tempo depois de um ferimento daquele. Contudo, o outro soldado o atacou com vários golpes de escudo e espada, e o trácio teve que se afastar. Ao olhar depressa na direção do Fórum, percebeu que sua tentativa fora frustrada. Um grupo grande de legionários, acompanhado por homens com roupas de civis — alguns dos veteranos, sem dúvida —, subia a rua correndo.

Ele olhou fixamente para Crassus.

— Não será dessa vez, mas na próxima você não terá tanta sorte.

Crassus o encarou com os olhos arregalados.

— Eu deveria ter ordenado sua morte aquele dia.

— Sim, deveria, seu desgraçado. Um erro idiota, não é? — ironizou Spartacus, olhando para trás enquanto corria.

— Atrás dele! — gritou Crassus, empurrando os soldados pelas costas e gesticulando sem parar aos homens que se aproximavam. — É Spartacus! Um pedaço de ouro ao homem que me trouxer o cadáver dele!

Caepio estava muito ocupado com Carbo; não viu Spartacus se aproximando.

"Eu poderia matá-lo com facilidade." No entanto, o trácio ainda se lembrava da dignidade com que o centurião havia se portado. Então, ele bateu com força no ombro de Caepio por trás, e este caiu longe. Spartacus saltou sobre ele.

— A fortuna está sorrindo para você hoje.

— Maldito seja, seu assassino traidor! — xingou Caepio. — Não me esquecerei disso!

— Nem eu. — "Que oportunidade desperdiçada", pensou Spartacus, contrariado. "Crassus deveria estar dando o último suspiro." Ele encarou Carbo. — Vamos!

Percorreram o caminho correndo. Nenhum dos dois percebeu a menina atrás deles, desviando dos soldados que os perseguiam. Ela levava um copo de vinho na mão.

Spartacus guiou Carbo pelo caminho. Correu pela viela mal-iluminada, passou por um velho que carregava uma galinha pelo pescoço, em direção a um cruzamento. Virou à esquerda sem olhar e prosseguiu, seguido por Carbo. Cinquenta passos depois, toparam com a bifurcação do caminho. Escolheu ir pela direita. Logo depois, praguejou ao pisar em um monte fedorento de dejeto pastoso.

— Um monte de merda. — Seus dentes brilharam na escuridão na direção de Carbo. — Eles não vão nos seguir por aqui. Se seguirem, pelo menos ficarão cobertos de merda, como nós.

Carbo olhou para trás, de onde tinham vindo. Não ouviu nenhum barulho de perseguição.

— Acho que os despistamos.

— Talvez. Eles procurarão por todas as ruas. Precisamos de um esconderijo.

— Não deveríamos sair da cidade?

— É tarde demais para isso. A primeira coisa que Crassus fará é mandar os soldados para todos os portões. Todo mundo que tentar sair será questionado, pelo menos até o fim do dia. Teremos mais chance se pudermos nos esconder até amanhã.

"E ainda assim será arriscado", refletiu Spartacus. O risco valera a pena? Sim, porque, se tivessem conseguido matá-lo, os romanos estariam totalmente desestruturados.

— Podemos nos esconder aqui.

Spartacus indicou a janela estreita acima de onde estavam.

— Alguém vai nos ver e ligar os pontos. Será perigoso voltar para Campos Elísios, mas é nossa melhor opção.

Carbo também não gostava da ideia, porém não conseguiu pensar em uma opção. Olhou ao redor, tentando descobrir onde estavam.

— Você sabe qual é a direção?

— Não.

— Vamos tentar por aqui — disse Spartacus, dando um passo à frente.

— Se fizermos isso, vamos ficar ainda mais perdidos.

Carbo se virou e viu uma pessoa pequena correndo no escuro. Não conteve o sorriso. Era Tulla, ainda levando o copo de vinho.

— Você! — exclamou Spartacus. — Por que nos seguiu?

— Você não me pagou. — Tulla se calou quando Spartacus deu um passo em sua direção.

— Viu o que aconteceu? — perguntou o trácio.

— Si-sim — respondeu a garota, afastando-se. — É verdade que você é Spartacus?

O trácio deu um passo à frente e agarrou Tulla pela gola da túnica. Carbo se assustou.

— É.

— Vo-você estava fingindo ser escravo? Por quê?

— Para descobrir o que está acontecendo aqui. Para descobrir o que Crassus planeja fazer.

— E, quando viu uma chance de matá-lo, você aproveitou.

— Isso mesmo.

— Você vai me matar agora? — Apesar de sua coragem, a voz de Tulla soou hesitante.

— Não costumo matar crianças, mas também não quero que os soldados nos encontrem. Não tem outra maneira. — Spartacus encostou a adaga na lateral do pescoço fino da garota.

Carbo viu o pano que cobria as pernas da menina escurecer — ela tinha urinado de medo.

— Spartacus, por favor!

O trácio não respondeu e manteve a adaga onde estava. Tulla olhou para Carbo e então para Spartacus de novo, mas não conseguia mais falar.

— Você se tornará pai em breve — argumentou Carbo.

— O que isso tem a ver? — quis saber Spartacus.

— Se você tiver uma filha, imagine quando ela tiver a idade de Tulla.

— Terei um filho, não uma filha — vociferou ele. — E ele não será um rato de esgoto.

A ponta da adaga se afundou na pele de Tulla, fazendo-a gritar de medo, e uma gota grande de sangue pingou no chão.

— Espere! Podemos negociar com ela.

Spartacus encarou Carbo em silêncio, porém ainda mantinha a adaga parada.

— Ofereça a ela um áureo para nos guiar até Campos Elísios — sugeriu Carbo. — Ela ficará lá conosco e, pela manhã, lhe daremos outra moeda de ouro para que nos leve a um dos portões menos movimentados.

Spartacus riu.

— Isso é o suficiente para se sustentar por um ano! Por que eu faria isso se posso simplesmente cortar a garganta dela e ficar com o dinheiro?

— Porque significaria mais uma vida salva. Ela é uma criança inocente.

— Inocente? Assim também eram as crianças nos vilarejos trácios que as porras dos romanos assassinaram alguns anos atrás!

Os músculos do braço de Spartacus se contraíram.

— Faça isso por mim, então — pediu Carbo, achando que podia estar indo longe demais. — Por favor.

Spartacus contraiu os lábios.

— Você ousa me questionar?

— Ela não vai nos enganar — retrucou Carbo. — Tenho certeza.

Spartacus usou a ponta da adaga para forçar o queixo de Tulla para cima.

— Está ouvindo isso? Carbo confia em você. Com a própria vida. — Ele lançou um olhar rápido a Carbo, que sentiu a boca secar. — Você é digna dessa confiança?

— Si-si-sim, senhor.

Ele a soltou, e Carbo respirou aliviado. "Graças aos deuses."

O trácio procurou a bolsa que levava discretamente pendurada no pescoço.

— Pegue.

Tulla pegou a moeda e a virou várias vezes.

— Isso é só um denário!

— Isso mesmo. E isto — disse Spartacus, virando uma moeda de ouro entre os dedos — é um dos áureos que você vai receber. Se eu entregar essa moeda a você agora, pode nos enganar. E terei que matar Carbo aqui.

Tulla arregalou os olhos.

— É mais do que você vai ter em toda a sua maldita vida — disse Carbo com raiva, certo de que o dinheiro motivava a garota mais do que a vida dele.

Tulla esticou o braço para tentar pegar o áureo, mas Spartacus afastou a mão.

— Você receberá todo o pagamento se fizer o que eu mandar. Porém, se não fizer, sairei à sua procura e a matarei. Não de um modo bom, como pretendia fazer agora, e sim bem devagar.

O rosto de Tulla ficou pálido.

— Tudo bem. Você sabe que os deuses farão você cumprir sua promessa?

Carbo se sentiu aliviado ao ouvir as palavras dela. Se ela acreditava em promessas, não o trairia. Se traísse, ele tinha quase certeza de que o trácio o mataria. Apesar da confiança de Spartacus nele, Carbo já havia cometido dois erros.

— Sei — disse Spartacus solenemente.

Aquilo pareceu satisfazer a menina.

— Dois áureos no total, então.

— Isso. E pagaremos o restante quando você nos levar ao portão pela manhã.

— Juntamente com a quantia que combinamos pelo serviço de guia de vocês dois. — salientou Tulla com teimosia.

— Dá para acreditar nessa menina? — Spartacus riu. — Ela negociaria até com a morte!

Apesar do perigo no qual se colocara, Carbo sorriu.

Spartacus cuspiu na mão e a estendeu.

— Fechado.

— Fechado — concordou Tulla, aceitando o aperto de mão com seriedade.

Algum tempo depois, eles estavam em uma viela de onde podiam ver Campos Elísios. Tulla se movimentou para entrar na rua, mas Spartacus a puxou de volta.

— Espere, não sejamos precipitados.

Parados à sombra, eles observaram a estalagem. Várias mesas do lado de fora estavam ocupadas. Um homem calvo cochilava com a cabeça encostada na parede da frente; uma prostituta aparentemente entediada brincava com suas pulseiras; dois homens mais velhos conversavam amigavelmente a respeito de qual equipe de cavalos era a melhor da temporada. A inquietação de Carbo diminuiu um pouco. Não parecia haver motivos para alarde. Ele olhou para Spartacus.

— Ainda não.

Tulla revirou os olhos, mas também permaneceu onde estava.

Um garoto empurrando um carrinho passou, anunciando o suco de fruta fresco que vendia. Uma senhora passou na outra direção, dando ordens ao trio de escravos domésticos que seguia atrás dela, levando suas compras. Os cheiros deliciosos que vinham de uma padaria perto dali se misturavam com o de carvão queimado e de estrume dos chiqueiros atrás de um açougue. O gado fazia barulho. *Ting. Ting. Ting.* O som do metal com metal os alcançava. Um aleijado com muletas improvisadas passou com dificuldade.

Carbo começou a relaxar.

Ao lado dele, Tulla se remexia, impaciente.

— Você já acha que é seguro?

Spartacus fez que não com a cabeça.

— Mas está tudo nor...

Tramp. Tramp. Tramp.

Tulla arregalou os olhos. O suor escorreu pelas costas de Carbo e Spartacus espiou depressa.

— Soldados. Oito, nove, dez.

Em seguida, um grupo de legionários parou diante da estalagem. Um homem robusto saiu e se sentou com os dois senhores. Concentrado nos soldados, Spartacus não percebeu o homem assentir discretamente. Carbo viu, mas pensou não se tratar de nada além de um cumprimento. Seis entraram; um deles esperou do lado de fora.

"Spartacus tinha razão em ser cauteloso", pensou Carbo, porém a situação deles era só um pouco menos desesperadora do que antes.

— Por Hades, o que faremos agora?

— Boa pergunta. — Spartacus começou a pensar. "Grande Cavaleiro, ajude-nos."

— O que acha de irmos a um prostíbulo? — sugeriu Tulla. — Vocês poderiam ficar em um deles, passar a noite.

— Não — respondeu o trácio. — Lugares assim vivem de fofoca. Além disso, podem ser vasculhados. Pode acreditar, Crassus vai virar essa cidade de cabeça para baixo a fim de nos encontrar.

— Podemos tentar ir para a casa de meu tio e descobrir onde meus pais moram — sugeriu Carbo lentamente. — Se nós nos limparmos, pode dar certo.

Sua mente estava a toda. O que ele diria a Varus? Ao pai e a mãe?

— Que boa ideia. Se o pior acontecer, podemos mantê-los sob nosso poder até de manhã. — Spartacus encarou Carbo.

— Muito bem. — Carbo quase se arrependeu de sua oferta.

Não queria que seus pais tivessem como lembrança da última visita dele — pois com certeza seria a última — uma situação tão ruim. No entanto eles tinham que escapar.

Spartacus assentiu, satisfeito.

— Onde seu tio mora? — perguntou Tulla.

— No monte Esquilino. Não sei bem onde.

— Pode encontrar a casa dele? — perguntou Spartacus.

Tulla deu um suspiro longo.

— Claro. Talvez tenha que perguntar a algumas pessoas.

— Bem, o que estamos esperando?

Tulla fez uma careta para Spartacus e atravessou a viela.

Marcion havia bebido mais do que os companheiros, e a dor de cabeça do dia seguinte pesou na recusa do convite dos amigos para nadar no rio perto do acampamento. Contudo, eles não tinham se afastado muito quando o descanso de Marcion foi interrompido de novo pelo som de gritos. Irritado, ao espiar lá fora, ele descobriu algo que o fez vestir-se depressa. Ignorando a ressaca, ele correu do acampamento até o rio.

— Vocês souberam? — perguntou ele, animado, ao descer o morro, passando por outros soldados.

Havia muitos homens na água, tomando banho, lavando roupa, enchendo contêineres ou fazendo como seus colegas, brincando na água perto da barranca. Alguns olharam para a frente, mas nenhum dos companheiros de Marcion o ouviu.

— Ariadne deu à luz o bebê! — gritou.

Assim, conseguiu alguma atenção.

Arphocras, um dos companheiros mais próximos de Marcion, empurrava a cabeça de um amigo para dentro da água. O sol reluziu nas gotas de seu cabelo curto.

— O que você disse?

— Conte! — gritou um soldado que Marcion nunca tinha visto antes.

— Ariadne deu à luz um menino saudável!

Um sorriso torto surgiu no rosto de Arphocras.

— Um filho? Graças aos deuses. Que notícia maravilhosa. Vamos torcer para que Spartacus volte logo, certo?

— Ele voltará — sentenciou o soldado que havia falado primeiro.

Marcion assentiu. Ao contrário de muitos outros, sobretudo Zeuxis, ele ainda tinha certeza de que seu líder voltaria. Não sabia explicar o por quê, mas a notícia do nascimento de Maron aumentara sua convicção.

Os outros ainda brincavam uns com os outros.

— Ei! — gritou. — Tenho ótimas notícias!

Ninguém lhe deu atenção. Marcion não se surpreendeu. Durante as semanas que eles passaram marchando sob o sol quente de verão, poucos riachos perto das montanhas encontrados por eles tinham sido seguros o bastante para que pudessem entrar. Aquele era seguro, por isso atraía os soldados. Apesar de Marcion ser perturbado por se lavar com frequência, seus companheiros não podiam negar o prazer enorme de poder se lavar em água corrente.

Ele olhou para Arphocras, cuja vítima conseguiu escapar da brincadeira. Sua cabeça estivera submersa, por isso ele não sabia o que Marcion tinha dito. Com um rosnado triunfante, ele envolveu o pescoço de Arphocras e o puxou para baixo. A água espirrou quando os dois começaram a lutar.

Dez passos à frente, Gaius carregava Zeuxis nos ombros e estava de frente para outros dois companheiros, um sobre os ombros do outro. Gritando impropérios, Zeuxis e o outro homem que estava em cima se engalfinhavam, tentando jogar um ao outro na água. Não demorou muito para Zeuxis perder o equilíbrio e cair. Ele começou a se afastar, mas aproveitou a oportunidade para segurar seu oponente pelo braço e, gritando, derrubá-lo também.

A brincadeira fez Marcion se esquecer da notícia por um momento. Animado para participar, ele começou a se despir. Acabara de puxar a túnica pelos ombros quando um forte golpe o lançou à frente, e ele perdeu o equilíbrio. Um pouco depois, Marcion caiu no rio. Ele se debateu sem parar, tentando encontrar o fundo. Quando se endireitou, arrancou a túnica e tossiu já que engolira muita água.

— Quem fez isso? — vociferou. — Quem fez isso?

Ouviu risos e olhou para a barranca do rio.

— Seu maldito!

— A oportunidade era boa demais para perder — disse Antonius, outro de seus companheiros de barraca. — Você estava de pé aqui, gritando sem parar como o maldito Julius.

Marcion sorriu. Jogar o oficial disciplinador no rio era uma ideia interessante.

— Por que estava gritando? — perguntou uma voz grave.

— Zeuxis. Finalmente! — Ele desviou do ataque do homem calvo com destreza e o empurrou, satisfeito por ver que o colega de barraca, sempre tão argumentativo, cair de cara no rio.

— Ariadne deu à luz — intrometeu-se Arphocras.

Isso fez a maioria dos homens sorrirem, menos Zeuxis, molhado e irritado.

— Não quero mal ao bebê, mas essa é a última coisa de que precisamos.

— Não é uma surpresa. Ela estava grávida há nove meses! — disse Arphocras, e muitos riram.

— Não é isso que quis dizer — resmungou Zeuxis. — Castus e Gannicus não ficarão muito felizes com isso, certo?

— Quem se importa com que aqueles filhos da puta pensam? — perguntou Marcion. — Nós não nos importamos, isso é certo.

Ele ficou contente quando vários homens perto dele concordaram. Contudo, foi difícil ignorar que alguns soldados olhavam para ele com cara feia. O pior é que eles não eram gauleses. "A desarmonia está se espalhando", pensou ele, descontente.

— Isso pode forçá-los a agir. Eles estão planejando algo desde que voltamos dos Alpes — disse Zeuxis. — Já cansei de ouvir o que eles prometem a nós em troca de lealdade. Liberdade a cada propriedade e fazenda que atacarmos. O direito de usar ferro e ouro como itens de permuta. Todos seremos ricos em breve, se Castus e Gannicus estiverem falando a verdade!

— Por que está dizendo isso? — perguntou Marcion, cansado das reclamações constantes de Zeuxis. — Sei que você acha que os gauleses contam mentiras.

— Não são mentiras, esse é o problema — respondeu Zeuxis com amargura. Ele passou a falar um pouco mais baixo. — É por isso que tantos homens ouvem o que eles dizem. Podem ter certeza: se Spartacus não voltar logo, haverá problemas. Problemas de verdade.

Os outros se entreolharam com preocupação.

— A situação não é tão ruim — disse Marcion, mas ele também havia ouvido os sussurros.

— Não é? — ironizou Zeuxis. — Um exército precisa de seu líder, e se ele se ausentar por muito tempo, outra pessoa tomará seu lugar. Não será Egbeo nem Pulcher. Eles não são fortes o bastante.

— Não queremos mudança. Ainda somos os homens de Spartacus, certo? — perguntou Marcion, encarando os companheiros.

A resposta foi um coro abafado de "sim", mas Zeuxis não respondeu. Ficou olhando para Marcion.

— O único motivo pelo qual entrei para o exército de Spartacus foi para me livrar de meu maldito senhor. Pode ter sido diferente com vocês, porém muitos homens fizeram o mesmo. Foi bom aprender a lutar, sim, e a deixar os romanos provarem do próprio veneno. Spartacus nos liderava vitória atrás de vitória, por isso continuei a segui-lo. Podem dizer que me tornei leal a ele, sim. Mas agora ele está perdido e parece que não voltará. Ele nos deixou à mercê de dois gauleses selvagens! Ele não tem lealdade para *conosco*. De jeito nenhum ficarei muito mais tempo aqui.

— Não podemos deixar Castus e Gannicus tomarem o controle! — gritou Marcion.

— Como pretende detê-los? — questionou Zeuxis. — Você é um soldado comum, como eu. Como todos nós. O que podemos, eu e você, fazer contra homens como os gauleses? Eles têm milhares de seguidores! Milhares. Se desafiássemos Castus e Gannicus, seríamos comida de urubu, e você sabe disso.

Marcion olhou para os companheiros em busca de apoio, em vão. Ninguém mais concordava com a previsão sombria de Zeuxis, mas também não a questionava. Sentiu a tristeza tomar conta de si. O riso de alguns minutos atrás parecia ter ocorrido havia muito tempo.

"Onde você está, Spartacus?"

— Ajude-me, por favor.

Por um instante, Ariadne não conseguiu determinar onde estava, ou quem a chamava. Estava sozinha em uma rua de lajotas pretas de basalto. O sol brilhava no céu límpido. Ao olhar para cima, viu bandos de urubus. Sentiu a pele arrepiar. "Por que tantos urubus?"

— Socorro. Água.

Ariadne virou a cabeça e viu o homem pendurado em uma cruz simples de madeira à sua frente. Foi tomada pelo horror.

— Egbeo? — perguntou, incrédula.

— Ariadne. — A voz do trácio grandalhão estava rouca e seca. Bem mais fraca do que o normal. — Ajude-me.

Ela deu um passo à frente. A cruz era simples, uma ripa comprida de madeira com um pouco mais de um palmo de largura e outra ripa quase igual a cruzava por cima. Ela viu que poderia desenrolar a corda que prendia os pés de Egbeo na vertical, porém não tinha como retirar os grossos pregos de ferro enfiados nos punhos dele. Para impedir que os removessem, eles foram martelados ao contrário, com a cabeça enfiada na madeira, e as mãos de Egbeo, presas numa posição agonizante.

— Não posso ajudá-lo — disse ela. — Sinto muito.

— Sede. Água.

A impotência de Ariadne alcançou outro nível. Ela não tinha nenhum cantil de água. Olhou ao redor pela estrada e não viu nenhum poço, nenhuma construção. Só uma linha de cruzes ocupadas, estendendo-se até onde a vista alcançava.

— Quantos homens foram crucificados? — sussurrou ela, horrorizada. — Devem ter sido centenas.

— Milhares — respondeu Egbeo.

De repente, Ariadne entendeu por que estava ali. O terror embrulhou seu estômago.

— Spartacus... Onde está Spartacus?

Egbeo não respondeu.

— Onde está meu marido? — O desespero deixou sua voz estridente.

As marcas de expressão do rosto contorcido dele ficaram ainda mais profundas.

— Ele...

Uma mão chacoalhou seu ombro.

— Ariadne!

Assustada, ela abriu os olhos e viu a parteira agachada diante de si.

— Você estava tendo um pesadelo... — Ela foi interrompida por um gemido ao lado de Ariadne. — E acordou o bebê. Acho que ele está com fome.

— Sim, sim, claro. — Sem se esquecer das fortes imagens do sonho, Ariadne pegou Maron, cujo choro se tornava mais alto, no colo. "Não pode ser coincidência ter o mesmo sonho horroroso três vezes, pode?" Ela beijou a testa do filho. — Sinto muito por ter incomodado você, meu querido. Venha aqui.

Posicionando-o ao peito com a ajuda da parteira, ela se deitou de novo.

— Meu sonho foi horrível.

A senhora riu.

— São as ervas. Elas costumam trazer imagens bizarras e perturbadoras. As coisas que não queremos que aconteçam ou aquelas que tememos.

— As visões se tornam realidade?

— Às vezes, mas é quase impossível saber quais são reais e quais são falsas. Meu conselho é que você esqueça tudo isso. Tem coisas mais importantes a fazer do que pensar em pesadelos.

Ariadne assentiu. Seria o melhor a fazer. Ela se ocupou olhando para Maron e imaginando como ele seria quando crescesse. Herdaria os olhos penetrantes e cinzentos de Spartacus ou os dela, castanhos? Seria forte como o pai ou puxaria para a família dela, com um corpo mais magro? Logo começou a divagar. Inevitavelmente, pensou no sonho. Com Spartacus em Roma, sua reação natural ao pesadelo foi pensar o pior. "Como pode ser efeito das ervas se já tive a mesma visão antes? Será que Spartacus já está morto?" Ela respirou fundo. Nas vezes anteriores em que vira as fileiras de cruzes, não vira Egbeo ou conversara com ele. Sem dúvida, a presença do trácio no pesadelo significava que aquilo não podia acontecer no presente nem no futuro próximo, pois Egbeo estava vivo e bem, ali com o exército. Só podia significar que Spartacus não seria um dos homens crucificados.

A senhora tossiu, e Ariadne olhou para ela. "Talvez nada disso tenha sentido." Sua tentativa de se acalmar não durou muito. Um sonho tão dramático não voltava a ocorrer se não tivesse um significado.

Maron se remexeu, e ela acariciou a parte de trás de sua cabeça.

— Calma, meu pequeno. Está tudo bem. Está tudo bem. — "Dionísio vai cuidar de nós, como sempre fez. Spartacus não era um dos homens que vi."

Quando fechou os olhos e tentou descansar de novo, Ariadne foi assombrada por uma pergunta. Não conseguia esquecê-la.

O que Egbeo estava tentando lhe contar?

A caminho do Esquilino, Spartacus fizera Tulla comprar duas túnicas novas em uma loja simples de roupas em uma rua lateral. Depois de deixarem as roupas ensanguentadas em um monte de fezes e com as adagas limpas e embainhadas, o trio conseguiu andar pelas vias principais sem ser notado. Havia grupos de soldados por toda parte, mas eles prestavam pouca atenção aos transeuntes. Apesar disso, o coração de Carbo batia acelerado, porém ele seguia em frente como se apenas passeasse por Cápua. Spartacus tomava o cuidado de andar com a cabeça baixa. Ao encontrarem um restaurante de fachada pequena e aberta na base do monte, Carbo foi ao balcão pedir comida enquanto Tulla partia para procurar a casa de Varus. Os dois observavam os guardas que passavam, mas felizmente os soldados pareciam se interessar apenas pelas hospedarias e tavernas. Os dois ficaram felizes quando a menina voltou.

Tulla estava indiferente às preocupações deles.

— Fica duas ruas acima — disse ela. — Saberemos onde é quando virmos as almofadas bordadas nos bancos do lado de fora.

Carbo revirou os olhos.

— Do que ela está falando? — perguntou Spartacus.

— Há assentos fora das casas dos ricos para que seus clientes se sentem enquanto esperam ser recebidos. Meu tio sempre gostou de ostentar.

Tulla os levou pela rua, abrindo caminho pelo trânsito de pessoas. Virou à esquerda na fonte decorada com uma estátua dourada de Netuno e, então, virou na segunda à direita.

Carbo viu as almofadas e se lembrou de sua mãe falando sobre elas.

— É aqui.

Eles se aproximaram. Com exceção das decorações discretas nos bancos antes vazios, a casa de Alfenus Varus podia ser como todas as outras residências em Roma. Assim como as muitas outras residências dessa parte da cidade, a casa era afastada, uma construção retangular com um muro alto do lado de fora, cujas únicas peculiaridades eram uma porta grande e uma fileira de janelas pequenas de vidro. Isso, de fato, era raro. As palavras da mãe de Carbo ecoaram em sua mente: "Ele sempre tem que ter as coisas mais novas, por mais caras que sejam." "Tolo." Ele já não sentia vontade de rever o tio. Entretanto, pensar em seus pais o levava adiante. De algum modo, ele faria com que eles compreendessem o que havia acontecido.

Tulla se sentou no banco à esquerda da porta. Spartacus permaneceu de pé.

Carbo percebeu que os dois o observavam. Ajeitou a túnica e passou as mãos pelo cabelo. Então, aproximou-se e bateu o elefante de ferro que havia na porta. O som foi alto.

Ele esperou muito tempo e estava prestes a bater de novo quando uma persiana à altura de sua cabeça se abriu. Dois olhos o estudaram de modo suspeito.

— Pois não?

— Alfenus Varus está?

Ouviu-se um grunhir de insatisfação.

— Não para pessoas como você. — A persiana começava a se fechar.

Essa reação à sua aparência diferente era algo com que Carbo sabia lidar. Antigamente, ele teria se acuado. No entanto, deu um passo à frente.

— Acredito que descobrirá não ser o caso. Sou sobrinho dele.

A persiana parou de ser fechada.

— Quem é você?

— Paullus Carbo, sobrinho dele.

— Filho de Julia, irmã de Alfenus?

— Sim.

— Espere aqui.

Carbo estava prestes a perguntar se seus pais ainda moravam na casa, mas a persiana já tinha sido fechada. Ele ouviu passos e, então, o silêncio.

— Não foi exatamente a recepção mais calorosa — murmurou Spartacus.

— Alfenus acha que minha mãe não fez um bom casamento. Ele sempre nos considerou inferiores. Mas é um bom homem.

O protesto de Carbo foi automático e repetia as palavras do pai. Contudo, pela primeira vez na vida, sua reação pareceu falsa. Nas poucas vezes em que encontrara Varus, este tinha sido arrogante e prepotente. "Ainda bem que fugi da casa da família", pensou Carbo. Caso contrário, seu pai o *teria* mandado viver sob os cuidados de Varus, para ser advogado.

Logo depois, ele ouviu alguém atravessar o corredor. Escutou o som metálico da trava sendo retirada, e a porta se abriu. Um homem de rosto enrugado e cabelo grisalho apareceu.

— Entre. — Ele olhou com má vontade para Spartacus e depois para Tulla. — Seu escravo e sua...

— Guia. — "Muito bem", pensou Carbo, "nem precisei mentir para ele".

— Compreendo. Eles podem permanecer do lado de fora.

Carbo lançou o que esperava ser um olhar de conforto a Spartacus, e entrou pela porta, que foi fechada de uma vez, deixando-o impaciente, mas ele endireitou os ombros. Não era hora para fraqueza.

— Deixe a adaga aqui. — O escravo indicou um espaço logo depois da entrada. Do lado de dentro, um homem grande estava sentado em um banquinho com um taco entre os joelhos. Ele parecia calmo, mas capaz de ferir alguém se fosse necessário. Carbo entregou a adaga sem protestar.

— Siga-me. — O escravo se afastou sem olhar para ver se ele obedeceria.

Eles foram diretamente para o tablino, onde uma estátua pintada e espalhafatosa de um golfinho decorava o implúvio. As cenas de um mito clássico que adornavam as paredes eram expostas de modo igualmente chamativo, e Carbo não gostou disso. Ele observou as máscaras de morte dos ancestrais de Varus enquanto passava pelo larário. Elas tinham a mesma expressão de gozo de que ele se lembrava de ter visto no tio, um olhar do tipo "Sou superior a você". Recordou que se sentia intimidado quando criança. Agora, detestava aquilo. O jardim amplo e cheio de colunas era tão grande quanto Carbo poderia ter imaginado. Era exagerado: ninfas tímidas espiando atrás de arbustos decorados e grandes mosaicos no chão. Tudo indicava riqueza, mas não classe. Varus estava sentado em uma cadeira à sombra de um grande limoeiro. Havia uma taça fina e azul cheia de vinho à frente dele, em uma mesa com detalhes dourados.

Atrás dele, um escravo usava uma folha de palmeira para ventilar o recinto. Seu tio já tinha sido belo, pensou Carbo, mas anos de boa vida pesavam em seu corpo com gordura e em uma barriga parecida com a de um porco. O nariz afilado era a única característica na qual Carbo via certa semelhança com sua mãe. Varus analisava um pergaminho meio enrolado, contraindo os lábios carnudos enquanto lia. Apesar de tê-los ouvido se aproximarem, não deu atenção imediatamente.

O escravo esperou. Carbo aguardava também, com a raiva fervendo dentro dele. Controlou-a com esforço. "Seja educado. Precisamos da ajuda dele."

Depois de um tempo, Varus levantou a cabeça.

— Seu *sobrinho*, senhor.

O escravo deu alguns passos para trás.

Uma expressão bem-fingida de surpresa tomou o rosto gordo de Varus.

— É verdade? Você é mesmo Paullus Carbo?

— Sim, tio. Sou eu — respondeu Carbo do modo mais humilde que conseguiu.

— Acredito haver certa semelhança com sua mãe. — O tom de Varus era dúbio. As várias cicatrizes da varíola não lhe permitiam distinguir muito bem. — Você não é um homem muito belo, certo?

Carbo precisou se controlar muito para não atacá-lo e cerrou os punhos.

— É uma honra encontrá-lo, tio — disse ele, ignorando a pergunta.

A papada inflou e murchou em resposta.

— Há muito você foi dado por morto. Depois de um ano sem qualquer notícia sobre seu paradeiro, seus pais concluíram que você tinha morrido. E agora você volta sem avisar? Que tipo de filho faz isso?

— Eu pretendia mandar uma carta...

— Uma carta? Quando?

— Cerca de três meses atrás.

— Não chegou.

— Decidi não enviá-la.

— Você não tem muita consciência, não é? Nada mudou — recriminou Varus. — Sabia que depois que abandonou seus pais sem mandar notícia nenhuma eles adiaram a partida de Cápua por duas semanas? Eles ficaram muito angustiados procurando por você em toda parte. Mas você desapareceu, como se tivesse descido ao Hades. — Ele olhou fixamente para Carbo.

A culpa pesou na cabeça deste. "Eles não foram ao ludo. Não pensaram que eu pudesse me rebaixar tanto."

— Deixei a cidade, fui para a costa. Trabalhei com um comerciante que vendia produtos para a Ásia Menor e para a Judeia.

Varus arregalou os olhos.

— Você fez *isso* quando podia estar estudando para ser advogado?

— Eu não queria essa profissão — respondeu Carbo, tenso. "Não queria viver aqui, com o senhor me dando ordens como se eu fosse um escravo."

Varus fez um gesto de desdém.

— Você deveria ter obedecido aos desejos de seu pai e à minha recomendação. Assim, não teria ocorrido essa tristeza.

"É tudo culpa de Crassus. Se não fosse por ele, eu não teria fugido de casa, nem vindo aqui." O fracasso no assassinato do político deixou Carbo ainda mais irritado.

— Quanto à sua pobre mãe, bem, ela só fez sofrer por você. Tenho certeza de que foi metade do motivo pelo qual a febre tomou conta dela tão depressa. — Ele adotou uma expressão de sofrimento que deixava clara sua falsidade. — Ah, sim, ela morreu.

O rosto do tio saiu de foco.

— Quando?

— Deixe-me ver... — disse Varus. — Há cerca de três meses, acho que foi isso.

Ainda que sua carta tivesse chegado, teria sido tarde demais. A tristeza de Carbo veio com força ainda maior.

— Foi uma febre, o senhor disse?

— Sim, sim. Apesar de eles terem drenado os pântanos, os ventos contaminados sopram pela cidade em diversas épocas. Ninguém está imune. Eu mesmo tive a sorte de sobreviver muitos anos atrás.

"Seu porco egoísta!", pensou Carbo, furioso.

— A morte dela levou embora a vontade de viver de seu pai. Se ele soubesse que seu único filho estava vivo, talvez tivesse cuidado melhor de si mesmo. Mas...

"Não!", gritou Carbo por dentro. "Grande Júpiter, não permita que isso esteja acontecendo!"

— Meu pai também está morto?

— Sim. Há menos de uma semana.

— Uma semana — repetiu Carbo como um tolo. "Sete dias."

— Isso mesmo. Se você tivesse pensado em se desculpar um pouco antes, talvez ele o tivesse visto.

Carbo fechou os olhos.

— Uma doença o levou também?

— Não. Pedi que meu servo fosse sondar o que ocorreu. Parece que ele foi atacado, certa noite, diante da cenácula onde morava. De acordo com as testemunhas, foi um caso comum de assalto. Os trastes que o roubaram não sabiam que ele tinha dois asses, no máximo, ou não se importaram. Ele estava embriagado e sozinho. Eles o apunhalaram, o revistaram à procura de objetos de valor e então deixaram seu corpo jogado como se fosse um saco de lixo.

A morte de sua mãe deveria ter sido muito difícil para seu pai aguentar, pensou Carbo. Jovian provavelmente se sentiu abandonado no mundo depois da partida dela. Era compreensível que ele tivesse começado a beber.

— O senhor disse que ele morava em uma cenácula. Pensei que meus pais estivessem aqui com o senhor.

— Depois da morte de minha irmã, por mais trágica que tenha sido, todas as obrigações que eu tinha para com Jovian desapareceram. Ele partiu no dia seguinte ao enterro de Julia.

— Partiu ou o senhor pediu para que fosse embora?

— Eu pedi. Era o melhor para todos os envolvidos. — O sorriso de Varus era tão forçado quanto o de uma prostituta.

Carbo mal conseguia acreditar no que estava ouvindo.

— Então, minha mãe acabara de ser enterrada quando o senhor expulsou meu pai. Não tem coração?

Varus o encarou de um jeito ofendido.

— Ele tinha dinheiro para pagar um aluguel e para comer. Na época, trabalhava para um comerciante local.

— E isso tornou tudo aceitável, então?

— Como ousa usar esse tom comigo, seu moleque atrevido? — retrucou Varus. — Onde estava quando sua família precisou de você? Eu os recebi, dei a eles um teto e comida, ouvi suas histórias trágicas sem parar... não foi você quem fez isso.

Uma onda de culpa tomou conta de Carbo.

— Eu estava tentando juntar dinheiro para ajudar a pagar as dívidas de meu pai — murmurou. "Pelo menos, foi assim que começou." Quando eles saíram do ludo, não houve oportunidades para isso, a não ser que ele roubasse, e Carbo não era ladrão. Spartacus também vetara o uso de ouro e prata em seu exército. Os únicos metais que podiam ser usados, segundo ele, eram o ferro e o bronze, para a confecção de armas. "Eu pretendia fazer muita coisa. Mas não fiz nada, e agora meus pais estão mortos." Seus olhos se marejaram.

Varus não se deixou afetar.

— Está claro que você não teve muito sucesso. Olhe para você, vestido como um plebeu. — Ele entortou os lábios. — Gostaria de saber como conseguiu dinheiro para comprar um escravo.

O grande desdém do tio ajudou Carbo a engolir sua dor. Lidaria com ela depois. O que importava agora era ter um lugar seguro para se esconder até o dia seguinte. "Onde seria melhor do que aqui?", pensou ele e até achou graça.

— Ele não é um escravo.

— Não? — Varus franziu o cenho. — O que ele é, então?

— Um amigo. — Carbo cobriu os passos que o separavam do tio com rapidez. Pegou uma taça pela haste e quebrou-a na beira da mesa. Quando Varus se assustou, ele se posicionou atrás da cadeira. Um empurrão fez o escravo cair com a folha de palmeira para trás. Carbo envolveu o pescoço de Varus com o braço, numa gravata. Segurando a taça quebrada como se fosse uma faca, ele a encostou na garganta do tio.

— Levante-se.

— O que está fazendo? — perguntou Varus, cuspindo ao se levantar. — Enlouqueceu de vez?

— Ainda não. Diga a seu servo para pegar o taco do bruto que está na entrada. Ele deve abrir a porta da frente e permitir que meus companheiros entrem. Meu amigo vai amarrar o bruto e então virá aqui com a garota.

— Você é maluco — acusou Varus.

— Talvez. — Carbo empurrou o vidro quebrado contra a pele do tio até que começasse a sangrar. O homem gritou de dor. — Ficarei mais do que contente enfiando isso até o fim. É só continuar falando.

— Vo-você ouviu o que ele disse — falou Varus ao servo, cujo rosto estava pálido. — Faça o que ele disse! Depressa!

O escravo grisalho se afastou.

— Po-posso me sentar? — perguntou Varus. — Estou me sentindo zonzo.

— Tudo bem. — Carbo soltou o tio, que escorregou, tremendo, na cadeira. — Não se mexa.

— Por que está fazendo isso?

— Cale-se.

— Carbo...

— Eu mandei calar essa boca gorda. Adoraria ver você sangrar até morrer, seu merda.

Carbo não parava de pensar nos pais e sentia o coração cheio de pesar e vergonha. Matar o tio poderia não apaziguar a dor, mas ajudaria.

Varus percebeu a ameaça na voz do sobrinho e obedeceu.

Não demorou para que o servo chegasse com Spartacus, sério, e com Tulla. O trácio sorriu ao ver Carbo.

— Amarrei o porteiro e tranquei a porta. Ninguém vai a lugar nenhum se eu não deixar. — Ele balançou um molho de chaves. — Não era essa a recepção que eu esperava.

— Nem eu — respondeu Carbo. — Mas meus pais morreram. Meu tio, Varus — ele fez um gesto com a taça quebrada —, é meu único parente vivo. Não que isso signifique que gosto dele, porque não gosto. Depois que minha mãe morreu alguns meses atrás, ele colocou meu pai na rua. Pesaroso, meu pai começou a beber. Foi assassinado uma semana atrás.

— Sinto muito — disse Spartacus. Este lançou a Varus um olhar impiedoso e voltou a olhar para Carbo. — Então, aqui é um bom lugar para ficarmos.

— Sim.

— Boa ideia.

— O senhor deve ser bem rico — disse Tulla, olhando para o tio de Carbo, muito surpresa.

Varus arregalou os olhos. A maltrapilha deu um passo para trás.

Carbo sabia que Tulla provavelmente tinha sido desprezada por homens como seu tio durante toda a vida. Cutucou Varus com a taça.

— Responda à garota. Com educação.

— Acredito que podemos dizer que sou rico, sim — respondeu Varus sério.

— Foi o que pensei — disse Tulla. Ela começou a andar pela casa, passando a mão por um canal de água que alimentava as plantas.

Carbo riu. A garota lhe dera uma ideia.

— Tem dinheiro na casa?

— Um pouco, talvez. Não muito. — Varus desviou o olhar enquanto falava.

— Está mentindo. — Carbo olhou para Spartacus. — Não está?

— Sem dúvida.

— Podemos usar o dinheiro, não?

— Ouro é sempre útil. — Spartacus estava mais preocupado em sair da cidade sem se ferir, mas viu que Carbo precisava fazer aquilo. Ele agiria da mesma maneira se encontrasse Kotys.

A ira de Carbo em relação a seu tio era grande. Ele segurou a mão de Varus e a puxou sobre a mesa. Ergueu a taça quebrada.

— Vou contar até três. Se não responder, vou prender sua mão gorda e maldita na mesa. Um.

A papada de Varus tremeu de medo.

— Dois.

— Certo, certo! Tem uma caixa embaixo de uma pedra solta no larário.

— Tulla!

Spartacus explicou o que ela deveria procurar, e a menina saiu correndo.

Carbo soltou a mão do tio, o que pareceu ter dado a Varus um pouco de coragem.

— Então, você veio aqui para me roubar e matar, é isso?

— Não ouviu? — perguntou Spartacus. — Precisamos de um lugar para ficar.

— Não compreendo.

— Eu queria passar a noite com meus pais — explicou Carbo. — Por isso vim à sua maldita casa.

— Entendo. Você não sabia que eles estavam mortos.

— Como saberia? — rebateu Carbo.

— Vejam! — O sorriso de Tulla se abriu de orelha a orelha. Nos braços, ela trazia uma pequena caixa de ferro. — Está cheia de moedas de ouro e joias!

— Vamos levar isso conosco — disse Spartacus, piscando para Carbo.

— Pegue tudo — gritou Varus. — Conseguirá pagar a melhor taverna de Roma.

O sorriso do trácio se desfez.

— Ficaremos aqui.

Varus abriu a boca para protestar, porém mudou de ideia.

— Quem é você? — perguntou.

— Sou Spartacus.

Varus encarou Carbo, que confirmou.

— Spar-Spartacus?

— Isso mesmo.

O rosto de Varus empalideceu ainda mais.

— Mas você deveria estar com seu exército, perto de Venúsia.

— Pelo visto, não estou.

— Por Júpiter do céu, vocês vão me torturar até a morte!

— É o que dizem que faço com meus prisioneiros?

Varus assentiu, temeroso.

— Coisas terríveis, terríveis.

— Acontece em todos os exércitos... até mesmo nos romanos — argumentou Carbo. — Spartacus tenta impedir.

— Não gaste saliva — disse Spartacus. — Ele não vai acreditar em você.

Vendo o medo e o ódio no rosto do tio, Carbo percebeu que o trácio estava certo. Naquele momento, uma parte dele quis enfiar a taça no coração de Varus. Contudo, havia algo mais importante que ele precisava fazer.

— Onde meus pais estão enterrados?

— Sua mãe está no túmulo da família Varus, e seu pai... — Varus passou a língua pelos lábios, desgostoso — está em uma cova comum no cemitério público.

— Seu nojento! — A ira de Carbo saiu do controle, e ele estapeou o rosto do tio. — Nem mesmo na morte você tratou meu pai com respeito!

Varus caiu gritando no chão, com sangue escorrendo entre os dedos.

— Poderia matar você aqui mesmo — gritou Carbo, puxando Varus pela parte da frente da túnica.

— Existe outra maneira.

A voz de Spartacus penetrou a fúria de Carbo.

— Existe?

— Você pode fazer com que ele jure erguer um túmulo decente para seus pais a fim de enterrá-los de novo.

Carbo percebeu a sabedoria nas palavras de Spartacus e gostou muito da ideia. Apesar do jeito bruto, o trácio se importava com ele. Deixou Varus, que gemia, cair de novo.

— Você ouviu isso?

— Um túmulo, sim, para seus pais. Será o mais bonito que eu puder construir...

— Não precisa ser o mais bonito. Só quero que sirva para o propósito.

— Juro, farei isso. Se eu não fizer, que Júpiter me mate.

— Se não fizer — vociferou Spartacus —, eu voltarei para fazer você comer suas bolas.

A papada de Varus tremeu de novo, e uma lágrima pesada escorreu pelo seu rosto.

— Entendi — sussurrou ele.

A ira de Carbo diminuiu um pouco. Pelo menos agora ele podia relaxar sabendo que os pais ficariam juntos em um túmulo decente. Com sorte, um dia ele poderia visitar o local.

Um dia.

Depois do que eles tinham ouvido mais cedo, essa parecia uma esperança distante.

CAPÍTULO X

Quando Ariadne acordou de novo, a posição da luz do sol na barraca mostrava que já era fim de tarde. O zunir das cigarras estava mais alto do que nunca, porém o calor do dia começara a abrandar. Ela olhou para Maron, que dormia sobre seu peito.

— Meu filho... — sussurrou.

Ao ouvir a voz dela, a parteira se aproximou depressa.

— Como está se sentindo?

— Cansada, mas bem.

A senhora ergueu o cobertor e checou entre as pernas dela.

— Ótimo. Está sangrando só um pouco. Pela manhã, vou levantá-la. — Ela sorriu, revelando fileiras de dentes marrons. — As notícias correm. Centenas de soldados já pediram para ver o filho de Spartacus. Atheas teve que colocar sentinelas para impedir que eles se aproximassem da barraca.

Ariadne prestou atenção aos sons. De fato pessoas conversavam baixo do lado de fora. Sentiu-se tomada de orgulho pela admiração dos soldados a seu líder.

— Quantos estão aí fora?

— Muitos.

— Não podemos deixá-los esperando. Pegue o bebê, para que eu possa me sentar.

— Você precisa descansar — disse a parteira, assustada.

— Posso fazer isso depois. Além disso, quero que eles o vejam.

Ela entregou o filho à senhora.

— Envolva-o nos panos, por favor.

Ariadne se sentou com cuidado. Pegou o espelho de bronze que estava ao lado da cama e o segurou enquanto penteava o cabelo e o prendia para trás. Encontrou o manto de lã vermelho e o jogou sobre os ombros. Ele esconderia a camisola e faria com que todos se lembrassem de que, além de esposa de Spartacus, ela também era uma profetisa. Pensou em pegar a serpente também, mas decidiu não fazer isso. Ver Maron impressionaria todos eles o suficiente.

— Estou pronta — disse ela, pegando o bebê.

— Tem certeza? Acabou de dar à luz. Não deve se cansar — repreendeu a parteira.

— Não ficarei muito tempo do lado de fora.

A senhora suspirou exasperada. E, assim, ergueu a porta da barraca.

Todos se agitaram.

Segurando Maron contra o peito, Ariadne saiu.

Um *ahhhh* alto soou entre o grande grupo de homens que estavam diante da barraca. Entre eles, Ariadne reconheceu Navio, Pulcher, Egbeo e muitos outros.

— Vocês vieram ver o filho de Spartacus? — perguntou ela.

— SIM! — gritaram eles.

Assustado, Maron despertou e começou a chorar.

Os homens trocaram sorrisos envergonhados.

— Calma — sussurrou Ariadne, confortando Maron. — Estes são os soldados de seu pai, que vieram dar a você as boas-vindas ao mundo. — Foi como se ele entendesse as palavras da mãe. Aquietou-se e começou a procurar o seio dela. — Daqui a pouco, homenzinho. — Ela avançou para que todos pudessem vê-lo. — Nosso filho é saudável e tem comido bastante.

Os homens riram, sorriram e deram tapas nas costas uns dos outros.

— Qual é o nome dele? — perguntou Egbeo.

— Maron.

Eles comemoraram.

— Em homenagem ao irmão de Spartacus, que morreu lutando contra os romanos?

— Sim.

— É um bom nome trácio. Um nome forte — declarou Egbeo.

— Recebam Maron, filho de Spartacus — gritou Ariadne, erguendo-o.

Isso fez com que eles gritassem até ficarem roucos.

Maron voltou a chorar e, ao ver o incômodo do bebê, os homens se calaram. Ariadne o confortou até que se acalmasse de novo.

— Que ele cresça forte e esperto como o pai — pediu um homem de barba escura.

— Tão bom com a espada e com a lança quanto Spartacus.

— E tão bonito quanto a mãe — disse alguém mais atrás.

Ariadne riu. Ali, divertindo-se com a adoração dos soldados do marido, foi fácil esquecer o pesadelo. No entanto, ela sabia que, quando entrasse na barraca, seus medos voltariam. Desde que regressaram dos Alpes, ela passou a se preocupar com o futuro. Eles não poderiam marchar pela Itália para sempre. Os romanos não permitiriam. Pensar o contrário seria muita ingenuidade. Porém, ainda assim, a maioria dos homens parecia acreditar nisso.

— Ariadne — cumprimentou uma voz familiar.

— Castus. — Ela não conseguiu disfarçar o desprazer. — E Gannicus — acrescentou com um pouco mais de delicadeza. Por dentro, seu estômago revirava. Nenhum dos dois desejaria o bem ao filho e herdeiro de Spartacus. Ela não duvidava de que eles fossem capazes de matar a criança. Ariadne ficou um pouco aliviada ao ver que Atheas e Taxacis, bem firmes, estavam logo atrás dos gauleses. — Vieram ver Maron?

— Viemos — respondeu Castus, sorrindo.

Ele se aproximou, e Ariadne precisou se forçar a permanecer parada. Castus olhou para o bebê.

— Ele é bonito. Que cresça saudável e forte.

— Assim como o pai — acrescentou Gannicus, com sinceridade. — E que os deuses cuidem dele.

— Obrigada — agradeceu Ariadne, ainda incomodada.

Castus começou a falar, mas Gannicus interveio.

— Não devemos ficar aqui. Ela está cansada.

— Foi bom vocês terem vindo. — Apesar da aparente boa vontade deles, Ariadne olhou para os dois com muita suspeita. Desde a discussão sobre a direção que o exército deveria tomar, ela evitara conversar com eles. Até onde sabia, eles tinham traído Spartacus. Não eram confiáveis. Apesar disso, apesar de as relações terem se tornado mais difíceis, Spartacus continuara a falar com eles. "Porque tenho que falar", dissera-lhe várias vezes. "Caso contrário, a cisão virá antes do que espero." "Quero saber agora." Ela havia ouvido os boatos sobre a tentativa deles em fazer com que os soldados os seguissem. Deixou a cautela de lado. Eles não a atacariam nem fariam mal ao bebê, não com os citas atrás deles.

— Quando vocês partirão?

Castus corou.

— Já estamos indo.

— Não foi isso o que ela perguntou — observou Gannicus, estreitando os olhos. — Foi?

— Não.

— O que faz você ter tanta certeza de que partiremos? — questionou Castus.

— Até um cego viu como vocês ficaram irados quando Spartacus disse aos soldados que ele os guiaria para o sul de novo. Além disso, vocês disseram a ele que partiriam quando fosse o momento certo.

— Posso ter mudado de ideia — retrucou ele com um sorriso tranquilo.

— Mas não mudou.

Castus não negou, mas também não respondeu.

Ariadne se virou para Gannicus.

— Sei que vocês se separarão. Decidiram quando?

Gannicus se calou.

Ariadne se sentiu segura para se mostrar mais irritada.

— E então?

— Não decidi — admitiu Gannicus. — Veremos como ficam as coisas quando acamparmos perto de Thurii.

— Mas vocês vão embora?

— Sim. — Ele a encarou. — Spartacus é um grande líder, mas um homem não pode seguir outro durante toda a vida.

— Obrigada pela honestidade.

Ele sorriu, e ela lembrou por que sempre preferia ele ao instável Castus. Contudo, ela não confiava em nenhum dos dois. Sem a presença dos citas, ela teria se assustado.

— Quando pretendia me contar isso? — O tom de Castus era acusador.

— Na hora certa.

— O melhor seria unir forças. Andarmos juntos.

— Sim. Mas não vamos discutir isso aqui, está bem? — Gannicus olhou para Ariadne, sério. — Desejo que as bênçãos dos deuses recaiam sobre você e seu filho.

Ele estendeu o braço e abraçou Castus. Ainda resmungando, o gaulês de cabelo ruivo se deixou levar.

Ariadne observou os dois se afastarem. "Eles provavelmente partirão na primavera. Depois que o clima ruim passar." Pensar nisso lhe deu alívio e um pouco de tristeza. Depois da incerteza, era melhor saber. Quando contasse a Spartacus, ele poderia fazer planos, cuidar da lealdade dos soldados, procurar ainda mais recrutas. Entretanto, eles ainda precisavam de um lugar para onde ir. Thurii ficava longe de Roma, mas não era uma fortaleza impenetrável ou inacessível. Para chegar a ela, os romanos só tinham que atravessar a Via Annia. "Onde seria melhor?"

Maron gemeu, distraindo-a. Ariadne entrou na barraca, pensativa. Tinha que haver algum lugar para onde eles pudessem ir. Ela pediria ao deus por orientação. Dionísio já a havia ajudado. Talvez ele viesse ao seu socorro de novo.

— Seu sem-vergonha! — disse Castus quando eles se distanciaram da multidão. — Você disse a ela quando partiria antes de me contar?

— Eu disse que veria como as coisas ficariam quando chegássemos a Thurii. Não disse quando eu partiria.

— Nem conversamos sobre isso! — rebateu Castus.

— Decidimos que não tomaríamos decisões definitivas até lá. Ou seja, isso quer dizer que partiríamos depois disso. — Gannicus não conteve o sarcasmo em sua voz.

— Não venha com mentiras, merda! — gritou Castus. — Pensei que fôssemos parceiros.

— E somos.

— Bem, se quiser a mim e a meus soldados como aliados, e eu aposto minha bola esquerda que tenho mais homens do que você... — Nesse momento, Castus encarou Gannicus — ... é melhor compartilhar mais informações no futuro.

Gannicus já tinha se cansado de Castus e de suas eternas ameaças. Ele empurrou o ruivo pelo peito.

— Vá se danar! Já disse que, se quiser ir sozinho, pode partir quando quiser. Vamos ver até onde você vai com apenas cinco ou seis mil homens! Será massacrado pela primeira legião romana que encontrar.

— É mesmo? — Castus empunhou a espada.

— Então, quer lutar comigo agora? — perguntou Gannicus, pegando sua arma.

— Não, quero cortar você em pedacinhos.

Gannicus sentiu a própria ira aumentar. Ele a controlou com esforço. Não temia enfrentar Castus, mas seria um esforço sem propósito que faria com que um deles ou os dois acabassem feridos ou mortos. Ele voltou a embainhar a espada.

— Que tolice.

Castus avançou.

— Não tem nada de tolo em arrancar sua cabeça inútil do pescoço — gritou, afastando o braço direito. — Mande meus cumprimentos a Hades.

— Você sabe que não sou covarde, Castus. Sabe também que sou tão bom quanto você com a espada. Antes de me matar, pense no que está fazendo. Você se lembra de nosso plano de controlar o exército todo? De ser como Brennus, o antigo líder?

Foi como se alguém tivesse jogado Castus numa piscina de água gelada. Seus olhos voltaram ao normal.

— Você ainda quer isso? — continuou Gannicus.

— Claro.

— Então, guarde sua maldita espada. Vamos conversar sobre como tornar realidade nossa ideia em vez de nos matarmos como dois guerreiros embriagados que brigam por uma mulher.

Abaixando o braço, Castus se inclinou para a frente.

— Podemos começar voltando para matar aquela cadela e o bebê dela também.

— Faria isso sem pestanejar, mas nunca nos aproximaríamos o suficiente. Não viu como os citas estavam de olho? Mesmo que conseguíssemos, eles nos matariam quando descobrissem.

Castus pareceu desapontado.

— Melhor fazer algo assim à noite, acredito. Em segredo.

— Vamos nos concentrar em outro objetivo. — Gannicus olhou ao redor. — Matar Spartacus. Quando ele sair de cena, será muito mais fácil lidar com o exército. Ariadne e o pestinha poderão ser despachados também.

— Egbeo e Pulcher também terão que ser mortos.

— Concordo.

— O que você tem em mente? Armar uma emboscada quando ele voltar para cá?

Gannicus piscou.

O sorriso de resposta de Castus foi maligno.

— Onde acha que eles o encontrarão?

— É um chute, eu sei, mas diria que ele e Carbo percorrerão o mesmo caminho de quando foram para Roma. Diretamente pela Via Annia.

— Você tem razão. Eles só precisam encontrar um bom local para espiar na estrada a alguma distância daqui. Podem fazer o trabalho à noite. — O sorriso de Castus desapareceu. — Não podemos mandar os gauleses, pois alguém pode vê-los e nos dedurar.

— Tenho um grupo de mestiços em mente. Você sabe como eles são.

Castus assentiu. Na população, era comum que escravos de diferentes origens tivessem filhos. Milhares dos soldados de Spartacus eram assim. Tais homens não tinham lealdade a nenhuma raça, como os gauleses, os trácios e os alemães tinham.

— São escravos, na maioria ex-pastores e coisas do tipo. Eles se reportam a mim, não a Spartacus, todos cortariam o pescoço da própria mãe em troca de um saco de dinheiro.

A suspeita tomou os olhos de Castus.

— Você não pode mandar só seus homens. Não para algo tão importante.

— Mande alguns dos seus também — retrucou Gannicus, erguendo as mãos. — Mas veja se eles são capazes de realizar a tarefa.

— Se cada um de nós escolher cinco, teremos um número suficiente. Nem mesmo Spartacus consegue matar dez homens.

— Ele não está sozinho, lembra?

— Você não pode estar preocupado com aquele rato de esgoto, o Carbo.

— Preocupado? Não. Mas ele sabe se virar numa luta. — Gannicus respirou fundo. — Dez homens devem bastar.

— É melhor que eles partam hoje à noite. Pelos deuses, como eu gostaria de ir pessoalmente. — Castus encarou Gannicus. — Para me assegurar de que o trabalho será bem-feito.

— Não.

— Por que não? Spartacus não contará nada depois. — Ele riu. — Nem o outro idiota.

— Aquele trácio tem mais vidas do que um gato. Pode ser que se salve. Imagine se ele escapar e vir você. Qual é a primeira coisa que ele faria?

— Certo, entendi. — Castus amarrou a cara. — Perderíamos qualquer chance de unir o exército sob nosso comando.

— Isso mesmo. Mas se enviarmos homens de confiança, que não sejam gauleses, haverá menos indícios que levem a nós se algo der errado. E, ainda que não dê certo, vamos encontrar outra oportunidade — explicou Gannicus. — Até mesmo o gato mais arisco acaba sem vidas, certo?

Na manhã seguinte, Carbo e Spartacus acordaram cedo. O cozinheiro de Varus preparou um café da manhã farto para os três, com pão, mel, castanhas e queijo. O restante dos escravos domésticos — dez ou mais — se reuniu na porta e nas janelas da cozinha e observou Spartacus com surpresa. Com pena deles, o trácio não disse nada. Todos pediram para ir com ele quando partisse, mas ele tivera que recusar. Precisava de escravos do campo e pastores fortes, homens acostumados às atividades ao ar livre e, se possível, à caça. Então, os escravos frustrados quiseram atacar Varus, o que ele também tivera que proibir.

— Se fizerem isso, vão acabar mortos — alertou ele.

Não era incomum que as autoridades executassem todos os escravos de uma casa cujo dono havia sido assassinado. Pela própria segurança dele e também para que não tentasse fugir, Varus, juntamente com seu servo e o porteiro, tinha sido trancado em uma sala para passar a noite.

Spartacus decidira prender os escravos da casa antes de sua partida. Assim, Varus não teria motivos para puni-los nem para causar alarde. O que ele ainda não tinha decidido era a melhor maneira de sair de Roma. Ao amanhecer, mandou Tulla espiar os portões mais próximos. Para alívio de Carbo e diversão de Spartacus — este acreditava que a garota cumpriria sua promessa —, ela voltou logo depois. Disse que todas as entradas estavam sendo muito vigiadas. Muitos dos que queriam deixar a cidade eram questionados. "Não é surpresa alguma", pensou o trácio.

— Devemos nos separar — disse ele quando se sentaram no quintal, ouvindo as reclamações murmuradas da prisão de Varus. — Os homens procurarão dois homens, não um.

— E se você for pego? — perguntou Carbo.

— Se eu for pego, os deuses decidirão meu destino. — Ele deu de ombros. — É por isso que estou dando o ouro a você. Se eu for pego, você deve encontrar o exército. Assim que o bebê estiver forte o bastante para viajar, leve Ariadne para longe, como já combinamos. Os citas irão com você.

A lembrança da manhã anterior à batalha contra Lentulus e do que Spartacus lhe pedira estava gravada na mente de Carbo. Ele assentiu com tristeza, sentindo ainda mais a perda dos pais.

— E quanto a Navio? Egbeo? Pulcher? E o restante dos homens?

— Eles podem escolher seu destino. Não ficarei por aqui por muito tempo, mas, independentemente do que acontecer comigo, minha família ficará segura.

— Claro. Se esse dia chegar, e rezo aos deuses que não chegue, farei tudo o que estiver ao meu alcance para salvá-los.

Spartacus apertou o ombro dele.

— Sei que fará isso.

— E se eu for capturado? — perguntou Carbo para enfrentar seu medo. "Pelo menos, não sentiria mais a dor."

— Seus companheiros e eu nunca nos esqueceremos de você. Faremos ofertas aos deuses e um banquete em sua homenagem. Nos próximos dois meses, devo enviar um homem para conferir o progresso do túmulo de seus pais. Se Varus não cumprir o combinado, ele perderá alguns dedos e será avisado de que, da próxima vez, serão as mãos. Isso o apressará.

Carbo sentiu um nó na garganta.

— Obrigado.

"Não chegaremos a esse ponto", disse ele a si mesmo.

— Já chega de falar sobre coisas tristes — disse Spartacus. — Desde quando os soldados são capazes de descobrir disfarces? Nós dois passaremos. Se você cortar uma das melhores togas de Varus, pode agir como um jovem rico e nobre.

— Muito bem. O que você fará?

— Escolherei a opção mais simples.

Spartacus deixou o olhar vago e o lábio inferior mole. Um pouco de saliva escorreu por seu queixo. Ele emitiu um som que parecia o urro de um animal estressado e um homem com dor. Andou pelo quintal, curvando as costas e arrastando uma das pernas, sempre gemendo.

Carbo ficou surpreso. Tulla parecia assustada.

Spartacus se endireitou de súbito.

— Está convencido? — perguntou com um sorriso.

Os dois assentiram com a cabeça.

— Certo. Está tudo ajeitado, então. — Ele olhou para Tulla. — Aposto que as horas mais movimentadas são as primeiras do dia e a última antes do fechamento do portão.

— Isso mesmo.

— Não há motivo para esperarmos até o pôr do sol. Queremos nos distanciar o máximo possível da cidade. Vamos agora — disse Spartacus. Por dentro, ele não estava tão certo. Crassus não pouparia esforços para encontrá-lo. O político acharia que, se o trácio fosse capturado, a rebelião logo terminaria. "E teria razão." Castus e Gannicus não eram generais. Navio era bom em estratégia, contudo, por ser romano, muitos não confiavam nele. Egbeo e Pulcher eram corajosos e capazes, mas não tinham o carisma necessário para manter unidas dezenas de milhares de homens. "Preciso ir. Grande Cavaleiro, cuide de mim. Dionísio, ajude-me a voltar para minha esposa, sua profetiza." As orações ajudaram. Spartacus se sentiu calmo de novo.

— Tulla, você vai nos deixar antes do portão. Vou pagar agora. — Ele enfiou a mão na bolsa que levava pendurada no pescoço.

A garota ficou surpresa.

— Agora? Mas posso trair vocês!

— Acho que você não vai fazer isso, vai?

— Não.

— Eu sabia. Você é uma boa menina. — "Poupá-la foi a coisa certa a fazer", pensou Spartacus.

O queixo da garota tremeu.

— Não quero que vocês partam.

— Sei que não quer, mas temos que ir — disse Spartacus num tom gentil. — Meu exército está me esperando. — "E minha esposa e meu filho."

— Levem-me com vocês!

— Não posso.

— Por quê?

— Você não sabe lutar.

— Posso ser uma serva! Vou limpar e polir seu equipamento. Deve haver algo que eu possa fazer.

— Tulla, você tem um coração forte, mas é jovem demais. — Spartacus se abaixou para ficar da altura da menina. — Mas tem algo que pode fazer por mim aqui.

— É mesmo?

— Sim, quero que você fique perto da Curia, da basílica e das casas de banho. Você sabe, os locais onde os senadores costumam se reunir. Mantenha os ouvidos atentos e a boca fechada. Veja o que pode descobrir. Qualquer informação sobre Crassus ou suas legiões pode ser muito útil.

Os olhos de Tulla brilharam.

— Posso fazer isso!

— Conto com você. — Spartacus tocou o braço dela. — Enviarei mensagens a você de Campos Elísios, pedindo notícias todos os meses. Você pode contar tudo o que souber ao mensageiro.

— Pode deixar!

Carbo admirou a habilidade de Spartacus para fazer as pessoas confiarem nele. No dia anterior, ele quase havia matado a menina. Agora, ela comia na palma de sua mão. Não só isso: ele conseguiu restaurar a autoestima de Tulla. A partir de então, ela tinha um propósito. Foi isso que ele tinha feito também com Carbo, pedindo-o para jurar proteger Ariadne. Nas profundezas de seu pesar, saber disso dava forças ao romano.

Spartacus assentiu de forma encorajadora aos dois.

— Vamos andando.

A coragem de Carbo já havia desaparecido quando ele chegou a menos de trinta passos do portão. O trácio decidira ir antes dele. Os dois tinham combinado de se encontrar a quase um quilômetro depois de saírem da cidade, ao lado de um túmulo do qual os dois se lembravam. Carbo e Tulla — que ainda o acompanhava — viram quando Spartacus entrou na fila que tomava a rua em direção ao portão. Os dois sorriram ao ouvir as exclamações de nojo e ao ver as pessoas se afastando dele. A ideia de Spartacus de despejar sobre o corpo uma bacia de urina fora excelente. Os guardas, com o reforço de dez legionários com expressão séria, reclamaram assim que sentiram o cheiro. Quando Spartacus se chacoalhou diante deles, pingando, gemendo e coberto de urina, os guardas o expulsaram da cidade com os cabos de suas armas.

"Foi muito fácil", pensou Carbo com inveja. "Grande Júpiter, que seja assim comigo também." Sua oração não diminuiu sua preocupação nem o impulsionou adiante. Contudo, não poderia permanecer muito tempo ali, pois chamaria atenção. Jovens abastados não ficavam em esquinas. Algumas pessoas já o observavam, desconfiadas.

Depois que o trácio deixou a cidade, Carbo vira um homem — um estrangeiro, talvez grego ou dácio —, acusado de ser Spartacus. Protestando sua inocência num latim sofrível, o homem tinha sido derrubado ao chão com vários golpes, como uma galinha sendo depenada para a sopa, e foi levado para ser interrogado. Depois disso, Carbo esperava que a vigilância dos guardas relaxasse um pouco, mas não foi o que aconteceu. Os soldados continuaram questionando todos os homens com idade para serem guerreiros e rasgando as caixas das carroças cheias de mercadorias.

"Deuses do céu, encarar a morte na batalha é mais fácil do que passar por isso."

— Boa sorte! — sussurrou Tulla de onde estava, encostada em um muro a dez passos dele.

Carbo assentiu, sério, e caminhou em direção à fila. Forçou-se a respirar fundo pelo nariz, contando os batimentos cardíacos ao soltar o ar. Depois de fazer isso várias vezes, sentiu-se mais calmo. Uma carroça puxada por dois touros surgiu atrás dele. Carbo se virou. Um dos animais o cheirou e então tentou lamber seu braço. Ele costumava gostar de quando o gado fazia isso, porém, naquele momento, retraiu-se para se afastar da língua comprida e lançou um olhar de raiva ao condutor, que o encarou.

— É o que touros fazem, certo? Não vai machucá-lo. Qualquer um que já tenha lidado com criações sabe disso. Maldita gente da cidade!

Carbo bufou e se virou.

E esperou por um tempo que mais parecia uma eternidade.

Quando se aproximou, ficou atento para ouvir o que os soldados diziam. A maioria das interpelações era curta.

— Nome?

— Julius Clodianus.

— Ocupação?

— Pedreiro.

— Aonde vai?

— A um novo túmulo a três quilômetros daqui.

O guarda riu.

— Não é o seu, certo?

— Não — respondeu o pedreiro, sério. — É de um advogado rico. Ele pediu que o mausoléu da família fosse ampliado antes de seu enterro. Novas pedras, chão de mármore, estátuas gregas caras; ele quer essas coisas. Dezenas de homens têm trabalhado na obra, já faz uma semana.

— Tentando levar tudo com ele, não é? Não vai dar certo. — O guarda fez um meneio de cabeça. — Pode ir.

O próximo homem era um marinheiro de licença que visitaria parentes do interior. Teve a passagem liberada com votos de boa sorte. A mulher seguinte era moradora de um vilarejo que estivera em Roma para pedir ajuda a Minerva no templo do monte Capitolino. Ela disse aos guardas que pedia que as bênçãos da deusa os cobrissem enquanto acenava e passava. Depois disso só faltavam duas pessoas antes dele. O suor escorria pelas costas de Carbo. Sua pele estava arrepiada. A toga de Varus tinha sido cortada, porém a lã ainda era pesada e muito quente para aquela época do ano. Ele deu um passo à frente e ouviu perguntas e respostas se misturarem.

— Próximo!

Carbo piscou. O homem a sua frente já estava sob o arco do portão.

— Vamos, jovem! Não temos o dia todo.

O segundo soldado riu.

— Sonhando com sua prostituta preferida?

A raiva de Carbo fez com que ele corasse ainda mais, e os legionários, achando que ele estava envergonhado, riram.

— O rapaz deveria estar fazendo isso mesmo — caçoou o primeiro homem. Ele se virou para Carbo. — Nome?

— Paullus Carbo — respondeu ele com orgulho. Pensara em mentir, mas não tinha motivo para isso.

O soldado percebeu seu sotaque.

— Você não é de Roma, é?

— Não. Sou de Cápua.

— Está aqui a trabalho ou a prazer? — Ele piscou para os companheiros.

Carbo franziu o cenho.

— Trabalho. — "Se você soubesse o que vim fazer aqui..." — Para meu pai.

— Está voltando para Cápua?

— Sim.

— A pé? Pessoas como você costumam usar animais ou uma liteira.

Felizmente, Carbo tinha pensado na resposta a essa pergunta. Abaixou a cabeça.

— Meu cavalo não está mais comigo.

— Foi roubado nos estábulos da estalagem, não foi?

— Não. Eu o apostei.

— Pelas tetas de Fortuna! E perdeu?

Mais risadas.

— Isso mesmo.

— Então, agora precisa voltar andando para Cápua?

Carbo assentiu, fazendo cara de tristeza, como a de um garoto.

O legionário fez uma careta.

— A distância é grande.

— E não sabemos? — acrescentou seu companheiro, rindo. — Temos que percorrer distâncias assim enquanto carregamos metade de nosso peso em equipamentos.

— Posso ir? — perguntou Carbo, ressentido.

— É, sim, pode ir — respondeu o soldado. — Tenha cuidado. Há muitos ladrões até Cápua.

— Se tiver muito azar, pode até encontrar Spartacus — disse o segundo homem. — Isto é, se ele...

— Cale-se! — ordenou o primeiro legionário.

Seu companheiro se virou, franzindo o cenho.

— Vá — mandou o legionário.

Agradecendo, Carbo saiu pelo portão. As palavras do soldado o fizeram recapitular o ataque a Crassus. Caepio havia gritado algo. O que tinha sido? "São eles!" Frustrado, Carbo não conseguiu se lembrar das palavras exatas. Então, se lembrou de outro fato estranho. Quando o guarda chegara a Campos Elísios, um homem havia saído da taverna e assentido ao oficial responsável. Teria sido algo além de uma conversa casual? Carbo não sabia ao certo. No entanto, ao ligar os dois acontecimentos com o comentário do soldado no portão, ficou muito desconfiado. Seria possível que Crassus soubesse da ida de Spartacus a Roma? Ele apertou o passo. Precisava contar logo tudo ao seu líder.

Havia um espião entre seus homens.

Não demorou muito para que Carbo chegasse ao túmulo. Encontrou Spartacus sentado à sombra de um cipreste logo ao lado.

O trácio ergueu a mão em cumprimento.

— Você parece estar com muito calor.

— Essa maldita toga — disse Carbo, secando a testa com as costas da mão. — Está muito quente para usar essa roupa.

— Mas ela o ajudou a sair de Roma, e pelo menos você não teve que tomar banho de urina.

Carbo sorriu.

— Verdade.

— Tulla ainda estava lá quando você partiu?

— Sim.

— Você fez bem quando a contratou. — Ele deu um tapinha no braço de Carbo.

Este engoliu em seco, lembrando-se da ameaça do seu líder, dizendo que o mataria se Tulla os traísse.

— Obrigado.

Spartacus se levantou.

— Vamos andar logo. Eu me lembro de um poço mais à frente na estrada. Poderemos nos lavar nele.

— Antes, tem algo que você precisa saber.

Spartacus estreitou os olhos.

— O que é? Conte-me conforme formos andando.

Rapidamente, Carbo lhe contou sobre suas suspeitas. Ao terminar, Spartacus se manteve calado por muito tempo. Carbo o observava com nervosismo, questionando-se se o trácio o considerava maluco.

— Interessante — disse Spartacus.

Carbo se sentiu aliviado. Seu líder acreditava nele.

— Devemos ter sido seguidos ao sair do acampamento. Poucas pessoas sabiam de nossa intenção, e não haveria tempo para enviar uma mensagem a Roma antes de nossa partida.

Carbo sentiu a boca seca ao pensar em outra possibilidade.

— Você acha que Castus ou Gannicus podem ter feito isso?

Spartacus franziu o cenho.

— Não tem como Gannicus nos trair desse jeito. Duvido que até Castus pudesse fazer isso. Ele me odeia e não choraria minha morte, mas ele odeia Roma tanto quanto eu.

— Quem foi então?

— Poderia ser qualquer um, Carbo. Em um exército de sessenta mil homens, nem todos estão felizes. Isso sem contar as mulheres e os agregados.

— Sim, mas trair você?

Spartacus deu um tapinha nas costas dele.

— Nem todos são leais como você.

— Bem, deveriam ser — murmurou Carbo, corando. — *Temos* que descobrir quem é.

— Isso seria como tentar encontrar uma agulha em um palheiro. — Spartacus deu de ombros. — Atheas e Taxacis me darão apoio. Assim como você. — "Só mais um inimigo para somar aos que já tenho." Contudo, ele não precisava se preocupar com a morte durante alguns dias. A viagem ao sul deveria ser fácil; seria melhor que aproveitassem ao máximo. — Onde fica aquele poço? Não posso entrar no acampamento fedendo a mijo. Ninguém me respeitaria.

A tensão de Carbo diminuiu, e ele riu.

— Por causa do medo que senti ao passar pelo portão e do calor que sofri dentro dessa toga maldita, perdi meio rio Tibre em suor.

Spartacus se abaixou e respirou.

— Só consigo sentir cheiro de urina.

— Você é quem fedendo — acusou Carbo, rindo.

Ele nunca tinha visto Spartacus tão relaxado.

— Então, quanto antes chegarmos, melhor será, não é?

Carbo começou a andar com a energia renovada. Além do desejo de ver o túmulo de seus pais um dia, ele não tinha motivos para voltar à capital nem a Cápua, onde crescera. Estava com Spartacus. Sempre fora leal ao trácio, porém descobrir que os pais estavam mortos fortaleceu ainda mais o elo entre os dois. Também fez com que ele percebesse a importância dos companheiros em sua vida. Homens como Navio e Atheas, e até mesmo Arnax e Publipor, eram sua família agora. Pensar nisso tornava a tristeza mais fácil de suportar.

Alertado pelo servo, Crassus se virou no semicírculo de homens ao seu redor.

— Ah, Caepio! Bem-vindo! — cumprimentou ele, animado.

Fez um gesto para o centurião veterano, que estava na porta do tablino, esperando ser chamado.

Caepio entrou orgulhoso. O raio de sol que penetrava através de um quadrado no centro do teto reluziu nas *phaleras* de seu peito. Ele parou diante de Crassus e o saudou.

— Vim assim que recebi sua mensagem, senhor.

— Ótimo. Tudo bem desde ontem?

— Tudo bem. Obrigado, senhor. Como sabe, não me feri. Só lamento não ter conseguido matar Spartacus.

— Você fez um bom trabalho ao neutralizar o aliado dele. Se o trácio estivesse acompanhado por dois homens, as coisas poderiam ter terminado de outro jeito. Para mim, pelo menos!

— Graças aos deuses o senhor não foi ferido, mas eu estaria ainda mais feliz se tivesse fincado minha lâmina na barriga dele.

Crassus esboçou um sorriso.

— Veem a coragem desse homem? Ele é a virtude romana em pessoa. É assim que todos os soldados deveriam tentar ser.

Ouviu-se um murmúrio de homens concordando.

— Caepio, conheça alguns dos legados que comandarão minhas legiões. Este é Gnaeus Tremelius Scofra. — Um homem alto e magro abaixou a cabeça em resposta ao cumprimento do centurião. — Lucius Mummius Achaicus. — Um oficial atarracado com uma expressão séria recebeu o cumprimento de Caepio. — Quintus Marcius Rufus. — Um homem baixo de cabelo preto arrepiado sorriu. — Caius Pomptinus. — "Este com certeza é um homem da cavalaria", constatou Caepio. Tinha pernas mais tortas do que um macaco. — Lucius Quinctius. — Mais velho do que o resto, ele foi o único a fazer reverência ao centurião. "Um cidadão de origem comum, como eu", concluiu Caepio. — E por último, mas com certeza não menos importante, Júlio Cesar, um dos meus tribunas — apresentou Crassus.

— É uma honra conhecer o senhor. — Caepio fez uma saudação pela sexta vez. Como todos, ele ouvira a história sobre a captura de César e de sua prisão em Pharmacussa. Ali estava um homem muito corajoso. — Pronto para crucificar alguns escravos, como fez com aqueles piratas, senhor?

— Mais do que pronto, centurião.

O sorriso de Caepio lembrou a Crassus um lobo encurralado. Fora uma boa decisão recrutar o veterano. Às vezes, ele se perguntava se o centurião o aprovava — afinal, ele não era um soldado de carreira —, mas não se importava muito com isso. Caepio vira como Crassus queria destruir Spartacus — o que, depois de sua experiência no *munus*, era exatamente o que o soldado queria.

— Agora que as apresentações foram feitas, vamos ao que interessa. Chamei vocês aqui para um conselho de guerra. Sei que não esperavam nenhuma tarefa além de montar suas unidades pelos próximos dois meses, porém os acontecimentos de ontem mudaram tudo. Spartacus não pode me atacar em Roma e sair impune. Devemos reagir depressa!

— Vamos pegá-los desprevenidos, é o que devemos fazer! — gritou Caepio, concordando.

— O que está sugerindo, senhor? — perguntou Scrofa. — Aumentarmos o número de tropas nos portões?

— Não — respondeu Crassus, como se falasse com uma criança. — A esperança de capturarmos Spartacus saindo da cidade era pequena. Podemos dizer, com segurança, que o filho da puta já está bem longe a essa hora. — Ele encarou Mummius, sério.

— Meus soldados interrogaram todos os homens que consideraram suspeitos, senhor. Mais de cem foram detidos.

Crassus olhou para Caepio, que balançou a cabeça.

— Nenhum era Spartacus.

— Não, senhor, mas...

— Calado, Mummius. Você falhou! Se tivesse agido mais depressa, poderíamos estar interrogando Spartacus agora, e não planejando nossa campanha contra ele. — Crassus sabia que estava sendo duro demais com Mummius. Contudo, o homem precisava saber quem estava no controle. Ele e os outros tinham que receber uma mensagem clara desde o início.

Mummius se calou.

— Como sabem, eu pretendia passar o outono e o inverno formando novas legiões, e armando e treinando os homens. Agora, preciso mudar de estratégia. Radicalmente.

— O número de voluntários tem sido excepcional, senhor — concordou Quinctius. — E as oficinas também têm entregado equipamentos aos montes.

— Assim espero. Estou pagando o dobro do preço de mercado por cada item a todos os ferreiros num raio de duzentos quilômetros daqui! — Crassus ergueu a mão, silenciando os risos que foram dados. — Minha intenção é que o exército esteja pronto para marchar em um mês.

— Um mês? — repetiu Quinctius.

— Mas os homens não estarão prontos, senhor — argumentou Scrofa. — O treinamento básico leva pelo menos oito semanas.

— Sei disso — respondeu Crassus, sério. — O solo do sul de Roma é plano. Os recrutas podem treinar todos os dias depois de terminarmos a marcha. — Ignorando o espanto de seus oficiais, Crassus prosseguiu: — Até agora, Roma tem sido humilhada por Spartacus. Isso tem que acabar! Sem dúvida, os escravos acham que terão alguns meses tranquilos enquanto preparamos nossas forças. Bem, isso não vai acontecer. Vamos levar a guerra até eles de uma vez. Certo, Caepio?

— Isso mesmo, senhor.

— Sei que milhares de veteranos ouviram seu chamado e vieram, senhor, e que temos o que sobrou das legiões dos cônsules, cerca de 14 mil homens. Entretanto, mais da metade do exército é formada por novos recrutas — observou Scrofa. — Não seria mais inteligente esperarmos até eles receberem o treinamento completo para então atacarmos Spartacus?

— Quem é o comandante aqui? — vociferou Crassus. — Eu tomo as malditas decisões, não você. Nem nenhum de vocês. Está claro?

— Sim, senhor — murmurou Scrofa.

— Partimos em quatro semanas. A marcha até Thurii leva mais de um mês. São oito semanas no total. Com veteranos como Caepio do nosso lado, acredito que será tempo suficiente para treinar os homens.

— É tempo suficiente para que meus soldados estejam prontos, senhor — declarou Mummius com entusiasmo.

— Acredito que sim! Uma vez que você e Rufus comandam cada um uma legião antes liderada por um dos cônsules, vocês têm o menor número de recrutas inexperientes.

Mummius corou. Rufus também pareceu envergonhado.

— Minhas tropas estarão preparadas, e que Júpiter me proteja — disse Scrofa.

Os outros oficiais concordaram.

Crassus analisou os rostos deles. A determinação parecia sincera. Era um começo.

— Muito bem.

— Qual é seu plano para quando encontrarmos Spartacus, senhor? — perguntou Scrofa.

— É muito simples. Devemos localizá-lo como faríamos com um porco selvagem em uma caçada. Preparamos nossas legiões. Atacamos os homens dele com catapultas. Avançamos e matamos muitos deles. E pronto.

Ele lhes lançou um olhar desafiador. Foi Scrofa, quem ele já considerara um dos mais corajosos, a falar primeiro.

— O senhor acha mesmo que será tão simples?

— Sim, Scrofa, acho. Chegou a hora de varrer Spartacus e seus lixos da Itália. Qual é a melhor maneira de fazer isso senão em uma batalha direta? Sempre foi assim com as legiões incríveis de Roma.

Ele encarou Caepio, que concordou.

— Mas os homens que lutaram contra Spartacus aqui, senhor, eles... — hesitou Mummius.

— Todos nós sabemos que eles já fugiram antes — retrucou Crassus num tom suave. — E, se isso acontecer de novo, eles serão punidos com tanta severidade que nenhum deles pensará em repetir o feito.

No silêncio que se fez, os únicos sons audíveis eram os das vozes dos escravos que cuidavam das plantas no quintal do centro.

Crassus encarou cada um.

— Estou falando de dizimação.

Quinctius abriu e fechou a boca como um peixe fora d'água.

— Dizimação, senhores. Compreendem?

— Sim, senhor — foi a resposta perplexa.

— Essa prática não é usada há gerações, senhor — observou Scrofa.

— Mais motivos para retomá-la — argumentou Crassus. — Mais alguém?

Ninguém além de Caepio e César olharam nos olhos dele.

— Excelente. — Era bom ver seus oficiais tão horrorizados, pensou Crassus. A raiva ainda corria por suas veias ao pensar em como

Spartacus quase conseguira matá-lo. — Fui sincero com cada palavra dita. Farei o que for preciso para derrotar aquele trácio filho da puta. O que for preciso.

"Juro, grande Júpiter, que não descansarei enquanto ele — ou eu — não estiver morto."

CAPÍTULO XI

Naquele dia, quando chegou a hora de procurar um lugar adequado para pernoitar, Carbo e Spartacus estavam longe de qualquer vilarejo ou estalagem. Mas Carbo estava contente. Já fazia uma semana desde que eles haviam deixado Roma. O tempo bem quente significava que mesmo depois de se afastarem da planície fértil de Campânia, com sua vegetação densa e suas propriedades, e chegarem à região mais montanhosa de Lucânia, era agradável dormir ao ar livre. Por estarem sozinhos, podiam conversar sem medo de serem ouvidos. Tinham provisões, vinho e cobertores, e, com os cavalos que haviam comprado quatro dias antes, podiam cavalgar à procura de lugares mais escondidos com facilidade.

Para tristeza de Carbo, ele tivera que continuar vestindo a toga de Varus todos os dias. Como dissera Spartacus, isso lhe dava um ar de homem rico, o que explicaria, se fosse questionado, por que seu "escravo" viajava montado em um cavalo em vez de seguir a pé. Ter de suportar o calor diário dentro da peça grossa era outro motivo para Carbo preferir pernoitar. Todas as noites, para diversão de Spartacus, ele tirava a toga e pulava no riacho mais próximo a fim de se lavar e tirar o suor do corpo. Ele ansiava por isso sempre que havia uma parada. Depois de se refrescar, eles podiam relaxar perto do fogo, saboreando pão, queijo e uma jarra de vinho.

Carbo se esforçava para, pelo menos por um tempo, esquecer o pesar pelos pais. Apesar de ter feito o que considerou ser o melhor na época — entrar no ludo para ganhar dinheiro —, ele ainda era tomado pela culpa por não ter permanecido com os pais, por não ter ido a Roma com eles. Sentia-se culpado por não lhes ter enviado dinheiro nos meses seguintes nem tentado com mais afinco estabelecer contato. No fundo, ele sabia que tais pensamentos eram delírios, porém isso não diminuía sua dor. Para suportá-la, alimentou um ódio profundo por Crassus. Se não tivesse sido por ele, seus pais ainda estariam vivos. "Dê-me mais uma chance de matar Crassus antes de eu morrer", clamava repetidas vezes.

Carbo esperava que Spartacus contasse mais histórias de sua juventude na Trácia. Surpreendera-se nas últimas noites, quando seu líder havia se aberto mais do que nunca. Agora, Carbo sabia os nomes dos pais e do irmão de Spartacus, além dos de seus amigos de infância. Ouvira com muita atenção as histórias sobre caçadas a porcos selvagens e lobos, de roubos de cavalos e carneiros de tribos vizinhas, e de lendas dramáticas sobre o Grande Cavaleiro, a divindade adorada pela maioria dos guerreiros trácios. Carbo não percebeu, mas essas histórias, em parte, tinham o objetivo de desviar sua atenção dos pais. O trácio percebera seu pesar enquanto viajavam.

Spartacus contou pouco ou quase nada sobre a guerra iniciada por sua tribo contra Roma e sobre o tempo que ele passou nas legiões. Carbo não achou ruim; não queria lembrar a realidade da situação deles. Os dois estavam aproveitando a relativa falta de preocupação que a viagem lhes proporcionara.

Apesar disso, Spartacus pensava em Ariadne, se ela já tinha dado à luz. Fez um pedido silencioso aos deuses para que ela tivesse um parto tranquilo. Em geral, as mulheres com partos complicados morriam, assim como os bebês. Pensar nisso fez com que ele se arrependesse por ter discutido com ela antes da partida. Decidiu que faria as pazes assim que chegasse ao acampamento. Era inútil permitir que discussões durassem tanto tempo, sobretudo quando o perigo — ou a morte — se aproximava.

Porém, naquele momento, eles ainda estavam em trânsito. Spartacus ouviria com prazer o chiar das cigarras dos carvalhos e das castanheiras dos dois lados da estrada. Relaxaria com as batidas dos cascos dos cavalos no chão de basalto. Aproveitaria o calor do sol, que descia devagar em direção às montanhas de topos irregulares a oeste. Se abstraísse o fato de a estrada ser pavimentada, quase podia se sentir na Trácia de sua época, no breve momento em que ele fora livre.

Mais à frente na estrada, ele percebeu alguém pequeno se aproximando depressa. Os pelos de sua nuca se arrepiaram, e ele virou a cabeça. Atrás do estranho, surgiram mais três cavaleiros.

— Companhia — alertou em voz baixa. — Quatro cavaleiros.

Assustado, Carbo voltou ao presente e virou-se para ver.

— São mensageiros?

— Provavelmente, um mensageiro com escolta — respondeu Spartacus.

— A mensagem dele deve ser importante. Eles costumam viajar sozinhos. Para onde será que estão indo? Pompeia e Pesto estão na direção em que avançam.

— Talvez Crassus esteja mandando notícias a Thurii, esperando que a recebam antes de nosso exército chegar.

Carbo fez uma conta maluca.

— Dois para um não é tão ruim, hein?

— Nem invente. Eles estarão armados com espadas. Independentemente de qual seja a mensagem, não vale a pena arriscarmos.

Carbo se endireitou no cavalo. Spartacus estava certo.

Os dois seguiram cavalgando, olhando para trás de vez em quando. Quando os estranhos se aproximaram, os dois apearam à sombra das árvores em um lado da estrada. Observaram quando o cavaleiro da frente seguiu pela estrada a galope e os outros três o acompanharam a curta distância.

Qualquer dúvida sobre o desígnio do homem desapareceu quando este chegou bem perto. Vestia uma roupa militar típica: uma cota de malha por cima de uma túnica e um elmo de crina bronze. Ele levava um saco de couro, que balançava na altura do quadril do lado direito, e uma espada comprida embainhada no ombro esquerdo. Seu cavalo era de raça e tinha as letras "SPQR", de *Senatus Populusque Romanus*, marcadas no pescoço.

"Talvez *valesse* a pena descobrir a mensagem levada por ele", pensou Spartacus com um ar maldoso. "Não. Já corri perigo suficiente nos últimos tempos."

O cavaleiro os observou ao se aproximar, mas não fez nada.

— Boa viagem, amigo — cumprimentou Carbo.

Em resposta, o mensageiro apenas soltou um resmungo e, então, se foi.

Os batimentos cardíacos de Carbo se aceleraram quando ele olhou para os três cavaleiros. Se houvesse perigo naquela situação, viria dos três, cujo trabalho era um pouco menos urgente do que o do mensageiro. Os dois primeiros passaram galopando sem olhar para eles, e Carbo relaxou. Este quase não viu a pedrinha que veio voando das patas traseiras do cavalo da frente. Ela atingiu o último cavaleiro no rosto, como um tiro de estilingue. Ele gritou de dor e fez o que pôde para não cair. Puxando as rédeas com força, parou o cavalo diante de Spartacus e de Carbo. Praguejando, levou os dedos ao corte profundo na bochecha direita, que já sangrava muito.

— Você está bem? — quis saber Carbo.

— Quê? — Ele só pareceu notar os dois naquele momento. — Sim, sim. Foi só um ferimento.

Pegou uma faixa de pano que levava a tiracolo e a pressionou contra o rosto.

— Homens como você estão acostumados a coisas muito piores — observou Carbo, com um tom de admiração.

— Verdade. Com certeza uma coisinha dessas não me impedirá de chegar a Messina.

Spartacus prestou atenção à última palavra. "Messina fica na Sicília."

O cavaleiro os observou.

— Você se arrisca, jovem senhor, ao viajar na estrada com ninguém além de um escravo. Não ouviu sobre Spartacus e seu grupo? Eles controlam boa parte do sul da Itália agora. Se vocês os encontrarem pelo caminho, será a última coisa que verão.

— Sei disso muito bem, mas minha família tem poucos escravos agora — disse Carbo, suspirando. — Saquearam nossa fazenda há um mês; a maioria fugiu para se unir a Spartacus. A milícia local não fez nada, claro; estão com muito medo. Meu pai me mandou para Roma a fim de pedir ajuda no Senado. Eu estava lá semana passada para ouvir Crassus falar... Foi maravilhoso! Nosso sofrimento não durará para sempre, graças aos deuses. Ele está criando dez legiões!

— Isso mesmo — concordou o cavaleiro com um sorriso confiante. — Quando eles marcharem para o sul, o chão vai tremer. Os escravos de Spartacus sujarão as calças quando os virem.

Um grito ecoou na estrada, e o cavaleiro piscou amigavelmente para Carbo.

— É melhor eu ir. Que você chegue à sua casa em segurança. Diga a seu pai para se manter firme e rezar a Júpiter.

Um músculo do rosto de Spartacus se contraiu, mas o cavaleiro não notou.

— Quando Crassus marchará? — perguntou Carbo.

— Isso é algo que só ele sabe. Mas será antes do que pensamos! Os malditos escravos se assustarão quando as legiões atravessarem esta estrada! Adeus. — Com um sorriso, ele se afastou.

— Maldita Fortuna pela cadela que é! — xingou Carbo, em voz baixa. Encarou Spartacus, que estava sério. — Quando acha que isso vai acontecer?

— Quem sabe? Acho que só pode ser depois de três meses. As legiões estão sendo formadas agora. Os soldados têm que ser treinados antes que Crassus possa pensar em lutar contra nós. Pelo menos, soubemos com antecedência. Assim, temos tempo para planejar. Imagine se a primeira coisa que ouvíssemos fosse que o exército de Crassus está a vinte ou quarenta quilômetros de Thurii?

Carbo não queria nem imaginar isso.

— O que faremos?

— Esperaremos um pouco e iremos para o nosso acampamento, seja lá onde esteja.

— Eu me refiro a quando Crassus chegar aqui. — Carbo havia evitado questionar seu líder sobre isso até aquele momento.

Spartacus sorriu, mostrando os dentes.

— Bem, vamos lutar. — "Até o fim, seja o que for. Vitória... ou morte!" — Não pense que estou intimidado, pois não estou, de jeito nenhum.

Carbo assentiu. Admirando a coragem do trácio, ele prometeu a si mesmo que, se e quando essa luta acontecesse, ele ficaria na linha com todo mundo. Com Spartacus. Até o fim. Ainda que isso significasse morrer. Ficar lado a lado com aqueles a quem amava era só o que importava. Isso, e matar Crassus. Olhou para Spartacus, que assoviava uma canção qualquer de modo contido. "Deuses, será que nada o assusta?" Carbo se sentiu mais orgulhoso do que nunca por seguir o trácio.

Quando o sol se pôs, eles estavam sentados perto de uma pequena lareira, envoltos por cobertores e com copos de vinho na mão. Os cavalos magros os observavam, felizes por terem bebido água e comido. Como sempre, haviam montado acampamento próximo a um riacho e fora da vista da Via Annia. Eles tinham subido o morro por cerca de meio quilômetro pela mata e encontraram um vale pequeno dominado por faias enormes caídas. Apesar de não terem qualquer indício de que alguém seguia em seu encalço desde Roma, era bom ter cautela.

— Aquele mensageiro mencionou Messina — disse Spartacus.

— Sim. Na Sicília. O que isso tem a ver conosco?

— Duas rebeliões de escravos aconteceram lá nos últimos cem anos, não? O que você sabe sobre elas?

— Só o que meu pai me contava quando eu era mais jovem.

— Tente se lembrar de tudo o que puder.

A curiosidade de Carbo aumentou.

— A primeira ocorreu há cerca de sessenta anos, perto da cidade de Enna. Foi liderada por um escravo sírio chamado Eunus, que tinha a fama de prever o futuro graças a mensagens enviadas pelos deuses.

Spartacus pensou em Ariadne e esboçou um leve sorriso.

— Eunus foi abordado por alguns escravos que eram maltratados por seus senhores. Incentivados por suas profecias, centenas de homens atacaram moradores de Enna. Mataram todo mundo, até mesmo bebês e animais domésticos. — Carbo recordou com repugnância a carnificina que presenciara em Forum Annii, quando eles atacaram a cidade. Pensou no fim violento de Chloris. Mas, graças a Spartacus, a violência não tinha sido tão grande quanto em Enna. "É algo pelo qual se deve agradecer", constatou ele, com amargura.

— Continue.

— Ao saberem da notícia, outros escravos fugiram para se unir a Eunus. Em pouco tempo, ele tinha mais de dez mil homens sob seu comando e se autoproclamou rei. Nas semanas seguintes, ele e suas tropas lutaram várias vezes contra as forças romanas locais e as venceram graças ao número maior de homens. Em pouco tempo, mais uma revolta teve início em outro ponto na ilha. Foi liderada por um cilício chamado Kleon. Mas, em vez de lutarem um contra o outro, como os romanos esperavam, os dois líderes rebeldes se uniram. Os escravos derrotaram os romanos muitas outras vezes nos três anos seguintes. Finalmente, o Senado enviou Publius Rupilius, um dos cônsules, para enfrentar a revolta.

— Será que eles demoraram tanto para reagir por a Sicília ser distante de Roma? — perguntou Spartacus.

— É o que dizem.

— E a segunda rebelião?

— Foi praticamente a mesma coisa. Maus-tratos dispensados aos escravos. Um líder carismático, que supostamente falava com os deuses. Massacres em ampla escala da população local.

— Durou quanto tempo?

— Quatro anos, até o Senado enviar um general para resolver a situação.

— Os líderes dessas duas revoltas eram soldados treinados?

— Até onde sei, não.

O coração de Spartacus se acelerou. "O que eu poderia ter feito no lugar deles!"

— Mas por que a Sicília?

— Meu pai sempre disse que era por causa do grande número de fazendas e de escravos do campo.

— Eles poderiam nos ser úteis como milhares de novos recrutas, não?

— Há duas legiões lá.

— Duas legiões nunca foram problema para nós, certo?

— Acho que não. Mas como levaríamos nossos soldados pelos estreitos?

— Simples. A Sicília cultiva a maior parte dos grãos que alimentam a Itália, certo? Os navios que carregam os grãos são imensos. Já os vi. Precisaríamos de cerca de mil homens no porto do mercado central. Nossa principal preocupação seria o exército romano.

— Duvido que eles representem um grande perigo. Desde a última guerra contra Cartagena, o exército tem estado em declínio. Os piratas da Cilícia e de Creta controlam o Mediterrâneo, levam os navios para fora da costa sul da Itália.

— É mesmo? — perguntou Spartacus, batendo uma mão na outra, animado.

— Foi o que soube. Os desgraçados até sobem a costa até Ostia. O Senado vocifera contra eles, mas nada de importante tem sido feito desde que a campanha de Publius Servilius Vatia terminou há três anos. Os navios da República andam ocupados na guerra contra Mitrídates do Ponto.

— Excelente, Carbo. Talvez os piratas possam nos levar para atacar os navios de grãos. O que acha?

Carbo sorriu. O plano de Spartacus parecia maluco, mas eles já tinham vencido muitas vezes, mesmo contra todas as possibilidades. Por que não conseguiriam de novo?

— Boa ideia.

— Está na hora de descansarmos — disse Spartacus, bocejando. — Sua vez de fazer a primeira vigília. Acorde-me daqui a algumas horas. — Ajeitando o cobertor, ele se deitou perto da fogueira e adormeceu logo depois.

Carbo jogou outro pedaço de madeira nas chamas. Então, sentou-se, prestou atenção aos sons e observou o fogo que crepitava e lançava faíscas no ar. Um pouco distantes, os cavalos eram duas sombras escuras contra a luz. Uma brisa suave vinha do vale abaixo, fazendo os galhos das árvores estalarem. Folhas caídas farfalhavam perto dali enquanto um animal pequeno passava. Uma coruja piou. Do riacho, veio o murmúrio calmo da água corrente. Carbo relaxou. Antes de se mudar para Cápua, vivera anos na fazenda da família, perto da cidade. Os sons da natureza lhe eram familiares e reconfortantes.

Ele logo sentiu sono. Lutou contra o cansaço por um tempo, porém, sempre que tentava se concentrar, não ouvia nem via nada de preocupante. "Tem sido assim desde que partimos de Roma", pensou ele, sonolento. Que mal faria se ele descansasse um pouco?

Minutos depois, acordou assustado. Olhou ao redor com o coração acelerado. A alguns passos, Spartacus dormia profundamente. A clareira estava vazia. O riacho corria como sempre. Longe dali, um lobo uivava sua solidão para a lua fina visível apenas entre as folhas das árvores. Tudo permanecia como antes, menos o fogo, que já estava quase extinto. O cobertor de Carbo havia escorregado de seus ombros, e ele sentiu frio. "Pelos deuses, devo ter dormido por horas." Sentindo-se culpado, ele remexeu as cinzas com um graveto para ver se havia alguma chance de reacender a fogueira. Ficou contente ao ver que ainda restavam algumas brasas.

Um dos cavalos relinchou baixo e bateu os cascos no chão.

Carbo parou o que fazia. Feliz por conseguir enxergar além da iluminação do que restara da fogueira, olhou na direção dos cavalos. Como antes, só distinguiu o contorno deles contra as sombras mais escuras das árvores.

Não houve nada de diferente por alguns minutos, e ele ficou menos tenso.

O cavalo relinchou de novo.

Carbo voltou a ficar receoso. Apurando os ouvidos, ele olhou para os animais.

Nada.

Fez-se silêncio por um breve momento.

Então, o cavalo bateu o casco no chão.

Agora, Carbo sentiu o estômago embrulhar. Deixou o cobertor escorregar pelos ombros e se aproximou de Spartacus. Pousou a mão no ombro do trácio, torcendo para que este não fizesse barulho.

Para seu alívio, o outro acordou na mesma hora e em silêncio, depois sentou-se.

Carbo se abaixou para falar no ouvido dele.

— Um dos cavalos está irrequieto.

— Mais alguma coisa?

— Ouvi um lobo. Longe. Só isso.

Spartacus assentiu e apontou para o vale.

Os dois permaneceram lado a lado, esperando. Ouvindo com toda a atenção.

Uma coruja piou à sua direita. O barulho não preocupou Carbo, mas ele sentiu Spartacus ficar tenso.

Quando o piado foi respondido nas árvores à esquerda, Carbo ficou enjoado. O cavalo nervoso e as duas corujas tão próximas não podiam ser coincidência. Quando um terceiro piado foi ouvido, qualquer dúvida desapareceu. "Merda."

Spartacus aproximou o rosto do de Carbo. Mexendo os lábios sem emitir qualquer som, disse:

— Vamos.

— E os cavalos?

— Vamos deixá-los.

Carbo viu Spartacus empunhar a adaga e fez o mesmo. Abaixados e fazendo o mínimo de barulho possível, eles subiram o monte para longe da fogueira. Vinte passos à frente, Carbo ouviu mais corujas atrás dele. Sua pele se arrepiou. Elas estavam mais próximas dessa vez. Esperando sentir uma lâmina perfurar sua espinha a cada passo que dava, ele seguiu o trácio.

Spartacus não olhou para trás. Aumentou a velocidade, ciente de que eles tinham que sair da clareira depressa. Seus instintos indicavam que havia homens ali prontos para matá-lo. Havia pelo menos três, porém tinha certeza que outros estariam escondidos. Quem quisesse matá-lo não mandaria menos de seis ou oito homens, talvez até mais. Ele bateu o joelho numa raiz alta e precisou se controlar para não gritar de dor. Continuou agachado, amaldiçoando o fato de quase não haver vegetação rasteira. Ainda que não houvesse muitos obstáculos impedindo seu progresso, havia pouquíssimos lugares onde eles poderiam se esconder.

Mais piados de coruja. Spartacus os contou. Um. Dois. Três. Quatro. Agradeceu ao Grande Cavaleiro por nenhum deles vir da frente deles. Não tinham sido cercados... ainda.

Ele enfim chegou à beira do vale, e a um carvalho grande com tronco partido. Ficou de pé. Carbo se colocou ao lado dele e, em silêncio, os dois olharam em direção ao fogo, suas últimas brasas cor de laranja.

"Mostrem-se, seus malditos", pensou Spartacus.

Carbo teve a sensação de estar em um pesadelo. Fora sua culpa, ele não devia ter adormecido. Quem, em nome de Hades, estava atrás deles?

Nada aconteceu no período de trinta batidas do coração.

— Eles querem ter certeza de que estamos dormindo antes de atacarem — sussurrou Spartacus.

Um dos cavalos relinchou. Em seguida, o outro.

Quatro sombras surgiram de uma vez — três atrás das árvores caídas e uma correndo pela ponta. Spartacus e Carbo distinguiram as lanças empunhadas por seus inimigos. Os homens correram em direção aos cobertores abandonados. Vários golpes foram dados, porém os assassinos logo perceberam que o alvo deles tinha desaparecido. Xingamentos foram ouvidos, e um dos homens vociferou:

— Os malditos se foram!

Um golpe certeiro na cabeça dele, aplicado por um dos companheiros, o silenciou. Outro piado de coruja foi ouvido, dessa vez mais urgente. Os homens se espalharam, caminhando na ponta dos pés pela clareira. Em direção a Spartacus e a Carbo.

— Hora de irmos — sussurrou Spartacus.

— Para que lado? — perguntou Carbo, com desespero na voz.

— Para cima. Vamos devagar primeiro, mas, quando eu mandar, correremos como o vento. Isto é, se você quiser viver! — Os dentes do trácio brilhavam à luz da lua, e Carbo desejou ter a coragem de seu líder. Embainhando a adaga, pois não queria perdê-la, ele assentiu.

— Estou pronto.

— Bom rapaz. — Spartacus se virou e passou a caminhar devagar como um lobo.

As lembranças de Carbo daquela noite o acompanhariam para sempre. Nunca tivera de viajar antes entre as montanhas à noite e esperava não ter que repetir a experiência. Pelo menos não enquanto fosse perseguido por um número desconhecido de homens armados, portando uma simples adaga. No começo, subir foi fácil, mas logo Spartacus começou a dar passadas compridas.

"Como ele sabe para onde ir?", perguntou-se Carbo, seguindo-o o mais rápido que conseguia. O coração batia forte no peito, não pelo esforço da corrida, mas de medo. Ele tinha a sensação de ser um animal perseguido por um grupo de caçadores. Atrás de cada árvore e de cada moita havia um inimigo em potencial e, a cada passo, Carbo corria o risco de quebrar o tornozelo por causa de uma raiz protuberante ou um pedaço de madeira seca. Antes, achava que tinha bom senso de direção, mas a viagem fez com que ele mudasse de opinião. A liteira densa só permitia que eles vissem o céu da noite de vez em quando, o que o confundia ainda mais. Spartacus, por outro lado, corria sem parar e subia cada vez mais, como se Hermes, o mensageiro dos deuses, guiasse seus passos.

Eles paravam com frequência para ouvir os sons da perseguição. Na primeira vez, discerniram o barulho baixo de homens em movimento, mas estes retrocederam quando os dois pararam pela segunda vez. Depois disso, para a satisfação de Spartacus e enorme alívio de Carbo, não ouviram mais nada. Carbo esperava que o trácio andasse mais devagar depois daquilo, porém se decepcionou. O trácio passou a avançar ainda mais depressa, com os pés ágeis, como se tivessem asas. Foi difícil acompanhá-lo e proteger os olhos dos galhos empurrados por Spartacus.

Quase uma hora se passara quando eles chegaram ao topo da montanha. Depois de percorrerem uma distância curta, chegaram a uma clareira. Pela primeira vez, tiveram uma boa visão do céu, iluminado por muitas estrelas. A posição da lua acima indicava que demoraria a amanhecer. O trácio deu uma rápida espiada no espaço aberto antes de entrar, andando devagar como um gato. Carbo o seguiu, olhando de vez em quando para trás com impaciência. Ele não ouvia nada. Pela primeira vez, sentiu-se um pouco mais calmo.

— Se fosse um pouco mais iluminado, teríamos uma boa visão daqui. — Spartacus apontou a escuridão. — Onde estamos?

— Não faço ideia — respondeu Spartacus com um sorriso. — Mas acho que este topo é o mesmo que flanqueia a Via Appia, o que significa que ele se estende na direção norte-sul. Vamos acompanhá-lo.

— Podemos nos desviar do caminho por quilômetros. — Carbo se sentiu um tolo assim que terminou a frase. — Mas não temos alternativa, certo?

— Não — respondeu Spartacus, sério. — Aqueles filhos da puta ficarão na nossa cola assim que clarear, por isso temos que manter a máxima distância que conseguirmos deles. Mas eu adoraria parar. Montar uma armadilha, talvez fazer um prisioneiro.

— Para descobrir quem eles são?

— Sim!

— Acho que não são romanos.

— Nem eu. Se estivéssemos sendo seguidos por Roma, eles já teriam nos atacado. Não parece ser o cavaleiro com quem falamos. Ele não estava interessado em nós.

— Não é só isso. O homem que falou tinha um sotaque forte. Não tem como ele ser um falante nativo de latim.

— Também reparei nisso. Só podem ter sido enviados por alguém que sabia que fomos a Roma.

Carbo se assustou.

— Está se referindo a Castus ou a Gannicus?

— Sim, ou outra pessoa que tenha algo contra mim.

"Malditos. Como ousam, depois de tudo o que fiz por eles?" Se visse os dois naquele momento, Spartacus arrancaria seus membros.

— Malditos traidores!

— É de se esperar. Muitos homens não gostam de seguir um líder. Se estivéssemos na Trácia, esse tipo de armação poderia ter acontecido antes — retrucou Spartacus.

— Talvez pudéssemos pegar um deles — começou Carbo.

— Não! Vimos quatro deles, e aposto que era só a metade.

— Então, não teremos como descobrir quem mandou os desgraçados — protestou Carbo.

— Às vezes é preciso encarar a incerteza — ponderou Spartacus.

— Ela faz um homem ficar atento! — Carbo sorriu, porém o gesto pareceu mais uma careta. — Descobriremos mais quando voltarmos — declarou Spartacus. — Você fez bem em me acordar. Não acho que é demais dizer que devo minha vida a você. Obrigado.

Carbo se sentiu orgulhoso. Contudo, ao lembrar-se de que havia acordado do cochilo por acaso, sentiu a garganta secar de culpa. Não poderia admitir isso.

— De-de nada — conseguiu murmurar. — Não é nada mais do que você já fez por mim.

Spartacus lhe lançou um sorriso confiante.

— Vamos, é um longo caminho até chegarmos a um local seguro. — Ele não deixou transparecer a preocupação que o dominava desde que pensara em quem poderia ter enviado os assassinos. "Grande Cavalheiro, peço que cuide de Ariadne e de nosso bebê." Virou-se e deu um passo em direção ao lado mais distante da clareira.

No dia seguinte, já escurecia quando eles chegaram ao acampamento do exército rebelde. Carbo sentia os pés doloridos, sede e mais fome do que nunca, mas estava vivo. Sentiu vontade de comemorar.

— Conseguimos.

— Não conseguimos ainda.

Encarou Spartacus, chocado.

— Mas é o nosso exército. Não vai demorar muito para descermos o monte.

— Ficamos longe por mais de duas semanas. Como saber o que aconteceu nesse período? — Se Castus e Gannicus eram capazes de enviar assassinos atrás dele, o que mais poderiam ter feito?

— O que devemos fazer, então? Você quer se... — Carbo engoliu a palavra *esconder* — ficar aqui enquanto vejo como as coisas estão?

Spartacus riu.

— Não estou com medo, só estou sendo cauteloso. Nosso objetivo são as barracas maiores no meio. É onde Ariadne e os citas estarão.

— Quais são seus planos depois disso? Vamos matar os gauleses?

— Não há nada que eu gostaria de fazer mais, se eles forem os responsáveis — vociferou Spartacus. — Contudo, eles têm se empenhado muito para garantir a lealdade de seus seguidores. Se forem mortos, mais de dez mil homens podem desertar. É uma perda que não posso sofrer agora.

— Então, você deixará que eles saiam impunes?

— Não foi o que eu disse, de jeito nenhum — retrucou Spartacus, com um sorriso. — Vamos. Mantenha a cabeça baixa enquanto caminhar. A maioria dos homens não nos notará.

— Se você está dizendo...

Nervoso, Carbo tocou o cabo da adaga, para ter certeza de que ela estava ali.

— Estou. Você primeiro. Vou depois.

Rezando para que Spartacus estivesse certo, Carbo foi na frente. Não demorou muito para eles encontrarem soldados: homens que voltavam de uma tarde de caça, de um encontro com uma mulher na privacidade da mata ou simplesmente aqueles que precisavam de um local para fazer suas necessidades. Carbo ignorou todos que encontrava. Quando alguém o cumprimentava, ele resmungava uma resposta e seguia em frente. Spartacus permanecia perto dele, de cabeça baixa.

Chegaram ao acampamento sem contratempos. Em vez de caminhar pelos maiores espaços entre as barracas, Carbo decidiu seguir pelos mais estreitos. Por causa disso, tinha que pular cordas, mas a chance de alguém notá-los era bem menor. Como logo percebeu, também era uma boa maneira de ouvir conversas.

— Thurii ainda está muito longe?

— Não mais do que oitenta quilômetros, segundo meu oficial.

— Por Hades, quem peidou? Fede mais do que um cadáver apodrecendo!

Risos.

— Você não deveria ter comido tantas folhas no jantar!

Carbo sorriu, animado para dar risadas com Navio e Arnax.

— Onde está Spartacus? — perguntou alguém com a voz grave do lado de fora da barraca adiante. — Há quanto tempo ele partiu?

Carbo sentiu um tapa nas costas, dado pelo trácio. E parou.

— Quase três semanas.

— Então, não vai mais voltar, certo?

— Não temos como saber — disse a segunda pessoa. — Quem somos nós para saber quando ele voltará? Ele é o líder do exército, faz o que acredita ser o melhor.

— Ele não vai mais voltar ou já morreu e está jogado em uma vala qualquer. O que ele estava pensando ao nos deixar nas mãos desses gauleses imundos?

— Egbeo e Pulcher também estão no comando, e você sabe disso. Muitos homens também ouvem Ariadne. Ela fala com Dionísio, não se esqueça — retrucou o terceiro homem.

— Talvez por enquanto. Mas podem ter certeza de uma coisa — começou o homem de voz grave. — Não vai demorar para que todos sejam mortos. Vocês sabem como Castus e Gannicus são. São dois ratos. Não titubeiam se precisarem matar uma mulher e uma criança.

Carbo abriu e fechou a boca. Virou-se para o trácio, cujo rosto estava tomado por uma mistura de alegria e ira.

— Espere — ordenou Spartacus sem emitir som.

— Vamos, as coisas não estão tão ruins. Quase chegamos a Thurii. Não temos sinais dos romanos há semanas. Spartacus aparecerá qualquer dia, e tudo ficará bem de novo.

— Se ele aparecer, como as minhas malditas sandálias — disse o primeiro homem. — E quando os gauleses tomarem o comando, não ficarei por aqui para ver o que vai acontecer.

Os outros homens concordaram.

Para a surpresa de Carbo, ele sentiu Spartacus passar por ele, dando a volta na barraca. Com a adaga em punho, ele o seguiu.

Eles entraram na barraca e viram um grupo de seis homens sentados ao redor de uma pequena fogueira sobre a qual havia uma panela de bronze cheia de ensopado. Os homens usavam roupas cor de creme, vermelhas e marrons. Todos tinham adagas, mas apenas dois vestiam faixas com gládios embainhados. Um monte de armas — lanças, pilos e espadas — estava a alguns passos, juntamente com um monte de escudos.

Spartacus entortou o lábio ao ver os rostos surpresos.

— Saudações.

— Quem diabos é você? — perguntou um homem careca de queixo firme.

"A voz dele é grave", constatou Carbo.

— Sentiu o cheiro do jantar, não? — perguntou um jovem soldado com olhos profundos e cabelo preto grosso. — Pois não vai comer nada! Caia fora e faça sua comida.

Os companheiros dele riram. O barulho era amigável, porém havia algo ali de que Carbo não gostou. Não demoraria para a situação ficar feia. Endireitando os ombros, ele parou ao lado de Spartacus.

— Quem está falando mal de Spartacus? — vociferou o trácio.

— Eu mesmo. — O homem careca se levantou devagar. — Tem algum problema com o que eu disse?

— Na verdade, sim.

Com isso, todos, menos o jovem soldado que havia falado, se levantaram. Qualquer traço de simpatia desapareceu do rosto deles. Eles levaram as mãos aos cabos das adagas e das espadas.

— Aconselharia você a ir embora agora — disse o careca, dando um passo à frente. — Antes que se machuque de verdade.

— Ou acabe morto — acrescentou um dos amigos, cujo dente era protuberante.

— Isso é uma ameaça? — perguntou Spartacus.

— Entenda como quiser. — O careca se aproximou ainda mais.

"Ótimo." Spartacus se lançou à frente, pegou o careca pela parte da frente da túnica e o jogou para trás. Ele caiu sentado no fogo. Com um grito de dor, se levantou com as mãos nas nádegas. Muitos de seus companheiros — sobretudo o jovem que ainda estava sentado — riram.

Carbo riu alto, porém, o restante dos soldados empunhou suas armas. "Merda", pensou ele. Teria sido melhor se tivessem se afastado.

— Pense muito bem antes de atacar seu líder — gritou o trácio.

O careca parou de gritar. O medo tomou seus olhos.

— Como? Você não é Spartacus!

— Não sou? Preciso estar vestido com minha malha e segurando a sica para você me reconhecer? — Spartacus deu um passo à frente, punho em riste. — Quem quer a glória de dizer que pegou uma águia romana na batalha e, com isso, humilhou toda uma legião? — berrou.

Ao seu redor, os homens viraram a cabeça.

Era o mesmo grito que Spartacus havia usado para incentivar seu exército no dia em que eles lutaram contra Gellius, lembrou Carbo com alegria.

A ira do careca foi substituída por puro medo.

— Nã-não, senhor. Eu o reconheço agora.

Seus companheiros se entreolharam incrédulos e guardaram as armas.

— Pedimos desculpa, senhor. Não percebemos — murmurou um deles.

Os outros concordaram, e Carbo relaxou um pouco.

O trácio observou os soldados um a um.

— Pelos deuses, Zeuxis, você é um imbecil! Todos seremos executados por causa da sua boca grande — reclamou um soldado forte de cabelo curto.

O careca fez uma careta.

— Por favor, perdoe-me, senhor. Eu não sabia quem o senhor era.

— Há um instante, você estava reclamando do tempo que passei fora. E que eu devia estar morto em uma vala.

— Não estava dizendo o que realmente acho, senhor, eu...

— Não minta para mim, tolo, ouvi o que você disse.

— O senhor passou muito tempo fora. Sei que não fui o único a me preocupar com o que aconteceria ao exército. A todos nós. Sem o senhor, teríamos imundos como Castus e Gannicus tentando nos liderar. É o que todos falam. — Zeuxis olhou para os companheiros em busca de apoio, mas ninguém o olhava nos olhos. Resignado e nada surpreso, ele se voltou para Spartacus de novo. — Mas, graças aos deuses, o senhor voltou!

— O que ele disse é verdade?

Ninguém respondeu.

"Eles estão assustados demais", pensou Carbo, surpreso com a capacidade do trácio de assustar apenas com a sua confiança.

— Você! — vociferou Spartacus ao jovem soldado com olhos profundos.

— Sim, senhor?

— Seu companheiro está certo?

— Em parte, senhor — foi a resposta. — Mas é só o que estão dizendo. O senhor sabe como os homens são.

— Porém, você não concordou com Zeuxis.

— Não, senhor.

— Por que não tentou me atacar também?

— Não brigo à toa, senhor.

— Você parece ser o mais convincente aqui. Qual é seu nome?

— Marcion, senhor.

Spartacus tomou uma decisão rápida.

— Então, Marcion, você confia nesses homens?

Um clima de medo tomou conta do ambiente já tenso. Todos tinham entendido a mensagem nas entrelinhas das palavras do trácio.

— Sim, senhor. São todos bons soldados. Lutaram com bravura em todas as batalhas que presenciei. Zeuxis pode falar demais, contudo, matou um oficial romano em Piceno, e Arphocras... — ele apontou o homem de barba cheia —, me ajudou a pegar um estandarte quando lutamos contra Gellius.

Spartacus olhou fixamente para Zeuxis, que passava a mão no traseiro queimado.

— É verdade?

— Sim, senhor, é! — Ele apontou a pilha de armas. — Posso mostrar a espada dele.

— Não precisa. Acredito em você.

Zeuxis se calou e observou o trácio, com medo — assim como seus companheiros.

— O motivo pelo qual deixei o acampamento não é o que vocês pensam, para conhecer o caminho. Fui a Roma.

Ele sorriu ao ver a surpresa deles.

— Por quê, senhor? — perguntou Marcion.

— Para descobrir o que os romanos têm planejado e para assassinar o novo general que liderará o exército deles.

Mais expressões chocadas.

— O senhor conseguiu? — quis saber Zeuxis.

— Em parte. Soube que as legiões não esperarão até a primavera para marchar atrás de nós. Dois homens não bastaram para matar Crassus, mas nós o amedrontamos, com certeza. — Ele fez um gesto com a mão. — Vou matar o desgraçado da próxima vez que encontrá-lo.

Os soldados pareciam encantados.

— Gostaria de matar mais um oficial romano, Zeuxis? O resto de vocês está pronto para lutar contra as legiões? Porque é isso o que teremos que fazer... mais cedo ou mais tarde.

— Se o senhor estiver no comando, lutarei contra qualquer um... até contra o Minotauro! — gritou Zeuxis.

— E você, Marcion? — perguntou Spartacus.

— Pode contar comigo, senhor.

— Comigo também! — gritou Arphocras.

Os demais gritaram, concordando. Ao redor, os homens começaram a entoar:

— SPAR-TA-CUS! SPAR-TA-CUS!

Carbo ficou surpreso ao ver como a situação tinha sido revertida. Um grupo de soldados insatisfeitos, muitos deles prontos para desertar, havia passado a acreditar cegamente no trácio, que sorriu satisfeito. Spartacus ergueu a mão, pedindo silêncio.

— Todos vocês são homens corajosos. E, apesar de serem um transtorno às vezes — nesse momento, ele olhou para Zeuxis, que parecia envergonhado —, eu nunca abriria mão de vocês! — Eles gritaram, animados. — Tudo que vocês sofrem, cada dificuldade e tribulação, eu também enfrento. — Spartacus se virou para falar com mais homens que o observavam. — Posso ter partido, mas sempre soube que voltaria. Sempre! Com o Grande Cavaleiro como testemunha, *nunca* deixarei vocês, meus bravos soldados. NUNCA!

Dessa vez, Carbo se uniu ao coro.

— SPAR-TA-CUS! SPAR-TA-CUS! SPAR-TA-CUS!

— Até breve — disse Spartacus a Zeuxis. — Até lá, pode ser que você tenha tempo de comer suas sandálias.

Zeuxis ficou ainda mais corado, e seus companheiros riram.

Spartacus deu um tapinha no braço de Zeuxis. Então, virou-se para Carbo com um sorriso.

— Está na hora de lidar com Castus e Gannicus. — "E ver meu filho!", pensou.

Com os gritos dos soldados ecoando em seus ouvidos, eles se afastaram.

Dessa vez, passaram pelo caminho principal entre as barracas.

O acampamento foi tomado por gritos de alegria quando os homens viram que seu líder havia voltado. Spartacus assentiu, sorriu e continuou andando. Por dentro, ele se sentia feliz por poucos rostos parecerem decepcionados com sua volta. Estava diante de uma pequena parcela do exército, mas esta representava bem o todo. O veneno de Castus e de Gannicus não tinha se espalhado tanto. O trácio não demorou a chegar à barraca de Ariadne. Atheas e Taxacis estavam de guarda do lado de fora. Ao reconhecerem Spartacus, correram ao seu encontro, sorrindo.

Spartacus levou a mão aos lábios.

— Quietos — sussurrou.

Os citas se entreolharam surpresos, porém se calaram.

— Quer... ver... filho? — perguntou Atheas baixinho.

— Meu filho? — "Graças aos deuses é um menino!" Ele hesitou um pouco, porém, manteve-se firme. Os gauleses tinham que ser confrontados de uma vez, antes de saberem que ele havia voltado.

— Sim, Maron.

— Ela deu a ele o nome de meu irmão — disse Spartacus suavemente. — É um bom nome. Ele está bem?

— Ele... bem. — Atheas sorriu. — Ele... como você.

Um sorriso.

— Vou vê-lo depois.

Carbo ficou surpreso.

— Depois?

Spartacus o ignorou. Então, disse a Atheas:

— Você tem duas espadas sobrando? — O cita assentiu. — Peguem-as. — Spartacus parecia furioso quando Atheas se afastou. Carbo não ousou dizer nada.

Atheas voltou com dois gládios simples, mas adequados — os dois com bainha de couro. Entregou as armas ao líder e a Carbo.

Spartacus ajeitou sua faixa no ombro direito.

— Levem-me até Castus e Gannicus.

Atheas foi na frente, muito preocupado.

— Por quê?

— Fomos atacados duas noites atrás. Não foram os romanos. Só podem ter sido homens de nosso acampamento. Quem mais teria motivos para me querer morto?

— Castus. Gannicus. Malditos! — gritou Taxacis. — Nós... matamos?

Spartacus mostrou os dentes.

— Infelizmente, precisamos dos arrombados. Dez legiões estão sendo formadas. Elas podem chegar aqui dentro de três a quatro meses. Talvez não haja tempo suficiente para unir e treinar substitutos para os soldados que seguiriam os gauleses se estes partissem.

Os nervos de Carbo estavam abalados. "O que quatro de nós podemos fazer?"

— Como será feito?

— Quero ver a cara deles quando virem que estou vivo. Isso nos mostrará se são culpados ou não. Vamos amedrontá-los e mostrar que eles também podem ser pegos.

— Eles terão dezenas de guerreiros.

— E daí? — perguntou Spartacus. — Eles têm que ver que não tenho medo deles, nem um pouco, e devem entender que se encomendarem meu assassinato, morrerão primeiro. Nós os executaríamos antes de eles nos matarem, não?

— Sim! — gritaram os citas, decididos.

Carbo rangeu os dentes para afastar o medo. Quase deu certo.

— Estou com você.

— Sabia que estaria — disse Spartacus, que piscou para ele. — Se os deuses estiverem conosco, nada de pior acontecerá. Guie-nos, Atheas.

Refletindo como Spartacus impediria o massacre de todos eles, Carbo o seguiu.

As barracas dos gauleses não ficavam longe. Eram cercadas pelos incentivadores de Gannicus e Castus e, por isso, o pequeno grupo logo foi notado. Os soldados que não reconheceram Spartacus conheciam os citas ou Carbo de vista. Os homens pareciam surpresos, apontavam. Apesar de alguns insultos terem sido proferidos, ninguém impediu a passagem deles. Ainda.

Alguém cuspiu na direção de Carbo, que viu o cuspe diante de seus pés e sentiu o estômago revirar. Normalmente, ele teria respondido a tal insulto, mas não podia fazê-lo agora.

— Siga em frente — murmurou Spartacus.

Atheas apressou o passo.

Encontraram Castus e Gannicus diante de um pavilhão que antes deveria ter pertencido a um general romano. Um grande número de estandartes brilhantes fora fincado no chão, incluindo cinco águias de prata. Castus estava sentado em uma tora com uma mulher seminua ajoelhada entre as pernas. Enquanto a cabeça dela se movia para cima e para baixo, ele gemia baixinho. Gannicus estava deitado de barriga para cima perto dali, bebendo o vinho despejado de uma jarra segurada por uma mulher de olhar apático, também seminua. Vários soldados armados estavam por ali, conversando, bebendo ou acariciando outras mulheres de olhar ainda mais amedrontado. Alguns notaram a aproximação do grupo, porém, era tarde demais para impedir o que aconteceu em seguida.

— Surpreendam Gannicus — sussurrou Spartacus aos citas. — Quando me virem em ação, derrubem a jarra de vinho toda em cima do idiota.

Com expressão maquiavélica, Atheas e Taxacis se afastaram.

— Carbo, você fica comigo. — Ele caminhou até a mulher que se dedicava ao prazer de Castus.

Carbo olhou para o gaulês com nojo. "Ele fode em público, como um animal."

Os olhos de Castus ainda estavam fechados quando Spartacus chutou a nadega da mulher com força. Esta perdeu o equilíbrio e soltou um som de engasgo. Gritando de dor, Castus a empurrou, e ela caiu para o lado, tossindo.

Spartacus segurava o próprio gládio.

A 15 passos dali, Atheas pegou a jarra das mãos da mulher e a esvaziou na cabeça de Gannicus. Ouviu-se um grito de surpresa, mas quando o gaulês viu quem era, não resistiu. Permaneceu ali, gritando.

— Seus malditos bárbaros enlouquecidos! Vou sufocá-los com suas bolas por fazerem isso!

— Você! — Castus se levantou, chocado.

Spartacus não teve mais dúvida. A ira tomou sua visão por um instante.

Os olhos de Castus se voltaram para a espada que estava aos seus pés.

— Vamos lá, manco imbecil! — vociferou Spartacus. — Pegue-a.

— Meus homens acabarão com você!

— Eles podem tentar, mas vocês nunca verão como tudo acabará já que estarão mortos antes de empunharem a espada. — Spartacus encarou o gaulês, desafiando-o a se mexer.

Castus lambeu os lábios e permaneceu imóvel.

Carbo nunca tinha ouvido tanta ira na voz de seu líder. Castus também a percebera. Sabia que, se reagisse, morreria. Então, os citas matariam Gannicus, e os guerreiros ao redor os atacariam. Carbo segurou o gládio com força. "Grande Júpiter, permita que eu tenha uma boa morte."

A ira de Spartacus abrandou um pouco.

— Está me vendo, Gannicus, ou seus olhos ainda estão ardendo?

O gaulês ergueu a cabeça.

— Eu o vejo — resmungou.

— Está tão surpreso ao me ver quanto seu amigo aqui?

— Acredito que sim. Não sabíamos quando você voltaria. Não recebemos notícias suas.

— Você mente mal, Gannicus. Isso e a cara de espanto de Castus ao me ver são a evidência de que preciso. Vocês dois achavam que eu estava morto, não é?

— Não sei do que você está falando — retrucou Castus, puxando a calça para cima de qualquer jeito.

— Cale essa boca imunda — ordenou Spartacus. — Compreenda que o único motivo pelo qual vocês dois não estão sufocados pelo próprio sangue é porque permanecermos juntos ainda é do interesse de todos.

— Sobre o que está falando? — quis saber Gannicus.

— Estou falando de dez malditas legiões! Dez legiões que marcharão em direção ao sul antes do inverno. Foi o que descobri em Roma. Querem lutar contra eles sem meus homens? — As palavras dele foram recebidas com um silêncio profundo. — Imaginei que não. Talvez, de agora em diante, vocês possam passar mais tempo procurando novos recrutas e os treinando, em vez de ficarem promovendo orgias.

Nenhum dos dois respondeu.

Spartacus os encarou, estreitando. "Eles entenderam o que eu disse. Já basta. Ainda não é preciso mencionar a Sicília."

— Mais uma coisa. Se um de vocês tentar machucar a mim ou a alguém de minha família de novo, não descansarei enquanto não os vir mortos. Vocês entenderam?

Gannicus assentiu. Castus foi lento demais para o gosto de Spartacus, então este empunhou a espada na direção do gaulês, forçando-o a dar um passo para trás.

— ENTENDEU, porra?

— Sim — murmurou Castus.

— Excelente. — Com um olhar de nojo, Spartacus deu um passo para trás. — Atheas! Taxacis. Vamos embora.

Os citas se afastaram de Gannicus, que se sentou com o rosto rubro de ódio.

Vários gauleses começaram a se movimentar na direção deles. Carbo ficou tenso.

— Se eu não voltar logo, Egbeo e Pulcher têm ordens para mobilizar todos os soldados no acampamento e depois virem aqui me procurar. Vocês podem escolher se querem ou não que isso aconteça — ameaçou Spartacus em voz alta. — Para mim, tanto faz.

Castus lançou um olhar incerto a Gannicus.

— Ele está mentindo.

— Como sabe? — questionou Gannicus. — Fiquem onde estão — ordenou ele, e os guerreiros pararam.

Spartacus e seus companheiros se afastaram em silêncio até cerca de trinta passos dos gauleses.

— Bom trabalho — elogiou Spartacus. Ele teria que tomar cuidado a partir de agora, mas duvidava que houvesse outros atentados contra ele, pelo menos não um perpetrado pelos gauleses. Não se sabia ao certo quanto tempo Castus e Gannicus permaneceriam com o exército rebelde, mas, por enquanto, os dois tinham aprendido a lição. Ele podia se concentrar em encontrar novos recrutas e piratas que os levariam à Sicília.

Os citas sorriam. Carbo também.

— Uma mentira convincente na hora certa.

Spartacus piscou.

— Hora de ver meu filho. — "Meu filho!"

CAPÍTULO XII

Deixando Carbo e os citas do lado de fora, Spartacus entrou na barraca. Seus olhos se ajustaram depressa à pouca luz, e ele ficou feliz com o que viu. Alguém — Egbeo ou Pulcher, ele acreditava — se dedicara a decorá-la bem. Havia tapetes grossos no chão, algumas lamparinas grandes de bronze, dois baús escuros e uma mesa de cerejeira com cadeiras. No entanto, sua atenção foi direcionada à cama desarrumada encostada em uma parede e ao berço de madeira entalhado à mão do lado dela. Esticou o pescoço, mas não conseguiu ver o que havia dentro dele. Ariadne estava ao lado do berço, de costas para ele. Ela cantava baixinho.

Spartacus deu mais passos adiante, porém, não a interrompeu. A cena tranquila era tão diferente do que acabara de ver, do que acontecera desde sua partida para Roma, que precisou de uns segundos para voltar à normalidade. Para voltar para sua *família*. Porque, no tempo em que esteve ausente, era isso o que eles tinham se tornado.

Uma alegria intensa substituiu a fúria que sentira em relação aos gauleses. Ariadne estava bem, assim como seu filho. Maron. "Você nunca será esquecido, meu irmão."

Ela parou de cantar. Inclinou-se sobre o berço e beijou suavemente a cabeça do bebê antes de se virar para Spartacus. Seu rosto estava impassível.

— Obrigada por não fazer barulho — disse ela num tom sério.

— Você me ouviu entrar.

— Sim. Ouvi você chegar há algum tempo... e então sair sem ver sua esposa e seu filho recém-nascido. Para conversar com Castus e Gannicus. — Precisou se esforçar para falar baixo. — Como pôde?

Ele deu um passo na direção dela.

— Ariadne, eu...

— Não — interrompeu ela, fervendo de ódio. — Não fale comigo! Veja Maron. Você lhe deve pelo menos isso.

Com a mandíbula contraída, Spartacus se aproximou do berço e espiou. O que viu fez seu ódio desaparecer no mesmo instante. A cabeça e o cabelo preto, o corpinho deitado de barriga para cima, envolvido em um cobertor. Ao lado do bebê, um bonequinho enrugado com um nariz de botão. Seu coração foi tomado por amor e orgulho.

— Ele é tão pequeno.

— Maron é grande para um menino, segundo a parteira. E ganhou bastante peso desde que nasceu.

Spartacus assentiu. Ele não sabia quase nada sobre bebês. Olhou fixamente para o filho, querendo tocá-lo, mas temeu acordá-lo ou fazer alguma besteira.

Ariadne leu sua mente.

— Por enquanto, apenas acaricie a cabeça dele ou as costas. Poderá segurá-lo quando ele acordar.

Mais calmo, o trácio acariciou a pele macia do rosto de Maron. Ao tocar o filho, sorriu e repetiu o carinho.

— Bem-vindo ao mundo, meu filho — sussurrou. — Que bom conhecê-lo, finalmente.

Maron se remexeu, assustando Spartacus, que afastou o braço.

— Está tudo bem, você não o acordou.

Spartacus voltou a pôr a mão dentro do berço.

— Ele tem o cabelo como o seu.

— E os seus olhos. Mas a parteira disse que eles podem mudar de cor.

— Não me importo. O importante é que ele está aqui, em segurança, e que você está bem.

— Você já viu que sim, que estamos bem. Então precisa partir de novo?

— Não, claro que não. — Ela contraiu os lábios, e Spartacus percebeu que ainda estava furiosa. — Maron é um bom nome. Eu não poderia ter pensado num melhor. Sem dúvida, meu irmão está cuidando dele do paraíso dos guerreiros. Deve estar muito orgulhoso. E meu pai também.

— Não foi nada.

— Não, isso significa muito, Ariadne. Para mim e também para os mortos. Obrigado.

Ela não respondeu.

Spartacus não queria que a briga continuasse. Ele queria uma folga dos conflitos pelo menos com sua família.

— Eu *queria* ter vindo ver vocês dois assim que cheguei. Como pode duvidar disso?

Ela olhou nos olhos dele de modo acusador.

— Você já preteriu a sua família antes, por causa do seu exército. Eu me forcei a aceitar isso... quer dizer, quase. Mas chegar e falar primeiro com aqueles *porcos*? Que tipo de homem é você?

Ele se sentiu ferido e irado com o comentário.

— Você não entende!

— Não, claro que não. Sou só uma mulher, certo? — Maron se remexeu, e ela franziu o cenho. — Afaste-se, ou vamos acordá-lo. Ele precisa dormir. Não dormiu à noite.

A preocupação de Spartacus superou a raiva que sentia.

— Ele está doente?

Ela o encarou com raiva.

— Não, só está com um pouco de cólica.

— Cólica? Como as dos cavalos?

— Sim, mas não tão séria. Todos os bebês têm cólica de vez em quando. A parteira preparou um chá de erva-doce hoje cedo que ajudou muito.

— Tomei um pouco disso quando tive gases... me fez peidar como um maldito garanhão! — Ela não riu da piada. Eles permaneceram em silêncio por um momento, e então ele tentou de novo. — Eu queria ver vocês dois, mas precisava resolver algo antes.

— O que poderia ser mais importante do que ver seu filho? — questionou ela. — Você queria se gabar pelo que fez ou descobriu?

A irritação dele saiu de controle.

— Cale-se, mulher, e deixe-me falar!

Ariadne contraiu os lábios, mas não retrucou.

— Contarei o que aconteceu em Roma mais tarde. É importante, porém não é o motivo pelo qual deixei de vir aqui primeiro.

— Não estou entendendo.

— Há duas noites, fomos atacados em nosso acampamento por um grupo de homens. Se Carbo não tivesse percebido a aproximação deles, nós dois poderíamos estar mortos.

Ariadne percebeu que ele estava sendo sincero. Imagens horrorosas lhe ocorreram. O remorso tomou seu peito por ser tão presunçosa.

— Como vocês escaparam?

— Correndo para nos salvarmos. — Ele mostrou os rasgos na túnica e os arranhões nos braços e nas pernas. — Mal comi e bebi desde o ocorrido. Não que me importe. Tudo o que queria era chegar aqui, primeiro ter a certeza de que vocês não tinham sido assassinados e, depois, confrontar Castus e Gannicus.

— Eles estão por trás disso? Como sabe que os assassinos não eram romanos?

— Um deles falou algo. Carbo disse que ele não era falante nativo de latim. Além disso, saímos de Roma sem dificuldade. Ninguém havia nos seguido.

— Então, se não foram os romanos — disse ela, franzindo o cenho —, só pode ser alguém que sabia aonde vocês tinham ido.

— Isso mesmo. E pode haver muitos homens no exército que não gostam de mim, contudo, Castus e Gannicus são os que desejam mais a minha morte.

Ao lembrar-se da visita que os gauleses tinham lhe feito, Ariadne estremeceu. Talvez ela tivesse tido mais sorte do que pensara.

— Você os matou?

— Não.

— Por que não? — questionou. — É o que eles merecem! Maron e eu teríamos sido os próximos.

— Provavelmente. — Ele começava a gostar de vê-la brava. Isso mostrava que ela ainda se importava com ele. — Entretanto, matá-los teria sido contraproducente. — Então ele lhe contou sobre os planos de Crassus e o que ouviram do soldado do mensageiro na estrada.

— Dez legiões... — disse Ariadne baixinho. Sentiu-se apática. — E você acha que eles chegarão aqui em três ou quatro meses.

— Agora você sabe por que não me livrei dos gauleses. Se eles partissem, não teríamos homens suficientes para derrotar os romanos, e nenhum general gostaria de iniciar uma batalha desse modo.

— Eu sei. Então o que você fez com Castus e Gannicus?

— Nós os surpreendemos. Os selvagens ficaram muito assustados quando me viram. A cara de Castus me disse tudo o que eu precisava saber. Ele e Gannicus mandaram aqueles homens.

— Cachorros malditos! — Os olhos de Ariadne estavam tomados de ódio, lembrando a Spartacus uma fera defendendo seu filhote. — Agora que sabem sobre as dez legiões, eles ficarão?

— Quem sabe? Vamos esperar que sim. Até conseguirmos recrutar e treinar mais homens, pelo menos.

"Vai ser uma corrida contra o tempo fazer isso enquanto tento mover o exército e organizar a ida à Sicília."

Ela ainda não estava satisfeita.

— Como sabe que eles não tentarão de novo?

— Não sei. Mas eles sabem muito bem o que acontecerá se tentarem. A dor de Prometeu não será nada comparada ao que sofrerão.

— Gostaria de vê-los gritando — disse ela. — Eu até fincaria mais a faca.

— Que leoa, não? — Tocou o rosto dela, e a reação de Ariadne o surpreendeu. A frieza se desfez, e seus olhos marejaram.

— Graças aos deuses por Carbo — sussurrou. — Graças a eles por terem escondido vocês enquanto corriam e por trazê-los de volta em segurança.

Spartacus abriu os braços, e ela se aproximou. Ele a abraçou com força.

— Senti muito a sua falta. — Ariadne pensou na estrada pontuada por cruzes e se esforçou para afastar a imagem brutal. — Pensei que não voltaria.

— Não foi tão ruim — mentiu ele, feliz por ela não poder ver o rosto dele naquele momento. — Não foi como lutar uma batalha. E estou de novo aqui, com você e com Maron.

Ela olhou para ele, abrindo um sorriso.

— Então valeu a pena ter ido?

— Sem dúvida. Descobrimos sobre as legiões que estão sendo reunidas e quase matamos Crassus, o político que tem comandado os exércitos romanos. — Ele fez uma careta. — Se eu tivesse Atheas e Taxacis comigo ou uns dez gladiadores... Poderíamos ter acabado com ele com facilidade.

Ariadne ficou confusa.

— Conte para mim.

Ele contou tudo sobre o atentado, e ela balançou a cabeça numa mistura de surpresa e exasperação.

— E você diz que o que aconteceu não foi perigoso? Você tem uma vida abençoada, Spartacus.

Ele adotou uma postura séria.

— Eu sei, e agradeço ao Cavaleiro por isso todos os dias. Amanhã, oferecerei um carneiro a ele ou, melhor ainda, um touro.

— Então, o que faremos agora?

— Havia um mensageiro oficial na estrada na tarde antes de sermos atacados. Ele levava ordens a Messina, na Sicília. Houve duas grandes rebeliões de escravos naquela ilha nos últimos sessenta anos.

Ariadne sorriu diante do entusiasmo dele, porém, continuava sem entender.

— Vamos reunir navios de grãos e usá-los para transportar o exército para a Sicília. Quando souberem da nossa chegada, os escravos da ilha se unirão a meu grupo. As duas legiões de lá provavelmente não têm contra o que lutar há anos. Teremos tempo para formar um exército duas vezes maior do que este aqui antes de Roma reagir. Com um contingente assim sob a minha liderança, não importa quando a guerra for deflagrada.

Ariadne se recusou a se animar.

— Como você arranjará homens em número suficiente para ir a Sicília a fim de tomar os navios de grãos?

— Pagando a um capitão pirata seu peso em prata e ouro.

— Você tem uma resposta para tudo.

— Por enquanto, sim. Está convencida?

Mesmo com todo o seu tempo sendo ocupado por Maron, Ariadne vivia tomada pela preocupação com o futuro deles. E esse plano parecia factível. Ela fez uma oração em silêncio. "Dionísio, peço que nos ajude de novo, como já fez muitas vezes antes."

— Parece bem melhor do que ficar sentado esperando as legiões chegarem.

— Também acho. Primeiro, precisarei descobrir onde ficam os melhores pontos para ancorarmos e em quais portos os oficiais fazem vista grossa para as embarcações piratas. — Spartacus fez uma careta, e então deu um sorriso confiante. — Os deuses nos ajudarão.

Ariadne assentiu.

— Quem você mandará?

— Carbo.

— Ele é um bom homem.

— Um dos melhores. Salvou minha vida, sabe? Se ele não tivesse ouvido...

Ariadne levou o dedo aos lábios dele.

— Pare, por favor. Todos os dias vivo sabendo que posso perdê-lo. Hoje, quero me alegrar por saber que você voltou para mim e para Maron. Que está vivo. — Ela afastou a mão e, ao erguer o rosto ao encontro do dele, beijou-o.

Spartacus teve um último pensamento coerente antes de a paixão dominá-lo.

"Obrigado, Grande Cavaleiro, por me guiar de volta ao meu exército, à minha esposa e ao meu filho."

Seis semanas depois...

Em sua barraca, Crassus se preparava para a aparição do dia. Escravos suados estavam ao seu lado, fazendo o melhor que podiam para ignorar as moscas enquanto entregavam as roupas ao seu líder. A túnica vermelha de um general. O peitoral de bronze, uma couraça protuberante e polida. O elmo com a crista de crina vermelha. O cinto dourado com placas que protegiam sua virilha. O tecido vermelho ao redor de sua cintura. O gládio de cabo de marfim ornamentado. As botas que iam até as panturrilhas, com os dedos expostos.

"Pelos deuses, ainda bem que não tenho que vestir tudo isso todos os dias." Crassus fez um gesto aos escravos, disposto a seguir em frente com sua tarefa, que era se apresentar às tropas. Para melhorar o ânimo. Para dizer como eles eram corajosos. Para que soubessem que estavam envolvidos em uma tarefa enviada pelos deuses: livrar a Itália e a República da destruição causada por Spartacus e seus escravos. "E, claro, para me tornar mais popular do que Pompei Magnus", pensou Crassus.

Vestiu a túnica, tentando ignorar o modo como ela se grudou às costas suadas.

"Pompei! O jovem." Crassus odiava o fato de o rival ter um nome mais conhecido pela sua habilidade marcial. Para ele, isso era totalmente injustificado. Pompei não fora o responsável por salvar a situação para Sulla em Porta Collina? Porém, para Crassus, Marius teria sido um ditador. O que Pompei fizera na guerra civil tinha sido reunir três legiões que obtiveram algumas vitórias sem importância para Sulla. Se o homem fosse um estrategista tão bom, por que demorara tanto para aniquilar a rebelião de Sertorius na Ibéria? E a vitória ainda não era definitiva. "Há muito eu já teria resolvido isso. Com Júpiter como testemunha, cuidarei de Spartacus assim, de forma rápida e definitiva."

Um escravo o ajudou a vestir a proteção do peito. Outro se agachou ao lado dele para amarrar a faixa em sua cintura.

Era fim de tarde, e o som traçava um caminho rubro em direção ao horizonte. O exército tinha deixado Roma duas semanas antes, sete dias depois do que ele pretendera. Apesar disso, eles percorreram naquele período mais de trezentos quilômetros castigados pelo sol, sem sombra. Thurii, a base do exército rebelde, estava agora a menos de cem quilômetros. Quando sua pele pinicou por causa do calor, Crassus tentou se sentir grato pelo progresso memorável e pelo fato de o calor assustador daquele dia ter começado a diminuir. Contudo, era difícil. Ainda estava quente como um forno em sua barraca, e cavalgar por quase oito horas por dia era exaustivo. Ele estava contente por não ser um dos soldados comuns, que tinham marchado trinta quilômetros desde o amanhecer — vestindo armadura completa. Metade deles estava erguendo um acampamento temporário, enquanto o restante dos companheiros exaustos, porém agradecidos, observavam.

Quando tal tarefa fosse concluída, todos, com a exceção dos veteranos, passariam por um treinamento de duas horas antes de poderem descansar ou comer. Contudo, eles próprios tinham escolhido aquilo, pensou Crassus sem se abalar. Vinham repetindo tal rotina todas as tardes desde que tinham saído de Roma e a seguiriam todos os dias até a campanha terminar. Ele não diminuiria a pressão sobre os soldados novatos nem por um segundo. Só faria isso quando Spartacus estivesse morto.

Crassus ergueu um pé e depois o outro, permitindo que os escravos calçassem as botas dele. Mais suor escorreu pelas costas. "Mal posso esperar pela chegada do outono." Sem dúvida, o período prolongado de calor fazia com que os agricultores agradecessem a Saturno, Ops, Ceres e Lactans pela generosidade, mas Crassus não se importava nem um pouco com a colheita. Ele queria que o clima quente terminasse logo. Estava cansado de ver seus oficiais reclamando dos homens que morriam todos os dias. "Casualidades pelo calor e pela falta de água não são o mesmo que as baixas em combate!"

Ainda assim, Crassus sabia que não podia ignorar tais perdas. Então, pedira a Caepio para organizar várias unidades especiais cuja tarefa específica era percorrer partes da enorme coluna que era seu exército — que cobria quase cinquenta quilômetros —, oferecendo assistência e água a quem precisasse. Desse modo, centenas de homens que teriam morrido sem essa ajuda continuariam a marchar para o sul, em direção ao alvo.

"O maldito trácio pulguento." A lembrança de como Spartacus chegara tão perto de matá-lo estava sempre presente na mente de Crassus. Não fosse pela informação dada por seu espião, ele poderia estar morto agora. Saenius tinha feito bem em recrutar o homem. Com sorte, eles voltariam a receber informações. Crassus tinha muita confiança em sua capacidade de destruir o domínio de terror do trácio, com suas dez legiões. "Quando as legiões estiverem prontas, eles não vencerão a coragem romana", pensou ele, confiante. A força romana. A disciplina romana. Entretanto, ele não era contra o uso de subterfúgios para resolver de vez a questão com muito mais rapidez.

— Proteção.

Uma peça justa de feltro lhe foi entregue. Crassus olhou confuso para ela e a vestiu. Esta faria com que ele transpirasse ainda mais do que um ferreiro ao moldar uma bigorna, porém ele estaria protegido contra ferimentos com a peça externa pesada de seu elmo.

— Não tenho o dia todo — reclamou ele, estalando os dedos.

O elmo de placas prateadas lhe foi entregue, e Crassus o admirou por um instante. Custara uma fortuna, porém valera a pena. Era uma obra de arte, com a crina do melhor garanhão da Itália, com partes esmaltadas protegendo o rosto. A parte da testa era decorada com desenhos lindos de Marte recebendo ofertas de grupos de oficiais e legionários. Crassus a vestiu com orgulho. "É adequado", pensou ele, "para um general vitorioso."

— Espada.

Um escravo se apressou com o gládio e passou a faixa sobre o ombro dele.

Crassus olhou no espelho de bronze de corpo inteiro para ter certeza de que o cabo da espada estava posicionado no lado esquerdo do quadril. Por fim, secou o rosto com um pano. Satisfeito com sua aparência, foi até a porta.

Os sentinelas do lado de fora o cumprimentaram quando ele saiu.

Ele ficou contente ao ver Caepio esperando diante da metade de um grupo de centuriões, alguns que foram designados para protegê-lo. Elmos e malhas reluziam sob o sol. Até mesmo as placas dos escudos foram polidas. Ao lado desse grupo, seu servo segurava as rédeas de um cavalo preparado.

— Atenção! — gritou o velho centurião.

Juntos, os soldados se endireitaram.

Crassus esboçou um sorriso. Poucas de suas tropas eram tão boas assim, porém, sob o comando de Caepio, as coisas melhoravam a cada dia.

— Centurião.

— Pronto para as rondas, senhor?

— Com certeza. — Ele olhou para o centurião com aprovação. Desde o começo, Caepio havia ganhado a confiança de Crassus. Apesar da idade, sua energia era ilimitada. Ele recrutava sem cansar, ajudava a treinar novos homens e oferecia conselhos práticos a quem precisasse, sempre que fosse necessário. Crassus agora o valorizava muito. Soldados como Caepio eram um tesouro raro. O comandante caminhou em direção ao cavalo e apoiou o pé nas mãos unidas do aio para montar o animal. — Creio que podemos começar pelo lado oeste e passar para o muro de defesa depois. Para tentarmos ver o máximo de tropas possível.

— Muito bem, senhor. — Caepio deu uma ordem. Vinte de seus homens e um *optio* trotaram e se colocaram em posição: quatro homens na frente e cinco atrás diante do comandante. — Em direção à entrada oeste. Marchem! — gritou ele. Os soldados partiram. Crassus bateu os pés nas ancas de seu cavalo; Caepio caminhou ao lado dele, e o resto dos soldados foi atrás.

O exército de Crassus era grande demais para formar o acampamento como uma unidade. Desde o começo, ele tinha dado a ordem para que suas legiões andassem em pares e, assim, cinco acampamentos temporários eram erguidos toda tarde, todos eles acomodando cerca de dez mil homens. Todos tinham exatamente o mesmo formato, o de um enorme retângulo com cantos arredondados, e os muros eram feitos com uma mistura de madeira e terra escavadas pelos legionários ao redor do perímetro. O fosso resultante servia como parte das defesas do acampamento. Em algum ponto dos quatro lados de cada acampamento, uma abertura era deixada para que os dois lados se sobrepusessem, criando algo parecido com uma entrada estreita que seria bloqueada com facilidade da noite para o dia e que poderia ser bem-protegida no caso de um ataque. Dois caminhos retos ligavam as entradas, que dividiam os amplos acampamentos em quatro partes. A sede dos acampamentos e as barracas dos comandantes ficavam localizadas na interseção desses caminhos. Ao redor deles, todos os comboios, centúrias e contubérnios tinham uma posição determinada, indicada pelos engenheiros todos os dias.

Havia pequenos grupos de soldados presentes nas áreas vazias ao redor dos aposentos de Crassus: um legionário de cada contubérnio e grupos de homens que cuidavam dos animais. Sob a supervisão de oficiais de menor escalão que berravam as ordens, eles descarregavam as barracas de centenas de mulas arredias, que não paravam de balançar o rabo. O fedor de estrume e as nuvens de moscas bastaram para que Crassus passasse por ali torcendo o nariz.

O caminho à frente, tomado por mais mulas e mensageiros que andavam de um lado para o outro, se abriu milagrosamente quando o oficial da frente anunciou a presença dele aos berros. Dos dois lados, soldados de rostos vermelhos e suados chamavam a atenção; *optiones* e *tesserarii* cumprimentavam; os escravos baixavam a cabeça. Crassus cumprimentou alguns dos oficiais e dos homens com acenos breves.

Para proteger os soldados de ataques, as fileiras de barracas terminavam a algumas centenas de passos antes do muro do lado oeste, que já tinha a altura de um homem alto. Estacas pontudas de madeira decoravam o lado externo das fortificações, formando uma paliçada de proteção. Ao longo da construção, os soldados se ocupavam batendo a terra com as ferramentas. Galhos foram dispostos para formar uma passarela e Crassus pôde ver as torres que adornariam os dois lados da entrada, que estavam sendo erguidos. Eles entraram. Uma brisa suave soprou em seu rosto corado, e ele balançou a cabeça de um lado para o outro, tentando conseguir algum alívio; estava assando dentro da armadura. A brisa, contudo, não fez grande diferença, e ele se irritou ainda mais.

Direcionou o cavalo para a esquerda, onde um grupo de legionários terminava o foço de defesa. Caepio gritou com os homens da frente, que se viraram e passaram a marchar mais depressa para passarem à frente do comandante.

A presença de Crassus foi logo percebida. A menos que ele parasse ou fizesse uma pergunta a um oficial, ninguém ousava interrompê-lo. As pessoas olhavam para ele de soslaio, e para onde ele olhava o ritmo de trabalho aumentava. Às vezes, ele achava divertido se demorar enquanto os legionários mantinham o ritmo frenético de trabalho. Ainda usando as malhas, espadas e adagas, eles estavam ofegantes, mas não ousavam desacelerar.

Ao ver uma parte da trincheira que havia caído, ele se aproximou. Um centurião forte cuidava do local, berrando com os homens que reparavam o muro. Crassus parou para observar. Caepio e seu grupo fizeram o mesmo. Concentrado em seu trabalho, o oficial não percebeu a presença deles.

— Mais rápido, seus filhos da puta preguiçosos! Se não quiserem meu cajado no rabo de cada um de vocês, é melhor que terminem essa seção antes de eu contar até quinhentos. Um. Dois. Três. — Ele riu quando os soldados, encharcados de suor, cobertos por uma camada de terra, passaram a cavar com energia renovada. — É assim que quero. Quatro. Cinco. Seis. — Olhou para cima, reconheceu Crassus e o saudou. — Senhor! — E então, ordenou aos homens: — Parem!

A maioria dos legionários obedeceu. Ainda assustados, alguns não perceberam a presença do comandante e continuaram cavando. Com a facilidade do hábito, o centurião bateu o cajado na parte de trás das pernas dos desobedientes mais próximos. *Tac, tac, tac.*

— PAREM, seus viados! O ilustre comandante Marcus Licinius Crassus nos deu a honra de sua visita! — Assustados, os rebeldes logo largaram as ferramentas. — Atenção! — gritou o centurião. Afundados na terra até a cintura, os homens obedeceram. Ele olhou para Crassus. — Nós nos sentimos honrados com sua presença, senhor. Não é, rapazes?

— SIM, SENHOR!

— Ritmo de trabalho louvável, centurião. Seus homens estão tão interessados em lutar contra Spartacus quanto estão em escavar a terra?

— Ou ainda mais interessados, senhor!

— Guardarei sua palavra. Com homens como os seus, a vitória será nossa!

Os soldados gritaram concordando, com a garganta seca.

Crassus assentiu, aprovando.

— Confio que, na primeira oportunidade, você e seus companheiros acabarão com os escravos.

— Claro que sim, senhor! — gritou um homem baixo com um sorriso banguela. — Pelo senhor e por Roma!

O centurião arregalou os olhos ao ver a ousadia do soldado, porém Crassus sorriu.

— Isso mesmo, soldado. É o que quero ouvir.

— Obrigado, senhor — respondeu o centurião com vontade. — Todos nós sentimos o mesmo.

— CRAS-SUS! — berrou alguém. O grito foi repetido pelo fosso.

Crassus aceitou a aclamação, assentindo.

— Se sua tarefa for concluída antes do prazo, todos os homens devem receber uma dose extra de *aceto* esta noite. Assim como você.

Todos sorriram. O comandante atravessou o perímetro oeste do acampamento, parando para interrogar oficiais, elogiar o trabalho de seus soldados e para fazer discursos curtos e motivacionais. Conforme avançava, ganhava coragem. O fervor dos legionários ficava evidente não só ali, mas também durante o dia, quando marchavam, e à noite, quando se sentavam do lado de fora de suas barracas, fofocando e bebendo. Crassus notava tal fervor no tom das canções cantadas por eles e nos seus rostos bronzeados. Seus homens queriam lutar. Como ele, queriam derrotar Spartacus. Apesar de se sentir como se estivesse em um forno o dia todo, o bom humor de Crassus voltou. A vitória seria dele.

Ao virar a cabeça do cavalo em direção ao campo aberto além do acampamento, algo chamou sua atenção. Crassus piscou, surpreso. Olhou de novo. Uma fúria intensa tomou conta dele, e ele olhou para os dois lados da trincheira.

— Quem está no comando aqui? — Não houve resposta imediata, e Crassus se enfureceu. — EU PERGUNTEI QUEM ESTÁ NO COMANDO AQUI, PORRA!

— Se-seria eu, senhor — respondeu um jovem centurião cujo cabelo castanho estava arrepiado por causa do suor.

Crassus aproximou o cavalo do oficial e quase o derrubou.

— Qual é o significado disso? — Ele fez um gesto para a direita.

— Significado do quê, senhor?

— Veja aquele merda ali. — Crassus apontou para um legionário.

Assustado, o homem ficou paralisado. Instintivamente, seus companheiros deram um passo para longe dele.

— Não vou chamá-lo de soldado, porque é óbvio que ele não é um soldado — vociferou Crassus. — Você não tinha visto que ele não está com a espada?

O centurião olhou. Seu rosto empalideceu quando viu o gládio na terra atrás do fosso.

— Não, senhor.

— E você se diz oficial? — questionou Crassus. — Ouçam, legionários! Desde sempre, soldados romanos trabalham armados para erguer seus acampamentos — gritou. — Fazem isso porque, no caso de uma necessidade, eles poderiam lutar a qualquer momento. Homens que desobedecem a essa ordem simples colocam suas vidas e as de seus companheiros em risco. — Ele pausou para deixar que suas palavras fossem aceitas. — Essa desobediência não pode e não será tolerada no *meu* exército! — Ele olhou fixamente para o legionário, cujo rosto estava pálido de medo. — Caepio!

— Senhor! — O centurião veterano apareceu à sua direita.

— Leve aquele homem diante de seus companheiros e execute-o.

Pela primeira vez, Crassus viu respeito de verdade nos olhos de Caepio. "Ótimo."

Segurando o cabo de sua espada, o centurião partiu em direção ao fosso e parou diante do soldado culpado.

— Saia! — vociferou.

O homem saiu da trincheira aos tropeços. Ele se endireitou e lançou um olhar suplicante a Crassus.

— Sinto muito, senhor! Nunca fiz algo assim antes. Eu...

Crassus contraiu os lábios reprovando.

Caepio observava.

— Cale-se, seu imundo! Seu general não está interessado. — Ele deu um tapa no rosto do soldado com as costas da mão. — Ajoelhe-se!

Chorando, o homem obedeceu.

O gládio de Caepio já estava empunhado.

— Levante a cabeça!

Crassus olhou ao redor. Todos os homens à vista estavam prestando atenção à cena, e era exatamente isso o que ele pretendera.

Engolindo em seco, o soldado olhou para o céu, expondo o pescoço.

— Faça seu último pedido aos deuses, seu rato — disse Caepio, erguendo o braço direito para trás.

O homem fechou os olhos e seus lábios se moveram em uma oração silenciosa.

A lâmina de Caepio desceu com grande velocidade. Perfurou a parte oca da base do pescoço do soldado, rasgando a carne macia com facilidade. A morte foi instantânea. O gládio cortou as principais artérias acima do coração e parou na coluna da vítima.

O homem soltou um som horrível de engasgo e caiu imóvel como uma boneca.

Caepio puxou a espada e um jorro vermelho-escuro espirrou do corte. O centurião ergueu o pé direito e chutou o corpo para dentro do fosso, sujando os soldados mais próximos com o sangue.

— Lembrem-se, seus preguiçosos malditos, que qualquer homem pego desarmado daqui em diante receberá o mesmo castigo — gritou Caepio, limpando a lâmina na barra da túnica.

— Ou pior — acrescentou Crassus com um toque de maldade.

Fez-se um silêncio pesado, e ninguém teve coragem de rompê-lo... só foi ouvido um corvo que passou voando. Seu pio derrisório parecia zombar dos soldados posicionados.

— Você — chamou Crassus, olhando para o jovem centurião. — Qual é o seu nome?

— Lucius Varinius, senhor.

— Você é parente do pretor desonrado, certo? — quis saber Crassus.

— Ele era um primo distante, senhor — foi a resposta tensa.

— Compreendo. Há dois tolos na mesma família. Isso não surpreende. Entregue seu cajado a Caepio.

Com tristeza, Varinius obedeceu.

— Quebre-o! — ordenou Crassus.

Caepio quebrou o cajado de madeira no joelho e jogou os pedaços no chão.

— A partir de agora você voltará a ser um soldado comum — vociferou Crassus. — Considere-se sortudo por continuar vivo. Fique na linha de frente de toda batalha. Ali pode ser que você redima parte de sua honra.

— Sim, senhor. Obrigado, senhor — murmurou Varinius.

— Que seja uma lição para todos vocês. — Crassus lançou mais um olhar de desdém aos legionários que observavam antes de direcionar o cavalo para o outro lado e se afastar, com Caepio marchando ao seu lado.

— Isso nunca voltará a acontecer, senhor — disse o centurião.

— Você acha? — perguntou Crassus.

— Aquilo amedrontou todos os homens que testemunharam, senhor. Cada um deles contará aos companheiros, e assim a notícia se espalhará mais depressa do que merda saindo de um homem com cólera. O que, se não se importa que eu diga, senhor, é algo muito bom.

— Não me importo nem um pouco que diga, centurião — respondeu Crassus.

CAPÍTULO XIII

Perto da cidade de Croton, no mar Jônico

Carbo observou o promontório que se destacava no mar a quase um quilômetro dali. Acima dos muros de pedra da cidade, via-se os pilares enormes do santuário da deusa grega Hera Licinia. Croton agora era uma cidade-fantasma se comparada a sua época de esplendor há meio milênio atrás. Contudo, os habitantes que restavam ainda eram civilizados, pensou ele. Já o homem que ele espiava não podia ser mais diferente.

Depois de sete semanas infrutíferas percorrendo a costa, ele havia encontrado alguns piratas.

Carbo não sabia se deveria se sentir aliviado ou assustado: eles pareciam ainda mais impiedosos do que os gladiadores no ludo. De pele negra, morena ou clara, quase todos vestiam túnicas velhas e roupas simples. A quantidade de armas que cada homem carregava mais do que compensava a precariedade das roupas. Não havia ninguém sem uma ou duas adagas, além da espada no cinto. Havia lanças empulhadas perto de suas barracas e catapultas nos deques das duas embarcações de um mastro ancoradas na praia. Carbo se sentiu grato pela presença — a algumas centenas de passos atrás dele — da centúria de soldados que Spartacus insistira em levar com ele.

A baía pequena à sua frente era protegida do clima ruim por uma faixa ampla de areia que se pronunciava em direção ao mar a partir de um promontório rochoso à sua direita. Devia ser por isso que os piratas a tinham escolhido como ponto de ancoradouro. Deveria haver uns oitenta deles — quarenta por barco, pensou Carbo — espalhados, dormindo, cozinhando nas fogueiras ou lutando uns contra os outros. Todos pareciam ocupados. Havia cerca de trinta jovens de ambos os sexos na areia, com cordas nos pescoços. Várias mulheres eram estupradas por alguns piratas, enquanto outros observavam e comentavam.

Carbo avaliou as opções. Não conseguiria nada se fosse sozinho ou com poucos homens. Eles acabariam mortos ou capturados como escravos. Ele só conseguia pensar em marchas tranquilas e em perguntar sobre o líder dos renegados. Então rastejou de volta e desceu a lateral da grande duna que servira como esconderijo da praia. Ainda bem que os piratas de guarda estavam ocupados demais observando a violação de suas prisioneiras para perceber a presença do romano.

Logo depois, Carbo e seis homens desceram a duna e seguiram em direção à praia. Não fizeram qualquer esforço para ocultar a aproximação. O pânico reinou quando eles foram vistos. Os piratas correram para pegar suas armas, e os prisioneiros foram erguidos e levados aos barcos. Porém o que mais preocupou Carbo foi ver as catapultas sendo manuseadas. As peças leves de artilharia tinham o alcance de duzentos passos.

Ele ergueu as mãos e gritou em latim e em grego:

— Viemos em paz. PAZ!

Conforme eles avançaram pela planície, a confusão aumentou. Cerca de metade dos piratas se organizou em uma falange à frente dos barcos, enquanto o resto ajudava a empurrar as embarcações para a água. As catapultas foram direcionadas para Carbo e seus homens.

Ele xingou, pois tudo ocorreu como ele temia. Na cabeça dos piratas, a segurança estava no mar. Se eles conseguissem embarcar, Carbo não teria a mínima chance de fazer um acordo com eles.

Ouviu-se um baque forte, e ele sentiu o estômago revirar.

— Levantem os escudos!

Uma leve demora, e então as primeiras pedras das catapultas — pedaços do tamanho de metade da cabeça de um homem caíram, fazendo barulho na areia, a cerca de trinta passos à frente de sua formação.

— Pelas bolas de Júpiter! — Em pouco tempo, Carbo começaria a perder soldados. E por nada. — Parem! — Os soldados obedeceram.

— Fiquem onde estão — ordenou Carbo. Ele soltou o escudo e tirou o cinturão, deixando a espada cair na areia.

— O que está fazendo? — perguntou seu *optio*, um gladiador forte.

— Mostrando a eles que não vim para matá-los. — Carbo deu um passo na direção dos piratas. Nem hesitou quando outras pedras foram lançadas. Dessa vez, elas eram maiores, porém caíram longe. — Se eu for morto, volte ao exército e conte a Spartacus o que aconteceu.

— Você está louco!

— Talvez esteja — retrucou Carbo, com o coração aos pulos. "Mas não voltarei de mãos vazias. Não depois de Spartacus ter confiado tanto em mim." Ele ergueu as mãos, com as palmas para cima, e avançou. — VENHO EM PAZ! — Ele repetiu em grego e em latim, sem parar.

Mais uma saraivada de pedras veio voando, e ele escutou o baque nos escudos dos homens. Ouviu-se um grito de dor quando alguém foi atingido. Carbo começou a se irritar.

— Seus idiotas malditos. Não veem que não estamos atacando vocês? — murmurou, continuando a avançar. — PAZ! PAZ!

No minuto seguinte, para seu grande alívio, ele viu um homem baixo na falange gritando ordens para os que operavam as catapultas. Não foram lançadas mais pedras, e Carbo se aproximou um pouco. Ele ouviu xingamentos gritados em diversos idiomas. Apesar de algumas armas ainda estarem a postos, ninguém arremeçou uma lança nem o atacou. Ainda. Temeroso de se aproximar demais, ele parou a cerca de cinquenta passos dos piratas, mantendo as mãos levantadas.

Esperou.

O homem baixo surgiu dentre seus companheiros. Tinha a pele escura, mas não o suficiente para ser um núbio. Seus olhos marejados estavam num rosto calculista e cruel. Brincos dourados brilhavam em suas orelhas, e sua túnica tinha um corte diferente do de seus companheiros. Ele deu doze passos em direção a Carbo.

— Quem é você, maldição? — perguntou ele em um latim sofrível.

— Sou um dos soldados de Spartacus — respondeu Carbo o mais alto que conseguiu. Ficou contente quando um murmúrio de reconhecimento correu pelos piratas.

O homem baixo estava desconfiado.

— Spartacus? O gladiador que está enfrentando Roma?

— Ele mesmo. Você sempre recebe seus visitantes assim?

— Em geral os matamos sem pestanejar. — Ele sorriu, e seus homens riram. — Mas estou de bom humor hoje, então deixarei você e seus homens simplesmente se afastarem.

— Não, senhor! Vamos matá-lo! — berrou um homem grande, empunhando uma espada enferrujada.

Os outros concordaram.

O capitão piscou para Carbo.

— Não é uma má ideia. Me dê uma razão para não matá-lo.

Carbo resistiu à vontade de mandar seus soldados atacarem.

— Tenho uma proposta para vocês, do próprio Spartacus.

Os olhos dos homens se estreitaram.

— É mesmo?

— Sim. Meu nome é Carbo. Qual é o seu?

— Heracleo.

Se tivesse a chance, Heracleo o atacaria como um cão selvagem, mas ainda assim Carbo se sentiu motivado.

— Consegue encontrar barcos maiores do que esses?

Ele apontou os dois barcos fundos que estavam na água.

Ouviu-se uma risada.

— Claro que consigo. Tenho um *lembus* em outro ancoradouro. — Ele percebeu a confusão de Carbo e riu de novo. — Você saberia se fosse um liburniano. Tudo que os romanos admiram, eles copiam.

À exceção das trirremes, o conhecimento de Carbo sobre barcos era muito vago.

— Quantos homens essa embarcação leva?

— Sessenta remadores, e cerca de cinquenta escravos. Passageiros. — Ele se corrigiu ao perceber o ato falho.

— Preciso de embarcações maiores.

— Há outros capitães na região em birremes. Há até uma ou outra trirreme. Para que você precisa deles?

— Queremos ir à Sicília.

Ouviu-se um assovio longo e baixo.

— O exército todo?

— Não, só alguns milhares de homens.

— Por que tão poucos? Soube que o exército de Spartacus é enorme.

— Não é da sua conta.

— É da minha conta se estiver em meu barco — argumentou Heracleo.

A última coisa que Spartacus queria era que um pirata soubesse que ele planejava recuar. Carbo já tinha uma mentira na ponta da língua.

— Spartacus quer iniciar uma rebelião na Sicília.

— Ah... Para distrair os romanos?

— Algo assim — disse Carbo, tenso, como se estivesse irritado.

— Isso é uma boa ideia. Soube que ele é esperto, esse trácio. Vocês querem atravessar os estreitos, é isso?

— Isso mesmo.

— Quando?

— Quando puder levar os navios para lá.

O capitão manteve o olhar firme.

— Ele está com pressa. Quanto está disposto a pagar?

— Duzentos e cinquenta denários por homem. Digamos quinhentos mil no total.

Os piratas ficaram surpresos. Cada um de seus escravos valia entre duzentos e quatrocentos denários, mas só tinham trinta. Manter escravos era um trabalho lucrativo, porém também imprevisível e irregular. Aquela seria uma ótima aquisição.

— Um milhão e um quarto — propôs Heracleo sem pestanejar.

— Isso é um absurdo — respondeu Carbo, revoltado.

— Conseguir quatro ou cinco embarcações grandes o bastante para levar seus homens não será fácil. Terei que envolver os outros capitães. Além disso, há um exército romano com que se preocupar.

— Não me importo. Isso é demais!

O sorriso de Heracleo era maldoso.

— Spartacus precisa dos barcos mais do que eu preciso do dinheiro dele. Sei disso. É aceitar meu preço ou largar... a escolha é de vocês.

Franzindo o cenho, Carbo permaneceu em silêncio por vários minutos. A ganância de Heracleo já era esperada. Spartacus dissera que ele podia pagar até 2,5 milhões de denários, mas Carbo tinha que fingir, parecer contrariado.

Heracleo bocejou, contudo um bom número de seus homens parecia querer acabar com Carbo.

— Podemos pagar novecentos mil, não mais do que isso.

— É o que eu disse ou nada, seu filho da puta feioso!

Carbo corou. Havia muito tempo ele não era insultado por suas cicatrizes. Ficou sério.

— Se não houvesse tantos homens com você, eu abriria um novo cu no seu traseiro.

Heracleo ficou irritado.

— Seu abusado maldito! — Ele abriu a boca, mas Carbo o interrompeu.

— Você está dificultando as coisas. Um milhão e um quarto, e é só isso.

Heracleo logo mudou de atitude. Seus olhos brilharam com ganância.

— Você tem o dinheiro?

Carbo jogou a cabeça para trás e riu.

— Saqueamos cidades inteiras daqui aos Alpes há um ano ou mais!

— Claro, claro. — Heracleo conseguiu parecer desinteressado e também irritado.

— Em quanto tempo consegue levar os navios para a praia perto de Cila?

Ouvir o nome da fera mística que guardava os estreitos fez Heracleo contrair os lábios.

— Um mês. Seis semanas.

— Não pode ser antes?

Ele franziu o cenho.

— Farei o melhor que puder. Mas, antes disso, precisarei de um adiantamento. Eu estava pensando...

— Vinte e cinco mil denários hoje. Cento e vinte e cinco mil quando chegar com as embarcações, e o resto quando os últimos homens chegarem a Cila — disse Carbo. — Essa é a *minha* última proposta. É pegar ou largar.

Heracleo sorriu.

— Pode me pagar agora?

Carbo virou a cabeça.

— *Optio!* Traga o baú!

Heracleo murmurou algumas palavras e seus homens comemoraram.

Enquanto seis soldados se aproximavam, Carbo olhou para os piratas sorridentes. Nenhum deles era de confiança, porém, com a ajuda dos deuses, eles eram agora os aliados mais importantes que

Spartacus já tivera. Carbo fez uma oração para Netuno, o deus do mar, e para Fortuna, a deusa da sorte, para que Heracleo mantivesse sua palavra no acordo.

Se esse plano desse errado, eles teriam que enfrentar dez legiões. Isso sem falar dos gauleses e do espião. Carbo franziu o cenho. Às vezes parecia que eles tinham tantos inimigos fora quanto dentro do exército. Esperava que Crassus não soubesse o que ele estava fazendo. Provavelmente não sabia. Quando tudo foi decidido e a ordem dada, Carbo pegou seus equipamentos e partiu. Como Spartacus ordenara, ele disse apenas a Navio aonde estava indo.

Nos montes que cercavam as ruínas de Forum Annii, Spartacus e um grupo de acompanhantes — entre eles, Marcion e seus companheiros — olhavam na direção de Via Annia, a estrada principal que ia de Cápua a Rhegium, a cidade mais ao sul da Itália. Depois do que ele e Carbo descobriram em Roma, era comum ver soldados inimigos por ali, mas isso ainda os surpreendia. Aquele grupo era grande em comparação ao que viram antes, e chegara mais rápido do que Spartacus esperava. Por terem ouvido notícias da aproximação no dia anterior, eles tinham esperado desde o amanhecer. O trácio observou com atenção. Seu trabalho com os auxiliares significava que ele conhecia a formação dos exércitos romanos em marcha.

Algumas horas depois de os grupos inimigos surgirem pela mata dos dois lados da estrada, a vanguarda apareceu, uma legião escolhida para liderar a coluna naquele dia. Depois deles, vieram os observadores, uma unidade formada por um homem de cada contubérnio no exército, cuja função era ajudar a montar o acampamento. Em seguida, os engenheiros, que retiravam qualquer obstáculo do caminho dos legionários, e então a bagagem dos oficiais seniores. O general no comando e seu corpo de infantaria e cavalaria foram facilmente localizados. Vários mensageiros partiam dessa posição e seguiam pelas margens, levando ordens a diversas partes do grupo. O comandante era seguido pelo resto dos cavalos. Grupos de mulas levando a artilharia desmantelada seguiam diante dos oficiais e de seu grupo. Em seguida, vinham as legiões, cada uma representada por um grupo grande de carregadores de estandarte na frente. Os agrupamentos de legionários em marcha ocupavam toda a estrada. Cada legião se espalhava por quase 1,5 quilômetro, mas pareciam seguir bem mais além. As próprias forças de Spartacus ocupavam um espaço parecido, mas ele e suas tropas nunca tinham visto as legiões de um ponto tão privilegiado. Era espantoso e causava medo mesmo nos melhores homens.

— Crassus está aqui — disse Spartacus bem baixinho, contente.

Já fazia mais de dois meses desde sua visita a Roma. Pelo menos, a espera tinha terminado.

— Tem certeza, senhor? — perguntou Marcion.

— Eu apostaria minha vida nisso. Já passaram cinco legiões até agora, e ainda não vimos todas. Crassus nunca deixaria um de seus subordinados liderar tantos soldados contra nós.

— Qual é seu plano, senhor?

Todos olharam para Spartacus.

— Todos os galpões dentro de trinta quilômetros foram esvaziados. Se colocássemos mais em nossas mulas, elas cairiam. Alcançamos nosso objetivo.

Seus homens riram. Gostavam de saber que tinham muitos alimentos.

— Só temos mais uma coisa a fazer antes de seguirmos para o sul: quero testar os soldados de Crassus. — Ele percebeu os olhares questionadores e levemente nervosos. Marcion era o único que parecia animado. — A maioria é recruta novo. Preciso ver como está a disciplina deles, para saber contra quem estamos lutando.

— Estamos lutando contra dez legiões, senhor — retrucou alguém insatisfeito mais ao fundo.

Marcion franziu o cenho. Como sempre, era Zeuxis.

— E, se eles forem soldados ruins, como os de Lentulus e os de Gellius, não temos nada com que nos preocupar. Mas, se não forem, precisaremos tratá-los com um pouco mais de respeito. — Ele lhes lançou um olhar de alerta. — Já disse antes: Roma não é um inimigo a ser menosprezado. Só porque vocês derrotaram suas tropas em várias ocasiões não quer dizer que sempre conseguirão. Aqueles legionários que veem podem ser muito diferentes em batalha.

Eles não gostaram de ouvir isso, mas Spartacus não se importou. A realidade brutal do que podiam enfrentar pelo resto da vida estava no vale logo abaixo. Se não fosse aquele exército, seria outro.

Havia muito mais, porém, o trácio não falou sobre isso. Para sua grande frustração, suas forças — incluindo os soldados que liderados por Castus e por Gannicus, que se mostravam cada vez mais hostis — agora só ultrapassavam as de Crassus em cerca de 15 mil homens. Se as novas legiões fossem covardes e ele escolhesse o campo de batalha certo poderia bastar. Contudo, apesar de não gostar de admitir, havia uma chance de que os soldados de Crassus lutassem *de verdade*. Se isso acontecesse, ele precisava de mais tropas do que tinha no momento.

Os dias de sua enorme superioridade numérica em relação aos exércitos romanos eram só uma lembrança; a grande quantidade de escravos em fuga que se uniu a eles, sempre constante desde a primeira vitória, havia quase desaparecido. As notícias das dez legiões de Crassus deviam ser parte do motivo. Ou talvez fosse porque todos os pastores e agricultores do sul com coragem já haviam se unido a ele? Só os deuses sabiam, pensou Spartacus com amargura.

Ele estava decidido. Enfrentaria Crassus agora se os romanos fossem acuados, mas, caso contrário, ele procuraria seguir para o sul, em direção à Sicília. Lá, pelo menos por um tempo, teria menos forças inimigas com as quais lidar. Haveria mais recrutas e equipamentos. Mais opções.

Ele piscou para Marcion.

— Não se preocupe, amigo, ainda lutaremos. Haverá a chance de atingirmos Crassus em cheio.

Ignorando a expressão contrariada de Zeuxis, Marcion sorriu. Com Spartacus como líder, o que poderia dar errado?

Dois dias depois...

Spartacus havia estado com Castus e Gannicus apenas duas vezes após confrontá-los. Os encontros tinham sido pouco amigáveis, porém não houve agressões abertas, nem ameaças de partirem. Enquanto ainda marchavam com os outros soldados, os gauleses e seus seguidores faziam o que queriam. Saques em propriedades e vilarejos. Ataques a cidades pequenas. A recusa de treinar todos os dias. Para todos os fins, eles já tinham se separado do exército principal. Contudo, enquanto estivessem fisicamente presentes, Spartacus acreditava que eles lutariam ao seu lado, se fosse preciso.

Certo dia, os dois chegaram à sua barraca ainda com a vestimenta usada na batalha travada mais cedo, com camisas de cotas de malha, elmos de bronze com crina e calças gaulesas. Eles já tinham trocado as espadas longas pelos gládios — achavam as lâminas menores mais fáceis e mais eficientes contra um muro de escudos.

Ao ouvir o desafio de Atheas, Spartacus apareceu para falar com eles. Ficou contente ao ver que eles não traziam um cortejo. Estavam ali para brigar.

— Querem vinho?

— Não — resmungou Castus.

— Gannicus?

— Diga o que tem que dizer e pronto.

— Certo. Sei que vocês participaram da luta mais cedo.

— Claro que sim. Não somos covardes — respondeu Castus.

— Nós dois somos corajosos, sabe? — reconheceu Spartacus num tom pacífico. — Mesmo assim, não foi fácil hoje. Aqueles legionários queriam lutar e eles foram duros na queda.

— Eles eram melhores do que os soldados que já enfrentamos — admitiu Gannicus a contragosto.

Castus fez cara feia, mas não discutiu, o que já significava algo.

— Imaginem se todas as dez legiões lutarem assim — disse Spartacus.

Eles o encararam com os olhos arregalados.

— Vamos lutar contra eles de qualquer modo — ponderou Castus. — E, se perdermos, pelo menos morreremos como homens.

— Vocês também sabem que vou enfrentá-los, se for preciso. — Eles assentiram ressentidos. — Mas temos uma alternativa. Levar o exército à Sicília.

Eles olharam para o trácio como se estivesse louco. Usando toda a sua paciência, Spartacus explicou seu plano.

— Carbo voltou? — perguntou Gannicus. — Ele encontrou um capitão disposto a ajudar?

— Ele ainda não voltou.

— Então, isso se baseia em nada — argumentou Castus. — Como saber se o maldito não fracassou? Poderíamos marchar até lá e descobrir que estamos encurralados como ratos em uma ratoeira.

— Além disso, estamos quase no outono — alertou Gannicus. — Haverá muitas fazendas para saquear.

— Carbo não vai nos decepcionar — retrucou Spartacus. Em seu íntimo, ele tinha menos certeza, mas sua fé no Grande Cavaleiro, a quem ele adorava todos os dias, era forte. — Quando chegarmos, haverá navios piratas esperando, para que atravessemos.

Gannicus sorriu, mas ainda assim Castus não estava satisfeito.

— Não gosto disso, parece errado.

— O que deveríamos fazer, então? — perguntou Spartacus. — Lutar em um campo que não escolhemos? Na Sicília, haveria a oportunidade de prosseguir com a guerra por tempo indefinido. Ou vocês têm outra ideia brilhante?

Castus corou com uma combinação de ira e embaraço, e Spartacus torcia para que não tivesse irritado muito o gaulês esquentadinho.

— Ainda teremos a chance de lutar contra Crassus, vocês sabem disso. Ele não vai nos deixar marchar até Rhegium. O filho da puta estará atrás de nós o tempo todo. Se Carbo não conseguiu fechar o acordo com os piratas, teremos uma batalha em breve.

— Vale o risco, Castus. Não quero enfrentar dez legiões enquanto a maioria do exército se espalha — ponderou Gannicus. — A Sicília é grande o bastante para fazermos o que queremos.

— Certo — disse Castus entredentes. — Mas essa é a última vez que seguiremos uma de suas sugestões. Vou partir assim que meus pés tocarem o solo siciliano.

— Eu também — avisou Gannicus, com intensidade.

— Ainda não chegamos na Sicília. Mais de um grupo de soldados inimigos tem nos observado. Crassus sabe onde estamos. Se ele puder nos atacar no caminho para o sul, não hesitará. Quem ficar no comando da retaguarda vai precisar estar pronto para enfrentar os ataques romanos todos os dias e, se as coisas derem errado, todos teremos que lutar. Vamos deixar nossas diferenças de lado uma última vez, pelo menos até sairmos daqui. Por hora, ainda somos um exército. — Isso era forçar mais do que o necessário, mas Spartacus devia estar certo. Ele ficou satisfeito e um pouco aliviado quando, depois de um tempo, os dois assentiram.

— Vamos partir amanhã.

Desde o primeiro contato com as tropas de Spartacus, Crassus se sentiu nervoso. Os confrontos tinham sido inconclusivos, porém isso não tinha importância. Relevante era o fato de que, ao contrário da grande maioria dos homens que tinham enfrentado os escravos, os legionários de Crassus não tinham fugido. Permaneceram firmes contra os assaltos, enviando uma mensagem firme ao inimigo. "As coisas são diferentes agora, Spartacus. Estou no comando."

No dia seguinte ao enfrentamento, Crassus se sentiu ainda mais satisfeito. Em vez de tentar outro ataque, os escravos tinham se afastado — *retirado* — pela Via Annia. Soubera dos planos de Spartacus por meio de seu espião, mas não acreditou. Quando a informação provou-se verdadeira, ele a anunciou a todos os grupos do exército. Ainda podia ouvir os gritos. Sem demora, ele e oito legiões foram atrás do trácio. Duas legiões de Mummius, nas quais havia muitos veteranos das forças derrotadas de Lentulus e de Gellius, foram enviadas para amedrontar o inimigo. Mummius tinha ordens estritas de cercar os escravos. Sua missão era impedir que eles se afastassem de seus refúgios no sudeste.

Por uma semana não houve notícia. Crassus deu ordens; as legiões marcharam e ergueram outro acampamento. No oitavo dia, acompanhado pelo guarda-costas e com Caepio ao seu lado, Crassus cavalgava a cerca de três quilômetros diante da coluna. Passara a noite pensando. Spartacus parecia determinado a chegar ao ponto onde ficava o "dedão" da Itália. "Será que ele tem mesmo ilusões de escapar para a Sicília"?, perguntou-se com desdém. Essa era a suspeita do seu espião, apesar de o tolo não saber como poderia ser feito. "Talvez o trácio ache que pode nos deter nos estreitos enquanto seus homens tentam construir embarcações!" Isso nunca aconteceria. As forças de Crassus o seguiam de perto.

"Em pouco tempo", pensou Crassus, exultante, "os escravos se veriam sem saída." Depois de Consentia, que fica a cerca de cinquenta quilômetros ao sul de Thurii, eles entrariam em um trecho de terra estreito, o que facilitaria seu trabalho. Quando um bloqueio fosse erguido na península, as legiões deixariam Spartacus e seus seguidores sem recursos e assim os forçaria a ataques fadados ao fracasso contra suas fortificações. Crassus já imaginava o cerco em Numantia, que fora construída por Scipio Africanus sessenta anos antes, na Ibéria. O feito incrível da engenharia ainda era celebrado. Ele faria o mesmo. A campanha terminaria ali, perto da Sicília. "Com sorte, eu poderia voltar a Roma a tempo para a Saturnália. O público vai me amar!"

Crassus percebeu um cavaleiro vindo em sua direção.

— Mensagem para o senhor, enviada pelo meu decurião — gritou o mensageiro ao se aproximar. — Estamos seguindo pelas trilhas e vales ao leste.

— Diga.

O mensageiro virou o cavalo para se colocar ao lado de Crassus.

— Acabamos de encontrar alguns dos homens de Mummius, senhor.

Crassus franziu o cenho.

— Mensageiros, como você?

Uma breve hesitação.

— Não, senhor. Não eram mensageiros.

— Está tentando me confundir ou me irritar, homem? Pois está fazendo as duas coisas.

— Sinto muito, senhor, não é minha intenção. — O mensageiro engoliu em seco. — Parece que eles entraram em confronto com algumas das forças de Spartacus.

— Quando? — perguntou Crassus, respirando fundo. "Mummius vai pagar por isso!"

— Ontem, senhor.

— Esses homens eram feridos enviados de volta a Mummius, é isso?

— Não, senhor. Parece que eles foram mandados de volta pelas tropas de Spartacus.

Incrédulo, Crassus encarou Caepio, que não estava nada satisfeito, e olhou de modo acusador para o mensageiro.

— Repita.

— Eles foram retirados do campo, senhor. Direcionados, é o que alguns deles dizem.

— Direcionados — repetiu Caepio com evidente incredulidade.

— Pelos deuses, que parte de minhas ordens Mummius não entendeu? Ele não deveria ter enfrentado o inimigo! — berrou Crassus.

O mensageiro não ousou responder. Ficou olhando para as costas dos soldados à frente.

— Onde está Mummius? O tolo ainda está vivo?

— Os homens dele não sabem, senhor — murmurou o mensageiro. — Nós também não o vimos.

Crassus se esforçou para conter a raiva.

— Quantos covardes vocês viram?

— É difícil dizer, senhor. Eles estavam em grupos pequenos. Oitenta, talvez cem...

— Só isso?

— Havia mais homens os seguindo, mas meu decurião queria que o senhor soubesse logo sobre isso, senhor.

— Ele fez bem. E você também. Volte para a sua unidade e diga a seu oficial que ele deve enviar todos os homens de Mummius para a estrada. Eles devem encontrar o centurião Caepio, que os comandará a partir de agora.

Parecendo muito aliviado por não ser punido, o mensageiro repetiu as ordens de Crassus, palavra por palavra, fez uma saudação e partiu.

— O que deseja que eu faça com esses ratos, senhor? — perguntou Caepio.

— Pegue um grupo da legião da frente e use-o para cercá-los. Isole os primeiros quinhentos que se aproximarem. Cuide para que todos eles sigam com o resto da coluna. Lidarei com os cachorros quando chegarmos ao nosso acampamento.

— Muito bem, senhor. — Caepio pediu um cavalo. Montando com uma facilidade que não condizia com sua idade, ele partiu sem olhar para trás.

Sozinho com sua fúria, Crassus começou a planejar sua ação. Torcia para que Mummius tivesse sobrevivido, não porque se importasse com ele, mas porque queria puni-lo. Era muito raro um oficial sênior ser deposto de seu cargo, mas isso não deteria Crassus. Pensar em ir adiante e matá-lo era interessante; porém, arrependido, decidiu não fazer isso. O homem podia ser um idiota, mas vinha de boa linhagem. Setenta anos antes, o avô de Mummius saqueara a cidade grega de Corinto enquanto atuava como cônsul. A família ainda tinha boas ligações. Crassus recebera o comando supremo da campanha para derrotar Spartacus, mas, isso não significava que era inatingível. Alienar elementos dentro do Senado antes de seu triunfo não era uma boa ideia.

Seria suficiente humilhar Mummius derrotando-o na frente dos soldados dele e mandando-o humilhado para Roma. Mas esses soldados teriam que pagar por sua covardia. O castigo deles mostraria a todo legionário no exército que tal comportamento jamais seria tolerado.

Crassus contraiu os lábios, satisfeito.

Quando os acampamentos do dia foram erguidos, os soldados de Mummius estavam ao sol havia horas. Não comeram nem beberam. Os quinhentos homens que tinham sido os primeiros a chegar — um grupo praticamente intocado — ficaram virados para a entrada principal do acampamento de Crassus. Seus músculos tremiam pelo esforço de permanecerem em pé por tanto tempo, mas nenhum ousou reclamar. Todas as armas que ainda portavam foram confiscadas, e suas malhas estavam amontoadas em uma grande pilha ao lado. Um grupo de veteranos com espadas empunhadas tinha se posicionado ao redor deles, e vários centuriões, incluindo Caepio, patrulhavam o perímetro, golpeando quem relaxasse o mínimo que fosse. Os outros legionários infelizes, quase seis mil homens, estavam organizados em blocos à sua direita. Mummius estava na frente, sem nada protegendo sua cabeça e desarmado.

Crassus ordenou para que cem homens de cada legião testemunhassem o castigo que seria aplicado. Os soldados selecionados marcharam até ali quando a construção dos acampamentos do dia foi terminada. Colocaram-se diante das tropas de Mummius, formando o terceiro lado de um quadrado grande.

Informado de que a cena fora montada, Crassus deixou os legionários em formação no calor durante quase uma hora. Ele queria que todos os presentes — não apenas os legionários que tinham fugido da batalha — estivessem cansados, queimados pelo sol e desconfortáveis quando ele chegasse. Por fim, montado em seu melhor cavalo, um garanhão cinza, e acompanhado por seus principais oficiais, ele foi até a plataforma construída pelos engenheiros no último lado da praça, ao lado do muro do acampamento. Na frente dele, havia uma pilha grande de porretes de madeira, com as pontas cheias de pregos. Enquanto Crassus subia os degraus, os trompetistas tocaram uma fanfarra curta.

Crassus começou a falar assim que os músicos pararam.

— Todos vocês sabem por que estão aqui! Alguns homens, ou melhor, Mummius e seus "covardes", devem ser castigados com severidade. Seus companheiros também podem esperar, pois serão disciplinados. O restante de vocês está presente para aprender que a covardia mostrada por esses ditos "soldados" não pode e não será tolerada. NUNCA. Vocês servem de testemunhas, para que todo homem do exército saiba o que aconteceu aqui hoje. — Ele esperou suas palavras serem transmitidas e viu com satisfação que os condenados se perguntavam qual seria seu destino.

— Lucius Mummius Achaicus, apresente-se!

Mummius marchou depressa e parou diante da plataforma. Fez uma reverência, mas evitou olhar nos olhos de Crassus.

— Senhor!

— Eu o mandei para assustar o exército inimigo. Você deveria evitar o confronto com as tropas de Spartacus, porém, quando teve a chance, as enfrentou, desobedecendo às minhas ordens. Certo?

— Certo, senhor — respondeu Mummius baixinho. — Algumas das tropas dele estavam atrás do grupo principal de...

— Silêncio! Além de desobedecer às minhas ordens, você caiu na armadilha de Spartacus. Quando a batalha começou, seus homens se mostraram os maiores covardes. Fugiram do inimigo aos milhares, deixando suas armas e estandartes para trás. Os primeiros soldados que apareceram aqui estavam desarmados. Gostaria de saber se eles lutaram ou se simplesmente fugiram quando os escravos avançaram, como já foi feito antes, com Gellius e Lentulus. — O tom de voz de Crassus era firme.

Mummius não disse nada.

— A maioria dos grupos que voltaram depois tinha sofrido grandes perdas. Isso não justifica o fato de terem fugido do campo de batalha, mas, pelo menos, mostra que não são de todo covardes — declarou Crassus. — Resolverei o caso deles mais tarde. Primeiro, devo lidar com você. Lucius Mummius Achaicus, legado. Ou melhor, ex-legado.

Mummius ergueu a cabeça. Seu abalo era perceptível, porém, não havia contrariedade em seu rosto.

— Tiro você de sua posição e de seu comando imediatamente — gritou Crassus. — Só a memória de seus gloriosos antepassados, que foram homens muito mais grandiosos do que você, me impediu de aplicar um castigo maior. Você deve voltar a Roma depressa, onde se apresentará ao Senado e explicará suas atitudes. Os senadores farão o que considerarem o mais adequado. — Ele arregalou os olhos para Mummius. — Minhas ordens foram claras *dessa vez*?

— Sim, senhor.

— Assim espero. Saia da minha frente!

De cabeça baixa, Mummius voltou à sua posição.

— Todos os homens, à exceção dos tremedores, devem sofrer uma multa de seis meses de pagamento. Receberão novas armas para substituir as que foram abandonadas ou perdidas. — Crassus notou o olhar de alívio dos soldados da frente. — Entretanto, primeiro, têm que jurar que nunca mais largarão sua espada ou lança. Jurarão isso pela sua vida. Quem se recusar será executado. — Encarou os legionários de novo. — Há alguém aqui que não queira fazer o juramento?

Ninguém se mexeu.

Crassus sorriu.

— Então, repitam depois de mim: 'Eu, um soldado de Roma..."

Quando os homens posicionados terminaram o juramento, Crassus voltou a se dirigir aos soldados postados logo à frente dele.

— Se por acaso não sabem, seus filhos da puta, o termo "tremedor" é uma palavra espartana. Foi cunhado para descrever os piores homens, os soldados que não voltavam com seus escudos, mas sem eles. Além de terem feito isso, vocês foram os primeiros a fugir. Os primeiros a deixar seus companheiros à mercê do inimigo. Vocês são todos covardes. MALDITOS COVARDES! — Ele os observou, desafiando-os a o encararem. Ninguém o fez. — Só existe um castigo adequado para homens assim. A dizimação!

A palavra pairou no ar quente.

— Isso mesmo, seus viados! — vociferou Crassus. — Dizimação é o que vocês merecem.

O choque tomou os rostos daqueles que observavam; o terror contorceu o rosto dos condenados.

— Vocês devem marchar diante de mim em grupos de cinquenta. E um homem de cada dez deverá apanhar de seus companheiros até morrer. No total, cinquenta de vocês morrerão, e o resto será obrigado a colocar as barracas do lado de fora dos muros do acampamento até segunda ordem. Nesse período, receberão cevada para comer, como são alimentados os cavalos e as mulas. Cada um de vocês perderá o pagamento de um ano. E estejam certos que lutarão nas fileiras dianteiras nas próximas batalhas. — Crassus olhou para a direita e para a esquerda. — Caepio, onde está você?

— Bem aqui, senhor. — O velho centurião deu um passo à frente.

— Você deve supervisioná-los. Quem não estiver aplicando o castigo com entusiasmo suficiente deve sofrer o mesmo destino dos que estiverem sendo dizimados. Está claro?

— Sim, senhor.

— Comecem de uma vez.

Caepio se virou.

— Vocês ouviram o general! Reúnam-se em grupos de dez!

Arrastando os pés, os primeiros grupos caminharam na direção dele. Outros centuriões se empurraram em grupos de dez. Caepio pegou um saco, que chacoalhou com vigor.

— Aqui dentro, há nove pedras brancas e uma preta. Cada um de vocês deve pegar uma. Obviamente, o que pegar a preta vai morrer. — Ele abriu o saco. — O primeiro!

Pressionado por um centurião com um cajado de vinha, um soldado se aproximou de Caepio. Ele pegou uma pedra no saco. Era branca. Seu rosto foi tomado pelo alívio.

— Próximo! — berrou Caepio.

A segunda pedra era branca.

Assim como a terceira, a quarta e a quinta.

Mas a sexta era preta. O homem que a pegou soltou um gemido de angústia.

— Fique onde está! — vociferou Caepio. O soldado trêmulo obedeceu, e Caepio fez um gesto, indicando o monte de porretes. — O resto deve pegar um daqueles e voltar aqui. — Quando os nove retornaram, ele gritou: — Formem um círculo.

Assim que os legionários tomaram suas posições, Caepio empurrou o homem escolhido para dentro do círculo.

— Vamos logo com isso!

Ninguém se moveu, exceto o condenado, que caiu de joelhos e começou a rezar em voz alta.

— Cidadãos romanos não devem ser crucificados, mas isso não me impedirá de sentenciar cada um de vocês, seus imbecis! — vociferou Crassus, com as veias do pescoço inchadas. — Matem-no! AGORA!

Por um instante, ninguém reagiu. Então, um legionário grande deu um passo à frente. E mais um. Outros três se uniram a ele e, depressa, o restante os seguiu. Eles se aproximaram do companheiro condenado, que agora implorava por misericórdia. Ninguém respondeu, ninguém o encarava.

O legionário grande foi o primeiro a agir. Ao descer o porrete, o condenado ergueu o braço direito para se defender. *Tum*. O golpe forte quebrou os ossos do braço como se fossem gravetos, e os pregos na ponta do porrete traçaram linhas vermelhas por seu couro cabeludo. Gritando, ele caiu de costas.

— Ajude-me, Júpiter, por favor! Ajude-me!

Como uma matilha de lobos sobre a presa, os nove soldados o cercaram. Os porretes subiam e desciam em um ritmo terrível. Gotas de sangue respingavam, cobrindo braços e rostos dos agressores. Os gritos se tornaram um gemido, que logo foi silenciado. Contudo, os legionários continuaram batendo. Só quando Caepio mandou que parassem, eles deram um passo para trás, ofegantes. Uma mistura de horror e ira demente retorcia seus rostos. "Isso não me surpreende", pensou Crassus. O companheiro deles mais lembrava um pedaço de carne. Os membros estavam dispostos em ângulos nada naturais, e seus traços estavam irreconhecíveis numa mistura de carne dilacerada, ossos fraturados e dentes expostos. Crassus gostou de ver pedaços de massa encefálica em vários porretes, o que era curiosamente satisfatório.

— Deixem o corpo onde está — ordenou. — Próximo!

Os soldados, atordoados, foram afastados e o próximo grupo de dez foi forçado a se adiantar. Cada um pegou uma pedra no saco. Quando chegou a hora de pegar um porrete e fazer o impensável, ninguém protestou. O limite foi ultrapassado pelo primeiro assassinato, e todos sabiam que, se resistissem, uma cruz os esperaria. Em pouco tempo, um cadáver ensanguentado apareceu ao lado do primeiro. Em seguida, um terceiro e um quarto. Conforme o número de mortos aumentava, Crassus ordenava que os corpos fossem empilhados como se fossem carniças.

E assim foi por mais de uma hora.

Quando o último homem apanhou até morrer, o silêncio pairou sobre as tropas posicionadas. Crassus olhou para os legionários, analisando o humor destes. Não viu ressentimento nem ira, apenas resignação, nojo e medo.

— Que esta seja uma lição para vocês e seus companheiros. — Ele apontou o monte de carne e ossos, e a piscina de sangue ao redor deles. — Espalhem a notícia. Este será o fim de quem fugir do inimigo!

CAPÍTULO XIV

Agora Spartacus já estava cansado de ver a grande ilha. A Sicília tomava o horizonte do lado oeste; o traço mais proeminente era o promontório formado pelo ponto de união das costas norte e leste da ilha. Perto dele ficava Charybdis, o famoso redemoinho que sugava navios e suas tripulações para mortes terríveis. A ilha ficava perto o bastante para que eles vissem alguns dos casarões nos pontos mais altos acima da praia. Além deles, havia montanhas íngremes que desapareciam em um borrão roxo-azulado ao alcançarem o céu. Elas o fizeram lembrar da Trácia. Sentiu um gosto amargo na boca. Faltava menos de dois quilômetros até a Sicília, porém, depois de mais de dois meses de espera, essa distância parecia ser tão longe quanto o caminho para a lua. Até mesmo os navios mercantes que navegavam a centenas de passos da costa eram inalcançáveis.

A princípio, o tempo passara tranquilamente. Graças à defesa da infantaria que ele espalhou pela península e à cavalaria que mantinha a estrada principal livre, as legiões de Crassus não fizeram qualquer esforço para atravessar sua força. Eles se ocuparam construindo muralhas e fossos que prendiam as tropas de Spartacus no istmo que circundava em direção à Sicília. Ele não gostara disso, contudo, havia o consolo de saber que Carbo fora bem-sucedido em sua missão. O anúncio de que várias embarcações piratas chegariam em breve foi um enorme incentivo. Quando seus dois mil homens atravessassem o estreito e tomassem as embarcações de grãos, poderiam iniciar a evacuação de seu exército. Com a bênção dos deuses,

Crassus não suspeitaria de nada e só descobriria o plano quando fosse tarde demais.

Saber que não estava na iminência de uma batalha havia diminuído um pouco a tensão do trácio. A vida continuava como tinha sido no ano anterior em Thurii. Houvera restrição aos movimentos da tropa e às notícias dos oficiais que vinham monitorando as forças romanas. Horas na companhia de seus senhores, cuidando para que os alimentos fossem divididos igualmente, e dos ferreiros, cuidando para que todas as casas e fazendas da região fossem saqueadas e delas tirado tudo que fosse útil. Alguns de seus homens ainda não estavam muito bem-armados. A produção de armas não podia parar. Ele não tinha mais ligações com Castus e Gannicus, que acamparam com seus seguidores um pouco distantes do grupo principal. Em essência, o exército já tinha se separado. Mas isso não importava. Crassus não sabia da ruptura, e quando chegassem à Sicília ela se tornaria abstrata. Spartacus tentou não pensar na dupla problemática. Já gastara tempo demais pensando neles. Então, concentrou-se em suas noites, a parte preferida de seus dias, passadas com Ariadne e Maron, que crescia depressa.

Também teve oportunidades de caminhar pela costa, procurando o melhor local para embarcar quando os navios piratas chegassem. Fez isso sozinho na primeira vez e conseguiu escapar dos citas. Sorriu. A bronca que Ariadne dera neles em seu retorno garantiu que aquilo nunca mais acontecesse. Apesar de Castus e Gannicus parecerem estar honrando o trato, ele não descartava a possibilidade de tentarem matá-lo de novo. E gostava da companhia dos citas tatuados. Parecia que eles eram velhos amigos, apesar de Spartacus os conhecer havia menos de dois anos. Eram discretos, seguindo-o de longe e, assim, dando a impressão de que ele estava sozinho. Enquanto caminhava, pensava em todos os desdobramentos várias vezes. Se as coisas na Sicília ocorressem como ele queria, conseguiria defender a ilha do ataque romano em vez de só esperar que enviassem uma força expedicionária contra ele.

No entanto, conforme os dias se transformaram em semanas, ficou cada vez mais difícil deixar de se preocupar. O outono já havia passado. O inverno tinha chegado. Os frutos dos arbustos que cobriam as montanhas desapareceram. As fazendas da região havia muito tinham sido despojadas de todos os alimentos. Spartacus começou a se questionar se o capitão pirata havia enganado Carbo, pegado o dinheiro e fugido, para nunca mais voltar. Mas seu plano parecia bem plausível. Só um tolo ou maluco recusaria cinquenta vezes aquela quantidade de moedas para realizar uma tarefa simples. Isso era o que parecia manter os ânimos das tropas. Ele olhou para o sul, procurando um barco nas ondas. Pela milésima vez, não viu nada. Um bando de gaivotas sobrevoou a região no vento frio, e os gritos agudos pareciam gozar dele. Sentiu-se contrariado. Onde, pelo Grande Cavaleiro, estava Heracleo? Quanto tempo se levava para achar algumas embarcações e dar a volta na ponta da Itália?

Ele pensou mais uma vez em subir o monte até a caverna sagrada diante de Charybdis, para fazer outra oferenda a Cila, o monstro de seis cabeças e quase cinco metros que guardava os estreitos. Não. Duas vezes bastavam. Se os deuses achassem que ele estava desesperado, poderiam se tornar ainda mais caprichosos do que já eram.

Seu estômago roncou, e o trácio se deu conta de que não comia desde o amanhecer. Dera a ordem para que as porções fossem reduzidas, mas sessenta mil homens ainda comiam uma quantidade muito grande de pão todos os dias. A menos que Heracleo aparecesse nas próximas duas semanas, os grãos acabariam. Então, eles teriam que derrubar as fortificações de Crassus. Não era algo que ele gostaria de ser obrigado a fazer.

Virou-se para observar a terra atrás de si. Como boa parte da costa da região, só havia uma área estreita à margem do mar. Em alguns pontos, parecia ter meio ou um quilômetro de largura; porém, em outros, era um pouco mais do que uma faixa de areia. A maior parte era formada por montes íngremes, com topos cobertos por faias que em geral ficavam rodeadas por nuvens acinzentadas. Com os citas logo atrás de si, ele percorrera os picos mais altos, com a missão de inspecionar as legiões em ação. O bloqueio dos romanos foi feito em uma das partes mais estreitas da extensão, a 15 quilômetros ao norte. Graças ao terreno vertiginoso, havia pouca necessidade de os soldados de Crassus erguerem defesas em outros pontos que não na costa. Subidas perigosamente íngremes com vegetação, picos e rios caudalosos significavam que o interior só era adequado para veados, carneiros selvagens e lobos, a quem pertencia aquele território. No topo de uma cadeia, Spartacus havia localizado um ponto adequado para se mover para o norte — entretanto, Crassus também o localizara e poupara esforços na construção das defesas dali. Elas eram impressionantes. Os escravos tinham trabalhado para construir uma barreira em forma de V, coberta com pedras e da altura de dois homens. Estacas afiadas estavam fincadas na superfície externa do muro, e um fosso com buracos a cercava. Catapultas também podiam ser vistas nas muralhas, e muitos legionários trabalhavam dia e noite. Só restara uma abordagem, um caminho estreito que forçaria os rebeldes à ponta do V, onde poderiam ser atacados dos dois lados.

Observando de longe, Spartacus se surpreendeu. Se eles tivessem que furar o bloqueio, a perda de soldados seria enorme. Mas seria uma perda menor do que no caso de um ataque frontal na planície. Sete legiões estavam reunidas no lado oeste da região, perto de seu exército, e duas guardavam a costa leste. Não havia motivos para marchar até ali, esperando pegar as defesas inimigas desprevenidas. Os muitos soldados de Crassus passariam as notícias adiante. Em qualquer lugar ao qual ele levasse seus soldados, pensou Spartacus com seriedade, os romanos estariam à sua espera. Menos no espinhaço. Uma única legião mantinha aquela seção estreita.

Tentando esquecer as imagens sangrentas que surgiam em sua mente, ele olhou para o mar. A alguma distância dali, um golfinho saltou da água. Foi seguido por outro, e mais outro. Em pouco tempo, Spartacus contou oito. Sorriu com a brincadeira deles, com o claro prazer que sentiam ao nadar juntos. “Eles são livres de verdade.”

A princípio, a embarcação que apareceu além de onde os golfinhos estavam não foi notada.

Quando a viu, o coração de Spartacus se acelerou. Será que os deuses tinham atendido suas preces?

A voz gutural de Taxacis rompeu o silêncio.

— Um navio!

— Estou vendo... — disse Spartacus, mantendo a voz calma.

— É... um mercante? — perguntou Atheas.

— Teremos que esperar e ver — respondeu Spartacus. Ele se agachou. Talvez fosse por causa dos golfinhos, mas ele sentia que algo bom estava para acontecer.

Eles esperaram por muito tempo. Ninguém disse nada, porém o silêncio entre eles era confortável. Havia muito a ser observado. Atraídas pelo mesmo cardume de peixes que os golfinhos, centenas de gaivotas sobrevoavam e mergulhavam acima das ondas. Aves bem-sucedidas voavam triunfantes com um peixe no bico e piavam indignadas para qualquer companheiro que tentasse roubá-lo. Por fim, a embarcação se aproximou o bastante para que eles discernissem sua forma. Spartacus observou o veículo comprido e predador com alegria indisfarçável.

— Se aquilo é um mercante, meu nome é Marcus Licinius Crassus!

Atheas estreitou os olhos para ele.

— Não. Você... feio... como sempre.

Taxacis riu.

— Não é grande o bastante para uma trirreme — ponderou Spartacus. — Deve ser uma birreme.

O barco se aproximou da margem. Cada vez mais animados, eles esperaram até que ela ficasse paralela à posição deles. Como Spartacus supunha, havia dois conjuntos de remos, um acima do outro. O navio tinha uma proa pontuda e uma popa redonda, comum. Uma vela grande e retangular estava pendurada em um mastro central. O trácio contou por alto cerca de trinta a quarenta remadores de cada lado. Outros homens surgiram nas laterais. No entanto, o que chamou a atenção do trácio mais do que a tripulação foram as armas vistas ali.

— São catapultas no deque! — gritou, pulando. — Aqui! Aqui!

Os citas o imitaram e, no minuto seguinte, ficou claro que tinham sido vistos. Um comando aos gritos fez o barco parar. Os remos foram guardados e uma âncora foi jogada. Vários homens entraram no barquinho acoplado à embarcação.

Spartacus olhou para Atheas, que já levava os dedos à espada.

— Vamos com calma. Não queremos assustá-los. Você também, Taxacis.

Este assentiu, mas Atheas fingiu estar magoado, o que o deixou com uma expressão ainda mais séria.

— Eu... sempre calmo!

Pela primeira vez em semanas, Spartacus riu.

O barco a remo não demorou muito para chegar à praia. Assim que alcançou a parte rasa, três dos quatro homens armados em seu interior saltaram para fora. Liderados por um homem baixo de pele escura, eles chegaram à areia. Pararam a uma curta distância.

— Bom ver vocês — cumprimentou Spartacus de modo amigável.

— Bom ver *vocês* — respondeu o homem de pele escura com desconfiança. — Quem é você?

— Eu poderia lhe fazer a mesma pergunta, meu amigo.

— Mas não é para mim que três catapultas estão miradas — retrucou o pirata.

Ele não se deu o trabalho de conferir.

— Como você perguntou primeiro, responderei. Sou Spartacus, o trácio. Você deve ter ouvido falar de mim.

O pirata perdeu um pouco a compostura.

— Como pode provar isso? — perguntou ele. — Metade dos salteadores da Itália diz o mesmo.

— Não preciso mostrar quem sou. Na baía ao lado, há um exército de sessenta mil homens. Pergunte a qualquer soldado quem é o líder deles.

O pirata mudou de atitude no mesmo instante.

— É uma honra conhecê-lo. Sou Heracleo. Seu mensageiro... Carbo, certo? Ele deve ter falado de mim. Nós nos encontramos perto de Croton há algum tempo.

— Ele falou. Você traria o máximo de barcos que conseguisse. Mas só trouxe um — observou Spartacus, sem demonstrar preocupação.

— Recrutar navios foi mais difícil do que pensei. O mercado em Delos está mais cheio do que nunca, e a maioria dos capitães está mais interessada em encontrar escravos para vender lá. Mas não tema, está tudo em ordem. — Heracleo abriu um sorriso. — Dois capitães que conheço atuam nessa região. Enviei uma mensagem a eles, organizando uma reunião ao norte daqui. Mais alguns dias e voltarei com pelo menos uma trirreme e outra birreme. Talvez até mais, se o recado for transmitido como espero.

Spartacus encarou Heracleo por vários segundos, porém o pirata não desviou o olhar. "O cachorro está dizendo a verdade ou então sabe mentir muito bem", pensou.

— Eu esperava mais barcos, mas três devem bastar. Quantos soldados cabem em cada barco por vez?

— Para uma travessia como essa? — Heracleo fez um gesto distraído em direção à Sicília. — As birremes conseguem levar cinquenta, talvez sessenta por vez. As trirremes levam quase cem.

Spartacus fez um cálculo rápido de cabeça.

— Então, umas doze viagens devem bastar para levar meus homens para a Sicília.

— De fato, de fato — concordou Heracleo. Seus olhos eram gananciosos. — E o preço...

— Continua o mesmo — interrompeu Spartacus.

— Eu deveria receber 125 mil denários quando chegasse.

— Quando chegasse com *barcos*. Só vejo um.

Heracleo passou a língua pelos lábios.

— Os outros capitães podem precisar de uma prova de sua... boa-fé.

Spartacus não confiava no pirata, entretanto, o fato de ter aparecido era um bom indicador de que honraria sua parte no trato. O adiantamento seria uma maneira de agradá-lo. Gostando ou não, ele tinha muito mais a perder do que Heracleo.

— Você tem sido honesto até aqui. Como prova de minha estima, eu estaria disposto dar-lhe mais vinte mil denários. Que capitão não se sentiria motivado a ajudar se recebesse parte desse dinheiro?

Heracleo respirou fundo, ponderando. Depois, abriu um sorriso.

— Obrigado. Quando poderia...

— Espere aqui. Pedirei que alguns de meus homens tragam o dinheiro de uma vez. — Heracleo esfregou as mãos e Spartacus lhe lançou um olhar de alerta. — Se me enganar, caçarei você, ainda que demore o resto de meus dias. Entendeu?

— Voltarei. Você tem minha palavra. — Heracleo estendeu a mão.

Satisfeito, Spartacus aceitou o cumprimento.

— Dois dias até seu retorno?

— Dois, talvez três. Não mais do que isso.

— Ótimo. Estaremos esperando aqui.

Com Maron aos cuidados da parteira, Ariadne partiu pelo campo, levando o cesto com a cobra embaixo do braço. Nele ela também havia colocado com cuidado um jarro pequeno de vinho, um ramo de trigo e cachos de uva. Seis soldados — proteção dada a ela por Spartacus — a seguiam, mas sabiam muito bem que deveriam manter certa distância. Ela não sabia muito bem aonde ir, contudo, desde que ficasse sozinha, não se importava. Viver no meio de um exército enorme era como morar em uma cidade. Ariadne não gostava disso, nem ao menos havia se acostumado. As vilas na Trácia nas quais crescera não tinham mais do que alguns milhares de habitantes. Nem mesmo Kabyle, a única cidade, era grande. Ali, ela tinha rezado a seu deus no templo, mas também tinha acesso a locais selvagens. Lugares onde quase se sentia em outro mundo, onde a voz de Dionísio não era encoberta pelo som das pessoas.

Mais do que qualquer coisa, Ariadne queria orientação. Havia muito não sentia a certeza da vontade do deus em suas ações. O propósito de Spartacus parecia mais implacável do que nunca, mas isso não significava que ele não cometesse erros. Desde que ele retornara de Roma, os dois tinham feito as pazes, contudo havia uma leve distância entre eles que não existia antes. Spartacus pedia a opinião dela menos do que costumava fazer, e ela perguntava menos sobre seus planos.

Para ela, a raiz de tudo era o ressentimento que ainda sentia por ele ter escolhido seu exército, e não a ela e Maron. Ariadne sempre tentou negar isso, porém, como as ervas que crescem entre as pedras, esse sentimento sempre voltava. Ela queria orientação — não apenas sobre o melhor caminho a escolher para o exército, mas principalmente sobre o melhor para si. Deveria tentar resolver suas diferenças com Spartacus ou seria mais fácil fazer o impensável e se afastar?

Ariadne tropeçou quando sua sandália ficou presa sob uma pedra. Levantou o olhar e ficou surpresa ao perceber que havia deixado o acampamento para trás. Agora estava na base de uma ladeira rochosa que terminava na caverna de Cila. Uma imagem do monstro surgiu em sua mente, e ela estremeceu. Já tinha visto a entrada da caverna da praia. Era fácil demais imaginar cada um dos pescoços compridos de Cila esticando-se para pegar pescadores, marinheiros e golfinhos distraídos. Só um tolo olharia lá dentro para conferir se a lenda era verdadeira. Ariadne estava prestes a sair dali, mas parou. Não estava prestando atenção por onde andava. Seus pés a haviam levado até ali. Quem era ela para mudar de direção? Podia ter sido Dionísio quem a levara ali.

Ela começou a subir a ladeira.

— Aonde está indo? — disse um dos guardas, com a apreensão clara em sua voz.

— Aonde acha?

— Não é seguro ali. Por favor, volte.

Ariadne se divertiu.

— Está com medo?

— Nã-não, claro que não.

Ela observou os rostos deles. Ninguém estava feliz; a maioria parecia assustada.

— Fiquem aqui se quiserem.

— Mas Spartacus disse que você não deveria ficar sozinha.

— Sei o que ele disse. — Ariadne recomeçou a subida. Por causa do cesto pesado, ela se movimentava devagar.

O guarda tentou de novo:

— Ele não gostaria que você fosse à caverna.

— Sou dona de minhas vontades — retrucou Ariadne, sem olhar para trás. — Faço o que quero. Ninguém está impedindo você de me acompanhar.

Ela o ignorou. Depois de um tempo, olhou ao redor. Apenas um dos guardas, o homem com quem ela havia discutido, a seguia. O restante se reuniu na base do monte como carneiros assustados. Ela já esperava por isso. A superstição dominava as mentes da maioria dos homens. Se ela, uma sacerdotisa de Dionísio, tinha medo, os soldados comuns deveriam estar aterrorizados de entrar na caverna de um monstro lendário. Contraiu a mandíbula, forçou-se a respirar profundamente e a seguir em frente. A cada passo, se sentia mais confiante de que *tinha* de fazer aquilo.

A visão dos estreitos e da Sicília se tornava ainda mais impressionante conforme ela subia. A luz do sol reluzia na água, transformando-a em um espelho gigante, o que significava que ela não viu a birreme que se afastava da praia onde Spartacus estivera. Seus olhos observavam o sul, porém a névoa a impedia de ver o famoso vulcão, o monte Setna, cujas erupções eram atribuídas a um gigante assustador que vivia em seu interior. Em pouco tempo, disse a si mesma, ela teria a oportunidade de vê-lo com os próprios olhos.

Quando se deu conta, tinha chegado ao topo do promontório, que agora estava coberto pela vegetação rasteira. Havia uma trilha estreita. Ela não se surpreendeu quando o soldado solitário parou.

— Não vou me demorar — avisou-lhe, olhando para trás.

Ele assentiu com nervosismo.

O homem provavelmente estava preocupado perguntando-se o que Spartacus faria com ele depois, caso Cila não o comesse vivo. Contudo, não havia motivos para seu marido saber. Se ela não contasse, os guardas sem dúvida guardariam segredo.

Depois da vegetação o caminho fazia uma curva. Aqui e ali, ela viu marcas de sandálias na terra e se sensibilizou. Pessoas já tinham passado por ali antes, talvez para fazer oferendas em troca de uma travessia segura pelas águas. Tal suspeita foi confirmada quando ela chegou ao topo do penhasco e viu um altar improvisado feito de pedras. Jarros, lâmpadas votivas em miniaturas, moedas e pequenos bolos estavam dispostos diante dele. A alguns passos dali, um precipício estonteante dava vista para o mar azul profundo.

Ariadne tomou o cuidado de não se aproximar demais — uma rajada de vento poderia derrubá-la. Havia uma trilha perigosa e estreita que levava até a caverna em si, mas ela não pretendia descer até lá. Seria ir longe demais. Seria provocar os deuses, como se já não tivesse feito isso no passado. Não, onde estava era o local certo para procurar orientação.

Colocando o cesto no chão, ela se ajoelhou diante do templo. Primeiro, rezou para acalmar a criatura dona daquele território: "Grande Cila, peço seu perdão por me aproximar de seu lar. Faço isso com reverência e grande respeito." Em seguida, abriu o cesto. De uma vez, a serpente ergueu a cabeça. Ariadne conversou com o animal, que lhe permitiu pegar o jarro, o trigo e as uvas. Ariadne estava tão ávida em apresentar os presentes que não fechou a tampa do cesto.

— Cila, ofereço a você vinho em reconhecimento de seu poder e de seu direito de caçar aqueles que passam desse limite. — Retirando a tampa, ela despejou a bebida no chão. O líquido vermelho molhou a terra, deixando uma mancha. — Aceite essa libação como um sinal de minha veneração. Também espero que não fique irado por eu falar com um deus aqui. — Abaixando o jarro, Ariadne fechou os olhos e esperou. Seus ouvidos foram tomados pelo assovio do vento, o grito ocasional de uma gaivota e, bem mais abaixo, as ondas se quebrando nas pedras na base do penhasco.

Minutos se passaram e não houve resposta. Nenhum monstro surgira para devorá-la; o chão não se abrira sob seus pés. O vinho fora aceito, concluiu. Ela esperava que isso também significasse que Cila não se opunha que ela pedisse ajuda a Dionísio em seu território. Abriu os olhos. Segurando o trigo numa mão e as uvas na outra, olhou para o céu.

— Dionísio, sempre serei sua serva humilde, mesmo quando não parecer. Ultimamente, não tenho passado muito tempo honrando o senhor. O fato de ter dado à luz não é desculpa. Imploro sua compreensão e seu perdão. Trago símbolos de minha devoção, objetos que sei que o senhor gosta. — Com muito cuidado, ela colocou o trigo e as uvas no chão.

Mais um silêncio respeitoso; nenhuma resposta.

Acreditando ser um sinal de que Dionísio estava generoso, Ariadne pegou o jarro pela segunda vez.

— Trago um pouco do vinho mais antigo. Aceite-o como prova de meu compromisso com o senhor.

Ela fechou os olhos e esperou por um sinal. Qualquer coisa que a ajudasse a decidir o que fazer. Deveria ir à Sicília com Spartacus? "Como se esse plano fosse dar certo", pensou ela, amargurada. Desde o começo temeu o plano de recrutar piratas; porém, conforme o tempo foi passando sem nenhum sinal de uma embarcação, as dúvidas de Ariadne se intensificaram. Para sair daquele lugar, eles teriam que invadir os fortes de Crassus. E depois? Mais uma vez, ela se lembrou da estrada pontuada por cruzes. Seria esse o fim que aguardava Spartacus? Ela rezou para que não, mas a imagem assustadora não a abandonava. Perguntou-se se não seria melhor partir agora, antes que o mesmo ou coisa pior acontecesse a ela e a Maron. Os romanos não seriam misericordiosos com a esposa e o filho de Spartacus. Contudo, fugir seria trair seu marido. A culpa a dominava.

Tarde demais, ouviu um movimento atrás de si e tentou se levantar.

Um golpe forte em sua nuca a fez cair. Bateu forte no chão, com a testa chocando-se contra uma pedra da base do altar. Sua visão escureceu, e ela se esforçou para respirar. Alguém agarrou seu cabelo e a colocou de pé. Quando ela abriu a boca para pedir ajuda, uma mão a tampou.

— Tente gritar, sua puta, e jogo você do precipício — ameaçou o agressor. — Entendeu?

Aterrorizada e furiosa, Ariadne assentiu. "Por Hades, quem é?"

— Ninguém ouviria seu grito, de qualquer modo. Seu guarda é um homem morto. — A mão foi retirada, e ela foi jogada no chão. Viu o rosto malicioso de Castus com repulsa. — Procurar a ajuda de seu deus é ótimo, mas sozinha? Pensei que agora você fosse mais esperta. — Ele estendeu o braço e apertou os seios dela. — Ótimo. Estão maiores do que antes.

Ariadne sentiu o medo dentro de si. "Ele vai me estuprar e me atirar do penhasco."

— Não esperava ver você aqui... — Ele bateu em sua cabeça. — Responda, sua vagabunda!

— Eu estava pedindo orientação ao meu deus. O-o que você veio fazer aqui? — respondeu ela, tentando ganhar tempo.

— Eu queria acalmar Cila. Se formos atravessar aquele trecho de água — fez um gesto em direção aos estreitos —, precisaremos de toda a ajuda possível.

Ariadne percebeu que ele estava aterrorizado — o que não era de se espantar. Como a maioria do exército, Castus nunca havia entrado em um barco.

— Você recebeu uma resposta?

Uma risada breve.

— Claro que não. — Ele tirou a faixa na qual levava a espada do ombro e a colocou de lado. Com as mãos, ele subiu o vestido dela até a cintura. — E quem se importa? Mesmo que eu morra, irei ao encontro de Netuno sabendo que fodi a esposa de Spartacus.

Ariadne tentou empurrá-lo. Ele riu e afastou as mãos dela. Ela chutou sem parar, mas Castus tinha mais do que o dobro de seu peso. Viu, horrorizada, quando ele abocanhou seus seios. Lembranças dolorosas do que seu pai e do que Phortis, de Cápua, lhe tinham feito surgiram depressa. Agora estava prestes a acontecer de novo. "Pense! Pense!" Sua cabeça rodava. De um lado, ela só conseguia ver o contorno da Sicília, que nunca alcançaria. Do outro, as oferendas deixadas diante do altar. Nada ao seu alcance afastaria Castus. A espada dele estava a vários passos dali.

Ele levou a mão à genitália dela, que sentiu a ereção pressionando sua coxa. Foi tomada por ondas de náusea misturadas com a dor em sua cabeça. Ariadne quis morrer. Queria que ele simplesmente a jogasse lá embaixo.

— A esposa de Spartacus... — disse ele, ofegante. — Quem diria que eu conseguiria fodê-la, não?

Foi como se um raio a atingisse. "A esposa de Spartacus. Sou essa pessoa. Não posso fugir disso." Esse pensamento renovou sua vontade de viver. De sobreviver.

Castus parou para lamber os seios dela de novo. Observou-a, com o rosto tomado de desejo. Soprava seu hálito fétido sobre ela. Ariadne sentiu vontade de vomitar, porém se forçou a manter o olhar firme. Faria o possível para adiar o que estava prestes a acontecer.

— Você me deseja há muito tempo?

— Pelos deuses, sim! Que homem não desejaria? — perguntou ele, abaixando a calça. — Está pronta para um pau de tamanho decente, não a linguicinha com que está acostumada? Você provavelmente sempre me desejou.

Ele movimentou o quadril, tentando penetrá-la.

Ariadne não conseguiu mais olhar para ele. Virou a cabeça para a esquerda. "Deuses, permitam que isso termine logo." Um breve movimento chamou sua atenção. Seu coração quase parou. A serpente! Ela saiu do cesto e rastejou até uma pedra grande na base do altar. Se ao menos conseguisse pegá-la!

Mas Fortuna interveio. Gemendo de irritação, Castus soltou o braço esquerdo dela. Cuspiu na própria mão e a levou à vagina de Ariadne.

— Você estará tão molhada quanto uma puta durante a Saturnália quando eu terminar — vociferou, movimentando-se mais uma vez.

Ariadne esticou o braço livre na direção da serpente. Nunca antes quisera tanto que algo desse certo. Nunca precisara disso mais do que agora.

A cabeça da serpente se moveu; sua língua forcada se estendeu na direção dos dedos de Ariadne.

O pênis de Castus tocou os grandes lábios dela, e Ariadne se retraiu. Ele riu.

A serpente se rastejou até a mão de Ariadne ao perceber os movimentos desta. "Isso!" Havia o risco de ela ser mordida caso se fizesse um movimento brusco, mas não se importou. Ergueu o braço; assustada, a serpente arqueou o pescoço e abriu a boca de modo ameaçador. Ariadne a mirou no pescoço de Castus.

O gaulês reagiu com uma velocidade sobrenatural — rapidez proveniente do desespero, de anos lutando como gladiador —, que o salvou de ser picado. Afastou-se de Ariadne, com a boca aberta, horrorizado. Ela rolou para longe e se levantou. Sussurrou algo para a serpente, que se acalmou um pouco. Ao se virar, viu Castus. Sentiu-se satisfeita. A beira do precipício estava a poucos passos atrás dele.

Segurando a serpente diante do corpo, ela avançou.

— Está pronto para morrer, seu imundo?

O rosto de Castus foi tomado pelo medo. Ele não tinha como fugir.

— Essa coisa pode me picar, mas levo você comigo, sua puta! Vamos jantar com Netuno esta noite!

Tentou segurar o braço dela, porém Ariadne aproximou a serpente do rosto dele, e Castus teve que se afastar. A sandália dele escorregou, seu pé pisou em falso e ele precisou se esforçar muito para não cair no precipício.

Ariadne estava começando a se divertir.

— Está gostando, seu maldito? Como prefere morrer: envenenado ou despencando nas rochas? — Ela deu mais um passo na direção dele. Irritado, o animal tentou fincar os dentes no braço do gaulês. Por algum milagre, Castus desviou. Ariadne não se importou. Não tinha como ele fugir. — Escolha!

Castus não respondeu. Simplesmente se preparou para o próximo ataque dela.

Ariadne nunca admitiria, mas ele era um homem corajoso. Porém, estava na hora de acabar com aquilo.

— Faça isso por Dionísio — sussurrou ela ao animal. Irritada, a serpente se remexeu. — Paciência. Sua presa está bem aqui.

Encarou Castus, esperando ver medo no rosto dele. O que ela percebeu foi algo muito diferente: ele tentava disfarçar o olhar de triunfo. Os olhos dele brilhavam. Ariadne sentiu um movimento atrás de si. O instinto fez com que ela se jogasse para a direita, na direção do altar. Enquanto tentava manter o equilíbrio, ouviu um palavrão abafado e viu um homem forte empunhando uma espada — um dos seguidores de Castus — pular até onde ela estivera. Com um grito desesperado, ele ultrapassou a ponta do precipício e caiu, desaparecendo de vista.

Quando ela se levantou, Castus já havia passado para um ponto seguro e agora mantinha a arma em riste. O pânico tomou conta de Ariadne, e ela se preparou para enfrentá-lo apenas com uma serpente. Para sua surpresa, ele se afastou.

— Sua puta louca!

Dando um passo em sua direção, ela deu uma risada estridente.

— Isso mesmo, seu merda, sou louca! Também sou uma das escolhidas de Dionísio!

Naquele momento, a serpente abriu a boca, revelando as presas letais.

O rosto de Castus ficou pálido. Murmurando uma oração, ele se afastou. Depois, virou-se e partiu.

Com o coração aos pulos, Ariadne esperou, mas ele não voltou. Então acalmou a serpente, colocou-a no cesto e o tampou. Com o vestido rasgado ajeitado da melhor maneira que conseguiu, ela despejou o resto do vinho no chão, agradecendo seu deus com ainda mais fervor do que antes. Longos minutos se passaram, e nada aconteceu — nenhuma visão, nenhuma palavra de sabedoria. Ariadne não sentia ódio, apenas uma grande gratidão por estar viva. Mais do que qualquer coisa, queria ver Spartacus.

Seu nome acionou uma lembrança. Castus a havia chamado de "esposa de Spartacus". Ariadne sorriu.

Dionísio, afinal, *havia* lhe enviado uma mensagem. Duas mensagens, na verdade.

Primeiro, ela não ia a lugar nenhum. Ficar ao lado de Spartacus era o que importava — independente das consequências. Em segundo lugar, Castus não deveria ser ferido. Por justiça, ele deveria ter morrido quando estava à beira do precipício. O fato de isso não ter acontecido mostrava a ela que os deuses ainda o queriam vivo. Nem ela nem Spartacus deveriam intervir mais.

Para seu alívio, o soldado que a havia seguido não estava morto, como Castus dissera. Ele desmaiara com um golpe na cabeça e voltara a si quando ela o socorreu. Após decidir que Spartacus não deveria saber de nada, ela fez o homem jurar que guardaria segredo. Aquele ferimento teria sido causado por uma queda. O guarda ficou contente em concordar com a ordem. O temperamento temido de seu líder era bem-conhecido; o soldado que não cumprisse a tarefa de cuidar bem de Ariadne podia ter uma vida muito curta.

Os guardas que não subiram o monte ficaram muito aliviados quando os dois voltaram. Não demonstravam qualquer sinal de terem visto Castus, que provavelmente descera pelo lado mais afastado do promontório. Ariadne ignorou os olhares de esguelha por causa do vestido rasgado e o cabelo coberto de terra. Eles provavelmente achavam que ela havia se entregado à mania dos rituais num estado de transe apreciado pelas devotas de Dionísio.

Ao chegar à sua barraca, ela encontrou Maron dormindo no berço, com a velha parteira cochilando ao lado dele. Em silêncio, Ariadne trocou de roupa e penteou o cabelo. Lavou o rosto e aplicou um pouco de giz nele — isso esconderia o inchaço de sua testa. Depois do horror do que havia acontecido, era estranho voltar à normalidade.

Bebeu um pouco de vinho para acalmar os nervos. Ninguém poderia saber sobre Castus, muito menos Spartacus.

Logo depois, ela se sobressaltou ao ver o marido na porta.

— Eles chegaram! — gritou ele.

Maron se remexeu, e os instintos de Ariadne vieram à tona.

— Shhhhiiii.

— Desculpe.

Ele se aproximou, sorrindo. Feliz por Maron ainda estar dormindo, ela olhou para Spartacus. Ele não notaria nada. Estava visivelmente feliz.

— Você não está falando dos romanos, certo? — sussurrou ela.

Ele a encarou, surpreso.

— Não! Conversei com o pirata que Carbo encontrou. Ele voltará daqui a alguns dias com dois ou três barcos. Com uma dezena de viagens, os homens serão levados para o outro lado. Se tudo der certo, podemos ter os navios de grãos aqui dentro de uma semana.

Ariadne se assustou.

— Uma semana — disse devagar.

— Maravilhoso, não? Crassus não tem nenhuma embarcação. O desgraçado não saberá o que está acontecendo, e poderemos partir! Quando ele reagir, teremos dominado a Sicília. — Ele a beijou nos lábios. — A primeira coisa que farei na ilha será montar um sistema de torres de observação ao longo da costa. Os romanos não conseguirão atracar na costa, pois vamos lançá-los de volta ao mar.

As preocupações de Ariadne desapareceram diante da crença forte nos olhos dele. Aquela *tinha* que ser uma mensagem dos deuses, pensou. De Dionísio, cuja serpente havia salvado sua vida. Os piratas *voltariam*. Eles *escapariam* para a Sicília. Seu coração pulou de alegria, e ela puxou o rosto dele para perto do dela.

— Sempre soube que você conseguiria — disse ela.

No dia seguinte...

Ao ouvir pessoas falando bem alto, Crassus levantou a cabeça e franziu o cenho. Ele tinha dado ordens específicas aos guardas para não ser perturbado. "Por todos os deuses, será que esses tolos não conseguem entender uma ordem sequer?", pensou ele com irritação.

— Não me importo! Preciso falar com Crassus! — disse uma voz familiar. — Saia da minha frente, seu tolo, ou colocarei você para cavar trincheiras pelo resto da vida!

— É você, Caepio?

Crassus deixou de lado o pergaminho no qual registrava táticas militares e se levantou. Considerava o processo todo de escrever muito chato, porém, aquela campanha era uma oportunidade de ouro para ele documentar seus pensamentos. Ele cuidaria para que estes fossem publicados e ampliados mais tarde. Não demoraria muito para que todos os homens da Itália tomassem conhecimento dos métodos de especialista com os quais ele havia derrotado Spartacus.

O pano na entrada de seus aposentos estava puxado para trás e o centurião veterano entrou na sala ricamente decorada. Logo fez um cumprimento e percebeu o olhar frio e firme de Crassus. Sua presença irritou, mas não surpreendeu o líder.

— Espero que seja por um bom motivo.

— Acho que é, senhor — foi a resposta contida.

— Deixe-me adivinhar. Você capturou Spartacus.

O rosto marcado de Caepio exibiu um esboço de sorriso.

— Não é tão bom assim, senhor.

— Por quanto tempo vai me deixar na expectativa? Diga logo!

— Uma de nossas patrulhas encontrou um navio pirata ancorado em uma enseada a alguns quilômetros ao norte, senhor. A tripulação estava na praia, recarregando provisões e água. O centurião responsável ordenou um ataque. Nossos homens prenderam não apenas todos os piratas, como também retiveram a embarcação.

— Isso é muito bom, Caepio — elogiou Crassus entredentes. — Os piratas são o flagelo do Mediterrâneo. A perda em navios mercantes todos os anos está deixando Roma sem nada. Mas por que eu me importaria com isso agora? Temos um problema bem maior do que esse para nos preocuparmos com um navio cheio de lixo!

— Ao fazermos uma busca na embarcação, encontramos sacos de moedas, senhor — contou Caepio, muito paciente. — No total, eram mais de dez mil denários. O centurião perguntou ao capitão onde ele havia encontrado tal quantia. O filho da puta não foi direto, por isso o centurião mandou seus homens acenderem uma fogueira. Quando os pés dele foram enfiados no fogo, o pirata abriu o bico. — Ele fez uma pausa, observando Crassus para ver se havia sinais de interesse.

"Maldito", pensou Crassus, agora curioso. Decidiu adotar um olhar mais casual.

— O espião não mencionou nada disso?

— Mencionou, senhor. — Caepio estava empolgado demais para dizer que, na época, seu general havia descartado a história do homem, acreditando ser pura fantasia.

— Continue — ordenou Crassus de modo brusco.

— Ele foi abordado, há algum tempo, por um dos homens de Spartacus. Um jovem romano, segundo ele. Isso me fez pensar no traidor do *munus*, sobre quem lhe contei. Aquele que estava com Spartacus quando o senhor foi atacado em Roma.

— Eu me lembro dele. — O interesse de Crassus aumentava cada vez mais. — Continue.

— O pirata recebeu mais de um milhão de denários para levar duzentas tropas de Spartacus para a Sicília. Ele teve que reunir o máximo de embarcações grandes que conseguiu e colocá-las no mar para poder levar os escravos.

Dessa vez, Crassus não escondeu o choque. O espião não estava mentindo, afinal.

— Por Júpiter, está falando sério?

— Sim, senhor. Poucos homens mentem quando a carne está derretendo dos ossos.

— Acho que sim — concordou Crassus. "Sicília... que esperto. Ele deve saber sobre as rebeliões de escravos ali." — Mas por que tão poucos soldados? Há duas legiões na ilha. O que ele está planejando?

— Acho que ele pode ter pensado em tomar algumas embarcações, senhor. Spartacus é um maldito ousado, sabemos disso. Se ele soube do caos que reina naquele lugar, pode ter achado isso possível.

Crassus contraiu os lábios, concentrado. Gaius Verres, o governador da Sicília, era famoso por ser corrupto.

— Mesmo que Spartacus não saiba disso, ainda assim ele tentaria algo maluco. O que tem a perder? Então, o que o maldito pirata fazia na enseada?

— Esperava por dois capitães conhecidos, senhor. Em mais um dia, eles teriam chegado. Teriam partido e nem saberíamos. Agora, isso não acontecerá. Os outros piratas não compreenderão por que o amigo deles não apareceu, nem saberão da oferta de Spartacus.

— Excelente trabalho, Caepio! Excelente! — Crassus lançou um sorriso ao centurião. Seu dia acabara de melhorar, e *muito*. — E o capitão? Imagino que ele tenha morrido durante os interrogatórios?

— Sim, senhor. O centurião ordenou que toda a tripulação fosse crucificada, o navio, queimado e os prisioneiros, tomados como escravos. Trouxemos o dinheiro para ser colocado à sua disposição. Espero que seja satisfatório.

— Muito satisfatório — disse Crassus. — Cuide para que o centurião e seus soldados recebam uma boa recompensa.

Caepio assentiu, aprovando.

— Muito bem, senhor. Mais uma vez, peço desculpas por incomodá-lo.

Com o mau humor deixado de lado, Crassus acenou, perdoando Caepio.

— Mais alguma coisa, senhor?

— Sim. Já sabemos quanta comida os rebeldes têm?

— Pelo que soube do nosso homem no acampamento deles — e aqui, Caepio piscou —, eles tinham cerca de um mês de suprimentos. Isso foi há duas semanas.

— Minha nossa, ordenei que ele mandasse notícias com mais frequência!

— Agora é muito perigoso ele entrar em contato conosco, senhor. Em todos os cantos onde construímos fortificações, os homens de Spartacus parecem pulgas em um cão. Estão de vigia noite e dia.

Crassus se irritou, mas sabia que Caepio tinha razão.

— Se o tolo estava certo, os escravos têm 14 dias de comida. É uma boa notícia. Ainda que eles saqueiem todas as fazendas, não encontrarão o suficiente para aguentar por muito tempo.

— Isso mesmo, senhor. A terra ali é pobre. É melhor para cultivar oliveiras do que grãos. A maioria das propriedades terá estoque baixo.

— Então, é melhor nos prepararmos para um ataque em breve, certo?

"Spartacus, seus dias estão contados."

CAPÍTULO XV

Carbo sentiu-se extasiado quando Spartacus lhe contou sobre a chegada de Heracleo. Sua confiança no pirata valera a pena, e seu líder ficaria contente pelo sucesso dele na missão. Eles escapariam das legiões de Crassus! Carbo tinha conversado com Navio, Publipor e Arnax sobre isso por horas. Navio já tinha estado na Sicília e conhecia bem a terra.

— Spartacus tomou uma boa decisão — declarara Navio na primeira noite. — Os latifúndios ali são imensos. A maioria tem centenas de escravos. Alguns, milhares. Mas grande parte desses cativos são uns malditos... sabem como os escravos de terra são. Quando a notícia de que chegamos se espalhar, eles virão até nós aos milhares.

Publipor piscara.

— Mais homens para você treinar.

— Ótimo. Quanto mais soldados tivermos, mais legionários poderemos matar — dissera Navio.

Carbo se retraíra, contudo não dissera nada: ele sabia que o apetite insaciável do amigo pelo sangue de homens de sua raça se devia à angústia por ter perdido o pai e o irmão nas mãos das tropas de Pompei. Até onde Navio sabia, a guerra só terminaria quando o Senado pegasse fogo e Spartacus tivesse destruído a República. Era um sonho impossível, avaliou Carbo, mas fazia de Navio o soldado perfeito. Ele, por outro lado, era movido pela lealdade a Spartacus. Lutaria contra quem o trácio combatsse e o seguiria para qualquer lado, porque acreditava nele. E o adorava.

Foi por isso que, no amanhecer do quarto dia depois da partida de Heracleo, Carbo se sentiu desanimado. Não ocorrera nenhuma tempestade, nenhuma intempérie que pudesse ter tirado a birreme de seu curso. Não houvera embarcações romanas para afastá-los nem impedi-los de ancorarem. Heracleo deveria ter mudado de ideia, pensou Carbo com pesar. O pirata não voltaria. Mais tarde naquela manhã, não se surpreendeu ao ser chamado à barraca de Spartacus. Sem dúvida, o líder queria questioná-lo de novo sobre o que fora combinado, ou talvez até quisesse puni-lo.

Atheas e Taxacis o cumprimentaram de modo amigável, mas o rosto do trácio estava sério.

— Mandou me chamar? — perguntou Carbo.

— Mandei.

Carbo se remexeu.

— É sobre Heracleo?

— De certo modo, sim.

— Sinto muito — desculpou-se Carbo. — Eu não deveria ter confiado nele. É tudo minha culpa.

Spartacus pegou um saco de couro, que jogou para Carbo.

— Uma catapulta romana atirou isso acima das barragens mais cedo. Dê uma olhada.

Ao ver a mancha vermelha no fundo do saco, o estômago de Carbo se revirou. Deu uma espiada rápida e ficou assustado ao ver os traços paralisados de Heracleo, ainda retorcidos em uma expressão de terror. Revoltado, irado e um pouco aliviado, Carbo soltou o saco.

— Eu queria ter certeza. Você também acha que é Heracleo?

— Sim — respondeu Carbo. — Então, os romanos o pegaram?

— É claro que sim — respondeu o trácio num tom seco.

Carbo sentiu vontade de gritar aos céus.

— Como? Os navios dele não valiam a pena...

— Imagino que Heracleo partiu no mar e teve o azar de ser surpreendido na praia por uma patrulha romana. Talvez eles o interrogaram; talvez encontraram seu dinheiro. De qualquer modo, descobriram os planos dele. Por qual outro motivo o matariam e cortariam sua cabeça? Não consigo pensar numa maneira melhor de Crassus dizer "Foda-se, Spartacus". Você consegue?

— Não — murmurou ele.

— Uma pena não termos conseguido matá-lo em Roma, não é? — O trácio cerrou o punho direito por um momento. — Mas o que passou, passou. Temos que enfrentar o presente, e o fato de que não iremos para a Sicília. Deve haver homens de todas as profissões em meu exército... menos construtores de barcos! Parece que uns tolos tentaram construir jangadas ontem, mas, depois que alguns deles se afogaram, o resto desistiu. Assim, só sobra uma opção, até onde sei. A menos que você tenha uma ótima ideia.

Carbo balançou a cabeça em negativa.

— Anime-se, homem! Não dependia de você — gritou Spartacus, com os olhos brilhando. — E você acha que um maldito muro vai nos conter? Vamos acabar com ele. Concentre sua raiva nisso.

A tristeza de Carbo diminuiu um pouco.

— Quando vamos atacar?

— Amanhã ou depois de amanhã. Não há motivo para esperar. Os grãos não durarão mais do que uma semana, talvez duas, no máximo. Em Rhegium há mais comida dentro dos muros, mas não temos como chegar lá.

— Tudo isso graças a você. — Gannicus entrou correndo com os citas logo atrás. — Não é à toa que a comida está quase acabando. Só perdemos tempo aqui.

— Então, você soube da notícia — disse Spartacus.

— Só um boato. — Gannicus olhou para o saco aos pés de Carbo. — Essa é a prova, certo?

— Sim, é o capitão pirata que concordou em arranjar os navios.

— Como ele foi capturado?

— Não fazemos ideia. Mas não importa agora — respondeu Spartacus. — Precisamos falar sobre como sairemos daqui.

— Isso mesmo! — gritou Gannicus.

— Onde está Castus?

— Ele não virá.

— Por que não?

— Está furioso. Disse que não confiaria em si mesmo se visse você.

Spartacus estreitou os olhos.

— Seria mais do feitio daquele lixo vir correndo aqui com uma espada em punho.

Gannicus não disse nada e o trácio não provocou mais.

— Acredito, então, que vocês dois seguirão sozinhos a partir de agora?

— Sem dúvida!

— Ajudarão a romper as defesas romanas?

— Depende. Qual é o seu plano?

— O espinhaço é o único lugar por onde poderemos passar. Em qualquer outro ponto, teríamos que lutar contra nove legiões para chegar ao outro lado.

Gannicus levou a mão ao bigode, refletindo.

"Seu maldito", pensou Carbo. "Você e Castus têm o lucro de poder esperar enquanto os homens de Spartacus enfrentam todas as adversidades."

— Trarei um comboio de meus melhores homens — anunciou Gannicus depois de uns minutos. — E só.

— Agradeço. — Spartacus sabia que estava gastando saliva, mas tinha que perguntar. — E Castus?

— Ele não ajudará.

— Ele teve medo de dizer isso na minha cara?

Gannicus deu de ombros.

— Não sei. Ele não está para brincadeiras hoje.

— Não está para brincadeiras? Nem eu! — vociferou Spartacus. — É melhor que ele esteja armado e preparado da próxima vez que nos encontrarmos. Mas, se estiver de mau humor, é melhor ficar bem longe de mim.

— Direi isso a ele — retrucou Gannicus com um sorriso irônico.

— Você sabe onde é o espinhaço em que as defesas romanas estão?

Ele assentiu.

— Leve seus homens para lá antes da meia-noite. O restante deve seguir ao amanhecer. Quando estes chegarem ao topo, tudo estará acabado de um jeito ou de outro.

— Qual é seu plano?

— Subiremos assim que escurecer. Faremos um assalto frontal pelo centro...

— Você viu as defesas?

— Claro que vi! — respondeu Spartacus.

— Medidas desesperadas em momentos de desespero.

— Acho bom você seguir mesmo o plano, caso contrário acabará em Hades mais depressa do que pensa.

— Você acha que é o único estrategista nesse exército?

A raiva de Spartacus aumentou. Não se importava mais se Gannicus lutaria ao seu lado ou não.

— Talvez não, mas com certeza sou o melhor! Você e Castus não saberiam cercar um exército de homens cegos!

— Que Hades leve você! Pode fazer tudo sozinho e, quando se ferrar, estaremos lá para terminar o trabalho por você. — Gannicus cuspiu e foi embora.

— Então, acabou o fingimento — murmurou Spartacus. Ainda que sua tarefa no dia seguinte tivesse se tornado mais pesada, o rompimento era um alívio. Ele ficaria melhor sem os dois desgraçados. Era uma pena em relação aos seguidores deles, mas não havia como evitar. "Com a ajuda do Grande Cavaleiro, vou substitui-los assim que sairmos daqui."

O dia seguinte seria um inferno, avaliou Carbo, com o estômago revirado. Era fácil imaginar o derramamento de sangue que haveria na tentativa de escalar um muro protegido por milhares de legionários armados com lanças e catapultas.

— Está pronto para isso?

Carbo olhou nos olhos de Spartacus.

— Sim — respondeu, calmo. Entre a chance de sobreviver e a certeza da morte, ele escolheria a primeira.

— Ótimo. Trinta e cinco comboios marcharão comigo hoje.

— E Ariadne e Maron?

— Você deve ficar aqui, com sua unidade.

— Não compreendo.

— Como antes, quero que você os proteja.

Carbo sentiu uma mistura de alívio e culpa.

— Mas eu...

— Isso é tão importante quanto estar na primeira fila durante o ataque — disse Spartacus baixinho. — Por favor.

Carbo engoliu em seco. Como poderia dizer não?

— Tudo bem.

— Quando atravessarmos e for seguro, enviarei um mensageiro. O resto do exército poderá marchar sob o comando de Egbeo. Vamos nos encontrar no lado mais distante do muro romano.

— Muito bem. — Carbo ficou feliz ao ver que sua voz parecia firme.

— Marcharemos ao entardecer, a partir do lado leste do acampamento. Diga a Navio para ficar de prontidão. — Spartacus lhe deu as costas.

Carbo estava prestes a se afastar quando se lembrou da cabeça de Heracleo.

— Posso levar isso? — perguntou, levantando o saco. — O pobre desgraçado merece ser enterrado, pelo menos por ter cumprido sua parte no acordo.

— Faça como quiser.

Carbo se afastou com seu troféu horrendo.

Ariadne acordou quando Spartacus voltou da barraca. Esgotada por ter passado a noite toda cuidando de Maron, ela dormiu a maior parte da manhã e perdeu a conversa de Spartacus com Carbo e Gannicus. A expressão séria do marido foi um balde de água fria para ela.

— O que foi?

— Os piratas não virão. — Ele a olhou em silêncio. Sem emoção.

Ariadne se sentiu enjoada. Perguntou-se de novo se deveria ter partido e se odiou por isso.

— Então, estamos presos?

— Presos? — Ele riu. — Estamos presos como um porco do mato em uma rede velha e puída.

Ariadne não vira as fortificações romanas no espinhaço, mas ouvira notícias a respeito.

— Muitos homens morrerão.

— Sim — retrucou Spartacus —, mas, em nome do Cavaleiro, isso não nos impedirá de atravessar. Nada nem ninguém vai nos impedir. E quanto a Castus e a Gannicus... que se fodam!

— Eles não vão ajudar?

Ele balançou a cabeça com raiva.

O coração de Ariadne se acelerou.

— Eles estiveram aqui?

— Gannicus, sim. Castus não teve coragem de vir me dizer o que pretendia fazer.

"Ele devia estar com muito medo de que eu tivesse lhe contado o que aconteceu", pensou ela com alívio. Ariadne conhecia Spartacus muito bem. Se ele tivesse descoberto, nada o teria impedido de matar Castus. Ela adoraria ver o gaulês sangrando até a morte diante de sua barraca, mas a situação deles já era precária o bastante sem que provocassem os deuses ainda mais. Por algum motivo, Castus não deveria ser punido naquele momento.

Ariadne respirou fundo.

— Para onde iremos?

— Para o norte. — Ela o encarou com o rosto inexpressivo. — Estava pensando em Sâmnio, a leste de Cápua. As pessoas dali não têm amor por Roma. As fazendas são ricas também. Haverá muitos grãos para pegarmos.

— Crassus vai nos seguir.

— Sim, mas o filho da puta não consegue marchar tão rápido quanto nós. Quando ele nos alcançar, teremos milhares de novos recrutas. — Ele abriu um sorriso confiante e a beijou. — Eu começaria a espalhar a notícia. Há muito a ser organizado até a noite.

Disfarçando a preocupação da melhor maneira que pôde, Ariadne assentiu. Decidiu ficar ao lado de Spartacus e manter-se firme. "Grande Dionísio", rezou ela, "cuide de todos nós." Depois do modo como a serpente a havia salvado, a crença de Ariadne era ainda mais forte. Sentiu-se determinada. A morte de Heracleo não passara de um contratempo. Eles *venceriam* hoje e fugiriam do bloqueio de Crassus.

Zeuxis foi o primeiro a ver Marcion se aproximar da barraca deles com Arphocras logo atrás.

— Ei! Seus fodidos, vocês deveriam estar cozinhando! Já está quase na hora do jantar e ainda nem começaram.

Os outros murmuraram em acordo. Marcion olhou os companheiros ao se aproximar. Eles estavam ao redor da fogueira, cutucando as unhas com as adagas ou fingindo esfregar manchas de ferrugem de suas malhas. Ele não se surpreendeu. Desde que a esperança de navegar para a Sicília morrera, a moral de seus companheiros fora abalada, como a de todo mundo no exército. O mau humor havia aumentado desde que a ordem fora dada, havia menos de duas horas, de que o comboio deveria participar de um ataque às defesas romanas no espinhaço. Com o estresse aumentando, a rotina, sobretudo a das refeições, não deveria ser perturbada. "Espero que isso os anime."

— Onde você esteve, em nome de Hades? — quis saber Zeuxis.

Marcion tirou o saco do ombro direito com um suspiro de satisfação.

— Assim é melhor.

— Engraçadinho, não? — queixou-se Zeuxis. — Vou arrancar esse sorriso do seu rosto se nosso jantar não ficar pronto na hora certa. Aposto que os outros rapazes também me ajudarão, certo?

— Com certeza! — rosnou Gaius. — Um homem precisa comer antes da batalha. Maldito seja o cozinheiro que não oferece uma... — ele abafou a palavra "última" com uma tosse abafada — refeição para seu contubérnio. — Um silêncio pesado se fez depois do que dissera.

— Pode ser que tenha só uma merda de mingau para comermos, mas queremos que ele esteja quente, e queremos agora. Depressa com isso! — completou Zeuxis.

Arphocras, que havia soltado o saco que carregava, jogou-o nas costas de novo com um movimento rápido. Ele se virou como se pretendesse se afastar.

— Muito fácil concluir que estamos enrolando, não é? — Olhou para Marcion. — Acho que devíamos guardar essa gororoba para nós. O que acham?

— Acho que você está certo. Vai durar pelo menos uma semana.

— Acalmem-se — pediu Zeuxis, de repente disposto. — O que vocês têm aí?

— Nada demais — respondeu Marcion. Todo mundo o encarava, enquanto ele procurava algo na bolsa. Com um floreio, ele pegou uma peça inteira de presunto. — Só isso.

O espanto que se fez era evidente. Viu-se o olhar invejoso de soldados de outras barracas. Gaius assoviou.

— Pelos deuses, onde você encontrou isso?

Marcion não respondeu. Só olhou para Arphocras, que pegou uma peça grande e redonda de queijo. Ele o segurou contra o corpo para que os soldados das outras barracas não vissem o que ele tinha na mão.

— Não há razão para irritar ainda mais nossos vizinhos— disse ele sorrindo.

— O que mais vocês têm? — perguntou Zeuxis com interesse, deixando de lado o mau humor.

— Um pote de *garum* e outro de azeitonas — respondeu Arphocras. — E Marcion tem um jarro de vinho.

— Vocês são dois mágicos — elogiou Gaius, sorrindo de orelha a orelha.

— Isso mesmo — concordou Zeuxis com um raro sorriso. Ele limpou a adaga. — Vão nos deixar morrer de fome olhando para toda essa comida?

Zeuxis não lhes havia agradecido, mas a melhora do humor dos companheiros era tão óbvia que Marcion não se importou. Ele pegou o vinho e colocou o presunto sobre o saco.

— Podem comer.

Todos entraram em ação. Em pouco tempo, os únicos sons ouvidos eram os de mastigação e de apreciação. O estômago de Marcion roncou, lembrando-o de que não comia havia horas. Mas não se importou. Tinha comida suficiente para todos. A vida ainda era boa, pensou ele. Amanhã seria outro dia.

A conversa parou enquanto oito soldados devoravam os alimentos trazidos por Marcion e Gaius. Não demorou muito para que a maior parte acabasse. Suspiros e arrotos de satisfação tomaram conta do ambiente, e os soldados aparentavam estar satisfeitos como havia muito não se sentiam.

Zeuxis fez um meneio de cabeça simpático a Marcion e Arphocras.

— Agradeço por isso. Podem preparar o jantar amanhã de novo, se quiser!

— Não pense que eu não sei que é sua vez de cozinhar amanhã, Zeuxis! — rebateu Marcion, causando risos nos companheiros.

— Certo, acabe com nosso sofrimento — pediu Gaius. — Onde conseguiram a comida?

Gaius olhou ao redor e ficou muito feliz ao perceber o interesse intenso no rosto dos companheiros.

— Estávamos vindo cozinhar quando vi uma patrulha voltando às suas barracas. Eles pareciam felizes, por isso permanecemos ali por um tempo para ver o porquê. Ficou óbvio que eles tinham encontrado uma fazenda que não tinha sido atacada antes e a saquearam. Naturalmente, o oficial deles pegou grande parte do espólio para si. Ele mandou seus homens colocarem as coisas na barraca dele enquanto ia relatar aos outros o que tinha visto.

— Ele deve ter deixado um guarda, não? — questionou Zeuxis num tom incrédulo.

— Deixou — respondeu Marcion com um sorriso. — Dois deles. Na *frente* de sua barraca.

Os companheiros se entreolharam animados.

— Arphocras ficou de guarda enquanto fiz um corte nos fundos e peguei tudo o que consegui carregar.

— Por Hades, que bom que você não foi pego — disse Zeuxis, assoviando. — Você seria morto!

— Olhe o que nós fazemos por vocês, seus miseráveis... — queixou-se Marcion. — Nada é bom o suficiente!

Enquanto riam e cortavam o silêncio da noite, quase puderam esquecer que no próximo amanhecer, eles enfrentariam a morte de novo. Quase, mas não por completo.

No pôr do sol do dia seguinte, Spartacus sofreu sua primeira derrota. Das 35 coortes que levou ao espinhaço, restaram apenas cinco mil sobreviventes. Mais do que o dobro desse número fora deixado sangrando, gritando e agonizando nas armadilhas letais representadas pelas defesas romanas.

O trácio percebeu que subestimara a capacidade do inimigo de construir fortificações e de defendê-las com determinação obstinada. Depois de organizar os últimos de seus homens, ele os afastou da carnificina, da lama vermelha e do chão repleto de corpos mutilados e de armas descartadas. O ar fedia a sangue, urina e fezes, e isso deixava um gosto amargo em sua boca. Os soldados romanos que os seguiam pelas árvores também. Uma última pedra foi lançada da balista, caindo na terra um pouco distante da retaguarda deles, não com o propósito de matar, mas para lhes lembrar a magnitude da derrota. Os rebeldes tinham perdido mais de dois terços de sua força, enquanto os romanos haviam sofrido não mais do que cem baixas.

Spartacus pigarreou e cuspiu na direção da pedra. O que, em nome do Cavaleiro, tinha dado errado? A marcha até o espinhaço ocorrera sem grandes incidentes, e o dia em si começara bem. Seus soldados estavam muito animados, rindo, fazendo brincadeiras e gabando-se sobre quantos legionários cada um mataria. Ao observá-los, ele sentiu muito orgulho e teve a certeza de que podiam vencer qualquer inimigo. Contudo, a realidade da luta foi muito diferente. Avaliando em retrospecto, as defesas romanas lhe lembravam o modo como os pescadores pegam uma quantidade enorme de atum — colocando sistemas complexos de redes no caminho da migração dos peixes. Pensar nisso fez com que ele parasse. Uma armadilha. Tinha sido uma armadilha. Crassus sabia que ele faria tal ataque. Sem dúvida, fora informado pelo mesmo espião que conseguiu frustrar a tentativa de assassinato do general.

Ele praguejou. Por que não previu que sua tática poderia ser descoberta? A resposta era simples. Ele só tinha visto uma saída, uma estrada ao norte, longe das dez legiões de Crassus. Deixou que seu desejo por aquele prêmio fizesse com que ele ignorasse os perigos das defesas romanas. Suas tropas seguiram seus desejos. Apesar de terem sofrido muitas perdas durante o primeiro ataque, eles não se opuseram quando receberam a ordem de avançar uma segunda vez. Houve menos gritos, menos entusiasmo, mas eles se lançaram no caminho de outro ataque inimigo. Spartacus já tinha visto o efeito de tamanho ataque concentrado quando lutou como auxiliar romano, mas nunca do lado do derrotado. Era impossível culpar seus soldados por fugirem. Só um maluco ou um deus continuaria marchando enquanto os companheiros eram mortos às centenas. Spartacus não fugiu, mas recuou. Não tinha opção. Alguns homens ficaram com ele; se ele não tivesse recuado, todos teriam sido mortos, e isso não favoreceria ninguém que não Crassus.

A mente de Spartacus estava tomada por imagens chocantes. Um soldado atingido por um tipo de catapulta na cabeça, que acabou arrebentada como uma fruta madura. Os homens a uma distância de dez passos ficaram cobertos por sangue e massa cefálica. Uma lança que acertou um soldado logo acima de sua cota de malha, fincando-se profundamente em sua cavidade peitoral. Espirrando sangue pela boca e gritando como um porco, o homem derrubou dois companheiros até alguém colocar fim ao seu sofrimento. Spartacus ainda podia ouvir o som de tiros batendo contra os escudos e os gritos dos soldados que sofriam com um osso quebrado na face. Ainda podia ver a expressão assustada no rosto do homem cujo olho — e, depois dele, o cérebro — foi atingido por um pedaço de aço do tamanho de um ovo. Reconheceu o infeliz como sendo um dos homens que conversavam dentro de uma barraca quando voltou de Roma, porém não se lembrava de seu nome.

Os romanos posicionaram muito bem suas catapultas, usando marcadores no chão para mostrar aos soldados onde mirar. Spartacus se espantou com a quantidade de peças de artilharia. Centenas de escravos deveriam ter sofrido muito para transportar as armas pesadas da costa até ali. A presença destas provava que Crassus não era apenas um político esperto. Era também um general sagaz. Saber disso deixou o trácio ainda mais receoso de tentar derrubar as defesas romanas no terreno plano perto do mar. Suas tropas podiam atravessar o bloqueio, mas ele duvidava que elas conseguiriam derrotar as nove legiões. Não sem pelo menos a ajuda dos soldados de Castus e Gannicus.

Spartacus trincou a mandíbula, frustrado. Teria sido melhor desfazer a parceria com os gauleses no último instante. Analisou as opções. Era pouco provável que os dois aceitassem uma nova abordagem. "Por que tentar?", pensou ele com raiva, lembrando-se do atentado contra sua vida. Uma raiva antiga tomou conta dele de novo. "Que se fodam os dois! Farei isso sozinho."

"Onde?", pensou. Sua intuição logo deu a resposta: o espinhaço. Tinha que ser ali. Porém, se eles fracassassem mais uma vez, Crassus venceria a guerra. Sua fúria aumentou. Não deixaria isso acontecer. Contudo, não havia por que esperar. A cada dia que se passava, a moral de suas tropas caía ainda mais, e a chance de escapar diminuía. Já estavam sofrendo deserções — Carbo vira os homens partindo. O exército ficaria melhor sem aqueles covardes, avaliou Spartacus com raiva. Entretanto, ele precisava agir depressa, ou seu contingente diminuiria cada vez mais. E isso aconteceria antes de o maldito Pompei chegar da Ibéria. Ele não queria acreditar nos insultos que ouviria ao recuar, mas as vozes dos legionários estavam tão animadas que ele suspeitava de que era verdade: o Senado deveria ter ficado impaciente com Crassus. Pompei era o general que colocaria fim à rebelião de Sertorius. Antes disso, ele desempenhara um papel fundamental na guerra de Sulla para tomar o controle da República. Será que o azar do trácio nunca terminaria? Pompei era um tático capaz e suas legiões estavam endurecidas pelas batalhas. De acordo com Navio, ele tinha pelo menos seis delas. Spartacus ficou mais sério ao pensar em 16 legiões indo a campo contra seus homens.

Ao chegar no acampamento, foi conversar com Ariadne. Ela se assustou quando ele entrou na barraca. Surpreso, Spartacus olhou para os prórpios braços e para a cota de malha, que estavam manchados de sangue. Achou que seu rosto deveria estar sujo também.

— Está tudo bem, não estou ferido.

Ela correu até ele.

— Os homens estão dizendo que você foi lançado para longe do muro romano. Que milhares de nossos soldados foram mortos. É verdade?

Assentindo com seriedade, ele lhe contou o que ocorreu.

"Seria esse o começo do fim?", perguntou-se Ariadne.

— O que você vai fazer agora?

— Vou andar de barraca em barraca, de acampamento em acampamento. Conversar com os homens. Fazer com que entendam que não podemos falhar amanhã.

— Você vai atacar logo?

— Sim. Tenho que atacar. — Ele percebeu a confusão no rosto dela. — Os romanos sabiam que íamos atacar. O espião deve ter contado a eles. Agir amanhã é a melhor maneira de impedir outra matança como a de hoje. E também há outros motivos pelos quais tenho que agir agora. Alguns homens já estão abandonando o exército. Mais alguns dias e a comida começará a acabar. Imagine o que acontecerá com o moral quando isso acontecer. — Ele tocou o rosto dela, e ficou feliz por Ariadne não se retrair ao sentir a pele grossa de seus dedos.

— E o espião?

Ele deu de ombros.

— Uma agulha em um palheiro enorme. Manteremos os olhos e os ouvidos abertos. Falaremos apenas com quem precisa saber sobre as decisões importantes.

— É tão frustrante. Gostaria que você pudesse fazer mais do que isso.

Ele deu de ombros de novo.

— Estou pensando em enviar uma mensagem a Crassus.

— Para dizer o quê?

— Para lhe pedir que me aceite em seu *fides*.

Ela o encarou como se Spartacus estivesse maluco.

— É a mesma coisa que se entregar! Por que pediria a Crassus para ser subordinado dele?

— Primeiro, isso o forçaria a me reconhecer como seu semelhante. Segundo, ele poderia se tornar meu aliado contra Pompei. Ele deve estar lívido diante da ideia de ver aquele caçador de glórias roubar seu poder. Imagine a força de seu exército se meus soldados fossem incorporados aos dele!

— Crassus nunca concordaria com algo assim. — O riso de Ariadne foi estridente. — Ele não deixaria nossos soldados partirem livres. Para ele, são apenas escravos!

— Eu sei, porém isso lhe mostraria, do modo mais incerto, que eu não o considero meu superior. Ele também detestaria que eu soubesse da irritação dele por Pompei ter sido chamado para o partido. Enfurecê-lo desse modo só pode ser algo bom.

— Eu preferiria fincar uma adaga entre as costelas do filho da puta. — Spartacus sorriu. Ele sempre adorou a atitude dela. — Quem você mandará?

— Um prisioneiro.

— Uma pena não podermos mandar um homem que pudesse matar Crassus.

— Ele nunca se aproximaria o bastante.

— E Carbo? Ele é romano. Poderia fingir ter desertado; poderia fingir ter uma informação útil para Crassus.

Ele a encarou com repreensão.

— Seria como lhe pedir para cometer suicídio. Ainda que eu estivesse preparado para pedir, o que não estou, Carbo tem outra tarefa, muito mais importante.

Ariadne estava prestes a perguntar quando se lembrou de ter arrancado a verdade de Atheas durante a batalha contra Lentulus. Sentiu vergonha por ter pedido a Spartacus para mandar Carbo, o mais leal de seus homens, para que morresse, sendo que a missão deste era proteger a ela e a Maron se as coisas dessem errado. Em seguida, ela ficou irada por pensar em desdobramentos tão ruins.

— Você precisa comer alguma coisa — disse ela, mudando de assunto. — E se limpar.

— Mais tarde.

— Parece exausto, por que não se deita? Até mesmo uma hora de sono ajudaria.

O sorriso dele estava tenso.

— Posso descansar quando morrer.

Os medos de Ariadne voltaram. Ela o abraçou com força.

— Não diga coisas assim — sussurrou ela. — Isso não vai acontecer.

Ele a abraçou forte.

— Ainda não! O Cavaleiro estava do meu lado hoje. Estará comigo amanhã também, quando eu me vingar.

Ariadne achou a fúria nos olhos dele muito assustadora. Quase fez com que ela se esquecesse de suas preocupações com a segurança dele.

— Pedirei ajuda a Dionísio.

O sorriso dele se alargou.

— Obrigado. Vamos precisar.

Spartacus estava mais cansado do que nunca. Seus músculos estavam doloridos, suas articulações estalavam com cada movimento, e ele sentia uma dor de cabeça pior do que qualquer ressaca. Ele passou metade da noite andando pelo acampamento, elogiando, conversando, injetando energia renovada em seus homens. Bebeu vinho com alguns, discutiu com outros e até brigou com alguns. Gritou, incentivou e ameaçou. Alertou os soldados sobre o que podiam esperar se não rompessem o bloqueio romano. Prometeu que lhes lideraria, como sempre, pela frente. Nada, absolutamente nada, o impediria de abrir caminho para seu exército. Eles — até mesmo os soldados que enfrentaram o inimigo no espinhaço, feridos e sangrando — gritaram até ficarem roucos. Foi para a cama satisfeito, sabendo que não havia mais nada a fazer. Ariadne estava acordada, mas o trácio não teve vontade de conversar. Depois de algumas horas de descanso, ele se levantaria de novo. Seriam pelo menos três horas de marcha até o muro romano, e ele queria que suas tropas estivessem organizadas antes do amanhecer. Havia muito a fazer antes do ataque. Despediu-se da mulher com um beijo e conversou com Egbeo e Carbo — ordenando que eles tomassem a retaguarda com sua esposa e seu filho. Depois partiu para encontrar seus oficiais seniores.

Pelo menos cinco horas tinham se passado desde então. Spartacus não costumava gostar de neblina, pois dificultava a visão do caminho e tornava a marcha muito mais penosa e a batalha, quase impossível. Mas o cobertor acinzentado que caiu sobre os montes íngremes enquanto o exército seguia em direção ao espinhaço foi uma bênção. Abafou o som do avanço e deu boa cobertura para que seus soldados se aproximassem do fosso romano com cargas de madeira. A névoa também encobriu a visão dos corpos dos soldados mortos na batalha anterior, fazendo com que os soldados de agora não tivessem a visão completa e terrível do campo de batalha. Para tentar aliviar ainda mais o horror, Spartacus ordenou que não olhassem para os lados enquanto marchavam.

Ele havia escolhido cinco pontos no muro como foco para o ataque. Em cada ponto, a trincheira deveria ser tomada, se possível, numa extensão de cem passos, para que uma coorte inteira tivesse espaço para atacar. Era inevitável que o som da aproximação deles alertasse os sentinelas inimigos: perto da base do muro, Spartacus ouviu as exclamações de susto, o chamado a um oficial e os desafios gritados. Como proteção contra o ataque de lanças, ele ordenara para que duas fileiras de soldados se postassem diante do fosso, com os escudos erguidos um sobre o outro. Os homens que tinham a tarefa de se aproximar com madeira se expunham no último minuto, quando lançavam suas cargas nas trincheiras.

Sua tática deu certo: depois que os oficiais romanos pediram várias saraivadas de lanças, apenas alguns dos homens de Spartacus foram feridos e nenhum morreu. Incentivado por tal sucesso, ele mandou que as mulas fossem levadas para a frente. Como suspeitou, os fossos não foram cheios nem pela metade com a madeira. Os gritos dos animais mais uma vez fizeram os inimigos confusos saírem correndo na muralha. Mais uma saraivada de lanças atingiu os escudos da primeira fileira, e depois algumas pedras foram lançadas das catapultas sobre o muro. Uma delas matou dois homens e uma mula. Entretanto, por causa da névoa, os romanos não conseguiam ver quase nada. Os oficiais inimigos tomaram a sensata decisão de poupar munição, o que permitiu aos rebeldes continuar com o processo de levar as mulas para a frente e matá-las. Os corpos dos animais nivelaram o chão em três dos pontos de ataque. Contudo, ainda havia uma diferença significativa no nível da terra nos últimos dois.

Spartacus não hesitou. A névoa começava a se dissipar. O amanhecer estava próximo. Ordenou que os soldados com escudos recuassem e que os prisioneiros fossem levados às duas fossas que ainda precisavam ser preenchidas. Poderiam ter usado os corpos de seus mortos do dia anterior, mas teria sido péssimo para o moral. Além disso, o trácio tinha um plano melhor.

Os homens correram para cumprir a ordem. Spartacus os observou. Nunca se interessou em fazer cativos, pois estes precisavam ser vigiados, alimentados e cuidados o tempo todo. Porém, de vez em quando, alguns eram feitos prisioneiros. Era o que tinha acontecido uma semana antes, quando uma patrulha romana enviada ao muro para atacar suas forças caíra em uma emboscada armada por Pulcher. Mais de cem legionários se entregaram. Por capricho, Spartacus tinha ordenado que as vidas deles fossem poupadas. Agora sentia-se contente por ter tomado tal decisão.

Não demorou muito para que a primeira fileira de vinte aparecesse, surgindo da névoa como uma fila de fantasmas. Doze soldados acompanhavam todos os movimentos dos cativos. Os punhos dos prisioneiros estavam amarrados atrás das costas, e uma corda comprida atada por um dos oficiais de Spartacus prendia cada um deles pelo pescoço. Muitos dos romanos tinham cortes e hematomas nos rostos, nos braços e nas pernas devido às quedas que sofreram durante a subida assustadora ao espinhaço. Eles pareciam aterrorizados. Não faziam ideia de onde estavam, mas não podia ser boa coisa. Spartacus não se deu ao trabalho de falar com eles. Para ele, eram tão descartáveis quanto as mulas.

— Alinhe-os diante do fosso.

Ao perceber o que lhes aguardava, os legionários começaram a implorar por sua vida.

Os homens de Spartacus ignoraram as súplicas. Com os punhos e as pontas das espadas, eles levaram os prisioneiros adiante.

Uma rajada de vento repentina deslocou um pouco a névoa, permitindo que os romanos vissem seus companheiros. Gritos de angústia foram ouvidos, porém, antes que os legionários pudessem reagir, a nuvem desceu mais uma vez. Spartacus e seus homens foram xingados, contudo não havia nada que os defensores pudessem fazer. Spartacus esboçou um sorriso. Além de enfurecer os homens na muralha, as execuções poriam medo no coração deles.

— Matem todos eles!

O chão, que já estava ensopado pelo sangue das mulas, foi encharcado de novo. Com esmero e selvageria, os soldados do trácio foram matando os cativos, que gritavam de medo. Alguns murmuravam preces aos seus deuses, e poucos praguejavam contra seus executores. Não fazia diferença. Com sons assustadores, os gládios cortavam a carne deles e ficavam com a lâmina vermelha depois de abrir peitos e barrigas. Alguns golpes bastavam para infligir ferimentos mortais. Os soldados de Spartacus puxaram as armas dos corpos atingidos e atacaram os últimos prisioneiros. Os romanos caíam de dois ou três no fosso, onde se debatiam e gemiam enquanto sangravam até o fim. Acabou depressa.

— Tragam o próximo lote! — ordenou o trácio.

— Spartacus, seu maldito — gritou alguém da muralha. — Pelos deuses, você sofrerá mil mortes pelo que está fazendo.

Gritos de concordância foram ouvidos.

— Vá foder sua mãe, se você tiver uma! — vociferou Spartacus. — Pelo menos, estamos dando a eles um fim breve.

Seus soldados berraram e comemoraram.

— É algo que você não terá ou meu nome não é Quintus Servillius Caepio!

Um alarme soou na mente de Spartacus.

— O que está fazendo aqui, velho?

— Nada demais. Polindo minha espada. Verificando se a legião que guiei até aqui ontem à noite está pronta para repelir seu ataque.

O coração de Spartacus bateu forte no peito. Será que o espião havia mandado notícias a Crassus ou Caepio estava apenas tentando assustar suas tropas? Ele observou os homens mais próximos e ficou irado ao ver os primeiros indícios de pânico em seus olhos.

— Você está mentindo, Caepio! Sei que está.

— Estou? Por que não sobe aqui e vê o que espera por vocês? — respondeu o centurião.

— Faremos isso. Depois que os fossos forem nivelados — anunciou o trácio em voz alta. O próximo grupo de prisioneiros apareceu. — Matem todos eles, depressa! — Ele caminhou até o segundo fosso, verificando se este também estava sendo preenchido, e avaliando o humor de seus soldados. Ficou furioso ao ver que as palavras de Caepio também os haviam afetado. Seu plano foi posto em prática: ordenou que um homem do último grupo de prisioneiros fosse poupado. O cativo final, tremendo de medo, foi forçado pelos citas a andar com Spartacus enquanto este voltava para a primeira de suas coortes, que aguardava a cerca de duzentos passos do muro — no limite externo do alcance das catapultas. Eles permaneceram em silêncio, três coortes de extensão, com seus centuriões nas fileiras da frente. Atrás deles, os soldados próximos uns dos outros se estendiam por mais de um quilômetro. Ele teria feito com que se espalhassem mais, porém, as árvores não permitiram.

A distância não tinha sido suficiente para abafar a voz de Caepio, notou Spartacus, contrariado. As coortes da frente também ouviram o que ele dissera. Ninguém bradava seu nome, ninguém batia as armas nos escudos. Aqueles que seguravam escadas pareciam mais desanimados. Poucos soldados olharam em seus olhos. Os oficiais que ele viu estavam de cenho franzido ou reprimindo seus homens.

A decisão firme tomou conta dele. Era hora de melhorar o moral das tropas com uma demonstração firme do que todos eles podiam esperar. Se não fizesse isso, o ataque estaria fadado ao fracasso antes mesmo de começar. Empunhou a sica e caminhou ao longo das coortes. Atheas e Taxacis o acompanharam, empurrando o prisioneiro que seguia diante deles.

— Qual é o meu nome? — gritou Spartacus.

— SPAR-TA-CUS! — gritou uma voz que ele reconheceu.

Assentiu brevemente a Marcion.

— Isso mesmo. Quero ouvir de novo!

— SPAR-TA-CUS! — Muitos outros homens se uniram a Marcion dessa vez.

Ele continuou caminhando, empunhando a espada em direção ao céu cinzento.

— De novo!

— SPAR-TA-CUS! SPAR-TA-CUS!

— Assim é melhor. — Lançou um sorriso contido aos soldados mais próximos. E seguiu de um lado para o outro até todas as coortes o virem. Voltou ao centro da linha. — Tragam a cruz! Agora!

Os homens se assustaram e olharam para ele, e o rosto do prisioneiro empalideceu de medo.

Ordens foram dadas; liderados por um oficial, seis soldados — entre eles, Marcion e Zeuxis — deixaram suas posições e correram para o lado. Voltaram logo. Marcion e dois companheiros levavam duas madeiras compridas e entalhadas que foram preparadas na noite anterior. O pedaço mais comprido tinha um gancho de ferro preso em uma ponta. Os outros levavam malhos, um conjunto de bases de madeira, cordas e sacos de pregos.

— Coloque-a a trinta passos — ordenou Spartacus. — Andem logo!

Seus homens se apressaram e chegaram a um ponto à frente dele. Amarrando várias cordas ao mais comprido dos dois pedaços de madeira, eles o colocaram de pé. As peças que serviam como degraus foram posicionadas próximas uma das outras, e dois soldados começaram a martelar a madeira no chão. *Tum. Tum. Tum.*

A boca do legionário se mexia, porém não emitia som, num terror silencioso.

Em pouco tempo, a peça vertical foi fincada numa profundidade comparada à do braço de um homem.

Spartacus fez um gesto ao prisioneiro.

— Tire as roupas dele. Levem-no e façam a crucificação.

— Sou um cidadão! Por favor! Vocês não podem fazer isso comigo! — gritou o romano enquanto sua túnica e as demais roupas eram arrancadas.

— Bobagem! Você é idêntico a todos os homens aqui! — vociferou Spartacus, com gotículas de saliva saindo dos lábios. — Você come, bebe, respira, dorme e caga como todos nós. Esse castigo não é diferente do que aquele que vocês aplicariam a nós. — Ele observou o rosto de seus homens. — Vocês estão me ouvindo? *Isso* é o que podem esperar se não invadirem a fortificação hoje.

Berrando a plenos pulmões, o legionário foi carregado até a cruz e forçado a apoiar o corpo no que seria a base desta. Um soldado se ajoelhou sobre um de seus braços, segurando-o para que seus pulsos e mãos fossem expostos. O oficial responsável olhou para Spartacus.

— Vamos logo!

Com a ordem dada, Zeuxis encostou um prego de ferro comprido no ponto onde os ossos do braço direito do legionário se encontravam com os do pulso. O prisioneiro começou a tagarelar sem parar com medo, rezando para todos os deuses do panteão. Zeuxis ergueu o malho e, sem hesitação, desceu-o com toda a força.

— Isso é por Gaius — disse ele. Um grito de dor indescritível cortou o ar, porém o malho continuou a ser batido. Marcion desviou o olhar, mas Zeuxis só parou quando o prego tinha atravessado a carne do legionário. Os gritos do cativo foram ainda mais altos quando o mesmo foi feito no braço esquerdo.

Spartacus observou seus homens e ficou satisfeito ao ver como eles pareciam chocados e revoltados. A mensagem precisava ser assimilada. Se não fosse, todos estariam perdidos. Gritos de ira foram ouvidos vindos do muro. O sangue dos romanos deveria estar fervendo, mas não havia como evitar isso.

Passando uma corda pelo gancho no topo da cruz, os soldados a prenderam dos dois lados e então ergueram o legionário crucificado até seus pés se afastarem do chão. Este gritou de desespero quando os braços sentiram o peso do corpo. Os degraus foram colocados na frente dele, e alguns pregos foram martelados em seus ombros, prendendo a cruz na madeira vertical.

Sem delongas, sua perna esquerda foi posicionada e o pé martelado à cruz. Ele se debateu sem parar com a perna livre, acertando o rosto de Zeuxis. Praguejando, este segurou o pé direito do homem e o prendeu com outro prego no calcanhar. Foi demais para o legionário.

— Mãe! Por favor, mãe! — gritou ele. — Mãe, me ajuda! — Urina começou a vazar, acertando Zeuxis, que deu um passo para trás com nojo, e seus companheiros riram. Até Marcion esboçou um sorriso.

Zeuxis pegou o malho de novo e se aproximou da cruz.

— Posso quebrar as pernas dele, senhor?

— Não, deixe-o — mandou Spartacus. — Quero o desgraçado vivo para que todos os homens o vejam quando passarem por aqui.

Com um olhar desapontado, Zeuxis se afastou. Marcion se perguntou se não teria sido melhor deixar que ele se vingasse. Ninguém merecia morrer com tamanha dor, nem mesmo um romano. Contudo, a decisão não lhe cabia, já que era apenas um soldado comum.

— Voltem ao seu lugar na fila — sussurrou o oficial.

Eles se apressaram em obedecer.

Spartacus deu as costas para o legionário crucificado e voltou a caminhar à frente das coortes.

— Vejam o sofrimento dele, seus vermes, e aprendam! Pode ser que a dor dure dois ou três dias, talvez até mais. É esta a morte que querem? Querem acabar implorando aos romanos para que quebrem suas pernas e assim possam morrer mais depressa?

Ninguém teve coragem de falar.

Spartacus aproximou o rosto ao do soldado mais próximo. Os elmos dos dois se chocaram.

— Responda ou, pelo Cavaleiro, farei a mesma coisa com você!

— NÃO, SENHOR!

Spartacus deu um passo para trás.

— Pelo menos um homem que sabe o que quer. E o resto? É este o fim que vocês querem?

— NÃO, SENHOR! — gritaram eles.

Ele deu cinquenta passos, encarando cada soldado pelo qual passava.

— Vocês têm certeza?

— SIM! — Foi a resposta.

E ele seguiu, desafiando qualquer homem a responder, a demonstrar incerteza.

— Certeza? Certeza?

— SIM!

— SPAR-TA-CUS! — gritou Marcion. Ele olhou para Zeuxis, que se uniu a ele.

Dessa vez, eles entoaram o nome com vontade.

Finalmente. Spartacus se aproximou e bateu a sica no escudo de um homem.

— Mais alto!

Os companheiros do soldado logo o copiaram. Assim como os homens de trás, e dos lados. *Clash. Clash. Clash.*

— SPAR-TA-CUS! SPAR-TA-CUS! SPAR-TA-CUS!

Em pouco tempo, o barulho se tornou ensurdecedor.

O trácio permitiu que eles gritassem por um tempo. Queria que todos os soldados do exército ouvissem o barulho, sentissem o sangue ecoar em seus ouvidos, sentissem a ira da batalha aumentar. Quando viu a confiança surgindo no rosto dos seus soldados, soube que era a hora. Um sinal, e os trompetistas tocaram seus instrumentos, um chamado estridente que ninguém conseguiria ignorar.

A fanfarra recebeu a resposta de batidas igualmente pesadas vindas de trás do muro.

Spartacus voltou à sua posição com os citas, que se posicionaram à sua direita e à sua esquerda. Atheas pegou a escada de alguém. Um escudo foi entregue a Spartacus; ele o apoiou no chão, contra o corpo. Olhou para os dois lados. Atheas e Taxacis abriram seus sorrisos irados de sempre; os homens mais à frente pareciam tensos, mas prontos.

— Quando eu mandar, andem mais depressa! Atentos! — Suas palavras ecoaram. Spartacus pegou o apito de latão do centurião, que ficava amarrado a um barbante ao redor do pescoço deste e o levou aos lábios.

Piiiiiiiii! Spartacus soprou com força.

O som estridente se repetiu pelas coortes.

— AVANCEM! — Spartacus iniciou a marcha, de modo ritmado.

Dos dois lados, seus soldados o acompanharam. Ele analisou a muralha inimiga em sua extensão. Os lançamentos das catapultas começariam a qualquer momento. Assim como as balistas. Aos olhos dos romanos, quanto mais pedras fossem lançadas antes que ele e seus soldados chegassem ao muro, melhor.

Como esperava, ouviu o som familiar das alavancas sendo puxadas para trás e o baque de pedras sendo posicionadas. Em seguida, o som inconfundível das vozes dos oficiais, seguido por uma ordem dada aos berros.

— Ordem! Ergam os escudos! — gritou Spartacus. — Continuem avançando.

Ao redor dele, os soldados caminhavam ombro a ombro. Os da frente erguiam os escudos, para que a superfície curva os protegessem do rosto aos tornozelos. Os que estavam atrás erguiam os seus para proteger a cabeça. Apenas aqueles que carregavam escadas permaneciam sem proteção, já que precisavam das duas mãos para levar suas cargas difíceis de carregar.

Eles se aproximaram do legionário crucificado, cujas pernas estavam agora sujas de urina e fezes. Seus olhos estavam fechados, e ele gemia baixinho.

— Mããããeeee... — Ele continuava mudando de posição, deixando os braços ensanguentados sustentando o peso do corpo e, quando não aguentava mais, tentava se apoiar nos pés pregados. "Pobre desgraçado", pensou Spartacus. "O legionário serviu seu propósito." Pensou em cortar a barriga do homem ao passar, para acabar com seu sofrimento, mas não o fez. Suas tropas tinham que testemunhar o sofrimento de uma morte como aquela. Spartacus fez uma oração sincera. "Peço qualquer fim para mim, menos esse." Com o rosto sério, ele seguiu em frente.

Os romanos permitiram que eles se aproximassem por mais dez passos. E então, de repente, o espaço entre os soldados de Spartacus e o muro foi tomado por tiros. Pedras do tamanho da cabeça de um homem. Lanças de ponta de metal do comprimento de um braço. Tiros menores do que ovos de galinha. *Uuush. Vum. Vizz.* Os rebeldes cobriram a distância com movimentos repentinos e assustados.

"Grande Cavaleiro, permita que Caepio esteja mentindo a respeito da legião. Permita que as perdas sejam poucas", rezou Spartacus. "*Temos* que sair vitoriosos daqui."

Com baques altos, as pedras caíram. O efeito foi devastador. Tudo o que era atingido, homem ou escudo, era derrubado, como se um deus o fizesse com suas próprias mãos. Os escudos eram quebrados ao meio, as costelas, despedaçadas, e membros e crânios, esmagados. A força das pedras era tamanha que com frequência o soldado de trás também era morto. Pregos e parafusos não eram menos letais — atravessavam escudos, malhas e carne com facilidade. Depois de acertarem o primeiro homem, os projéteis seguiam sua trajetória, ferindo outros de modo grave ou derrubando mais um escudo, forçando quem o levava a largá-lo.

O único consolo durante a travessia foi que os tiros de estilingues eram bem menos letais do que os outros ataques. Na maior parte do tempo, eles batiam nos escudos dos soldados como pedras de granizo durante uma tempestade. Às vezes, acertavam os espaços estreitos entre os escudos, fazendo os homens gritarem de dor quando suas cotas de malha eram atingidas. Os mais azarados eram atingidos no rosto, sofrendo com fraturas na face ou, se os tiros acertassem a testa, um golpe mortal.

— Fechem os espaços! — berrou Spartacus. Ele assoviou o apito de novo. Se eles fracassassem, os homens perderiam a coragem.

Passando por cima dos feridos e moribundos, eles seguiam em frente. Ele calculou que seriam uns cem passos até o muro. As árvores eram menos numerosas agora, expondo-os totalmente ao ataque inimigo. Os legionários que cuidavam das catapultas trabalhavam muito rápido. Mais tiros e pedras foram lançados. Em pouco tempo, lanças também seriam disparadas. Era agora ou nunca, pensou ele.

— Coorte à minha esquerda, cruzem no primeiro espaço sobre o fosso. Coorte à minha direita, peguem o terceiro. Minha coorte pega o do meio. ATAQUEM! — com a crença de que os oficiais que lideravam as unidades seguintes se lembrariam de avançar em direção aos dois últimos pontos de cruzamento, Spartacus começou a correr. Como sempre, contou os passos. Isso o ajudava a manter a concentração, a ignorar os gemidos dos homens derrubados, os palavrões ditos pelos soldados ao tropeçarem em um obstáculo inesperado, as orações feitas por aqueles que tentavam vencer o medo.

Oitenta. Uma saraivada de lanças os cobriu como se ensaiadas. Ao chegarem ao zênite, elas desceram zunindo, as pontas farpadas prometendo ferimentos ou morte a quem estivesse desprotegido. O trácio ergueu o escudo para proteger a cabeça e rezou para que um tiro de catapulta não o acertasse na barriga. Setenta. Havia um nó dolorido em seu estômago e um toque de medo no suor salgado que escorria em seu rosto, para dentro da boca aberta. Com um baque muito forte, um pilo bateu em seu escudo. A ponta farpada passou a um centímetro do elmo. Ele soltou o escudo inútil, praguejando. Cinquenta passos. "Corram. Corram. O escudo do Grande Cavaleiro está diante de mim, protegendo-me de todo mal."

Quarenta passos até o muro. Havia brechas na linha dos dois lados, mas Spartacus não ordenou que fossem fechadas. Tudo se desenrolava depressa demais. O importante era chegar à base do muro romano e sair da chuva de projéteis. Eles teriam um tempo curto até que mais pedras voltassem a ser atiradas, mas esse tempo seria suficiente para encorajar seus homens a montarem as escadas.

Eles chegaram ao fosso nivelado. Por causa dos prisioneiros atirados ali por último, tinha a impressão que só havia cadáveres. Mas, se prestasse atenção, Spartacus veria que não estavam todos mortos. Aqui e ali, em meio aos homens ensanguentados e espalhados de qualquer modo, um braço e uma perna se mexiam, alguém gritava um pedido de ajuda ou que acabassem com seu sofrimento. Ainda que o trácio quisesse oferecer o golpe de misericórdia, não havia tempo. Em duas batidas do coração, ele teria pisado no "chão" macio e atravessado o solo da floresta de volta.

Vinte passos. Eles ultrapassaram o limite mais baixo do arco de tiros da catapulta. Os atiradores romanos redobraram os esforços. Muitos dos soldados de Spartacus largaram os escudos, facilitando o trabalho de seus inimigos. Os legionários também largavam suas proteções. A fileira dianteira de Spartacus, que tinha oitenta homens em sua extensão, estava abalada, porém firme.

— Preparem as escadas! — gritou ele, trotando. Sentiu que os citas o acompanhavam. Incentivados, os soldados dos dois lados seguiram em frente, berrando insultos para os defensores sobre a muralha. Dez passos. Cinco passos, e, então, Spartacus bateu nas estacas de madeira da estrutura. — Escada!

Atheas estava à sua direita, fincando as pernas da escada no chão. Depois, inclinou-se contra o muro, apoiando-a, e fez um gesto para que o trácio subisse.

Spartacus olhou para os escudos levados por seus homens. As coisas seriam muito piores na muralha sem eles, mas não havia como subir com segurança levando tamanho peso.

— Larguem os escudos! — gritou ele. — Peguem um do primeiro romano que matarem. Subam! Subam! Subam! — Mais e mais escadas foram apoiadas na barreira. Spartacus trincou os dentes e iniciou a subida. Aquela era a parte mais perigosa. Ele olhou com seriedade para as estacas pontudas que marcavam a parte superior da muralha. Era difícil subir usando apenas uma mão — na outra, ele levava a sica —, e fácil perder o equilíbrio nos degraus. Ainda mais perigosos eram os defensores que esperavam por ele. Já havia subido dois terços da escada quando um legionário surgiu acima, com um pedaço de pau forcado. Muito concentrado, ele o colocou contra a parte alta da escada de Spartacus e começou a empurrar.

"Merda!" A adrenalina correu pelas veias de Spartacus e ele subiu vários degraus. O peso de seu corpo dificultou as coisas para o romano. Praguejando, o legionário fincou os pés e usou toda a sua força. Spartacus sentiu que a escada começava a pender para trás. Subiu mais alguns degraus e atacou o inimigo com a sica. A lâmina escorregou pela malha do romano, sem lhe causar ferimentos. Mas, por um momento, o soldado se distraiu.

O trácio subiu mais um degrau. Dando uma rápida olhada para a direita, ele não viu defensores próximos o bastante para acertá-lo na axila. Então, atacou mais uma vez com a sica, que desceu cortando o legionário no pescoço. A lâmina curva quase o separou em dois. Seu torso se abriu, expondo músculos bem-torneados, o branco das costelas e o azul-arroxeado dos órgãos em pulsação. Spartacus foi coberto de sangue ao atravessar para uma base do outro lado. O corpo do romano caiu para trás, sujando de sangue todos os soldados abaixo.

O coração de Spartacus acelerou. Não havia mais do que cinco mil legionários. Caepio mentira; o espião não conseguiu enviar a notícia a Crassus. Depois do confronto da véspera, seu inimigo achou que os escravos tinham aprendido a lição. "Estava muito enganado." Ao ver um escudo encostado na paliçada, ele o pegou. Teve tempo apenas para se virar e erguê-lo quando um legionário se aproximou pela direita. Com um *tum* pesado, os dois escudos se chocaram.

Spartacus avançou, mirando a lâmina no olho do romano, mas seu oponente percebeu a tempo. Faíscas voaram quando a sica bateu na borda de ferro do escudo. O legionário avançou com seu gládio e Spartacus se afastou, batendo as costas contra a muralha. Havia pouquíssimo espaço para manobras. O romano tinha toda a vantagem por estar no ataque. A cada golpe que dava, Spartacus se arriscava, pois podia cair no vão.

O trácio contraiu a mandíbula. Se não tomassem o muro, seu plano fracassaria. Posicionando o ombro esquerdo atrás do escudo, ele deu um passo. *Clash. Clash.* As espadas bateram nos escudos. Spartacus avançou com o escudo e, depois, com a sica. Um, dois. Um, dois. Empurrou o legionário. E mais dois. Trocaram golpes de novo até o romano pisar com o calcanhar em um pilo deixado largado no chão e tropeçar. Spartacus foi para cima dele como um gavião sobre a presa, empurrando-o, e o homem caiu sentado, gritando de espanto. A última coisa que viu foi a lâmina do trácio avançando em direção à sua boca aberta. O legionário morreu engasgado com a mistura de ferro e sangue.

Spartacus sentiu uma brisa em sua cabeça. O instinto fez com que ele se afastasse, o que o livrou de ser atingido no pescoço por um pilo. Ele conseguiu se safar ileso, por cima da paliçada. Olhou para baixo. Os soldados que lá estavam lançavam ataques na muralha, sem se importarem com a possibilidade de serem atingidos por seus próprios homens. A exultação tomou conta dele: aquilo era sinal de que os oficiais inimigos achavam que a luta na passagem estava perdida. Ele se inclinou sobre o muro. Viu pelo menos cinco escadas.

— Vamos! — vociferou aos seus soldados. — Sou eu, Spartacus! Os filhos da puta estão acuados!

Gritos animados foram sua resposta.

Ele se virou para a passagem e viu Taxacis sorridente ao seu lado. Atrás dele, a surgiu a cabeça de Atheas.

— Para que... lado? — perguntou Taxacis. — Esquerda ou direita?

À sua esquerda, havia um grupo de soldados inimigos e, no meio deles, o elmo com crina transversal vermelha de um centurião. Era Caepio. "Não conseguiremos passar por ali depressa o bastante." Spartacus apontou para sua direita e para os degraus mais próximos.

— Ali! — Seis legionários bloquearam o caminho, mas, à frente deles, havia um vão de cerca de dez passos onde mais e mais rebeldes se espalhavam pela paliçada. Ele se lançou à frente. Os citas foram atrás. — Corram para as escadas! — gritou aos seus soldados. — Matem aqueles romanos malditos! ANDEM!

Eles se apressaram em obedecer.

Spartacus seguiu atrás deles. O resultado do ataque ainda precisava ser avaliado, porém, pelo menos, a sensação que ele sentia era boa.

CAPÍTULO XVI

Apesar de sua riqueza, Crassus era um homem de gosto moderado. Uma de suas fraquezas era gostar de uma cama confortável. O colchão em seu quarto era de boa qualidade — pelos deuses, era bem denso —, mas ele o detestava. A princípio, quando tinham deixado Roma, ele parecia bom. Porém, agora, parecia mais duro do que um colchão de palha usado pelo mais pobre dos pobres. Por isso já estava de pé, uma hora antes do amanhecer. Mantinha o semblante fechado, deformando seu belo rosto. Aquela porcaria de colchão teria que servir por enquanto. Não havia como arranjar um melhor na região. Pelo que sabia, ninguém morava em Bruttium além de primitivos e ladrões. E Spartacus.

Crassus parou de pensar no colchão, mas ainda estava irritado. Estava cansado de tudo relacionado com aquele lugar maldito. Agora isso lhe dava vontade de rir, mas a verdade é que tinha ficado feliz por entrar em Bruttium quando chegara ali. Gostara da brisa do mar e de ter fugido do calor nojento enfrentado em Campânia e Lucânia. Ninguém podia negar que o interior selvagem e montanhoso era maravilhoso ou que as vistas da Sicília eram incríveis. No entanto, à medida que o outono se transformava em inverno, esses prazeres logo azedaram. Semanas de nuvens carregadas, ar úmido e chuva frequente o haviam exaurido.

Crassus desejava encerrar a campanha não só porque queria acabar com Spartacus, mas também para que pudesse voltar para casa. Na capital, ele poderia aproveitar o sol e a adulação do público romano, que o reverenciaria de modo justo. Seria o assunto das casas de banho e dos mercados, celebrado aonde fosse. Olhou para a carta que havia começado a escrever, e a leve melhora em seu humor desapareceu. Teria tempo para acabar o assunto antes que aquele arrogante de merda e fofoqueiro do Pompei chegasse? Assim que soube que a assembleia romana havia chamado seu maior rival da Iberia, Crassus não quis acreditar na notícia. Era um desaforo. "Plebeus de merda."

Contudo, os senadores, insatisfeitos como deveriam estar com o retorno de um general tão importante como Mummius para a Itália com o que restou de suas legiões nas costas, aprovaram a ordem. "Isso não teria acontecido se eu estivesse ali", pensou Crassus furioso. Porém, como todos os bajuladores, seus incentivadores no Senado não foram organizados nem fortes o bastante para impedir que o decreto fosse sancionado. "Eles são um monte de desgraçados pomposos e egoístas!" Será que eles e o resto não podiam simplesmente deixar um homem trabalhar direito? Ele estava no comando dos exércitos da República havia meses.

No maior confronto desde então, suas tropas provaram sua força vencendo os escravos. Sim, houvera o retorno inglorioso das legiões de Mummius, mas ele lidou com aquilo do modo mais vigoroso possível. A prática da dizimação não era usada havia mais de cem anos, e seu efeito foi drasticamente bem-sucedido. Depois disso, ele encurralou Spartacus e não lhe deu chance de escapar para a Sicília! Melhor ainda, seus soldados tinham, no dia anterior, frustrado a tentativa dos rebeldes de passar pelas fortificações no espinhaço. Caepio relatara a morte de mais de dez mil soldados inimigos, o que era um número considerável da força do trácio. O fim do conflito estava próximo.

Não que Spartacus admitisse! Ao lembrar do legionário imundo que fora levado até ele na noite anterior, Crassus sentiu o próprio rosto esquentar. Não quisera acreditar na história do soldado, porém, sem dúvida, este fora feito prisioneiro pelo inimigo.

— Como ele ousa? Como ousa pedir algo assim? *Fides*, para um selvagem como ele? — resmungou Crassus para o espelho de bronze que ficava a um lado de sua mesa. — Quanta audácia!

"Acalme-se", pensou ele. Era exatamente isso o que aquele trácio maldito queria. O pedido tivera a intenção de irritá-lo — e o fez. Crassus respirou fundo, lembrando-se de que, com muito esforço, não havia ordenado a execução imediata do infeliz legionário que trouxera a mensagem. "Deixe passar, assim como deixou o soldado partir." Após um minuto, ele se sentiu mais controlado.

Por um lado, com maldade, ele ficou pensando em como seria liderar uma força combinada de mais de cem mil homens contra Pompei, para ganhar o controle da Itália de uma vez por todas. A República era fraca, assim como a maioria dos senadores. Como ocorrera na época de Sulla, agora eles precisavam de um líder forte. Crassus sabia ser o homem certo para o trabalho. Nascera para isso. Infelizmente, aquele não era o momento. O povo romano nunca deixaria um exército de escravos controlar seu destino. Crassus entortou os lábios. Nunca poderia confiar em um homem como Spartacus — um trácio, um ex-gladiador. Seria até indigno de sua parte cogitar responder. O silêncio sepulcral mostraria ao trácio tudo o que ele queria dizer.

Crassus olhou para a campanha, e sua frustração aumentou. "Pompei...", voltou a pensar no maldito e se conseguiria engendrar uma vitória total antes que o imbecil chegasse com suas legiões. Para acabar com a rebelião, ele precisaria forçar uma batalha com o exército de Spartacus dentro de poucos dias. Porém, taticamente, seria tolice fazer qualquer coisa que não esperar. Seus soldados estavam seguros atrás de suas defesas; lanças e munição para as catapultas foram reunidas perto do muro. As legiões tinham muitos grãos e carne; mantimentos frescos chegavam todos os dias pela Via Annii. Enquanto isso, os seguidores de Spartacus morriam de fome aos poucos no ambiente improdutivo que levava a cabo Caenys, o ponto mais ao sul da Itália. Era preciso apenas aguentar até Spartacus e seus soldados reunirem coragem suficiente para mais uma tentativa de romper o bloqueio. Enfraquecidos pela fome e desmoralizados pelo fracasso anterior, todos seriam mortos. O assunto poderia ser resolvido com um único golpe.

E se essa batalha não fosse travada em um mês ou mais? Pompei o alcançaria. Os mensageiros deste foram enviados dez dias antes. Praguejando, Crassus bateu sua *stylus* na mesa com tanta força que a ponta quebrou. Pompei poderia aparecer na frente de seu exército dentro das próximas seis a oito semanas.

"De jeito nenhum", decidiu Crassus. Ele tinha que tomar uma atitude. Forçar os escravos para a batalha aberta. Entretanto, fazer isso não seria fácil. Spartacus era um general esperto, não um homem que costumava cometer erros. Por fim, o romano sorriu. Um ataque noturno poderia resolver. O grande ponto forte do trácio era sua cavalaria. Crassus tinha menos cavaleiros e, apesar de detestar admitir, os seus eram de qualidade inferior aos de seu inimigo. Uma coorte de legionários com o único objetivo de causar pânico e ferir os cavalos de Spartacus poderia ter sucesso. Seria bom usar o mesmo truque que o trácio aplicara contra as tropas de Glaber. Também sabia quais homens usar. Alguns dos soldados desgraçados de Mummius adorariam a chance de reaver sua honra. Eles não teriam que descer um penhasco com cordas feitas de vinhas, apenas atravessar sem serem vistos o caminho até onde os cavalos do inimigo estavam amarrados. Se cumprissem tal tarefa, uma batalha boa poderia ser esperada. Depois das baixas recentes, os escravos estariam temerosos; incentivados pela ameaça de dizimação, seus legionários estavam dispostos a lutar. Sem ter de enfrentar a cavalaria inimiga, seria fácil alcançar a vitória. Crassus já imaginava a cena. Pompei chegaria tarde demais.

A glória seria só dele.

Crassus voltou a olhar para a carta. Valia a pena terminar de escrevê-la? Ele quase a jogou no braseiro, para apagar até mesmo a ideia do que estava pedindo. Então, seu lado mais prudente assumiu o controle. A mensagem tinha que ser enviada. Quando chegasse a Roma e as medidas fossem tomadas, ele teria acabado com Spartacus como um homem que pisa um escorpião. Crassus voltou a colocar a carta sobre a mesa, alisou-a, pegou outro *stylus* e depois leu o que já havia escrito.

"Ao Senado de Roma. Eu, Marcus Licinius Crassus, comandante dos exércitos da República, envio cumprimentos leais." Ele entortou os lábios. Se tivesse a chance, colocaria os nomes de mais de seis senadores em uma lista de proscrições. Porém, ele tinha que fingir respeitar a decisão deles de chamar Pompei. Continuou lendo:

> Soube que o ilustre general Gnaeus Pompeius Magnus voltará com suas legiões para a Itália, com a missão de me ajudar a frustrar o ataque de Spartacus. Como sempre, obedeço às vontades do Senado. Desejo ter a honra de servir à República ao lado de outro de seus servos fiéis.

Crassus praguejou baixo. Odiava cada palavra escrita, porém, tinha que manter a farsa. "Serei eu quem rirá por último."

Enfiou a ponta do *stylus* no vidro ao lado de sua mão direita, balançou-o com delicadeza para tirar o excesso de tinta e se preparou para escrever. Seus lábios sorriram com a ironia. Pompei detestaria o que ele estava prestes a pedir assim como ele mesmo detestava a ideia de Pompei estar voltando para a Itália.

> Apesar de, nos últimos dias, Spartacus ter sofrido um grande contratempo nas mãos de minhas tropas, as ousadias realizadas por seus seguidores estão se prolongando demais. Sua revolta deve ser contida com toda a pressa e sem economia de esforços. Assim, peço ao Senado que envie para cá não apenas Gnaeus Pompeius Magnus, mas também Marcus Terentius Varro Lucullus, o governador da Macedônia. Seus êxitos recentes contra o trácio Bessi o destacam como general. Suas habilidades e legiões experientes trariam um poder imensurável às minhas forças e também às de Pompei. Spartacus e os vermes que o seguem não terão para onde correr, não terão nenhuma latrina onde se esconder. Diante da liderança dedicada de três dos servos mais aptos da República, essa revolta vergonhosa logo não passará de uma lembrança distante e desagradável. A honra agora manchada de Roma — e a fama que foi fruto da inveja do Mediterrâneo — será restaurada.
>
> Rogo aos deuses para que concordem com meu pedido. Tenham a certeza de que enquanto aguardo humildemente uma resposta, a campanha contra Spartacus segue com todo vigor e coragem que os melhores soldados de Roma podem mostrar.
>
> Com respeito filial, teu eterno servo,
>
> Marcus Licinius Crassus

Releu a carta com atenção e ficou contente com o resultado. Suas palavras tinham a combinação certa de humildade, súplica e bajulação para conquistar a maioria dos senadores. Eles não resistiriam à ideia de trazer Lucullus de volta, assim como um homem com disenteria não poderia deixar de defecar. Quando Pompei descobrisse, ficaria irado. Entretanto, não poderia fazer nada a respeito.

Não que isso importasse, raciocinou Crassus com triunfo ao enrolar o pergaminho e selá-lo com cera. Antes que Pompei e Lucullus chegassem, ele teria acabado com a rebelião. Com um pouco de sorte, conseguiria convidar seus dois generais para o banquete da vitória, e o destaque seria a cabeça do trácio em uma bandeja de prata.

Uma tosse discreta o trouxe de volta ao presente. Crassus olhou por sobre os ombros. Um dos guardas estava na porta.

— Um centurião deseja vê-lo, senhor. Ele veio do espinhaço.

Um arrepio percorreu a espinha de Crassus.

— O que ele quer?

— Ele não disse, senhor. Só disse que foi enviado por Caepio — respondeu o soldado sem jeito. Ele jamais ousaria perguntar o que um oficial queria, e não diria isso a Crassus.

— Mande-o entrar. — "Deve ser Caepio pedindo cobertores de novo", pensou ele, irritado.

O veterano já havia mencionado que seus soldados no espinhaço estavam sofrendo com as condições climáticas. Crassus pretendera fazer algo a respeito, mas se esqueceu. "Maldito Caepio por ser tão impaciente! Uma ou duas noites no frio fariam bem a seus homens. Faria com que ficassem mais espertos."

Um centurião de meia-idade com nariz afilado e barba rala entrou. Aproximou-se da mesa e colocou-sr em posição:

— Senhor!

— Descansar. — Crassus notou os respingos de lama nas pernas do oficial e nas proteções na região íntima. Ele não viera falar sobre cobertores, refletiu surpreso. O homem chegara com pressa. — Veio a pedido de Caepio? Do espinhaço?

— Sim, senhor.

— E então? — perguntou Crassus. — Por que está aqui?

— Houve outro ataque, senhor.

O desdém tomou o rosto de Crassus.

— E como foi? Um exercício de fortalecimento da moral para os homens de Spartacus depois da humilhação de ontem? Uma de nossas patrulhas foi emboscada ou os fossos foram preenchidos por galhos incendiados de novo?

— É pior do que isso, senhor. — Os olhos do centurião o encararam, e então se desviaram.

— Explique-se, centurião — ordenou Crassus, sério. — Depressa.

— Começou antes do amanhecer, senhor. Primeiro, pensamos que seria apenas um ataque leve, algo que nos mantivesse atentos, mas logo ficou claro que se tratava de uma investida em grande escala.

"O espião não nos avisou sobre isso", pensou Crassus.

— Mas já? Eles devem ter menos alimentos do que pensei. Ainda bem que mandei que mais armamentos fossem levados para lá depois de ontem, não?

Um sorriso forçado.

— Sim, senhor.

— O que foi, homem? Os fossos foram esvaziados ontem à noite, não foram?

— Sim, senhor, mas os homens de Spartacus os encheram em vários pontos.

— Eles precisariam cortar a floresta inteira para ter madeira suficiente. O que usaram?

— Mulas, senhor. Eles não tinham animais o bastante, por isso pegaram cem de nossos homens que foram feitos prisioneiros. Os pobres infelizes foram executados a sangue frio e seus corpos, jogados por cima dos cadáveres dos animais, como lixo. Foi tão ruim quanto no monte Esquilino, senhor — contou, referindo-se ao lugar longe de Roma onde os cadáveres de escravos e de criminosos eram descartados juntamente com o lixo doméstico e as carcaças de animais.

— Isso é monstruoso, mas Caepio não mandou você aqui para me relatar isso. O ataque deles veio logo depois?

— Gostaria que tivesse vindo, senhor, mas aquele selvagem do Spartacus quis deixar uma marca ainda maior. Ele manteve um dos prisioneiros vivos para crucificá-lo na frente de seus soldados. Os malditos adoraram.

— Esses *escravos* não têm limites? — Crassus estava furioso. — Então, eles atacaram depois disso?

— Sim, senhor. Com força e rapidez.

— Os homens da artilharia devem ter feito um caos. — Crassus ficou satisfeito quando o centurião concordou com a cabeça. — Aqueles lixos saíram correndo como fizeram ontem?

O outro desviou os olhos de novo.

— Não exatamente, senhor.

— "Não exatamente"? — repetiu Crassus.

O centurião endireitou os ombros.

— Eles devem ter perdido centenas de homens entre a artilharia, os estilingues e as lanças. Mas isso não pareceu fazer diferença, senhor. Estavam como feras descontroladas ou demônios do submundo.

As narinas de Crassus se abriram com fúria.

— O que está me dizendo, centurião? O muro foi derrubado?

— Não havia sido quando saí, senhor. Porém, as coisas não estavam nada boas. Caepio me enviou para informá-lo e para pedir mais reforços. — O centurião hesitou, pois não teve coragem de dizer a Crassus que ele próprio decidira não mandar mais soldados ao espinhaço depois do ataque do dia anterior. — Disse para avisar que vai tentar controlar a situação da melhor maneira que puder, senhor.

Crassus contraiu e relaxou a mandíbula. Conteve a fúria dentro de si, usando-a para alimentar seu ódio por Spartacus. Subestimou a determinação do trácio. Fora uma decisão razoável não mandar mais tropas ao espinhaço, disse a si mesmo. Não ouvira notícias do espião. Além disso, que inimigo faria um ataque tão ousado depois de uma derrota tão grande? "Somente Spartacus o faria", argumentou seu lado crítico. Agora, ele não tinha como contra-atacar. Qualquer reforço enviado montanha acima chegaria tarde demais. A batalha teria sido vencida ou perdida, o muro mantido ou derrubado. Crassus, no fundo, sabia que o muro seria derrubado. Caepio, seu melhor oficial, provavelmente estaria entre os mortos. Pior ainda, suas chances de encerrar a campanha antes da chegada de Pompei haviam acabado de desaparecer. A carta pedindo a ajuda de Lucullus teria que ser enviada a Roma muito depressa. "Maldito Spartacus!"

Crassus pressionou as têmporas, pensando no que fazer. Decidiu seguir em frente.

— Ordene dois dos legados que organizem suas legiões e as levem ao espinhaço. Pode ser que ainda haja escravos tentando passar pelo muro.

— Sim, senhor. — O centurião não discutiu, o que mostrava a Crassus que ele também achava que Spartacus havia escapado. — Quais, senhor?

— Não me importa, porra! Os legados restantes devem fazer seus homens levantarem acampamento. Marcharemos assim que for possível.

— Aonde vamos, senhor?

— Aonde você acha? — gritou Crassus. — Atrás do maldito Spartacus, claro!

Quando os romanos se afastaram de uma parte extensa do muro, Spartacus fizera milhares de tropas cercá-los. Alguns dos soldados rebeldes tinham recebido a ordem de atear fogo às balistas enquanto o resto começava a abrir buracos no muro. Não demorou muito para que uma abertura ampla o bastante para a passagem de dez homens fosse feita.

Spartacus logo enviou um mensageiro a Egbeo, mandando que ele levasse sua coorte para a frente. Quando isso foi feito — e ele viu que Ariadne e Maron estavam seguros —, mandou o recado para que o resto do exército avançasse. Toda a operação foi muito organizada, estranhamente acompanhada pelo som da luta dos dois lados, onde os romanos em menor número recuavam cada vez mais.

A decisão de colocar o restante de seus soldados seguindo os da frente no ataque fora boa. Em pouco mais de duas horas, a grande maioria das forças havia atravessado o muro. Até mesmo Castus e Gannicus o fizeram, passando sem um aceno nem um meneio de cabeça para o trácio. Quando soube que os reforços romanos estavam subindo o espinhaço, apenas metade da cavalaria permanecia fora das fortificações inimigas. Praguejando, Spartacus ordenou que os animais que não atravessassem a tempo fossem libertados. Os cavaleiros eram mais importantes para ele do que os cavalos e corriam mais risco de serem capturados enquanto marchavam. Os vários seguidores — comerciantes, prostitutas, padres itinerantes e vendedores de todos os tipos que acompanharam as tropas durante meses — não vieram. Spartacus lhes ordenara, sob pena de morte, que ficassem para trás. O destino deles não o preocupava. Era hora de agir depressa.

Deixando cinco mil homens sob o comando de Pulcher e Navio para manter a passagem aberta para os retardatários, Spartacus mandou o exército partir. Eles tomaram o caminho ao topo da montanha que serpeava a trilha de Bruttium para chegarem a Via Annia cerca de oitenta quilômetros ao norte. A princípio, tinha sido compreensível que Castus e Gannicus tivessem feito o mesmo. Havia legiões nas duas planícies costeiras, mas nenhum naquela altitude. Depois de três dias, a paciência de Spartacus havia acabado.

Ele percorrera o campo todas as noites, avaliando o humor dos soldados, e vira muitos gauleses conversando com soldados perto das fogueiras. Eles partiam ao vê-lo se aproximar, porém Spartacus sabia que eles voltavam quando ele se afastava. Por mais que tentasse, não conseguia estar em todos os lugares ao mesmo tempo. As intenções de Castus e Gannicus eram óbvias. O moral aumentou com a fuga audaciosa, mas as lembranças do fato de os piratas não terem aparecido e da derrota sofrida no muro ainda eram recentes. Os homens também estavam insatisfeitos por terem ainda menos alimentos à sua disposição. Até que renovassem os estoques de grãos, Spartacus ordenara que todos recebessem um terço da ração diária normal.

— Aqueles malditos gauleses são como urubus em cima da carniça — disse ele a Ariadne. — Querem angariar o máximo de soldados antes de se separarem de nós.

— Você não pode impedi-los.

— Ah, sim, eu posso! Levarei uma coorte até a barraca deles e vou matar os dois! É o que eu deveria ter feito há muito tempo.

Ariadne se irritou.

— Você acha que os seguidores deles aceitariam isso? Você deixaria o exército todo em conflito. Crassus ficaria exultante ao saber que você fez o serviço por ele. — Spartacus arregalou os olhos, porém ela estava determinada a continuar. — Você quer manter homens que são tão facilmente persuadidos a partir?

— Acho que não — admitiu.

— Então por que se importa se os seguidores de Gannicus e Castus falarem com os fracos? — Ele não respondeu, o que a encorajou. — Sabemos agora que os soldados de Crassus estão com receio de nos atacar. Não tem sido ruim ter os gauleses por perto enquanto as legiões estão a poucos quilômetros de nós.

— Então não devo fazer nada enquanto eles espalham seu veneno?

— Eu não disse isso. Você precisa ser visto pelo máximo de tropas possível. Os homens adoram ver seu líder entre eles. Suas palavras lhes dão coragem. Você sabe disso tão bem quanto eu.

Pensativo, Spartacus olhou para o fogo. Ele sabia que Ariadne tinha razão; no entanto, isso não diminuiu a ira que sentia pelos gauleses. Depois de tudo o que fizera, era assim que retribuíam? Queria crucificar os dois, quebrar as pernas deles em vários pedaços, ficar diante deles enquanto chorassem chamando pelas mães e implorando por uma morte rápida, como o legionário no espinhaço. Mas ele não faria isso. Qualquer satisfação imediata advinda dessa atitude acabaria ao ver o benefício dado a Crassus.

"Como se aquele desgraçado precisasse de mais benefício dado de mão beijada", pensou ele, sério. O custo da última tinha sido alto. Quase mil homens mortos e talvez o dobro desse número de feridos.

Isso somado às 11 mil vidas perdidas durante o primeiro ataque fracassado. Cerca de metade dos cavalos e quase a mesma quantidade de mulas foram deixados para trás. Dos sessenta mil soldados que planejava transportar de navio para a Sicília, cerca de 46 mil aptos ainda estavam ali. Sem mencionar Castus e Gannicus. Eles não permaneceriam por muito tempo. Assim que chegassem às terras fartas de Campânia e Samnio, iriam embora, avaliou Spartacus.

Não haveria mais batalhas remediadas a partir de agora, se ele pudesse evitar. Os soldados de Crassus eram mais numerosos do que os dele agora. A diferença ficaria ainda maior quando Pompei chegasse. Spartacus conhecia bem a máquina de guerra romana, e uma lição, que ele aprendera durante o tempo que passou servindo, se destacava ainda mais em sua mente. Para ter uma chance de vitória contra as legiões, era imperativo contar com um número superior de tropas. Igualdade de forças não bastava. Se seu povo, os trácios guerreiros, não derrotaram Roma assim, aqueles que já tinham sido escravos também não conseguiriam. Spartacus fez uma careta. Detestava ter que pensar assim, porém era a verdade nua e crua. Poucos homens agiam como ele, um guerreiro experiente. Navio, assim como alguns de seus soldados que nasceram livres e os que lutaram por sua sobrevivência, era um deles.

Esperar que o resto do exército fizesse isso diante de um inimigo tão implacável seria colocar tudo a perder. Ele tinha que trabalhar para fortalecer seus soldados, e isso não incluía encarar os legionários em igualdade de contingente. Mais uma vez, eles teriam que agir como *latrones*. Teriam que se esconder na mata, entre as árvores da floresta que formavam a base da Itália. Dali, ele mandaria a notícia de que homens durões — escravos do campo ou pastores — estavam sendo recrutados. Com a ajuda do Grande Cavaleiro, ele poderia reconstruir seu exército. Até a hora de encarar Crassus de novo.

Spartacus no fundo sabia que isso aconteceria um dia. Crassus e ele tinham se tornado inimigos mortais. A luta continuaria até que um deles morresse. Tentou se manter concentrado nesse fato, mas era difícil não pensar que, se Crassus o derrotasse e o matasse, a rebelião acabaria, enquanto que, se o romano morresse, a guerra contra Roma apenas entraria em outra fase. Não pela primeira vez, Spartacus comparou a República a Hydra. Cada uma das várias cabeças daquela criatura exalava veneno e, se uma fosse cortada, duas cresciam no lugar. Era assim com todas as malditas legiões destruídas pelos seus soldados. Contudo, a Hydra não era invencível: apenas uma de suas cabeças era imortal. Seu fim chegara quando o herói Hércules cauterizou os cepos de cada cabeça cortada por ele, impedindo-as de crescer e, assim, pôde encontrar a cabeça que de fato precisava eliminar. "Qual é a cabeça invencível de Roma?", perguntou-se Spartacus. E como ele poderia cortá-la? "Diante do Grande Cavaleiro, juro que nunca deixarei de procurá-la enquanto estiver vivo."

Spartacus mal vira Carbo e Navio desde a última batalha. Só sabia que eles não tinham sido feridos. Desejando companhia e curioso para saber o que eles achavam da atual conjuntura, foi até a barraca deles naquela noite. Não encontrou sinal dos romanos. "Não é tão tarde", pensou ele. "Será que já dormiram?"

— Carbo? Navio?

— Quem é? — A voz de Carbo veio de uma distância curta. Parecia irritado.

— Spartacus. — Um instante de espera, e a aba de uma barraca próxima foi aberta. Carbo espiou. — Por que você está aí? — perguntou o trácio.

Carbo ficou sério.

— Publipor. Ele foi ferido na luta no espinhaço. A princípio, não parecia nada sério, mas infeccionou. O pobre infeliz decaiu rápido desde então. O cirurgião se ofereceu para amputar o braço dele, porém ele está fraco demais para sobreviver à operação. Acho que ele não aguentará mais do que um ou dois dias.

"Mais um homem bom perdido." Spartacus passou por Carbo e entrou na barraca. O cheiro de carne podre e de urina em seu interior estava forte. Ele pigarreou e se aproximou do monte de cobertores sobre os quais Publipor estava, vestindo apenas a roupa de baixo. Navio, que estava sentado ao lado dele, olhou para Spartacus e tentou sorrir.

— Ele ficaria feliz em vê-lo, senhor.

"Carbo tinha razão", pensou Spartacus com pesar. A aparência de Publipor era péssima. Suas olheiras eram profundas, a testa estava molhada de suor, as costelas eram evidentes sob a pele. O ferimento de seu braço estava coberto com bandagens que pouco detinham o líquido marrom-esverdeado que escorria nos cobertores.

— Ele está consciente?

— De vez em quando — respondeu Navio. — Na maior parte do tempo, não.

Spartacus se agachou e segurou a mão do outro braço de Publipor.

— Sinto muito por vê-lo nesse estado.

Publipor abriu os olhos. Olhou ao redor da barraca, sem fixar a visão, e logo viu Spartacus. Uma expressão estranha tomou seu rosto pálido.

— Você!

— Sim — disse Spartacus delicadamente. — Posso fazer alguma coisa por você?

Um gemido de dor.

— A minha família?

Spartacus encarou Carbo, que disse a palavra "febre" sem emitir som.

— Isso não está em meu poder. Mas posso lhe dar um pouco de vinho, se quiser. Um pedaço de presunto. — Ele piscou. — Até uma mulher, se estiver interessado.

— Vá para o Hades.

Spartacus acenou para Navio e Carbo se afastarem.

— Você está com febre, Publipor. Pedirei ao cirurgião que faça algo que ajude. Ele se levantou e se virou para sair.

— A febre não me fez dizer isso, seu filho da puta.

Spartacus contraiu os lábios.

— Certo. Então por que está me insultando?

— Porque você é o responsável pela morte da minha família. — Sua voz falhou. — Minha esposa. Meus lindos filhos.

— Pensei que eles tivessem morrido de cólera — disse Carbo, confuso.

— Não. — Uma tosse fraca, e ele se endireitou. — Eles foram assassinados em Forum Annii.

Spartacus franziu o cenho.

— Por que não disse que veio de lá?

Foi como se Publipor não tivesse ouvido.

— Que os deuses me perdoem, eu estava caçando nas montanhas. Voltei quando a matança tinha terminado. — Lágrimas desceram por seu rosto barbado. — Voltei e os encontrei na casa de meu senhor, todos mortos. Dilacerados!

— Publipor, sinto muito pelo que aconteceu com sua família — desculpou-se Spartacus. — Fiz o máximo que pude para evitar que atrocidades acontecessem, você tem que acreditar nisso.

— Você não fez o suficiente! — Gotas de saliva voaram da boca do doente. — Meus filhos tinham três, cinco e oito anos. Eram inocentes! Indefesos!

— Isso é terrível — reconheceu Spartacus, porém seu rosto ficou sério. — Então, você entrou para o meu exército para se vingar, é isso?

Um meio-sorriso.

— Mais ou menos.

— Você teve algo a ver com a tentativa dos gauleses de me matar?

— Aquilo? Não. Eu não sabia de nada. Meu senhor é outro.

Spartacus foi tomado pela suspeita. Viu a mesma dúvida no rosto de Carbo e de Navio.

— E quem ele seria?

— Marcus Licinius Crassus.

A ira fervente tomou conta de Spartacus. Num instante, ele encostou a adaga no rosto de Publipor.

— Conte tudo.

— Você não pode me assustar. Estou morrendo.

A risada de Spartacus foi cruel.

— Gostaria que cinco homens puxassem a corda que está amarrada ao seu pulso ferido? — Publipor hesitou. — Diga o que aconteceu e eu lhe darei uma morte rápida.

Ele assentiu brevemente.

— Meses depois do massacre, eu ainda estava vivendo nas ruínas de Forum Annii. Não tinha motivos para ir a outro lugar. Um dia, um homem apareceu espiando. Começou a me fazer perguntas e, quando lhe contei minha história, ele me ofereceu dinheiro e a chance de me vingar de você. Explicou que seu senhor era Crassus, que queria um informante no exército de Spartacus. Eu só tinha que me tornar um de seus soldados, e descobrir tudo o que pudesse.

— Você estava sendo caçado pela cavalaria romana quando encontramos você! — gritou Carbo.

— Aquilo foi encenação. Meus companheiros deveriam ser mortos para deixar a coisa toda mais autêntica. Foi um erro Kineas ter sobrevivido. — Um sorriso. — Ele quase entregou a história.

Spartacus relembrou a luta na mata e o modo como Kineas tentara falar algo antes de morrer. Tudo fazia sentido agora.

— Foi você quem contou a Crassus que eu estava em Roma.

Um meneio de cabeça orgulhoso.

— Conversei com um fazendeiro rico perto do campo. Ele mandou a notícia à capital.

— O que mais você fez?

— Contei a Crassus quando você marcharia para o muro e sobre os piratas. Mas ele não acreditou no que eu disse. A melhor coisa que fiz foi contar que você atacaria o espinhaço.

— Seu rato nojento — vociferou Spartacus. — Milhares de seus companheiros morreram ali.

— Eles nunca foram meus companheiros! Eram malditos assassinos da pior espécie. Gostaria que cada um deles morresse. Inclusive você! — Publipor abriu a boca para desferir mais insultos, porém o som não saiu. Ele hesitou um pouco e olhou para a adaga de Spartacus, que estava enfiada em seu peito até o cabo.

É mais do que você merece, seu traidor de merda. — Spartacus girou a lâmina de um lado para o outro e então a puxou. Com os olhos já vidrados, Publipor ficou imóvel. O sangue começou a molhar os cobertores.

Spartacus olhou para ele sem emoção. Arrependeu-se de ter saído para caçar naquele dia. Gostaria de nunca ter conhecido Publipor. De nunca ter confiado nele. No entanto, era tarde demais para isso. Tarde demais para muitas coisas.

— Pelo menos, sabemos quem era o espião — disse ele, sério.

— Eu devia ter imaginado — disse Carbo com raiva.

— Como? Era impossível. Poderia haver um grupo de outros como ele no exército, com motivos diferentes e com o mesmo desejo de me prejudicar. É por isso que confio em poucos homens, como vocês dois. — Spartacus se levantou e saiu.

— O que devemos fazer com ele? — quis saber Carbo.

— Deixe-o lá fora para os lobos. Ele não deve ter tratamento melhor do que aqueles que morreram no espinhaço.

O exército desfalcado ficou duas semanas em marcha, indo de Bruttium para Lucânia. Spartacus pretendia chegar a Campânia, uma das regiões mais férteis da Itália e berço da rebelião. Disposto a enfrentar

Crassus, ele levou seus homens com mais vigor do que antes; sem o peso de bagagens ou os mantimentos e livres dos seguidores extras, eles conseguiram cobrir quarenta quilômetros por dia. Spartacus tomou para si um garanhão branco, um dos maiores cavalos da cavalaria. Cavalgar de um lado para o outro da coluna era o modo mais fácil de encorajar seus homens. Ao perceber o que ele estava fazendo, os soldados de Castus e Gannicus acompanharam o ritmo intenso. A tática do trácio funcionou. Em pouco tempo, seus soldados espalhavam o boato que as legiões estavam a mais de 48 quilômetros de distância e marchando mais devagar.

Spartacus se animou e deu aos homens um dia de folga. Antes de ir a Samnio, ele esperava conseguir novos recrutas para sua causa. Iniciou o processo enviando grupos aos maiores latifúndios, com a missão não só de arranjar grãos e mantimentos, mas de chamar os escravos que encontrassem ali para o exército. Mais de 250 homens se uniram a eles nas duas primeiras propriedades; depois de algumas semanas, o trácio tinha certeza de que esse número chegaria aos milhares. Navio os colocaria em forma em pouco tempo. Só precisavam evitar o confronto com as legiões de Crassus até os novos recrutas serem treinados — nas montanhas de Samnio isso não seria muito difícil. A primavera havia chegado e, com ela, um clima mais agradável. Nos dias que se seguiram, começariam a brotar plantas, grãos e frutas da terra. Eles não teriam que depender apenas de saques a propriedades e fazendas.

Quando recebeu a notícia de que Castus e Gannicus estavam partindo, Spartacus se sentiu estranhamente surpreso. Como um homem que aprende a conviver com seus piolhos, ele havia se acostumado com os gauleses e seus seguidores em meio a seu exército. Porém, era difícil não se sentir satisfeito, como um homem que tira a túnica infestada e veste uma limpa. Disposto a ver a partida com os próprios olhos, ele levou Carbo, os citas e cem soldados consigo. Mesmo naquele último estágio, não havia motivo para tentar um ataque. Ariadne insistiu para ir — carregava o cesto com a serpente, então Spartacus não se incomodou. O deus deveria ter falado com ela.

Ele encontrou a dupla problemática organizando as tropas fora do acampamento. Era difícil contabilizar quantos homens os seguiam, mas Spartacus imaginava serem dez mil. Cinco águias e quase trinta estandartes romanos formavam o orgulho daqueles homens, os símbolos de suas conquistas até então. Spartacus não se preocupou com a perda dos emblemas romanos e ficou contente por ver que havia poucos cavaleiros entre eles.

— Veio se certificar de que estamos partindo? — provocou Castus.

— Achei que tivessem decidido ficar — respondeu Spartacus. — Já faz um tempo que *meus* homens romperam o bloqueio.

Castus entortou os lábios.

— Nossos soldados teriam feito aquilo com a mesma facilidade com que os seus fizeram. Já que você mais uma vez queria levar a glória, não vimos razão para discutir. — Ele piscou para Gannicus, que sorriu.

Spartacus sentiu a raiva crescer. Tinha sido uma atitude sagaz dos gauleses. Sua tropa sofreu todas as perdas, enquanto as deles se mantiveram intocadas. Soltou o ar devagar. "Deixe-os partir."

— Para onde irão?

— Quem sabe? — respondeu Gannicus, dando de ombros. — Onde a fartura seja maior.

— Onde pudermos encontrar as mulheres mais belas — acrescentou Castus.

Os homens comemoraram.

"Animais." Spartacus não insistiu. Ainda que soubessem, os gauleses não contariam a ele.

— Cuidado com seus passos. Por serem mais fracos, Crassus os atacará primeiro.

— Vai se foder! — vociferou Castus. — Temos quase 13 mil soldados conosco!

Era um número maior do que Spartacus esperara, entretanto, ele tomou o cuidado de não demostrar seu descontentamento.

— Vocês têm o mesmo número de tropas que 2,5 legiões, mas quase não têm cavalos. Infelizmente, Crassus tem o quádruplo de homens e muita cavalaria. Para mim, as suas chances não são muito boas. — Ele ficou satisfeito com as expressões contrariadas de alguns rostos que viu.

Castus reagiu com raiva, porém Gannicus falou primeiro.

— Não somos idiotas, Spartacus. Crassus não nos encontrará com facilidade e tampouco nos derrotará.

Eles se entreolharam.

— Se vocês não tivessem se mostrado tão traiçoeiros, eu lhes desejaria sorte. Na verdade, ficarei contente se as coisas derem errado.

— A recíproca é verdadeira — devolveu Castus. — Verei você no Hades qualquer dia desses.

Antes que Spartacus pudesse responder, Ariadne deu um passo à frente, com a serpente na mão direita. Castus empalideceu. Apesar de estar longe dela, deu um passo para trás.

— Até agora, você conseguiu se safar do pagamento por seus crimes, Castus — disse ela em voz alta. — Os deuses assim quiseram. Não pense que terá proteção para sempre.

— Crimes? Saia daqui, mulher. Despeje suas mentiras em outro lugar! — gritou Castus, porém sua voz estava um tom mais alto do que o normal.

— Prevejo que você terá um fim violento.

— Rá! Não há nada de errado nisso! — resmungou Castus. — Alguns dos homens dele gritaram, concordando. Gannicus até riu. — É isso o que todo guerreiro quer.

— E será em breve — anunciou Ariadne. — Questão de dias. E virá das mãos dos romanos.

Gannicus desdenhou, entretanto, a confiança de Castus desapareceu de repente.

— Está mentindo!

Ariadne ergueu a serpente. O gesto foi recebido com um *Ahhh* respeitoso.

— Esta é a criatura sagrada de Dionísio, e sou uma de suas sacerdotisas. Não minto sobre essas coisas. É melhor torcer para que sobre alguém para enterrar seu cadáver, Castus! Caso contrário, sua alma atormentada estará fadada a vagar na terra para sempre.

— Esse tipo de tolice supersticiosa não me assusta, sua puta idiota.

Ariadne ficou satisfeita. Castus não conseguia disfarçar o fato de ter ficado abalado. A maioria dos homens próximos parecia contrariada, incluindo Gannicus.

— A menos que queira ir para o Hades agora mesmo, é melhor ter cuidado com o que fala, seu boqueteiro — vociferou Spartacus.

Certo de que Castus não o enfrentaria, ele deu alguns passos à frente.

— Você tem merda no lugar do cérebro. Seriam cem contra um! — ameaçou Castus.

— Isso não me impediria de matar você e de sentir um enorme prazer ao fazê-lo — retrucou Spartacus. Ariadne tocou o braço dele, que se afastou. — É só dizer mais uma merda para resolvermos isso de uma vez.

Castus encarou Spartacus por um instante, mas desviou o olhar.

— Hora de irmos — anunciou.

"Covarde!", pensou Spartacus. "Sabe que eu o mataria." Um lado dele, o que gostava de desafios, queria que o gaulês o tivesse encarado, mas ele também sabia que isso causaria um derramamento de sangue inútil — e talvez até a sua morte. Seria uma maneira estúpida de morrer.

— Se já pararam de brigar — disse Gannicus com acidez —, gostaria de saber se já estamos prontos.

— Sim, sim! — Castus deu uma ordem a seus oficiais e se afastou.

Gannicus não o seguiu de imediato. Olhou para Spartacus e lhe lançou um olhar de respeito, como se dissesse: "Em outras circunstâncias, as coisas poderiam ter sido diferentes." Depois, também se afastou.

Os ombros de Spartacus relaxaram um pouco.

— Que eles matem milhares de legionários por onde passarem. E que Crassus nunca os pegue — rezou ele baixinho. Olhou para Ariadne. — Em quantos dias ele morrerá?

— Não sei bem.

— Mas você disse...

— Eu sei o que disse — retrucou ela. — Isso não quer dizer que eu vi. Tenho certeza de que ele morrerá em uma questão de dias. Um dia. Cem dias, mil dias, o que importa? Eu não disse o número.

— O deus mandou uma mensagem de verdade?

Ela o encarou. A raiva que sentia de Castus enfim havia passado do limite.

— Às vezes, é bom deixar os homens acharem que os deuses decidiram seu caminho. Como quando você disse aos soldados que iriam marchar para os Alpes, e eu disse ser essa a vontade de Dionísio.

— Você inventou aquilo?

— Claro que sim. Não diga que achou que eu estivesse falando sério. Provavelmente você não perguntou porque achou mais adequado sua missão ter algum apoio divino.

Ele se mostrou surpreso e depois irado.

— E sua interpretação do meu sonho com a serpente... você inventou aquilo também?

— Não — respondeu ela, arrependida por ter se exaltado. — Eu nunca mentiria sobre algo tão sério.

Ele a encarou. Ficou aliviado por não ver sinal de mentira. Provavelmente ele teria feito o mesmo, mas acreditar que sua missão tinha aprovação divina *ajudara* a fortalecer suas próprias convicções. Esperava que as mentiras dela não tivessem enfurecido os deuses. Essa possibilidade era um peso que ele não precisa ter nos ombros.

Uma dúvida lhe ocorreu.

— Você tem visto algo sobre o meu futuro ultimamente?

A imagem de Egbeo na cruz surgiu na mente de Ariadne. Ela já tivera o pesadelo várias vezes — felizmente, não nas últimas semanas. Spartacus não aparecia nele, o que não significava que ele estaria seguro *se* aquele horror acontecesse. Ela deveria lhe contar? Sua intuição respondeu na hora: não. Precisou de todo o seu autocontrole para encará-lo.

— Nada, infelizmente — mentiu.

Seu sorriso confiante fez com que ela se sentisse aliviada.

— Ótimo. Não tenho certeza se quero saber o que os deuses reservam para mim. Melhor trilhar meu caminho por mim mesmo do que estar sempre com medo de ver o que pode acontecer.

— Mas você faz isso sempre!

Ele sorriu.

— Acho que sim. E você me ama por isso, não?

Ele a puxou para si, e Ariadne não resistiu. Ele estava certo, pensou ela, sentindo seu corpo contra o dela. Apesar de seus erros, ela o amava. Era por isso que permaneceria ao seu lado, independentemente do que acontecesse.

CAPÍTULO XVII

Uma semana depois...
Nordeste de Lucânia, perto da cidade de Pesto

Seguido por seus oficiais seniores e um grupo de legionários, Crassus foi observar o campo de batalha. O local ficava a cerca de oito quilômetros pelo território adentro, em uma planície abaixo de uma série de montes que se estendia ao leste até se unir aos Apeninos. A terra estava tomada por milhares de corpos ensanguentados, dilacerados, mutilados. A maneira como os mortos estavam organizados era perturbadora. Crassus caminhou lentamente por onde estivera a frente da posição inimiga. Ali jaziam as vítimas das lanças. Milhares de pedaços de aço ou argila assada também cobriam o chão, trabalho dos atiradores com estilingues, que espalharam uma chuva de pedras de fogo a trezentos passos dali. A essa distância, os tiros da arma causaram poucas baixas. Já a artilharia fez uma matança terrível. Era uma visão horrível, pensou Crassus, tomando o cuidado de não pisar o sangue com suas botas de couro vermelhas. Não havia modo digno de descrever os homens cujas entranhas foram espalhadas a um braço de distância ou cuja carne foi transformada numa massa derretida e vermelha com o impacto de uma pedra grande.

— Interessante, não? — Ele fez um gesto em direção a um soldado inimigo decapitado. O corpo estava caído como um boneco de ventríloquo com as cordas cortadas, um meio círculo vermelho manchando a terra ao redor do pescoço cortado. Não havia sinal da cabeça.

— O quê, senhor? — perguntou Lucius Quinctius, o oficial responsável pela cavalaria.

Naquele dia, Crassus respeitava o oficial; então, em vez de repreendê-lo, sorriu.

— Normalmente, um ferimento assim faria os selvagens indisciplinados fugirem. Mas não foi o que aconteceu aqui.

— Foi incomum, senhor. Uma prova da determinação deles.

— De fato. E você pode falar sobre determinação, Quinctius. Demonstrou muita habilidade ao enganar Spartacus mais cedo. Se seu cavaleiro não o levasse a achar que você queria lutar, as coisas poderiam ter tomado um rumo diferente. Foi bem irritante ontem, com a chegada dele quando eu estava prestes a acabar com esses escravos.

— É uma grande honra ouvir isso, senhor — disse Quinctius, muito orgulhoso. — Distrair Spartacus com uma luta enquanto o senhor atacava os soldados dele foi o mínimo que eu poderia fazer. — Ele não mencionou o que aconteceu a Mummius e seus homens. No mínimo, a lembrança do destino deles foi o seu maior incentivador.

— Para que lado ele foi? — quis saber Crassus. Havia dias ele não recebia notícias do espião. O tolo fugiu ou morreu. Era algo irritante, porém de pouca importância. O homem servira ao seu propósito.

— Para o norte, senhor. — O sorriso de Quinctius foi sagaz. — Eles não foram muito longe. Pedi a alguns de meus homens para segui-los.

— Fico feliz em saber disso. — "Com sorte, pode ser que eu o derrote antes de Pompei chegar."

— Esse grupo se separou da força principal de Spartacus, senhor. Então por que ele veio em seu auxílio duas vezes? — perguntou Quintus Marcius Rufus.

"Tolo infeliz." Crassus lhe lançou um olhar autoritário.

— Não é tão estranho. Se você tirasse um quarto de minha força, resultaria num aumento do número de meus inimigos. Nessa situação, eu faria tudo ao meu alcance para reavê-lo, ainda que o considerasse um filho da puta inútil.

Alguns dos outros disfarçaram o sorriso, porém Rufus corou, a mesma cor do seu cabelo ruivo. Ele sabia que não deveria dizer mais nada. Para Crassus era indiferente que o ocorrido no dia anterior não tivesse sido sua culpa. O motivo principal da fuga do inimigo fora o fato de Spartacus ter arquitetado um ataque surpresa e levado as legiões para longe de seus ex-seguidores. No entanto, Crassus não admitiria isso. Tampouco permitiria que Rufus se esquecesse de seu "erro" depressa. O ruivo teria que suportar o gosto amargo até que o general voltasse sua atenção para outra coisa.

Felizmente para Rufus, Crassus estava mais interessado no triunfo de hoje e nas mortes que este causara. Eles continuaram caminhando, perturbando os corvos que pulavam de um cadáver para o outro, pegando os olhos dos mortos. Apesar da forte brisa do mar, um gemido baixo ainda podia ser ouvido — o som daqueles ainda vivos e fracos demais para se moverem. Alguns dos oficiais observavam os homens com nojo, contudo, Crassus seguia em frente, alheio a tudo aquilo.

— Depois das catapultas e balistas, vêm os pilos — explicou ele.

As lanças de seus soldados derrubaram menos escravos do que a artilharia. Era fácil ver onde a primeira saraivada havia caído. Nesse ponto, o chão estava coberto por escudos espalhados, mas não muitos corpos. A segunda saraivada caiu a cerca de trinta passos. Um bom número de escravos não tinha mais cotas de malhas — como era comum, muitos foram para a batalha vestindo apenas uma calça. Alguns foram nus, levando apenas as armas. Por isso as baixas tinham sido muito maiores. Até mesmo o menor tiro de estilingue podia perfurar o crânio de um homem se acertasse o ponto certo.

Crassus parou perto de um escravo morto atingido por nada menos do que três lanças. Apontou para o pilo atravessado na coxa da vítima quee o prendera na terra.

— Esta deve ter sido acertada primeira.

— O coitado deveria saber o que viria depois — murmurou Quinctius, olhando para o céu. — Mas não há sinal de que eles tenham tentado fugir, senhor. Continuaram avançando em boa ordem.

— Pelo menos isso — admitiu Crassus. — Em menor número, sem artilharia nem cavalos, eles não fugiram da luta. Mesmo quando o combate passou para o corpo a corpo.

Eles foram até o local onde ocorrera a batalha principal. Logo quase não dava mais para ver o chão, repleto de cadáveres. Mais carniceiros, tanto animais como humanos, estavam por ali. Os urubus sobrevoavam, desajeitados, sozinhos ou em duplas, mirando aqueles cujas barrigas ou nádegas estavam à mostra. Ao rasgarem essas partes macias com os bicos fortes, eles disputavam pelos intestinos à mostra. Camponeses de todas as idades andavam entre os mortos, catando bolsas e joias, até cortando dedos para pegar anéis. Tomaram o cuidado de se manter bem longe do grupo grande e bem-armado.

Crassus não estava interessado nos vivos. Seu objetivo ali era glorificar o feito de seus legionários. Sentiu imensa satisfação ao ver que quase nenhum dos corpos era romano. Até aquele momento, só vira talvez uns doze. "A vitória aqui não foi apenas decisiva", pensou ele, triunfante. "Foi total! Um exemplo incrível de como as legiões e podem vencer uma batalha. Prova da eficiência, da disciplina e da capacidade de matar dos escudos e gládios."

Até onde a vista alcançava, havia corpos sem pernas ou braços, com as entranhas à mostra, ou com ferimentos na parte inferior das pernas ou nos tornozelos — alvos fáceis em homens sem escudos —, e na barriga e no peito. Aqueles que morreram do modo mais fácil, avaliou Crassus, foram os que tiveram a garganta cortada na manobra que agora era ensinada a todos os novos recrutas. De boca aberta, olhos inexpressivos, eles estavam ali; os cortes abertos sob o queixo eram prova do bom treinamento de seus legionários. Crassus podia ouvir os centuriões repetindo sem parar: "Bata o escudo na cara de seu oponente. Quando ele for para trás, acerte o merda no pescoço. Gire a lâmina para garantir e a puxe. Bom trabalho. Mais um morto."

Por fim, começou a ver os cadáveres romanos. Era inevitável, pensou. Nenhum exército pode ficar cara a cara com o inimigo, trocando golpes, sem sofrer perdas. No entanto, seus soldados não fugiram como muitos de seus companheiros tinham feito nos dois anos anteriores. Crassus sabia disso pela evidência à sua frente e por ter visto a batalha toda de um ponto privilegiado nas ladeiras do monte Camalatrum, o primeiro dos picos ao leste. Foi uma visão incrível ver os montes de escravos avançando em suas coortes regimentadas. Suas fileiras foram derrubadas por tiros e pedras da artilharia e, em seguida, por projéteis de estilingue e lanças, mas os ataques dos recrutas não foram ouvidos. O barulho feito por tais investidas acertavam as fileiras de escravos e reverberava pelo ar como um trovão. Contudo, os ataques dos escravos não causaram muitos danos. Só bateram no muro-escudo como as ondas se chocam contra as rochas.

— Perdemos quantos legionários?

— Um pouco mais de trezentos, senhor — respondeu Rufus rapidamente.

— Feridos?

— Duzentos homens e 15 oficiais nunca mais voltarão a lutar, senhor. O dobro desse número sofreu ferimentos leves.

— E o número de inimigos mortos? — Crassus já sabia a resposta, mas queria ouvir de novo.

— Arredondando, algo em torno de 12 mil, senhor — informou Rufus com grande satisfação.

— Então, o inimigo perdeu cerca de quarenta homens para cada um dos nossos... ou minha matemática já está enferrujada.

— Seria isso, senhor.

Ele olhou ao redor, sorrindo.

— Podemos enfrentar perdas assim, não? Ainda mais quando cinco águias e mais de 24 estandartes são resgatadas no processo.

Seus oficiais murmuraram, concordando.

"Posso perder bem mais homens do que isso", refletiu Crassus, "desde que seja antes de os outros chegarem aqui." Ele não recebera notícia recente do progresso de Lucullus partindo da Trácia em direção à Itália, porém o homem chegaria por volta dos próximos dois meses. A menos que os deuses tivessem lhe feito um favor enorme, as legiões de Pompei chegariam em questão de semanas. "Maldito seja!" O tempo era essencial. Spartacus tinha que ser aniquilado, e rápido.

— Foram feitos muitos prisioneiros?

— Três ou quatro filas, senhor — respondeu Rufus. — Talvez o triplo desse número tenha fugido.

— Solte-os.

Rufus arregalou os olhos.

— Senhor?

— Você me ouviu! Eles devem ser soltos.

— Não compreendo, senhor. São vermes que não merecem nada que não cricificação. Alguns deles podem voltar ao grupo de Spartacus.

— É exatamente o que quero, tolo. Alguns escravos a mais ou a menos no grupo contra o qual lutarmos não significam nada para mim. Quero que Spartacus saiba dessa derrota o mais rápido possível.

— Uma atitude sagaz, senhor — elogiou Quinctius com gentileza; atrás dele, Rufus corou de novo.

Crassus olhou para o norte. Não era dado a ficar sempre pedindo coisas aos deuses, porém, às vezes, parecia ser o certo a se fazer.

"Grande Júpiter e Todo-poderoso Marte, peço ajuda para encontrar Spartacus. Logo."

Spartacus permaneceu do lado de fora da barraca com um cobertor sobre os ombros. Era seu momento preferido do dia, logo depois da aurora. Ao leste, o céu estava marcado por um tom cor-de-rosa vívido pelo sol que nascia. Pouca fumaça subia das fogueiras que não tinham se apagado durante a noite. Era tarde o bastante para estarem acesas, mas cedo o suficiente para a maioria dos homens ainda não ter acordado. A distância, uma mula zurrava baixinho a uma de suas companheiras. À exceção disso, o acampamento enorme estava silencioso.

Ele só pensava em uma coisa: Crassus e suas legiões. Não gostava de se afastar do inimigo, não sem uma batalha, pois isso era o que os derrotados faziam. De novo, ele desejou que a tentativa de matar Crassus tivesse dado certo. O homem estava se tornando um estrategista razoável. Três dias antes, o trácio ficou encantado quando sua chegada frustrou a emboscada planejada pelo romano às forças de Castus e Gannicus. Contudo, a reação do inimigo no dia seguinte acabou com sua alegria.

Uma finta ousada feita pelos cavaleiros de Crassus — uma série de ataques seguida por recuos — enganou os primeiros comandantes da cavalaria de Spartacus e até ele mesmo, levando-os a pensar que Crassus queria lutar contra eles e contra os gauleses ao mesmo tempo. Eles perseguiram os cavaleiros romanos com pressa por alguns quilômetros. Mas tudo não passara de uma artimanha, arquitetada para que a força total de Crassus pudesse ser usada contra Castus e Gannicus. Quando Spartacus percebeu a jogada, já era tarde demais para pensar em voltar com seu exército. "Escolha o campo onde lutar; não permita que ele seja escolhido para você", era a velha máxima, e ele se agarrava a ela com fervor religioso. Pigarreou e cuspiu. Cerca de quarenta mil legionários contra 13 mil escravos? Uma batalha tão desigual só poderia ter um resultado.

Sua suposição se confirmara na noite anterior, quando algumas dezenas de sobreviventes voltaram ao seu acampamento. Eles foram levados diretamente até o trácio, ensanguentados e surrados. Spartacus ouviu a história triste dos lábios rachados. "Muitos gauleses morreram", pensou ele com amargura. "Lutaram até o fim."

— Mas de que isso adianta? — murmurou para si mesmo. — Estão todos mortos. Se os tolos tivessem ficado comigo, ainda estariam vivos. — "E meu exército não teria sido reduzido em um quarto."

A essa hora, todo o exército já deveria saber da arrasadora vitória romana. A notícia chocante teria sido passada de barraca a barraca mais rápido do que a praga e teria um efeito profundo na moral dos homens. O mesmo aconteceria com os legionários de Crassus, mas ao contrário. Os rebeldes agora evitariam confrontar os romanos, e com um bom motivo. Apesar de as chances não serem tão ruins contra ele e seus soldados como foram para os gauleses, Spartacus ainda estava receoso de travar uma batalha aberta contra Crassus. Se tivesse que acontecer, o campo deveria ser o certo. Caso contrário, poderia simplesmente desistir.

Havia outros problemas também. A proximidade de Crassus e a necessidade de manter o exército rebelde em movimento significavam que escravos estavam vindo para se unirem a eles. E havia Pompei. Em quanto tempo ele adicionaria suas legiões à guerra? "Um mês, no mínimo", pensou ele com pesar. "Três meses, no máximo." Não era muito tempo; dava apenas para recrutar e treinar dez mil homens, não o quintuplo desse número. Com um exército com 16 legiões, os romanos os derrubariam com facilidade. "Não importa aonde iremos. Eles nos encontrarão."

— Não consegue dormir?

Ele olhou para a frente, surpreso.

— Carbo. Estou só aproveitando o silêncio. O que está fazendo aqui?

— Dormi mal essa noite, então decidi caçar. E queria saber se quer vir comigo.

Um sorriso fraco.

— Outro dia, talvez.

Carbo observou seu líder e desviou o olhar em seguida.

— Não consigo parar de pensar no que vai acontecer quando Pompei chegar.

"É por isso que ele está aqui", pensou Spartacus.

— As coisas vão piorar muito, é o que vai acontecer.

— Talvez devêssemos lutar contra Crassus agora, antes de Pompei chegar, não? — sugeriu Carbo.

— Talvez tenhamos que fazer isso — foi a resposta séria. — Mas precisamos de um campo de batalha que nos favoreça, e não vi muitos deles nos últimos dias. Um local estreito é essencial, onde Crassus não possa usar sua superioridade numérica para nos cercar. Ou um bom local para uma emboscada.

Carbo não sabia como contar o que pensara a noite toda, então simplesmente disse tudo de uma vez. Spartacus podia considerá-lo louco, porém ele tinha que tentar.

— Já pensou em Brindisi?

— A cidade no sudeste?

— Sim. Pelo que sei, ela não é bem-protegida. Não há motivos para ser. Poderíamos tomá-la com facilidade.

Spartacus franziu o cenho.

— Por que faríamos isso? Crassus nos cercaria ali, como fez no topo.

— Ela é o maior porto da Itália. Não sei quantos barcos há no ancoradouro, mas devem ser muitos. Com certeza, seriam embarcações em número suficiente para carregar alguns milhares de homens. De Brindisi, Ilíria não fica longe, nem mesmo a Grécia.

Spartacus começou a pensar. Os Alpes ficavam longe demais, e seus homens já tinham ido para lá, entretanto, não esperava por aquela opção. Refletiu por um momento.

— Qual é a distância até Brindisi?

— Não sei ao certo. Talvez mais de trezentos quilômetros, talvez um pouco menos? É descendo a Via Appia, que fica a meio dia de marcha daqui. Poderíamos chegar em dez dias.

Ariadne interrompeu a conversa.

— Chegar aonde em dez dias?

Spartacus levou um dedo aos lábios e fez um gesto para que ela se aproximasse. Explicou-lhe o que estavam conversando.

Seu rosto se iluminou.

— Acha que conseguiríamos?

— Não vejo por que não.

— Mas e Crassus? — questionou ela. — Sua cavalaria está nos seguindo sem parar.

— Ele conhece todos os nossos movimentos — admitiu Spartacus. — O maldito nos seguirá como um cachorro atrás de uma cadela no cio se suspeitar do que estamos fazendo. — Os olhos dele brilharam. — Teríamos que agir depressa. Tomar a cidade no primeiro ataque.

— Eu poderia ir na frente com Navio, para ver se consigo subornar um guarda de um dos portões — sugeriu Carbo. — Se isso não der certo, podemos descer com cordas pelo muro à noite para um ataque.

— Você é um bom homem, Carbo.

Ariadne concordou, e Carbo corou, orgulhoso. Olhou para seu líder, com o coração aos pulos. O que Spartacus decidiria?

— Muito bem, seguiremos para o sudeste. — Ariadne deu um grito de alegria, e Spartacus ergueu um dedo em alerta. — Entretanto, se encontrarmos um lugar bom pelo caminho, vou parar. Essa ideia pode não resultar em nada, e as legiões de Pompei chegarão logo. Derrotar Crassus antes de eles unirem forças reduziria muito o número de oponentes e também nos daria mais tempo para chegar a Brindisi e possivelmente sair daqui com todo o exército, não apenas parte dele. — Deu um tapa no ombro de Carbo. — Obrigado.

Carbo sorriu. Era arriscado, porém pelo menos havia uma maneira de escapar daquela situação.

Dois dias depois, o trácio começou a achar que, afinal, sua sorte estava melhorando. Eles chegaram a Via Appia sem incidentes, acamparam durante a primeira noite em um vale dividido em dois por um rio caudaloso. Na tarde do dia seguinte, ele recebeu a notícia de que os cavalos romanos que os seguiam estavam se aproximando cada vez mais da retaguarda. Spartacus aproveitara a oportunidade para atacar o inimigo de novo. Enviou a cavalaria para os montes repletos de vegetação que se estendiam no lado direito, e chegou à parte de trás do exército. Cerca de uma hora depois, ouviu uma única trombeta da linha de árvores um pouco atrás dos cavaleiros romanos. Era o sinal para que as coortes mais afastadas se virassem e apresentassem armas.

Enquanto a cavalaria inimiga agia, usando seu melhor plano contra os soldados na retaguarda, os cavaleiros de Spartacus surgiram das árvores. A emboscada foi um sucesso. Loucos por vingança pelo que havia acontecido aos gauleses, os soldados do trácio lutaram como demônios. Os romanos sofreram muitas perdas. Entre os feridos, estava um dos comandantes que tivera sorte de escapar com vida. "Crassus verá que ainda estou na guerra", pensou Spartacus, satisfeito. Desde então, não viu nenhum soldado ou cavaleiro inimigo. As legiões ainda os seguiam, mas a uma distância segura.

Ele sorriu. Não havia como Crassus saber de sua intenção de chegar a Brindisi. Carbo e Navio partiram a cavalo ao entardecer dois dias antes, levando dois cavalos cada. Como os animais extras atrairiam uma atenção indesejada — em geral, só mensageiros oficiais ou a cavalaria viajavam assim —, eles partiram enquanto ainda estava escuro e se esconderam durante o dia. Com sorte, Spartacus teria notícias dentro de duas semanas.

Enquanto isso, ele levaria o exército para o sul — não muito rápido, para evitar as suspeitas de Crassus, mas num ritmo mais calmo. Isso, por sua vez, significava que, se por acaso ocorresse uma batalha, seus soldados estariam mais descansados do que se estivessem marchando pesado. Os homens de Spartacus não faziam ideia de sua intenção. Contou a Egbeo, a Pulcher e a alguns outros de seus oficiais seniores, porém o restante achava que eles estavam em busca de mais mantimentos. Spartacus não queria uma reação parecida com aquela de quando sugeriu atravessar os Alpes. Para que seu plano tivesse chance de dar certo, o exército tinha que fazer exatamente o que ele queria.

Se um confronto com Crassus fosse evitado até Carbo e Navio voltarem, ele contaria a seus homens. Não haveria menção às glórias anteriores, apenas grande ênfase nas 16 legiões que logo teriam que enfrentar. Se isso não fizesse os cachorros saírem da Itália, avaliou Spartacus, nada faria.

Entretanto, se surgisse uma oportunidade de lutar contra Crassus, ele só falaria de Brindisi depois. Assim como nos Alpes, uma vitória recente poderia dificultar a persuasão dos soldados. Spartacus estimava que a maioria seria razoável. Serem derrotados pelos legionários por dois meses tinha dado um indício claro do que poderia lhes acontecer. Ele também não pretendia terminar sua luta contra Roma — longe disso. A guerra continuaria em Ilíria e, depois, na Trácia. Seu lar.

Desde que vira a reação das tropas à primeira derrota no espinhaço, ele passou a sentir falta da Trácia e de seu povo. Aquele grande contratempo — o primeiro deles — foi suficiente para diminuir a confiança da maioria de seus homens. Sim, antes eles procuraram Spartacus aos milhares, mas não nos últimos tempos, raciocinou ele com amargura. Sim, venceram mais um embate contra os romanos, porém não nasceram para a guerra como ele e seu povo. Spartacus ainda sentia grande lealdade por eles, entretanto as tribos trácias eram mais acostumadas a lutar contra Roma. Apesar de muitos serem subjugados, as chamas de sua ira em relação aos invasores estrangeiros ainda eram fortes. Ele queria intensificar essa ira mais uma vez. A independência de seu povo seria um obstáculo para uni-los. Contudo, seria pior do que ter de lidar com homens como Castus e Gannicus?

O prospecto agora parecia melhor do que enfrentar exércitos romanos ainda maiores. Se ele partisse, a República ainda desejaria se vingar, mas Spartacus duvidava que eles enviariam 16 legiões atrás dele. Algumas, talvez, com as quais poderia lidar.

Mais dois dias se passaram sem nenhuma mudança. O exército de Spartacus marchou em direção ao sudeste sem problemas; os romanos não tentaram se aproximar mais das forças — o que para Spartacus significava que Crassus não tinha descoberto o plano de ir para Brindisi. Contudo, a mudança de terreno logo forçaria Spartacus a seguir por um lado ou outro. A Via Appia se afastava da sombra dos Apeninos, abrindo um caminho pelo interior que logo levaria para perto da costa leste. Para sua frustração, demoraria pelo menos uma semana para Carbo e Navio voltarem. Spartacus não gostava disso, porém teria que tomar a decisão de continuar seguindo para o sudeste ou voltar antes do retorno dos dois.

Para ajudá-lo a decidir, o trácio cavalgou com o garanhão até a vanguarda do exército, para espiar a terra. Atheas e Taxacis cavalgaram ao seu lado, mantendo o ritmo sem pestanejar. Aqueles dois tatuados sabiam montar — e que cita não sabia? —, porém desde a batalha no espinhaço eles contavam com pouquíssimos animais.

As fazendas ali não eram tão grandes quanto os latifúndios de Campânia e Lucânia, contudo impressionavam mesmo assim. Terrenos amplos se estendiam pelas bases das montanhas, com um solo plano tomado por inúmeras oliveiras. Mais árvores subiam em direção à estrada, e sua folhagem verde-acinzentada característica escondia o chão. Spartacus ficou feliz por ter escoltas patrulhando à frente do exército, pois era muito mais fácil armar uma emboscada entre a rede densa de árvores.

Uvas e grãos também eram cultivados em abundância, mas as fileiras de vinhas e os campos abertos de trigo em lento crescimento não ofereciam cobertura para as tropas inimigas. Havia poucos vilarejos na área; a maioria das pessoas vivia em fazendas. Spartacus colocou seus soldados para checar casas e construções atrás de utensílios e, sobretudo, de comida. Todos os rebanhos de carneiros, bodes e gado tinham que ser reunidos e levados com o exército. Até mesmo as galinhas tinham que ser trazidas. Nada deveria ficar para trás; qualquer resistência deveria ser respondida com força letal.

Spartacus não sentiu remorso nenhum pelos fazendeiros cujos meios de subsistência arrasava e cujas vidas ameaçava com a fome. Tampouco se preocupou com os indivíduos teimosos que se recusavam a abandonar suas propriedades e que morriam enquanto suas esposas e filhas sofriam estupros coletivos. Antes, ele se esforçava para minimizar as atrocidades, porém não dessa vez. Roma estava pronta para destruí-lo, então ele a castigava junto com seu povo o máximo possível. Além disso, o que seus homens faziam não passava de uma amostra das mesmas vilanias sofridas pelos pais, filhos e irmãos. Aquilo era uma forma de compensação.

Quando o sol atingiu seu zênite no céu, já fazia um calor agradável. Cotovias sobrevoavam a região, e a canção cadenciada oferecia um bom descanso do som de patas batendo na pedra da estrada e o ritmo mais pesado de sandálias. Homens entoavam versos e mais versos de músicas de palavreado chulo a respeito dos hábitos carnais de uma jovem na ilha de Lesbos ou dos hábitos da esposa ninfomaníaca de um comerciante. Sem prestar muita atenção à cantoria, o trácio se perguntava se deveria guardar um pedaço de queijo no bolso ou comê-lo quando viu, através da névoa que tomava a estrada, dois cavaleiros. Havia uma nuvem de poeira atrás deles, evidência de que cavalgavam com muita rapidez.

O oficial da cavalaria que o acompanhava os viu na mesma hora.

— Quem em Hades poderia ser, senhor?

— Boa pergunta. — A notícia da aproximação de seu exército eliminara todo o tráfico da Via Appia. Só um ou outro escravo caminhava por ali, com a intenção de se unir a eles. Porém, escravos não costumavam montar. Também não seriam enviados romanos. Os malditos não tinham tentado negociar com ele antes. Por que começariam agora? — Acho que são Carbo e Navio — disse ele, franzindo o cenho.

Ao perceber o tom de ira na voz de Spartacus, o oficial resolveu ficar calado.

A tensão do trácio aumentou à medida que grupos de seus soldados se aproximaram. Ele se controlou para não galopar até os dois, pois, se o fizesse, pareceria assustado. Quem mais poderia ser? Sua mente buscou todas as possibilidades para explicar o retorno antecipado. A menos que os cavalos dos dois tivessem criado asas, não teria dado tempo para irem a Brindisi e voltarem. Poderiam ter sido encurralados por ladrões e perdido os cavalos extras?

Por fim, Spartacus avançou com seu garanhão, afastando-se das fileiras de cavaleiros. Queria ser o único a ouvir o que os dois tinham a contar. Só os citas se mantiveram ao lado dele. De perto, não havia como não perceber a expressão desanimada de Carbo e de Navio ou ignorar o suor cobrindo os flancos de seus animais. Spartacus sentiu o estômago revirar, mas sorriu ao cumprimentá-los.

— Pelos deuses, os seus cavalos devem ser parentes de Pégaso! Isso ou Brindisi não é tão longe quanto acharam.

Carbo e Navio trocaram um rápido olhar.

— Não chegamos a Brindisi — revelou Carbo.

— Por que não? — Apesar de querer gritar, Spartacus manteve o tom calmo.

— Há duas noites, escondemos nossos cavalos em meio a oliveiras e fomos a uma hospedaria próxima para beber um pouco de vinho — contou Navio, olhando com culpa para Spartacus. — Sei que você nos disse para evitar lugares públicos, mas estávamos morrendo de sede.

— Vocês parecem ter criado o maldito hábito de desobedecer minhas ordens — repreendeu Spartacus. — É melhor que tenham algo bom a dizer.

— Não é bom, senhor. É péssimo — retrucou Navio.

Spartacus se sentiu muito mal.

— Diga.

— Havia um mensageiro oficial hospedado lá. O imbecil estava contando a todos que foi mandado para encontrar Crassus a qualquer custo. — Carbo hesitou.

— Por quê?

— Lucullus foi chamado da Trácia — respondeu Carbo baixinho. — Ele já levou as legiões pelas montanhas para Epirus. Uma frota de navios foi enviada para encontrá-lo.

Parecia que o tempo havia parado. Spartacus percebeu que o cavalo se mexia, que o sol esquentava seu rosto, que as cotovias piavam no céu. Nunca poderia imaginar que o motivo da volta antecipada deles seria uma notícia péssima como aquela.

— Quantos soldados?

— Depende se Lucullus trouxer seu exército inteiro ou não. Ele tem seis legiões, duas das quais já chegaram. O mensageiro parecia acreditar que ele deixaria uma para trás para guarnecer áreas da Trácia.

Cinco outras legiões contra as quais lutar. *Cinco*.

— Quando o resto chegará?

— Ele não sabia ao certo. Parece que duas das legiões estão muito mais próximas do que o resto. Eles navegarão dentro de sete a dez dias. A última embarcará dentro de um mês, aproximadamente.

Spartacus sentiu vontade de xingar todos os deuses do panteão. Aquela era a peça mais cruel que alguém já havia lhe pregado. O que fizera para merecer aquilo? Rangendo os dentes, controlou a fúria. Era tolice insultar os deuses, mesmo que estes tivessem causado aquela situação. Com sorte, ele conseguiria tê-los ao seu lado de novo e precisava de toda a ajuda que conseguisse.

— Vocês mataram o mensageiro?

— Íamos mata-lo — respondeu Navio —, mas isso não parecia fazer sentido. Ele disse que era um de quatro. Eles foram enviados em separado, para garantir que Crassus receberia a notícia.

— E, se por acaso fôssemos descobertos, você não teria sabido de tudo isso — acrescentou Carbo.

"Que se danem as consequências. Eu teria matado o mensageiro de qualquer modo." Spartacus respirou fundo e soltou o ar. Era apenas sua fúria falando mais alto. Olhou para o leste, em direção ao mar, imaginando que podia ver a luz do sol nas águas e uma frota de navios ancorando. Afastando tal imagem dos pensamentos, voltou a olhar para Carbo e Navio.

— Pode ser que Crassus já tenha recebido a notícia. Se não, deve recebê-la hoje ou amanhã, no máximo.

Eles assentiram com tristeza.

— Agora já não há motivos para irmos a Brindisi. Por saber dos reforços a caminho, ele nos alcançaria com o dobro de velocidade e então lutaria em campo aberto. Ainda que conseguíssemos levá-lo para a estrada na costa, ele nos atacaria o tempo todo. Poderíamos chegar com ele nos perseguindo, mas seríamos recebidos por duas ou até quatro das legiões de Lucullus. Ser pego entre a cruz e a espada não é bom.

Carbo e Navio se entreolharam. Eles tinham discutido sobre isso desde que partiram.

— O que podemos fazer? — perguntou Carbo.

— Só há uma opção — respondeu Spartacus. — Nós nos virarmos e seguirmos para as montanhas de novo. *Temos* que encontrar um local adequado para lutar contra Crassus e depressa. Com ele derrotado, podemos tentar chegar a Brindisi de novo e arrasar Lucullus no caminho até lá.

Com exceção da derrota no espinhaço, pensou Carbo, Spartacus sempre os havia guiado para a vitória, apesar dos riscos que se apresentavam. Por que as coisas seriam diferentes agora?

— E Pompei? — quis saber Navio.

— Teremos que abaixar a cabeça para ele. Para o nosso bem, é provável que Crassus queira lutar sem a ajuda de Pompei. Algo que sei sobre o filho da puta é que ele é arrogante. Vai querer a glória toda só para si. Sim, vai se reunir com os outros generais em algum momento, terá que fazer isso. Porém, se pudermos nos manter dois passos à frente deles, estaremos bem. — Ele os olhou à procura de sinais de derrota. Não viu nenhum. Havia sinal de medo nos olhos de Carbo, o que Spartacus já esperava, entretanto, o jovem romano assentiu com firmeza. Navio parecia disposto como nunca, o que também não o surpreendeu. Este só queria vingar a morte de sua família. Era uma luta que nunca terminaria até Navio ou todos os romanos que viviam sob o governo da República morrerem — o trácio tentou imaginar o que aconteceria antes.

E imaginou o mesmo a respeito de si mesmo.

CAPÍTULO XVIII

Parte alta do vale Silarus, norte de Paestum

Os oficiais seniores de Spartacus começaram a se organizar fora das barracas quando o céu ainda estava cheio de estrelas. Ao ouvir os murmúrios, o trácio se remexeu ao lado do berço, mas nada fez além disso. Era difícil deixar seu filho, que dormia. Com o cabelo despenteado, lindo e com o polegar na boca, Maron era a imagem da inocência. "Que ele permaneça assim por muito tempo", pediu Spartacus. "Antes que a vida o mude, que o endureça." Beijou os primeiros dois dedos da mão direita e os deslizou pela testa da criança. "Durma bem, meu filho. Verei você mais tarde."

Ele já estava vestido. Túnica, proteção peitoral, malha, sandálias com pregos. Faixa sobre o ombro, sica na bainha do lado esquerdo. Um cinto de couro com uma adaga embainhada. Procurou embaixo do banco ao lado da cama e pegou seu elmo frígio.

— Você pretendia partir sem se despedir?

Ele olhou surpreso para Ariadne.

— Pensei que estivesse dormindo.

Ela riu de desdém.

— Passei a noite rezando. Olhando para o teto. Ou para você. — Na verdade, ela dormiu por um tempo, porém mais uma vez sua cabeça fora tomada pela imagem de homens crucificados. Ela não mencionaria isso agora, nem nunca. Tudo era apenas fruto da sua imaginação. "Permita que não passe disso, Dionísio."

— Para mim? — Ele parecia ter achado graça.

— Por que não? Você é um homem bonito. — Ela estendeu o braço para passar o dedo pelo contorno do rosto dele. — Achei isso desde a primeira vez que o vi. Quando você me salvou dos homens de Kotys.

— Isso parece ter acontecido há uma vida. — Percebia-se um toque de nostalgia em sua voz. — Porém, consigo me lembrar de quando a conheci como se tivesse sido ontem. Você era linda. E ainda é — disse ele, sorrindo.

— Não vá embora assim — pediu ela, tentando não deixar a emoção transparecer em sua voz.

— Voltarei quando terminar de falar com os oficiais.

Ela assentiu, contente por a semiescuridão esconder as lágrimas que marejavam seus olhos.

Com o elmo embaixo do braço e carregando o escudo, Spartacus saiu da barraca. Sentia o velho embrulho no estômago. Assim como nas vezes em que saiu do túnel para a arena de gladiadores. Em vez de um único oponente, dessa vez ele encontrou Pulcher, Egbeo, Navio e Carbo a sua espera. Os quatro estavam vestidos para o combate. Com a respiração visível no ar frio, eles se movimentavam sem parar, numa tentativa de se aquecerem. Em vez de fileiras de assentos repletos de espectadores, havia o contorno escuro de uma montanha atrás deles.

Depois de quase uma semana marchando para o norte e para o oeste, e sabendo que Crassus os seguia, Spartacus ficou feliz ao encontrar aquele vale. Este era ladeado por montanhas. A leste, o platô nu atrás dele, e a oeste, um contorno de altura similar, só que com picos mais ondulantes. Na base do vale havia um rio, o Silarus, que corria em direção ao oeste para a planície costeira de Campânia. A terra ali era fértil. Viam-se casas de fazenda em meio a oliveiras e campos. Naquele lado do rio, havia um bom espaço aberto dedicado apenas ao cultivo do trigo. Foi o que chamou a atenção do trácio enquanto ele espiava o terreno do topo do maciço, dois dias antes. Não havia terreno plano — Spartacus estimava que tinha quase três quilômetros de extensão. Era o suficiente para suas tropas lutarem sem dar às legiões de Crassus espaço para cercá-los. Tal local prejudicava sua cavalaria, porém, não havia como evitar. O tempo não estava a favor deles, então aquele campo de batalha teria que servir.

Eles não estavam ali havia muito tempo — seriam 12 horas? —, quando os romanos os encontraram. Demorara mais uma noite e um dia para as legiões aparecerem. Elas vieram da direção oposta à do exército rebelde: subiram o vale vindas do oeste, uma coluna serpeante que demorou cinco horas para chegar. Ficou claro desde o começo que Crassus queria lutar. Em vez de usar o Silarus como barreira natural, primeiro sua cavalaria e depois os legionários vadearam o rio. Montaram acampamento na barranca, à beira do campo aberto que levava às barracas dos soldados de Spartacus. O movimento de provocação bloqueou todas as rotas de recuo, menos a leste. Os romanos não atacaram, porém lançaram o desafio mais direto possível.

Spartacus murmurou um cumprimento aos seus oficiais, que responderam com meneios de cabeça tensos. Ele já tinha decidido que Egbeo comandaria o flanco esquerdo e Pulcher, o direito. Navio estaria com ele, no centro. Carbo permaneceria com Ariadne e Maron, como nas batalhas anteriores.

— Os sentinelas viram algo durante a noite?

Ele ordenara que piquetes fossem montados muito além de suas filas para o caso de Crassus tentar alguma coisa.

— Nada até agora, senhor — respondeu Pulcher.

Spartacus olhou fixamente para o ferreiro.

— O que eles viram?

— Está muito escuro para enxergar, senhor. Mas ouviram o som de escavações.

— Onde?

— No campo diante dos lados do acampamento de Crassus, senhor.

— Os malditos devem estar cavando trincheiras para impedir os ataques de nossa cavalaria.

— Foi o que eu pensei, senhor — concordou Pulcher, franzindo o cenho.

— Nesse caso, só há uma coisa a se fazer. — Eles olharam para o trácio, em silêncio. — Atacar agora. Perturbar os soldados que estão cavando. Com a ajuda do Cavaleiro, eles terão que abandonar as trincheiras sem terminá-las. Egbeo, você pode se responsabilizar pelo flanco esquerdo?

O rosto marcado do trácio se abriu em um sorriso.

— Será um prazer!

— Pulcher, você fica com o direito.

— Claro.

— Quantos homens levaremos? — quis saber Egbeo.

— Seis coortes para cada flanco devem bastar. Se forem com mais, pode ser que eles não ouçam suas ordens. Levem alguns trompetistas junto para garantir. Afastem os romanos para longe de suas trincheiras. Quando fizerem isso, afastem-se. O restante do exército estará pronto até lá. Antes de irem, lembrem-se de instruírem seus oficiais para preparar os soldados. Por último, mandem os comandantes da cavalaria até mim. O que estão esperando?

Com sorrisos amplos, os dois se afastaram.

— Onde o senhor quer que fiquemos? — perguntou Navio.

— Vocês devem ficar comigo, no centro.

Navio sorriu.

— Será uma honra.

Spartacus os encarou.

— Vocês são meus soldados mais leais.

O estômago de Carbo embrulhou. Ele suspeitava o que Spartacus diria.

— Quero que você fique para trás, para proteger Ariadne e Maron. Hoje será mais difícil e mais desesperador do que qualquer batalha que já enfrentamos. Se as coisas derem errado...

— Deixe outra pessoa! — interrompeu Carbo. — Não farei isso. Não dessa vez! — Ao lado dele, Navio ficou tenso e surpreso.

Spartacus estreitou os olhos.

— Eu poderia lhe ordenar isso.

— Mas não vai — retrucou Carbo, enraivecido.

— E por que não vou?

— Porque Crassus é o homem que acabou com a minha família. É por causa dele que meus pais tiveram que ir para a casa de Varus. É o culpado pela morte deles! Essa é a primeira chance, desde Roma, que terei de matá-lo. Pode ser minha única oportunidade, e você não vai tirar isso de mim. — Carbo encarou Spartacus, temeroso, mas muito certo do que tinha feito.

Os olhos preocupados de Navio passaram de um para o outro.

— Ora, ora — começou Spartacus. — O franguinho finalmente está empinando a crista!

Carbo contraiu a mandíbula e se preparou para a resposta, castigo ou até mesmo a dispensa que seria aplicada pelo trácio.

— Muito bem, você pode lutar. Quem sou eu para atrapalhar a necessidade de vingança de um homem? Só peço que, em vez de se posicionar com Egbeo e sua coorte, fique comigo e Navio no centro. Pode fazer isso?

Carbo sentiu a garganta seca pela emoção repentina.

— Se-seria uma honra.

Um breve sorriso.

— Ótimo. Melhor começar a chamar os soldados, não? Quero todo o exército pronto para lutar dentro de duas horas.

— Sim, senhor! — Surpreso com a facilidade com que Spartacus havia cedido, Carbo se afastou depressa. Além de obedecer às ordens de seu líder, era essencial dizer a Arnax o que fazer se eles fossem derrotados. Navio o acompanhou, abrindo caminho entre as fileiras longas de barracas.

Spartacus os observou partir. Olhou para o céu a leste, que clareava depressa. O dia tinha chegado. Ele chamou a atenção de Atheas e de Taxacis.

— Sem Carbo aqui, pensei em pedir a você, Taxacis, para proteger Ariadne com Atheas se as coisas derem errado. Eu ficaria mais tranquilo com vocês ao lado dela, porém acho que chamariam atenção demais.

Taxacis fez um bico e apontou para as tatuagens em seu rosto e nos braços.

— Estas... são percebidas.

— E não seria bom para Ariadne e o bebê. Quanto menos atenção, melhor. Pedirei a outra pessoa. — "Aventianus, o escravo com a cicatriz no rosto", pensou Spartacus. Ele parecia um homem decente, confiável.

— Eu não... querer perder a luta, mesmo — murmurou Taxacis.

— Ótimo! Primeiro, encontre um homem chamado Aventianus... acho que ele está na coorte de Navio. Traga-o aqui. — Abaixando o elmo e a espada, Spartacus entrou de novo na barraca.

— O que decidiu? — perguntou Ariadne num sussurro. Ela estava de pé e vestida.

— Você está linda. — Mesmo à luz fraca, ele percebeu que ela corou. — É verdade!

As emoções de Ariadne estavam divididas entre o terror de nunca mais vê-lo e o orgulho que sentia pelo que ele estava prestes a fazer.

— Vamos. Conte-me seu plano.

Spartacus lhe contou sobre as trincheiras romanas.

— Minha esperança é a de que possamos tirar os malditos dali. Se Egbeo e Pulcher conseguirem isso, a cavalaria terá serventia. Enquanto a principal parte do exército estiver se preparando, eles podem avançar e depois recuar, como nuvens de pernilongos, perturbando os legionários, impedindo-os de conseguirem uma formação adequada. Assustando-os um pouco.

— Então, vocês avançarão?

Ele assentiu.

— Nosso primeiro ataque será o mais importante. Quase sempre é assim. Com a ajuda do Cavaleiro, vamos penetrar a formação deles. A cavalaria cuidará dos flancos, e espero pressionar os desgraçados até ficarem de costas para o rio. Então nós entramos, e a matança começará. — Ele sorriu para ela. — Voltarei antes de escurecer.

Ariadne forçou um sorriso, contudo tinha vontade de chorar. Nunca pensou que encontraria um homem a quem amasse e, então, conheceu Spartacus. Agora, depois de tudo pelo que passaram, aquele podia ser o fim. Mesmo sentindo um forte pesar, ela perguntou:

— E se você não voltar?

Ele a encarou sem hesitar.

— Se isso acontecer, terei morrido no campo de batalha. Todos os ferimentos que sofrerei serão no rosto.

Enfim, um soluço escapou dos lábios dela, que se lançou nos braços abertos do marido.

— Não quero que você vá.

— Tenho que ir, Ariadne. Você sabe disso. Essa é a batalha mais importante de minha vida. Meus soldados precisam de mim.

Ariadne sentiu vontade de gritar: "Seus soldados, sempre seus malditos soldados!" Em vez disso, perguntou:

— E Maron e eu?

Não havia mais o que fazer. Não adiantaria.

Fez-se um longo silêncio entre eles. Permaneceram de pé, abraçados, aproveitando o calor de seus corpos, o ritmo da respiração um do outro.

"Grande Cavaleiro", rezou Spartacus. "Peço que cuide de Ariadne e de meu filho, principalmente se eu fracassar hoje. Dionísio, cuide dessa mulher, sua sacerdotisa leal, e de seu bebê, que aprenderá a servi-lo."

Ariadne rezou com fervor e de modo similar. De repente, ela sentiu os braços de Spartacus relaxarem. Assustada, puxou o rosto dele para o dela e o beijou.

— Volte para mim.

Ele sorriu do modo mais delicado que ela já tinha visto.

— Se eu puder, voltarei, juro. Atheas e um homem chamado Aventianus cuidarão de você. Se nos dermos mal, eles devem levar você e Maron a um local seguro. Há sacos de moeda embaixo de minhas roupas, o suficiente para mantê-los por anos, se você for comedida.

Ela assentiu, sem conseguir falar.

Ele se aproximou do berço e pegou Maron, que se remexeu, abriu os olhos e se espreguiçou. Envolvendo-o em seus braços, Spartacus balançou o filho de um lado para o outro por vários minutos. Maron logo se acalmou.

— Cresça forte e saudável. Respeite sua mãe e minha memória. Lembre-se de que Roma é sua inimiga — sussurrou Spartacus. — Saiba que sempre olharei por você.

Ele entregou a criança a Ariadne. Lágrimas rolavam dos olhos fechados dela quando ele os abraçou. Ariadne não os abriu quando Spartacus se afastou, pois não queria vê-lo partir. Encostou o rosto no pescoço de Maron, sentindo o cheiro do bebê.

— Adeus, esposa. — despediu-se Spartacus antes de sair.

O pânico tomou conta de Ariadne. Na eventualidade assustadora de ele não voltar, ela não queria que a última lembrança dele fosse a de seus olhos fechados. Nem que a sua fosse a de não ter olhado para ele uma última vez. Abriu os olhos e secou as lágrimas.

— Adeus, marido. Verei você quando isso terminar.

Ele sorriu.

— Verá, sim.

Então, ele se foi.

As lágrimas de Ariadne rolaram descontroladamente. A sacerdotisa dona de si que a maioria das pessoas conhecia não estava mais ali. Em seu lugar, havia uma mulher que acabara de enviar o marido para a batalha, talvez pela última vez. Apesar de Maron estar em seus braços, ela nunca se sentira tão sozinha.

O sol tinha surgido por trás da montanha e banhava o vale quando as tropas de Spartacus ficaram a postos. Ele as organizou em duas fileiras fortes, mais de trinta coortes de extensão, e não as formações triplas romanas que os legionários de Crassus adotaram a quinhentos passos do outro lado. Seu ataque, uma aposta, exigia a força máxima que seus homens poderiam investir. Assim, ele colocou os melhores soldados — os que tinham malhas, escudos romanos e armas — no centro com ele. Era onde a luta seria mais dura, sangrenta e mortal.

Atrás dessas oito coortes, um pouco mais da metade dos homens estava muito bem-armada. Do resto, poucos tinham elmos. Alguns possuíam escudos; outros, cotas de malhas. Estes portavam espadas, lanças e até machados. Spartacus esperava que a falta de equipamento fosse compensada pela bravura. Egbeo e Pulcher escolheriam os melhores deles, disso ele tinha certeza. Nos flancos, sua cavalaria, centenas de montarias, estava a espera. Eles não pareciam muito assustadores, mas Spartacus vira o que tinham feito aos romanos em várias ocasiões.

Normalmente, ele amaldiçoaria o fato de ter restado menos da metade de sua força original de cavaleiros. Hoje, isso era irrelevante, já que não havia espaço dos dois lados para mais cavaleiros. O papel de sua cavalaria seria vital; ele dera instruções detalhadas aos oficiais responsáveis sobre o que fazer. Queria que eles agissem como os cavaleiros numidianos de Aníbal, cuja tática de atacar e recuar levou os inimigos a romper fileiras, expondo-os ao perigo. Se sua cavalaria conseguisse reproduzir tal tática, mesmo que por pouco tempo, Egbeo e Pulcher aumentariam a vantagem ao máximo, o que, por sua vez, elevaria a possibilidade de os flancos romanos serem derrotados. Se isso acontecesse, as legiões de Crassus cairiam.

Enquanto supervisionava os homens, o trácio manteve um pouco de sua atenção voltada ao esforço nas trincheiras inimigas e no que os soldados de Crassus estavam fazendo. Até então, as legiões não avançavam. Como ele, o general romano estava apenas organizando as forças para o caso de a batalha propriamente dita começar. Em seguida, Spartacus deu atenção total às batidas nos flancos. Os dois confrontos se desenrolavam um pouco longe, o que não lhe permitia ver o que estava acontecendo. Entretanto, ficou claro que nem Egbeo nem Pulcher conseguiram afastar os romanos por uma grande distância — ou talvez por nenhuma. Os soldados em combate avançavam e recuavam, acompanhados pelo costumeiro bater de armas e berros.

— Que merda está acontecendo ali?

— Os romanos trouxeram catapultas, senhor — explicou Navio. — Ouça.

Spartacus apurou os ouvidos. Depois de um instante, discerniu o baque familiar que sinalizava o lançamento de tiros e pedras. O barulho vinha das posições de Egbeo e de Pulcher. Torceu para que Crassus não tivesse muitas máquinas mortais. De repente, viu uma grande formação de tropas de Crassus marchando em direção ao flanco esquerdo do inimigo. Então, uma força parecida de romanos se moveu na direção do flanco direito. Crassus estava reforçando os homens nas trincheiras, não ordenando que recuassem. A decisão de Spartacus tinha sido copiada pelo outro.

— Vamos avançar. Agora.

— O exército todo? — perguntou Carbo, nervoso.

— Sim. — Apontou para a descida. — Veja aquelas coortes. Precisamos agir agora ou as tropas de Egbeo e de Pulcher serão massacradas. — Olhou para Carbo e Navio. — Estão prontos? — Os dois assentiram com seriedade. — Egbeo e Pulcher ficarão ocupados demais com a nova investida do inimigo. Outra pessoa precisa liderar os homens deles lá para baixo. Navio, quero que tome a dianteira do flanco esquerdo.

Navio assentiu e trocou um rápido olhar com Carbo antes de se afastar.

Spartacus chamou um mensageiro.

— O centurião mais velho do flanco direito deve assumir o comando ali. A ordem para avançar virá em breve. — O soldado fez que sim com a cabeça e saiu correndo. — Tragam o cavalo! — gritou Spartacus.

Um soldado que esperava pela ordem avançou, conduzindo o garanhão.

Fazendo um gesto, o trácio caminhou por trinta passos à frente das tropas.

"Pelos deuses, como ele parece imponente", pensou Carbo. O elmo de Spartacus reluzia ao sol, chamando a atenção de todos. Sua malha fora polida até brilhar como prata, e do lado esquerdo do quadril estava a sica, a lâmina que os havia levado à vitória tantas vezes antes.

Spartacus uniu as mãos ao redor dos lábios.

— Estão vendo esse animal lindo?

Os homens assentiram, confusos.

— Nós o vemos! — gritou alguém. — E gostaríamos de ter um desses.

Isso fez surgirem algumas risadas.

— Na Trácia, um cavalo branco é tido como uma montaria adequada para um rei. Eles devem ser honrados, tratados com respeito. É por isso que escolhi montá-lo. Ele me serviu bem, porém, hoje, vou usá-lo para outro propósito. Ele deve ser sacrificado aos deuses! Para pedir a eles uma vitória a qualquer custo.

O choque entre as tropas era perceptível. Tal sacrifício seria um rito muito forte. Os homens cochichavam uns aos outros, e as palavras começaram a se espalhar.

Spartacus sorriu. Aquele era seu objetivo.

— Em vez de entrar na batalha cavalgando, lutarei ao lado de vocês, meus irmãos, no muro de escudos. Levarei todos os golpes que vocês sofrerão. Sangrarei e matarei romanos com vocês. Ficarei com vocês até o fim, ainda que meu escudo seja partido e minha lâmina, quebrada!

O juramento fez Carbo estremecer. Ele se emocionou como nunca antes. Os homens ao redor dele eram seus companheiros, por quem morreria, assim como eles morreriam por ele. Olhou para os dois lados, vendo a emoção nos rostos dos outros.

Pegando a adaga, Spartacus se aproximou do cavalo. Ao reconhecê-lo, ele relinchou e mordiscou seu braço.

— Muito corajoso. Agradeço a você pelo seu serviço leal. Peço mais uma coisa. Este será seu momento mais sublime, e lhe dou uma passagem rápida para ficar ao lado do Grande Cavaleiro. Lá, você será recebido com grande honra. — Ao soldado, ele sussurrou: — Puxe a cabeça dele. — Com Spartacus acariciando seu ombro, o cavalo deixou o soldado esticar seu pescoço.

— Grande Cavaleiro, isso é para o senhor. Em troca, peço a vitória.

Spartacus posicionou a adaga embaixo do queixo do cavalo. Com um movimento rápido, puxou-a para si. A lâmina afiada abriu um corte profundo na carne do animal, dilacerando as duas veias jugulares e liberando uma enxurrada de sangue. Ele se remexeu, com o líquido vermelho jorrando da abertura em seu pescoço. Spartacus se inclinou contra ele com toda a força, acariciando seu ombro com a mão livre.

— Calma, corajoso, calma. O Cavaleiro o aguarda.

Os joelhos do animal fraquejaram, e este caiu no chão como uma pedra. Mais sangue jorrou, criando uma enorme piscina ao redor de suas patas dianteiras. Uma de suas patas traseiras deu um coice para o lado. Chutou diversas vezes, como louco, e parou. Spartacus se abaixou e enfiou a adaga mais uma vez no pescoço do cavalo. Dessa vez, rompeu uma artéria. O sangue vermelho vivo espirrou em sua mão. Ele continuou a sussurrar para alentá-lo. O peito amplo subiu e desceu com a respiração, subiu e desceu, cada vez mais devagar. Por fim, parou.

Spartacus deixou a mão parada sobre o garanhão por um tempo, honrando sua vida e sua morte. Então, enfiando a mão no sangue, passou uma camada dele pelo rosto. Depois de limpar a lâmina, a embainhou. Quando se virou para encarar as tropas, viu que todos o observavam. Nas coortes mais distantes, os homens saíram da posição para ver o que estava acontecendo.

— Meus soldados! A oferenda aos deuses foi feita. Meu cavalo morreu bem e sem protestar. O sacrifício foi aceito!

Eles gritaram em aprovação ao ouvirem aquilo. Batiam as armas nos escudos.

Com a sica na mão, Spartacus deu alguns passos à frente.

— Hoje, teremos... VITÓRIA... OU MORTE!

Uma breve hesitação.

— VITÓRIA... OU MORTE! — vociferou Carbo, acompanhado por Taxacis.

— VITÓRIA... OU MORTE! VITÓRIA... OU MORTE!

Deixando o canto dos soldados envolvê-lo, Spartacus voltou para o seu lugar na fila, entre Carbo e Taxacis. Sem demora, sinalizou para os trompetistas e para os cavaleiros que levariam a ordem de avançar à cavalaria nos flancos.

As notas estridentes dos instrumentos se sobrepuseram o barulho com facilidade. Ainda aos gritos, os soldados foram levados à frente por seus oficiais. Primeiro, caminharam. Seriam cerca de quinhentos passos até as linhas romanas. Não havia motivo para se esgotarem. Precisariam de toda a sua energia para vencer a batalha que viria.

Carbo sentiu a bile queimando a garganta. "Dê-nos a vitória, e me dê a chance de matar Crassus", implorou ele. "Não me importo de morrer depois disso." Quando terminou, olhou para Taxacis, à sua direita depois de Spartacus. O cita lhe lançou um sorriso. Carbo retribuiu. Não poderia pedir um lugar melhor. Spartacus e Taxacis eram guerreiros mortais. À sua esquerda, um homem de peito amplo com queixo bem másculo. Carbo o reconheceu vagamente, mas não sabia bem de que situação. Estava muito orgulhoso por estar ali e, pela primeira vez na vida, sentiu-se em casa de verdade.

— Continuem andando — gritou Spartacus. — Mantenham a linha!

Quando passaram pelo cavalo morto, mais de um soldado imitou o líder trácio, manchando o rosto com seu sangue. Carbo não fez isso — o Cavaleiro não era seu deus —, entretanto, entendia a atitude dos homens. Em uma situação como aquela, qualquer coisa que pudesse ajudar alguém a sobreviver era útil. Tinham percorrido a distância de cem passos. Os romanos avançavam ao encontro deles. Carbo observou Spartacus, que analisava as linhas inimigas. Voltou então sua atenção para elas e acabou vendo um homem de capa vermelha sobre um cavalo, indo de um lado para o outro atrás das coortes centrais.

— Lá está Crassus, o boqueteiro!

— Ele mesmo — concordou Spartacus, franzindo o cenho. — Estamos bem onde queríamos: de frente para ele.

Tramp, tramp, tramp. Carbo calculou a distância. Mais cem passos, e ele poderia diferenciar os oficiais romanos dos soldados comuns. Nunca tinha visto tantos elmos de crista invertida na fileira da frente. Era uma medida reservada para as situações mais desesperadoras. Crassus também estava apostando tudo naquela jogada. O suor escorreu pelas costas de Carbo, dificultando que ele pegasse o pilo — teria sorte se estivesse vivo quando a noite caísse.

— É isso, rapazes — gritou Spartacus. — Fiquem juntos!

— SPAR-TA-CUS! — gritou o homem à esquerda de Carbo, que batia o pilo na borda de metal do escudo. — SPAR-TA-CUS!

Inevitavelmente, o grito foi ouvido ao redor deles. Carbo vociferou a plenos pulmões, porém o barulho era tamanho que não conseguiu ouvir a própria voz. Era como se ele estivesse interpretando em uma peça, porém, em vez de uma plateia, ele tinha um muro de legionários indo ao seu encontro. Com exceção dos toques das trombetas, os soldados de Crassus ficaram em silêncio. Era uma tática romana comum, usada para causar medo nos inimigos. Ainda não tinha surtido efeito, pensou Carbo, com o coração aos pulos, pois o barulho dos soldados rebeldes ainda era ensurdecedor.

Eles continuaram marchando, pisando o trigo. Como ainda desciam a ladeira, Carbo teve uma boa visão do solo ao seu redor. Pela visão periférica, viu a cavalaria avançando como uma mancha escura na paisagem. Com sorte, as trincheiras romanas não seriam compridas o bastante para impedir a tomada dos flancos inimigos. Carbo não conseguiu identificar a posição de Navio, mas fez uma oração pelo amigo, e por todos eles. "Traga-nos a vitória, grande Júpiter, grande Marte. Deixe-me chegar até Crassus. Mais uma chance é só o que peço."

Restavam duzentos passos até as linhas inimigas. Carbo se acostumou às rotinas da batalha e olhou para a área acima dos legionários. Haveria peças de artilharia para acertá-los ou o inimigo estaria ocupado com a luta nos flancos? Esperava que fosse a segunda situação.

Talvez duas batidas de coração depois, uma saraivada de dardos surgiu. Carbo sentiu medo. Já tinha visto a carnificina que eles podiam causar. Ao redor dele, mais de um homem gritou de pavor. O ritmo do avanço desacelerou, e eles pararam.

— Ordem de proteger! Todas as fileiras, menos a da frente, erguer escudos! — gritou Spartacus.

Eles treinaram como fazer aquilo mil vezes. Com um som alto, os escudos daqueles atrás de Carbo subiram, formando uma cobertura gigante, o famoso *testudo* romano. Ele e os homens da primeira fileira uniram os escudos, formando uma parede quase sólida à frente. Foi uma boa proteção contra porjéteis mais leves, como lanças, porém, como todo mundo sabia, não podia impedir os maiores, como os que desciam na direção deles com uma velocidade assustadora.

— FIRMES! — vociferou Spartacus. — FIRMES, RAPAZES!

Outros oficiais gritaram a mesma instrução.

Carbo não olhou para cima. Se seria atingido por um dardo de ponta farpada, não queria sofrer por antecipação. Seu coração batia acelerado. O soldado à sua esquerda murmurava a mesma oração sem parar. Um homem perto dele vomitou. Carbo começou a contar suas respirações. Uma. Duas. Três. "Deuses do céu, mais devagar." Ele se forçou a soltar o ar da maneira mais lenta que pôde.

Crash. Crash. Crash. Crash. Crash. Com um barulho semelhante ao de trovões, os tiros chegaram. Carbo fechou os olhos. Lançados por uma catapulta de torção, acionada por dois legionários empurrando uma barra, os dardos possuíam enorme poder de penetração. Batiam nos escudos como uma faca quente no queijo, atingindo e matando os infelizes por trás deles. Ossos de braços foram despedaçados; crânios, abertos; e peitos, rasgados. Gritos de agonia indicavam os lugares onde os soldados foram apenas feridos. Os mortos simplesmente caíam no chão.

Carbo piscou. Ainda estava vivo e sem ferimentos — assim como Spartacus e o homem à sua esquerda. Eles trocaram um olhar de alívio.

— Abaixar escudos. Avancem com o dobro da velocidade! — gritou o trácio.

Carbo não precisou de incentivo. Quanto mais rápido se aproximassem dos romanos, menos projéteis cairiam sobre eles. O risco de morrer com um golpe de lâmina parecia mais interessante do que ter o cérebro transformado em purê ou o peito aberto por um dardo. Com o braço esquerdo baixo, ele seguiu em frente. Em pouco tempo, viriam as lanças. E, então, um ataque final.

Cento e cinquenta passos. Ainda assim, os romanos permaneciam em silêncio. Carbo não gostou nem um pouco disso.

Mais uma saraivada, dessa vez de pedras, caiu sobre as linhas rebeldes. Ele ficou hipnotizado pela trajetória delas. Por um lado, queria avançar, sair da chuva mortal se pudesse. Por outro, queria largar o escudo e o pilo e fugir. Só que não podia fazer isso. Spartacus estava ao seu lado, dependia dele. E Crassus, o causador da morte de seus pais, estava atrás de uma parede de legionários. Ele concentrou a atenção nas fileiras romanas perto dele. Só conseguia ver seus olhos, espiando por cima da borda dos escudos, e as lanças, que já apontavam para o céu, prontas para a ordem de lançar. Carbo percebeu, de repente, que precisava urinar. Mais do que qualquer coisa, precisava urinar. Engoliu em seco, ignorando a vontade.

Tamp. Crash. Bang. As pedras aterrissavam, perfurando escudos, quebrando as costelas dos homens e parando seus corações.

Carbo lançou um olhar para seu líder, que parecia indiferente. Admirava a coragem daquele homem, o mais próximo de um deus que ele já tinha visto. Será que Spartacus sentia medo de alguma coisa?

— Aprontar lanças! — Spartacus afastou o braço esquerdo. — Quando eu mandar!

Carbo estreitou os olhos para observar as fileiras inimigas, que estavam a cerca de noventa passos dali. Longe demais para um lance certeiro. Viu os oficiais romanos os estudando, esperando até eles se aproximarem. "Malditos."

Spartacus fazia o mesmo. Seus lábios se moviam enquanto ele contava a distância. Oitenta. Setenta. Sessenta. Os pilos dos legionários voaram.

"Droga", pensou Carbo. "Dê a ordem!"

— Mirar curto! SOLTAR!

Carbo ergueu a lança em um arco baixo e curvo. Tentou acompanhar seu progresso, porém ela se uniu a muitas outras. Observou fascinado enquanto elas seguiam na direção dos romanos.

— Ergam os escudos! — gritou Spartacus pela segunda vez.

As lanças causaram bem menos consternação do que a barragem da artilharia. Caíram, transformando muitos escudos em montes inúteis de madeira e ferindo e matando poucos homens. Atrás de si, Carbo ouviu dois soldados apostando para ver qual seria atingido primeiro. Sentiu o companheiro ao lado cutucar suas costelas com o cotovelo.

— Os homens fazem graça de cada coisa maluca, não?

Os lábios secos de Carbo se racharam quando ele sorriu.

— Eu me chamo Zeuxis. E você?

— Carbo. Eu conheço você?

Um sorriso amargo.

— Talvez. Você estava com Spartacus quando ele me derrubou numa fogueira.

O riso de Carbo foi abafado pelo berro de Spartacus.

— Quem tiver uma segunda lança, ATIRAR!

Metade do número de pilos lançados na primeira vez voou. No mesmo instante, um número bem maior de lanças romanas aterrissaram.

— Erguer escudos, empunhar espadas! AVANÇAR, MAIS RÁPIDO!

Abaixando a cabeça em uma tentativa vã de diminuir a área passível de ser atingida, Carbo começou a correr. Seu mundo se estreitou. Só conseguia ver os romanos logo à sua frente. Crassus, até mesmo a fileira de estandartes acima das fileiras, tinha desaparecido. Ele estava ciente da presença de Zeuxis à sua esquerda, de Spartacus à sua direita, do escudo em uma mão e do gládio na outra. E só.

Um pouco mais de trinta passos separava os dois lados.

Os legionários empunharam as espadas. Por fim, emitiram um grito e avançaram.

Carbo e todos os homens ao redor dele responderam com um grito estridente. Ouviu Spartacus gritar algo ininteligível em trácio. Deu uma rápida olhada para os lados. Surpreendeu-se. Nunca vira um líder tão bravo. As veias no pescoço de Spartacus estavam inchadas. Seu rosto estava muito vermelho e os olhos, inexpressivos. Os olhos de um matador. Carbo nunca se sentira tão feliz por estar do mesmo lado que aquele homem.

Voltou a olhar para a frente. Vinte e cinco passos. Sentiu o grito irromper de sua garganta e não se conteve. Deveria estar parecendo um louco, o que era bom. O objetivo antes de qualquer ataque é causar o máximo de medo possível nos oponentes.

Os dois lados se aproximaram numa velocidade assustadora. Vinte passos. Quinze.

Carbo se concentrou nos desenhos marcados nos escudos que vinham ao seu encontro. A maioria era da cor vermelha com uma linha rodopiante amarela decorando os cantos, porém os mais chamativos tinham raios desenhados. Os olhos acima dos escudos eram calculistas, o elmo, marcado. "Veteranos", pensou Carbo, sentindo o medo aumentar. E eles seguiam diretamente um em direção ao outro.

Os últimos passos foram dados num borrão. Carbo fez o melhor que pôde para, quando os atacar, mover o ombro esquerdo. Claro que seu oponente fez a mesma coisa. Os escudos se chocaram com uma força imensa. Os dois homens deram um passo para trás, recuperaram suas posições e golpearam com as espadas. Carbo se encolheu atrás do escudo primeiro, o que permitiu ao legionário completar o golpe, enquanto Carbo erguia o braço direito inutilmente. Consciente de que havia exposto sua axila, ele em desespero puxou a espada para baixo. Ao tentar espiar por cima da borda do escudo, recebeu uma nova investida do inimigo. Praguejando, Carbo se escondeu de novo. Avançou com o escudo, desejando pegar o outro sem equilíbrio. Foi uma esperança vã. O escudo do legionário parecia um muro.

Carbo não desistiu do ataque. Bateu o escudo no do outro, desferindo ao mesmo tempo um golpe da espada. Era o que Paccius lhe ensinara. Um, dois. Um, dois. A reação do legionário foi fazer exatamente o mesmo. Carbo percebeu que seu inimigo era mais forte e mais habilidoso do que ele. Parecia que o legionário também sabia disso. Os olhos deste brilharam quando voltou a atacar.

A vontade de urinar de Carbo tornou-se muito forte. "É assim que vou morrer?", perguntou-se. "Coberto pelo meu próprio mijo?" Ele mudou de tática, batendo o gládio nos pés do oponente. Seu esforço não deu certo. O legionário bloqueou o golpe inclinando a parte de baixo do escudo; seu oponente então atacou com a espada, o que quase arrancou o olho esquerdo de Carbo. Ouviu-se um arranhar metálico quando a lâmina de ferro raspou no elmo. Ao longe, ouviu o legionário rosnar em triunfo. "É isso", pensou ele. "Agora, o maldito vai me derrubar e acabar comigo."

Mas o que veio em seguida foi um som esquisito de engasgo.

Com dificuldade, Carbo svoltou sua atenção mais uma vez para o legionário. Para sua surpresa, a sica de Spartacus estava enfiada na garganta do homem. O sangue manchara seu rosto; o gosto metálico chegou à sua língua. Carbo virou a cabeça.

— Vamos, rapaz! Recomponha-se! — gritou o trácio.

Carbo assentiu, ainda um pouco confuso.

— Olhe para a frente! — ordenou Spartacus.

Carbo obedeceu. Os espaços nas fileiras dos inimigos já tinham sido preenchidos pelos romanos que vinham. Seu próximo oponente estava a quatro passos e se aproximava depressa. Carbo permitiu que ele viesse, forçando o homem sobre o corpo do companheiro. Enquanto o legionário vinha, Carbo o atacou com toda a sua força.

O soldado recuou apoiado nos calcanhares, e a espada de Carbo afundou em seu rosto do lado esquerdo, cortando as câmaras nasais e saindo do outro lado da mandíbula. Um som estridente fez os ouvidos de Carbo doerem, e ele balançou a cabeça numa tentativa de afastar o barulho. Então, percebeu que era o grito do legionário. Ele nunca ouvira alguém fazer tanto estardalhaço. Com um puxão, ele liberou a lâmina. O homem caiu, ainda berrando como um porco selvagem.

Carbo feriu o soldado que veio em seguida, cortando um de seus pés até o osso. Gritando de dor, o homem se afastou, sem conseguir lutar. A pressão era forte demais para todos, então Carbo usou esse intervalo para ajudar Zeuxis a despachar um oponente. Dois legionários se enfiaram no espaço do homem caído. Um se virou para acertar Carbo; o outro partiu para cima de Zeuxis. A luta foi tão demorada quanto o primeiro esforço de Carbo, porém, guiado pela adrenalina e sabendo que Spartacus salvara sua vida, ele conseguiu agir melhor. O fato de Carbo demorar a derrubar seu oponente era prova da habilidade deste. O legionário caiu de joelhos, e o ferimento em sua garganta era mais largo do que sua boca escancarada. O sangue jorrava das duas aberturas, cobrindo o chão entre eles com mais uma onda vermelha.

Ninguém tomou o espaço vazio diante de Carbo. Ele não compreendeu até o *piiiii* dos apitos chegarem aos seus ouvidos. A linha romana recuou um passo e depois outro. Ele ficou tenso, preparando-se para avançar.

— Para trás! — vociferou Spartacus. Ele bateu a lateral do seu escudo no de Carbo. — Dez passos, nada mais!

Ao obedecer, Carbo sentiu o suor empapando suas vestes. A proteção de feltro por baixo de seu elmo estava ensopada. Gotas escorriam pela testa, seguindo para dentro de seus olhos, fazendo-os arder. Ele passou uma mão ensanguentada pelo rosto.

— Vocês foram muito bem, rapazes. Hora de respirar! — gritou Spartacus. — Ajudem os feridos a se afastar das linhas. Se tiverem água, bebam. Divida-a com seus companheiros. Façam o óbvio. Aqueles que tiveram armas e equipamentos quebrados, peguem os dos mortos e feridos. Limpem a área ao redor dos pés para não tropeçarem quando a briga recomeçar. Confiram o resto das coisas. Vejam se as tiras das sandálias não estão soltas. — Ele saiu da formação e andou pelas filas à esquerda, murmurando incentivos aos soldados.

A menos de vinte passos, os romanos faziam o mesmo. Carbo se sentiu estranho por estar tão perto de homens a quem ele tentara matar havia apenas uns minutos atrás e com quem logo retomaria as hostilidades. Seria melhor aproveitar a oportunidade. Fincou o gládio na terra à sua frente e descansou um pouco, apoiando-se no escudo encostado no chão. Aliviar-se seria muito bom. Em seguida, ele puxou a parte de baixo da malha e se livrou da peça. De uma vez, sua urina formou um arco amarelo. Carbo achou que nunca pararia de urinar. Nunca sentira tamanho alívio. Pelas risadas e suspiros de satisfação que ele ouviu, muitos dos outros homens sentiam o mesmo. Ao terminar, percebeu que estava sedento.

— Aqui está.

Zeuxis lhe entregou um pequeno recipiente de argila com tampa. Carbo o levou aos lábios e tomou um gole. A água estava morna e rançosa, mas era mais saborosa do que qualquer outra coisa que já tinha tomado.

— Obrigado — agradeceu ele, devolvendo-o.

Zeuxis resmungou. Tomou um gole grande e o passou o recipiente ao soldado à esquerda. Voltou a se inclinar na direção de Carbo.

— Nunca pensei que ficaria tão perto de Spartacus durante uma batalha, isso eu posso lhe dizer.

— Ele é um ótimo guerreiro, não é?

— É como ver um deus tomar o campo. — O encanto na voz de Zeuxis era palpável.

— Eu seria um homem morto se não fosse por ele. — Carbo soltou o prendedor do queixo e tirou o elmo. Deixou-o cair.

— Vi uma parte daquela luta. Desculpe não ter ajudado. Eu estava meio enrolado.

— Tudo bem. — Carbo tirou a proteção e a torceu. Muito suor escorreu entre seus dedos. Uma brisa suave soprou no seu cabelo encharcado. A sensação foi ótima, porém ele teve que recolocar a proteção e o elmo, prendendo a tira. — Você está no exército há muito tempo?

— Eu entrei antes da batalha contra Lentulus. Marcion — e ele fez um gesto de cabeça para o homem à sua esquerda — apareceu na mesma época. Assim como nosso contubérnio. E você?

— Eu era do ludo de Spartacus.

Zeuxis ficou boquiaberto.

— É mesmo? — Carbo assentiu. — Então, você participou do ataque ao acampamento de Glaber? E da luta no vilarejo quando Cossinius foi pego nu?

— Eu estava lá. — Carbo sorriu.

— Escute isso, Marcion! — Ele murmurou algumas palavras ao amigo, que olhou surpreso para Carbo. — Aquela foi uma época boa, não? — perguntou Zeuxis. — Vencíamos todas as lutas.

Carbo forçou um sorriso.

— Com a ajuda dos deuses, esta pode ser mais uma vitória.

Zeuxis desviou o olhar.

— Vamos torcer para que seja.

Spartacus voltou correndo para sua posição.

— PRONTOS, RAPAZES?

— SIM! — gritou Carbo, como se sua voz fosse a de centenas de homens. Puxou o gládio, pegou o escudo e observou as linhas inimigas. Os legionários tomavam posição, e ele ouviu os oficiais romanos berrarem para que se preparassem para avançar.

— Vamos pegá-los de jeito, certo? — disse Spartacus a Carbo.

— Claro! — Seu coração acelerou de novo.

— Pelo que dá para ver, o flanco esquerdo parece estar firme, mas não tenho ideia de como estão as coisas à direita, nem como a cavalaria se saiu. Para termos certeza da vitória, *temos* que nos dar bem por aqui.

A pressão aumentou.

— Farei o meu melhor.

— Sei que fará. — Spartacus abriu um sorriso, e a dedicação de Carbo cresceu ainda mais. — PRONTOS? ATACAR! — vociferou o trácio.

Correram na direção dos romanos, que davam um brado de guerra e iam ao seu encontro. Carbo estava mais preparado para a luta dessa vez. Seus olhos se estreitaram ao perceber que o homem que se aproximava dele mancava. Já estava ferido: uma fraqueza a explorar. Quando os escudos bateram uns contra os outros e os dois começaram a empurrar, Carbo mirou na sandália do oponente. Ouviu um berro quando a ponta da espada atingiu os dedos do pé esquerdo do inimigo. Foi um ferimento pequeno, porém doloroso o bastante para fazer o legionário baixar um pouco a guarda. Carbo ergueu o gládio e o atacou, passando pela lateral do escudo do homem. Depois do que pareceram segundos, viu que atingira os anéis de ferro da malha do oponente. O legionário caiu de frente, a boca aberta numa expressão de choque. Carbo girou a lâmina como tinha aprendido e a puxou.

— Júpiterrrrrr, isso dói! — gritou o legionário. Soltou o escudo e levou a mão à abertura sangrenta em sua malha.

Carbo golpeou com o escudo, derrubando o oponente sobre o soldado que vinha logo atrás.

— AVANCEM! — berrou Spartacus.

Ouvindo a própria pulsação, Carbo avançou dois passos. E mais um. Apesar dos protestos do homem atrás dele, o legionário ferido tombou para trás. Carbo olhou de um lado para o outro. Zeuxis estava à sua esquerda; Spartacus, à sua direita; e, à frente dele, estava Taxacis. Mais à frente, os companheiros deles também pareciam ganhar território. Seu coração acelerou. Ele deu mais um passo.

— AVANCEM! — gritou Spartacus mais uma vez.

Passo a passo, eles iam conquistando as posições dos romanos, que continuavam a recuar uns vinte passos. Carbo teve esperança de que os inimigos desistissem — o que não aconteceu. Sua atenção foi atraída por dois centuriões na fila da frente, perto dele. Estes gritavam como loucos, ameaçando seus homens com as punições mais terríveis caso não mantivessem a formação. A tática deles estava funcionando. Os legionários diminuíram o ritmo e firmaram-se em suas posições.

— Quando acertarmos os filhos da puta, quero todos os centuriões mortos! Despedaçados em mil! Vocês me ouviram? — berrou Spartacus. Os soldados mais próximos gritaram concordando. — Se fizermos isso, eles fugirão. — Carbo ouviu seu líder dizer. — ATACAR!

Eles correram na direção do inimigo, mas dessa vez os romanos não vieram. Carbo se consolou com esse fato: os oficiais do outro lado não confiavam em seus homens para atacar — o que significava que estavam preocupados.

Carbo viu que seu próximo oponente seria um centurião e prendeu a respiração. As lutas anteriores não seriam nada comparadas a essa. Os centuriões eram veteranos com pelo menos vinte anos de serviço, homens corajosos que lideravam pelo exemplo, que não viam obstáculos para ganhar uma luta. Ele vencera a primeira onda de pânico por saber que, se decidisse se entregar a ela, seria morto. O centurião o encarava e berrava insultos a plenos pulmões. Bloqueando o som da melhor maneira que pôde, Carbo tentou descobrir algum detalhe que o ajudasse a derrotá-lo. Não viu nada além da crina tingida de vermelho do elmo de seu oponente e os olhos impiedosos por baixo da parte de ferro. A morte estava à espreita.

Três passos à frente, ela se aproximou de Carbo. O centurião era um homem baixo — o que significava que era muito mais pesado. Implorando para que sua ideia desse certo, ele se abaixou o máximo que pôde atrás da borda do escudo. Aproximando o braço esquerdo do corpo, ele diminuiu um pouco o ritmo antes de jogar todo o peso do corpo para a frente com seu escudo. Bateu no centurião com tanta força que o romano foi lançado vários passos para trás. Então, Carbo levantou a cabeça, preparando-se para desferir o golpe final. Mas se surpreendeu: incrivelmente, o centurião manteve o equilíbrio e esperava sua chance. Carbo teve tempo suficiente apenas para ver a lâmina do outro avançar em direção ao seu rosto.

"Estou morto."

Ouviu um baque alto e hesitou.

O gládio sumiu. Ele olhou de novo. O centurião fora derrubado de costas por Spartacus, que havia jogado o corpo de lado com o escudo. Inclinando-se sobre o oficial, o trácio cortou sua garganta. Gritos desanimados foram dados pelos legionários que tinham testemunhado tudo — estes deram um ou dois passos para trás. Spartacus logo retomou sua posição, abrindo um sorriso para Carbo.

— Afaste os filhos da puta! — gritou ele.

Carbo recuou um passo. Olhou para a espada, que tremia como uma folha. "Acorde!", disse a si mesmo. "Você ainda está vivo. A batalha não acabou." Preparando-se para mais matança, levantou a cabeça. O centurião foi substituído por um legionário de aparência furiosa. Uns cinco passos os separavam.

— Vou cortar sua cabeça e cagar no seu pescoço! — gritou o romano.

Atrás das fileiras de soldados inimigos, Carbo viu uma capa vermelha. Era Crassus, descendo do cavalo. Carregadores de estandartes estavam ao redor dele, incluindo um com uma águia de prata. Carbo não acreditou no que viu. "Ele está preocupado o suficiente para permanecer aqui."

— Spartacus! É a nossa chance!

No minuto seguinte, ouviu-se um grito de reconhecimento.

— ATACAR! ATACAR!

Carbo voltou a observar o legionário. Uma ira fria tomou conta dele. Só queria alcançar Crassus.

— Estou indo atrás de você, seu merda!

Houve uma comoção quando ele avançou. Eram os homens das fileiras de trás, percebeu Carbo emocionado. Atacou o legionário e o despachou com algumas punhaladas no rosto. Atrás dele, veio um homem barrigudo que dizia obscenidades a cada golpe do gládio. Carbo teve pouca dificuldade em desviar dos golpes potentes, porém maldirecionados, e logo a pressão dos rebeldes que vinham atrás tornou-se tão grande que ele foi jogado contra o legionário. Nenhum deles pôde usar a espada.

— Escravo nojento! — xingou o soldado. — Você está morto! Morto!

— Vá se foder! — Carbo soltou o gládio, que caiu no chão entre os corpos deles. Com um esforço, ele se virou para a esquerda e empunhou a adaga. Levantando o braço com muito cuidado, atacou. O pânico tomou os olhos do legionário e mais palavrões foram ditos, porém, nada pôde fazer para impedir que Carbo enfiasse a lâmina em seu pescoço. Carbo apunhalou várias vezes só para garantir. Sangue se espalhou pelo seu braço, rosto e a parte da frente do escudo. Ele não se importou.

— Crassus, vou pegar você! — gritou, cuspindo saliva.

Entretanto, ele não conseguiu se mover — nem para a frente nem para trás. Na verdade, a pressão dos dois lados começava a ficar desconfortável. O legionário que praguejava caiu para a frente; agora, ficava em pé graças ao escudo de Carbo. O sangue saía do ferimento no pescoço do romano, cobrindo a mão e o braço esquerdo de Carbo. Ele não podia fazer nada em relação àquilo. Estava feliz por os romanos da segunda fila não tentarem alcançá-lo. Eles deveriam estar tão pressionados quanto ele e seus companheiros.

— Pelos deuses, o que faremos agora? — vociferou Zeuxis.

A névoa vermelha diminuiu um pouco. Carbo olhou para Zeuxis, que também tinha matado um romano.

— Estamos presos!

Zeuxis arregalou os olhos.

— Você é um gênio, não?

Lutando contra a vontade maluca de sorrir, Carbo olhou para a direita. Como era de se esperar, Spartacus tinha matado o homem com quem lutara. Estava ajudando Taxacis a vencer seu oponente. Carbo esperou.

— O que devemos fazer agora?

Spartacus virou a cabeça. O rosto e o elmo dele estavam cobertos de sangue, e a loucura parecia imperar em seus olhos. Carbo teve dificuldade em continuar olhando para ele.

— Temos que recuar alguns passos. Crassus vai tentar nos desgastar. — Carbo percebeu que seus músculos imploravam por descanso.

— Voltem! — gritou Spartacus. — Recuem dez passos! Só dez! Passem a ordem adiante!

Carbo se inclinou na direção de Zeuxis.

— Diga para seu amigo espalhar a ordem. Devemos recuar dez passos, não mais que isso.

Zeuxis assentiu e obedeceu. Spartacus fazia o mesmo à direita de Carbo. Em pouco tempo, o ar foi tomado pelas ordens berradas. Quando os homens das filas de trás ouviram, começaram a se afastar.

Sentindo que a pressão em seu peito diminuía, Carbo respirou fundo. Pegou o gládio e deu mais alguns passos para longe do legionário barrigudo. O corpo deste caiu de joelhos. Um pouco depois, caiu de cara. Carbo ficou tenso, preparando-se para um ataque inimigo que não aconteceu.

Na mesma posição com Zeuxis e Spartacus, ele deu mais seis, sete, oito passos para trás.

— PAREM! — gritou o trácio.

Todos obedeceram.

Carbo viu Spartacus olhando para os romanos, que não fizeram nada. Eles também deveriam estar contentes com a pausa, pensou ele.

— Afastem-se mais dez passos!

Carbo encarou Spartacus, assustado.

— Por quê? — sussurrou.

— Preciso ver o que está acontecendo nos flancos. É a única maneira que tenho de ver.

A ordem foi repassada de novo. Contando com cuidado, eles recuaram. Ainda assim, os romanos permaneceram parados nada. Carbo olhou de um lado para o outro na fileira. Só viu homens tirando corpos do caminho, cuspindo ou bebendo água. Alguns legionários gritavam insultos, contudo, a maioria ignorava. Era um alívio.

Spartacus percorreu o espaço entre os exércitos. Olhou de um lado para o outro por alguns minutos. Um pilo foi lançado na direção dele, depois outro, porém ele os ignorou. Ele estava na ponta do pé para ter uma visão melhor até que veio um terceiro pilo e ele teve que desviar para não ser atingido.

— Eles o reconheceram — murmurou Carbo. Dava para ver as lanças sendo levadas à frente. O gosto do medo era ácido em sua boca. O carisma extraordinário de Spartacus era o que mantinha o centro unido. Se ele caísse, os soldados rebeldes estariam perdidos.

— O que ele está fazendo, por Hades? — gritou Zeuxis.

Carbo explicou.

— Um pouco arriscado, não?

— Talvez, mas não tem outro jeito. — Ao mesmo tempo que defendia as atitudes de seu líder, Carbo sentia vontade de gritar para que ele voltasse a se proteger.

Logo seu desejo se realizou. Dando as costas para as linhas romanas, Spartacus voltou para sua posição. Duas lanças o seguiram, e uma delas foi parar perto de seus pés. Ele não deu a mínima e esboçou um sorriso.

— Isso é o melhor que eles podem fazer? — gritou, virando-se para fazer um gesto obsceno aos romanos.

Gritos foram dados ao redor de Carbo, e muitas mãos se ergueram, imitando o sinal de Spartacus.

Fazendo o mesmo gesto, Carbo sorriu. Não conseguiu se conter.

— Fodam-se todos vocês! — gritou.

Spartacus se posicionou ao lado dele.

Carbo se virou com o rosto iluminado. As palavras de Spartacus foram como um golpe muito forte.

— As coisas não estão boas com Pulcher à direita. Os romanos devem ter trazido todas as suas catapultas. Os filhos da puta estão forçando as nossas fileiras a recuar. Os soldados ali estão começando a fugir.

Carbo xingou. Se os soldados da retaguarda fugissem, os da frente fariam o mesmo. Se isso acontecesse, o flanco esquerdo do inimigo poderia se virar para atingir o centro — a posição deles. Um abismo acabava de se abrir aos pés deles.

— E a esquerda?

— Está bem, graças a Navio. Só que não consigo ver a maldita cavalaria em lugar nenhum. Dos dois lados, receio que os fossos sejam fundos demais para eles, que não conseguiram se posicionar atrás do inimigo. Nós teríamos ouvido ou visto algo se eles tivessem se posicionado.

A esperança de Carbo esmoreceu. Observou o rosto de Spartacus à procura de um sinal de esperança.

— O que podemos fazer?

Um sorriso feroz e implacável.

— Imagino que temos tempo para mais um lançar de dados antes de o flanco esquerdo sucumbir. Você vem?

Naquele instante Carbo soube que morreria. Controlou a vontade de vomitar.

— Estou com você.

Os olhos de Spartacus se acalmaram.

— Nunca pensei em dizer isso, mas sinto orgulho por estar ao lado de um romano e lutar junto com ele.

Carbo se emocionou. Sem conseguir falar, apenas assentiu.

Spartacus jogou a cabeça para trás.

— Meus soldados, ouçam! — De algum modo, em meio ao barulho da luta do outro lado, os homens mais próximos se viraram. — Peço mais um esforço. Mais um ataque! Crassus está ali, à nossa frente. Vocês estão vendo o maldito, com uma capa vermelha, atrás dos legionários? — Silêncio por um momento enquanto os homens procuravam o inimigo, e então gritos. — Vamos matar Crassus agora mesmo. Acabar com a batalha de modo marcante. Vocês estão comigo?

— SIM!

— VOCÊS ESTÃO COMIGO? — Spartacus começou a bater a sica no escudo.

— SIIIIMMMM! — Carbo acompanhou os outros.

— ENTÃO, ATAQUEM! — Spartacus correu tão depressa que pegou Carbo e o homem do outro lado de surpresa. Estava cinco passadas à frente quando eles o seguiram. Carbo se apressou para alcançá-lo. À esquerda, ele percebeu a presença de Zeuxis. Sabia, em seu íntimo, que os outros também o acompanhariam. Todo homem que ouvira aquele grito responderia. Dariam a vida para estar com Spartacus enquanto este se engalfinhava com os romanos em uma luta assustadora e mortal. A expressão "Vitória ou morte" nunca tinha sido tão verdadeira.

Ele alcançou o trácio. E o ouviu murmurar:

— Grande Cavaleiro, cuide de mim. Proteja-me. Ajude-me a matar Crassus.

A oração fez a espinha de Carbo formigar. Ele sentiu a presença dos deuses. "Que eles estejam do nosso lado."

Dez passadas até as linhas romanas. Carbo viu Crassus. Seu coração bateu com esperança. Os legionários à frente dele não iam além de seis fileiras. Eles podiam conseguir! Cinco passos. Achando que tinha sido atingido na barriga, Carbo deu um grito estridente. O homem à frente dele se retraiu — como ele queria. Deu os últimos dois passos sem enxergar, atacando o soldado com toda a ira acumulada que sentia por Crassus. Sentiu o impacto quando Zeuxis e Spartacus atacaram seus componentes. Ainda gritando como um louco, Carbo enfiou o gládio no espaço entre os dois escudos diante dele. Sua lâmina encontrou resistência, mas então deslizou fundo em algo. Um grito, e o legionário de frente para Spartacus soltou a espada. Surpreso, Carbo olhou para o próprio oponente, que, mostrando os dentes, tentava acertá-lo na barriga pelo lado. Tarde demais, Carbo puxou o braço direito para trás para voltar a atacar.

Quando o gládio de Zeuxis deslizou para acertar o romano na garganta, ele gritou de alívio.

— Obrigado.

Zeuxis piscou para ele.

— É só fazer o mesmo por mim se puder.

— Farei.

— VAMOS! VAMOS! VAMOS! — gritou Spartacus.

Depois de derrubarem a primeira fila de inimigos, eles passaram para a seguinte. Batendo com os escudos, atacando com as espadas, gritando como animais. O sangue se espalhou pelo ar, cobriu o rosto deles, espalhou-se pelo chão. Gritos de triunfo misturados a berros de dor e os gorgolejos de homens se afogando no próprio sangue. Avançaram mais dois passos difíceis. Alguns passos à esquerda, Carbo viu um legionário perder um braço com um corte de espada; assustado, ergueu o cepo, molhando os companheiros com o líquido rubro. Como se tivesse acabado de perceber o que acontecera, soltou um gemido inarticulado. Os soldados de Spartacus que viram a cena riram e gritaram. O homem não só era inútil agora, como também era um perigo para seus companheiros. Não demorou muito para um legionário acertar o pescoço do infeliz por trás e pisar seu corpo para preencher o espaço.

Carbo percebeu que Spartacus lutava contra outro centurião. Já o próximo oponente de Carbo era um legionário habilidoso que antecipava todos os seus movimentos. Por longos minutos, eles bateram os escudos um contra o outro e tentavam atacar sem sucesso. A garganta de Carbo estava tão seca que o impossibilitava de gritar. Seu braço se movia como se tivesse vida própria — soco, golpe, soco, golpe —, porém ele começou a ter a sensação de que não estava mais dentro do próprio corpo. No fundo de sua mente, uma voz gritava para ele voltar à realidade ou acabaria morto, só que Carbo não conseguia obedecer.

Para sua surpresa, o legionário olhou para a esquerda. Um momento de susto, um instante brevíssimo de hesitação. Carbo não sabia o que havia causado a distração, mas aproveitou a chance, enfiando o gládio na boca aberta do soldado com tanta força que ela atravessou até a nuca. Gotas de sangue e pedaços de dentes quebrados voaram. Com um som horrível de engasgo, o legionário saiu de vista. Carbo olhou primeiro para o lado esquerdo. Zeuxis ainda estava ali. Depois dele, Marcion. E então uma olhada para a direita. Uma exultação assustadora tomou conta dele. O centurião tinha caído, gritando. Eles tinham avançado mais uma fileira.

Um ruído abafado ao seu lado acabou com sua alegria como uma vela apagada de repente. Ele virou a cabeça. Com uma careta, Spartacus o encarou. O sangue escorria de um corte em sua testa.

— O desgraçado me acertou, Carbo.

— É só um ferimento superficial!

— Não isso. No meu braço.

O tempo parou. Carbo queria chorar, mas não tinha lágrimas.

— Consegue lutar?

— Por um tempo.

Um grito chamou Carbo de volta para a briga. Dessa vez, um *optio* o atacava. "Vou matar você também, seu filho da puta!" Então, viu mais legionários surgindo atrás das fileiras ao fundo e desanimou. Havia agora pelo menos oito fileiras de homens entre eles e Crassus. Ainda que Spartacus não tivesse sido ferido, eles provavelmente não conseguiriam chegar até ele. Naquela conjuntura, não tinham chance. Bateu no escudo do *optio* com o seu.

— Precisamos recuar! — disse a Spartacus.

— Nunca! Ainda podemos matar aquele filho da puta do Crassus!

Carbo frustrou um golpe de gládio ao levantar o escudo. Em resposta, avançou sua lâmina; ao se afastar, olhou de novo. Crassus agora parecia tão distante quanto a lua. Até mesmo tentar era querer o impossível. Mas não deixaria Spartacus. Nunca. Uma loucura estranha o dominou.

— CRASSUS! CRASSUS! — Ele viu o elmo decorado se virar; viu a expressão arrogante que conhecera em Roma. O ódio tomou seu corpo. — Estamos indo pegar você! — Carbo sentiu grande satisfação ao ver um toque de medo no rosto do general.

Uma batida. O escudo do *optio* acertou o dele. Carbo foi empurrado para trás; e se esforçou para não cair.

— Acha que pode matar nosso general? — vociferou o *optio*. — Vai ter que passar por mim primeiro.

Gritando de ódio, Carbo continuou atacando. Sua velocidade pegou o oficial de surpresa e ele cortou o rosto do romano — um ferimento leve, porém doloroso. Incentivado pelo acerto, seguiu em frente.

— Você é maluco — disse o *optio*. — Não sabe admitir que perdeu?

— Vá tomar no cu!

— Dê uma olhada ao redor, seu tolo! Você está quase sozinho.

O fundo da garganta de Carbo foi tomado por um gosto ácido. O *optio* deu um passo para trás, como se o convidasse a checar a veracidade de suas palavras. À primeira vista, tudo parecia bem. Taxacis ainda estava do outro lado de Spartacus. Carbo viu os outros soldados além. Então, virou a cabeça para a esquerda. O horror tomou conta dele. Zeuxis ainda estava de pé, contudo, o corte profundo em seu pescoço contava uma história brutal. Marcion estava ali, abaixando-se para evitar os golpes de um legionário barbado, e só. Olhou um pouco mais atrás. "Não, por favor, não." Talvez quarenta ou cinquenta homens ainda estivessem atrás deles. O resto se afastava, alguns mais devagar, lutando contra os romanos que avançavam, mas, a maioria fugia. Escudos e espadas abandonados já cobriam o chão. O desespero tomou conta de Carbo. O sonho tinha acabado.

— Convencido? — O *optio* deu um passo à frente com o gládio.

Carbo se virou de volta, porém protegeu-se tarde demais.

Com uma velocidade incrível, a sica de Spartacus veio pela direita. Acertou o *optio* no pescoço, decapitando-o com facilidade. Carbo nunca tinha visto uma fonte de sangue tão forte. Jorrou num jato vermelho na altura dos olhos quando a cabeça, com elmo e tudo, caiu graciosamente para o lado. O corpo do *optio* deu mais um passo à frente antes de cair, espasmando, no chão. Os legionários mais próximos se afastaram horrorizados, oferecendo seu respeito momentâneo ao companheiro.

"Mesmo com um ferimento grave, ele é ainda mais habilidoso do que eu", pensou Carbo, surpreso.

— Ajude-me a tirar meu elmo. — pediu o trácio.

Ele não compreendeu.

— O quê?

— Faça o que estou pedindo!

Carbo segurou o gládio embaixo do braço esquerdo e então se inclinou para a frente e mexeu na faixa do queixo. Logo depois, esta se soltou. Spartacus tirou o elmo, que caiu no chão.

— Por que fez isso?

— Vá, saia daqui. Vá embora. Acabou. — O rosto de Spartacus estava um pouco empalidecido, porém sua voz ainda era forte.

Enjoado, Carbo entendeu. "Ele o tirou para não ser reconhecido depois de morto."

— Vou ficar bem aqui!

— Encontre Ariadne. Proteja ela e o bebê. Leve-os daqui com Atheas, antes que a loucura comece.

— Mas e você?

Uma risada forte.

— Não vou a lugar nenhum. O Cavaleiro está à minha espera.

— Nem eu! — Taxacis nunca tinha falado de modo tão intenso.

A mente de Carbo deu voltas como nunca antes. Ele sabia o caos que decaía sobre os campos de batalha quando um lado começava a fugir. Era quando a maioria das mortes ocorria. Homens desarmados em pânico eram os alvos mais fáceis — à exceção de mulheres e bebês. Mesmo com Aventianus e o cita para protegê-los, eles teriam pouca chance de sobreviver. Encarou Spartacus, dividido entre a necessidade de permanecer leal e o desejo de honrar o pedido de seu líder.

— Eu...

— Por favor. Peço como amigo. — Os olhos de Spartacus não desgrudaram dos dele.

Com a garganta fechada pela emoção, Carbo assentiu.

— Vá ou será tarde demais. — Spartacus o empurrou de leve com o escudo.

Carbo obedeceu, afastando-se como um bêbado. As lágrimas que não tinham vindo antes enfim escorreram, dificultando sua visão. Ele as afastou de qualquer jeito, sabendo que, se não tomasse cuidado, tropeçaria em um cadáver. Ao redor dele, os soldados gritavam, choravam, fugiam. A sensação de pânico era pesada. Em momentos como aquele, os homens perdiam toda a razão. Se ele se abaixasse, seria esmagado na terra sanguinolenta. Carbo não se importava consigo, porém tinha que salvar Ariadne e Maron. Tinha dado sua palavra.

Segurando a espada e o escudo com força, começou a correr. A cada passo, a vergonha o dilacerava como várias facas afiadas. Ele tinha abandonado Spartacus, que salvara sua vida tantas vezes. Deixara-o para trás para morrer.

Carbo correu e não olhou para trás.

CAPÍTULO XIX

Sul do vale Silarus

Maron gemeu. Era o que mais fazia ultimamente, pensou Ariadne com tristeza. Puxando a parte da frente do vestido para baixo, ela o levou ao peito. Apesar de ter pouco leite, aquilo o acalmaria por um tempo. Ela o observou, sentindo uma mistura de amor e profundo pesar. "Você se parece tanto com Spartacus."

Não surpreendia ele estar inquieto, raciocinou ela, olhando ao redor do pequeno acampamento na floresta, que tinha apenas um abrigo feito com galhos e, do lado de fora, uma fogueira cercada por pedras. Ele não soubera o que havia acontecido dois dias antes, quando os ventos da batalha sopraram a favor de Crassus. Dormira até o bater das armas e os gritos o acordarem. Foi quando Atheas dera a ordem para que ela o pegasse e colocasse algumas coisas em um saco. Ela nunca tinha visto o cita tão preocupado.

— Depressa! Depressa! — gritou ele, enquanto ela pegava alguns cobertores e uma peça sobressalente de roupa e colocava tudo dentro de um saco. Entregou ao cita a cesta com a serpente. Do lado de fora, eles encontraram Aventianus de guarda, com um gládio na mão. Foi nessa hora que Ariadne olhou para a batalha e viu como as coisas estavam ruins.

Os flancos do exército rebelde estavam desorganizados. Milhares de homens fugiam das trincheiras romanas, seguidos por ondas de legionários. No centro, ela viu um bloco pequeno de soldados ainda lutando

— Spartacus estaria entre eles? —, mas a quantidade avassaladora de inimigos que os cercavam não permitia outro resultado. Ao ver aquilo, Ariadne ficou paralisada de choque e pesar. Só o braço de Atheas fez com que ela voltasse à realidade, dando-lhe a força para agir.

Logo ficou claro como a posição da barraca perto do fundo do acampamento tinha sido boa. O maciço rochoso atrás dela não oferecia rota de fuga, então a maioria dos soldados fugiam pelas linhas de barracas a certa distância abaixo deles. Alguns, enlouquecidos pelo pânico, escalaram o local, mas ver Atheas e Aventianus com as espadas em punho os mantiveram a uma distância respeitosa. Ter que ameaçar os antigos companheiros parecia loucura, mas isso se fizera necessário depois que as coisas mudaram. Ariadne achou que estariam seguros assim que chegassem às montanhas, no entanto, grupos de dissidentes ainda cruzavam seu caminho. Seguindo o conselho de Carbo, eles evitavam qualquer contato, a menos que fosse inevitável. Na opinião dele — e Atheas concordou —, ninguém era confiável a menos que tivesse provado ser ou fosse conhecido. Em parte, era por isso que eles se escondiam como animais selvagens nos pontos mais remotos encontrados pelo cita. Cinco soldados aprovados por Carbo se uniram depois ao grupo, e Ariadne se sentia um pouco mais segura com a presença deles. Com mais homens para caçar, eles também teriam mais comida. Mais de um dos recém-chegados comentou o boato ouvido: que milhares de sobreviventes seguiam para os montes acima de Thurii. Entretanto, ela não quis pensar em se juntar a eles antes que seu pesar diminuísse um pouco. Até que conseguisse tolerar a ideia de deixar o campo de batalha — e o corpo de Spartacus — para trás para sempre.

Maron emitiu outro gemido ao se debater contra seu peito.

— Ele está doente?

Ariadne levantou a cabeça e conseguiu abrir um sorriso amarelo.

— Não, ele só está cansado e irritado. Além de faminto.

— Como todos nós — retrucou Carbo, com um suspiro.

— Nós deveríamos agradecer por estarmos vivos. Se não fosse por você e pelos outros...

— Não fiz muita coisa — disse ele.

Ariadne se lembrou do monte de homens assustados que corriam na direção deles ao chegarem à beira do acampamento. Eles provavelmente nem sabiam quem ela e seus outros companheiros eram.

O fato de bloquearem o caminho para o leste, a única direção ainda não tomada pelas tropas romanas, bastou para os desertores ameaçá-los. Deixando Ariadne e Maron na parte de trás, Atheas e Aventianus se sacrificariam de bom grado. Ela tinha começado a rezar por uma morte rápida quando, de repente, Carbo surgiu por detrás do grupo. Encharcado de sangue, gritando como um lunático, ele atacou dois homens com golpes selvagens de seu gládio. O resto fugiu.

— Você salvou nossas vidas, Carbo — argumentou ela baixinho. Ele desviou o olhar. Ariadne tocou seu braço. — É verdade. Não tenho palavras para agradecer.

— Deixei Spartacus para trás — disse ele. "E Arnax." O garoto provavelmente tinha fugido, disse a si mesmo. Mas isso não podia ser dito sobre seu líder.

— Não faz sentido se torturar. Não dependia de você escolher como ele morreria, assim como não dependia de mim.

Carbo foi tirado de seu pesar por um momento.

— Spartacus era senhor de si. Você deve respeitar a decisão dele de morrer lutando. Assim como eu, de algum jeito. — O olhar dela se tornou distante. Em seu âmago, Ariadne temia que o sonho das cruzes se tornasse realidade. Se isso acontecesse, ela rezava para que Spartacus não tivesse sofrido tal destino degradante. Devia ser por isso que ela não o via, avaliou ela, tentando sem sucesso, ter alguma certeza.

— Eu respeito.

Ariadne percebeu que ele tinha mais a dizer.

— Você acha que deveria ter morrido com ele. — Carbo não respondeu, contudo, a agonia em seus olhos disse tudo. — O que teria acontecido comigo e com Maron se tivesse feito isso?

— Não sei — respondeu ele.

— Acho que sabe, sim. Não se lembra do grupo de desertores que nos atacaram? — Nenhuma resposta. — Era esse o fim que queria para mim? Para o filho de Spartacus?

— Claro que não!

— Fazer o que você fez, deixá-lo, significa que a memória de Spartacus permancerá viva. Não só nos corações e nas mentes de seus soldados, mas em carne e sangue. — Ela acariciou a cabeça de Maron. — Isso não vale nada?

Ele olhou para o bebê, o rosto franzido numa expressão indescritível.

— Sim, vale.

— Não consigo pensar em um legado melhor. Uma maneira melhor de garantir que a vitória de Roma não seja total. E você? — As palavras serviam para afastar seu forte pesar e também para ajudar Carbo. Para os ouvidos de Ariadne, elas soaram vazias. Talvez não fosse assim para sempre. Porém, por enquanto, ela sabia que se não fosse por Maron teria desistido.

Carbo enfim sorriu.

— Crassus detestaria saber que o filho de Spartacus está vivo.

— Com certeza. — Ela tocou o rosto macio de Maron e redobrou os esforços para fazê-lo mamar. — É por isso que nunca deve saber sobre ele.

A conversa foi interrompida por Aventianus.

Ele apontou além da clareira. Ao ouvir movimentação na mata, Carbo levou Ariadne para o abrigo e depois correu para se unir a Aventianus. Os dois empunharam as espadas, esperando que fosse um dos homens do grupo.

Quando Atheas surgiu, os dois sorriram aliviados. A expressão mudou assim que eles viram um homem mancando atrás do cita. Coberto por gotas de sangue, sem elmo e ainda com a espada, vinha Navio.

O coração de Carbo se acelerou de alegria. Ele correu para o lado do amigo.

— Graças aos deuses. Você conseguiu!

Navio esfregou as olheiras profundas.

— Não sei como, porque me esforcei muito para morrer.

— Eu encontrar... perto... rio — contou Atheas. — Deitado... olhar para o nada. — Murmurando um pedido de desculpas, ele foi acender a fogueira.

— Vimos você. Bem, sua posição. Você manteve o flanco esquerdo por muito tempo — elogiou Carbo.

— Os homens se saíram bem — admitiu Navio. — Foi a maldita artilharia que nos derrotou. Isso e o fato de que a cavalaria não pôde atravessar os fossos. Eram profundos e amplos demais. Crassus foi muito esperto em pensar nisso. Deve ter ouvido alguém dizer que Sulla fizera isso em Orcômeno há 14 anos. — Ele tossiu. — O que aconteceu com você?

Em voz baixa, Carbo explicou. Quando chegou aos instantes finais antes da fuga, sua voz falhou.

— Ele disse que sentia orgulho por lutar ao lado de um romano. Tenho certeza de que ele se referiu a você também.

Uma faísca surgiu nos olhos tristes de Navio.

— E eu me orgulho de ter servido a um escravo.

— Eu também. — Permaneceram em silêncio por um tempo, pensando em seu líder. — Eu não fugi — disse Carbo. Ele se sentiu profundamente grato pelo olhar de aceitação de Navio. — Ele me mandou vir, para proteger Ariadne e o bebê.

— Ariadne está aqui? — perguntou Navio.

— Estou. E Maron também. Acabei de colocá-lo para dormir. — Ela saiu do abrigo e se aproximou deles, com um leve sorriso. — Fico feliz por você ter sobrevivido, Navio.

Ele fez uma leve reverência respeitosa.

— Júpiter seja louvado por você e o bebê não terem se ferido. Primeiro Atheas e então Carbo... Não achei que teria mais notícias boas. Desde que acordei depois da batalha, tenho me perguntado por que os deuses me deixaram viver. Agora eu sei.

— Conte-nos sua história — pediu Carbo.

Navio observou todos os rostos e desviou o olhar.

— Mantivemos a formação por um tempo, o que não foi fácil, considerando quantas tropas Crassus lançou sobre nós e o fato de que a cavalaria não pôde ajudar. As coisas pioraram quando, de repente, as saraivadas da artilharia ficaram mais pesadas. Talvez pelo fato de o flanco esquerdo começar a se desfazer, não sei. Uma coisa é certa: os malditos não se importavam em acertar os próprios homens. O bloqueio permaneceu firme. Minhas tropas se mantiveram por um tempo, mas acabaram falhando. Não consegui evitar que fugissem.

— Em uma situação assim, ninguém consegue — apoiou Carbo.

— Isso não torna as coisas mais fáceis — disse Navio com um suspiro. — Consegui reunir uns trinta soldados, e prosseguimos na luta. Não demorou muito para que a maioria fosse derrotada. — Seus olhos se tornaram tristes. — Fiquei com dois homens, um de cada lado. Eu me senti como Horácio na ponte, só que não havia rio para o qual pular. Uma pedra deve ter me acertado logo depois disso, e me fez desmaiar. Quando acordei, vi que meu elmo estava rachado. Havia um morto em cima de mim. Estava escuro. A batalha havia terminado. Escutava homens gritando, implorando para morrer. Observei se havia algum romano por perto e me levantei. Fiz uma busca rápida para ver se tinha alguém preso como eu. Só encontrei alguns que já estavam a caminho de Hades. Ajudei vários a irem mais depressa. Permaneci vagando por um tempo, esperando ser descoberto e morto. Não havia motivo para viver depois do que meus soldados fizeram. Depois de termos perdido. — Seus olhos se voltaram para eles. — Eu me sinto diferente agora. Mas na hora...

— Posso imaginar o que deve ter enfrentado — confortou Ariadne, sincera. "Se não fosse por Maron..."

— Eu também — completou Carbo. — O que aconteceu depois?

— A maior loucura de todas. Eu... eu encontrei o elmo de Spartacus. Devia ser o dele. Ninguém mais no exército tinha um frígio como aquele.

Ao lado de Carbo, Ariadne ficou tensa.

— Você encontrou o corpo dele? — quis saber ela, sussurrando.

— Não. Procurei muito, só que estava escuro como o submundo. Não havia nem lua. Os cadáveres estavam empilhados por toda parte, muitos deles. Eram todos iguais. Procurei até começar a clarear... — Navio parou de falar.

— O que você fez foi mais do que sua obrigação, e eu agradeço — disse Ariadne com delicadeza. Ela olhou para Carbo. — Será que ele poderia estar vivo?

Com as dúvidas renovadas, Carbo pensou muito.

— Duvido. Ele queria morrer lutando. Sem elmo, os romanos não poderiam identificá-lo. Eles o teriam matado como a qualquer outro de nossos soldados.

— Mas não dá para ter certeza. Você não o viu cair.

Carbo se sentiu ainda pior.

— Não.

Navio também estava abatido.

— Eu teria continuado a busca, mas havia grupos de legionários se espalhando pela área. Matavam todos que encontravam vivos. Tive que me rastejar por muito tempo para ter certeza de que não tinham me visto.

A culpa de Carbo voltou, dominando sua mente e seu coração. "Ele não poderia estar vivo. Poderia?"

— Poderíamos descer e tentar encontrá-lo.

"Grande Dionísio, por favor", rezou Ariadne. "Minha dor já é grande o bastante. Não preciso dessa incerteza." Ela sabia que o cenário seria terrível agora. O fedor de carne podre por todo o campo de batalha. Cadáveres inchando, perdendo a cor sob o sol forte. Vermes rastejando em feridas, bocas e barrigas abertas. Camponeses procurando coisas de valor no local. Aves carniceiras sobrevoando aos montes e refastelando-se. À noite, lobos e até ursos podiam aparecer, dispostos a não perder o farto banquete. O nojo tomou conta dela. Se estivesse morto, o corpo de Spartacus seria uma presa, assim como o de todos. Entretanto, se estivesse ferido sem poder se mexer...

— É perigoso demais — desencorajou Navio. — Crassus deixou a maior parte do exército em posição. Pelo que sei, eles estão patrulhando toda a área.

Ariadne fechou os olhos. Valeria a pena arriscar a segurança de Maron voltando ao campo de batalha? Quais eram as chances reais de Spartacus ter sobrevivido?

As palavras seguintes de Navio vieram como um raio.

— Eles fizeram cerca de seis mil prisioneiros.

— Nossa! Tantos assim? — gritou Carbo, olhando horrorizado para Navio.

— Parece que sim. Ouvi alguns legionários de patrulha conversando enquanto me escondia entre os corpos. Por ordem de Crassus, eles devem ser levados a Cápua e crucificados por toda a Via Appia, até Roma.

Naquele instante, Ariadne se lembrou de todos os detalhes terríveis de seu pesadelo. Então era verdade. Ele devia ter sido mandado por Dionísio. Graças ao deus ela não contou sobre o sonho para ninguém.

O fato de que haveria crucificações não causava estranheza, já que eram um destino comum para escravos condenados por um crime sério. O que impressionava era a quantidade.

— Temos que agir — disse Carbo.

Navio ergueu as sobrancelhas.

— O que está sugerindo?

— Não sei! Mas imagine se Spartacus for crucificado? Ou Egbeo? Ou Taxacis?

— Não podemos matar seis mil homens. — O tom de Navio era solidário.

— Não ficarei aqui parado sem fazer nada! — gritou Carbo.

Eles olharam para Ariadne ao mesmo tempo.

— Vocês querem minha aprovação para agir? — perguntou ela.

— Não quero deixar você e Maron — explicou Carbo.

— Não vai deixar.

Ele entendeu o que ela quis dizer.

— Você não vai conosco!

— Tente me impedir. Pode haver apenas uma pequena chance de Spartacus ter sobrevivido, e isso basta para mim. — As preocupações de Ariadne em relação ao pesadelo mudaram. E se Egbeo estivesse tentando revelar que seu marido estava por perto? — No mínimo, preciso ver as cruzes com os próprios olhos.

— Todas elas? — perguntou Navio, sem acreditar.

— Não sei. Talvez.

— Isso é loucura — murmurou Carbo, porém, parte dele sentia o mesmo.

— São quase duzentos quilômetros de Cápua a Roma. Haverá piquetes de soldados em alguns trechos. Eles podem até estar reunidos na estrada para que ninguém interfira nas mortes.

— Se houvesse a menor possibilidade de que seu pai ou irmão estivessem lá, o que você faria? — quis saber ela.

Navio mexeu a boca e encarou Carbo.

— Se fizermos isso, Ariadne, será do nosso jeito — disse Carbo. — Você, Maron, eu e Navio iremos. Ninguém mais. É muito perigoso. Atheas chamaria atenção, assim como um grupo de escravos vagando pelas estradas logo depois da batalha. Você terá que deixar sua serpente também. Por sermos romanos de certa classe, Navio e eu passamos por qualquer bloqueio na estrada. Você será apenas uma escrava que pertence a um de nós. Ninguém vai se importar com o bebê. — Ficou apenas observando -a, esperando que se opusesse, porém ela assentiu timidamente.

— Vamos de uma vez. São mais de cem quilômetros até Cápua partindo do rio Silarus, e Crassus tem pelo menos um dia de vantagem em relação a nós.

Na Via Appia, entre Cápua e Roma

Crassus andava jubiloso havia alguns dias — desde a batalha, na verdade. Abriu um sorriso enquanto os primeiros pregos eram martelados e os gritos começaram. "É esse o som da vitória", pensou ele, assentindo e acenando à multidão. Estava montado no cavalo não muito longe dos muros de Cápua, supervisionando um grupo de soldados quando o processo de crucificar os escravos capturados teve início. Centenas de moradores da cidade se reuniram para assistir — minutos atrás, ele os tinha recebido bem e mandara que pedaços de pão e punhados de moedas lhes fossem lançados. Eles comemoraram até ficarem roucos. Agora, gritavam e xingavam enquanto a primeira vítima era presa à cruz e erguida. Em pouco tempo, Caepio indicou que o procedimento havia terminado.

— Esse é o destino reservados a todos os inimigos de Roma — declarou Crassus. — Mais gritos de aprovação. — Essa espécie miserável não passa de seis mil pedaços de merda que acabarão seus dias em sofrimento. Morrerão sedentos, queimados pelo sol e cobertos pela própria sujeira, daqui até Roma. Todos os escravos que os virem desistirão de qualquer ideia de traição. — Crassus parou, gostando dos gritos que ouvia. — Alguns de vocês devem ter sabido que milhares de rebeldes escaparam. Que fugiram para as montanhas e para o norte. Tenham certeza de que os ratos não estarão seguros em nenhum lugar. Enquanto falo aqui, nada menos do que seis de minhas legiões vasculham as terras ao leste e ao sul. Qualquer escravo encontrado sem dono será executado na hora.

Mais um grito foi dado. Ele estava contente por ninguém perguntar onde Spartacus estava. O trácio fora visto perto da posição de Crassus durante a maior parte da batalha, porém ninguém se lembrava de tê-lo visto depois da derrota dos escravos. Ordenou aos soldados que procurassem o trácio entre os mortos, só que encontrar um homem entre dez mil cadáveres não era nada fácil. Dada a predileção de Spartacus por liderar, era pouco provável que tivesse sobrevivido. Mas, apesar de seus esforços, Crassus não tinha provas. Isso o irritava profundamente.

— O grupo que foi para o norte logo terá uma surpresa. Pompei e seus soldados chegaram à Itália e sem dúvida acabarão com a escória. — Ficou satisfeito ao ver que a resposta da multidão foi um pouco menos entusiasmada do que antes.

Em sua benevolência, Crassus até desejava o bem a Pompei com sua "missão" minúscula. O que seria lembrado seria o *seu* esforço glorioso em acabar com o exército principal de Spartacus, não o papel patético desempenhado por seu rival em eliminar uma fração dos sobreviventes. As legiões de Lucullus não teriam nada a ver. *Era* uma pena Pompei estar mais perto de Roma do que ele. Desejava ir à capital logo, para garantir que sua versão da história fosse ouvida primeiro. Crassus quase podia ouvir a adulação da população da cidade e os agradecimentos dos senadores. Entretanto, a chegada triunfante teria que esperar. Apesar de dizer que a rebelião fora vencida, ainda havia alguns confrontos. Alguns dos escravos não tinham desistido. A resistência deles deveria ser subjugada antes de ele poder relaxar de verdade.

Havia vantagens inquestionáveis em marchar para Roma *depois* de realizar seis mil crucificações. Crassus não conseguia pensar em uma maneira melhor de impressionar as populações de Lácio e Sâmnio. Para todos os lugares que fossem, as multidões iriam ver. A cena estabeleceria sua fama. As pessoas falariam sobre a exposição horrorosa por anos; seria a maior quantidade de crucificações que o mundo já tinha visto, e mostraria à República que ele era o homem que deveria liderá-la para o futuro — o consulado considerado para o ano seguinte.

— Pronto para a próxima, senhor? — perguntou Caepio.

— Claro. Levante os malditos o mais rápido possível. — Crassus balançou a mão. — Os grupos que seguiram para a frente também podem começar.

— Muito bem, senhor. — Caepio deu uma ordem, e um mensageiro correu em direção ao norte.

Crassus observou satisfeito enquanto os soldados, com um grupo de escravos entre eles, marcharam quarenta passos. Ele tinha a sensação de que Caepio desaprovava o número de crucificações — "o idiota provavelmente achava ser um desperdício de homens que poderiam ser usados nas minas, como servos do exército romano no campo..." Entretanto, ele não se importava.

Sabia o que deveria ser feito.

Sempre soube.

O trio demorou seis dias para chegar a Cápua, um tempo menor do que Carbo esperara. Carregar Maron foi exaustivo para Ariadne, e o progresso inicial tinha sido muito mais lento do que ele pretendia. A compra de uma mula em uma fazenda no segundo dia foi um presente dos deuses. O animal carregou não apenas o bebê, como também as coisas dele e, por baixo do corpo, as espadas. Antes, eles tinham se arriscado por levar as armas dentro das capas. Os quilômetros restantes até Cápua foram percorridos num bom ritmo, e eles não foram incomodados pelos grupos de legionários e pelas carroças de militares na estrada. Ficaram em hospedarias à beira do caminho. Ariadne e Maron dormiram no quarto de Carbo, fazendo todos pensarem que ela era sua companheira. Na verdade, ele passava todas as noites deitado perto da porta com uma espada ao seu lado.

Era a primeira vez que Carbo chegava tão perto de Cápua desde que fugira do ludo com Spartacus, e a sensação era estranha. A última coisa que queria era ser reconhecido. Porém, dar a volta na cidade em vez de atravessá-la levantaria suspeitas, por isso ele deixou Navio tomar a dianteira. Seguiu de cabeça baixa pela estrada. Ariadne vinha atrás com a mula.

Eles atravessaram o portão sul de Cápua até o norte sem qualquer dificuldade. Agora seguiam como todo mundo na fila para sair da cidade. Carbo teve muito tempo para imaginar o que veria quando alcançassem a Via Appia. A hora tinha chegado, e ele se sentiu mal. Quantos dos miseráveis ainda estariam vivos? Quantos ele reconheceria? Era possível que encontrassem Spartacus?

Em pouco tempo, passaram sob um arco grande que levava para fora de Cápua. A prática de impedir construções próximas do muro havia muito tinha sido deixada de lado. Ali era um território comercial, por meio do qual o público cativo — quem passava — diariamente vinha a pé ou a cavalo às centenas. Além de restaurantes e tavernas, a cidade tinha estabelecimentos comerciais de todos os tipos: carpinteiros e fabricantes de carroças, ferreiros e oleiros. Açougueiros, padeiros e vendedores de vinho e doces. Escribas, cafetões e vendedores de escravos. Carbo saberia dizer quem era quem mesmo se estivesse com os olhos vedados. Ele cresceu ali. Por isso, sabia onde as construções terminavam.

Então, chegaram ao início do caminho com as cruzes.

Eles discutiram o que fariam quando chegassem ao início do suplício. Caminhar devagar não seria difícil nem considerado estranho. A estrada teria grande movimento, e todos estariam olhando para os homens castigados. Observar as vítimas também não seria considerado incomum, desde que não se aproximassem ou não demorassem sem necessidade. Se alguém do trio visse algum conhecido, deveriam virar o rosto para o outro lado, a fim de não correr o risco de ser reconhecido e chamado. Nada deveria ser dito até que passassem em segurança pelo homem em questão. Teriam que tomar ainda mais cuidado se houvesse soldados. Os três sabiam que teriam que seguir até os portões de Roma para ter certeza de que Spartacus não era um dos seis mil soldados capturados por Crassus.

Apesar de Carbo ter se preparado para ver a primeira cruz, não conseguiu controlar a reação de susto ao se deparar com esta. Navio ficou tenso, mas seguiu em frente. Carbo se sentiu grato por não ter reconhecido o homem troncudo de cabelo castanho pendurado nu diante dele, com o rosto retorcido em uma expressão final de sofrimento. As primeiras moscas da estação voavam ao redor dele, atraídas pelo odor forte. Um grupo de pessoas estava reunido ao redor da cruz, tampando o nariz e fazendo piadas de mau gosto. Um garotinho cutucava o pênis do cadáver com um graveto e ria.

— Eles o flagelaram — disse Navio num tom casual.

Pela primeira vez, Carbo notou as marcas vermelhas que se estendiam pelas costas do homem, o rastro de fezes pelo poste de madeira. Ele desejava tirar as pessoas dali, dar um tapa na cabeça do menino, descer a cruz e enterrar o homem de modo decente, só que não podia fazer nada disso. Olhou para Ariadne, cujos lábios se moviam em uma oração angustiada e silenciosa. Ela o encarou.

— Não se incomode comigo. Ficarei bem — sussurrou ela.

Carbo assentiu. Felizmente, Maron dormia.

O segundo corpo estava a quarenta passos adiante na Via Appia, do outro lado. Carbo também não conhecia a vítima. O terceiro homem, também desconhecido, estava do mesmo lado do primeiro. Num indício cruel do que viria, sua cruz também estava a quarenta passos da cruz do segundo. Assim que Carbo se deu conta, olhou adiante. Os crucificados se espalhavam até onde a vista alcançava, a cada quarenta passos, em lados alternados da estrada. Sua mente se esforçou para processar o horror. A exposição assustadora seguiria até Roma.

O trio continuou a andar, assustado com os cadáveres e com o fedor, e com a revoltante dimensão do que Crassus expunha. As cruzes se seguiam, alheias à paisagem. Estavam presentes nas retas, nas curvas e nos declives dos montes, até mesmo nos vilarejos. Pontuavam a estrada onde esta era cercada por vinhas e campos, onde grupos de escravos trabalhavam sob a supervisão de seus superiores. Elas se estendiam sob o aqueduto que cobria Via Appia, levando água dos Apeninos a Cápua. A presença dos crucificados já tinha se tornado algo corriqueiro. Agricultores empurravam seus carrinhos, quase sem olhar para eles. Os comerciantes estavam mais interessados em fazer suas mulas manterem o ritmo constante. Os escravos que iam em direção ao mercado ou que faziam reparos na estrada mantinham o olhar afastado. Só as crianças a caminho de suas aulas ou realizando tarefas pareciam igualmente fascinadas.

O horror aumentou quando encontraram o primeiro homem vivo, alguém que antes fora forte e agora era vigiado por dois legionários com expressões de tédio. Carbo fez uma oração de agradecimento. Não conhecia o infeliz — até agora, eles não tinham reconhecido nenhuma das vítimas —, no entanto, ele não tinha muito tempo nesse mundo. Os três não ousaram se aproximar, lançaram apenas um breve olhar ao passar.

As coisas pioraram quando Carbo viu um corpo com um corte de espada no braço esquerdo. Isso teria impedido o homem de lutar e teria lhe garantido uma morte rápida.

— Será que aquilo foi feito na batalha?

— Talvez. — Navio parecia tão atormentado quanto Carbo. — Esse é o primeiro ferido que vejo.

Carbo disse a si mesmo que aquilo significava que Spartacus não podia estar numa cruz. Os feridos teriam morrido no campo de batalha. Esperava que Ariadne pensasse o mesmo.

Ariadne já ouvira falar sobre crucificações, mas nunca testemunhara a prática com os próprios olhos. Quando o sol começou a se pôr, ela já tinha visto centenas delas. A realidade daquela cena a acompanharia até o dia de sua morte. As expressões torturadas dos mortos. Os lábios rachados. Os olhos vazios e parados que pareciam culpá-la por suas mortes. Os ferimentos dos infelizes infligidos enquanto caminhavam. As barrigas inchadas de gazes. Em meio ao fedor de urina e de fezes, o odor forte de putrefação. Em todos os lugares, moscas. Os cães esqueléticos que andavam por ali, responsáveis pelas marcas de mordidas nas pernas de alguns dos condenados. Os transeuntes com seus comentários cruéis. A cada três quilômetros, os soldados em guarda, tão habituados à cena que não mais olhavam para os crucificados.

Como ela poderia ter imaginado que a realidade seria tão ruim quanto seu pesadelo?

Ariadne não queria ir até Roma passando por tanto sofrimento. Porém, tinha que ir. Tinham visto vários prisioneiros vivos. Esses poucos bastaram para manter sua dúvida. Independentemente do horror, ela nunca ficaria em paz consigo mesma nem olharia nos olhos de Maron quando ele crescesse se não checasse todos os crucificados. Seu marido não merecia menos do que isso. Então, ela persistiu, com repulsa pela ação de Crassus. Os três tinham ouvido que o general estava a dois dias de marcha à frente deles, supervisionando muitas crucificações. "Filho da puta."

— Ajude-me, por favor.

A princípio, Ariadne pensou ser a voz de Carbo. Então, ela a ouviu de novo, pela esquerda. Sentiu-se chocada ao perceber que o infeliz da cruz mais próxima tinha falado. "Pelos deuses, não!" Ao olhar para a estrada, percebeu que não havia ninguém por perto.

— Navio, fique de olho. Carbo, venha aqui! — Quando este se virou, Ariadne já estava ao lado do homem. — Egbeo?

A cabeça do grande trácio se ergueu. Ele não demonstrou reconhecê-la.

— Ajude-me. Água.

Carbo mexeu na tampa do recipiente de água que levava ao redor do pescoço. Abriu-a e levou-a à boca de Egbeo. O trácio estava tão fraco que a maior parte do líquido fora desperdiçado. Carbo persistiu, porém Egbeo não parecia engolir. Por fim, desistiu, e a cabeça de Egbeo voltou a cair.

— Ele já está quase morto — sussurrou Ariadne.

O rosto de Carbo estava tomado por uma ira impotente.

— Veja. — Ele apontou para os pregos que prendiam os pulsos de Egbeo, que tinham sido muito bem martelados para não serem removidos. — Nem sequer podemos descê-lo para que tenha uma morte mais digna.

Um sussurro de Navio.

— Tem alguém vindo!

Ariadne estendeu o braço e tocou o rosto de Egbeo.

— O Cavaleiro está à sua espera. Vá em paz. Sempre nos lembraremos de você. — Ela viu Carbo levar a mão à adaga. — Não! Se alguém vir você fazendo isso, todos os legionários virão atrás de nós. Pode voltar depois, quando estiver escuro.

— Ele estará morto até lá.

— Ele já está quase morto. — disse Ariadne.

Carbo se abaixou a arma com relutância.

— Vamos. — Sem olhar para Egbeo, Ariadne correu de volta à mula, que pastava na grama.

Eles seguiram adiante. Logo encontraram o pequeno grupo que Navio vira. Os viajantes passaram com cumprimentos cordiais. Juntos, os três olharam para Egbeo. Este parecia ter levantado a cabeça, e isso tornava a partida mais difícil para os três. Entretanto, Carbo estava certo. Quando a noite chegasse, Egbeo já teria ido para o outro mundo. Parecia extremamente cruel deixá-lo morrer sozinho em uma cruz, só que, se fizessem alguma coisa, a vida de todos estaria em risco. Egbeo teria entendido. Ou assim ela esperava.

"Spartacus teria cruzado os Alpes se soubesse que tantos de seus soldados morreriam assim?", perguntou-se ela. A resposta foi um forte "Não". Ele sempre soube o que poderia acontecer. Não era, em parte, esse o motivo de ele ter feito o *munus* com os prisioneiros romanos?

— Marcion! — gritou Carbo. Ele correu para a ponta da estrada, onde um homem de cabelo preto com olhos fundos estava pendurado em uma cruz. Um líquido fétido escorria de um corte em sua barriga.

Ao verem que os viajantes já tinham se afastado, Ariadne e Navio o seguiram.

— Ele ainda está vivo — sussurrou Carbo. Ele estendeu o braço e afastou o cabelo de Marcion do rosto. — Você está me ouvindo? Sou eu, Carbo, que ficou perto de você durante a batalha.

Ariadne empalideceu. "Perto também de Spartacus."

A respiração de Marcion, alta e sôfrega, foi checada. Depois de alguns minutos, suas pálpebras tremeram e ele soltou um gemido baixo.

Carbo acariciou o rosto dele como faria com um bebê.

— Dois de seus companheiros estão aqui. E a esposa de Spartacus. Sua dor terminará em breve.

A cabeça de Marcion se levantou devagar. Seus olhos se fixaram em Carbo, sem reconhecê-lo.

— Mate-me — implorou. — Por favor.

Ariadne viu Carbo erguer a adaga. Dessa vez não conseguiu pedir que a guardasse.

— Elísio o espera — sussurrou Carbo. — Só me responda uma coisa. — O gemido de Marcion podia ter sido um "Sim" ou um "Não". — Você viu Spartacus ser morto?

Todos o olharam. Ariadne percebeu que atrás dela, na mula, Maron se remexia. Que o sol iluminava todas as linhas de sangue, todos os cortes e hematomas no corpo surrado de Marcion. Que seu coração batia no peito pronto para explodir.

— Marcion? — chamou Carbo.

Não houve resposta.

— Ele está muito mal — murmurou Navio.

"Por favor, Grande Dionísio", rezou Ariadne. "Grande Cavaleiro, dê a ele a força para falar."

— Salvou... vida.

— Spartacus salvou sua vida?

— Sim. — A respiração dele era difícil; tinha-se a sensação de que ele tentava reunir energia. — Um pouco depois, ele levou um corte feio na perna. Nem mesmo isso o deteve. Então três legionários o atacaram. Foi morto depois de muitos golpes. Foi quando eu desisti. Não havia motivo para continuar, certo? — Esgotado, sua cabeça pendeu de novo.

Ariadne ficou tonta. Percebeu o rosto tomado de pesar de Carbo e Navio, e de sua própria tristeza anestesiada, de certo modo. Mais do que tudo, sentiu um grande alívio. Depois da batalha, achou que Spartacus estivesse morto, porém Navio instalara a dúvida em sua mente de que ele poderia estar sofrendo em uma cruz como o moribundo à sua frente. A incerteza desapareceu. Spartacus morreu lutando, como queria. Nessas circunstâncias, era o melhor que ela podia ter esperado.

Olhou para os dois lados da estrada. "Graças aos deuses", pensou. Ninguém à vista. Seus olhos se viraram para Carbo, que parecia assombrado. Quando ela olhou para a adaga dele, ele assentiu determinado. Num impulso, Ariadne pegou Maron e o levou para perto da cruz.

— Está vendo esse homem? — sussurrou ela. — Ele lutou com seu pai até o fim. Agora, ele vai encontrá-lo de novo. Vamos pedir a Marcion que leve uma mensagem nossa.

Maron balbuciou com alegria, sem entender a realidade terrível diante de si.

Lágrimas encheram os olhos de Ariadne quando ela ficou na ponta dos pés para alcançar o ouvido de Marcion.

— Quando chegar a Elísio, diga a Spartacus que ele morreu bem. Que seus soldados o amam. Que nós o amamos também, sua esposa e seu filho. Que Atheas, Carbo e Navio estão vivos e leais como sempre. Diga também que ele nunca será esquecido enquanto seus soldados respirarem neste mundo. Que Crassus terá uma morte horrorosa, o pior fim que um homem pode ter, e que será lembrado mais por seus fracassos do que pelo que fez em Silarus.

A respiração de Marcion se acalmou. Ariadne não tinha certeza, mas achou ter visto um meneio de cabeça, concordando. Ficou observando, porém ele não voltou a se mexer.

— Acho que ele se foi — disse Carbo, incerto.

— Ele estava esperando por nós — disse Ariadne, convicta. — Quando ouviu a mensagem, foi embora. — "Obrigada, Dionísio, por esse presente. Devo muito ao senhor, Grande Cavaleiro."

Carbo e Navio se entreolharam, ambos se consolando por saber que Spartacus morrera em combate. Que ele logo receberia uma mensagem de Ariadne e Maron. Que Crassus não morreria velho e satisfeito.

Parecia justo, de certo modo.

— Não quero ver todas as cruzes — avisou Ariadne. — Descobrimos o que queríamos, graças aos deuses.

— Não há motivo para nos torturarmos mais — concordou Carbo. — Nem para colocarmos você e Maron em perigo.

— Para onde vamos? — perguntou Navio.

— Disseram que centenas de homens estão seguindo para as montanhas além de Thurii — respondeu Ariadne. "Eles me respeitarão não apenas como sacerdotisa, mas como a mãe do filho de Spartacus."

— Parece um bom lugar. É um terreno fácil de se esconder se não quiser ser encontrado. Talvez vejamos Arnax lá também. — Carbo encarou Navio.

— Não posso deixar vocês irem sozinhos. Não têm a menor ideia de como transformar homens em soldados! — Navio indicou Maron. — Ele vai precisar da orientação dos melhores.

Carbo ficou surpreso ao sentir vontade de sorrir. Seu pesar por Spartacus ainda era grande, mas, ele ainda tinha por perto muitas pessoas que tinham se tornado sua família. Esta era uma bênção que ele não podia ignorar.

— Será ótimo ter você conosco.

— A vida será diferente — disse Ariadne, beijando o filho —, porém, vai continuar.

NOTA DO AUTOR

Parece que faz poucos meses que me sentei para escrever o que pensei ser um livro sobre Spartacus. Mais de um ano depois, me vejo tendo terminado um segundo romance, privado da presença de um homem a quem sempre admirei e que passei a estimar ainda mais. Durante esse tempo, vivi e respirei pouco mais do que coisas relacionadas a Spartacus, e fui até a Itália para conhecer os caminhos percorridos por ele. Chegar ao fim do segundo livro e da batalha final tornou-se algo que passei a temer, devido ao resultado conhecido. Escrever tais cenas foi uma experiência emocionante e também um dos meus melhores períodos escrevendo. Essas últimas 15 mil palavras foram elaboradas em cinco dias, em geral trabalhando mais de 12 horas em cada um deles. As palavras simplesmente fluíam de mim e, quando terminei, me senti mais esgotado do que nunca. Espero que a intensidade da minha experiência seja sentida ao longo do livro, sobretudo nos trechos finais.

Este volume é a continuação da história de Spartacus contada no primeiro livro. Tentei com muito esforço me ater aos fatos históricos conhecidos. Qualquer mudança notável está mencionada aqui e qualquer erro encontrado é meu. Infelizmente, apenas cerca de quatro mil palavras sobre Spartacus nos foram passadas ao longo do tempo. Como já disse antes, isso é frustrante, porém deixa muito espaço para a criação de uma história. Seria bom ter mais material histórico, só que isso não é possível.

Crixus e seus homens enfrentaram as legiões de Gellius no monte Gargano, onde hoje fica o promontório Gargano, e utilizei os detalhes que sabemos sobre a batalha final. Inventei os detalhes da amputação das mãos dele e a de seus homens por parte dos romanos. O terrível *munus* promovido por Spartacus e seus soldados ocorreu de fato, apesar de ter sido minha ideia permitir que um homem — Caepio, um personagem fictício — sobrevivesse. A missão de Carbo e Navio em Módena foi inventada, assim como o transcorrer, mas não o resultado, do embate contra Longinus. É verdade que um homem chamado Publipor guiou Spartacus e seus homens pelas montanhas do sul da Itália nos primeiros meses da rebelião, porém a minha versão dele só entra na história mais tarde. Acho bem plausível os romanos tentarem infiltrar espiões no exército escravo; isso poderia, como escrevi, justificar alguns dos fracassos de Spartacus.

A menos que um documento histórico seja desenterrado e dê voz a Spartacus, nunca saberemos de verdade por que ele marchou até os Alpes e depois voltou para o sul. Não é segredo que suas estratégias sejam assunto de muitos debates. O tema é muito bem abordado no excelente texto do professor Barry Strauss em *The Spartacus War*. Minha encarnação do trácio não queria desistir de seu exército; é improvável que ele soubesse das vitórias de Lucullus na Trácia, porém, na minha história, isso lhe deu um motivo para permanecer na Itália.

Não está claro como Crassus chegou ao comando dos exércitos da República, mas sua fortuna e influência teriam ajudado muito. Ele era conhecido como o homem mais rico de Roma e também um de seus políticos mais astuciosos. Foi minha decisão descrever o jovem Júlio César como um dos oficiais de Crassus — o que é uma sugestão razoável. Ele serviu como um dos 24 tribunas militares em 71 ou 72 a.C., e não há menção sobre ele ter se mudado — o que significa que ele pode ter sido alocado dentro da Itália. Devido à rebelião de escravos da época, é possível nesse caso que ele tenha servido no exército de Crassus. Não existe evidência que sugira que Spartacus tenha ido à capital ou tentado assassinar Crassus, porém, gostei de pensar que ele tentaria fazer isso e de imaginar "E se ele tivesse conseguido?".

Estou cansado de receber e-mails de pessoas me dizendo que carroças não eram permitidas em Roma durante o dia, então vou explicar. Essa lei só foi criada quarenta anos depois dos eventos relatados neste livro. A velocidade com que Crassus organizou as legiões e marchou para o sul foi exagerada, mas não muito. O castigo aplicado a um soldado que largou sua espada para cavar uma trincheira não foi ordenado por Crassus, só que aconteceu de fato algumas gerações antes. A dizimação que descrevi ocorreu por meio de um comando específico de Crassus. Spartacus tentou recrutar piratas para levar alguns de seus homens à Sicília, um deles se chamava Heracleo. Inventei o que aconteceu com Heracleo e seus homens, pois não sabemos por que eles não cumpriram sua parte no acordo. É verdade que Crassus e seus homens encurralaram o exército rebelde na "ponta da bota" — discute-se muito como teria ocorrido, assim como fazem sobre construções antigas que não sobreviveram à passagem do tempo. Depois de percorrer a área, concordo com a sugestão de Barry Strauss de que o Melia, que corre de leste a oeste pela península a cerca de oitenta quilômetros ao norte da atual cidade de Reggio di Calabria (antiga Rhegium), foi o local das fortificações romanas. É claro que isso é apenas minha opinião!

O ataque fracassado dos escravos às defesas inimigas aconteceu de verdade. Eles sofreram muitas baixas, porém, incentivados pela crucificação de um prisioneiro romano, ordenada por Spartacus, conseguiram furar o bloqueio. Não há evidências de que os legionários capturados foram executados para encher os fossos, mas era comum os corpos de homens e animais serem usados para tal propósito. A rivalidade entre Spartacus, Castus e Gannicus ao longo da história é invenção minha, só que bem embasada, já que os dois gauleses se separaram do exército principal na época. Não se sabe o modo e o local exatos onde morreram, porém de fato foram salvos uma vez pela intervenção de Spartacus, como descrevi, apesar de terem sido derrotados lutando corajosamente logo depois. Dos 12.300 homens tidos como mortos pelos legionários de Crassus, apenas dois foram feridos nas costas. Dizem que Spartacus então foi para Brundisi e soube da chegada de Lucullus. O local de sua batalha final também não é exato; muitos acreditam ter sido o vale do rio Sele (historicamente, o Silarus), perto da moderna cidade de Oliveto Citra. Visitei o local e recomendo a todos conhecer essa região de Nápoles.

Até onde sei, não há provas do uso de apitos pelos oficiais romanos para dar ordens — trombetas e outros instrumentos eram usados para isso. No entanto, foram encontrados apitos por todo o Império, inclusive perto das fortalezas legionárias em Regensburg, na Alemanha. Para mim, faz sentido que Spartacus tivesse um desses em seu poder durante uma batalha. Um apito poderia ser muito útil para chamar a atenção de homens a poucos passos de distância.

Naquele dia importante na primavera de 71 a.C., Crassus mandou seus homens cavarem fossos; a reação de Spartacus foi mandar seus soldados atacarem. A batalha se desenrolou devagar. A atitude dramática de Spartacus ao sacrificar seu cavalo está registrada, assim como o combate difícil que veio em seguida. Dizem que Crassus permaneceu perto da luta e que Spartacus liderou pela dianteira, além de ter mirado com precisão a posição de seu inimigo. Apesar de ter matado dois centuriões, ele fracassou em sua tentativa de acabar com Crassus. Ferido, lutou até ele e os homens perto dele serem derrubados. Um dado importante é que seu corpo nunca foi encontrado (foi por isso que tive a ideia de fazer Spartacus tirar o elmo perto do fim, para que não pudesse ser identificado). Como costumava acontecer nos tempos antigos, a notícia da morte do líder fazia seu exército desertar e fugir. Eles foram expulsos do campo de modo minucioso; talvez cerca de dez mil homens tenham sido mortos, cerca de seis mil foram feitos prisioneiros. Muitos outros escaparam e foram perseguidos pelos legionários de Crassus. Dizem que todos foram levados como presos, só que isso não é verdade — a resistência ao governo de Roma persistiu na área próxima a Thurii durante mais de uma década.

Os seis mil homens crucificados sob as ordens de Crassus foram espalhados pela estrada de Cápua até Roma, como descrevi. Foi a maior crucificação conhecida, e podemos imaginar o horror da situação. Recentemente, fui a Roma, onde visitei os restos da antiga Via Appia, que ainda podem ser vistos às margens da cidade, ao sul. Há um trecho de quase dois quilômetros de extensão que está quase intacto. Nas pedras de pavimento com sulcos profundos causados pelos carros romanos, com campos dos dois lados e poucas pessoas ao redor, foi fácil e inquietante imaginar a cena. Sugiro a quem visitar Roma que reserve um tempo para conhecer esse lugar. Fica a uma viagem curta de ônibus do Circo Máximo, e é um oásis de calma depois do ritmo frenético do centro da cidade.

A satisfação de Crassus com sua vitória sobre Spartacus durou pouco. Pompei, seu arquirrival, agiu depressa e roubou os holofotes quando suas tropas massacraram um grupo de cinco mil sobreviventes do exército de Spartacus encontrado na Etrúria (onde hoje é a Toscana). Ele enviou uma carta ao Senado para dizer que "Crassus derrotou os escravos em batalha aberta, porém ele, Pompei, arrancou as raízes da guerra". Para aumentar a frustração e a inveja de Crassus, Pompei foi considerado triunfante em suas explorações na Espanha. Assim como ocorreu com seu cocomandante, a mesma honra foi dada a Marcus Lucullus ao retornar de sua guerra contra Mitrídates. Então, quatro paradas foram realizadas em Roma em 71 a.C., porém a de Crassus foi apenas um *ovatio*, pois ele tinha vencido escravos, não homens livres. O general deve ter detestado ter que entrar na cidade a pé ou a cavalo, não numa charrete; por ter usado uma toga simples de magistrado e não roupas feitas com fios de ouro; por não ter tido um cetro. O som de flautas deve ter soado aos seus ouvidos em vez do toque de trombetas. Crassus deveria ter usado uma coroa de murta e não a de louro, mas se opôs a usá-la, pedindo ao Senado para abrir uma exceção — o que lhe foi concedido, talvez para permitir-lhe preservar parte de seu orgulho. Determinado a não ser superado por Pompei, ele pagou por festejos extensos em Roma e, seguindo o hábito dos generais que retornam vitoriosos, dedicou um décimo de sua fortuna a Hércules. Sua rivalidade com Pompei seguiu ao longo do ano seguinte, quando serviram juntos como cônsules. A amargura só foi deixada de lado no final do mandato de governo, quando, a pedido de outro político, eles fizeram um gesto público de reconciliação.

Na década seguinte, Crassus continuou a fortalecer sua posição na política, enquanto Pompei fez o mesmo ao assumir mais campanhas militares em nome da República. Os dois foram muito bem-sucedidos em suas áreas. A rivalidade parece nunca ter desaparecido por completo. A ascensão gradual da proeminência de César acabou levando os dois a acomodar uma terceira pessoa, formando o que ficou conhecido como o segundo triunvirato. Juntos, os três governaram Roma até Crassus partir para o Oriente em 55 a.C., com a intenção de vencer Pártia, uma região desértica ao leste da Síria e da Judeia. Como muitos sabem, não foi uma decisão sábia: na Batalha de Carras no verão de 53 a.C., Crassus, um de seus filhos e vinte mil legionários foram mortos. Quem se interessa pela história dessa campanha deveria ler *The Defeat of Rome*, de Gareth C. Sampson, ou outro livro meu, *The Forgotten Legion*.

Como escrevi no primeiro livro, a lista de referências sobre Spartacus é mais curta do que o normal devido à já mencionada falta de material comprovado. Além de meus textos históricos sobre Roma de sempre, as principais fontes que usei foram (de novo): *The Spartacus War*, de Barry Strauss; *Spartacus and the Slave Wars: A Brief History with Documents*, de Brent D. Shaw, que detalha todos os textos antigos que tratam do trácio; *Spartacus and the Slave War 73-73 BC*, um livro da editora Osprey, escrito por Nic Fields; *The Thracians*, de Chris Webber, também publicado pela Osprey, e o livro do mesmo autor, *The Gods of Battle*, que recomendo. O ótimo site *Roman Army Talk* também deve ser mencionado — é uma fonte ótima para descobrir tudo e qualquer coisa sobre o exército romano, e seus membros respondem muito rápido às dúvidas. Também existe um site incrível, o UNRV, que fala sobre tudo o que for romano, não apenas sobre o exército.

Há muitas e muitas pessoas a quem devo agradecer também. Rosie de Courcy, minha editora; Charlie Viney, meu agente; Nicola Taplin, Ruth Waldram, Amelia Harvell e Jen Doyle; Richard Ogle, Rob Waddington, Andrew Sauerwine, Jane Kirby, Monique Corless, Kasia Thompson, Dave Parrish, Richenda Todd e Steve Stone. Nos Estados Unidos, Keith Kahla, Jeanne-Marie Hudson e Jessica Preeg, todos da editora St. Martin's Press. Obrigado! Sem vocês meu trabalho seria impossível. Como sempre, sou grato a Claire Wheller, minha fisioterapeuta de primeira classe, e a Arthur O'Connor, meu amigo e crítico. Valorizo a amizade e a ajuda de todos os recriadores que conheço, desde os legionários da Legio XX em Deva até todos da Ermine Street Guard, Legio II Augusta e outros espalhados pela Itália, pela Espanha e pelos Estados Unidos. A vocês, meus leitores, agradeço pelo apoio. Se não fossem vocês, não haveria para quem escrever. Seus e-mails e comentários no Facebook e no Twitter animam meus dias. Podem me procurar nessas redes sociais: @benkaneauthor. Por favor, entrem em meu site (benkane.net) quando quiserem; suas opiniões são sempre bem-vindas. Por fim, tenho que agradecer à minha maravilhosa esposa, Sair, e minhas duas lindas filhas, Ferdia e Pippa, a quem amo muito.

GLOSSÁRIO

Aceto: vinho azedo, bebida popular servida aos soldados romanos. Também significa vinagre, o desinfetante mais comum usado por médicos romanos. O vinagre é excelente para matar bactérias, e seu uso difundido na medicina ocidental perdurou até o fim do século XIX.

Alba Longa: cidade antiga localizada perto de onde hoje fica Castel Gandolfo, que precedeu a fundação de Roma e de outras cidades latinas. Perdeu sua primazia no século VII a.C.

Ânfora (*amphora, amphorae*): um grande jarro de barro, com duas alças para as mãos e pescoço estreito, usado para armazenar vinho, azeite de oliva e outros líquidos.

Apulia: região do sudeste da Itália onde hoje está a Puglia.

Aquilífero (*aquiliferi*): o porta-estandarte da *aquila*, ou águia, de uma legião.

Ariminum: atual cidade de Rimini.

As (também asses): pequena moeda de bronze, que originalmente valia dois quintos de um sestércio.

Ásia Menor: termo geográfico usado para descrever a porção mais a oeste do continente asiático, a atual Turquia.

Atrium: ampla câmara que vem logo depois do hall de entrada em uma casa romana. Era o centro social e devocional da moradia. Tinha uma abertura no teto e uma piscina, o *impluvium*, para represar a água da chuva.

Auctorato (pl. *Auctorati*): cidadão romano livre que se oferece para se tornar um gladiador.

Áureo (pl. *Aurei*): pequena moeda dourada que valia 25 denários. Até a época do Primeiro Império, era cunhada de modo descontinuado.

Auxiliares: Roma gostava de usar soldados aliados de outras origens para aumentar a eficiência de seus exércitos. Durante a maior parte do século I a.C., não havia cavalaria composta por cidadãos romanos. Tornou-se regra recrutar cavaleiros de outras regiões, como alemães, gauleses e espanhóis.

Balista (*Ballista*; pl. *Ballistae*): catapulta romana de duas alças que parecia uma balestra sobre um cavalete e lançava cargas ou pedras com grande exatidão e força.

Basilica Aemilia: mercado grande localizado dentro da cidade de Roma, perto do Fórum de Roma.

Bitínia: um território no nordeste da Ásia Menor que foi legado a Roma por seu rei em 75-4 a.C.

Brennus: o líder gaulês que ficou conhecido por ter saqueado Roma em 387 a.C. (Um personagem de meu livro *The Forgotten Legion*!)

Bruttium: atual península da Calábria.

Bucina (pl. *Bucinae*): um tipo de trombeta militar. Os romanos usavam diversos instrumentos, entre eles a *tuba*, o *cornu* e a *bucina*. Para simplificar as coisas, usei apenas um deles: a *bucina*.

Caldário: sala muito quente dos complexos de banho romanos. Usado como uma sauna dos tempos modernos, a maioria também tinha uma piscina quente. Era aquecido pelo ar quente que fluía de uma fornalha por meio de canos para dentro de blocos ocos nas paredes e por baixo do piso elevado.

Cáliga: sandálias de couro grosso usadas pelos soldados romanos. Feitas em três camadas resistentes — a sola, a palmilha e a camada superior —, lembram botas com as pontas dos dedos para fora. Dezenas de fechos de metal na sola dão boa aderência às sandálias.

Campânia: região fértil do oeste da Itália.

Capacete frígio: originado na Frígia, uma região da Ásia Menor, tinha uma crina curvada.

Cápua: atual Santa Maria di Capua Vetere, próxima a Nápoles. Possui um anfiteatro excelente, construído sobre o local onde Spartacus teria lutado.

Centurião (em latim, *centurio*): os oficiais disciplinados que formavam a espinha dorsal do exército romano. No século I a.C., havia seis centuriões em uma coorte e sessenta em uma legião. Veja também o verbete coorte.

Ceres: a deusa do crescimento.

Charon: o balseiro do rio Styx, em Hades.

Charybdis: o redemoinho na costa leste da Sicília que ficava em frente a caverna na qual o monstro Cila vivia.

Cila: um monstro mítico de sete metros e seis cabeças que vivia em uma caverna diante de Charybdis, no atual estreito de Messina.

Cimbri: tribo germânica que no século II a.C. migrou para o sul da Gália, onde encontrou os romanos e obteve diversas vitórias grandiosas. Foi aniquilado por Marius em 102 a.C.

Cinna, Lucius Cornelius (*c.* 84 a.C.): pouco se sabe sobre o começo da vida desse cônsul, que ocupou o cargo quatro vezes. Aliado de Marius e inimigo de Sulla, ele foi morto em um motim por suas próprias tropas.

Citas: povo nômade e feroz que vivia ao norte do mar Negro. Eram tatuados, aguerridos e ótimos cavaleiros, muito temidos. Suas mulheres eram conhecidas por terem dado origem à lenda das amazonas. Contudo, no século I a.C. os dias de glória deles já estavam extintos.

Cônsul: um dos dois chefes magistrados eleitos todos os anos, nomeado pelo povo e ratificado pelo Senado. Comandante efetivo de Roma, era responsável pelos assuntos civis e militares e por liderar os exércitos da República durante a guerra. Um podia mandar no outro e os dois tinham que aceitar as ordens do Senado. Os cônsules só podiam exercer um mandato. Nas primeiras décadas do século I a.C., nobres poderosos, como Marius, Cinna e Sulla, exerceram o cargo por anos sem fim, o que enfraqueceu perigosamente a democracia de Roma.

Coorte: uma unidade da legião romana. Nos anos 70 a.C, havia dez coortes em uma legião com seis centúrias de oitenta legionários em cada unidade. Cada centúria ficava sob o comando de um centurião.

Contubérnio: grupo de oito legionários que dividiam uma tenda ou barraca e que cozinhavam e comiam juntos.

Crassus, Marcus Licinius (*c.* 115-153 a.C.): um importante político e general romano que se uniu a Sulla depois da morte de Cinna — e que depois das atitudes de Sulla em Porta Colina, ajudou a tomar Roma. Viveu de modo modesto, apesar de ser o homem mais rico da República, ganhando muito dinheiro ao comprar e tomar as propriedades daqueles afetados pelas proscrições de Sulla.

Curia: a construção em Roma na qual o Senado se reunia.

Delos: uma ilha grega pequena. No século I a.C., ela se tornou um porto livre e o maior mercado de escravos do Mediterrâneo.

Denário: a moeda da República Romana. Feita com prata, valia quatro sestércios ou dez asses (mais tarde, 16).

Dionísio: o filho de Zeus e Sémele, filha do fundador de Tebas. Reconhecido como homem e animal, jovem e idoso, homem e afeminado, ele foi um dos mais versáteis e indefinidos deuses gregos. Em essência, era o deus do vinho e da embriaguez, porém, também estava associado à loucura, *mania*, e abençoava as alegrias. Chamado de Baco pelos romanos, os cultos a ele eram misteriosos, violentos e estranhos.

Dioscuri, Castor e Pollux: Os filhos gêmeos de Zeus, compartilhavam uma vida imortal, passando metade de sua existência no monte Olimpo e metade em Esparta.

Elísio: o paraíso habitado pelos distintos e bons depois da morte.

Enna: uma cidade antiga da região central da Sicília.

Epirus: antiga área a nordeste da Grécia.

Fálera: peça decorativa esculpida em forma de disco, usada como proteção para o peito por cima das armaduras dos soldados romanos. Em geral, era feita de bronze, mas também podia ser um metal mais precioso.

Falerniano: um vinho da região fértil do norte de Campânia.

Fasces: ver litor.

Fides: boa-fé. Era tida como uma qualidade importante em Roma. O sistema no qual os cidadãos buscavam a proteção dos ricos e poderosos existiu por séculos. Em troca de lealdade, a pessoa esperava receber a orientação e a proteção de seu patrono.

Forças Caudinas: vale estreito no qual um exército romano foi preso e derrotado pelos samnis em 321 a.C.

Fortuna: a deusa da sorte. Como todas as entidades, era volúvel.

Forum Annii: um vilarejo de Campus Atinas que se perdeu na história.

Gália: atual França.

Gália Cisalpina: atual área ao norte da Itália, compreende a planície Po e os limites montanhosos dos Alpes aos Apeninos.

Gládio: pouca informação é dada a respeito da longa espada "espanhola" do exército republicano, a *gladius hispaniensis*. Não está claro quando ela passou a ser usada pelos romanos, mas provavelmente foi depois de a arma ser descoberta durante a Primeira Guerra Púnica, quando foi usada por tropas celtibéricas. O cabo moldado era feito de osso e protegido por um cabeçote de madeira. O gládio era empunhado na mão direita, exceto pelos centuriões e outros oficiais importantes, que a usavam na esquerda.

Grande Cavaleiro: não se sabe quase nada sobre a religião trácia. No entanto, mais de três mil representações de uma figura misteriosa dessa região chegaram até nós. Elas mostram uma divindade sobre um cavalo acompanhada por um cão ou um leão. Ela em geral aparece direcionando a lança a um porco selvagem escondido atrás de um altar. Invariavelmente, há uma árvore por perto com uma serpente enrolada nela, além de mulheres. Outros entalhes mostram o deus "herói" voltando de uma caçada bem-sucedida com seus cães ou leões ou se aproximando do altar com triunfo, com uma tigela na mão. Essa divindade heroica não foi nomeada, mas sua importância para os trácios não pode ser subestimada. Assim, dei a ela um nome que julguei adequado.

Hades: o inferno do submundo, cujo deus tinha o mesmo nome.

Hera: mulher de Zeus e uma das principais deusas gregas.

Hércules (ou, mais corretamente, Heracles): o maior dos heróis gregos, que completou 12 trabalhos muito difíceis.

Hermes: o deus mensageiro.

Horatius: Chamado de Horácio na era moderna, o herói romano antigo que manteve a ponte Sublícia sobre o Tibre contra um exército invasor até que pudesse ser destruída. Depois ele nadou até um local seguro do outro lado do rio.

Hidra: a fera de várias cabeças com hálito venenoso, que vivia em um lago na região do Peloponeso, na Grécia. Foi morta por Hércules como um dos 12 trabalhos.

Ibéria: a península Ibérica. No século I a.C., era dividida em duas províncias romanas, Hispania Citerior e Hispania Ulterior.

Ilíria (ou Illyricum): o nome romano para as terras que se espalham pelo mar Adriático a partir da Itália, incluindo áreas das atuais Eslovênia, Sérvia, Croácia, Bósvia e Montenegro.

Imperium: Poder supremo, envolvia o comando em guerras e a compreensão e a implementação da lei (incluindo a pena capital), que era dado a cônsules, procônsules, tribunas militares, pretores, propretores e outros magistrados. Esse poder era simbolizado pelas *fasces* carregadas pelos litores.

Implúvio: ver *atrium*.

Juno: irmã e esposa de Júpiter, ela era a deusa romana do casamento e das mulheres.

Júpiter: em geral, citado como *Optimus Maximus* — o "Maior e Melhor". É o mais poderoso dos deuses romanos, responsável pelo clima, em especial pelas tempestades.

Lactans: o deus das plantações.

Lanista: em geral o proprietário de um ludo, a escola de gladiadores.

Larário: um templo encontrado em lares romanos, onde os deuses domésticos eram adorados.

Latifúndio: uma grande propriedade, em geral da nobreza romana, que utilizava uma grande quantidade de escravos como mão de obra. O latifúndio se originou no século II a.C., quando amplas áreas de terra foram confiscadas de italianos derrotados por Roma, como os samnitas.

Latim: antigamente, não era apenas um idioma. Os latins eram os habitantes de Lácios, uma área próxima a Roma. Por volta de 300 a.C., foi conquistada pelos romanos.

Latro: ladrão ou bandido. Mas a palavra também significava "insurgente".

Legado: o oficial no comando de uma legião e um homem de classe senatorial.

Lício: roupas de baixo feitas de linho usadas por nobres. É possível que todas as classes usassem uma variante dela.

Litor: um assistente do magistrado. Eram basicamente os guarda-costas dos cônsules, dos pretores e de outros magistrados romanos. Tais oficiais eram acompanhados o tempo todo em público por determinado número de litores (que dependia do seu cargo). Cada litor levava *fasces*, o símbolo da justiça — um monte de varas ao redor de um machado.

Lucânia: atual Basilicata, uma região montanhosa do sul da Itália.

Ludo: a escola de gladiadores.

Lira: um instrumento musical grego antigo com várias cordas.

Marius, Gaius (*c.* 157-186 a.C.): outro político romano importante do fim do século II a.C. e início do século I a.C. Atuou como cônsul sete vezes, um recorde, e foi um general muito bem-sucedido. Porém, foi derrubado pela marcha de Sulla por Roma em 87 a.C. Marius também foi responsável pela reestruturação do exército romano. Era casado com Julia, a tia de Julius Cesar.

Marte: o deus romano da guerra.

Medo (também maidi): tribo trácia a qual Spartacus pode ter pertencido.

Mênades: mulheres inspiradas à *mania,* ou ritual extático, por Dionísio. Eurípides disse que elas comiam carne crua, lidavam com serpentes e rasgavam o corpo de animais vivos.

Messana: atual Messina.

Minerva: a deusa romana da guerra e também da sabedoria.

Mitrídates: o maior e mais famoso rei de Pontus, na Ásia Menor. No século I a.C., foi um dos principais inimigos de Roma, lutando três guerras contra a República.

Monte Camalatrum: possivelmente o atual monte Soprano.

Monte Gargano: atual promontório Gargano, a "espora" sobre o calcanhar da "bota" italiana.

Mulsum: bebida feita da mistura de quatro partes de vinho com uma de mel. Costumava ser consumida antes das refeições ou acompanhando pratos leves.

Munus: um combate entre gladiadores, realizado originalmente durante celebrações à morte de alguém. A popularidade deles era sinal de que na antiga República Romana eram usados por políticos rivais para ganhar o público e ofuscar uns aos outros.

Netuno: Em latim, *Neptunus;* o deus da água, estava ligado a Poseidon, o deus grego do mar.

Numantia: atual Garrai, perto da Espanha.

Numidiano: pessoa originária da Numídia, área ao sul de Cartagena, no norte da África.

Ops: a deusa da colheita.

Optio: oficial logo abaixo de um centurião, o segundo em comando de uma centúria.

Ostia: uma cidade perto do rio Tibre; durante séculos, o principal porto de Roma. (Na minha opinião, o local é "parada obrigatória" para todos interessados em Roma antiga).

Padus: o rio Po.

Pégaso: o cavalo imortal que carrega o trovão e o raio de Zeus.

Pilo: a lança romana. Era feita de um cabo de madeira de cerca de 1,20m de comprimento, unida a uma haste de cerca de sessenta centímetros de comprimento com uma ponta piramidal pequena. A abrangência do pilo era de cerca de trinta metros, mas para um lançamento mais preciso, cobria-se metade dessa distância.

Piratas cilícios: ladrões do mar de uma região ao sul da Ásia Menor que, nos séculos I e II a.C., prejudicaram a navegação no Mediterrâneo.

Pisae: atual Pisa.

Pompei Magnus, Gnaeus (106-148 a.C.): filho de um político que estava no auge, ele lutou na Guerra Social quando jovem. Liderou três legiões particulares para auxiliar Sulla na guerra civil, ajudando-o a ganhar poder. Em 77 a.C., foi mandado para a Ibéria como procônsul com a tarefa de derrotar o rebelde Sertorius.

Pontifex Maximus: o membro-líder e porta-voz de quatro colégios do sacerdócio romano.

Pontus: a área da Ásia Menor que incluía a costa sul do mar Negro.

Pretores: magistrados seniores que aplicavam a justiça em Roma e em suas possessões, como a Sardenha, a Sicília e a Espanha. Também mantiveram comandos militares e criaram a legislação. Principal substituto dos cônsules, o pretor convocava o Senado na ausência destes.

Procônsul: magistrado que atuava fora de Roma no lugar de um cônsul (ou no caso de um pretor). Sua posição ficava fora da magistratura. Costumava ser usado para propósitos militares, como realizar uma guerra em nome de Roma.

Propretor: ver procônsul.

Pyrrhus: rei de Epiro, mais conhecido pela guerra sangrenta contra Roma em nome dos tarantinos, povo grego que viveu na Itália no século III a.C. O termo "vitória pírrica" tem origem na estratégia de se obter a vitória a qualquer preço.

Rhegium: área onde atualmente fica Régio da Calábria.

Samnitas: o povo de uma área na região ao sul dos Apeninos. Aguerridos, os samnitas lutaram três guerras contra Roma nos séculos

IV e III a.C. Também ajudaram Pyrrhus, de Epiro, e Aníbal contra a República. A luta deles contra Sulla na guerra civil foi seu último sucesso. Acredita-se que o grande número de prisioneiros de guerra samnitas deu lugar à classe de gladiadores.

Saturno: um deus misterioso, que podia ter conexão com a semeadura, ou a um deus etrusco mais velho. A palavra "sábado" se deriva de seu nome.

Saturnália: festival de sete dias que acontecia em meados de dezembro no século I a.C. e uma das celebrações mais importantes do calendário romano.

Scutum: escudo do exército romano, oval e alongado, com cerca de 1,20m de comprimento e 0,75m de largura. Era feito com três camadas de madeira, as partes dispostas umas sobre as outras; depois, era coberto com linho ou lona e couro. Pesava entre seis e dez quilos.

Senado: um grupo de seiscentos senadores (historicamente, eram trezentos, mas Sulla dobrou o número) — todos nobres romanos. O Senado se reunia na Curia, e sua função era orientar os magistrados — cônsules, pretores, questores etc. — em questões de política interna e externa, religião e finanças. No século I a.C., sua posição estava muito mais enfraquecida do que antes.

Sertorius, Quintus (*c.* 126-73 a.C.): um nobre proeminente que se aliou a Cinna. Foi encarregado de controlar a Espanha em 83 a.C., mas proscreveu por volta de um ano depois. Sua campanha contra Roma foi muito bem-sucedida no início, contudo, suas derrotas e as de seus oficiais em 76 a.C. tiveram um preço alto, reduzindo suas atividades a partir de então.

Sestércio: uma moeda de prata que valia 2,5 asses, ou um quarto de um denário, ou um centésimo de um áureo. Na época da antiga República Romana, seu uso se difundiu.

Sica: uma espada comprida e curva usada pela cavalaria trácia no século I a.C. Infelizmente, pouco se sabe sobre ela, que pode ter sido parecida com o *kopis* ou a espada curva tradicional trácia.

Sígnifer: um porta-estandarte e oficial júnior. Era uma posição de status alto, e havia um deles para cada centurião em uma legião. Normalmente, o sígnifer usava uma armadura de escamas e uma pele de animal por cima do capacete, que em geral tinha uma peça decorativa no rosto, e levava um escudo pequeno e redondo em vez de um *scutum*. Seu *signum*, ou estandarte, era formado por uma haste de madeira com uma mão erguida ou uma ponta de lança cercada por folhas de palmeira. Na parte inferior, havia uma barra da qual pendiam ornamentos de metal ou um pedaço de tecido colorido. O cabo do estandarte era decorado com discos, meias-luas e peças de navio — registros das conquistas da unidade que distinguiam uma centúria de outra.

Silarus: atual rio Sele.

Sulla Felix, Lucius Cornelius (*c*. 138-178 a.C.): um dos generais romanos mais famosos. Foi um homem impiedoso que se tornou ditador, causou guerras civis e ajudou a enfraquecer a República. Mas no fim também fortaleceu a posição do Senado e se afastou da vida pública em vez de permanecer no poder.

Tablinum: escritório ou recepção além do átrio, que costumava dar acesso a um jardim fechado.

Tesserário: um dos oficiais menores em uma centúria, cujas tarefas incluíam comandar a guarda. O nome se origina da placa *tessera* sobre a qual era escrita a senha do dia.

Teutones: uma tribo germânica que, no século II a.C., migrou com os cimbris para o sul da Gália, onde encontraram os romanos. Em 102 a.C., tiveram o mesmo destino dos cimbris.

Thurii: atual Sibari.

Trácia: área do mundo antigo que engloba Bulgária, Romênia, norte da Grécia e sudeste da Turquia. Era ocupada por mais de quarenta tribos aguerridas.

Tribuna: um oficial sênior de uma legião, além de uma das dez posições políticas de Roma, na qual os homens serviam como "tribunas do povo", defendendo os direitos dos plebeus.

Triplex acies: o posicionamento-padrão de uma legião para a batalha. Três linhas eram formadas a certa distância uma da outra, com quatro coortes na frente e três nas linhas do meio e da retaguarda.

Trirreme: embarcação de guerra romana clássica, que era acionada por uma única vela e três conjuntos de remos. Cada um era remado por um homem livre, não escravo. Excepcionalmente direcionável e capaz de alcançar até oito nós, também tinha um bate-estacas de bronze na proa. Trirremes tinham tripulações muito grandes em relação ao seu tamanho, o que limitava o seu alcance; por isso eram usadas para o transporte de tropas e para proteger a costa.

Triunfo: a procissão ao templo de Júpiter de um general romano que havia alcançado uma vitória militar importante.

Vênus: a deusa romana da maternidade e da vida doméstica.

Virgens vestais: as únicas sacerdotisas mulheres de Roma, que serviam a Vesta, a deusa da pira. Durante os trinta anos de trabalho, tinham que se manter castas. As tarefas cerimoniais principais eram a preparação do grão misturado com sal, usado durante os sacrifícios públicos, e o cuidado com a chama sagrada da deusa.

Via Aemilia: estrada no norte da Itália que ia de Ariminum a Placentia, e então para outras cidades.

Via Annia: estrada romana no norte da Itália, extensão de Via Appia, que ia de Cápua a Rhegium.

Via Appia: a estrada principal de Roma, ao sul da Itália.

Via Labicana: estrada que ia do sudeste de Roma a Labici.

Vinalia Rustica: festival romano do vinho realizado em 19 de agosto.

Virtus: uma virtude romana muito respeitada, associada à coragem, honra e hombridade.

Vulcão (ou Vulcanus): deus romano do fogo destruidor, que costumava ser adorado para impedir... incêndios!